Zum Buch:

Nach einer Verletzung im Einsatz hat Jack das Militär verlassen. In dem malerischen Virgin River erholt er sich von seiner Vergangenheit und führt seine eigene Bar, die die erste Anlaufstelle für alle Neuankömmlinge in dem kleinen Bergdorf ist. So trifft er auf die Hebamme Mel, die sich nach einem Schicksalsschlag nach Ruhe und Frieden sehnt. Schon lange hat Jack nicht mehr eine so starke Verbindung zu einer Frau gefühlt. Als Mel ihm erzählt, dass sie an ihrer Entscheidung umzuziehen zweifelt, ist er entschlossen, ihr die Schönheit der Landschaft und die Menschen des Ortes nahezubringen. Von ganzem Herzen wünscht er sich, dass Mel in Virgin River Wurzeln schlägt …

Zur Autorin:

Seit Robyn Carr den ersten Band ihrer von den Kritikern gefeierten Virgin-River-Serie veröffentlichte, stehen ihre Romane regelmäßig auf der Bestsellerliste der *New York Times*. Auch ihre herzerwärmende Thunder-Point-Serie, die in einem idyllischen Küstenstädtchen spielt, hat auf Anhieb die Leser begeistert. Robyn Carr hat zwei erwachsene Kinder und lebt mit ihrem Ehemann in Las Vegas.

Lieferbare Titel:

In der Virgin-River-Serie sind u.a. erschienen:

Wiedersehen in Virgin River
Zuhause in Virgin River
Neue Hoffnung in Virgin River

Thunder-Point-Serie:

Zeit der Liebe in Thunder Point
Frühlingsgefühle in Thunder Point
Herzenszauber in Thunder Point

Robyn Carr

Neubeginn in Virgin River

Roman

Aus dem Amerikanischen von
Barbara Alberter

mtb

MIRA® TASCHENBUCH

FSC
MIX
Papier
FSC® C014496

1. Auflage: November 2019
Neuausgabe

Originaltitel: »Virgin River«
Erschienen bei: MIRA Books, Toronto

Published by arrangement with
HARLEQUIN ENTERPRISES II B.V./SARL

Umschlaggestaltung: bürosüd, München
Umschlagabbildung: Milan Jovic/Getty Images, LiliGraphie, MNStudio,
windsketch, Flaffy, Nataly Studio/Shutterstock
Satz: GGP Media GmbH, Pößneck
Printed in Germany
Dieses Buch wurde auf FSC®-zertifiziertem Papier gedruckt.
ISBN 978-3-7457-0080-0

www.mira-taschenbuch.de

Werden Sie Fan von MIRA Taschenbuch auf Facebook!

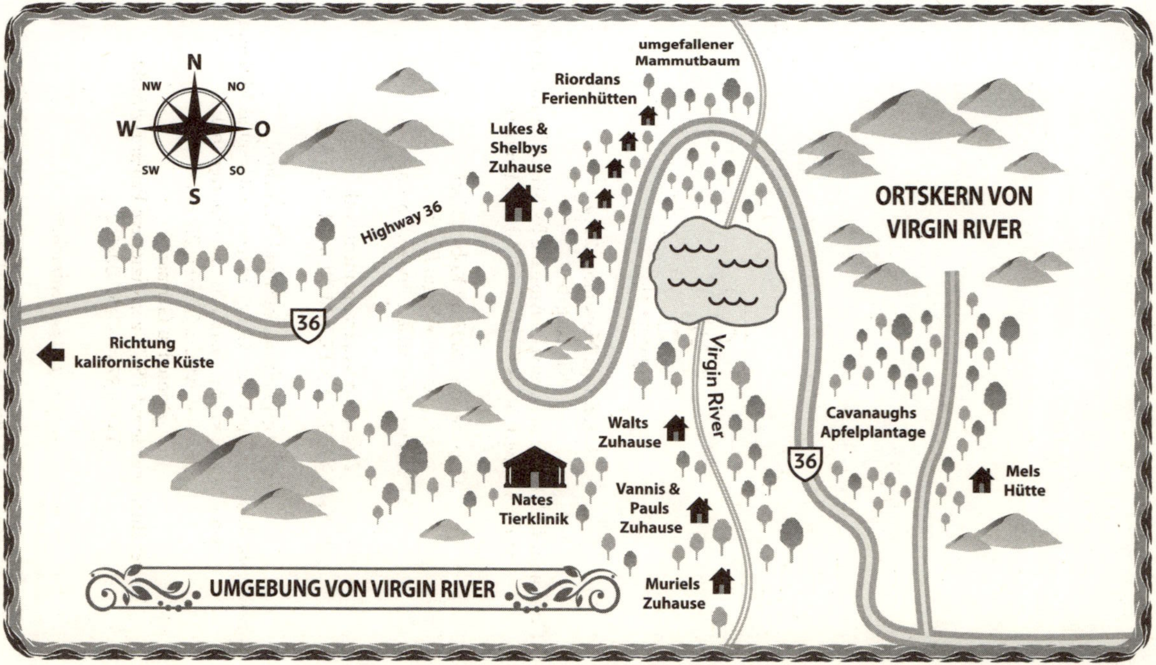
UMGEBUNG VON VIRGIN RIVER
ORTSKERN VON VIRGIN RIVER
N
NO
O
SO
S
SW
W
NW
Highway 36
36
36
Richtung kalifornische Küste
Lukes & Shelbys Zuhause
Riordans Ferienhütten
umgefallener Mammutbaum
Virgin River
Walts Zuhause
Nates Tierklinik
Vannis & Pauls Zuhause
Muriels Zuhause
Cavanaughs Apfelplantage
Mels Hütte

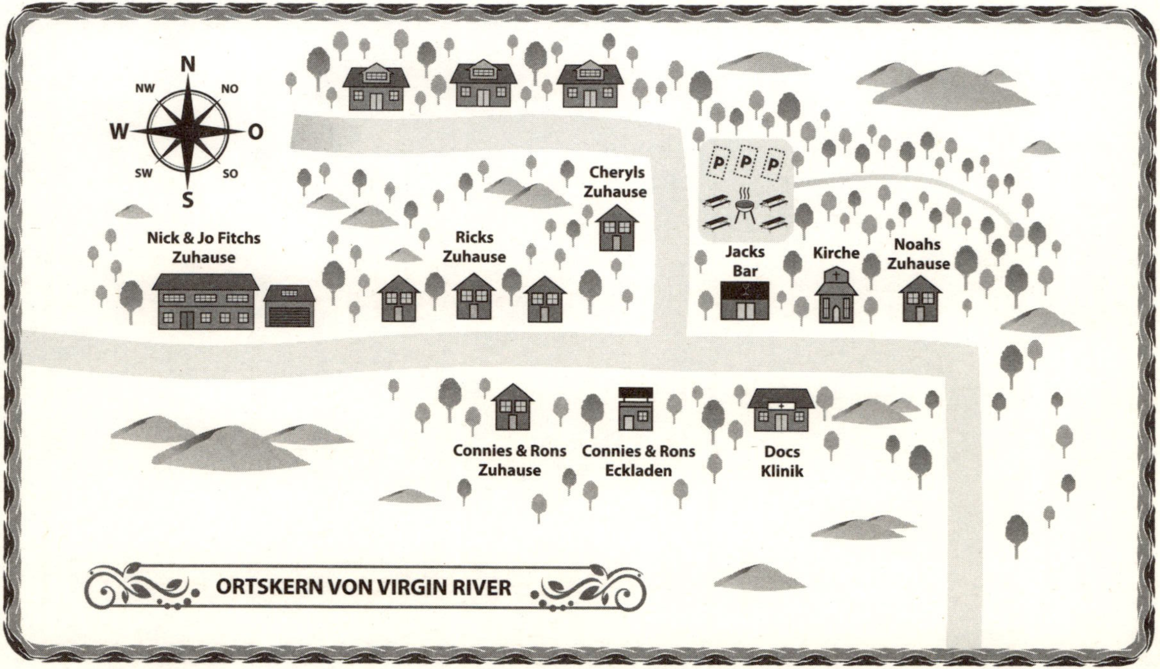
N
NW
NO
W
O
SW
SO
S
Nick & Jo Fitchs Zuhause
Ricks Zuhause
Cheryls Zuhause
P P P
Jacks Bar
Kirche
Noahs Zuhause
Connies & Rons Zuhause
Connies & Rons Eckladen
Docs Klinik
ORTSKERN VON VIRGIN RIVER

1. KAPITEL

Blinzelnd sah Mel in die Dunkelheit und den Regen hinaus, während sie die schmale, kurvenreiche Straße entlangschlich, die von dunklen Bäumen überschattet wurde und durch die Nässe sehr rutschig war. Und zum hundertsten Mal fragte sie sich: Bin ich jetzt völlig verrückt geworden? Dann vernahm sie einen dumpfen Aufschlag, als das rechte Hinterrad ihres BMW von der Straße auf den Seitenstreifen abrutschte und im Matsch versank. Schlingernd kam der Wagen zum Stillstand. Sie trat aufs Gaspedal, um den Wagen wieder auf die Straße zu bringen, doch außer dass die Räder durchdrehten, passierte nichts.

Ihr erster Gedanke war: Jetzt habe ich alles vermasselt.

Sie schaltete die Deckenbeleuchtung an und sah auf ihr Handy. Schon über eine Stunde hatte sie keinen Empfang mehr, seitdem sie von der Bundesstraße abgebogen und in die Berge gefahren war. Genauer gesagt, war es mitten in einer recht lebhaften Diskussion mit ihrer Schwester Joey, als die steilen Berge und die unglaublich hoch aufragenden Bäume das Signal abgeblockt und die Verbindung unterbrochen hatten.

„Ich kann nicht fassen, dass du das wirklich tust", hatte Joey gesagt. „Ich hatte gehofft, du würdest noch zur Besinnung kommen. Das bist doch nicht *du*, Mel! Du bist einfach kein Mädel vom Lande!"

„Ach? Nun, wie es aussieht, werde ich das wohl sein. Ich habe den Job angenommen und alles verkauft, damit ich nicht in Versuchung gerate zurückzugehen."

„Hättest du nicht einfach mal eine Auszeit nehmen oder vielleicht an eine kleine Privatklinik gehen können? Einfach mal versuchen, in Ruhe über alles nachzudenken?"

„Ich will bloß, dass alles anders wird", hatte Mel entgegnet. „Ich will niemals wieder mit so einem Kriegsschauplatz zu tun haben, wie es dieses Krankenhaus war! Natürlich kann ich es bloß vermuten, aber ich gehe davon aus, dass ich hier in den

Wäldern nicht mehr so oft gerufen werde, um ein Crack-Baby zur Welt zu bringen oder Schusswunden zu versorgen. Die Frau sagte, dass Virgin River ein ruhiger und sicherer Ort ist und dass hier nicht viel passiert."

„Und dann sitzt du im Wald fest. Weit und breit kein Coffeeshop. Und man wird dich mit Eiern und Schweinshaxen bezahlen und …"

„Und keine Patientin wird mir mehr in Handschellen vorgeführt und von einem Gefängnisbeamten bewacht." Bei dem Gedanken atmete Mel tief durch und lächelte sogar. Dann sagte sie: „Schweinshaxen? Oh … oh … Joey, gleich bin ich wieder unter den Bäumen. Kann sein, dass die Verbindung abbricht …"

„Warte noch! Es wird dir leidtun. Du wirst es bedauern. Es ist verrückt und unüberlegt und …"

An diesem Punkt gab es dann, Gott sei Dank, kein Funksignal mehr. Joey hatte ja recht. Mit jeder weiteren Meile zweifelte Mel zunehmend daran, ob ihre Flucht aufs Land die richtige Entscheidung war.

Nach jeder Kurve war die Straße schmaler geworden und der Regen ein wenig stärker. Es war erst sechs Uhr, aber bereits stockdunkel. Die Bäume standen so dicht und hoch beieinander, dass nicht einmal mehr die sinkende Nachmittagssonne hindurchscheinen konnte. Natürlich gab es auf dieser kurvigen Strecke auch keinerlei Straßenbeleuchtung. Der Wegbeschreibung nach müsste sie sich in der Nähe des Hauses befinden, wo sie ihre neue Arbeitgeberin treffen sollte, aber sie wagte nicht, ihr im Matsch stecken gebliebenes Auto zu verlassen und zu Fuß zu gehen. Schließlich könnte sie sich in diesem Wald verlaufen und für immer verloren gehen.

Stattdessen fischte sie die Bilder aus ihrer Aktentasche. Sie wollte versuchen, sich ein paar der Gründe, weshalb sie diesen Job angenommen hatte, ins Gedächtnis zu rufen. Da waren Fotos, die ein idyllisches kleines Dorf zeigten. Die holzverschalten Häuser besaßen eine Frontveranda und Giebelfenster. Da war ein altmodisches Schulhaus abgebildet, ein Kirchturm, Stockrosen, Rhododendronbüsche und Apfelbäume in voller Blütenpracht. Nicht zu vergessen die sattgrünen Wiesen, auf denen Vieh graste. Es gab ein Konditorei-Café, einen kleinen Lebensmittelladen, eine kleine frei stehende Bücherei, die nur aus einem Raum bestand, und das hinreißende Ferienhäuschen im Wald, das ihr gemäß Arbeitsvertrag für ein Jahr mietfrei zur Verfügung stehen würde.

Der Ort war umgeben von fantastischen Sequoia-Redwoods und Nationalparks, die sich Hunderte von Meilen weit über die Wildnis der Trinity- und Shasta-Gebirge hinweg erstreckten. Der Virgin River, dem das Dorf seinen Namen verdankte, war breit, lang und tief. In ihm waren riesige Lachse, Störe und Forellen zu Hause. Im Internet hatte sie sich Bilder aus diesem Teil der Welt angesehen und war schnell davon überzeugt gewesen, dass es kein schöneres Fleckchen auf Erden geben könne. Und klar – alles, was sie nun zu sehen bekam, waren Regen, Matsch und Dunkelheit.

Nachdem sie sich einmal entschlossen hatte, aus Los Angeles wegzugehen, hatte sie ihren Lebenslauf bei der Schwesternagentur eingereicht und eine der Vermittlerinnen hatte Virgin River vorgeschlagen. Der Dorfarzt würde langsam alt und brauche Hilfe, hieß es. Eine Frau aus dem Ort, Hope McCrea, war bereit, ein kleines Haus zur Verfügung zu stellen und auch ein Jahresgehalt zu stiften. Die Kreisverwaltung wollte mindestens ein Jahr lang die Rechnung der Haftpflichtversicherung übernehmen, um zu gewährleisten, dass es in diesem abgelegenen, ländlichen Teil der Welt einen praktischen Arzt und eine Hebamme gab. „Ich habe Mrs. McCrea Ihren Lebenslauf und Ihre Empfehlungsschreiben gefaxt“, sagte die Vermittlerin, „und sie will Sie haben. Vielleicht sollten Sie einmal dort hochfahren und sich den Ort ansehen.“

Mel ließ sich die Telefonnummer geben und rief noch am selben Abend an. Virgin River war zwar sehr viel kleiner, als sie es sich vorgestellt hatte, aber dafür war Mrs. McCrea sehr überzeugend. Bereits am nächsten Morgen hatte Mel begonnen, ihren

Plan, Los Angeles zu verlassen, in die Tat umzusetzen. Das war kaum einmal zwei Wochen her.

Weder der Schwesternvermittlung noch irgendjemandem in Virgin River war bekannt, wie verzweifelt Mel Abstand zu ihrem alten Leben gewinnen wollte. Schon seit Monaten träumte sie von einem Neubeginn, von Ruhe und Frieden. Sie konnte sich nicht mehr daran erinnern, wann sie zuletzt eine Nacht ruhig durchgeschlafen hatte. Die Gefahren der Großstadt, wo das Verbrechen alle Wohngebiete zu überrollen schien, hatten begonnen, sie fertigzumachen. Schon ein Gang zur Bank oder in ein Geschäft versetzte sie in Angst. Überall schien Gefahr zu lauern. Ihre Arbeit in dem mit dreitausend Betten ausgestatteten Bezirkskrankenhaus und Traumazentrum brachte es mit sich, dass sie einfach zu viele Opfer von Verbrechen pflegen musste. An die Täter mochte sie gar nicht erst denken, die bei der Flucht oder ihrer Verhaftung verletzt worden waren und dann auf der Station oder in der Notaufnahme an ihre Betten gefesselt und von Polizeibeamten bewacht wurden. Was von Mels Seele noch übrig war, war verletzt und schmerzte. Und hinzu kam die grenzenlose Einsamkeit, die sie in ihrem leeren Bett empfand.

Ihre Freunde hatten sie gedrängt, gegen den Impuls anzukämpfen, in ein kleines unbekanntes Dorf zu flüchten, aber sie hatte bereits an einer Trauergruppe teilgenommen, Einzeltherapie gemacht und in den letzten neun Monaten häufiger Kirchen aufgesucht als in den letzten zehn Jahren. Und nichts hatte geholfen. Das Einzige, was sie ein wenig ruhiger werden ließ, war die Vorstellung, sich in irgendein kleines Dorf auf dem Lande zurückzuziehen, wo die Menschen ihre Türen nicht verschließen mussten und nichts weiter zu befürchten hatten, als dass die Rehe in ihren Gemüsegarten einbrachen. Es müsste geradezu paradiesisch sein.

Jetzt aber, während sie in ihrem Wagen saß und unter der Deckenleuchte die Fotos betrachtete, wurde ihr bewusst, wie lächerlich sie sich angestellt hatte. Mrs. McCrea hatte ihr geraten, für ihre Arbeit auf dem Lande nur strapazierfähige Kleidung einzupacken, Jeans und Stiefel also. Und was hatte sie getan? Ihre Stiefel stammten von *Stuart Weitzman*, *Cole Haan* und *Frye*, und sie hatte sich nicht gescheut, die stattliche Summe von vierhundertfünfzig Dollar pro Paar hinzulegen. Die Jeans, mit denen sie vorhatte, Ranchen und Farmen zu besuchen, waren von *Rock & Republic*, *Joe's*, *Lucky* und *7 For All Mankind*. Sie kosteten zwischen hundertfünfzig und zweihundertfünfzig das Stück. Für ihren Haarschnitt und die Strähnchen hatte sie pro Sitzung dreihundert Dollar gezahlt. Nachdem sie während der Jahre am College und auch noch als examinierte Krankenschwester lange Zeit jeden Pfennig hatte umdrehen müssen, hatte sie, sobald sie als Oberschwester über ein sehr gutes Gehalt verfügte, ihre Liebe für die schönen Dinge entdeckt. Den größten Teil ihres Arbeitstages verbrachte sie schließlich in OP-Klamotten, und wenn sie die ablegte, wollte sie einfach gut aussehen.

Mit Sicherheit würden die Fische und Rehe zutiefst beeindruckt sein.

Während der letzten halben Stunde war ihr nur einmal ein alter Laster auf der Straße begegnet, und Mrs. McCrea hatte sie auch nicht darauf vorbereitet, dass die Straßen hier steil und gefährlich waren, voller Haarnadelkurven und jäh abfallenden Steilhängen. An manchen Stellen war die Straße so schmal, dass zwei Autos nur mit Mühe aneinander vorbei fahren konnten. Fast war sie froh, als es dunkel wurde, denn so konnte sie wenigstens das Scheinwerferlicht entgegenkommender Autos vor den scharfen Kurven erkennen. Ihr Wagen war auf der Standspur der Bergseite stecken geblieben, nicht auf der Seite des Abhangs, wo es keine Leitplanken gab. Da saß sie nun, im Wald verirrt und dem Schicksal ausgeliefert. Seufzend drehte sie sich um, griff nach ihrem schweren Mantel, der auf den Kisten lag, die sie auf den Rücksitzen verstaut hatte, und zog ihn nach vorne. Sie hoffte, dass Mrs. McCrea auf ihrem Weg von oder zu dem Haus, wo sie verabredet waren, hier vorbeikäme. Andernfalls würde sie wohl die Nacht im Auto verbringen müssen. Sie hatte noch zwei Äpfel, ein paar Cracker und zwei Käsesnacks dabei. Blöderweise aber keine Cola light mehr. Morgen früh würde sie vor lauter Koffeinentzug zittern und Kopfschmerzen haben.

Und weit und breit kein Starbucks. Sie hätte sich wirklich besser eindecken können.

Sie stellte den Motor ab, ließ aber die Scheinwerfer an für den Fall, dass ein Auto die enge Straße passieren würde. Falls man sie nicht rettete, wäre die Batterie bis zum Morgen leer. Sie lehnte sich zurück und schloss die Augen. In ihrer Vorstellung tauchte ein sehr vertrautes Gesicht auf: Mark. Manchmal war das Bedürfnis, ihn noch einmal zu sehen, wenigstens noch einmal kurz mit ihm sprechen zu können, einfach überwältigend. Ganz abgesehen von ihrer Trauer – sie vermisste ihn einfach. Vermisste es, einen Partner zu haben, auf den sie sich verlassen konnte, auf den sie nachts wartete, neben dem sie erwachte. Selbst ein Streit wegen seiner langen Arbeitszeiten erschien ihr jetzt geradezu reizvoll. Er hatte ihr einmal gesagt: „Du und ich, das ist für immer."

Dieses „für immer" hatte vier Jahre gedauert. Von nun an würde sie alleine sein, und sie war erst zweiunddreißig Jahre alt. Er war tot. Und sie innerlich gestorben.

Ein lautes Klopfen an der Fensterscheibe ließ sie hochfahren, und sie hätte nicht sagen können, ob sie tatsächlich geschlafen hatte oder nur in Gedanken verloren gewesen war. Es war der Griff einer Taschenlampe, der so hart geklungen hatte, und dieser steckte in der Hand eines alten Mannes. Seine finstere Miene war so erschreckend, dass sie glaubte, nun müsse genau das eintreten, was sie befürchtet hatte.

„Missy", rief er, „Missy, Sie stecken im Schlamm fest."

Sie ließ das Fenster runter, und der Nebel legte sich ihr feucht aufs Gesicht. „Ich … ich weiß. Ich bin auf einen matschigen Seitenstreifen geraten."

„Diese Blechkiste wird Ihnen hier nicht viel nützen", sagte er.

Also wirklich, Blechkiste! Es war ein nagelneues BMW Cabrio. Einer ihrer vielen missglückten Versuche, sich die Qual der Einsamkeit zu erleichtern. „Nun, das hat mir niemand gesagt! Aber vielen Dank, dass Sie mich aufklären."

Sein dünnes weißes Haar klebte dem alten Mann nass am Kopf, und seine buschigen weißen Augenbrauen schossen spitz nach oben. Regentropfen glitzerten auf seiner Jacke und rannen von seiner großen Nase. „Bleiben Sie nur sitzen. Ich werde die Kette an Ihrer Stoßstange befestigen und Sie rausziehen. Wollen Sie zum Haus der McCrea?"

Nun gut, es war ja genau das, was sie sich gewünscht hatte – ein Ort, an dem jeder jeden kannte. Sie wollte ihm noch sagen, dass er darauf achten sollte, die Stoßstange nicht zu zerkratzen, aber alles, was sie stotternd herausbrachte, war ein: „J … ja."

„Es ist nicht weit. Sie können hinter mir herfahren, wenn ich Sie rausgezogen habe."

„Danke", sagte sie.

Also würde sie schließlich doch noch zu einem Bett kommen. Und falls Mrs. McCrea ein Herz besaß, würde es auch etwas zu essen und zu trinken geben. Sie begann, sich ein glühendes Feuer in dem Häuschen auszumalen. Wie der Regen auf das Dach prasselte, während sie sich auf dem frisch bezogenen Bett tief in eine Daunendecke kuschelte. Endlich sicher und geschützt.

Ihr Wagen ächzte und schien sich zu strecken. Schließlich kam er mit einem Ruck aus dem Loch heraus und stand auf der Straße. Der alte Mann schleppte sie noch ein Stückchen weiter, bis sie wieder sicheren Boden unter den Rädern hatte. Dann hielt er an und nahm die Kette ab. Er warf sie hinten auf die Ladefläche seines Autos und bedeutete ihr, ihm zu folgen. Dagegen hatte sie nichts einzuwenden, denn falls sie noch einmal stecken bleiben sollte, wäre er gleich zur Stelle, um sie wieder herauszuziehen. Sie folgte ihm in kurzem Abstand und brachte Unmengen von Scheibenreiniger zum Einsatz, um zu verhindern, dass der Matsch, den sein Truck aufspritzen ließ, ihr völlig die Sicht nahm.

Es dauerte keine fünf Minuten, und der Blinker des Trucks leuchtete auf. Sie folgte ihm, als er an einem Briefkasten rechts abbog. Die Zufahrt war schmal, holprig und voller Schlaglöcher. Sie erreichten jedoch schnell eine Lichtung, wo der Truck in großem Bogen wendete, um gleich wieder zurückfahren zu können. Damit gab er Mel den Weg frei, und schon stand sie vor ... *einer armseligen Hütte!*

Das war kein reizendes kleines Ferienhäuschen. Gut, es besaß ein Giebeldach und eine Veranda, aber wie es aussah, war diese nur noch an einer Seite befestigt, während sie auf der anderen schräg abfiel. Die Holzverschalung war schwarz vom Regen und wirkte alt. Eins der Fenster war mit einem Brett vernagelt. Weder von innen noch von außen war das Haus beleuchtet, und es stieg auch kein heimeliger Rauch aus dem Kamin.

Auf dem Beifahrersitz lagen noch die Fotos. Sie hupte und sprang gleich darauf aus dem Wagen, während sie in einer Hand die Fotos hielt und sich mit der anderen die Kapuze ihrer Wolljacke über den Kopf zog. Als sie auf den Truck zulief, kurbelte der Alte sein Fenster herunter und sah sie an, als ob sie eine Schraube locker hätte.

„Sind Sie sicher, dass dies das Haus von Mrs. McCrea ist?“, fragte sie ihn.

„Klar.“

Sie zeigte ihm das Foto von dem süßen kleinen Ferienhäuschen mit Spitzdach, Adirondack-Stühlen auf der Veranda und vielen mit bunten Blumen gefüllten Töpfen, die an der Balustrade hingen. Auf dem Bild war alles in Sonnenlicht gebadet.

„Hmm“, sagte er. „Es ist schon eine Weile her, dass es so aussah.“

„Das hat man mir nicht gesagt. Sie hat mir versichert, ich könnte ein Jahr lang mietfrei in dem Haus wohnen. Zusätzlich zum Gehalt. Ich soll dem Arzt im Ort helfen. Aber das hier ...?“

„Wusste gar nicht, dass der Doc Hilfe braucht. Er hat Sie doch nicht eingestellt, oder?“

„Nein. Man hat mir gesagt, er würde langsam zu alt, um mit der ganzen Arbeit im Dorf fertig zu werden, und dass sie einen anderen Arzt brauchen werden. Aber für ein Jahr oder so würde ich reichen.“

„Und wozu?“

Sie sprach lauter, damit er sie im Regen verstehen konnte. „Ich bin Krankenschwester und approbierte Hebamme."

Das schien ihn zu amüsieren. „Ach, wirklich?"

„Kennen Sie den Arzt?", fragte sie.

„Jeder kennt hier jeden. Vielleicht hätten Sie erst einmal herkommen sollen, um sich den Ort anzusehen und den Doc kennenzulernen, bevor Sie sich entscheiden."

„Ja, sieht so aus", räumte sie zerknirscht ein. „Lassen Sie mich kurz mein Portemonnaie holen, damit ich Ihnen etwas dafür geben kann, dass Sie mich da rausgezogen haben …" Aber er winkte sofort ab.

„Ich will dafür kein Geld von Ihnen. Hier wirft niemand mit Geld für Nachbarschaftshilfe um sich." Und während er eine seiner wilden Augenbrauen hochzog, fügte er humorvoll hinzu: „Also, wie es aussieht, dürfte sie Sie über den Tisch gezogen haben. Das Haus hier steht seit Jahren leer." Er gluckste. „Mietfrei! Hah!"

Scheinwerferlicht fiel in die Lichtung, als nun ein alter Suburban die Zufahrt herauffuhr. Als er angekommen war, sagte der alte Mann: „Da ist sie. Viel Glück." Und dann lachte er. Tatsächlich *wieherte* er vor Lachen, während er davonfuhr.

Mel stopfte das Foto unter ihre Jacke und blieb im Regen neben ihrem Auto stehen, während der Geländewagen parkte. Sie hätte auf die Veranda gehen können, um sich vor den Naturgewalten in Sicherheit zu bringen, aber die machte ihr doch einen allzu instabilen Eindruck.

Die Karosserie des Suburban lag hoch über riesigen Reifen. Dieses Ding würde auf keinen Fall im Matsch stecken bleiben. Er war ziemlich vollgespritzt, aber man konnte doch erkennen, dass es sich um ein älteres Modell handelte. Die Fahrerin richtete das Scheinwerferlicht aufs Haus und ließ es an, als sie die Tür öffnete. Dann stieg eine winzig kleine ältere Frau aus dem Geländewagen. Sie hatte dichtes, kräftiges weißes Haar und trug eine Brille mit schwarzem Rahmen, die viel zu groß für ihr Gesicht war. Ihre Füße steckten in Gummistiefeln, und in ihrem

Regenmantel war kaum etwas von ihr zu erkennen, aber sie musste weniger als ein Meter fünfzig groß sein. Sie warf eine Zigarette in den Schlamm und kam mit einem breiten Lächeln, bei dem sie die Zähne aufblitzen ließ, auf Mel zu. „Willkommen!“, rief sie betont fröhlich, und Mel erkannte die tiefe, kehlige Stimme, mit der sie telefoniert hatte.

„Willkommen?“, imitierte Mel sie. „Willkommen?“ Sie zog das Foto aus der Jacke hervor und hielt es der Frau entgegen. „Dies“, mit dem Finger tippte sie auf das Haus auf dem Bild, „ist nicht das!“ Sie deutete auf die heruntergekommene Hütte.

Völlig ungerührt antwortete Mrs. McCrea: „Richtig, man muss das Haus ein wenig auf Vordermann bringen. Ich hatte vorgehabt, gestern hierherzukommen, aber dann ist mir der Tag aus dem Ruder gelaufen.“

„Auf Vordermann bringen? Mrs. McCrea, es bricht zusammen! Sie haben gesagt, es sei *hinreißend!* Von *liebenswert* haben Sie gesprochen!“

„Also wirklich“, beschwerte sich Mrs. McCrea, „bei der Schwesternagentur haben sie mir nicht gesagt, dass Sie so melodramatisch sind.“

„Und mir wurde nicht gesagt, dass Sie unter Wahnvorstellungen leiden!“

„Nun aber mal langsam. So kommen wir doch nicht weiter. Möchten Sie im Regen stehen bleiben, oder wollen Sie mit hineinkommen und sehen, was wir da haben?“

„Ehrlich gesagt, ich würde am liebsten gleich wieder umdrehen und diesen Ort hinter mir lassen, aber ich fürchte, ohne einen Geländewagen werde ich nicht weit kommen. Das ist noch so eine Kleinigkeit, die zu erwähnen Sie vergessen haben.“

Ohne darauf einzugehen, stapfte der kleine Wicht die drei Stufen zur Veranda des Häuschens hinauf. Sie brauchte keinen Schlüssel, um die Tür zu öffnen, sondern setzte ihre Schulter ein, um sie mit einem kräftigen Ruck aufzustoßen. „Vom Regen aufgequollen“, erklärte sie mit heiserer Stimme und war schon im Innern des Hauses verschwunden.

Mel ging ihr nach, stampfte aber nicht wie Mrs. McCrea über die Veranda, sondern prüfte sie vorsichtig bei jedem Schritt. Da war eine gefährliche Neigung, aber vor der Tür schien sie doch einigermaßen stabil zu sein. In dem Moment, als Mel die Tür erreichte, ging drinnen ein Licht an, und dem schwachen Lichtschein folgte gleich darauf eine immense Staubwolke, als Mrs. McCrea das Tischtuch ausschüttelte. Mel blieb die Luft weg, und hustend zog sie sich wieder auf die Veranda zurück. Nachdem sie sich erholt hatte, atmete sie einmal tief die kalte, feuchte Luft ein und wagte sich dann wieder hinein.

Wie es aussah, war Mrs. McCrea damit beschäftigt, trotz des ganzen Schmutzes in diesem Haus aufzuräumen. Sie schob die Stühle an den Tisch, blies den Staub von den Lampenschirmen und stellte mit Buchstützen die Bücher in den Regalen auf. Mel sah sich um, aber nur aus Neugier. Sie wollte bloß sehen, wie schrecklich alles war, denn sie würde auf gar keinen Fall hierbleiben. Da stand eine abgewetzte Couch mit Blumenmuster, ein dazu passender Stuhl und eine Ottomane, eine alte Truhe, die als Couchtisch diente, und ein Bücherregal aus Ziegeln und rohen Brettern. Nur ein paar Schritte weiter und vom Wohnzimmer durch einen Tresen abgetrennt befand sich die kleine Küche. Die hatte kein Putztuch mehr gesehen, seit zuletzt jemand ein Essen hier zubereitet hatte. Vermutlich vor ein paar Jahren. Die Türen des Kühlschranks und des Ofens standen offen; ebenso die meisten Schranktüren. Die Spüle war mit Geschirr und Töpfen vollgestopft, und in den Schränken stapelten sich staubige Teller und Unmengen von Tassen, alles viel zu schmutzig, um es gebrauchen zu können.

„Ich bedaure, aber das hier ist wirklich inakzeptabel“, sagte Mel laut.

„Es ist doch nur ein bisschen Schmutz. Weiter nichts.“

„Da liegt ja ein Vogelnest im Ofen!“ Mel war jetzt völlig außer sich.

Mit ihren matschigen Gummistiefeln kam Mrs. McCrea in die Küche geschlurft, griff in den Ofen hinein und zog das Vogelnest heraus. Sie ging zum Eingang und warf es in den Hof. Dann schob sie die Brille auf der Nase nach oben, sah Mel an und sagte in einem Ton, der bedeutete, dass ihre Geduld wirklich einer harten Probe unterzogen wurde: „Jetzt gibt es kein Vogelnest mehr."

„Verstehen Sie doch, ich weiß wirklich nicht, ob ich das aushalte. Dieser alte Mann in dem Transporter musste mich ein Stück weiter unten auf der Straße aus dem Matsch ziehen. Ich kann hier nicht bleiben, Mrs. McCrea. Das steht außer Frage. Außerdem habe ich Hunger und nichts zu essen dabei." Sie lachte hohl. „Sie haben gesagt, dass eine angemessene Unterkunft für mich vorbereitet sei, und ich hatte Sie so verstanden, dass Sie damit ‚sauber' meinten, und auch, dass genug Lebensmittel vorhanden wären, die mir über die ersten zwei Tage hinweghelfen, bis ich selbst einkaufen könnte. Aber das hier ..."

„Sie haben einen Vertrag", hielt ihr Mrs. McCrea vor.

„Den haben *Sie* auch", konterte Mel. „Ich kann mir nicht vorstellen, dass Sie irgendjemanden davon überzeugen können, dass das hier ‚angemessen' oder ‚vorbereitet' genannt werden kann."

Mrs. McCrea richtete ihren Blick nach oben. „Immerhin regnet es nicht durch. Das ist ein gutes Zeichen."

„Ich fürchte, das reicht nicht ganz."

„Diese verfluchte Cheryl Creighton sollte hier runterkommen und es ordentlich putzen. Aber drei Tage hintereinander hatte sie irgendwelche Entschuldigungen. Sie wird wohl wieder trinken, nehme ich an. Im Wagen habe ich Bettzeug, und ich werde Sie auch mitnehmen, damit Sie ein Essen bekommen. Morgen früh wird alles schon wieder besser aussehen."

„Gibt es hier nichts anderes, wo ich heute Nacht bleiben könnte? Ein Bed & Breakfast? Ein Motel an der Bundesstraße?"

„Bed & Breakfast?" Hope lachte. „Haben Sie etwa den Eindruck, dies hier könnte eine Touristenattraktion sein? Die Bundesstraße ist eine Stunde entfernt, und das ist kein gewöhnlicher Regen. Ich habe ein großes Haus, aber kein einziges Zimmer frei. Es ist bis unters Dach mit Mist vollgestopft. Wenn ich einmal sterbe, werden sie ein Streichholz dranhalten müssen. Es würde die ganze Nacht dauern, auch nur die Couch freizuschaufeln."

„Es muss doch etwas geben ..."

„Am ehesten noch das Haus von Jo Ellen. Sie hat ein schönes Zimmer über der Garage, das sie nicht braucht und manchmal vermietet. Aber Sie würden dort nicht wohnen wollen. Ihr Mann kann nämlich schon ein Problem sein. Der hat sich von mehr als einer Frau in Virgin River eine Ohrfeige gefangen. Und dann Sie – im Nachthemd, Jo im Tiefschlaf. Und er kommt auf dumme Gedanken. Er ist ein Grapscher. Das kann man so sagen."

Oh Gott, dachte Mel. Mit jeder Sekunde kam ihr dieser Ort schlimmer vor.

„Ich sag Ihnen, was wir tun werden, Mädchen. Ich werde jetzt den Boiler anstellen, den Kühlschrank und die Heizung, und dann gehen wir essen."

„In dem Konditorei-Café?"

„Das wurde vor drei Jahren geschlossen."

„Aber Sie haben mir doch ein Bild davon geschickt, so als ob ich dort im nächsten Jahr mittags oder abends essen gehen könnte."

„Mein Gott, diese Details. Sie können sich wirklich ganz schön in was hineinsteigern."

„Hineinsteigern?"

„Los, jetzt setzen Sie sich schon in den Wagen! Ich komme gleich nach", befahl Mrs. McCrea und ließ Mel einfach stehen, ging zum Kühlschrank und bückte sich, um ihn anzuschließen. Sofort sprang das Licht an. Sie langte hinein, regulierte die Temperatur und schloss die Tür. Mit einem ungesund schleifenden Geräusch setzte sich der Motor des Kühlschranks in Gang.

Wie befohlen begab Mel sich zu dem Suburban. Dieser lag nun allerdings so weit über dem Boden, dass sie sich an der Innenseite der offenen Tür festhalten und letztlich beinahe hineinkriechen musste. Hier fühlte sie sich dann doch sehr viel sicherer als im Haus, wo ihre Gastgeberin damit beschäftigt war, den Gasboiler anzuzünden. Flüchtig schoss es ihr durch den Kopf, dass es geradezu eine Schadensbegrenzung wäre, wenn er explodieren und das Haus in die Luft jagen würde.

Vom Beifahrersitz aus konnte sie über die Schulter hinweg erkennen, dass im Fond des Suburban jede Menge Kissen, Decken und Kisten verstaut waren. Vermutlich Ausstattungsmaterial für die Bruchbude, dachte sie. Nun, falls ich es heute Nacht nicht schaffe, von hier wegzukommen, könnte ich notfalls im Wagen schlafen. Mit all diesen Decken werde ich mich wohl kaum zu Tode frieren. Aber dann, sobald es hell wird …

Ein paar Minuten später kam Mrs. McCrea aus dem Haus und zog die Tür hinter sich zu, ohne sie abzuschließen. Mel war beeindruckt, mit welcher Behändigkeit die alte Frau in den Suburban stieg. Sie setzte einen Fuß auf das Trittbrett, hielt sich mit einer Hand am Griff über der Tür fest, legte die andere auf die Armlehne und hüpfte direkt in den Sitz. Sie saß auf einem ziemlich dicken Kissen, und der Sitz war weit nach vorne geschoben, damit sie die Pedale erreichen konnte. Ohne ein Wort zu verlieren, ließ sie den Wagen an und fuhr gekonnt auf dem schmalen Zufahrtsweg zurück auf die Straße.

„Bei unserem Gespräch vor ein paar Wochen haben Sie mir gesagt, dass Sie ziemlich hart im Nehmen sind“, erinnerte sich Mrs. McCrea.

„Das bin ich auch. Ich habe die letzten zwei Jahre die Frauenstation in unserem Bezirkskrankenhaus geleitet, das dreitausend Betten hat. Da hatten wir ständig mit den schwierigsten Fällen und den hoffnungslosesten Patienten zu tun, und wenn ich das einmal selbst so sagen darf, ich habe dort verdammt gute Arbeit geleistet. Davor war ich jahrelang im Zentrum von L. A. auf der Unfallstation. Auch ein ziemlich harter Posten, nach allgemeinem Verständnis. Als Sie von ‚hart‘ sprachen, bin ich davon ausgegangen, dass Sie das im medizinischen Sinne meinten. Ich wusste nicht, dass Sie eine erfahrene Pionierin suchen.“

„Guter Gott, Sie können sich ja vielleicht aufregen. Nach einer Mahlzeit werden Sie sich besser fühlen."

„Das hoffe ich auch", sagte Mel, dachte jedoch: Ich kann hier nicht bleiben. Es war völlig verrückt, und ich gebe es zu und werde so schnell wie möglich wieder von hier verschwinden. Das Einzige, wovor sie wirklich zurückschreckte, war, es Joey gegenüber einräumen zu müssen.

Während der Fahrt schwiegen sie. Mel wusste nicht, was sie hätte sagen sollen, und war im Übrigen davon fasziniert, wie leicht, schnell und geschickt Mrs. McCrea den riesigen Suburban handhabte, mit dem sie im Regen über die von Bäumen gesäumte Straße und durch die engen Kurven holperten.

Sie hatte sich eine Pause von Schmerz, Einsamkeit und Angst erhofft. Eine Befreiung von dem Stress, der sich im Umgang mit Patienten ergab, die entweder Täter oder Opfer von Verbrechen waren oder völlig verarmt hoffnungslos ihrem verhängnisvollen Schicksal ausgeliefert. Als sie die Fotos des reizenden Dörfchens gesehen hatte, konnte sie sich sofort einen anheimelnden Ort ausmalen, wo die Menschen sie brauchen würden. In ihrer Vorstellung sah sie sich bereits, wie sie unter den Dankesbekundungen der rotbäckigen Landpatienten aufblühte. Schon immer hatte ihr sinnvolle Arbeit dabei geholfen, schwierige persönliche Probleme zu meistern. Und abgesehen davon war es eine Erleichterung, dem Smog und dem Verkehrslärm entfliehen und in der unberührten Schönheit der Wälder zur Natur zurückkehren zu können. Nur hatte sie einfach nie daran gedacht, so *weit* zur Natur zurückzukehren.

Die Aussicht, im abgelegenen Virgin River den Frauen, die vermutlich überwiegend nicht versichert waren, bei der Geburt ihrer Kinder helfen zu können, hatte den Ausschlag gegeben. Die Arbeit als Krankenschwester war zwar befriedigend, aber ihre eigentliche Berufung sah sie in der Geburtshilfe.

Joey war jetzt ihre ganze Familie. Sie hatte sich gewünscht, Mel würde nach Colorado Springs kommen und dort bei ihr, ihrem Mann Bill und den drei Kindern wohnen. Mel aber hatte nicht ihre Stadt gegen eine andere tauschen wollen, selbst wenn Colorado Springs wesentlich kleiner war. Da ihr jetzt aber nichts Besseres mehr einfiel, würde sie wohl gezwungen sein, sich dort nach Arbeit umzusehen.

Als sie bemerkte, dass sie etwas durchkreuzten, das einem Dorf ähnlich sah, verzog sie wieder das Gesicht. „Ist das der Ort? Der sah auf den Fotos, die Sie mir geschickt hatten, aber auch anders aus."

„Ja, Virgin River. So wie es ist. Bei Tageslicht sieht es sehr viel besser aus, das steht fest. Verfluchter Regen. Der März bringt uns immer dieses scheußliche Wetter. Dort drüben, das ist Docs Haus. Dort hält er seine Sprechstunde ab. Aber er macht auch viele Hausbesuche. Dort drüben, das ist die Bücherei", erklärte Mrs. McCrea. „Dienstags geöffnet."

Sie fuhren an einer freundlich wirkenden Kirche mit Turm vorbei. Sie schien zwar verbarrikadiert zu sein, aber immerhin erkannte Mel sie wieder. Dort drüben war der Laden, der ebenfalls älter und renovierungsbedürftiger wirkte als auf den Fotos. Der Besitzer war gerade dabei, die Tür für die Nacht zu verriegeln. Entlang der Straße standen etwa ein Dutzend Häuser, alle alt und klein. „Wo ist die Schule?", fragte Mel.

„Welche Schule?", fragte Mrs. McCrea zurück.

„Die auf dem Bild, das Sie der Agentur geschickt hatten."

„Hmm. Keine Ahnung, wo ich das herhatte. Wir haben keine Schule. Noch nicht."

„Oh Gott", stöhnte Mel.

Die Straße war breit, jedoch dunkel und verlassen. Eine Straßenbeleuchtung gab es nicht. Die alte Frau musste ihre uralten Fotoalben durchforstet haben, um diese Bilder zu finden. Vielleicht hatte sie aber auch einfach in anderen Dörfern irgendwelche Aufnahmen gemacht.

Gegenüber der Arztpraxis parkte Mrs. McCrea vor einem Gebäude, das wie ein riesiges Landhaus aussah. Es hatte eine breite Veranda und einen großen Vorhof. Erst als sie im Fenster ein Neon-Schild „GEÖFFNET" entdeckte, wurde Mel klar, dass es eine Art Gasthaus oder Café sein musste. „Kommen Sie schon", forderte Mrs. McCrea sie auf. „Jetzt wollen wir einmal Ihren Bauch aufwärmen und auch Ihre Stimmung."

„Vielen Dank", sagte Mel in dem Versuch, höflich zu sein. Sie hatte Hunger und wollte nicht wegen ihrer schlechten Manieren auf ein Abendessen verzichten müssen. Allerdings war sie davon überzeugt, dass außer ihrem Magen nichts aufgewärmt würde. Sie sah auf die Uhr. Es war sieben.

Bevor sie eintraten, schüttelte Mrs. McCrea ihren Regenmantel auf der Veranda aus. Mel hatte weder Mantel noch Schirm dabei. Ihre Jacke war inzwischen durchnässt, und sie roch wie ein feuchtes Schaf.

Kaum war sie eingetreten, war sie aber angenehm überrascht. Der Raum war dunkel und holzgetäfelt, und in einem großen gemauerten Kamin brannte ein Feuer. Die geschliffenen Holzdielen glänzten vor Sauberkeit, und irgendetwas roch angenehm nach Essen. Über den Regalen hinter einer langen Theke, auf denen die Flaschen mit den alkoholischen Getränken standen, hing ein riesiger Fisch an der Wand und an einer anderen ein Bärenfell, das so groß war, dass es die halbe Wand bedeckte. Und über der Tür war der Kopf eines Rehs angebracht. Wow! Eine Jagdhütte? Es gab ungefähr ein Dutzend Tische ohne Tischtücher. Und nur einen einzigen Gast an der Theke. Es war der alte Mann, der sie aus dem Schlamm gezogen hatte und der jetzt über einen Drink gebeugt dort saß.

Hinter der Theke stand ein großer Mann. Er trug ein kariertes Hemd mit aufgekrempelten Ärmeln und polierte mit einem Geschirrtuch ein Glas. Er schien so Ende dreißig zu sein und hatte braunes, kurz geschnittenes Haar. Als sie eintraten, reckte er zur Begrüßung kurz das Kinn und hob die markanten Augenbrauen. Und dann weiteten seine Lippen sich zu einem Lächeln.

„Setzen Sie sich hierher", sagte Hope McCrea und deutete auf einen Tisch in der Nähe des Kamins. „Ich werde Ihnen etwas holen."

Mel zog ihre Jacke aus und hängte sie zum Trocknen über

einen Stuhl. Um sich zu wärmen, rieb sie ihre eiskalten Hände vor dem Feuer. Das war mehr, als sie erwartet hatte – ein behagliches, sauberes Haus, ein offener Kamin und auf dem Herd ein fertiges Gericht. Auf die toten Tiere hätte sie gut verzichten können, aber so war das nun einmal in Jagdgebieten.

„Hier", sagte die alte Frau und drückte ihr ein kleines Glas mit einer bernsteinfarbenen Flüssigkeit in die Hand. „Das wird Sie aufwärmen. Jack hat einen Eintopf auf dem Herd und wärmt gerade das Brot auf. Wir werden Sie schon wieder auf die Beine bringen."

„Was ist das?", fragte Mel.

„Brandy. Glauben Sie, dass Sie das hinunterbringen?"

„Darauf können Sie sich verlassen." Dankbar nahm Mel einen Schluck und fühlte, wie die brennende Wärme in ihren leeren Magen strömte. Einen Moment lang hielt sie die Augen geschlossen und genoss die unerwartet gute Qualität. Dann sah sie wieder zur Theke hinüber, der Barkeeper war jedoch verschwunden. „Der Kerl dort", sagte sie schließlich und wies auf den einzigen Gast, „er hat mich aus dem Graben gezogen."

„Doc Mullins", erklärte Mrs. McCrea. „Sie können ihn sofort kennenlernen, falls Sie es fertigbringen, sich vom Kamin zu entfernen."

„Ach, wozu?", entgegnete Mel. „Ich sagte Ihnen ja bereits – ich werde nicht bleiben."

„Auch gut", meinte die alte Frau erschöpft. „Dann können Sie ja gleichzeitig Hallo und Auf Wiedersehen sagen. Kommen Sie schon." Sie drehte sich um und ging auf den alten Arzt zu, und mit einem müden Seufzer folgte ihr Mel. „Doc, das ist Melinda Monroe, falls du ihren Namen nicht bereits kennst. Miss Monroe, darf ich vorstellen, Doc Mullins."

Mit schnupffeuchten Augen blickte er von seinem Drink auf und sah sie an, aber seine arthritischen Hände ließen das Glas nicht los. Er nickte nur einmal kurz.

„Nochmals vielen Dank, dass Sie mich da rausgezogen haben", sagte Mel.

Der alte Arzt nickte ein zweites Mal und widmete sich dann gleich wieder seinem Getränk.

So viel zu der freundlichen Atmosphäre kleiner Dörfer, dachte Mel. Mrs. McCrea ging zurück ans Feuer und ließ sich dort auf einen Stuhl fallen.

„Entschuldigen Sie", wandte Mel sich nochmals an den Arzt. Der sah sie über den Rand seines Glases hinweg zwar an, aber mit seinen zusammengezogenen buschigen weißen Brauen wirkte seine Miene geradezu grimmig. Sein weißes Haar lag so dünn über dem gefleckten Schädel, dass es fast aussah, als hätte er mehr Haare in seinen Brauen als auf dem Kopf. „Ich freue mich, Sie kennenzulernen. Sie brauchen also Hilfe hier oben?" Er funkelte sie nur weiter an. „Sie wollen keine Hilfe? Was ist denn nun?"

„Ich brauche keine großartige Hilfe", kam die schroffe Antwort. „Aber diese Alte will schon seit Jahren einen anderen Arzt, der mich ersetzen soll. Sie ist besessen davon."

„Und warum ist das so?", fragte Mel mutig weiter.

„Keine Ahnung." Er starrte wieder in sein Glas. „Vielleicht kann sie mich nicht leiden. Und da ich sie nicht besonders mag, ist es auch egal."

Der Barkeeper, der vermutlich auch der Besitzer der Bar war, kam mit einer dampfenden Schale in der Hand aus der Hintertür, blieb aber am Ende der Theke stehen und sah zu, wie Mel mit dem Arzt sprach.

„Nur keine Sorge", erwiderte Mel, „ich bleibe eh nicht. Es wurde alles völlig falsch dargestellt. Ich werde morgen früh wieder abfahren, sobald der Regen nachlässt."

„Jetzt haben Sie also Ihre Zeit verschwendet, nicht wahr?", fragte er, ohne sie anzusehen.

„Ja, sieht so aus. Es ist schon schlimm genug, dass der Ort nicht so ist, wie man es mir erzählt hat. Jetzt wird aber alles noch komplizierter, weil Sie ja gar keinen Bedarf an einer Krankenschwester oder Hebamme haben?"

„Sie sagen es."

Mel seufzte. Hoffentlich würde sie einen guten Job in Colorado finden.

Ein junger Mann, ein Teenager, trug ein Gestell mit Gläsern aus der Küche in die Bar. Mit seinen kurz geschnittenen dicken braunen Haaren, dem Flanellhemd und den Jeans sah er dem Barkeeper ziemlich ähnlich. Ein hübscher Junge, dachte Mel und betrachtete sein ausgeprägtes Kinn, die gerade Nase und die dichten Augenbrauen. Als er das Gestell unter den Tresen schieben wollte, unterbrach er seine Arbeit und starrte Mel überrascht an. Er bekam große Augen, und einen Moment lang öffnete sich sein Mund. Sie neigte den Kopf leicht zur Seite und schenkte ihm ein Lächeln. Langsam schloss er den Mund wieder, blieb aber weiter regungslos mit den Gläsern in der Hand stehen.

Mel wandte sich von dem Arzt und dem Jungen ab und ging wieder auf den Tisch zu, an dem Mrs. McCrea saß. Der Barkeeper stellte die Schale mit dem Eintopf, die Teller und das Körbchen mit den Servietten und dem Besteck vor sie hin und blieb dann abwartend hinter einem Stuhl stehen, den er für Mel bereithielt. Jetzt, aus der Nähe, sah sie erst, wie groß und kräftig er war – mindestens ein Meter achtzig und mit beeindruckend breiten Schultern. „Ein schreckliches Wetter für Ihre erste Nacht in Virgin River", sagte er freundlich.

„Miss Melinda Monroe, das ist Jack Sheridan. Jack, das ist Miss Monroe."

Mel wollte sie korrigieren und ihnen sagen, dass es Mrs. heißen müsste, tat es dann aber doch nicht, weil sie keine Lust hatte, zu erklären, dass es keinen Mr. Monroe mehr gab. Dr. Monroe, um genau zu sein. Daher sagte sie einfach nur: „Schön, Sie kennenzulernen", und fügte auf den Eintopf bezogen hinzu: „Danke."

„Es ist wirklich ein schöner Ort, wenn das Wetter mitspielt", setzte er das Gespräch fort.

„Davon bin ich überzeugt", murmelte sie, ohne ihn anzusehen.

„Sie sollten ihm ein bis zwei Tage lang eine Chance geben", schlug er vor.

Sie tauchte ihren Löffel in den Eintopf und probierte ein wenig. Einen Moment lang hielt er neben dem Tisch die Luft an. Dann sah sie zu ihm auf und sagte einigermaßen überrascht: „Das ist ja köstlich."

„Eichhörnchen", bemerkte er trocken.

Sie verschluckte sich.

„Das war nur ein Witz", erklärte er grinsend. „Es ist Rindfleisch. Maisgefüttert."

„Verzeihen Sie bitte, wenn mir mein Sinn für Humor etwas abhanden gekommen ist", erwiderte sie gereizt. „Es war ein langer und ziemlich anstrengender Tag."

„Ach ja? Dann ist es ja gut, dass ich den Remy schon entkorkt habe." Mit diesen Worten begab er sich wieder hinter die Theke, und Mel sah ihm über die Schulter nach. Leise schien er kurz mit dem jungen Mann zu sprechen, der sie weiterhin anstarrte. Sein Sohn, vermutete Mel.

„Ich weiß gar nicht, warum Sie so bissig sind", sagte Mrs. McCrea. „Bei unserem Telefonat habe ich davon nichts bemerkt." Sie griff in ihre Tasche und zog Zigaretten heraus, schüttelte eine aus der Packung und steckte sie an. Daher also die raue Stimme, dachte Mel.

„Müssen Sie jetzt rauchen?", fragte sie vorwurfsvoll.

„Unglücklicherweise ja", antwortete Mrs. McCrea und nahm einen tiefen Zug.

Frustriert schüttelte Mel den Kopf und hielt den Mund. Es war alles klar. Morgen früh würde sie wieder abreisen und diese Nacht wohl im Auto verbringen müssen. Warum sollte sie alles noch schlimmer machen, indem sie sich ständig beklagte? Hope McCrea dürfte die Botschaft inzwischen verstanden haben. Also widmete sie sich wieder dem köstlichen Eintopf und nippte an dem Brandy. Als ihr Magen voll und ihr Kopf ein wenig leichter geworden war, fühlte sie sich auch wieder etwas zuversichtlicher. Nun gut, dachte sie. Das ist schon besser. Ich werde die Nacht in dieser Bruchbude schon überleben. Weiß Gott, ich habe Schlimmeres hinter mir.

Neun Monate war es jetzt her, dass ihr Mann Mark nach einer langen Nachtschicht auf der Unfallstation noch an einem Laden angehalten hatte, der Tag und Nacht geöffnet war. Er wollte Milch für sein Müsli kaufen. Was er erhielt, waren drei Kugeln aus kurzer Distanz in die Brust. Er war sofort tot. In einem Laden, wo er und Mel mindestens dreimal die Woche einkaufen gingen, war er in einen Raubüberfall geraten. Das hatte innerhalb von Sekunden das Leben beendet, das sie liebte.

Im Vergleich dazu war es gar nichts, eine regenreiche Nacht im Auto zu verbringen.

Jack brachte Miss Monroe einen zweiten Remy Martin. Eine weitere Schale Eintopf lehnte sie jedoch ab. Er blieb hinter der Theke, während sie aß, trank und Hope anzufunkeln schien, als sie rauchte. Er musste schmunzeln. Das Mädchen hatte Temperament. Und nicht nur das, sie sah auch klasse aus. Zierlich, blond, strahlend blaue Augen, ein kleiner herzförmiger Mund. Und in den Jeans ein Hintern, der einfach bewundernswert war. Nachdem die Frauen gegangen waren, sagte er zu Doc Mullins: „Herzlichen Dank. Du hättest ruhig etwas freundlicher zu dem Mädchen sein können. Hier gab's nichts Hübsches mehr zu sehen, seit letzten Herbst Bradleys alter Golden Retriever gestorben ist."

„Hmm", sagte der Arzt.

Ricky kam hinter die Theke und stellte sich neben Jack. „Genau", stimmte er aus vollem Herzen zu. „Mein Gott, Doc. Was ist denn mit Ihnen los? Könnten Sie nicht gelegentlich auch mal an andere denken?"

„Komm wieder runter, Junge." Jack lachte und legte ihm einen Arm um die Schultern. „Sie spielt nicht in deiner Liga."

„Ach ja? In deiner aber auch nicht." Rick grinste.

„Du kannst gehen, wenn du willst", sagte Jack. „Heute Nacht wird wohl niemand mehr ausgehen. Und nimm deiner Großmutter etwas von dem Eintopf mit."

„Ja gut. Danke. Bis morgen."

Nachdem Rick gegangen war, beugte sich Jack zu Doc hinunter und sagte: „Wenn du ein wenig Hilfe hättest, könntest du doch öfter angeln gehen."

„Ich brauche keine Hilfe, danke", war die knappe Antwort.

„Ach, jetzt kommt das schon wieder", sagte Jack mit einem Lächeln. Alle Vorschläge, die Hope gemacht hatte, um Doc ein wenig zu entlasten, hatte er hartnäckig abgelehnt. Gut möglich, dass Doc der sturste Dickkopf im ganzen Ort war. Obendrein war er alt, litt an Arthritis und schien jedes Jahr ein wenig langsamer zu werden.

„Gib mir noch einen", forderte der Arzt.

„Ich dachte, wir hätten da eine Abmachung", sagte Jack.

„Dann eben einen Halben. Dieser verdammte Regen bringt mich noch um. Mir ist kalt bis auf die Knochen." Er sah zu Jack hoch. „Ich hab dieses leichtsinnige Mädchen im strömenden Regen aus dem Graben gezogen."

„Ich bezweifle, dass sie leichtsinnig ist", sagte Jack. „So viel Glück habe ich nie." Jack hielt die Flasche mit dem Bourbon über das Glas des alten Mannes und schenkte ihm einen Schluck ein. Dann stellte er die Flasche aber wieder ins Regal zurück. Er achtete immer darauf, wie viel Doc trank, denn wenn er es nicht tat, könnte es leicht ein wenig überhand nehmen. Auch hatte er keine Lust, in den Regen hinauszugehen, um sicherzustellen, dass Doc heil über die Straße kam. Bei sich zu Hause hatte Doc keinen Alkohol. Er trank nur bei Jack, womit er seinen Konsum unter Kontrolle hielt.

Jack konnte es dem alten Jungen nicht verübeln. Er war überarbeitet und einsam und, gelinde ausgedrückt, etwas ruppig.

„Du hättest dem Mädchen wenigstens einen warmen Schlafplatz anbieten können", warf Jack ihm vor. „Es ist doch wohl ziemlich offensichtlich, dass Hope es nicht auf die Reihe gebracht hat, dieses alte Haus für sie herzurichten."

„Mir war nicht nach Gesellschaft zumute." Doc hob den Blick und sah Jack ins Gesicht. „Du scheinst sowieso stärker an ihr interessiert zu sein als ich."

„Sie schien jedenfalls im Moment niemandem hier besonders zu trauen", sagte Jack. „Aber sie ist doch ein nettes kleines Ding, oder etwa nicht?"

„Kann nicht behaupten, dass mir das aufgefallen wäre", grummelte Doc. „Jedenfalls hatte ich nicht den Eindruck, dass sie für den Job kräftig genug ist."

Jack lachte. „Ich dachte, es wäre dir nicht aufgefallen?" Er selbst zumindest hatte es bemerkt. Sie war vielleicht ein Meter zweiundsechzig groß und mochte fünfzig Kilo wiegen. Sie hatte weiches, gewelltes blondes Haar, das sich in der Feuchtigkeit stärker lockte. Augen, die irgendwie traurig aussahen, doch im nächsten Moment lebhaft funkeln konnten. Ihm hatte gefallen, wie sie kurz aufgeblitzt waren, als sie ihn anfuhr und sagte, sie wäre nicht sonderlich zum Scherzen aufgelegt. Und als sie gegen Doc angetreten war, hatten sie in einer Weise geblitzt, die vermuten ließ, dass sie eine ganze Menge Dinge recht gut im Griff hatte. Das Schönste an ihr aber war der Mund – dieser kleine herzförmige Mund. Oder vielleicht doch ihr Po?

„Ja", sagte Jack, „du hättest wirklich mal an andere denken und etwas freundlicher sein können. Einmal etwas zur Verbesserung des Szenarios hier beitragen können."

2. KAPITEL

Als Mel und Mrs. McCrea
der Hütte wärmer gewor
nicht sauberer. Mel sch
und Mrs. McCrea warf ihr vor: „Nac
lefon hätte ich nie geahnt, dass Sie s

„Das bin ich auch nicht. Eine Entbindu
so großen Krankenhaus wie dem, wo ich herkomme,
lich glanzlos.“ Und Mel fiel auf, dass sie sich seltsamerweise in diesem chaotischen und manchmal entsetzlichen Umfeld sicherer gefühlt hatte als in dieser wesentlich einfacheren Umgebung. Sie sagte sich, dass der Grund, weshalb sie so aus dem Konzept geraten war, der war, dass man sie offensichtlich beschwindelt hatte. Das und die Tatsache, dass sie dort immer in ein gemütliches und sauberes Zuhause hatte zurückkehren können, egal wie schwierig die Situation auf der Station auch gewesen sein mochte.

Hope überließ ihr Kissen, Decken, Federbetten und Handtücher, und Mel beschloss, dass es sinnvoller war, sich eher dem Schmutz zu stellen als der Kälte. Sie holte nur einen Koffer aus dem Wagen, zog sich ein Sweatshirt und dicke Socken an und bereitete sich ihr Bett auf der staubigen alten Couch. Die fleckige, durchgelegene Matratze sah einfach zu fürchterlich aus.

Wie ein Burrito wickelte sie sich in die Federbetten und kuschelte sich in die etwas muffigen weichen Kissen. Im Badezimmer hatte sie das Licht angelassen und die Tür nicht ganz zugezogen für den Fall, dass sie nachts aufstehen müsste. Und dank der zwei Brandys, der langen Fahrt und dem Stress enttäuschter Erwartungen fiel sie in einen tiefen Schlaf, der ausnahmsweise einmal nicht von Ängsten und Albträumen gestört wurde. Wie ein Wiegenlied trommelte der Regen leise aufs Dach und wiegte sie in den Schlaf. Als ihr am folgenden Tag schwaches Morgenlicht ins Gesicht fiel, erwachte sie und stellte fest, dass sie die ganze Nacht lang nicht einen Muskel bewegt hatte, sondern noch

wickelt war und ruhig gelegen hatte. Entspannt. Mit
pf.
war etwas Seltenes.
gläubig blieb sie ein Weilchen liegen. Ja, dachte sie, obwohl
nter den gegebenen Umständen unmöglich scheint, ich fühle
ich gut. Dann erschien ihr verschwommen Marks Bild vor Augen, und sie dachte: Was erwartest du? Du hast es doch heraufbeschworen!

Und weiter dachte sie noch: Es gibt keinen Ort, wo du hingehen kannst, um der Trauer zu entfliehen. Warum es also versuchen?

Es hatte einmal eine Zeit gegeben, in der sie völlig zufrieden gewesen war, besonders, wenn sie morgens aufwachte. Sie hatte eine seltsame und lustige Gabe – Musik im Kopf. Jeden Morgen, wenn sie aufwachte, hörte sie als Erstes ein Lied, so klar und deutlich, als käme es aus dem Radio. Jedes Mal war es etwas anderes. Und auch wenn Mel bei Tageslicht nicht in der Lage war, ein Instrument zu spielen oder auch nur einen Ton zu halten, erwachte sie doch jeden Morgen mit irgendeiner Melodie auf den Lippen. Wachte dabei auf, wie sie ein Lied falsch mitsummte. Mark richtete sich dann meist auf, beugte sich auf einen Ellbogen gestützt grinsend über sie, während er darauf wartete, dass sie die Augen aufschlug, und fragte: „Was ist es denn heute?"

„‚Begin the Beguine'", antwortete sie dann. Oder auch: „‚Deep Purple'", und immer konnte er sich vor Lachen kaum halten.

Nach seinem Tod war die Musik aus ihrem Kopf verschwunden.

In das Federbett eingewickelt, setzte sie sich auf. Das Morgenlicht betonte den Schmutz in der Hütte. Als sie draußen die Vögel singen hörte, sprang sie auf und lief zum Eingang. Sie öffnete die Tür und freute sich über einen klaren, hellen Morgen. Noch immer in das Federbett gewickelt, trat sie auf die Veranda hinaus und blickte nach oben. Jetzt, im Tageslicht, konnte sie erkennen, wie hoch die Pinien, Tannen und Gelbkiefern wirklich waren. Sie ragten mindestens fünfzehn bis achtzehn Meter über die Hütte hinaus, manche sogar wesentlich höher. Noch immer tropfte der Regen, der sie gewaschen hatte, von ihnen ab. Sie waren voller grüner Tannenzapfen, Zapfen, so groß, dass man eine Gehirnerschütterung davontragen könnte, falls einem einer auf den Kopf fiele. Darunter sattgrüne Farne. Sie konnte vier verschiedene Sorten ausmachen, von großstängligen schlappen Fächern bis hin zu zarten Gebilden wie Spitze. Alles wirkte frisch und gesund. Die Vögel sangen und hüpften von Zweig zu Zweig, und der Himmel hatte eine azurblaue Farbe angenommen, wie sie sie in Los Angeles seit zehn Jahren nicht mehr gesehen hatte. Ziellos trieb dort oben eine wattige weiße Wolke, und ein Adler schwang sich mit weit gespannten Flügeln über ihr in die Höhe und verschwand hinter den Bäumen.

Tief atmete sie die Luft dieses frischen Frühlingsmorgens ein. Ah, dachte sie. Es ist wirklich zu schade, dass es mit dem Haus, dem Dorf und dem Arzt nicht funktioniert hat, denn dieses Fleckchen Land ist wunderschön. Unberührt. Kraft spendend.

Sie hörte ein Krachen und runzelte die Stirn. Ohne Vorwarnung gab die Seite der Veranda, die bereits abgesunken war, nun endgültig nach und brach an der schwachen Stelle in sich zusammen. Dadurch ergab sich eine so starke Neigung, dass Mel den Halt unter den Füßen verlor und mit einem lauten Platsch geradewegs in ein tiefes, nasses Schlammloch rutschte. Dort lag sie dann wie ein schmutziger, feuchter, eiskalter Burrito in ihrem Federbett. „Mist“, fluchte sie, wickelte sich aus dem Federbett und kroch die Veranda, die ja steuerbords noch befestigt war, wieder nach oben und ins Haus.

Sie packte ihren Koffer. Das war's jetzt.

Zumindest waren die Straßen nun passierbar, und bei Tageslicht würde sie auch nicht Gefahr laufen, auf einen schlammigen Standstreifen zu geraten und darin stecken zu bleiben. Dann aber überlegte sie, dass sie vermutlich ohne Kaffee nicht weit kommen würde, und schlug daher die Richtung zurück ins Dorf ein, obwohl ein Instinkt sie drängte, lieber das Weite zu suchen und irgendwo unterwegs einen Kaffee zu trinken. So früh am Morgen würde die Bar vermutlich noch nicht geöffnet sein, aber sie schien wenig Alternativen zu haben. Gut möglich, dass sie aus Verzweiflung an die Tür des alten Arztes klopfen und ihn um Kaffee anbetteln würde, auch wenn der Gedanke, seinem grimmigen Gesicht noch einmal zu begegnen, kaum eine angenehme Vorstellung war. Aber im Haus des Arztes war kein Lebenszeichen auszumachen, und auch auf der anderen Straßenseite, bei Jack, oder im Laden, schien sich nichts zu rühren. Koffein-Junkie, der sie war, versuchte sie es dann doch an der Tür der Bar, und sie sprang auf.

Das Feuer im Kamin brannte. Der Gastraum wirkte auch bei Tageslicht noch immer so einladend wie in der vergangenen Nacht. Er war groß und gemütlich, trotz der Tiertrophäen an den Wänden. Dann war sie überrascht, als sie einen großen glatzköpfigen Mann aus dem hinteren Nebenraum hereinkommen sah, der sich hinter die Theke stellte. In einem Ohr glitzerte ein Ohrring, und er trug ein schwarzes T-Shirt, das sich über seinem enormen Brustkorb spannte. Unter einem seiner aufgekrempelten Ärmel lugte das Unterteil eines großen blauen Tattoos hervor. Hätte ihr nicht schon allein seine Größe den Atem verschlagen, wäre es wohl sein unerquicklicher Gesichtsausdruck gewesen. Seine dunklen buschigen Brauen standen dicht beieinander, als er beide Hände auf die Theke stützte und fragte: „Was möchten Sie?“

„Hmm … Kaffee?“, fragte sie zurück.

Er drehte sich um und griff nach einer Tasse, die er auf die Theke stellte. Dann füllte er sie aus einer bereitstehenden Kanne. Sie dachte daran, sich die Tasse zu nehmen und an einen der Tische zu flüchten, aber sein Aussehen gefiel ihr, offen gesagt, gar nicht. Sie fürchtete, ihn zu beleidigen, und ging daher zur Bar und setzte sich auf den Stuhl, vor dem ihr Kaffee wartete. „Danke“, sagte sie kleinlaut.

Er nickte nur, dann trat er etwas von der Theke zurück und

lehnte sich gegen den Tresen hinter ihm, wobei er seine mächtigen Arme vor der Brust verschränkte. Er erinnerte sie an einen Rausschmeißer oder Türsteher in einem Nightclub. Jesse Ventura in Positur.

Sie nahm einen Schluck des starken, heißen Gebräus. Mehr als alle anderen Annehmlichkeiten im Leben schätzte sie eine Tasse wirklich guten Kaffees. „Ah. Wunderbar“, lobte sie. Von dem riesigen Mann kam kein Kommentar. Auch gut, dachte sie. Mir ist eh nicht nach reden zumute.

Ein paar Minuten verbrachten sie so in seltsam kameradschaftlichem Schweigen, bis die Tür aufging und Jack eintrat, die Arme voller Feuerholz. Als er sie sah, grinste er und legte dabei einen schönen Satz gleichmäßiger weißer Zähne frei. Unter dem Gewicht des Holzes spannte sein Bizeps den Stoff seines Jeanshemds, und seine breiten Schultern wurden durch die schmale Taille betont. Ein wenig hellbraunes Brusthaar lugte aus dem offenen Kragen, und sein sauber rasiertes Kinn erinnerte sie daran, dass Wangen und Kinn am Abend zuvor vom Tageswuchs des Bartes leicht überschattet waren.

„Na so was“, rief er. „Guten Morgen.“ Er trug das Holz zum Kamin, und als er sich bückte, um es dort aufzuschichten, musste ihr einfach auffallen, dass er einen breiten, muskulösen Rücken und einen perfekten männlichen Hintern hatte. Die Männer hier in der Gegend dürften allein durch den rauen Alltag des Landlebens ziemlich gut trainiert sein.

Der übergewichtige kahlköpfige Mann hob gerade die Kanne, um ihr noch einmal nachzuschenken, als Jack sagte: „Lass mich das machen, Preacher.“

Jack kam hinter die Bar und „Preacher“ ging durch die Tür, die zur Küche führte. Jack füllte ihre Tasse nach.

„Preacher?“, fragte sie beinahe flüsternd.

„Sein Name ist eigentlich John Middleton, aber den Spitznamen hat er schon seit Langem. Wenn du ihn John rufst, dreht er sich nicht einmal um.“

„Und warum heißt er so?“, wollte sie wissen.

„Nun, er ist ziemlich tugendhaft. Er flucht kaum, man sieht ihn nie betrunken, und er belästigt die Frauen nicht."

„Er wirkt ein bisschen furchterregend", sagte sie, die Stimme noch immer gedämpft.

„Ach was, er ist sanft wie ein Kätzchen", beruhigte sie Jack. „Wie haben Sie die Nacht verbracht?"

„Ganz passabel", antwortete sie achselzuckend. „Ich dachte, ich könnte den Ort nicht verlassen, ohne vorher noch eine Tasse Kaffee zu trinken."

„Hope werden Sie wohl jetzt am liebsten umbringen wollen. Sie hatte nicht einmal eine Tasse Kaffee für Sie?"

„Ich fürchte, nein."

„Es tut mir leid, Miss Monroe. Sie hätten wirklich einen anderen Empfang verdient als das. Ich kann es Ihnen nicht verübeln, wenn Sie das Schlimmste von diesem Ort denken. Wie wär's mit ein paar Eiern?" Er wies über die Schulter nach hinten. „Er ist ein guter Koch."

„Da sage ich nicht Nein", antwortete sie. „Und nennen Sie mich Mel."

„Die Abkürzung von Melinda", bemerkte er.

Dann rief er durch die Tür in die Küche: „Preacher! Wie sieht's aus mit einem Frühstück für die Lady?" Zurück an der Theke meinte er: „Also, das Mindeste, was wir tun können, ist, Sie mit einem guten Essen zu verabschieden – falls Sie nicht doch noch dazu überredet werden können, ein paar Tage zu bleiben."

„Es tut mir leid", sagte sie. „Diese Hütte – sie ist einfach unbewohnbar. Mrs. McCrea sagte etwas davon, dass irgendwer sie eigentlich putzen sollte, aber wohl Probleme hat, weil sie trinkt?"

„Das könnte Cheryl sein. Ich fürchte, sie hat in dieser Hinsicht tatsächlich ein kleines Problem. Aber Hope hätte jemand anders bitten sollen. Es gibt genug Frauen hier, die gerne ein wenig Arbeit annehmen."

„Nun, jetzt ist es egal", sagte Mel und nahm noch einen Schluck. „Jack, das ist der beste Kaffee, den ich je getrunken habe. Vielleicht bin ich aber auch einfach nur so leicht von der kleinsten Annehmlichkeit zu beeindrucken, weil die letzten Tage so schrecklich waren."

„Nein, er ist wirklich so gut." Er runzelte die Stirn, streckte den Arm aus und hob eine Locke von ihrer Schulter. „Haben Sie da etwa Matsch im Haar?"

„Gut möglich", sagte sie. „Ich stand auf der Veranda und habe die Schönheit dieses angenehmen Frühlingsmorgens genossen, bis die Veranda auf einer Seite wegbrach und mich geradewegs in ein großes, ekliges Schlammloch beförderte. Und danach hatte ich nicht den Mut, die Dusche auszuprobieren. Die ist jenseits von schmutzig. Aber ich dachte eigentlich, dass ich alles entfernt hätte."

„Oh Mann", rief er und lachte zu ihrem Erstaunen laut auf. „Schlimmer konnte es ja kaum kommen. Wenn Sie wollen – ich habe eine Dusche in meiner Wohnung. Blitzblank." Dann grinste er wieder. „Und sogar weichgespülte Handtücher."

„Vielen Dank, aber ich glaube, ich werde einfach weiterfahren. Sobald ich an der Küste bin, nehme ich mir ein Hotelzimmer und gönne mir einen ruhigen, warmen, sauberen Abend. Vielleicht leihe ich mir noch einen Film aus."

„Das klingt gut", meinte er. „Und dann geht's wieder zurück nach Los Angeles?"

Sie zuckte die Schultern und antwortete: „Nein." Das konnte sie nicht. Vom Krankenhaus bis zu dem Haus, in dem sie gelebt hatten, würde alles nur süße Erinnerungen in ihr wachrufen und ihre Trauer an die Oberfläche treiben. Solange sie in L. A. lebte, konnte sie einfach nicht weiterkommen. Abgesehen davon gab es dort auch nichts mehr für sie ... keinen Mann, keine Arbeit. „Es ist Zeit für eine Veränderung. Aber wie es aussieht, war das hier ein zu großer Schritt für mich. Haben Sie immer hier gelebt?"

„Ich? Nein. Erst seit kurzer Zeit. Ich bin in Sacramento aufgewachsen. Damals suchte ich nach einem guten Platz zum Angeln und bin dann geblieben. Das Haus habe ich zu diesem Bar-Restaurant umgebaut und später um den Anbau erweitert, in dem ich wohne. Klein, aber gemütlich. Preacher hat oben ein Zimmer, über der Küche."

„Was um alles in der Welt hat Sie dazu gebracht, hier zu bleiben? Ich will ja nicht vorschnell urteilen, aber in diesem Ort hier scheint doch wirklich nicht viel los zu sein."

„Wenn Sie Zeit hätten, würde ich es Ihnen zeigen. Die Gegend ist einfach unglaublich. Über sechshundert Menschen leben im Ort und in der näheren Umgebung. Viele Städter besitzen entlang des Virgin River Ferienhäuser, denn es ist friedlich hier und man kann hervorragend angeln. Im Ort gibt es nur wenig Touristenverkehr, aber ziemlich regelmäßig kommen Angler hier vorbei und während der Jagdsaison auch einige Jäger. Preacher ist für seine Küche berühmt, und es ist der einzige Platz im Ort, wo man ein Bier bekommen kann. Nicht weit von hier gibt's ein paar Mammutbäume, die einfach Ehrfurcht gebietend sind. Majestätisch. Den ganzen Sommer über kommen viele Camper und Bergwanderer in die Nationalparks. Und der Himmel und die Luft hier draußen – so etwas wird man in einer Stadt einfach nicht finden können."

„Und Ihr Sohn hilft Ihnen hier?"

„Mein Sohn? Oh", meinte er und lachte. „Ricky? Er ist ein Junge aus dem Dorf, der fast jeden Tag nach der Schule in die Bar kommt, um ein wenig zu arbeiten. Ein guter Junge."

„Haben Sie Familie?", wollte sie wissen.

„Schwestern und Nichten in Sacramento. Mein Vater lebt noch, aber vor ein paar Jahren habe ich meine Mutter verloren."

Preacher kam mit einem dampfenden Teller, den er mit einer Serviette festhielt, aus der Küche. Er stellte ihn vor Mel auf die Theke, und Jack griff unter den Tresen und legte das Besteck mit einer Serviette dazu. Auf dem Teller lag ein Käseomelett, das herrlich aussah und mit Peperoni, Wurstscheibchen, Früchten, Bratkartoffeln und einer Scheibe Toast umlegt war. Auch ein Glas mit gekühltem Wasser wurde ihr gebracht und ihre Tasse noch einmal mit Kaffee aufgefüllt.

Mel nahm ein wenig von dem Omelett und führte es zum Mund. Es zerschmolz geradezu auf der Zunge, köstlich und fein. „Mmmm“, sagte sie und schloss die Augen. Nachdem sie es heruntergeschluckt hatte, meinte sie: „Zweimal habe ich jetzt hier gegessen, und ich muss sagen, es ist mit das beste Essen, das ich je hatte.“

„Preacher und ich – manchmal bringen wir ganz gute Mahlzeiten zustande. Preacher hat da eine echte Gabe. Und er war kein Koch, als er hierherkam.“

Sie langte noch einmal zu. Wie es aussah, würde Jack dort stehen bleiben, während sie aß, und zusehen, wie sie jeden einzelnen Bissen verschlang. „Also“, setzte sie ihre Unterhaltung fort, „was ist das jetzt für eine Geschichte zwischen dem Arzt und Mrs. McCrea?“

„Nun, woll'n mal sehen“, sagte er, lehnte sich an den Tresen hinter der Bar, breitete die Arme aus und stützte sich mit kräftigen Händen auf beiden Seiten ab. „Sie zanken gerne miteinander. Zwei eigensinnige alte Dickschädel, die sich über nichts einig werden können. Tatsache ist, meiner Meinung nach, dass Doc Hilfe brauchen könnte. Aber ich kann mir vorstellen, Ihnen ist bereits aufgefallen, dass er ein wenig verbohrt ist.“

Den Mund vollgestopft mit der wunderbarsten Eierspeise, die sie je gegessen hatte, konnte sie nur zustimmend brummen.

„Es ist so – in diesem kleinen Dorf kann es vorkommen, dass tagelang niemand ärztliche Hilfe benötigt. Dann gibt es Wochen, in denen jeder nach Doc ruft. Eine Grippe geht um, und drei Frauen stehen kurz vor der Geburt, und gerade dann stürzt auch noch jemand vom Pferd oder vom Dach. Wie es so geht. Und auch wenn er es nicht gerne zugibt, er ist siebzig.“ Jack zuckte die Schultern. „Der nächste Arzt ist mindestens eine halbe Stunde weit weg, und für die Leute draußen auf den Farmen und Ranchen mehr als eine Stunde. Das Krankenhaus ist noch weiter entfernt. Dann müssen wir auch daran denken, was passiert, wenn Doc einmal stirbt, was hoffentlich noch nicht so bald der Fall sein wird.“

Sie schluckte und trank etwas Wasser. „Und was hat Mrs. McCrea mit dem Problem zu tun?“, fragte sie. „Versucht sie wirklich, einen Ersatz für ihn zu finden, wie er sagt?“

„Ach was. Aber wegen seines Alters ist es Zeit, sich nach einer Art Protegé umzusehen, denk ich mal. Hopes Mann hat ihr genug hinterlassen. Sie ist gut versorgt. Soweit ich weiß, ist sie schon eine geraume Zeit verwitwet und tut, was sie kann, um den Ort zusammenzuhalten. Ebenso ist sie auf der Suche nach einem Prediger, einem Polizisten und einem Lehrer für die Grundschule, damit die Kleinen nicht zwei Dörfer weit mit dem Bus fahren müssen. Viel Erfolg hatte sie bislang nicht.“

„Doktor Mullins scheint ihre Bemühungen nicht sonderlich zu schätzen“, bemerkte Mel und tupfte sich die Lippen mit der Serviette ab.

„Er ist mit dem Gebiet verbunden, liebt seinen Beruf und ist weit davon entfernt, an Ruhestand zu denken. Vielleicht macht er sich auch Sorgen, es könnte einmal jemand auftauchen und seine Arbeit übernehmen, und er hätte dann nichts mehr zu tun. Ein Mann wie Doc, der nie geheiratet und sein ganzes Leben dem Dienst an einem Ort gewidmet hat, scheut vor so etwas zurück. Aber … sehen Sie … Es gab da vor ein paar Jahren einen Vorfall, kurz bevor ich hierherkam. Gleichzeitig zwei Notfälle. Ein Laster war von der Straße abgekommen, und der Fahrer war ernsthaft verletzt; und dann ein Kind mit einer schweren Grippe, die sich in eine Lungenentzündung ausgewachsen hatte. Es konnte nicht mehr atmen. Doc konnte die Blutung des Lastwagenfahrers stoppen, aber als er auf der anderen Seite des Flusses zu dem Kind kam, war es zu spät.“

„Oh Gott“, sagte sie. „Ich wette, das hat böses Blut gegeben.“

„Ich glaube nicht, dass ihm jemand wirklich einen Vorwurf macht. Er hat in seiner Zeit hier einige Leben gerettet. Aber der Eindruck, dass er etwas Unterstützung gebrauchen könnte, wurde dadurch verstärkt.“ Er lächelte. „Sie sind die Erste, die hier aufgetaucht ist und Hilfe anbietet.“

„Hmm“, sagte sie und nahm einen letzten Schluck Kaffee. Sie

hörte, wie hinter ihr die Tür aufging und zwei Männer hereinkamen.

„Harv. Ron“, grüßte Jack. Die Männer erwiderten den Gruß und setzten sich an einen Tisch beim Fenster. Jack wandte sich wieder Mel zu. „Was hat Sie hierhergeführt?“, wollte er wissen.

„Burnout“, antwortete sie. „Es hat mich krank gemacht, mit Polizisten und Beamten des Morddezernats so vertraut zu sein, dass wir uns mit dem Vornamen angeredet haben.“

„Meine Güte, was hatten Sie denn für einen Job?“

„Waren Sie schon einmal im Krieg?“, fragte sie zurück.

„In der Tat“, sagte er und nickte.

„Nun, in den großen Krankenhäusern und Traumazentren der Stadt sieht es inzwischen ganz ähnlich aus. Nach meinem Examen habe ich jahrelang als Krankenschwester im Zentrum von L. A. auf der Unfallstation gearbeitet, während ich mich zur Hebamme weiterbildete. Und da gab es Tage, die mir vorkamen wie eine Feldschlacht. Wir hatten es mit Verbrechern zu tun, die man zur Unfallstation transportierte, nachdem sie sich bei der Festnahme Verletzungen zugezogen hatten – völlig ausgerastete Typen, die nicht anders zu bändigen waren, als dass drei oder vier Beamte sie festhalten mussten, während eine Schwester dann versuchte, eine Vene zu finden. Drogenabhängige, die so vollgepumpt waren, dass nicht einmal drei Schläge mit dem Elektroschocker eines Officers sie wieder zu sich brachten, geschweige denn eine Dosis Narcan. Und da es das größte Traumazentrum in L. A. war, hatten wir auch mit den schrecklichsten Verkehrsunfällen und Schusswunden zu tun. Dann Verrückte, die unbeaufsichtigt herumliefen und nicht wussten, wo sie hin sollten, die ihre Medikamente nicht einnahmen und … Verstehen Sie mich nicht falsch, wir haben dort gute Arbeit geleistet. Hervorragende Arbeit. Ich bin wirklich stolz auf das, was wir zuwege gebracht haben. Das beste Personal. Vielleicht sogar in ganz Amerika.“

Einen Moment lang sah sie gedankenverloren vor sich hin. Ja, das Umfeld damals war wüst und chaotisch, aber während sie mit ihrem Mann zusammengearbeitet und sich in ihn verliebt hatte, war es ihr eher aufregend erschienen und sie hatte es als befriedigend empfunden. Mit einem leichten Kopfschütteln fuhr sie fort. „Von der Unfallstation bin ich zur Frauenmedizin gewechselt. Es erwies sich als das, wonach ich gesucht hatte. Die Geburtshilfe. Ich fing an, als Hebamme zu arbeiten, und mir wurde klar, dass dies meine eigentliche Berufung war. Aber es war auch dort nicht immer die reinste Wonne." Sie lächelte traurig und schüttelte den Kopf. „Meine erste Patientin wurde von der Polizei gebracht, und ich musste schwer darum kämpfen, dass sie ihr die Handschellen abnahmen. Sie erwarteten von mir, dass ich ihr Baby zur Welt brachte, während sie mit Handschellen ans Bett gefesselt war."

Er lächelte. „Nun, da haben Sie ja Glück. Ich glaube nicht, dass es ein einziges Paar Handschellen hier im Dorf gibt."

„Es war nicht jeden Tag so, aber oft. Zwei Jahre lang war ich dann Oberschwester auf der Entbindungsstation. Aufregung und Unberechenbarkeit haben mich lange Zeit in Atem gehalten, aber dann bin ich schließlich an eine Grenze gestoßen. Die Arbeit in der Frauenmedizin liebe ich, aber mit den Bedingungen eines Großstadtkrankenhauses komme ich in der Form nicht mehr klar. Gott, ich muss einfach ruhiger treten, ich bin fertig."

„Das ist aber eine Menge Adrenalin, die Sie da abzubauen haben", sagte er.

„Allerdings. Man hat mir schon vorgeworfen, ein Adrenalin-Junkie zu sein. Das kommt bei Notfallschwestern häufig vor." Sie lächelte ihn an. „Ich versuche, mich zu entwöhnen."

„Haben Sie schon einmal in einem kleinen Ort gewohnt?", fragte er und schenkte ihr noch einmal Kaffee nach.

Sie schüttelte den Kopf. „Die kleinste Stadt, in der ich je gelebt habe, hatte mindestens eine Million Einwohner. Ich bin in Seattle aufgewachsen und dann in Süd-Kalifornien aufs College gegangen."

„Kleine Dörfer können nett sein. Und sie können ihre eigenen Dramen haben. Und auch ihre Gefahren."

„Zum Beispiel?“, fragte sie und nippte an ihrem Kaffee.

„Überschwemmungen. Feuer. Wilde Tiere. Jäger, die sich nicht an die Vorschriften halten. Gelegentlich ein Krimineller. Hier draußen gibt es viele, die Pot anbauen, aber soweit ich weiß, nicht in Virgin River. Man nennt es hier ‚Humboldt Homegrown‘. Sie sind eine verschworene Gesellschaft und bleiben gewöhnlich unter sich. Kein Interesse daran, Aufmerksamkeit zu erregen. Hin und wieder kommt es aber auch schon einmal zu einem Verbrechen in Zusammenhang mit Drogen.“ Er grinste. „Davon haben Sie in der Stadt bestimmt noch nie etwas gehört, oder?“

„Bei meiner Suche nach einer Veränderung hätte ich es nicht ganz so übertreiben dürfen. Das hier ist fast wie ein Cold Turkey. Vielleicht sollte ich mich lieber langsam entziehen und es erst einmal mit einer Stadt versuchen, die ein paar Hunderttausend Einwohner hat und ein Starbucks.“

„Sie wollen doch wohl nicht behaupten, dass Starbucks einen besseren Kaffee macht als den, den Sie gerade trinken?“, fragte Jack und wies mit dem Kopf auf ihre Tasse.

„Der Kaffee ist hervorragend.“ Sie schenkte ihm ein freundliches Lächeln und fand, dass dieser Kerl in Ordnung war. „Ich hätte mich auch nach dem Zustand der Straßen erkundigen sollen. Wenn ich mir vorstelle, dass ich den Terror auf den Autobahnen in Los Angeles gegen die Kurven und steilen Abhänge in diesen Bergen hier eingetauscht habe, bei denen einem das Herz stehen bleibt ... Oh Gott.“ Schon bei dem Gedanken musste sie zittern. „Wenn ich an einem solchen Ort bleiben würde, dann nur wegen Ihrer Küche.“

Die Hände auf den Tresen gestützt, beugte er sich ein wenig zu ihr herüber. Seine dunkelbraunen Augen unter den dichten Brauen strahlten ihr warm entgegen. „Ich könnte das Haus ganz schnell für Sie herrichten“, bot er an.

„Ja, das habe ich schon einmal gehört.“ Sie reichte ihm die Hand, und er ergriff sie. Als er sie leicht drückte, konnte sie seine Schwielen spüren. Er war ein Mann, der harte körperliche Arbeit leistete. „Danke, Jack. Ihre Bar war bei diesem Experiment das Einzige, das mir gefallen hat." Sie stand auf und fing an, in ihrer Handtasche nach dem Portemonnaie zu suchen. „Was schulde ich Ihnen?"

„Das geht aufs Haus. Es ist das Mindeste, was ich tun kann."

„Ach, kommen Sie, Jack. Sie haben doch an all dem keine Schuld."

„Gut. Dann werde ich Hope eine Rechnung schicken."

In diesem Moment trat Preacher aus der Küche, in der Hand ein Gericht, das er mit einem Geschirrtuch abgedeckt hatte und an Jack übergab.

„Das Frühstück für Doc. Ich komme mit Ihnen nach draußen."

„In Ordnung."

Als sie an ihrem Wagen standen, sagte er: „Ganz im Ernst, ich wünschte, Sie würden es sich noch einmal überlegen."

„Es tut mir leid, Jack. Das ist wirklich nichts für mich."

„Ach verflixt. Wir haben einen echten Mangel an hübschen jungen Frauen hier. Kommen Sie gut an." Mit einer Hand drückte er sie leicht am Ellbogen, während er mit der anderen das Tablett balancierte. Sie dachte nur, was für ein attraktiver Mann er doch ist. Seine Augen, der kantige Unterkiefer mit dem Grübchen am Kinn. Er besitzt eine Menge Sex-Appeal. Und dann seine lockere Art, die darauf schließen lässt, dass er gar nicht weiß, wie gut er aussieht. Jemand sollte sich ihn an Land ziehen, bevor er es herausfindet. Wahrscheinlich wird es auch schon jemand getan haben.

Mel sah ihm nach, wie er über die Straße zum Haus des Arztes ging, und setzte sich dann ins Auto. In einem weiten Bogen wendete sie auf der verlassenen Straße und fuhr dann den Weg zurück, den sie gekommen war. Vor dem Haus des Arztes nahm sie den Fuß vom Gas, denn sie hatte beobachtet, wie Jack sich auf der Veranda hinhockte und irgendetwas entdeckt zu haben schien. Das zugedeckte Tablett hielt er dabei noch immer in der einen Hand, und mit der anderen signalisierte er ihr, sie solle anhalten. Als er zu ihrem Wagen hinübersah, wirkte er ziemlich geschockt und fassungslos.

Mel bremste und stieg aus. „Alles in Ordnung?“, fragte sie.

Er erhob sich und sagte: „Nein. Könnten Sie für einen Moment hierherkommen, bitte?“

Sie ließ den Wagen mit laufendem Motor und offener Tür stehen und stieg zur Veranda hinauf. Vor der Tür des Arztes stand eine Kiste, und Jack wirkte noch immer völlig bestürzt. Sie hockte sich nieder, sah hinein und entdeckte ein Baby. Es war in eine Decke gewickelt und zappelte unruhig hin und her. „Jesus“, flüsterte sie.

„Nein“, sagte Jack. „Ich glaube nicht, dass es Jesus ist.“

„Als ich vorher hier am Haus vorbeigekommen bin, stand die Kiste noch nicht da.“

Mel hob die Box mit dem Kind auf und bat Jack, sich um ihren Wagen zu kümmern. Dann schellte sie an der Tür des Arztes, und nach einigem nervösen Warten wurde endlich geöffnet. Doc trug einen karierten Flanellmorgenrock, der über seinem dicken Bauch nur locker zusammengebunden war und sein Nachthemd kaum bedeckte, während seine dünnen Beine unten herausstakten.

„Ah, Sie sind es. Immer schwer zu sagen, wann man kündigen soll, nicht wahr? Sie bringen mir mein Frühstück?“

„Mehr als das“, antwortete sie. „Das hier hat jemand auf Ihrer Türschwelle hinterlassen. Irgendeine Vorstellung, wer zu so etwas fähig wäre?“

Er nahm die Decke hoch und sah sich das Baby an. „Es ist ein Neugeborenes“, meinte er. „Wahrscheinlich erst ein paar Stunden alt. Bringen Sie es herein. Es ist doch aber nicht Ihres, oder?“

„Also wirklich“, sagte sie verärgert. Als ob der Arzt nicht wüsste, dass sie nicht nur zu dünn war, um schwanger gewesen zu sein, sondern auch viel zu munter, um gerade eine Geburt überstanden zu haben. „Glauben Sie mir, wenn es meins wäre, hätte ich es nicht hier abgestellt.“

Sie ging an ihm vorbei ins Haus hinein und stellte fest, dass sie sich nicht in einer Wohnung befand, sondern in einer Arztpraxis. Rechts lag das Wartezimmer. Zu ihrer Linken der Empfangsbereich, komplett ausgestattet mit Computer und Aktenschränken hinter einem Tresen. Ohne nachzudenken ging sie weiter nach hinten durch, und als sie ein Untersuchungszimmer entdeckte, dort hinein. Im Moment dachte sie nur daran, sicherzustellen, dass das Kind nicht krank war oder gar dringend ärztliche Hilfe brauchte. Sie stellte die Kiste auf den Tisch, zog ihren Mantel aus und wusch sich die Hände. Auf dem Untersuchungstisch lag ein Stethoskop. Sie fand auch Watte und Alkohol und reinigte die Olivenstecker damit, denn ihr eigenes Stethoskop lag ja verpackt im Auto. Eine Weile hörte sie das Herz des Kindes ab, und die weitere Untersuchung ergab dann, dass es ein kleines Mädchen war, dessen Nabelschnur mit einem Bindfaden abgebunden worden war. Zärtlich und behutsam hob sie die Kleine aus der Box und legte sie auf die Babywaage, während sie beruhigend mit ihm brabbelte.

Inzwischen war auch der Arzt hereingekommen. „Zwei Kilo, neunhundertsechsundsiebzig Gramm", berichtete sie. „Reif geboren. Herz und Atmung normal. Farbe in Ordnung." Dann fing das Baby an zu schreien. „Kräftige Lunge. Irgendwer hat ein perfektes Baby ausgesetzt. Sie müssen dafür sorgen, dass jemand vom Sozialamt hierherkommt."

Doc lachte trocken. „Klar, sie werden auch ganz bestimmt sofort hier sein." In dem Moment tauchte Jack hinter ihm auf und sah über Docs Schulter in den Raum.

„Und was gedenken Sie zu tun?", fragte sie.

„Ich denke, ich werde etwas Milchpulver auftreiben", antwortete er. „Das Geschrei klingt nach Hunger." Er drehte sich um und verließ das Untersuchungszimmer.

„Um Gottes willen", stöhnte Mel, wickelte das Kind wieder in die Decke und wiegte es in den Armen.

„Verurteilen Sie ihn nicht allzu hart", sagte Jack. „Wir sind hier nicht in L. A., wo man das Sozialamt anruft und sogleich jemand einen Hausbesuch macht. Hier ist man viel mehr auf sich selbst gestellt."

„Was ist mit der Polizei?", überlegte sie.

„Im Dorf gibt es keine. Das Department des Bezirks-Sheriffs arbeitet nicht schlecht, aber ich wette, es ist auch nicht gerade das, was Sie erwarten."

„Wieso?"

„Solange es nicht um ein wirklich ernstes Verbrechen geht, wird es voraussichtlich dauern", erklärte er. „Sie sind für ein sehr großes Gebiet zuständig. Wahrscheinlich würde der Deputy kommen, einfach einen Bericht schreiben und dann selbst beim Sozialamt anrufen. Das dürfte dann schon eine Reaktion zur Folge haben, wenn sie nicht gerade überarbeitet oder unterbezahlt sind und eine Pflegefamilie auftreiben können, die sich um das kleine …", er räusperte sich, „Problem kümmert."

„Gott. Jetzt bezeichnen Sie sie bloß nicht als Problem", ermahnte sie ihn. Sie fing an, Schranktüren zu öffnen, fand aber nicht, was sie suchte. „Wo ist die Küche?"

„Dort drüben", sagte er und deutete nach links.

„Bringen Sie mir ein paar Handtücher, vorzugsweise weiche", wies sie ihn an.

„Was haben Sie vor?"

„Ich werde sie waschen." Mit dem Baby im Arm verließ sie das Untersuchungszimmer.

Die Küche war groß und sauber. Da ja Jack dem Arzt die Mahlzeiten lieferte, wurde sie vermutlich nicht oft benutzt. Sie stellte den Geschirrständer auf den Fußboden in eine Ecke und legte das Baby vorsichtig neben das Spülbecken. Unter der Spüle fand sie ein Reinigungsmittel, mit dem sie diese kurz säuberte und dann mit Wasser nachspülte. Danach regulierte sie die Temperatur und füllte das Becken mit Wasser, während der Säugling, im Moment völlig irritiert, die Küche mit dem Lärm seines Unbehagens erfüllte. Glücklicherweise lag auf der Spüle ein Stück *Ivory Soap*, das Mel so gut wie möglich abspülte.

Mit aufgekrempelten Ärmeln nahm sie das kleine Wesen auf den Arm und tauchte es ins warme Wasser. Sofort hörte das Schreien auf. „Ah", gurrte Mel, „das Baden gefällt dir wohl? Das fühlt sich an wie zu Hause, nicht wahr?"

Doc Mullins, nunmehr angekleidet, kam in die Küche und brachte einen Behälter mit Milchpulver für Säuglinge. In seinem Schlepptau erschien dann auch Jack mit den Handtüchern, um die sie ihn gebeten hatte.

Behutsam seifte Mel das Baby ein und wusch die Käseschmiere von ihm ab. Zugleich würde das warme Wasser hoffentlich auch die Temperatur des Säuglings erhöhen. „Diesen Nabel muss man im Auge behalten", sagte sie. „Irgendeine Ahnung, wer die Mutter sein könnte?"

„Absolut nicht", sagte Doc und goss Wasser aus einer Flasche in einen Messbecher.

„Wer war denn schwanger? Es wäre doch logisch, so mit der Suche zu beginnen."

„Die schwangeren Frauen in Virgin River, die zu pränatalen Untersuchungen hierherkommen, würden ihr Kind nicht alleine zur Welt bringen. Vielleicht war es jemand aus einem anderen Ort. Möglicherweise habe ich ja eine Patientin dort draußen, die ohne ärztliche Hilfe entbunden hat, und das könnte dann die zweite Krise heute werden. Aber das brauche ich Ihnen ja gewiss nicht zu sagen", bemerkte er leicht süffisant.

„Das dürfen Sie annehmen", konterte sie im gleichen Ton. „Was haben Sie also vor?"

„Vermutlich werde ich jetzt Windeln wechseln, Fläschchen geben und reizbar werden."

„Sie wollten wohl sagen, *noch reizbarer* werden."

„Ich sehe nicht viele Alternativen", meinte er.

„Gibt es denn hier im Ort keine Frauen, die da helfen könnten?"

„In begrenztem Umfang, vielleicht." Er füllte ein Fläschchen und stellte es kurz in die Mikrowelle. „Ich werde es schon schaffen, machen Sie sich keine Sorgen." Etwas geistesabwesend fügte er dann noch hinzu: „Möglich, dass ich sie nachts nicht höre, aber das wird sie schon überleben."

„Sie müssen ein Heim für das Baby finden", sagte Mel.

„Sie sind doch hierhergekommen, um zu arbeiten. Warum bieten Sie nicht an, zu helfen?"

Mel atmete tief durch, hob das Baby aus der Spüle und legte es in das Handtuch, das Jack bereithielt. Als sie sah, mit welcher Sicherheit er den Säugling hielt, behutsam einwickelte und zärtlich an sich drückte, nickte sie anerkennend. „Das können Sie aber ziemlich gut", lobte sie.

„Meine Nichten", erklärte Jack und wiegte das Kind vor seiner breiten Brust. „Das eine oder andere Baby habe ich schon gehalten. Werden Sie noch ein wenig bleiben?"

„Nun, mit dieser Frage sind ein paar Probleme verbunden. Ich weiß nicht, wo ich wohnen soll. Wenn diese Hütte schon für mich inakzeptabel ist, dann umso mehr für das Kind. Erinnern Sie sich, die Veranda ist doch zusammengebrochen? Und an der Hintertür gibt es keine Stufen. Die einzige Möglichkeit, hineinzukommen, ist im wahrsten Sinne des Wortes zu kriechen."

„Oben habe ich ein Zimmer frei", sagte Doc. „Wenn Sie bleiben und helfen, werden Sie auch bezahlt." Dann sah er sie über den Rand seiner Brille hinweg an und fügte streng hinzu: „Verlieben Sie sich nicht in sie. Ihre Mutter wird auftauchen und sie zurückhaben wollen."

Jack ging zurück in die Bar und nutzte das Telefon in der Küche, um einen Anruf zu tätigen. Es meldete sich eine betrunkene, verrauchte Stimme: „Hallo?"

„Cheryl? Bist du wach?"

„Jack", sagte die Frau, „bist du das?"

„Ja, ich bin's. Du musst mir einen Gefallen tun. Sofort."

„Worum geht es, Jack?"

„Solltest du nicht diese Hütte für Mrs. McCrea putzen, weil die Krankenschwester herkommt?"

„Uh … Stimmt. Bin aber noch nicht dazu gekommen. Ich hatte … Ich glaube, es war eine Grippe."

Es wird wohl eher die *Smirnoff*-Grippe sein, dachte Jack. Oder noch wahrscheinlicher die *Everclear*-Grippe – dieses wirklich üble hundertneunzigprozentige Gebräu aus purem Korn. „Schaffst du es heute? Ich werde rauskommen und die Veranda reparieren, aber ich brauche jemanden, der dort sauber macht. Also, ich meine, jemanden, der wirklich alles gründlich putzt. Die Krankenschwester ist hier und bleibt fürs Erste bei Doc. Aber das Haus muss auf Vordermann gebracht werden. Also?"

„Bist du dann auch da?"

„Die meiste Zeit, ja. Ich kann auch jemand anders anrufen. Aber ich dachte, ich frage zuerst mal dich. Du musst aber nüchtern sein."

„Ich bin nüchtern", behauptete sie. „Vollkommen nüchtern."

Er hatte da so seine Zweifel und nahm an, dass sie sich wohl ein Fläschchen zum Saubermachen einstecken würde Das eigentliche Risiko aber war – und dies war kein angenehmer Gedanke –, dass sie für ihn sauber machen würde, und es dann auch gut machte, weil sie es für ihn tat. Cheryl schwärmte für ihn, seit er ins Dorf gekommen war, und suchte immer einen Vorwand, in seiner Nähe zu sein. Er gab sich alle Mühe, ihr keinerlei Anlass zu Hoffnungen zu geben. Aber trotz ihres Alkoholproblems war sie eine starke Frau und arbeitete gut, wenn sie es denn wollte.

„Die Tür ist auf. Fang einfach an, und ich komme später nach."

Jack beendete das Gespräch, und als Preacher ihn fragte: „Brauchst du Hilfe, Mann?", antwortete er: „Ja, tatsächlich. Lass uns hier abschließen und das Haus herrichten. Vielleicht kann man sie ja doch überreden, zu bleiben."

„Wenn es das ist, was du willst."

„Es ist das, was dieser Ort hier braucht", sagte Jack.

„Ah. Verstehe", meinte Preacher. „Alles klar."

Hätte Mel auf irgendeinem anderen medizinischen Gebiet gearbeitet, würde sie möglicherweise das Kind in die arthritischen Hände des alten Arztes gelegt und sich mit ihrem Auto davongemacht haben. Aber eine Hebamme könnte so etwas niemals tun – einem ausgesetzten Neugeborenen den Rücken kehren. Ebenso wenig konnte sie die tiefe Sorge um das Wohl der Kindesmutter einfach abschütteln. In wenigen Sekunden war alles entschieden. Sie konnte das Baby nicht einfach einem alten Arzt überlassen, der nachts möglicherweise seine Schreie nicht hörte. Und sie sollte auch in der Nähe sein, falls die Mutter ärztliche Hilfe brauchte, denn schließlich war sie spezialisiert auf die Probleme von Frauen vor, während und nach der Geburt.

Den Rest des Tages verbrachte Mel damit, sich in Docs Haus genauer umzusehen. Es stellte sich heraus, dass das Zimmer, das er ihr angeboten hatte, viel mehr war als nur ein Gästezimmer. Es war mit zwei Krankenhausbetten ausgestattet, einem Infusionsständer, einem Tabletttisch, einem Nachttisch und einer Sauerstoffflasche. Der einzige Stuhl im Raum war ein Schaukelstuhl, und Mel war sich sicher, dass er für frischgebackene Mütter mit ihren Säuglingen dort stand. Von unten aus dem Untersuchungszimmer holte sie dann für das Baby noch einen Plexiglas-Inkubator.

Das Haus des Arztes war so funktional wie eine Klinik ausgestattet. Das Wohnzimmer im Parterre diente als Wartezimmer; am Eingang zum Esszimmer stand ein Empfangstresen. Es gab ein Untersuchungszimmer, einen Behandlungsraum und das Büro des Arztes. In der Küche stand ein kleiner Tisch, wo Doc zweifellos seine Mahlzeiten einnahm, wenn er nicht bei Jack aß. Ansonsten war es keine normale Küche, denn hier stand ein Sterilisationsapparat, und es gab auch einen Medikamentenschrank, in dem die Narkotika unter Verschluss gehalten wurden. Im Kühlschrank befanden sich neben einigen Lebensmitteln ein paar Blutkonserven und Plasma. Mehr Blut als Lebensmittel.

Im oberen Stock gab es nur zwei Zimmer: das mit den Krankenhausbetten und das Schlafzimmer von Doc Mullins. Ihre Unterkunft war alles andere als komfortabel, aber jedenfalls besser als die schmutzige Hütte. Dennoch, das Zimmer war kalt und funktional eingerichtet: ein Holzfußboden, ein kleiner Vorleger, im Bett grobe Wäsche über einem Schonbezug aus Plastik, der bei jeder Bewegung raschelte. Sie vermisste bereits jetzt ihre Daunendecke, die fein gewebte Bettwäsche, die weichen Handtücher aus ägyptischer Baumwolle und die dicken flauschigen Teppiche. Natürlich war sie sich darüber im Klaren gewesen, dass sie auf viele Annehmlichkeiten verzichten musste, aber sie hatte geglaubt, dass es ihr guttun würde und dass sie bereit sei für eine große Veränderung.

Mels Freunde und ihre Schwester hatten versucht, sie davon abzubringen. Leider war es ihnen nicht gelungen. Sie hatte noch immer nicht ganz die traumatische Erfahrung verkraftet, Marks Kleidung und seine persönlichen Sachen weggeben zu müssen. Sein Bild hatte sie aufbewahrt. Ebenso seine Uhr, die Manschettenknöpfe aus Platin, die sie ihm zu seinem letzten Geburtstag geschenkt hatte, und seinen Ehering. Nachdem ihr der Job in Virgin River zugesagt worden war, hatte sie erst alle Möbel verkauft und dann das Haus annonciert. Innerhalb von drei Tagen kam schon ein Angebot, trotz der irrwitzig hohen Preise in L. A. Nur drei Kisten mit kleinen Schätzen hatte sie aufgehoben – Lieblingsbücher, CDs, Bilder, allerlei Krimskrams. Den PC hatte sie einem Freund geschenkt, aber den Laptop und ihre Digitalkamera hatte sie mitgebracht. Alles, was sie jetzt noch an Kleidung besaß, war in drei großen und einem kleinen Koffer verpackt. Den Rest hatte sie weggegeben. Schulterfreie Kleider für schicke Wohltätigkeitsveranstaltungen brauchte sie jetzt ebenso wenig wie erotische Nachthemden für die Nächte, in denen Mark einmal nicht so lange arbeitete.

So oder so würde es für Mel ein Neubeginn sein. Es gab nichts, wohin sie zurückkehren konnte. Sie hatte alles aufgegeben, was sie an L. A. hätte binden können. Nun, da die Dinge in Virgin River sich anders als geplant entwickelt hatten, beschloss Mel, für ein paar Tage dort zu bleiben und dann nach Colorado zu fahren. Nun gut, dachte sie, es wird schön sein, in der Nähe von Joey, Bill und den Kindern zu leben. Dort kann ich ebenso gut neu anfangen wie irgendwo anders.

Sie und Joey waren jetzt schon lange ohne ihre Eltern. Joey, die vier Jahre älter war als Mel, war inzwischen seit fünfzehn Jahren mit Bill verheiratet. Ihre Mutter war gestorben, als Mel erst vier Jahre alt gewesen war. Sie konnte sich kaum an sie erinnern. Und ihr Vater, der wesentlich älter gewesen war als ihre Mutter, war vor zehn Jahren im Alter von siebzig friedlich auf seinem *La-Z-boy*-Sofa verstorben.

Marks Eltern lebten noch in L. A., aber sie hatte nie so recht mit ihnen warm werden können. Sie hatte sie immer als kühl und korrekt erlebt. Marks Tod hatte sie einander für kurze Zeit etwas nähergebracht, aber es hatte nur wenige Monate gedauert, bis Mel auffiel, dass sie nie von ihnen angerufen wurde. Sie selbst hatte sich um sie gekümmert, immer wieder nachgefragt, wie es ihnen ginge, aber dann sah es so aus, als ob sie nichts dagegen hätten, wenn sie aus ihrem Blickfeld verschwand. Es überraschte Mel auch nicht, als sie feststellte, dass sie die beiden nicht vermisste. Sie hatte ihnen nicht einmal gesagt, dass sie die Stadt verließ.

Es stimmte, sie hatte wirklich gute Freunde. Freundinnen, die sie von der Ausbildung und vom Krankenhaus her kannte. Sie riefen regelmäßig bei ihr an, sorgten dafür, dass sie gelegentlich aus dem Haus kam, und hörten ihr zu, wenn sie über Mark redete und seinen Tod beweinte. Nach einer Weile jedoch fing sie an, ihre Freunde mit Marks Tod in Verbindung zu bringen, obwohl sie sie liebte. Immer wenn Mel sie sah, reichte allein der mitleidsvolle Blick, um ihren Schmerz wieder aufzuwühlen. Alles erschien ihr wie in einen einzigen riesigen Ball des Elends verwickelt. Sie sehnte sich so sehr danach, neu anzufangen. Irgendwo, wo niemand davon wusste, wie leer ihr Leben geworden war.

Nach einem langen Tag ließ Mel den Säugling bei Doc und gönnte sich endlich die dringend notwendige Dusche, um sich gründlich von Kopf bis Fuß zu waschen. Nachdem sie ihr Haar getrocknet und sich ihr langes Flanellnachthemd und die dicken Fellslipper angezogen hatte, ging sie in Docs Büro hinunter, um das Kind und ein Fläschchen zu holen. Ihr Aufzug erstaunte ihn so, dass er überrascht die Augen aufriss. „Ich werde sie füttern, schaukeln und zum Schlafen legen. Es sei denn, Sie hätten etwas anderes mit ihr vor", sagte sie zu ihm.

„Auf keinen Fall", antwortete er und überreichte ihr das Baby.

Oben, in ihrem Zimmer, fütterte Mel das Kind im Schaukelstuhl, und natürlich traten ihr dabei die Tränen in die Augen.

Da war noch etwas, das niemand hier wusste. Sie konnte keine Kinder bekommen. Zusammen mit Mark hatte sie versucht, ein Mittel gegen ihre Unfruchtbarkeit zu finden. Als sie geheiratet hatten, war sie achtundzwanzig und er vierunddreißig gewesen. Und da sie schon vorher zwei Jahre zusammen gewesen waren, wollten sie auch nicht länger warten. Verhütungsmittel hatte sie nie verwendet und nach einem weiteren Jahr schließlich einen Spezialisten aufgesucht.

Mit Mark schien alles in Ordnung zu sein, aber ihr mussten die Eileiter durchblasen und die Endometrioseherde außerhalb ihres Uterus entfernt werden. Genützt hatte es gar nichts. Sie hatte Hormone eingenommen und sich nach dem Geschlechtsverkehr auf den Kopf gestellt. Jeden Tag hatte sie ihre Temperatur gemessen, um ihren Eisprung nicht zu verpassen. So viele Schwangerschaftstests hatte sie zu Hause durchgeführt, dass sie sich besser im Großhandel eine Vorratspackung besorgt hätte. Und nichts geschah. Sie hatten es gerade zum ersten Mal mit einer In-vitro-Fertilisation versucht, die sie fünfzehntausend Dollar gekostet hatte, als Mark ermordet wurde. In irgendeinem Kühlschrank in L. A. lagen noch befruchtete Eizellen von ihr, auf die sie ja dann zurückgreifen könnte, falls ihre Sehnsucht nach einem Kind einmal so groß sein sollte, dass sie es alleine wagen würde.

Allein. Das war das Stichwort. Sie hatte sich so sehr ein Baby gewünscht. Und nun hielt sie ein verstoßenes kleines Mädchen im Arm. Ein hübsches süßes Baby mit rosiger Haut und einem hauchfeinen Käppchen aus braunem Haar. Es brachte sie im wahrsten Sinne des Wortes vor Sehnsucht zum Weinen.

Das kleine Mädchen war kräftig und gesund. Genussvoll ließ es sich die Kleine schmecken und gab dann ein kräftiges Bäuerchen von sich. Mel schlief gut in dieser Nacht, und das Schreien neben ihr im Bett störte sie überhaupt nicht.

Doc Mullins saß noch lange mit einem Buch auf dem Schoß aufrecht im Bett und lauschte. *Das war es also. Sie litt an irgendetwas. Ein verzweifeltes Leiden. Und verbarg dies hinter ihrer schnippischen und sarkastischen Art.*

Nichts ist, wie es scheint, dachte er und löschte das Licht.

3. KAPITEL

Am nächsten Morgen wurde Mel durch das Telefon geweckt. Als Erstes sah sie nach dem Baby. Die Kleine war in der Nacht nur zweimal aufgewacht und schlief immer noch fest. Sie zog ihre Slipper an und ging nach unten, um nachzusehen, ob sie wohl etwas Kaffee auftreiben könnte. Doc Mullins war bereits in der Küche und sogar schon völlig angekleidet.

„Ich muss raus zu den Driscolls. Jeananne scheint einen Asthmaanfall zu haben. Hier ist der Schlüssel zum Medikamentenschrank. Und die Nummer zu meinem Pager habe ich Ihnen bereits aufgeschrieben. Handys taugen hier draußen gar nichts. Sollten in der Zeit irgendwelche Patienten auftauchen, können Sie sich um sie kümmern."

„Ich dachte, Sie hätten bloß zum Babysitten Verwendung für mich", sagte sie.

„Sie sind doch hierhergekommen, um zu arbeiten, oder?"

„Und Sie haben gesagt, dass Sie mich nicht wollen", hielt sie ihm vor.

„Sie haben doch gesagt, dass Sie uns nicht wollen. Jetzt ist es aber nun mal so, wie es ist. Will sehn, was Sie draufhaben", meinte er achselzuckend, schlüpfte in seine Jacke und hob seine Tasche auf. Dann warf er mit vorgeschobenem Kinn den Kopf hoch und blickte sie mit hochgezogenen Augenbrauen fragend an, so, als wolle er sagen: Nun, was ist?

„Haben Sie heute Sprechstundentermine?"

„Nein, Termine mache ich nur mittwochs. An den anderen Tagen kommen die Leute einfach vorbei, oder ich mache Hausbesuche wie jetzt."

„Ich weiß ja nicht einmal, was ich berechnen soll", warf sie ein.

„Geht mir genauso", sagte er. „Ist auch nicht so wichtig. Die Leute hier schwimmen nicht gerade im Geld, und verdammt wenige sind versichert. Schreiben Sie einfach alles sorgfältig auf, und ich werde mich dann hinterher darum kümmern. Ist wahrscheinlich eh zu viel für Sie. So clever sehen Sie mir nicht aus."

„Wissen Sie", konterte sie, „ich habe schon mit ziemlichen Mistkerlen gearbeitet, aber Sie könnten es glatt auf den ersten Platz schaffen."

„Das fasse ich als Kompliment auf", sagte er barsch.

„Hätte ich mir denken können", antwortete sie müde. „Übrigens, wir hatten eine ruhige Nacht."

Von dem alten Ziegenbock kam kein Kommentar. Auf seinem Weg zur Tür griff er nach einem Krückstock. „Haben Sie Probleme beim Gehen?", fragte Mel.

„Arthritis", antwortete er, zog ein Magensäuremittel aus der Tasche und steckte es sich in den Mund. „Und Sodbrennen. Sonst noch Fragen?"

„Mein Gott, nein!"

„Gut."

Mel bereitete ein Fläschchen vor, und während sie es in der Mikrowelle aufwärmte, ging sie nach oben, um sich anzuziehen. Kaum war sie damit fertig, machte sich auch schon das Baby bemerkbar. Sie wechselte die Windeln, nahm es auf den Arm und hörte sich selbst sagen: „Liebe Chloe, süßes kleines Baby …" Denn falls Mark und sie ein Mädchen bekommen hätten, hätten sie es Chloe genannt. Bei einem Jungen wäre es Adam gewesen. Jedoch, was tat sie da nur?

„Du musst aber doch einen Namen haben, nicht wahr?", erklärte sie dem Baby.

Gerade als sie mit dem Kind an der Schulter die Treppe herunterkam, öffnete Jack die Eingangstür. Auf der Hand balancierte er wiederum einen zugedeckten Teller, unter dem Arm hielt er eine Thermoskanne. „Tut mir leid, Jack, Sie haben ihn verpasst."

„Das ist für Sie. Doc kam in der Bar vorbei, um mir zu sagen, ich solle Ihnen lieber mal ein Frühstück bringen, weil Sie ziemlich griesgrämig wären."

Wider Willen musste sie lachen. „Ah, ich bin also griesgrämig? Er ist so was von absolut unerträglich! Wie halten Sie das nur aus?“

„Er erinnert mich an meinen Großvater. Wie war die Nacht? Hat sie gut geschlafen?“

„Sie war prima. Ist nur zweimal aufgewacht. Ich wollte sie gerade füttern.“

„Dann lassen Sie mich doch das Fläschchen geben, und Sie frühstücken. Ich habe auch Kaffee dabei.“

„Also wirklich, ich hatte ja keine Ahnung, dass Männer wie Sie hergestellt werden“, sagte sie und ging ihm in die Küche voraus. Er stellte den Teller und die Thermoskanne ab, sie übergab ihm das Kind und prüfte die Temperatur der Babyflasche. „Sie scheinen mit einem Neugeborenen sehr gut umgehen zu können – für einen Mann, der nur ein paar Nichten in Sacramento hat …“ Er lächelte sie nur an. Sie reichte ihm die Flasche und holte zwei Kaffeetassen aus dem Schrank. „Waren Sie schon einmal verheiratet?“, fragte sie ihn, und im selben Moment bereute sie es schon. Es würde nur dazu führen, dass er sie das Gleiche fragte.

„Ich war mit dem Marine-Corps verheiratet“, antwortete er. „Und das war ein echtes Biest.“

„Wie viele Jahre?“, fragte sie weiter und schenkte den Kaffee ein.

„Etwas mehr als zwanzig. Ich war noch ein Kind, als ich mich gemeldet habe. Und was ist mit Ihnen?“

„Ich war nie bei den Marines“, scherzte sie lächelnd.

Er grinste zurück. „Und verheiratet?“

Sie konnte ihm nicht in die Augen sehen und dabei lügen, deshalb konzentrierte sie sich auf ihre Kaffeetasse. „Ich war mit einem Krankenhaus verheiratet, und mein Biest war genauso gemein wie das Ihre.“ Zumindest war das nicht komplett gelogen. Mark hatte sich immer über ihre Arbeitspläne beschwert. Sie waren einfach mörderisch. Er arbeitete auf der Unfallstation und hatte gerade eine Sechsunddreißig-Stunden-Schicht hinter sich gebracht, als er den Supermarkt betrat, wo er in den Raubüberfall hineinplatzte. Unwillkürlich erschauderte sie. Sie schob ihm eine Tasse hinüber. „Haben Sie an vielen Kämpfen teilgenommen?“

„An vielen Kämpfen“, wiederholte er und steckte dem Baby gekonnt das Fläschchen in den Mund. „Somalia, Bosnien, Afghanistan, zweimal Irak.“

„Kein Wunder, dass Sie jetzt nur noch angeln wollen.“

„Zwanzig Jahre bei den Marines, da wird fast jeder zum Angler.“

„Aber Sie wirken zu jung, um schon im Ruhestand zu sein.“

„Ich bin vierzig. Nach einem Schuss in den Allerwertesten habe ich beschlossen auszusteigen.“

„Autsch. Ist alles gut verheilt?“, fragte sie und bemerkte verwundert, dass sie rot wurde.

Lächelnd hob er einen Mundwinkel an. „Nur noch eine Narbe. Wollen Sie sie sehen?“

„Danke, nein. Also, Doc hat mich mit der Praxis allein gelassen, und ich habe keine Ahnung, worauf ich mich da eingelassen habe. Vielleicht könnten Sie mir einmal sagen, wo das nächste Krankenhaus ist. Und ob der Ambulanzdienst dort auch für das Dorf hier zuständig ist?“

„Das wäre das Valley Hospital. Und sie haben dort auch einen Ambulanzdienst. Nur, es dauert zu lange, hierherzukommen. Doc heizt gewöhnlich seinem alten Truck ein und macht das Rennen selbst. Wenn es einmal gar nicht anders geht und sie eine Extra-Stunde Zeit haben – die Ärzte in Grace Valley haben eine Ambulanz. Aber ich kann mich nicht daran erinnern, hier im Ort je eine Ambulanz gesehen zu haben, seit ich hier bin. Ich habe gehört, dass damals, als der Lastwagenfahrer bei dem Unfall beinahe gestorben wäre, ein Hubschrauber gekommen ist. Der Hubschrauber dürfte vermutlich ebenso viel Aufmerksamkeit erregt haben wie der Unfall selbst.“

„Oh Gott, ich hoffe nur, dass die Leute hier gesund bleiben, bis der Doc wieder zurückkommt“, stöhnte sie und widmete sich ihrer Eierspeise. Diesmal schien es ein spanisches Omelett zu sein, und es schmeckte genauso köstlich wie das vom Tag zuvor. „Mmm“, lobte sie und fuhr dann fort: „Da ist noch etwas. Ich habe hier keine Funkverbindung, müsste aber meine Familie informieren, dass ich sicher hier angekommen bin. Mehr oder weniger.“

„Die Bäume sind zu hoch und die Berge zu steil. Benutzen Sie das Festnetz. Und machen Sie sich keine Gedanken über die Kosten für Ferngespräche. Sie müssen ja mit Ihrer Familie in Kontakt bleiben. Darf ich fragen, wer Ihre Familie ist?“

„Nur eine ältere Schwester in Colorado Springs. Sie und ihr Mann haben beide ihr Bestes gegeben, um mir das hier auszureden – als ob ich mich dem Peace-Corps anschließen wollte oder so etwas. Ich hätte auf sie hören sollen.“

„Eine Menge Leute hier werden froh sein, dass Sie es nicht getan haben“, meinte er.

„In der Hinsicht bin ich schon dickköpfig.“

Er lächelte anerkennend.

Unwillkürlich dachte sie: Komm nur nicht auf dumme Gedanken, Freundchen. Ich bin verheiratet, und nur weil mein Mann nicht da ist, heißt das noch lange nicht, dass es vorbei ist.

Dennoch, ein Kerl so groß wie er, mit einem Gewicht von mindestens neunzig Kilo steinharter Muskeln, der ein Neugeborenes mit so viel Geschick und Feingefühl halten konnte, der hatte etwas. Dann sah sie, wie sich seine Lippen dem Kopf des Babys näherten und er dessen Geruch einatmete, und ein wenig von dem Eis, das sich um Mels gebrochenes Herz gelegt hatte, begann zu schmelzen.

„Ich fahre heute nach Eureka, um einzukaufen. Brauchen Sie etwas?“

„Windeln zum Wechseln. Für Neugeborene. Und da Sie ja alle zu kennen scheinen, könnten Sie sich da nicht einmal umhören, ob es jemanden gibt, der für das Baby sorgen kann? Vollzeit, Teilzeit, was immer. Für sie wäre es besser, bei einer Familie untergebracht zu sein als hier mit mir und Doc.“

„Und abgesehen davon“, setzte er hinzu, „wollen Sie von hier weg.“

„Ein paar Tage werde ich mich um die Kleine kümmern, aber ich möchte es nicht zu lange tun. Ich kann nicht hier bleiben, Jack.“

„Ich werde mich umhören“, versprach er. Und beschloss, dass er es vielleicht auch einfach vergessen könnte. Denn ja doch, sie konnte bleiben.

Die kleine Chloe hatte nach ihrem Fläschchen erst eine halbe Stunde lang geschlafen, als die erste Patientin des Tages auftauchte. Eine sauber und gesund aussehende junge Farmerin, die einen Overall trug, aus dem ihr dicker schwangerer Bauch in der Mitte weit hervorragte. Sie trug zwei große Gläser, die allem Anschein nach eingemachte Brombeeren enthielten. Kaum war sie eingetreten, stellte sie die Gläser auf dem Boden ab und sagte: „Ich habe gehört, dass eine neue Ärztin im Dorf ist.“

„Nicht ganz“, korrigierte Mel. „Aber ich bin Krankenschwester.“

Enttäuscht sah die Frau drein. „Oh“, sagte sie. „Ich dachte, es müsste schön sein, eine Ärztin dabeizuhaben, wenn es so weit ist.“

„Bei der Entbindung?“, fragte Mel.

„Ja. Ich mag Doc, verstehen Sie mich nicht falsch. Aber …“

„Wann ist es denn so weit?“

Sie rieb ihren riesigen Bauch. „Schätze, in einem Monat, aber ganz genau weiß ich es nicht“, antwortete sie. Ihre Füße steckten in geschnürten Arbeitsschuhen, unter dem Overall trug sie ein gelbes T-Shirt, und ihr braunes Haar war zu einem Pferdeschwanz zusammengebunden. Sie sah aus wie zwanzig, höchstens. „Es ist mein Erstes.“

„Ich bin auch Hebamme“, sagte Mel, und das Gesicht der jungen Frau erstrahlte in einem schönen Lächeln. „Aber ich kann Ihnen nichts versprechen, ich bin nur vorübergehend hier. Ich habe vor, wieder abzureisen, sobald …“ Sie überlegte, was sie sagen sollte. Aber dann, anstatt die Sache mit dem Baby zu erklären, fragte sie: „Haben Sie in der letzten Zeit eine Schwangerschaftskontrolle machen lassen? Blutdruck, Gewicht und so weiter?“

„Das ist schon ein paar Wochen her. Ich glaube, es ist wieder an der Zeit.“

„Da Sie schon einmal hier sind, warum machen wir es nicht jetzt?“, schlug Mel vor und fragte: „Wie heißen Sie?“

„Polly Fishburn.“

„Ich wette, es gibt hier irgendwo eine Karteikarte von Ihnen.“ Mel ging hinter den Empfangstresen und fing an, die Aktenschränke zu öffnen. Sie musste nicht lange suchen, bis sie die Karte entdeckt hatte. Im Untersuchungszimmer fand sie Lackmus-Teststreifen und andere Dinge, die in der Geburtshilfe gebraucht wurden. „Kommen Sie nach hinten, Polly“, rief sie. „Wann sind Sie zuletzt vaginal untersucht worden?“

„Nach dem ersten Mal gar nicht mehr.“ Polly zog ein langes Gesicht. „Ich habe mich davor gegraut.“

Mel lächelte und dachte an Docs arthritisch verkrümmte Hände. Das war gewiss nicht angenehm. „Soll ich es mir einmal ansehen? Einmal nachsehen, wie weit Sie sind, schon eröffnet oder noch verschlossen? Dann brauchen Sie es vielleicht später von Doc nicht mehr machen zu lassen. Ziehen Sie sich einfach aus und nehmen Sie sich diesen kleinen Überwurf hier. Ich bin gleich wieder da.“

Mel sah schnell nach dem Baby, das in der Küche schlief, und ging dann wieder zurück zu ihrer Patientin. Polly schien bei bester Gesundheit zu sein. Normale Gewichtszunahme, guter Blutdruck, und … „Oh Mann, Polly, das Baby liegt mit dem Kopf nach unten.“ Mel stand auf und drückte auf ihren Bauch, während sie versuchte, mit den Fingern den Muttermund der jungen Frau zu ertasten. „Und … Sie sind ungefähr fifty-fifty aufgeweitet und verschlossen. Sie werden jetzt eine kleine Wehe spüren. Merken Sie, wie es sich zusammenzieht? Man nennt es die ‚Braxton-Hicks-Wehe‘.“ Sie lächelte ihre Patientin an. „Wo werden Sie entbinden?“

„Hier, denke ich."

Mel lachte. „Wenn Sie das bald vorhaben, dann werden Sie meine Zimmergenossin. Ich wohne oben."

„Wann, glauben Sie, ist es so weit?", fragte Polly.

„In ein bis vier Wochen. Aber das kann ich nur vermuten", antwortete Mel. Dann trat sie zurück und streifte ihre Handschuhe ab.

„Werden Sie das Baby holen?", wollte Polly wissen.

„Ich möchte ehrlich mit Ihnen sein, Polly. Ich habe vor, sobald ich kann, von hier wegzugehen. Aber falls ich noch hier bin, wenn Ihre Wehen einsetzen, und Doc damit einverstanden ist, dann würde ich das sehr gerne tun." Sie streckte eine Hand aus, um Polly aufzuhelfen. „Ziehen Sie sich wieder an. Ich warte am Empfang auf Sie."

Als Mel aus dem Untersuchungszimmer kam und wieder nach vorne ging, stellte sie fest, dass das Wartezimmer inzwischen voll war.

Und am Ende des Tages hatte sie dann über dreißig Patienten empfangen, von denen allerdings achtundzwanzig nur gekommen waren, um die „neue Ärztin" kennenzulernen. Sie wollten nur einmal vorbeischauen, sie ein wenig ausfragen und ihr ein paar Willkommensgeschenke bringen.

Das war für Mel zugleich eine große Überraschung, aber auch das, was sie sich insgeheim erhofft hatte, als sie den Job annahm.

Gegen sechs war Mel völlig erschöpft, aber der Tag war wie im Flug vergangen. Sie hielt das Baby gegen die Schulter gepresst und klopfte ihm zärtlich den Rücken. „Haben Sie schon gegessen?", fragte sie Doc Mullins.

„Wann hätte ich wohl an Tagen mit offener Sprechstunde schon einmal Zeit zum Essen gehabt?", fragte er harsch. Aber es klingt schon längst nicht mehr so sarkastisch, wie er es vermutlich beabsichtigt hat, dachte Mel.

„Wollen Sie rüber zu Jack, während ich das Baby füttere?", fragte sie ihn. „Denn wenn Sie und die kleine Chloe gegessen haben, würde ich gerne etwas an die frische Luft gehen. Oder sagen wir lieber: Ich muss dringend einmal hier raus und etwas anderes sehen. Seit dem Frühstück habe ich auch noch nichts gegessen."

Er streckte seine alten, arthritischen Hände aus und fragte: „Chloe?"

Sie zuckte nur die Schultern und sagte: „Irgendeinen Namen braucht sie ja wohl."

„Gehen Sie", forderte er sie auf. „Ich werde ihr die Flasche geben und mir dann hier irgendetwas zurechtbrutzeln."

Mit einem Lächeln reichte sie ihm das Kind. „Ich weiß, Sie versuchen immer, schlecht zu sein, und kriegen es nie so ganz hin", sagte sie. „Aber danke, ich möchte wirklich gerne einmal für eine Stunde von hier verschwinden."

Sie nahm ihre Jacke vom Kleiderhaken beim Eingang und trat in die Frühlingsnacht hinaus. Und draußen, weit weg von all dem Smog und der Geschäftigkeit des Stadtlebens, gab es mindestens eine Million mehr Sterne. Sie atmete tief durch und fragte sich, ob man sich wohl an eine Luft wie diese hier gewöhnen könnte – so sauber, dass die Lungen geradezu einen Schreck bekamen.

Anders als in der stürmischen Nacht ihrer Ankunft war Jacks Bar heute recht belebt. Zwei Frauen, denen sie tagsüber schon in der Praxis begegnet war, saßen dort mit ihren Ehemännern. Es waren Connie und Ron, die den Laden an der Ecke hatten, und Connies beste Freundin Joy mit ihrem Mann Bruce. Mel erfuhr, dass Bruce die Post auslieferte und auch derjenige war, der notfalls Proben zur Untersuchung ins Labor des Valley Hospitals bringen würde. Durch sie wurde sie dann Carrie und Fish Bristol und Doug und Sue Carpenter vorgestellt. An der Bar standen ein paar Männer, und an einem Tisch saßen zwei weitere, die Kribbage spielten. Sie trugen Segeltuch-Westen, daher hielt Mel sie für Angler.

Sie hängte ihre Jacke auf, zog kurz ihren Pullover über den Bund ihrer Jeans hinunter und setzte sich auf einen der Hocker an die Bar. Ohne dass sie davon wusste, hatte sich ein Lächeln auf ihrem Gesicht ausgebreitet. Und ihre Augen leuchteten. Heute waren alle nur gekommen, um sie kennenzulernen und willkommen zu heißen, um ihr von sich zu erzählen und sie um ihren Rat zu bitten. Ein Tag voller Menschen, die sie brauchten, auch dann, wenn sie nicht unbedingt krank waren, gab ihr eine innere Zufriedenheit, die fast an Glück grenzte, sofern sie das überhaupt noch verspüren konnte.

„Wie ich gehört habe, war ja heute gegenüber einiges los", sagte Jack und wischte vor ihrem Platz kurz über die Theke.

„Sie hatten geschlossen", bemerkte sie.

„Ich hatte etwas zu erledigen. Und Preacher auch. Die meiste Zeit haben wir geöffnet, aber wenn einmal etwas ist, hängen wir ein Schild auf und versuchen, zum Abendessen zurück zu sein."

„Wenn etwas ist?", hakte sie nach.

„Wie angeln zum Beispiel", warf Preacher ein und schob ein Gestell mit Gläsern unter die Theke. Dann ging er wieder zurück in die Küche. Von hinten tauchte Ricky auf und räumte Tische ab. Als er Mel entdeckte, lächelte er erfreut und kam mit einem Tablett voll Geschirr zur Bar. „Miss Monroe – Sie sind noch hier? Fantastisch!" Dann ging auch er in die Küche.

„Er ist wirklich zu süß."

„Geben Sie acht, dass er Sie nicht hört", riet Jack. „Er ist in der Sturm-und-Drang-Phase. Sechzehn ist ein sehr gefährliches Alter. Wie geht es Ihnen?"

„Nun – gegen ein kühles Bier hätte ich nichts einzuwenden", sagte sie, und im nächsten Moment stand es auch schon vor ihr. „Was gibt es heute zum Abendessen?", fragte sie.

„Hackbraten", antwortete Jack. „Und dazu das beste Kartoffelpüree, das Sie je gegessen haben."

„So etwas wie eine Speisekarte haben Sie gar nicht, oder?"

„Nein. Wir haben das, wozu Preacher gerade aufgelegt ist. Möchten Sie erst noch einen Moment Ihr Bier genießen? Oder wollen Sie Ihr Essen gleich haben?"

Sie trank in einem kräftigen Zug. „Geben Sie mir eine Minute.“ Dann nahm sie noch einen Schluck. „Ahhh.“ Jack sah ihr lächelnd zu. „Ich glaube, ich habe heute das halbe Dorf kennengelernt.“

„Das nicht gerade, aber diejenigen, die heute gekommen sind, werden die Nachricht verbreiten. Hatten Sie auch richtige Patienten, oder sind sie alle nur gekommen, um zu sehen, wer Sie sind?“

„Es gab zwei. Wissen Sie, eigentlich hätte ich gar nicht herkommen müssen. Das Haus ist voller Lebensmittel. Alle haben etwas zu essen mitgebracht, egal ob sie wirklich krank waren oder nicht. Pasteten, Kuchen, aufgeschnittenes Fleisch, frisches Brot. Das ist alles sehr … ländlich.“

Er lachte. „Vorsicht! Wir werden uns bei Ihnen eindecken.“

„Haben Sie irgendeine Verwendung für zwei Gläser mit eingemachten Beeren? Ich glaube, das kam von einer Patientin, die damit ihre Rechnung beglichen hat.“

„Darauf können Sie wetten. Preacher macht die besten Kuchen weit und breit. Haben Sie schon etwas Neues über die Mutter des Kindes gehört?“

„Ich nenne das Baby jetzt Chloe“, sagte sie und wartete schon darauf, dass sie wieder gegen die Tränen ankämpfen müsste, was aber erstaunlicherweise nicht geschah. „Nein. Nichts. Ich hoffe nur, dass die Mutter nach der Geburt jetzt nicht irgendwo krank liegt.“

„So wie hier jeder jeden kennt, würde es sich schnell herumsprechen, wenn da draußen irgendwo eine Frau krank geworden ist.“

„Vielleicht kam sie ja tatsächlich aus einem anderen Ort.“

„Sie sehen beinahe glücklich aus“, stellte er fest.

„Das bin ich auch beinahe“, antwortete sie. „Die junge Frau mit den Beeren möchte, dass ich die Entbindung ihres Babys übernehme. Das war nett. Das einzige Problem scheint zu sein, dass sie ihr Baby wahrscheinlich bei mir im Schlafzimmer zur Welt bringen wird. Und das könnte schon ziemlich bald der Fall sein.“

„Ah“, sagte er. „Polly. Sie sieht wirklich aus, als ob das Baby jeden Moment kommen könnte.“

„Woher wissen Sie das? Ah, stimmt ja, jeder weiß hier alles.“

„Es gibt nicht so viele schwangere Frauen hier in der Gegend“, bemerkte er lachend.

Sie drehte sich auf ihrem Stuhl um und sah in den Gastraum. Zwei ältere Frauen saßen am Tisch beim Feuer und aßen Hackbraten. Die Paare, die sie gerade kennengelernt hatte – alle so in den Vierzigern oder Fünfzigern –, lachten miteinander und schienen sich Klatschgeschichten zu erzählen. Insgesamt waren es vielleicht ein Dutzend Gäste. „Heute läuft das Geschäft ganz gut, oder?“

„Wenn es regnet, kommt selten jemand. Dann ist jeder damit beschäftigt, Eimer unter die undichten Stellen zu rücken, nehme ich an. Und Sie? Immer noch versessen darauf, so schnell wie möglich von hier wegzukommen?“

Sie nahm noch einen Schluck Bier und stellte fest, dass die Wirkung auf einen leeren Magen sich unmittelbar bemerkbar machte, was aber sehr angenehm war. „Ich werde abreisen müssen, und sei es auch nur, weil es hier keine Möglichkeit gibt, mir Strähnchen machen zu lassen.“

„Es gibt Friseursalons hier. Sogar in Virgin River. Dot Schuman frisiert in ihrer Garage.“

„Das klingt wirklich sehr verlockend.“ Sie sah ihm in die Augen und fügte hinzu: „Ich bin schon leicht beschwipst. Vielleicht sollte ich mich doch einmal dem Hackbraten zuwenden.“ Dann bekam sie einen Schluckauf und sie mussten beide lachen.

Gegen sieben tauchte auch Hope McCrea auf und setzte sich auf den Hocker neben Mel. „Habe gehört, dass Sie heute viel Besuch hatten“, bemerkte sie. Als sie ihre Zigaretten aus der Tasche zog und sich eine anzünden wollte, hielt Mel ihr Handgelenk fest. „Sie werden zumindest so lange warten müssen, bis ich mit meinem Essen fertig bin.“

„Oh Mann, Sie sind ja ein Miesepeter.“ Doch Hope legte die Schachtel beiseite. „Das Übliche“, rief sie und wandte sich wieder Mel zu: „Also, wie war's? War es schon der erste richtige Arbeitstag? Hat Doc Sie bereits vergrault?"

„Er war ganz umgänglich. Ich durfte sogar eine kleine Wunde nähen. Natürlich hat er mich nicht dafür gelobt, aber er hat mich auch nicht kritisiert." Sie beugte sich ein wenig näher zu Hope hin. „Ich glaube, er heimst jetzt die Lorbeeren dafür ein, dass ich da bin. Vielleicht möchten Sie das ja klarstellen."

„Wollen Sie denn jetzt bleiben?"

„Wenigstens ein paar Tage. Wir müssen noch ein paar Dinge regeln, die einen ganz schön in Anspruch nehmen."

„Ich habe schon davon gehört. Ein Säugling."

„Jack Daniel's pur", sagte Jack und stellte Hope den Drink hin.

„Haben Sie irgendeine Ahnung, wer die Mutter sein könnte?", fragte Mel sie.

„Nein. Aber alle sehen sich jetzt gegenseitig merkwürdig an. Wenn sie von hier ist, wird sie sich zeigen. Sind Sie jetzt damit fertig, ihr Essen auf dem Teller herumzuschieben? Ich brauche endlich eine Zigarette."

„Sie sollten das Rauchen sein lassen, das wissen Sie doch."

Ungeduldig sah Hope sie an, verzog das Gesicht und rückte sich die Brille auf der Nase nach oben. „Was zum Teufel sollte mir das jetzt wohl noch ausmachen? Ich lebe schon länger, als ich es je erwartet hätte."

„Das ist doch Unsinn. Vor Ihnen liegen noch viele schöne Jahre."

„Oh Gott, hoffentlich nicht!"

Jack lachte, und gegen ihren Willen musste Mel dann auch losprusten.

Wie eine Frau, die noch tausend Dinge zu erledigen hatte, rauchte Hope ihre Zigarette, leerte ihr Glas, legte das Geld auf den Tresen und sprang vom Barhocker: „Wir sehen uns. Ich kann gelegentlich auch mal auf die Kleine achtgeben. Wenn Sie Hilfe brauchen, sagen Sie mir Bescheid."

„In der Nähe des Babys darf aber nicht geraucht werden", warnte Mel.

„Ich habe ja nicht gesagt, dass ich stundenlang auf sie aufpassen kann. Aber behalten Sie das im Kopf." Und weg war sie. Auf dem Weg zur Tür blieb sie noch an zwei Tischen stehen und plauderte ein Weilchen.

„Wie lange haben Sie normalerweise geöffnet?", wollte Mel wissen.

„Warum? Denken Sie daran, noch auf einen Schlummertrunk vorbeizuschaun?", fragte Jack.

„Heute nicht mehr. Ich bin zu erschöpft. Aber vielleicht irgendwann einmal."

„Normalerweise schließe ich gegen neun. Wenn mich aber jemand darum bittet, lasse ich auch länger auf."

„Es ist wirklich das liebenswürdigste Restaurant, das ich kenne", meinte sie lachend und sah auf die Uhr. „Ich glaube, ich sollte Doc ablösen. Ich weiß nicht, wie viel Geduld er mit einem kleinen Kind hat. Morgen komme ich zum Frühstück hierher, es sei denn, Doc müsste wieder raus zu einem Hausbesuch."

„Wir werden jedenfalls hier sein", versprach er.

Mel verabschiedete sich, und auf dem Weg zur Garderobe blieb sie kurz an zwei Tischen stehen, um den Leuten, die sie an diesem Tag kennengelernt hatte, eine gute Nacht zu wünschen.

„Glaubst du, sie wird noch eine Weile bleiben?", fragte Preacher leise.

Jack verzog das Gesicht. „Ich finde, es sollte gesetzlich verboten werden, in Jeans so verdammt gut auszusehen." Er sah Preacher an. „Kommst du hier alleine klar? Ich glaube, ich fahre noch auf ein Bier nach Clear River."

Es war ein Code, denn in Clear River gab es eine Frau.

„Kein Problem", sagte Preacher.

Um nach Clear River zu gelangen, brauchte man etwa eine halbe Stunde. Auf der Fahrt dorthin dachte Jack jedoch nicht an Charmaine, was ihm Gewissensbisse bereitete. Heute Abend ging ihm eine andere Frau im Kopf herum. Eine sehr schöne junge blonde

Frau, die in Jeans und Stiefeln so anbetungswürdig aussah, dass sie einen Mann beinahe auf die Knie zwang.

Vor zwei Jahren war Jack einmal auf ein Bier nach Clear River gefahren und hatte mit der dortigen Kellnerin ein Gespräch begonnen – Charmaine. Sie war geschieden und Mutter von zwei erwachsenen Kindern. Eine gute Frau, die hart arbeitete, gerne Spaß hatte und gerne flirtete. Nach einigen Besuchen und entsprechend vielen Bieren nahm sie ihn mit nach Hause und er sank geradezu in sie hinein, so, als wäre sie ein Federbett. Dann erklärte er ihr das, was seiner Meinung nach alle Frauen unbedingt von ihm wissen mussten – dass er nämlich nicht zu den Männern gehörte, die sich jemals an eine Frau binden, und dass er verschwände, sollte sie jemals anfangen, solche Pläne zu schmieden.

„Wie kommst du auf den Gedanken, dass alle Frauen sich von einem Mann führen lassen wollen?", hatte sie gefragt. „Ich bin gerade einen losgeworden und habe nicht vor, mich gleich wieder an einen anderen zu hängen." Dann lächelte sie und sagte: „Aber trotzdem sind wir doch alle manchmal ein wenig einsam."

Damals hatte ihre Affäre begonnen, und Jack hatte es bis jetzt immerhin zwei Jahre lang ausgehalten. Er sah sie nicht oft – etwa einmal die Woche, manchmal aber auch nur alle zwei Wochen. Es kam auch vor, dass ein ganzer Monat verging. Er wusste nicht, was sie tat, wenn er nicht da war. Vielleicht hatte sie auch andere Männer, obwohl er davon nie etwas bemerkt hatte. Nie hatte er sie in der Bar dabei überrascht, wie sie etwa mit einem anderen Mann flirtete, und er hatte auch nie irgendwelche Sachen von einem anderen Mann bei ihr zu Hause entdeckt. In ihrer Nachttischschublade verwahrte er eine Packung Kondome, und es schienen nie weniger zu sein als vorher. Auch hatte er einmal die Bemerkung fallen lassen, dass es ihm gefiel, der einzige Mann zu sein, mit dem sie näher zu tun hatte.

Was ihn selbst betraf, so hatte Jack seine persönliche Moral in Bezug auf Frauen: Er hatte immer nur eine. Manchmal konnte die Beziehung zu dieser Frau ein Jahr dauern, manchmal nur eine Nacht, aber nie hatte er mehrere gleichzeitig, zwischen denen er wechselte. Und obwohl er heute Abend diese Regel nicht gerade brach, so hielt er sich auch nicht unbedingt daran.

Nie verbrachte er eine ganze Nacht in Clear River, und nie lud er Charmaine nach Virgin River ein. In der ganzen Zeit hatte sie ihn nur zweimal angerufen und ihn gebeten, sie zu besuchen. Und das war nun wirklich nicht zu viel verlangt, denn schließlich war er ja wohl kaum der Einzige, der hin und wieder mit jemandem zusammen sein musste.

Er mochte es, wie sie strahlte, wenn sie ihn an der Tür zur Bar hereinkommen sah. Vermutlich hatte sie stärkere Gefühle für ihn, als sie zu erkennen gab. Sie war wirklich kein Spielverderber, und dafür war er ihr dankbar. Aber er wusste auch, dass er die Beziehung beenden musste, bevor sie zu eng wurde. Daher kam er manchmal vorbei, nur um ein Bier zu trinken und um zu zeigen, dass er durchaus auch die Tugenden eines Gentlemans besaß. Gelegentlich brachte er ihr auch etwas mit, einen Schal vielleicht oder Ohrringe.

Jack setzte sich an die Bar, und Charmaine brachte ihm ein Bier. Sie war eine große Blondine. Krauses, wasserstoffblondes Haar, ungefähr ein Meter fünfundsiebzig. Ihre Figur hatte sie sich weitgehend gut erhalten. Jack wusste nicht genau, wie alt sie war, aber er vermutete, Ende vierzig, Anfang fünfzig. Meist trug sie sehr eng anliegende Kleidung und Tops, die ihre vollen Brüste betonten. Auf den ersten Blick konnte sie billig wirken. Nicht etwa geschmacklos und schlecht, eher einfach. Ungeschliffen. Wenn man Charmaine jedoch näher kennenlernte und feststellte, wie gütig und absolut aufrichtig sie war, dann verflogen diese Gedanken. Jack konnte sich gut vorstellen, dass sie früher einmal wahrscheinlich alle Blicke auf sich gezogen hatte, mit diesem üppigen Busen und den vollen Lippen. Sie sah auch jetzt noch immer gut aus, aber nun hatte sie an den Hüften doch ein wenig Speck angesetzt, und es zeigten sich auch ein paar Fältchen rund um ihre Augen.

„Hallo Kleiner“, begrüßte sie ihn. „Lange nicht gesehen.“

„Das ist doch erst zwei Wochen her, meine ich."
„Eher schon vier."
„Wie ist es dir ergangen?", fragte er.
„Ich hatte viel zu tun. Die Arbeit. Dann bin ich letzte Woche nach Eureka gefahren, um meine Tochter zu besuchen. Sie steckt in einer lausigen Ehe. Aber was können wir anderes erwarten? Schließlich war es bei ihren Eltern ja nicht besser."
„Wird sie sich scheiden lassen?", fragte er höflich, obwohl es ihn in Wirklichkeit nicht besonders interessierte. Er kannte ihre Kinder nicht.
„Nein. Aber sie sollte es tun. Lass mich schnell den Tisch dort bedienen. Bin gleich wieder da."
Sie drehte sich um und sah zu, dass die anderen Gäste bedient wurden. Und da Jack aufgetaucht war, wusste auch Butch, der Besitzer der Bar, bereits Bescheid, dass Charmaine heute gerne etwas früher gehen würde. Jack beobachtete, wie sie mit einem Tablett voller Gläser in der Hand hinter die Bar ging und leise mit ihrem Boss sprach, der zustimmend nickte. Dann kam sie zu ihm zurück.
„Ich wollte nur ein Bier trinken und Hallo sagen", erklärte Jack. „Dann muss ich auch schon wieder zurück. Ich habe da ein großes Projekt laufen."
„Ach, tatsächlich? Was denn?"
„Ich repariere das Haus für eine Frau im Ort. Heute habe ich eine neue Veranda gebaut, und morgen werde ich sie anstreichen und am Hintereingang Stufen legen."
„Interessant. Ist sie hübsch?"
„Ich denke schon, dass man das so sagen kann. Für eine Sechsundsiebzigjährige."
Sie lachte laut auf. Charmaine hatte ein ansteckendes Lachen, das tief von innen herauskam. „Also gut, dann werde ich mir nicht die Mühe machen, eifersüchtig zu sein. Aber hast du nicht wenigstens Zeit, mich nach Hause zu begleiten?"
„Das schon", sagte er und leerte sein Bier. „Aber ich werde heute nicht mit reinkommen."

„Ist schon in Ordnung", versicherte sie ihm. „Ich hole nur schnell meinen Mantel."

Draußen hakte sie sich bei ihm unter und fing an, ihm zu erzählen, was in den letzten Wochen passiert war, so wie sie es immer tat. Ihm gefiel der Klang ihrer Stimme. Sie war tief und ein wenig heiser, das, was man gewöhnlich eine „Whiskey-Stimme" nennt. Aber sie trank alles andere als viel. Endlos konnte sie über Nichtigkeiten plaudern, aber auf eine angenehme Art, die ihm nicht lästig wurde. Sie sprach über die Bar, die Leute im Dorf, ihre Kinder, Dinge, die sie sich vor Kurzem gekauft hatte, und über Bücher, die sie gerade las. Die Nachrichten interessierten sie. Den Vormittag verbrachte sie gewöhnlich vor dem Fernseher und sah CNN, ehe sie zur Arbeit ging. Und sie erzählte ihm gerne, was sie von den Geschichten hielt, die in die Schlagzeilen geraten waren. In ihrem kleinen Haus gab es immer irgendwelche Arbeiten, mit denen sie sich beschäftigte – tapezieren, anstreichen oder neue Geräte installieren. Das Haus war bezahlt. Sie hatte es wohl irgendwie geerbt. Daher konnte sie das Geld, das sie verdiente, für sich und die Kinder verwenden.

Als sie an der Tür standen, sagte er: „Ich fahre zurück, Charmaine. Aber wir sehen uns bald wieder."

„Gut, Jack", sagte sie und legte den Kopf in den Nacken, um ihn zu küssen. Er kam ihr entgegen. „Das war aber kein richtiger Kuss", beschwerte sie sich.

„Ich möchte nur heute Nacht nicht mit reinkommen", verteidigte er sich.

„Du musst ja schrecklich müde sein", neckte sie ihn. „Meinst du, dass du noch so viel Energie aufbringen kannst, um mir einen Kuss zu geben, an den ich mich noch ein bis zwei Stunden erinnern kann?"

Er versuchte es noch einmal. Diesmal bedeckte er ihren Mund mit seinen Lippen und ließ auch seine Zunge ein wenig spielen. Dabei hielt er sie fest an sich gedrückt. Und sie packte seinen Hintern. Verdammt! dachte er. Sie rieb sich ein wenig an ihm und saugte an seiner Zunge. Dann hakte sie ihre Finger in den Bund seiner Jeans und zog ihn zu sich. Dabei rutschte ihre Hand tiefer und drückte gegen seinen Bauch.

„Also gut", gab er nach, ein wenig aufgewühlt und erregt. „Dann komme ich halt für ein paar Minuten mit rein."

„Na, das ist mein Junge", sagte sie und lächelte ihn an. Sie stieß die Tür auf, und er folgte ihr nach drinnen. „Betrachte es doch einfach als kleine Schlaftablette."

Er ließ seine Jacke auf den Stuhl fallen, und Charmaine hatte ihre noch nicht einmal ausgezogen, als er sie auch schon um die Taille fasste, an sich zog und sie überraschend mit einem heißen, gierigen Kuss beinahe verschlang. Dann streifte er ihr die Jacke von den Schultern und führte sie rückwärts ins Schlafzimmer, wo sie zusammen aufs Bett fielen. Er schob ihr das Top hoch und legte ihre Brüste frei, nahm erst die eine in den Mund, danach die andere. Im Nu hatte er ihr auch schon die Hose ausgezogen und seine nach unten geschoben. Er ließ seine Hände über ihren üppigen Körper gleiten, von den Schultern über die Hüften hinunter bis zu den Schenkeln. Dann langte er zum Nachttisch und zog eins der Kondome heraus, die dort für ihn aufbewahrt wurden. Er riss die Packung auf, zog es sich über und war dann so schnell in ihr, dass es ihn selbst überraschte. Er stieß zu, tauchte ein, tiefer und tiefer, und sie stöhnte: „Oh! Oh! Oh, mein Gott!"

Er stand kurz vor dem Höhepunkt, hielt sich jedoch zurück, während sie die Beine um seine Taille schlang und sich aufbäumte. Da geschah etwas mit ihm. Irgendwie verschob sich etwas in seinem Bewusstsein. Er wusste nicht mehr, wo er war und mit wem. Als er schließlich spürte, wie sie sich um ihn zusammenzog, ließ er sich mit einem lauten Aufstöhnen fallen. Und ihr heftiges Keuchen verriet ihm, dass auch sie völlig befriedigt war.

„Mein Gott", sagte sie, als sie wieder ruhig atmen konnte. „Was hat dich so angeheizt?"

„Hmm?"

„Jack, du hast nicht einmal deine Stiefel ausgezogen!"

Einen Moment lang war er betroffen, dann rollte er sich von ihr herunter. Lieber Himmel, dachte er. Du kannst doch eine Frau nicht so behandeln! Aber dann beruhigte er sich. Er mochte bei all dem zwar nicht viel gedacht haben, aber zumindest hatte er auch nicht an eine andere Frau gedacht. Sein Denkvermögen hatte damit überhaupt nichts zu tun. Es war reiner Instinkt – nur sein Körper, der nach etwas griff.

„Es tut mir leid, Charmaine. Alles in Ordnung bei dir?"

„Bei mir ist alles mehr als in Ordnung. Aber zieh bitte die Stiefel aus und halt mich fest."

Er dachte daran, ihr zu sagen, dass er gehen müsste, gehen wollte. Aber das konnte er ihr nach dem, was vorgefallen war, nicht antun. Daher setzte er sich und zog Stiefel, Hose und Hemd aus und warf alles auf den Boden. Nachdem er noch kurz das Badezimmer aufgesucht hatte, kam er zurück, schloss sie in die Arme und hielt sie fest. Ihr weicher Körper lag wie ein schweres Kissen an ihm.

Er streichelte sie, küsste sie und liebte sie schließlich noch ein zweites Mal. Diesmal war es das Gegenteil von dem, was er zuvor getan hatte. Weniger verrückt, deshalb aber nicht weniger befriedigend. Und gegen ein Uhr morgens suchte er auf dem Boden nach seiner Hose.

„Ich dachte, du würdest heute Nacht vielleicht einmal hierbleiben", sagte sie vom Bett aus.

Er zog sich die Hose hoch und setzte sich neben sie, um die Stiefel anzuziehen. Dann drehte er sich um und gab ihr einen Kuss auf die Wange. „Ich kann nicht", erwiderte er. „Aber jetzt wird es dir gut gehen." Er lächelte sie an. „Sieh es doch einfach als kleine Schlaftablette an."

Als er nach Virgin River zurückfuhr, dachte er: Es ist vorbei. Ich werde Schluss machen müssen. Das kann ich einfach nicht mehr tun, jedenfalls nicht reinen Gewissens. Nicht, wenn ich mich für jemand anderen interessiere.

4. KAPITEL

Die Ladefläche seines Pick-ups mit allerlei Zubehör vollgepackt, fuhr Jack zum Ferienhaus hinaus. Es war jetzt nacheinander der dritte Tag. Als er vorfuhr, kam Cheryl aus dem Haus und trat auf die Veranda. „Hey, Cheryl“, rief er. „Wie sieht es aus? Bist du bald fertig da drin?“

Sie hielt ein Putztuch in der Hand. „Ich werde noch den ganzen Tag beschäftigt sein. Es war ein richtiger Saustall. Wirst du morgen auch kommen?“

Das hatte er zwar vor, antwortete ihr aber: „Nein. Ich bin fast fertig. Heute Morgen werde ich die Veranda streichen. Kannst du die Hintertür benutzen? Ich habe die Stufen noch nicht gelegt.“

„Ich kann ja runterspringen. Was hast du mitgebracht?“ Sie stieg die Verandatreppe hinunter.

„Bloß Sachen für die Hütte“, antwortete er und entlud einen großen Adirondack-Stuhl für die Veranda. Ein zweiter lag noch auf der Ladefläche.

„Mann! Du gehst aber wirklich aufs Ganze.“

„Das muss einfach getan werden.“

„Sie muss ja eine tolle Krankenschwester sein.“

„Sie sagt, dass sie nicht bleiben will, aber das Haus muss sowieso in Ordnung gebracht werden. Ich habe Hope versprochen, mich darum zu kümmern.“

„Nicht jeder würde sich damit so viel Mühe geben. Du bist wirklich ein guter Kerl, Jack.“ Sie spähte in den Truck. Auf der Ladefläche lagen eine große, in Plastik eingeschweißte Matratze, darauf ein eingerollter großer Teppich für das Wohnzimmer, Tüten von *Target* voller Bettwäsche und Handtücher. Alles neu, und nicht grau und abgenutzt wie die alten, die aus Hopes Wäscheschrank stammten. Töpfe mit Geranien für die Veranda, Bauholz für die Hintertreppe, Farbe und eine Kiste voller neuer Küchengeräte. „Das ist viel mehr als bloß Reparaturzeug“, bemerkte sie und befestigte eine Haarsträhne, die sich aus der

Spange am Ohr gelöst hatte. Als sein Blick sie streifte, fielen ihm die traurigen Augen auf, die ihn sehnsüchtig ansahen. Schnell sah er wieder weg.

„Warum soll ich es nur halb machen?“, meinte er. „Es soll einfach schön werden. Wenn sie weg ist, kann Hope die Hütte ja an Sommergäste vermieten.“

„Ja“, sagte sie nur.

Während Jack die Sachen weiter ablud, stand Cheryl nur herum. Er versuchte, sie zu ignorieren, und vermied es sogar, mit ihr über irgendetwas Belangloses zu plaudern.

Cheryl war eine große, gut gewachsene Frau von gerade mal dreißig Jahren. Allerdings sah sie nicht gut aus, denn sie trank bereits seit ihrer Teenagerzeit. Sie hatte ein rotes Gesicht, dünnes, schlaffes Haar, rot geränderte Augen, die von schweren Lidern halb verdeckt wurden. Um die Taille herum hatte sie durch den vielen Alkohol Gewicht angesetzt. Hin und wieder blieb sie mal ein paar Wochen oder auch Monate nüchtern, aber immer wieder fiel sie sozusagen zurück in die Flasche. Sie lebte noch bei ihren Eltern, die wegen ihrer Trinkerei mit ihrem Latein am Ende waren. Was aber konnten sie tun? Sie würde immer wieder zum Alkohol greifen. Jack gab ihr nie etwas, aber wann immer er sie gelegentlich einmal traf, so wie jetzt, konnte er diesen verräterischen Geruch wahrnehmen und ihre Augen standen auf Halbmast. Heute hielt sie sich ganz gut. Sie konnte nicht viel intus haben.

Vor ein paar Jahren hatte es einen unangenehmen Vorfall gegeben, den Cheryl und Jack noch nicht vergessen hatten. Eines Nachts hatte sie ein wenig zu viel getrunken und war zu seiner Wohnung hinter der Bar gekommen, wo sie dann mitten in der Nacht an seine Tür pochte. Als er aufmachte, warf sie sich ihm an den Hals, betatschte ihn und erklärte, dass sie unsterblich in ihn verliebt sei. Besonders traurig für sie war dann, dass sie sich hinterher auch noch an alles erinnern konnte. Ein paar Tage später hatte er sie zufällig einmal nüchtern angetroffen und ihr erklärt: „Niemals. Es wird nie geschehen. Vergiss es und tu so etwas nie wieder." Und das hatte sie zum Weinen gebracht.

Er hatte versucht, die Sache so gut es ging zu vergessen, und war froh, dass sie zum Trinken nicht in seine Bar kam, sondern zu Hause blieb. Sie bevorzugte Wodka, den sie pur vermutlich direkt aus der Flasche trank, oder, wenn sie es in die Hände bekam, auch „Everclear", dieses wirklich gemeine, extrem starke Zeug, das in den meisten Staaten verboten war. In Läden, in denen Alkohol verkauft wurde, hatten die Besitzer in der Regel jedoch immer ein wenig davon unter der Ladentheke.

„Ich wünschte, ich wäre eine Krankenschwester", sagte Cheryl.

„Hast du jemals daran gedacht, es noch einmal mit einer Ausbildung zu versuchen?", fragte er, während er weiter arbeitete. Ihm lag daran, nicht den Eindruck zu erwecken, es würde ihn sonderlich interessieren. Er stemmte den Teppich von der Ladefläche, legte ihn über die Schulter und trug ihn zum Haus.

Hinter seinem Rücken antwortete sie: „Das könnte ich mir nicht leisten."

„Du könntest es, wenn du einen Job hättest. Du müsstest es in einem größeren Ort versuchen. Wirf dein Netz ein bisschen weiter aus und hör auf, dich mit Gelegenheitsjobs zufriedenzugeben."

„Ja, ich weiß", sagte sie und folgte ihm. „Aber mir gefällt es hier."

„Wirklich? Du machst auf mich keinen besonders glücklichen Eindruck."

„Oh, manchmal bin ich aber glücklich."

„Dann ist es ja gut", sagte er und warf die Teppichrolle auf den Boden im Wohnzimmer. Er würde ihn später auslegen. „Wenn du Zeit hast, könntest du dann noch die neue Bettwäsche, die ich gekauft habe, waschen und einsortieren? Und auch das Bett machen, sobald ich die neue Matratze reingelegt habe?"

„Sicher. Komm, ich helfe dir bei der Matratze."

„Danke", sagte er, und gemeinsam schleppten sie sie ins Haus.

Er lehnte sie an die Wand und hob die alte aus dem Bett. „Wenn ich nach Hause fahre, werde ich sie unterwegs zum Müllplatz bringen.“

„Ich habe gehört, dass in Docs Haus ein Baby ist. Ein Baby, das man einfach bei ihm abgelegt hat.“

Jack erstarrte. Oh Mann, dachte er, Cheryl? Könnte das Baby etwa von Cheryl sein? Unwillkürlich musterte er sie von oben bis unten. Der dicke Bauch? Und dann dieses lockere, ausgebeulte Hemd. Aber sie hat doch schon genau einen Tag danach hier das Haus geputzt. Das hätte sie dann doch wohl kaum gekonnt, oder? Aber vielleicht lag es ja doch nicht an der Smirnoff-Grippe. Müsste sie dann aber nicht bluten und Milch verlieren? Schwach und müde sein?

„Stimmt“, sagte er schließlich. „Hast du vielleicht etwas davon gehört, wer das gewesen sein könnte?“

„Nein. Ist es ein Indianerkind? Hier in der Nähe ist doch dieses Reservat. Frauen, die es schwer haben, du verstehst?“

„Es ist weiß.“

„Wenn ich hier fertig bin, könnte ich auch bei dem Baby helfen, weißt du?“

„Oh, ich glaube, das wird nicht nötig sein, Cheryl. Aber danke. Ich werde es Doc sagen.“ Er trug die alte Matratze hinaus und lehnte sie gegen das Heck seines Pick-ups. Das Ding sah wirklich scheußlich aus. Mel hatte vollkommen recht – die Hütte war einfach grauenhaft. Was hatte Hope sich nur dabei gedacht? Gut, sie hatte vorgehabt, sie putzen zu lassen. Aber hatte sie etwa geglaubt, eine Krankenschwester würde auf dem Ding hier schlafen? Mit solchen Details konnte Hope wirklich nachlässig sein. Manchmal war sie eine richtige alte Hexe.

Er griff in den Laderaum und zog die Tüten mit der Bettwäsche heraus. „Hier, nimm du sie“, forderte er Cheryl auf. „Und geh jetzt ins Haus. Ich muss anfangen zu streichen, denn ich möchte zum Abendessen wieder in der Bar sein.“

„Alles klar“, sagte sie und nahm die Tüten an sich. „Sag mir Bescheid, wenn Doc mich braucht, okay?“

„Aber sicher, Cheryl.“ Und dachte dabei: niemals. Das wäre viel zu riskant.

Am späten Nachmittag stand Jack bereits wieder in der Bar. Es blieb ihm noch ausreichend Zeit, die Getränkebestände zu prüfen, bevor die Gäste zum Essen erscheinen würden. Wie meistens um diese Tageszeit war im Augenblick niemand da. Preacher war hinten mit den Vorbereitungen für das Abendessen beschäftigt, und mit Rickys Eintreffen brauchte man innerhalb der nächsten Stunde nicht zu rechnen.

Ein Mann betrat die Bar. In seiner Jeans und dem braunen T-Shirt unter der Jeansweste sah er nicht aus wie ein Angler. Sein Haar war etwas länger und lockig, und er trug eine Baseballkappe. Ein großer Kerl, der sich offensichtlich seit einer Woche nicht mehr rasiert hatte. Er setzte sich ein paar Stühle von dort entfernt, wo Jack mit dem Papierklemmbrett in der Hand die Bestandsaufnahme machte. Ein klares Signal, dass er an einer Unterhaltung nicht interessiert war.

Jack ging zu ihm hinüber. „Hallo. Auf der Durchreise hier?“, fragte er und klopfte mit einer Serviette auf den Tresen.

„Hmm“, war nur die knappe Antwort: „Wie sieht's aus, kann ich ein Bier und einen Kurzen bekommen? Heineken und Beam?“

„Kommt sofort“, sagte Jack und bediente ihn.

Der Mann kippte den Jim Beam in einem Zug hinunter und hob dann das Bierglas, wobei er jeglichen Augenkontakt mit Jack vermied. Gut, dachte Jack, er möchte nicht reden. Bin sowieso beschäftigt. Also wandte er sich wieder dem Zählen der Flaschen zu.

Nach ungefähr zehn Minuten hörte er, wie der Mann rief: „Hey, Kumpel, dasselbe noch mal!“

„Aber klar doch“, sagte Jack und brachte ihm noch einmal dasselbe. Und wieder versanken sie in Schweigen. Diesmal brauchte der Mann etwas länger für sein Bier, so lange, dass Jack einen guten Teil seiner Bestandsaufnahme erledigen konnte. Irgendwann blickte er auf und sah, dass der Mann am anderen Ende des Tresens stand und auf die Rechnung wartete.

Jack erhob sich, und der Mann griff in seine Tasche. Dabei zeigte sich unter dem Ärmel seines T-Shirts kurz das Detail eines Tattoos. Es war der Fuß einer Bulldogge. Der Teufelshund. Beinahe hätte Jack eine Bemerkung dazu gemacht, denn zweifellos trug der Mann ein unverwechselbares Zeichen des United-States-Marine-Corps. Aber dann zog der Kerl ein dickes Bündel Scheine hervor und fischte einen Hundert-Dollar-Schein heraus „Können Sie wechseln?“

Ohne den Schein in die Hand nehmen zu müssen, witterte Jack den Geruch von Marihuana. Der Mann musste die Pflanzen gerade geschnitten haben – oder beschnitten oder geerntet. Und dem stinkenden Geldbündel nach zu urteilen hatte er wohl auch gerade einen Deal abgeschlossen. Jack hätte den Schein wechseln können, aber er wollte zum einen nicht zeigen, wie viel Geld er in der Kasse hatte, zum anderen legte er auch keinen Wert darauf, diesen Schein anzunehmen. Dort draußen gab es viele Grower, wie man die professionellen Marihuanapflanzer nannte, und manche hatten auch die Erlaubnis, es wegen seines medizinischen Nutzens zum legalen Gebrauch anzubauen. Für viele war Marihuana nichts anderes als eine Nutzpflanze wie Mais. Es ging um Landwirtschaft. Ein Weg, Geld zu verdienen. Und dann gab es diejenigen, die damit Handel trieben, weil Drogen einen großen Profit brachten. Oft wurde dieser Teil des Landes als „Smaragddreieck“ bezeichnet, womit die drei Landkreise gemeint waren, die ihren Ruhm vor allem dem Marihuana-Anbau zu verdanken hatten. Und viele schicke, neue Trucks gab es hier, die von Leuten gefahren wurden, die für das Gehalt eines Busfahrers arbeiteten.

Einige Ortschaften in diesem Gebiet gingen auf die Bedürfnisse der Grower ein. Sie verkauften das Zubehör, das der illegale Anbau erforderte – Bewässerungsanlagen, Pflanzenzuchtlampen, Tarnnetze, Plastikplanen, Scheren in verschiedenen Größen für die Pflanzenbeschneidung oder die Ernte. Waagen, Generatoren, Geländefahrzeuge, mit denen die abseits gelegenen, tief im Wald verborgenen geheimen Verstecke erreicht werden konnten. Manche Kaufleute hatten in ihren Auslagefenstern ein Schild hängen mit der Aufschrift: Kein Service für CAMP, was für *Campaign Against Marijuana Planting* stand. Es war eine Gemeinschaftskampagne des Departements des Bezirks-Sheriffs und dem Staat Kalifornien. Clear River war so ein Ort, der CAMP ablehnte. Dort scheute man sich nicht, das Geld der Grower anzunehmen. Und davon gab es reichlich. Charmaine befürwortete den illegalen Anbau nicht, aber Butch würde gewiss keinen stinkenden Schein zurückweisen.

Virgin River war anders.

Die Grower hielten zwar in der Regel still und bereiteten keine Probleme, weil sie nicht auf sich aufmerksam machen wollten. Hin und wieder jedoch gab es territoriale Konflikte, oder die Plantagen wurden mit Sprengfallen gesichert. In beiden Fällen konnten ahnungslose Bürger verletzt werden. Und es kam auch zu Kriminalität in Verbindung mit Drogenkonsum – von Diebstahl oder Raub bis hin zu Mord. Es war noch gar nicht so lange her, dass man die Leiche eines Grower-Partners vergraben im Wald bei Garberville gefunden hatte. Mehr als zwei Jahre lang war er vermisst worden, und der Grower hatte immer unter Verdacht gestanden.

In Virgin River gab es nichts, womit eine illegale Ernte gefördert werden könnte. Das war eine Möglichkeit, sie fernzuhalten. Sollte es hier irgendwelche Grower geben, dann agierten sie wirklich sehr im Geheimen. Virgin River stieß solche Leute eher ab. Allerdings war dieser hier nicht der erste, der vorbeischaute.

„Wissen Sie was“, antwortete Jack dem Mann, wobei er ihm lange ernst in die Augen blickte. „Das geht diesmal aufs Haus.“

„Danke“, sagte er, steckte den Schein wieder in das Bündel und stopfte es in die Tasche. Dann wandte er sich zum Gehen.

„Und noch etwas, Kumpel“, rief Jack ihm nach, als er die Tür erreicht hatte. „Der Deputy und die kalifornische Highway Patrol werden bei mir auf Kosten des Hauses bedient.“

Die Schultern des Mannes hoben sich kurz, als er leise auflachte. Er hatte verstanden. Mit einem leichten Tippen an den Rand seiner Kappe verschwand er.

Jack ging um die Bar herum und beobachtete durch das Fenster, wie der Mann in einen schwarzen Range Rover stieg. Es war das neueste Modell mit Kompressormotor, riesigen Rädern, wärmedämmender Colorverglasung und Zusatzscheinwerfern. Alles in allem mindestens seine hunderttausend Dollar wert. Der Kerl war kein Hobbygärtner. Jack notierte sich das Kennzeichen.

Preacher war damit beschäftigt, Kuchenteig auszurollen, als Jack in die Küche trat. „Habe gerade einen Kerl bedient, der seine Drinks mit einem faustdicken Bündel stinkender Scheine bezahlen wollte“, erzählte ihm Jack.

„Mist.“

„Er fährt einen nagelneuen Range Rover, getuned, höhergelegt und rundum beleuchtet.“

„Du meinst, dass er hier in der Nähe anbaut?“

„Keine Ahnung“, sagte Jack. „Aber wir sollten die Augen offen halten. Wenn der Deputy das nächste Mal kommt, werde ich es erwähnen. Natürlich verstößt es nicht gegen das Gesetz, stinkendes Geld zu besitzen oder einen großen Truck zu fahren.“

„Wenn er so reich ist, geht es wohl kaum um ein kleines Projekt“, bemerkte Preacher.

„Er hat ein Teufelshund-Tattoo auf seinem rechten Oberarm.“

Preacher verzog das Gesicht. „Irgendwie hasse ich es, wenn ein Kamerad solche Wege geht.“

„Tja, was du nicht sagst. Vielleicht betreibt er seine Geschäfte aber auch gar nicht hier in der Gegend. Kann ebenso gut sein, dass er den Ort nur anschauen wollte, um festzustellen, ob es sich lohnt, hier etwas aufzuziehen. Er hat aber, glaube ich, verstanden, dass es das nicht tut. Ich hab ihm nämlich weisgemacht, dass Gesetzeshüter bei uns auf Kosten des Hauses essen und trinken.“

Preacher grinste. „Dann sollten wir damit anfangen“, meinte er.

„Na ja, vielleicht sollten wir es auch erst einmal mit einem Rabatt versuchen. Wir wollen es ja nicht übertreiben.“

Mel hatte ihre Schwester Joey am Telefon erreicht.

„Mein Gott, Mel! Du hast mir ja solch einen Schreck eingejagt! Wo hast du denn nur gesteckt? Warum hast du nicht schon längst einmal angerufen?“

„Die ganze Zeit bin ich in Virgin River, wo ich kein eigenes Telefon habe, und mein Handy hat keinen Empfang. Außerdem war ich auch ganz schön beschäftigt.“

„Ich war drauf und dran, die Nationalgarde anzurufen!“

„Wirklich? Also, die Mühe kannst du dir jedenfalls sparen. Sie wären nie in der Lage, mich hier zu finden.“

„Ist alles in Ordnung?“

„Nun ... Es wird dir vermutlich eine perverse Freude bereiten“, erzählte Mel, „aber du hattest recht. Ich hätte es nicht tun sollen. Ich war verrückt. Wie üblich.“

„Ist es so schrecklich?“

„Also jedenfalls hat es schrecklich angefangen. Das mietfreie Haus erwies sich als halb verfallene Bruchbude, und der Arzt ist ein fürchterlicher alter Kauz, der absolut nicht will, dass ihm jemand in seiner Praxis hilft. Du wirst es nicht glauben, aber ich wollte gerade schon wieder von hier wegfahren, da wurde auf der Veranda des Arztes ein Neugeborenes gefunden, das jemand dort hingelegt hatte. Inzwischen ist es ein wenig besser geworden, aber auch nur etwas. Ich werde jetzt noch wenigstens ein paar Tage hierbleiben, um mich um das Baby zu kümmern. Der alte Arzt würde ja nicht einmal wach, wenn das Kind mitten in der Nacht vor Hunger schreit. Oh Joey, mein erster Eindruck von ihm war, dass es sich um die schlimmste Ausgabe eines praktischen Arztes handelt, der mir je begegnet ist. Gemein wie eine Schlange und ungehobelt wie ein Holzklotz. Gott sei Dank bin ich ja durch meine Arbeit mit all diesen Praktikanten in L. A.

ganz gut vorbereitet, vor allem, wenn ich an diese bescheuerten Chirurgen denke."

„Okay, das war dein erster Eindruck. Was hat sich jetzt geändert?"

„Er zeigt sich nachgiebig. Da ich nicht in dieser Hütte wohnen konnte, bin ich jetzt in seinem Gästezimmer untergebracht. Tatsächlich ist es wie ein Krankenhauszimmer eingerichtet, das einzige im Ort. Sein Haus ist in Ordnung – sauber und funktional ausgestattet. Jeden Moment könnte da aber noch eine kleine Unbequemlichkeit auf mich zukommen. Eine junge Frau, die mich gebeten hat, ihr erstes Baby zur Welt zu bringen, wird es hier bekommen – in meinem Schlafzimmer, das ich ja auch noch mit dem ausgesetzten Kind teile. Stell dir das vor: eine Postpartum-Patientin und ein komplettes Säuglingsheim."

„Und du schläfst dann wo?"

„Wahrscheinlich werde ich mich dann in irgendeiner Ecke festhaken und im Stehen schlafen. Aber das kann nur passieren, wenn sie innerhalb der nächsten Woche niederkommt, solange ich noch hier bin. Bestimmt wird sich bald auch eine Familie finden, die das Baby in Pflege nimmt. Obwohl, gegen eine Geburt hätte ich überhaupt nichts. Eine schöne, glückliche Geburt mit liebenden, aufgeregten, gesunden Eltern …"

„Deshalb musst du aber nicht bleiben", stellte Joey entschieden fest. „Es ist ja nicht so, als hätten sie keinen Arzt."

„Ich weiß, aber sie ist noch so jung. Und sie war so glücklich bei dem Gedanken, dass es eine Ärztin hier geben würde, die sie entbinden könnte, und nicht dieser mürrische alte Mann."

„Mel, ich wünschte, du würdest dich ins Auto setzen und einfach losfahren. Komm zu uns. Hier können wir uns eine Weile um dich kümmern."

„Aber es muss sich niemand um mich kümmern", erwiderte Mel lachend. „Arbeit hilft. Ich muss arbeiten. Dann vergehen ganze Stunden, ohne dass ich an Mark denke."

„Wie kommst du damit jetzt klar?"

Mel seufzte tief. „Das ist ein anderer Punkt. Hier weiß niemand Bescheid, also sieht mich auch niemand mit diesen traurigen, mitleidsvollen Augen an. Und weil sie mich nicht so ansehen, breche ich auch nicht so oft zusammen. Jedenfalls nicht in Anwesenheit anderer."

„Oh Mel", seufzte Joey, „ich wünschte, ich könnte dir irgendwie helfen ..."

„Aber Joey, ich muss diese Trauer ertragen. Es gibt keinen anderen Weg. Und ich muss auch damit leben, dass ich vielleicht nie darüber hinwegkommen werde."

„Ich hoffe, dass das nicht der Fall sein wird, Mel. Ich kenne Witwen. Witwen, die wieder geheiratet haben und glücklich sind."

„Das kann ich mir nicht vorstellen", sagte Mel und berichtete Joey dann alles, was sie über den Ort wusste. Sie erzählte von den Leuten, die in Docs Praxis gekommen waren, um sie kennenzulernen. Von Jack und Preacher. Und davon, dass es hier draußen so viel mehr Sterne am Himmel gab. Die Berge, die Luft, die so sauber und klar war, dass es einen verblüffte. Die Leute, die zum Arzt kamen und Dinge mitbrachten, wie zum Beispiel Unmengen von Lebensmitteln, wovon dann gleich wieder ein großer Teil auf die andere Seite der Straße ging, wo Preacher sie in seinen Kreationen verarbeitete. Und dass Jack sich weigerte, auch nur einen Cent von Doc oder Mel für Essen oder Getränke anzunehmen. Bei Jack hatte jeder, der sich um das Wohl des Ortes kümmerte, ein Freiticket.

„Aber es ist sehr ländlich. Doc hat im Büro des Kreis-Sozialdienstes angerufen, jedoch stehen wir auf einer Warteliste, schätze ich. Wer weiß, wie lange die brauchen, bis sie eine Pflegefamilie gefunden haben. Offen gestanden, ich habe keine Ahnung, wie dieser alte Arzt es all die Jahre ohne Hilfe schaffen konnte."

„Und die Leute sind nett?", fragte Joey. „Anders als der Arzt?"

„Die ich bisher getroffen habe, sehr nett. Aber, abgesehen davon, dass ich dich beruhigen wollte, ist der Hauptgrund für meinen Anruf, dir zu sagen, dass du mich bei Doc erreichen kannst. Das Handy funktioniert hier draußen einfach nicht. Ich gebe dir die Nummer."

„Nun", sagte Joey, „zumindest klingst du so, als ob alles in Ordnung wäre. Genauer gesagt, du klingst besser als seit Ewigkeiten."

„Wie gesagt, es gibt Patienten hier. Herausforderungen. Ich bin auch ein bisschen aufgedreht. Am allerersten Tag hat Doc mich hier allein gelassen, mit dem Säugling und dem Schlüssel für den Medikamentenschrank. Er meinte nur, ich sollte mich mal um die Patienten kümmern, die vorbeikämen. Keine Einweisung, gar nichts. Es kamen dann ungefähr dreißig Leute. Nur so, um Hallo zu sagen. Wahrscheinlich ist es das, was du in meiner Stimme hörst. Adrenalin."

„Schon wieder Adrenalin. Ich dachte, du wolltest damit aufhören."

Mel lachte. „Das hier ist aber eine völlig andere Sorte."

„Also gut, wenn du da oben fertig bist, kommst du doch aber nach Colorado Springs?"

„Ich habe nichts Besseres vor", antwortete Mel.

„Wann?"

„Weiß nicht. In ein paar Tagen, hoffentlich. Allerhöchstens ein paar Wochen. Aber ich werde dich anrufen und dir Bescheid sagen, wenn ich unterwegs bin. Okay?"

„Gut. Aber du hörst dich echt … besser an."

„Hier gibt es nirgendwo die Möglichkeit, sich Strähnchen machen zu lassen. Eine Frau aus dem Dorf frisiert die Leute in ihrer Garage. Mehr ist nicht", sagte Mel.

„Oh mein Gott", rief Joey. „Dann solltest du aber wirklich zusehen, dass du von dort wegkommst, bevor die hässlichen Ansätze nachwachsen."

„Genau, das wollte ich damit sagen."

Es war Mittwoch, der Tag der Sprechstunde. Mel hütete das Baby und versorgte ein paar Patienten, die nur geringfügige Beschwerden hatten. Ein verstauchter Fuß, eine heftige Erkältung, eine weitere pränatale Kontrolluntersuchung, das Check-up eines gesunden Babys und einige Impfungen. Anschließend tauchten noch ein paar Patienten ohne Termin auf. Sie nähte die Platzwunde am Kopf eines Vierzehnjährigen, und Doc meinte: „Nicht schlecht." Dann musste Doc noch zwei Hausbesuche machen, und schließlich wechselten sie sich bei der Beaufsichtigung des Babys ab, um drüben bei Jack etwas zu essen. Die Leute, die sie an der Bar traf, hießen sie ebenso herzlich willkommen wie die Patienten, die in die Praxis gekommen waren. „Ich bin aber nur vorübergehend hier", erklärte sie vorsichtshalber. „Doc braucht wirklich keine Hilfe."

Im Geschäft an der Ecke gab Mel bei Connie eine weitere Bestellung für Windeln auf. Der Laden war bloß ein Mini-Markt, und Mel erfuhr, dass die Einheimischen gewöhnlich zum nächstgrößeren Ort fuhren, wo sie ihre Lebensmittel und das Futter für die Tiere besorgten. Hier wurde nur gelegentlich das gekauft, was sie vergessen hatten. Manchmal schauten auch Jäger oder Angler herein, die irgendetwas brauchten. Connie verfügte über einen Vorrat von allem, von Wasserflaschen bis hin zu Socken, aber immer nur jeweils wenige Einzelstücke.

„Ich habe gehört, dass sich für das Baby noch niemand gefunden hat", sagte Connie. „Ich kann mir nicht vorstellen, dass jemand aus dem Dorf ein Kind zur Welt bringen könnte und es dann weggibt."

„Könnten Sie sich überhaupt vorstellen, dass hier jemand ein Baby bekommen könnte, ohne in irgendeiner Form medizinische Hilfe in Anspruch zu nehmen? Zumal es ja auch einen Arzt im Ort gibt."

Connie, eine reizende kleine Frau, vermutlich in den Fünfzigern, zuckte die Schultern. „Die Frauen hier bekommen ständig ihre Babys zu Hause. Aber normalerweise ist Doc dann dabei. Es gibt ein paar Familien, die da draußen völlig isoliert im Wald leben und sich nur selten einmal aus irgendeinem Grund sehen lassen." Sie beugte sich zu Mel und flüsterte: „Es sind seltsame

Leute. Aber ich habe noch nie etwas davon gehört, dass sie ihre Kinder aussetzen."

„Wie lange, glauben Sie, wird der Sozialdienst brauchen, um eine Lösung zu finden?"

Connie lachte. „Ich habe nicht die geringste Ahnung. Wenn wir hier ein Problem haben, dann packen wir es gewöhnlich gemeinsam an. Es ist nicht so, dass wir besonders viel Hilfe von außen benötigen."

„Also gut, dann sagen Sie mir halt, wie lange es dauert, bis die nächste Windellieferung hier eintrifft."

„Ron macht einmal die Woche seine Einkaufsfahrt, und morgen früh ist es wieder so weit. Morgen Nachmittag können Sie also damit rechnen."

Ein junges Mädchen im Teenageralter betrat mit der Schultasche in der Hand den Laden. Der Schulbus musste gerade eingetroffen sein. „Ah, da ist ja meine Lizzie", rief Connie. „Mel, darf ich vorstellen, meine Nichte Liz. Sie ist erst seit Kurzem hier und wird eine Weile bei mir wohnen."

„Wie geht's?", grüßte Mel.

„Hey", sagte Liz lächelnd. Ihr volles langes braunes Haar war hochgekämmt, einzelne Strähnen fielen ihr verführerisch auf die Schultern. Schön gewölbte Brauen über hellblauen Augen, dickes Augen-Make-up, feucht glänzende volle Schmolllippen. Eine kleine Sexbombe, schoss es Mel durch den Kopf – mit ihrem kurzen Jeansrock, den kniehohen Lederstiefeln, dem Pullover, der die vollen Brüste betonte, ohne jedoch die Taille zu erreichen. Im Bauchnabel ein Ring. Hmm.

„Soll ich dir ein wenig helfen?", fragte Liz ihre Tante.

„Nein, Liebes. Geh nach hinten und mach deine Hausaufgaben. Wie war dein erster Tag heute? Gut?"

„Ganz in Ordnung, schätze ich." Sie zuckte die Schultern. „Nett, Sie kennenzulernen", rief sie Mel zu und verschwand im Hinterzimmer des Geschäfts.

„Sie ist schön", stellte Mel fest.

Connie verzog leicht das Gesicht und sagte: „Sie ist vierzehn."

Mel riss erstaunt die Augen auf und formte tonlos mit den Lippen das Wort: vierzehn? „Wow“, flüsterte sie. Das Mädchen sah aus wie mindestens sechzehn, wenn nicht siebzehn. Auch für achtzehn würde sie noch durchgehen.

„Ja, das ist auch der Grund, weshalb sie hier ist. Ihre Mutter, meine Schwester, ist bei diesem kleinen Früchtchen mit ihrer Weisheit am Ende. Sie ist ganz schön wild. Aber das war in Eureka. Hier gibt es nicht so viele Orte, wo man wild sein kann.“ Sie lächelte. „Wenn ich sie doch wenigstens dazu bringen könnte, ihren Körper zu bedecken, dann wäre mir schon wesentlich wohler!“

„Ich verstehe.“ Mel lachte. „Möge die Macht mit Ihnen sein!“

Aber ich würde Verhütungsmittel in Betracht ziehen, dachte sie.

Immer, wenn Mel in der Bar ihre Mahlzeiten einnahm und sonst niemand da war, den sie kannte, wie Connie oder deren beste Freundin Joy, Ron oder Hope, setzte sie sich an die Theke und unterhielt sich mit Jack. Und dabei erfuhr sie immer mehr über den Ort, die Besucher, die im Sommer zum Campen und Bergwandern kamen, und die Jäger und Angler, die während der Urlaubssaison hier durchzogen. Der Virgin River war bestens geeignet zum Fliegenfischen, ein Wort, bei dem Mel kichern musste. Und man konnte Kajak fahren, was für sie nach einer Menge Spaß klang.

Ricky stellte sie seiner Großmutter vor, als diese einmal ihr Abendessen dort einnahm, was selten vorkam. Lydie Sudder war über siebzig, und man konnte an der Art, wie sie ging, erkennen, dass sie an Arthritis litt. „Sie haben einen sehr netten Enkel“, sagte Mel. „Leben Sie mit ihm alleine?“

„Ja“, antwortete sie. „Ich habe meinen Sohn und meine Schwiegertochter bei einem Unfall verloren, als er noch ganz klein war. Wenn Jack nicht wäre, würde ich mir große Sorgen um ihn machen. Aber seit er im Ort ist, kümmert er sich um Ricky. Und er kümmert sich auch um viele andere Leute.“

„Den Eindruck hatte ich auch schon von ihm", sagte Mel.

Die Märzsonne hatte inzwischen die Erde erwärmt und die Knospen hervorgetrieben. Mel schoss flüchtig der Gedanke durch den Kopf, dass es wunderschön sein müsste, diesen Platz in voller Blüte zu erleben, rief sich dann aber ins Gedächtnis, dass sie dann längst weg sein würde. Der kleinen Chloe ging es bestens, und mehrere Frauen aus dem Dorf hatten angeboten, als Babysitter behilflich zu sein.

Inzwischen war sie schon eine ganze Woche hier, und sie stellte fest, dass sie wie im Flug vergangen war. Natürlich war es immer so, dass einem die Zeit schneller zu verstreichen schien, wenn man nie mehr als vier Stunden Schlaf am Stück bekam. Das Leben mit Doc Mullins hatte sich als viel erträglicher erwiesen, als sie gedacht hatte. Sicher, er konnte manchmal ein streitsüchtiger alter Ziegenbock sein, aber sie war in der Lage, es ihm ebenso zurückzugeben. Und das war etwas, das ihm insgeheim Freude zu bereiten schien.

Eines Tages, als das Baby schlief und weder Patienten kamen noch Hausbesuche zu machen waren, holte Doc ein Kartenspiel hervor. Er mischte die Karten in den Händen und blickte Mel auffordernd an. „Kommen Sie. Zeigen Sie mal, was Sie drauf. haben." Dann setzte er sich an den Küchentisch und gab aus. „Gin", sagte er.

„Alles was ich über Gin weiß, ist, dass man ihn mit Tonic mischt", erklärte sie ihm.

„Gut. Dann werden wir um Geld spielen."

Sie setzte sich zu ihm. „Sie haben vor, mich übers Ohr zu hauen."

„Aber sicher doch", bestätigte er mit einem seiner seltenen Lächeln und fing an, ihr das Spiel zu erklären. Für jeden Punkt einen Penny, schlug er vor. Und nach einer Stunde war sie es dann, die lachte und gewann. Sein Gesicht wurde von Minute zu Minute länger, was sie nur noch mehr zum Lachen brachte. „Kommen Sie", forderte jetzt sie ihn auf, während sie die Karten verteilte. „Zeigen Sie mal, was Sie draufhaben."

Als sie hörten, wie jemand die Eingangstür öffnete, mussten sie ihr Spiel unterbrechen. „Bleiben Sie nur sitzen. Ich sehe mal nach, wer es ist", sagte Mel und klopfte ihm auf die Hand. „Dann haben Sie auch Zeit, zu schummeln."

Im Eingang stand ein dünner Mann mit einem langen grauen Bart. Er trug einen fleckigen Overall, der unten ausgefranst über seinen schmutzigen Stiefeln hing. Auch sein Hemd war am Kragen und an den Ärmeln zerfasert, so als ob er diese Kleidungsstücke bereits seit einer sehr langen Zeit tragen würde. Wahrscheinlich, weil so viel Dreck an seinen Stiefeln klebte, kam er nicht weiter ins Haus, blieb vielmehr im Eingang stehen und drehte einen abgewetzten Filzhut in den Händen.

„Kann ich Ihnen helfen?", fragte Mel.

„Ist Doc hier?"

„Ja. Sicher. Warten Sie, ich hole ihn."

Sie sagte Doc Bescheid, und während er mit dem Mann am Eingang redete, sah sie nach Chloe. Als Doc schließlich zurück in die Küche kam, hatte sich seine Miene verfinstert. „Wir müssen zu einem Patienten. Könnten Sie versuchen, jemanden aufzutreiben, der auf das Baby Acht gibt?"

„Sie brauchen meine Hilfe?", fragte sie, vielleicht hoffnungsvoller, als ihr lieb war.

„Nein", antwortete er, „aber ich denke, Sie sollten mitkommen. Sie sollten einmal sehen, was sich auf der anderen Seite der Baumgrenze abspielt."

Chloe machte sich in ihrem Bettchen bemerkbar, und Mel nahm sie auf den Arm. „Wer war dieser Mann?"

„Das war Clifford Paulis. Er lebt mit ein paar anderen Leuten draußen im Wald. Vor einiger Zeit ist noch seine Tochter mit ihrem Mann dazugestoßen. Sie haben regelmäßig Probleme. Ich sehe lieber mal nach."

„In Ordnung", sagte sie verblüfft.

Nach ein paar ergebnislosen Telefonaten schien es die beste Lösung zu sein, Chloe, mit ein paar Windeln und einem Fläschchen ausgestattet, einfach zu Jack auf die andere Straßenseite zu bringen. Mel trug ihr kleines Bett und Doc schaffte es, das Baby in der einen und seinen Stock in der anderen Hand zu halten, obwohl sie ihm angeboten hatte, zweimal zu gehen.

„Sind Sie auch sicher, dass Sie mit ihr fertig werden?“, fragte sie Jack. „Kann sein, dass Sie ihr die Windeln wechseln müssen und so weiter.“

„Meine Nichten“, sagte er nur. „Ich bin komplett ausgetestet.“

„Wie viele Nichten eigentlich genau?“, wollte sie wissen.

„Bei der letzten Zählung waren es acht. Vier Schwestern und acht Nichten. Wie es aussieht, können sie keine Söhne bekommen. Wohin geht's denn?“

„Ich bin nicht sicher.“

„Zu den Paulis'“, half Doc nach. Und Jack ließ einen Pfiff los.

Als sie aus dem Dorf fuhren, gestand Mel: „Ich habe kein gutes Gefühl dabei. Jeder außer mir scheint diese Familie zu kennen.“

„Stimmt. Ich sollte Sie wohl vorbereiten. Die Paulis' hausen mit ein paar anderen auf einem kleinen Gelände in Bretterbuden und Wohnwagen. Eine Art Camp. Sie lassen sich kaum einmal blicken, trinken sehr viel und kommen nur selten ins Dorf. Einen Vorrat an purem Korn haben sie immer zur Hand. Es sind schmutzige, arme, unglückliche Leute, aber sie haben Virgin River nie irgendwelchen Ärger bereitet. Clifford hat mir erzählt, dass es gestern eine Schlägerei gab und jetzt einiges zusammengeflickt werden muss.“

„Was für eine Schlägerei?“

„Es sind ziemlich kernige Leute. Wenn sie mich rufen, muss es schon heftig zugegangen sein.“

Eine ganze Weile fuhren sie auf einem unbefestigten schmalen holprigen Weg durch den Wald, und es dauerte ziemlich lange, bevor sie endlich eine Lichtung erreichten, auf der – wie von Doc angekündigt – zwei Bretterbuden und zwei Wohnwagen standen. Es waren keine Wohnmobile, sondern lediglich alte Pick-ups mit Camperhaube, die ohne Räder auf zwei Holzblöcken aufgebockt waren, und ein winziger Wohnwagenanhänger, der auch schon bessere Tage gesehen hatte.

Sie fuhren einmal um eine offene Fläche herum, in deren Mitte eine Art grob gemauerter Ofen aus Ziegelsteinen stand. Seitlich von den Wohnwagen waren Zeltplanen abgespannt, die Verschläge überdachten, in denen Möbel standen. Keine Gartenmöbel, sondern richtiges Wohnmobiliar – Tische und Stühle, alte Sofas, aus denen das Füllmaterial hervorlugte. Dann gab es noch alte Reifen, zwei kleine Laster, unidentifizierbaren Müll sowie eine Wäschemangel, die umgekippt herumlag. Mel spähte in den Wald und blinzelte, um klarer sehen zu können. Dort schien doch tatsächlich ein Sattelanhänger zu liegen, halb vergraben und mit Tarnnetzen überzogen. Und daneben – unverwechselbar – ein Generator mit Gasantrieb.

„Du lieber Himmel", sagte Mel.

„Helfen Sie mir, wenn möglich. Aber versuchen Sie, einmal nichts zu sagen." Er sah sie prüfend an. „Es wird Ihnen schwerfallen."

Doc stieg aus seinem Truck und hob die schwere Tasche heraus. Allmählich tauchten immer mehr Leute in der Lichtung auf. Sie schienen weniger aus ihren Unterkünften zu kommen – wie auch immer diese beschaffen waren –, sondern eher aus dem Wald dahinter. Es waren nur ein paar Männer. Ihr Alter ließ sich unmöglich schätzen. In ihren abgetragenen Arbeitsanzügen und Overalls sahen sie alle aus wie Vagabunden. Sie trugen Bärte, und ihre Haare waren lang und verfilzt. Wirklich traurige Hinterwäldler. Alle wirkten dünn und blass und schienen sich hier draußen nicht unbedingt bester Gesundheit zu erfreuen. Ein sehr übler Geruch lag in der Luft, und Mel musste an die Vorteile von Badezimmern denken. Vermutlich erledigten sie ihre Geschäfte im Wald, und dem Geruch nach zu urteilen entfernten sie sich dabei nicht weit genug vom Camp. Ihre Ausstattung war insgesamt spärlich. Es kam ihr vor wie ein kleines Land der Dritten Welt.

Doc nickte den Leuten zu, während er schnellen Schrittes

vorausging. Seine Grüße wurden ebenfalls mit einem Nicken erwidert. Offensichtlich war er nicht das erste Mal hier. Mel ging etwas langsamer hinter ihm her. Als er die Bretterbude erreichte, vor der Clifford Paulis stand, vergewisserte sich Doc, dass Mel hinter ihm war, und trat ein.

Sie fühlte die Blicke der Leute auf sich gerichtet, aber sie hielten Distanz. Wirkliche Angst hatte sie eigentlich nicht, aber sie war nervös und unsicher, daher beeilte sie sich, die Hütte gleichzeitig mit Doc zu betreten.

Drinnen stand ein kleiner Tisch mit einer Laterne darauf. Dort saßen auf niedrigen Stühlen ein Mann und eine Frau. Mel musste ein Stöhnen unterdrücken, denn ihre Gesichter waren geschwollen und mit Schnittwunden und blauen Flecken bedeckt. Der Mann war etwa dreißig Jahre alt. Sein kurzes schmutzig-blondes Haar stand ihm stachlig vom Kopf ab. Er zuckte und zitterte und war nicht in der Lage, still zu sitzen. Die Frau, ungefähr im gleichen Alter, hielt ihren Arm in einem merkwürdigen Winkel vor sich. Er war gebrochen.

Doc stellte seine Tasche auf den Tisch, öffnete sie, nahm seine Gummihandschuhe heraus und streifte sie sich über. Mel tat es ihm nach, jedoch langsam, wobei ihr Puls sich beschleunigte. Noch nie hatte sie als Krankenschwester Hausbesuche gemacht. Allerdings kannte sie einige, die das taten. In den ärmeren Vierteln von L. A. gab es überall scheußliche, armselige Unterkünfte, wohin die Sanitäter gerufen wurden. Aber bei einem Fall wie diesem hier würde man sogleich die Polizei informieren und die Patienten zur Notaufnahme transportieren. Und bei Anzeichen von häuslicher Gewalt, die hier eindeutig vorlagen, würden beide unmittelbar nach der ärztlichen Versorgung im Gefängnis untergebracht, denn nur die Polizei durfte in solchen Fällen ermitteln, niemand sonst.

„Was ist los, Maxine?“, fragte Doc und ergriff ihren Arm, den sie ihm entgegenhielt. Er untersuchte ihn kurz und wandte sich an Clifford. „Ich werde einen Eimer Wasser brauchen.“ Dann forderte er Mel auf: „Kümmern Sie sich um Calvins Gesicht.

Reinigen Sie es und stellen Sie fest, ob es genäht werden muss. Ich will versuchen, diese Ellenfraktur zu richten."

„Brauchen Sie eine Spritze?", fragte sie.

„Ich glaube nicht, dass es nötig sein wird."

Mel nahm etwas Peroxid und Watte aus der Tasche und näherte sich vorsichtig dem jungen Mann. Er hob seine Augen und grinste ihr frech ins Gesicht, wobei er eine Reihe schmutziger Zähne sehen ließ, von denen mehrere offensichtlich verfault waren. Sie sah, dass er stark erweiterte Pupillen hatte. Vermutlich war er mit Amphetamin vollgepumpt, denn er hörte nicht auf, sie dümmlich anzugrinsen. Sie versuchte, den Augenkontakt mit ihm zu vermeiden, und reinigte ein paar Schnittwunden in seinem Gesicht. „Wenn Sie nicht sofort aufhören, mich so anzustarren, dann werden Sie auf Doc warten müssen." Das aber hatte nur zur Folge, dass er in ein blödes Kichern ausbrach.

„Ich werde etwas gegen die Schmerzen brauchen", sagte er.

„Sie haben doch bereits etwas gegen die Schmerzen eingenommen", erwiderte sie. Und wieder kicherte er. In seinen Augen lag jedoch etwas Bedrohliches, und sie nahm sich vor, nun wirklich jedem Augenkontakt auszuweichen.

Plötzlich machte Doc eine schnelle Bewegung und knallte Calvins Arm hart auf den Tisch, wo er ihn mit seiner arthritischen Hand festhielt. „Das wirst du schön lassen! Hast du mich verstanden?" Docs Stimme klang so bedrohlich, wie Mel sie noch nie gehört hatte. Dann ließ Doc Calvins Arm langsam los, während er ihn weiterhin mit einem zornigen Blick durchbohrte. Gleich darauf wandte er sich wieder Maxine zu. „Ich werde diesen Knochen richten müssen, Maxine. Und anschließend werde ich dir einen Gips anlegen."

Mel hatte keine Ahnung, was da vor sich ging. „Wollen Sie das nicht röntgen?", hörte sie sich Doc fragen. Als Antwort fing sie von ihm nur einen wütenden Blick ein, da er sie doch gebeten hatte, möglichst nichts zu sagen. Also wandte sie sich wieder dem Gesicht des Mannes zu.

Über dem Auge hatte er eine Schnittwunde, die sie glücklicherweise mit Pflaster verschließen konnte. Es war nicht nötig, sie zu nähen. Als sie jetzt über ihm stand, fiel ihr eine dicke dunkelrote Beule unter seinem dünnen Kopfhaar auf. Maxine musste ihm mit irgendetwas auf den Kopf geschlagen haben, bevor er ihr den Arm brach. Unter dem dünnen Stoff seines Hemdes konnte sie erkennen, dass er ziemlich kräftige Schultern und Arme besaß. Er war wahrscheinlich recht stark. Jedenfalls stark genug, um einen Arm zu brechen.

Dann wurde der Eimer mit dem Wasser gebracht. Er war rostig und schmutzig. Einen Moment lang hörte sie Maxine vor Schmerz aufschreien, als Doc unerwartet mit großer Kraft den gebrochenen Knochen wieder an seinen Platz schob.

Der alte Doc Mullins arbeitete schweigend weiter. Zuerst legte er einen Verband an, gab dann das Gipspulver in den Eimer, rührte es an und formte die Masse um ihren gebrochenen Arm herum. Mel rückte von Calvin weg, nachdem sie ihre Aufgabe erledigt hatte, und sah Doc zu. Für sein Alter war er stark und schnell. Und für einen Mann mit arthritisch verformten Händen sehr geschickt. Aber es war ja auch das, was er sein ganzes Leben lang getan hatte. Als er mit dem Eingipsen fertig war, zog er eine Schlinge aus der Tasche.

Nachdem er seine Arbeit erledigt hatte, streifte er sich die Handschuhe ab, warf sie in die Tasche, machte sie zu, hob sie auf und schritt mit gesenktem Blick zu seinem Truck zurück. Und Mel ging wieder hinter ihm her.

Kaum hatten sie das Gelände verlassen, fragte sie ihn: „Also gut – und was spielt sich jetzt dort ab?"

„Was glauben Sie denn, was sich dort abspielt?", fragte er zurück. „Es ist nicht so kompliziert."

„Es kommt mir alles sehr schrecklich vor."

„Es ist schrecklich. Aber nicht kompliziert. Bloß ein paar heruntergekommene Alkoholiker, die obdachlos im Wald leben. Clifford hat vor Jahren seine Familie verlassen, um hier zu leben, und im Laufe der Zeit haben sich ihm ein paar andere angeschlossen. Es ist noch gar nicht so lange her, dass Calvin Thompson und Maxine aufgetaucht sind und Gras ins Spiel brachten. Sie bauen es in diesem Sattelauflieger an. Das größte Rätsel ist für mich, wie sie den dorthin schaffen konnten. Calvin wäre dazu nie in der Lage, darauf können Sie wetten. Schätze, dass er mit irgendwem zusammenarbeitet. Der wird ihm vermutlich erzählt haben, dass er hier sitzen und die Aufzucht bewachen kann. Calvin ist ein Wärter. Deshalb steht auch der Generator dort – für die Pflanzleuchten. Mit dem Wasser vom Fluss wird bewässert. Aber Calvins Zittern kommt nicht vom Pot. Der würde ihn eher beruhigen und runterbringen. Ich schätze, dass er eher auf Meth ist oder so. Vielleicht zweigt er ja ein wenig vom Marihuana ab, betrügt seinen Boss und tauscht es gegen etwas anderes ein. Ich glaube jedenfalls nicht, dass Clifford und diese alten Männer irgendetwas mit dem Pot zu tun haben. Soweit ich weiß, hat es da draußen zuvor noch nie eine Plantage gegeben. Kann mich natürlich auch irren."

„Unglaublich", bemerkte sie.

„In diesen Wäldern sind eine ganze Menge solcher kleinen Marihuana-Camps versteckt. Manche davon sind ganz schön groß. Im Winter kann man es natürlich nicht im Freien anbauen, und in Kalifornien macht man damit immer noch das meiste Geld. Aber selbst wenn man Clifford und diesen alten Jungs eine Million Dollar gäbe, sie würden weiterleben wie bisher." Er holte Luft. „Aber nicht alle Grower hier sehen aus wie Vagabunden. Viele von ihnen eher wie Millionäre."

„Was war eigentlich los, als Sie Calvins Arm so festgehalten haben?"

„Das haben Sie nicht bemerkt? Er war gerade dabei, Sie anzufassen, und zwar sehr vertraulich."

Sie schüttelte sich. „Da muss ich mich wohl bei Ihnen bedanken. Weshalb wollten Sie eigentlich, dass ich das alles sehe?"

„Aus zwei Gründen. Zum einen müssen Sie wissen, was die medizinische Versorgung in dieser Gegend hier zum Teil beinhaltet. Ein paar Plantagen sind mit Sprengfallen gesichert. Diese hier nicht, aber Sie sollten niemals allein an einen solchen Ort gehen. Selbst dann nicht, wenn ein Baby unterwegs ist. Da sollten Sie wirklich auf mich hören."

„Keine Sorge", versicherte sie ihm und schüttelte sich noch einmal. „Aber Sie sollten jemanden informieren. Den Sheriff oder wen auch immer."

Er lachte. „Soweit ich weiß, ist das Department des Sheriffs sich sehr wohl darüber im Klaren, was hier läuft. Dieser Teil der Welt ist voller Grower. Die meiste Zeit sind sie unsichtbar, denn sie legen keinen Wert darauf, erkannt zu werden. Entscheidend aber ist, dass ich Mediziner bin und kein Ermittlungsbeamter. Ich spreche nicht über meine Patienten, und ich gehe davon aus, dass Sie diesen ethischen Grundsatz der ärztlichen Schweigepflicht ebenso befolgen."

„Sie leben im Dreck! Sie sind hungrig und wahrscheinlich auch krank! Ihr Wasser ist durch die fürchterlich schmutzigen Behälter, in denen sie es aufbewahren, mit Sicherheit kontaminiert. Sie verprügeln sich gegenseitig und bringen sich durch ihre Sauferei um. Und ... was auch immer."

„Stimmt", sagte er. „Für mich wäre das auch kein Leben."

Diese Akzeptanz einer solchen Hoffnungslosigkeit fand sie niederschmetternd. „Wie können Sie das mit ansehen?", fragte sie ihn leise.

„Ich tue einfach das, was ich kann", antwortete er. „Ich helfe, so gut es geht. Das ist alles, was man tun kann."

Sie schüttelte den Kopf. „Das ist tatsächlich nichts für mich. Im Krankenhaus kann ich mit solchen Sachen umgehen, aber zur Krankenschwester auf dem Land eigne ich mich nicht. Das ist ja wie im Peace-Corps."

„Meine Arbeit hat auch ihre schönen Seiten", sagte er. „Das hier allerdings gehört nicht gerade dazu."

Sie war völlig deprimiert, als sie zum Restaurant zurückkam, um das Baby abzuholen. „Dort draußen ist es nicht gerade nett, oder?", begrüßte sie Jack.

„Fürchterlich. Waren Sie schon einmal da?"

„Vor ein paar Jahren bin ich mal zufällig dort vorbeigekommen, als ich auf der Jagd war."

„Und Sie wollten es niemandem erzählen?", fragte sie. „Der Polizei zum Beispiel?"

„Es verstößt nicht gegen das Gesetz, ein Penner zu sein", meinte er achselzuckend.

Er weiß also nichts von dem Sattelauflieger, dachte sie. Doc hat ja auch gesagt, dass der erst vor Kurzem dort aufgetaucht ist. „Es ist mir unvorstellbar, wie man so leben kann. Darf ich Ihr Badezimmer benutzen? Ich möchte mir gerne die Hände waschen, bevor ich das Baby anfasse."

„Gleich hinter der Küche", sagte er.

Als sie zurückkam, nahm sie Chloe auf den Arm, drückte sie fest an sich und atmete tief ihren sauberen Puderduft ein.

„Glücklicherweise müssen Sie ja nicht so leben wie diese Leute", bemerkte Jack.

„Und Sie ebenso wenig. Irgendwer müsste dort intervenieren und ihnen helfen. Zumindest für Essen und sauberes Wasser sorgen."

Er nahm das Kinderbett, um es für sie über die Straße zu tragen. „Ich glaube, dass bei denen bereits zu viele Gehirnzellen zerstört sind, sodass kaum mit einem großen Erfolg zu rechnen wäre. Mel, Sie sollten sich lieber auf das Gute konzentrieren, das Sie tun können, und sich nicht an den hoffnungslosen Fällen festbeißen. Das macht Sie doch nur traurig."

Am frühen Abend kam Mel wieder. Sie saß beim Essen an der Theke, lachte mit Jack, und sogar Preacher musste gelegentlich mitlachen. Schließlich legte sie ihre schmale Hand über die von Jack. „Bitte entschuldigen Sie mein Benehmen von vorher. Ich habe Ihnen nicht einmal dafür gedankt, dass Sie das Baby gehütet haben."

„Sie waren ziemlich aufgebracht", sagte er.

„Stimmt. Es wundert mich selbst, denn schließlich habe ich ja schon häufiger mit Pennern und Obdachlosen zu tun gehabt.

Wir hatten sie oft als Patienten im Krankenhaus. Aber bis heute war mir nicht aufgefallen, dass wir sie in der Stadt bloß immer gewaschen und so weit wiederhergestellt haben, dass wir sie an irgendeine Behörde übergeben konnten. Wahrscheinlich habe ich schon immer geahnt, dass sie über kurz oder lang wieder in Mülltonnen wühlen würden, aber das musste ich ja dann nicht sehen. Heute war es etwas völlig anderes. Sie kommen nirgendwohin und erhalten auch keine Hilfe. Alles hängt an Doc. An ihm allein. Man braucht sehr viel Mut, um das zu tun, was er tut."

„Nicht jeder würde so viel tun wie Doc", bestätigte Jack.

Sie lächelte. „Das Leben hier draußen ist ganz schön hart."

„Das kann es sein", sagte er.

„Es gibt wenige Hilfsquellen hier."

„Mit dem, was wir haben, kommen wir ganz gut klar. Aber Sie sollten sich vor Augen halten, dass die alten Jungs in dem Camp offensichtlich weniger an Hilfsquellen interessiert sind als vielmehr daran, dass man sie in Ruhe lässt." Dann fügte er noch hinzu: „Ich weiß, das ist schwer zu verstehen, aber im Großen und Ganzen ist die Gegend hier das genaue Gegenteil, nämlich gesund und blühend. Hat dieser Ausflug in den Wald Ihren Wunsch, von hier weg zu kommen, nun etwa noch verstärkt?"

„Mit Sicherheit hat er mir die Augen geöffnet, denn ich hatte geglaubt, dass die Arbeit in einem kleinen Ort nett und angenehm sein müsste. Nie hätte ich daran gedacht, dass es da auch diese andere Seite gibt. Und die ist genauso hoffnungslos wie manche unserer schlimmsten Probleme in der Stadt."

„Das sehe ich anders", entgegnete er. „Die angenehmen und friedvollen Seiten werden bei Weitem die hoffnungslosen überwiegen. Das schwöre ich Ihnen. Sie können sich ja gerne selbst ein Bild davon machen und mich dann einen Lügner nennen, wenn Sie wollen. Aber dazu müssten Sie schon hierbleiben."

„Ich habe mich verpflichtet, zu bleiben, bis ein Platz für das Baby gefunden ist", sagte sie. „Leider kann ich nicht mehr versprechen."

„Versprechungen sind nicht nötig. Ich wollte nur die Alternativen aufzeigen."

„Aber vielen Dank, dass Sie für mich auf das Baby aufgepasst haben."

„Sie ist ein braves Mädchen. Es hat mir überhaupt nichts ausgemacht."

Nachdem sie wieder zu Doc rübergegangen war, wandte Jack sich an Preacher: „Kommst du hier allein klar? Ich denke an ein Bier."

Überrascht hob Preacher seine dichten schwarzen Augenbrauen, aber statt zu fragen: „Schon wieder ein Bier? So schnell?", sagte er nur: „Ich komme klar."

Jack wusste, wenn er ein paar Wochen lang überhaupt nichts von sich hören ließe, könnte Charmaine nicht ahnen, dass er ihr etwas zu sagen hatte. Und auch wenn er ständig an Mel denken musste, war ihm doch klar, dass dies nicht bedeutete, dass überhaupt irgendetwas zwischen ihnen passieren oder sie wenigstens noch eine Woche länger in Virgin River bleiben würde. Es war auch nicht wirklich das, worauf es ankam. Vielmehr ging es darum, dass es falsch war, irgendwann noch einmal mit Charmaine zusammen zu sein, wenn ihm nicht wirklich an ihr gelegen war. Für ihn war dies eine Ehrensache. Denn auch wenn er nie an eine Bindung gedacht hatte, so hatte er ebenso wenig im Sinn, jemanden zu benutzen.

Und es ging auch noch um etwas anderes. Er fürchtete, dass er mit Charmaine Sex haben könnte und hinter geschlossenen Augen dabei eine andere Frau sehen würde. Das durfte nicht geschehen. Es wäre eine Beleidigung für beide Frauen.

Als sie ihn ihr Lokal betreten sah, war Charmaines erste Reaktion freudige Überraschung, und sie strahlte ihn an. Dann aber wurde ihr sofort klar, wie ungewöhnlich dieser Besuch war, und ihr Lächeln verflog.

„Ein Bier?", fragte sie ihn.

„Können wir reden?", kam er gleich auf den Punkt. „Kann Butch vielleicht einmal für zehn Minuten deine Arbeit mit übernehmen?"

Sie wich tatsächlich einen Schritt zurück, denn sie wusste, was nun kommen würde. Ihre braunen Augen wurden traurig, und sie machte ein langes Gesicht. „Ist das alles? Mehr braucht es nicht?“, fragte sie ihn. „Nur zehn Minuten?“

„Ich denke schon. Es gibt nicht allzu viel zu sagen.“

„Du hast eine andere“, vermutete sie.

„Nein. Es gibt keine andere. Komm, wir setzen uns an einen Tisch.“ Er sah über die Schulter in den Raum. „Dort drüben. Sprich mit Butch.“

Sie nickte und drehte sich um. Während sie mit Butch redete, ging Jack zum Tisch hinüber. Butch übernahm die Bar, und Charmaine setzte sich zu Jack. Über den Tisch hinweg ergriff er ihre Hände. „Du warst eine wundervolle Freundin für mich, Charmaine. Nicht eine Sekunde lang habe ich das für selbstverständlich gehalten.“

„Aber …“

„Ich bin zu sehr mit anderen Dingen beschäftigt und werde nicht mehr auf ein Bier nach Clear River kommen.“

„Dafür kann es nur einen Grund geben“, hielt sie ihm vor. „Denn ich kenne dich, und du hast Bedürfnisse.“

Unterwegs hatte er lange und gründlich darüber nachgedacht, denn er wollte sie nicht belügen. Aber es gab keine andere. Mel war keine andere und würde es vielleicht auch niemals sein. Nur weil sie seine Gedanken beherrschte, bedeutete dies nicht, dass sich jemals mehr daraus entwickeln würde. Sie könnte wahr machen, was sie angekündigt hatte, und bei nächster Gelegenheit Virgin River verlassen. Und selbst wenn sie es nicht tat – man legt seine Karten einfach nicht so früh im Spiel auf den Tisch. Der Grund, weshalb er die Sache beenden wollte, hatte weniger mit Mel zu tun als damit, dass er Charmaine nicht irreführen wollte. Sie war eine gute Frau und hatte ihn fair behandelt. Sie hatte es nicht verdient, hingehalten zu werden, während er abwartete, wie die andere Frau sich verhielt.

Das Haus in Virgin River mochte zwar jetzt für Mel bereit sein, aber sie war es nicht. Fürs Erste hielt sie das Baby noch bei Doc im Ort fest, aber es war unnütz, daran zu denken, dass sie draußen in dem Ferienhaus für Chloe sorgen könnte. Sie hatte nur den Plexiglasinkubator, keinen Babysitz, um mit ihr hin und her fahren zu können, und vor allem kein Telefon. Natürlich war es auch keine Strafe für ihn, wenn sie gleich gegenüber wohnte. Dennoch wünschte er, sie würde in dem Haus leben, das er für sie renoviert hatte. Und das wünschte er sich wirklich sehr.

Charmaine hatte ja so recht. Er hatte Bedürfnisse. Aber immer wenn er diese junge Frau ansah, wusste er, dass es mit ihr niemals so etwas geben könnte. Ein Sex-Arrangement. Alle zwei Wochen einmal. Und auch wenn Jack absolut keine Vorstellung davon hatte, was daraus werden könnte, wusste er doch, dass es mit Mel mehr als das sein würde. Es beunruhigte ihn, denn schließlich hatte er es lange Zeit geschafft, jegliche Bindung zu vermeiden. Und so wie es im Moment aussah, hatte er die besten Chancen, sich in einem See der Einsamkeit zu verlieren. Denn Mel hatte irgendwelche Probleme. Er hatte zwar keine Ahnung, was es war, aber das Traurige in ihren Augen hatte mit ihrer Vergangenheit zu tun, und es war etwas, das sie zu überwinden suchte.

Aber er wollte sie. Er wollte alles von ihr. Und er wollte alles mit ihr.

„Das ist genau der Punkt", sagte er. „Ich habe Bedürfnisse. Und im Moment glaube ich, dass das, was ich brauche, etwas völlig anderes ist als das, was ich in der Vergangenheit gebraucht habe. Charmaine, ich könnte leicht weiterhin hierherkommen. Es würde mir mit Sicherheit nicht schwerfallen, denn du warst immer absolut gut zu mir. Aber als ich in den letzten beiden Jahren hier war, war ich immer voll und ganz hier. Und so sollte es auch sein."

„Beim letzten Mal war es anders", stellte sie fest. „Ich wusste, dass irgendetwas nicht stimmte."

„Ja, und es tut mir leid. Aber es war wirklich das erste Mal, dass mein Kopf nicht mit meinem Körper verbunden war. Du hast etwas Besseres verdient."

Sie reckte das Kinn und warf das Haar zurück. „Und was ist, wenn ich jetzt sage, dass es mir nichts ausmacht?“

Oh Gott, er fühlte sich so schlecht, ihr dies antun zu müssen. „Mir macht es etwas aus“, war alles, was er herausbrachte.

Tränen stiegen ihr in die Augen. „Also gut, dann“, sagte sie tapfer. „In Ordnung.“

Als er sie verließ, wusste er, dass er eine Weile brauchen würde, bis er nach dem, was er gerade getan hatte, mit sich selbst ins Reine kommen konnte. Diese Geschichte, dass er es immer schnell und locker anging, ohne je eine Bindung oder Verpflichtung einzugehen, stimmte doch nicht wirklich. Alles, was dieser ganze Unsinn von Bindungsangst bedeutete, war, dass man nicht darüber redete und es nie auf die nächste Stufe brachte. Mit Charmaine hatte er so etwas wie einen Vertrag geschlossen, auch wenn es kein juristischer Vertrag war und mehr auf einem lockeren Geben und Nehmen beruhte. Sie hatte sich an den Vertrag gehalten. Und er hatte ihn gerade gebrochen und sie im Stich gelassen.

5. KAPITEL

Frühmorgens, nachdem sie dem Baby sein allererstes Fläschchen gegeben und es wieder hingelegt hatte, nahm Mel gerne ihren Kaffee mit hinaus auf Docs Veranda und setzte sich dort auf die Stufen. Es gefiel ihr, zuzusehen, wie das kleine Dorf erwachte. Als Erstes bildete die Sonne eine Art goldenen Pfad durch die hohen Nadelbäume, der auf die Straße fiel und sie langsam erhellte. Dann konnte sie hören, wie Türen aufgingen und wieder geschlossen wurden. Ein Ford-Transporter fuhr gemächlich von Ost nach West die Straße entlang und verteilte die *Humboldt News*. Sie mochte es, die Zeitung früh zu erhalten, obwohl sie kaum mit der *L. A. Times* zu vergleichen war.

Dann tauchten auch schon bald die Kinder auf. Der Bus holte sie am westlichen Ende der Hauptstraße ab, und wer im Dorf wohnte, lief oder fuhr mit dem Fahrrad die Straße herunter und kettete sein Rad an einen Baum in irgendeinem Vorgarten. Das wäre in der Stadt völlig unmöglich – dass jemand seinen Vorgarten als Abstellplatz für die Fahrräder zur Verfügung stellt, solange die Kinder in der Schule sind. Sie beobachtete, wie Liz aus Connies Haus trat, das sich gleich neben dem Geschäft befand. Die Schultasche übergehängt, stolzierte Liz über die Straße, wobei sie aufreizend mit dem Hintern wackelte. Meine Güte, dachte Mel, das Mädel sendet ja wie verrückt Signale aus.

In Personenwagen und Trucks wurden nun nach und nach die Kinder gebracht, die weiter außerhalb wohnten. Es war noch nicht einmal sieben Uhr, und für diese Landkinder würde es ein langer Tag werden. Erst der Weg zur Bushaltestelle, dann saßen sie wer weiß wie lange im Bus, weil es in Virgin River keine Schule gab, schließlich ging es wieder zurück ins Dorf und danach weiter zu ihrer Farm oder Ranch. Die vielleicht dreißig Kinder, die sich dort versammelten, waren zwischen fünf und siebzehn Jahre alt, und die Mütter der Kleineren standen herum und unterhielten sich, während sie auf den Bus warteten. Ein paar von ihnen hielten eine Tasse Kaffee in der Hand und lachten miteinander wie richtig gute alte Freundinnen.

Dann traf er ein, der Bus, der von einer dicken, fröhlichen Frau gefahren wurde, die ausstieg, die Eltern begrüßte und dann alle Kinder beim Einsteigen sorgfältig durchzählte.

Mit einer Angelrute in der einen und der Angeltasche in der anderen Hand trat Jack aus der Bar. Er legte die Ausrüstung hinten in seinen Truck und hob grüßend eine Hand. Sie winkte zurück. Wohl fuhr er mal eben zum Fluss, um ein wenig zu fischen. Gleich darauf sah sie Preacher, der die Veranda fegte. Als er aufblickte, hob auch er die Hand.

Was hatte sie noch über dieses kleine Dorf gesagt? Dass es den Bildern nicht glich, die sie gesehen hatte? Am frühen Morgen war es herrlich hier. Anstatt alt und müde zu wirken, sahen die Häuser dann nur noch niedlich aus und schlicht. Sie waren mit einfachen Holzschindeln verkleidet, die in verschiedenen Farben angestrichen waren – blau, hellgrün oder beige mit brauner Zierleiste. Das Haus von Connie und Ron war in demselben Gelb gehalten wie ihr Laden nebenan und besaß weiße Zierleisten. Nur ein Haus in der Straße war erst vor Kurzem frisch gestrichen worden, weiß mit dunkelgrünen Läden und Zierleisten. Sie sah, wie Rick aus diesem Haus kam, über die Veranda hechtete, auf die Straße hinuntersprang und sich in seinen kleinen weißen Truck setzte. Die Straße wirkte sicher. Die Häuser friedlich. Niemand ging hier aus dem Haus, ohne die Leute, die er traf, zu grüßen, ihnen zuzuwinken oder auch stehen zu bleiben, um mit ihnen zu plaudern.

Hinter der verbarrikadierten Kirche tauchte eine Frau auf und schien unsicheren Schrittes die Straße herunter auf sie zuzukommen. Als sie bei ihr war, stand Mel auf, wobei sie die Kaffeetasse in beiden Händen festhielt, und begrüßte sie. „Hallo."

„Sind Sie die Schwester?", wollte die Frau wissen.

„Ja, Krankenschwester und Hebamme. Kann ich Ihnen irgendwie helfen?"

„Nein", antwortete die Frau. „Ich hatte nur von Ihnen gehört. Das ist alles."

Ihre Augen waren halb geschlossen und wirkten verschlafen, als ob sie sich nur mit Mühe wachhalten könnte. Darunter lagen dunkle Ringe. Sie war groß, vielleicht knapp ein Meter achtzig. Und ziemlich reizlos mit ihrem fettigen Haar, das sie zurückgebunden hatte. Vielleicht war sie krank. Mel reichte ihr die Hand und stellte sich vor: „Mel Monroe."

Einen Moment lang zögerte die Frau, bevor sie darauf einging, nicht ohne sich erst noch die Hand am Hosenbein abzuwischen, bevor sie Mels Hand ergriff und sie fest und unbeholfen drückte. Mel sah, dass sie schmutzige Fingernägel hatte. „Cheryl", sagte sie, „Creighton." Rasch zog sie die Hand wieder zurück und steckte dann beide Hände in die Taschen ihrer ausgebeulten Hose. Eine Männerhose, wie es schien.

Mel hielt sich zurück und sagte nicht „Ahhh". Aber es musste die Cheryl sein, die das Haus putzen sollte. Die Cheryl, von der Hope annahm, dass sie wieder mit dem Trinken angefangen hatte. Das würde auch ihre fahle Gesichtsfarbe erklären und die müden Augen, von den vielen kleinen geplatzten Blutäderchen auf ihren Wangen gar nicht zu reden. „Sind Sie sicher, dass ich nichts für Sie tun kann?"

„Nein. Man sagt, dass Sie bald wieder abreisen."

„Sagt man das?" Mel lächelte. „Nun, es gibt da ein paar Dinge, um die ich mich vorher noch kümmern muss. Das habe ich versprochen."

„Das Baby", sagte Cheryl.

Mel neigte den Kopf zur Seite. „Hier gibt es wohl kaum etwas, das nicht bemerkt wird. Wissen Sie etwas über das Baby oder dessen Mutter? Ich würde die Frau gerne finden ..."

„Damit Sie früher fahren können? Wenn Sie weg wollen, könnte ich mich ja um das Baby kümmern ..."

„Sie interessieren sich für das Baby?", fragte Mel. „Darf ich fragen, warum?"

„Ich will bloß helfen. Das tue ich gerne."

„Dabei brauche ich wirklich keine große Hilfe. Aber mit Sicherheit würde ich gerne die Mutter des Babys ausfindig machen. Es könnte sein, dass sie krank ist, weil sie das Kind einfach ganz allein auf die Welt gebracht hat."

Mel warf einen Blick zur Bar hinüber und stellte fest, dass Preacher sein Fegen unterbrochen hatte und sie beobachtete. Im selben Augenblick kam Doc aus dem Haus. „Cheryl", begrüßte er sie.

„Hey Doc. Habe gerade der Schwester hier gesagt, dass ich bei dem Baby helfen kann. Ich kann für sie auf es aufpassen und so."

„Wie kommst du darauf, Cheryl?"

Sie zuckte die Schultern. „Jack hat mir davon erzählt."

„Danke. Wir werden an dich denken."

„Okay", sagte sie, hob kurz die Schultern und sah dann Mel an. „Nett, Sie kennenzulernen. Das erklärt so manches, jetzt, wo ich Sie sehe." Mit diesen Worten drehte sie sich um und ging den Weg zurück, den sie gekommen war.

Mel bemerkte, dass Doc eine Grimasse zog. „Was hat das alles zu bedeuten?", fragte sie ihn.

„Es scheint, sie wollte wissen, wie Sie aussehen. Sie hat eine Schwäche für Jack und läuft ihm hinterher wie ein liebeskrankes Hündchen."

„Er sollte ihr keinen Alkohol verkaufen."

„Das tut er auch nicht", versicherte Doc. „Jack ist zwar ein großzügiger Mensch, aber er ist nicht dumm. Alkohol an Cheryl auszuschenken wäre, als würde man Kerosin in ein Feuer schütten. Abgesehen davon kann sie sich die Preise bei Jack nicht leisten. Ich vermute, sie besorgt sich denselben Fusel, den sie auch da draußen im Wald trinken."

„Das wird sie umbringen."

„Leider."

„Kann ihr denn niemand helfen?"

„Hatten Sie etwa den Eindruck, dass sie Hilfe sucht?"

„Hat es denn einmal jemand versucht? Hat Jack …"

„Jack kann überhaupt nichts für sie tun", unterbrach Doc sie. „Das würde sie nur auf eine Menge sinnloser Gedanken bringen."

Er drehte sich um und ging ins Haus zurück.

Mel folgte ihm. „Halten Sie es für möglich, dass sie eine Geburt hatte?"

„Möglich ist alles, aber ich möchte es bezweifeln."

„Und wenn wir sie untersuchen würden? Man könnte es erkennen."

Doc sah auf sie hinab und hob eine seiner schneeweißen Brauen. „Meinen Sie etwa, ich sollte den Sheriff anrufen? Mir eine richterliche Anordnung besorgen?" Und er ging in die Küche.

Mel blieb zurück und dachte: Was für ein seltsames kleines Dorf.

Während das Baby schlief, machte Mel eine Pause und ging hinüber zum Laden. Connie steckte den Kopf aus dem Hinterzimmer und sagte: „Hey, Mel, was brauchen Sie?"

„Ich dachte, ich könnte mir einmal Ihre Zeitschriften ansehen, Connie. Ich langweile mich."

„Nur zu. Wir sehen gerade unsere Seifenoper. Wenn Sie möchten, können Sie sich gerne hier hinten zu uns setzen."

„Danke", sagte Mel und ging zu dem winzigen Büchergestell hinüber, in dem ein paar Taschenbücher steckten und fünf Zeitschriften: ein Magazin über Waffen, eins über Trucks, eins übers Angeln, eins über die Jagd und dann noch der *Playboy*. Sie schnappte sich einen Roman und den *Playboy* und ging nach hinten, wo sie Connie gesehen hatte.

Im Türbogen zum Hinterzimmer hing ein geteilter Vorhang. Connie und Joy saßen mit Kaffeetassen in der Hand auf alten Gartenklappstühlen an einem Schreibtisch und starrten gebannt auf einen kleinen Fernseher, der in einem Regal stand. Äußerlich waren die beiden Frauen absolute Gegensätze: Connie klein und nett zurechtgemacht, das kurze Haar feuerrot gefärbt. Joy dagegen mindestens eins fünfundsiebzig groß und an die hundertzehn Kilo schwer; schlichte Kleidung; das lange graue Haar zum Pferdeschwanz zusammengebunden; rundes, heiteres Gesicht. Sie waren ein seltsames Gespann, und es hieß, dass sie bereits seit ihrer Kindheit die besten Freundinnen waren. „Kommen Sie rein“, sagte Joy, „und nehmen Sie sich einen Kaffee, wenn Sie möchten.“

Auf dem Bildschirm war gerade eine sehr hübsche Frau zu sehen, die tief in die Augen eines sehr attraktiven Mannes blickte und ihm sagte: „Brent, außer dir habe ich noch niemanden geliebt! Noch nie!“

„Oh, sie ist solch eine Lügnerin!“, rief Connie.

„Nein, ist sie nicht. Sie hat noch nie jemanden geliebt. Sie hat nur mit allen geschlafen“, meinte Joy.

Und auf dem Bildschirm: „Belinda, das Bab…“

„Brent, das Baby ist von dir!“

„Das Baby ist von Donovan“, erklärte Joy dem Fernseher.

Mel lehnte mit der Hüfte am Schreibtisch. „Was ist das?“

„*Riverside Falls*“, sagte Connie. „Brent und diese Schlampe Belinda.“

„Es ist genau das, was Lizzie machen wird, wenn es Connie nicht gelingt, sie aus diesen nuttigen Klamotten rauszuholen.“

„Ich habe da einen Plan“, erklärte Connie. „Sobald ihr die Sachen zu klein sind, werde ich ihr neue kaufen, und dann werden wir ihr eine etwas konservativere Garderobe zusammenstellen.“

Joy musste laut lachen. „Connie, wie es aussieht, ist sie doch schon längst aus ihren Sachen herausgewachsen!“

Szenenwechsel. Auf dem Bildschirm war das Paar jetzt im Bett zu sehen, ihre nackten Körper kaum durch ein Laken verhüllt. „Mann“, sagte Mel. „Die Seifenopern haben sich aber ganz schön entwickelt.“

„Sehen Sie sich manchmal Seifenopern an, Liebes?“, fragte Connie.

„Seit dem College nicht mehr. Damals haben wir *General Hospital* gesehen.“ Mel legte Magazin und Buch auf den Schreibtisch und nahm sich eine Tasse Kaffee. „Wir haben unsere Patienten dann immer gebeten, für uns ein Auge darauf zu halten. Damals hatte ich einen Langzeit-Pflegefall, ein alter Mann, den ich dann auch immer um zwei Uhr nachmittags gebadet hatte, damit wir es uns zusammen ansehen konnten."

„Hier in dieser Show ist nur noch ein Mann übrig, mit dem Belinda es noch nicht getrieben hat, und der ist siebzig. Der Patriarch." Connie seufzte. „Sie werden ein neues Talent für Belinda einführen müssen."

Im Fernsehen biss Belinda jetzt Brent in die Lippen, dann in sein Kinn, rutschte schließlich im Bett weiter nach unten und verschwand unter dem Laken. Die drei Frauen im Hinterzimmer beugten sich jetzt alle dem Fernseher zu. Die Beule im Laken, die Belindas Kopf war, wanderte tiefer, und für einen Moment warf Brent seinen Kopf zurück und ließ ein herrliches Stöhnen hören.

„Lieber Himmel", sagte Mel.

Connie fächelte sich das Gesicht.

„Schätze, das ist ihre Geheimwaffe", bemerkte Joy. Und dann wurde das Programm von der Werbung unterbrochen.

Connie und Joy sahen sich an, kicherten und erhoben sich aus ihren Stühlen. „Na ja, seit gestern ist nicht viel passiert. Das Baby wird im College sein, bevor sich herausstellt, wer der Vater ist."

„Bin mir nicht mal sicher, dass es Donovan ist. Sie war ja auch mit Carter zusammen."

„Das ist aber schon lange her. Von ihm kann es nicht sein."

„Seit wann sehen Sie diese Seifenoper denn schon?", fragte Mel.

„Tja, so fünfzehn Jahre?" Connies Antwort war zugleich eine Frage.

„Mindestens", fügte Joy hinzu.

„Haben Sie eine Zeitschrift gefunden, Liebes?"

Mel verzog das Gesicht und hielt den *Playboy* hoch.

„So, so", sagte Connie.

„Für Trucks, Fische, Waffen oder Jagdwild interessiere ich mich nicht besonders", verteidigte sich Mel. „Bekommen Sie auch schon einmal etwas anderes rein?"

„Wenn Sie mir sagen, was Sie gerne hätten, werde ich dafür sorgen, dass Ron es bei seiner nächsten Tour mitbringt. Wir holen nur, was wir auch verkaufen können."

„Ich verstehe", sagte Mel. „Hoffentlich habe ich jetzt nicht gerade einem armen Kerl, der sich darauf gefreut hat, seinen *Playboy* weggeschnappt."

„Darüber machen Sie sich mal keine Sorgen", beschwichtigte Connie sie. „Hey, heute Abend findet in der Bar ein kleines Abendessen statt, zu dem die Gäste verschiedene Gerichte mitbringen. Joy hat Geburtstag. Wollen Sie nicht auch kommen?"

„Ah, ich habe kein Geschenk!"

„Wir machen hier keine Geschenke, Liebes", sagte Joy. „Kommen Sie einfach und feiern Sie mit uns."

„Auf jeden Fall, erst einmal: Herzlichen Glückwunsch, Joy! Ich werde es mit Doc besprechen. Wann geht es denn los? Falls ich kommen kann, soll ich etwas mitbringen?"

„Wir werden so gegen sechs Uhr rübergehen. Und ums Essen sollten Sie sich auch keine Gedanken machen. Ich kann mir nicht vorstellen, dass Sie bei Doc viel kochen können, und das Dinner ist geregelt. Noch immer nichts Neues, was das Baby angeht, hm?"

„Nicht das Geringste."

„Es ist nicht zu fassen", sagte Joy. „Ich wette, wer auch immer das war, sie muss aus einem der umliegenden Dörfer gekommen sein."

„Allmählich glaube ich das auch", stimmte Mel ihr zu und zog ein paar Scheine aus der Tasche, um ihre Sachen zu bezahlen. „Vielleicht sehen wir uns ja dann später."

Als sie auf dem Rückweg an der Bar vorbeikam, saß Jack auf der Veranda und hatte die Füße auf das Geländer gelegt. Sie ging zu ihm hinüber. Neben ihm auf dem Boden stand eine Anglertasche voller schöner Federfliegen. In der Tasche steckten kleine

Zangen, Scheren und eine Rasierklinge sowie kleine Plastikumschläge, die farbige Federn, silberne Haken und weiteres Zubehör enthielten.

„Pause?", fragte er sie.

„Ich mache schon den ganzen Tag Pause, einmal abgesehen von ein bisschen Windelwechseln und Füttern. Das Baby schläft und es gibt keine Patienten. Und Doc fürchtet sich davor, mit mir *Gin Rummy* zu spielen. Es hat sich gezeigt, dass ich ihn um Längen schlagen kann."

Jack lachte und beugte sich vor, um einen Blick auf das Buch und die Zeitschrift werfen zu können. Eine Augenbraue hochgezogen, sah er ihr fragend ins Gesicht. „Etwas leichter Lesestoff?"

Sie hielt das Magazin hoch. „Es gab nur das hier oder Zeitschriften über Waffen, Trucks, Jagen oder Fischen. Möchten Sie es sich ausleihen, wenn ich damit fertig bin?"

„Nein danke", sagte er lachend.

„Sie mögen keine nackten Frauen?"

„Ich liebe nackte Frauen. Nur habe ich einfach keine Lust, mir Bilder von ihnen anzusehen. Und bei Ihrer Arbeit müssten Sie doch eigentlich genug davon zu sehen bekommen."

„Wie gesagt, die Auswahl war ziemlich begrenzt. Seit Jahren habe ich schon keinen *Playboy* mehr gelesen, aber im College habe ich mich zusammen mit meiner Zimmerkollegin immer über die Ratgeberrubrik kaputtgelacht. Und gewöhnlich gab es auch ein paar interessante Geschichten. Bringen sie immer noch diese Literaturseiten?"

„Ich habe absolut keine Ahnung, Melinda", sagte er grinsend.

„Wissen Sie, was mir hier im Dorf aufgefallen ist? Jeder hat einen Satellitenempfänger und mindestens ein Gewehr."

„Zwei Dinge, die einem notwendig erscheinen. Es gibt hier draußen kein Kabelfernsehen. Können Sie schießen?", fragte er.

„Ich hasse Waffen", antwortete sie schaudernd. „Versuchen Sie doch nur einmal, sich die Zahl der durch Waffen verursachten Todesfälle in einem Traumazentrum von L. A. vorzustellen." Erneut überlief sie ein Zittern. Er hat ja keine Ahnung, dachte sie.

„Die Waffen, die hier in der Gegend benutzt werden, sind andere als die, mit denen die Leute sich gegenseitig bedrohen. Hier im Dorf gibt es kaum eine Handfeuerwaffe, obwohl ich zwei davon besitze, aber auch nur, weil ich sie schon so lange habe. Gewehre und Flinten sind bei uns eher verbreitet. Sie werden zum Jagen benutzt, oder auch um ein krankes, verletztes Tier einzuschläfern, damit der Wildbestand geschützt bleibt. Ich könnte Ihnen das Schießen beibringen, damit Sie etwas gelassener gegenüber Waffen werden."

„Auf gar keinen Fall. Ich hasse es, sie überhaupt in meiner Nähe zu haben. Und all diese Waffen, die ich in den Gewehrständern der Trucks sehe – sind die alle geladen?"

„Darauf können Sie wetten. Die Männer wollen doch nicht erst noch eine Minute lang ihr Gewehr laden, wenn ein Bär sie angreift. Die Bären fischen in denselben Gewässern wie wir."

„Oh je, das Angeln hat für mich jetzt eine völlig andere Bedeutung gewonnen. Wer hat eigentlich all diese Tiere erschossen, die an den Wänden in der Bar hängen?", fragte sie.

„Preacher hat den Bock erlegt. Ich habe den Fisch gefangen und den Bären geschossen."

Sie schüttelte den Kopf. „Wie kann es für Sie eine Befriedigung sein, ein unschuldiges Tier zu töten?"

„Der Bock und der Fisch waren unschuldig", räumte er ein. „Aber diese Bärin war es nicht. Ich wollte sie nicht erschießen, aber ich war mit dem Umbau der Bar beschäftigt, und sie stocherte dort hinten herum, vermutlich auf der Suche nach Abfällen. Bären sind Aasfresser. Sie fressen einfach alles. Es war ein richtig trockener Sommer damals. Dann kam ihr Junges zu nahe an mich heran, was sie sehr reizte. Sie wurde total wütend und muss wohl geglaubt haben, dass ich irgendetwas mit dem Jungen vorhätte. Also ...?"

„Ah. Und was geschah dann mit dem Jungen?"

„Ich habe es in der Bar eingeschlossen, bis die Leute von *Fish and Game* es holen konnten. Sie haben es später an einen anderen Ort umgesiedelt.“

„Es ist wirklich zu schade. Ich meine, für sie. Wo sie doch gerade Mutter geworden war.“

„Ich wollte die Bärin nicht erschießen“, wiederholte er. „Ich jage sie nicht einmal. Ich habe immer ein Abwehrmittel dabei, eine Art Pfefferspray. Aber an dem Tag lag das Spray im Truck und das Gewehr hatte ich zur Hand. Ich hätte sie nicht erschossen, aber irgendwie ist es über sie gekommen – oder mich.“ Er grinste sie an. „Ein Stadtmädchen“, machte er sich über Mel lustig.

„Ja, ich bin nur ein Stadtmädchen. Ohne irgendwelche toten Tiere an meiner Wand. Und ich denke, dass ich es auch weiterhin so halten werde.“

Freitagabend, die große Nacht in Virgin River. Auf dem Parkplatz vor der Bar standen ungewöhnlich viele Wagen, und das, obwohl die Leute, die Mel am besten kannte, zu Fuß dort hingegangen waren. Mel hatte Doc von dem Dinner bei Jack erzählt: „Joy hat Geburtstag. Vermutlich gehen Sie ja auch hin. Wenn Sie mich aber später mal für eine halbe Stunde ablösen könnten, würde ich nur kurz rübergehen und ihr gratulieren.“

Doc hatte die Idee verächtlich abgetan. Alles, was er wollte, war sein üblicher Whiskey, einen Happen zu essen und dann schlafen gehen. Während er also gegenüber bei Jack war, fütterte Mel das Baby und legte es ins Bett. Sie toupierte ihr Haar, legte ein wenig Lippenstift auf und war schnell fertig für einen vermutlich ziemlich langweiligen Abend, wenn auch immerhin einen Abend mit ein paar freundlichen Gesichtern. Es wurde halb acht, bis Chloe eingeschlafen war und sie gehen konnte. „Ich werde nicht lange bleiben“, versprach sie Doc.

„Ich habe nicht vor, irgendwohin zu gehen“, meinte er. „Von mir aus können Sie bis morgen früh durchtanzen.“

„Werden Sie mich auch rufen, wenn Sie mich brauchen?“

„Hier im Dorf gibt es selten einmal eine Party", sagte er. „Sie sollten die Gelegenheit nutzen. Ich weiß, wie man Windeln wechselt und ein Baby füttert. Das mache ich schon sehr viel länger als Sie."

Als sie Jacks Bar betrat, stellte sie fest, dass das Lokal beinahe voll war. Die Jukebox, die normalerweise so gut wie nie spielte, lieferte die Hintergrundmusik. Country natürlich. Jack und Preacher standen hinter der Theke, und Ricky kümmerte sich um die Tische. Sie sah sich nach Joy um.

„Es tut mir leid, dass ich erst jetzt komme, Joy. Das Baby wollte heute Abend einfach nicht einschlafen." Sie zog ihren Pullover aus und schnüffelte kurz daran. „Ich glaube, er riecht etwas käsig."

„Ach was, alles bestens – und es ist auch noch reichlich Essen übrig geblieben. Nehmen Sie sich einen Teller."

An einer Wand hatte man einige Tische zusammengeschoben und darauf Schüsseln und Kasserolen mit allerlei Gerichten aufgereiht, die alle köstlich aussahen. In der Mitte stand ein Blechkuchen, der fast ganz mit Kerzen bestückt war. Nachdem Mel sich etwas Essen auf den Teller geladen hatte, kamen Leute auf sie zu geschlendert, um Hallo zu sagen und ein wenig zu plaudern. Sie begrüßte Fish Bristol, der sich in der Gegend als Angler einen Namen gemacht hatte, und seine Frau Carrie. Dann Harv, den man jeden Morgen in der Bar antreffen konnte. Er verlegte für die Telefongesellschaft die Kabel in diesem Gebiet, aber ehe er sich auf den Weg machte, frühstückte er bei Jack. „Ich kann doch meine Frau nicht bitten aufzustehen, nur um mir das Frühstück zu machen", erklärte er lachend. Mel sah Liz, die versteckt in einer Ecke saß und sich fürchterlich zu langweilen schien. Ihre langen, wohlgeformten Beine hatte sie übereinandergeschlagen, und sie trug einen Rock, der so kurz war, dass er kaum ihr Höschen bedeckte. Mel winkte ihr zu und entlockte Liz ein schwaches Lächeln. Dann wurde Mel einem Schafzüchter und seiner Frau vorgestellt, Buck und Lilly Anderson. Buck war groß und dünn und hatte schütteres Haar; Lilly dagegen klein und rund mit rosigen Wangen. „Gibt es irgendwas Neues von dem Baby?“, fragte sie.

„Gar nichts“, verneinte Mel.

„Ist sie ein braves Kind?“

„Oh Gott ja, sie ist ein Engel.“

„Und es hat sich noch niemand gemeldet, der sie adoptieren will?“

„Bisher haben wir noch nicht einmal etwas vom Sozialamt gehört“, antwortete Mel.

Connie kam mit einer Freundin herüber, die sie Mel vorstellen wollte: „Mel, das ist Jo Fitsch. Sie lebt mit ihrem Mann am Ende der Straße – das größte Haus dort.“

„Ich freue mich, Sie endlich kennenzulernen“, sagte Jo. „Niemand hier hat mit einer so hübschen jungen Frau gerechnet. Wir …“

Bevor Jo ihren Satz beenden konnte, stellte sich ein Mann neben sie, der seinen Arm um ihre Taille legte, seinen Drink im Glas schwenkte und zugleich Mel von oben bis unten mit frechem Blick musterte. „So, so, … das ist also unsere kleine Krankenschwester? Ohhh, Schwester, mir geht es gar nicht gut!“, bollerte er los und brach dann in ein dröhnendes Lachen aus.

„Mein Mann, Nick“, stellte Jo ihn vor, und wenn Mel sich nicht irrte, klang sie leicht nervös.

„Hallo, wie geht's?“, begrüßte Mel ihn höflich und fand, dass er wohl etwas zu viel getrunken hatte. „Das ist alles einfach köstlich“, wandte sie sich an Connie.

„Also Schwester Melinda, wie gefällt Ihnen denn unser kleines Dorf?“, wollte Nick wissen.

„Nennen Sie mich bitte einfach Mel“, forderte sie ihn auf. „Es ist großartig hier. Sie müssen sehr glücklich sein.“

„Jawoll“, polterte er und ließ seinen aufdringlichen Blick nicht von ihr. „Wir haben wirklich Glück gehabt. Wo muss ich mich denn für eine Untersuchung anmelden?“ Und wieder lachte er über seinen eigenen Witz.

Da fiel es ihr wieder ein – Jo Ellen und dieser Ehemann. Er

war der Kerl. Hope hatte gesagt, dass er sich von mehr als einer Frau eine Ohrfeige eingefangen hatte. Deutlicher konnte er kaum werden. „Meine Güte! Entschuldigen Sie mich einen Moment, ich bin gleich wieder da. Ich brauche etwas zu trinken."

Er hielt sie am Arm fest und sagte: „Lassen Sie mich …"

Mit einem Ruck schüttelte sie ihn ab – immer noch lächelnd. „Nein, nein. Warten Sie hier." Und so schnell wie möglich machte sie sich davon. Auf dem Weg zur Theke blieb sie kurz bei Doug und Sue Carpenter stehen, um sie zu begrüßen. Sie waren häufig zu Gast in Jacks Bar. Schließlich lernte sie auch noch die Fishburns Senior kennen, Pollys Schwiegereltern. Als sie schließlich am Tresen angelangt war und direkt vor Jacks Nase auf einen Hocker kletterte und ihren Teller absetzte, nahm er sie zuerst gar nicht wahr. Finsteren Blickes beobachtete er den überfüllten Gastraum.

Schließlich sah er sie an. „Könnte ich ein Bier bekommen?", bat sie ihn.

„Natürlich."

„Sie sehen nicht besonders glücklich aus", stellte sie fest.

Seine Züge entspannten sich. „Ich passe nur auf, was geschieht", sagte er. „Amüsieren Sie sich gut?"

„Hmm." Sie nickte und trank einen Schluck. „Haben Sie das Essen probiert? Es ist fast so lecker wie das von Preacher. Diese Frauen vom Land können wirklich gut kochen!"

„Deshalb sind sie auch alle – wie soll ich sagen – so robust?"

Sie lachte ihm zu und stellte ihr Bier einen Moment beiseite, um noch einen Happen von ihrem Teller zu essen. „Ein Grund mehr für mich, um ganz schnell wieder zurück in die Zivilisation zu kommen."

Sie blieb noch ein Weilchen sitzen, und dann stand er auch schon wieder neben ihr. Nick. „Ich habe gewartet", sagte er.

„Oh Nick. Es tut mir leid, aber ich muss mich unter die Leute mischen. Ich bin neu hier, das wissen Sie doch." Und schon war sie mit dem Bier in der Hand vom Barhocker gerutscht und ließ ihren Teller stehen.

Als Nick Anstalten machte, ihr zu folgen, wurde sein Handgelenk auf die Theke gedrückt und dort festgehalten. Mit finsterem Blick sah Jack ihm in die Augen. „Deine Frau wartet dort drüben auf dich."

„Sei kein Spielverderber, Jack", meinte Nick lachend.

„Es wäre besser, du benimmst dich", warnte Jack ihn.

Nick lachte herzlich. „Also wirklich, Jack. Du kannst doch nicht alle hübschen Mädchen für dich allein haben. Ich meine, komm schon, Mann! Alle unsere Frauen sind scharf auf dich. Gönn einem doch auch mal was." Und weg war er.

Jack blieb hinter der Theke und ließ ihn nicht aus den Augen. Er schaffte es, die Drinks zu servieren und sie aufzuschreiben, ohne vom Gastraum wegzusehen. Nick lief Mel offensichtlich hinterher wie ein verliebtes Hündchen, das sich immer so nahe wie möglich an sie heranschlich. Aber Mel war schneller. Sie ging zu den Tischen auf der anderen Seite, setzte sich, um mit den Leuten zu sprechen, achtete darauf, dass andere Männer zwischen ihr und Nick standen, bahnte sich den Weg durch den Raum, als hätte sie jemanden entdeckt, den sie unbedingt antreffen wollte, und ließ Nick immer wieder unbeachtet hinter sich. Preacher, der mit Jack hinter der Bar stand, sagte irgendwann: „Soll ich ihm noch einen kleinen Rat geben, bevor er sich die Nase bricht?"

„Nein", widersprach Jack resolut und dachte insgeheim, dass es sich sehr gut anfühlen müsste, ihm die Nase zu brechen. Sollte Nick nur im Geringsten Hand an Mel anlegen, so würde ihm das schlecht bekommen.

„Ist mir auch recht", meinte Preacher. „Ich habe lange keinen guten Bar-Fight mehr gesehen."

Und da Jack den ganzen Raum im Blick hatte, sah er auch, wie Connies kleine Nichte zum Buffet schlenderte, einen Finger erst in die Kuchenglasur, dann in den Mund steckte und ihn äußerst langsam wieder herauszog, während sie über die Schulter zu Rick hinsah – und wie Rick, sein Junge, wie erstarrt an dem Tisch stehen blieb, von dem er gerade die Gläser abräumte. Jack beobachtete, wie er sie ansah; wie Ricky einen Augenblick lang fast zitterte, wie er den Mund leicht öffnete und sie mit weit aufgerissenen Augen in sich aufnahm – diese langen Beine und vollen Brüste. Oh Junge, dachte Jack.

Irgendwer hatte die Kerzen auf dem Kuchen angezündet, und alle erhoben sich von ihren Tischen oder eilten aus den vier Ecken des Raumes herbei und scharten sich um Joy, sangen und sahen zu, wie sie mit aller Kraft versuchte, dreiundfünfzig Kerzen auszupusten.

Mel stand weiter hinten in der Menge. Jack konnte ihren Rücken sehen, und sein Blick wurde grimmig, als Nick sich hinter sie stellte. Durch die Leute hindurch konnte er nicht genau erkennen, was geschah, aber er sah, wie sich auf Nicks Gesicht ein Lächeln breitmachte und gleichzeitig Mel ihren Kopf in den Nacken warf und mit vor Schreck geweiteten Augen einen panischen Blick in Jacks Richtung warf. Jack stieß sich von der Theke ab und versuchte, so schnell wie möglich auf die andere Seite zu gelangen, als Mel auch schon reagierte.

Sie hatte gefühlt, wie eine Hand von hinten über ihren Po strich und sich zwischen ihre Beine schob. Einen Augenblick lang war sie völlig perplex und konnte nicht glauben, was vor sich ging. Dann aber setzte ihr Instinkt ein, und sie beförderte ihr Bier von einer Hand in die andere, stieß ihm mit dem Ellbogen in die Magengrube, brachte denselben Ellbogen unter sein Kinn, zog mit einem gestiefelten Fuß die Beine unter ihm weg, sodass er völlig den Halt verlor, zu Boden krachte und flach auf dem Rücken lag. Sie setzte einen Fuß auf seine Brust und sah ihm wütend in die Augen. „Versuch so etwas *niemals* wieder!“ Und all das, ohne einen Tropfen ihres Biers verschüttet zu haben.

Jack blieb gebannt am Ende der Theke stehen. Wow, dachte er. Nicht schlecht!

Es dauerte einen Augenblick, bis Mel sich, leicht verlegen, in dem nun still gewordenen Raum umsah. Alle starrten sie erschrocken an. „Oh!“, entfuhr es ihr, sie hielt Nick jedoch immer noch mit ihrem Fuß auf der Brust fest. Nick, der anscheinend keine Luft mehr bekam, blieb fassungslos einfach dort liegen. Sie zog ihren Fuß zurück und sagte noch einmal: „Oh …“

Dann brach die Menge in Lachen aus. Irgendjemand klatschte. Grölend verkündete eine Frau ihre Zustimmung. Etwas kleinlaut zog Mel sich zurück und landete an der Bar, direkt vor Jack, wo sie sich am sichersten fühlte. Jack legte ihr eine Hand auf die Schulter und starrte wütend in Nicks Richtung.

Für Jo Ellen empfand Mel großes Mitleid. Was sollte eine Frau in einem kleinen Ort wie diesem mit einem Mann machen, der sich derart unmöglich benahm? Nachdem Jo Ellen ihn vom Boden hochgezogen und nach Hause verfrachtet hatte, wurde die Party lustiger und sie amüsierten sich prächtig. Mehrere Männer forderten Mel zum Armdrücken heraus, und für die Frauen war sie zur Heldin geworden.

Die Geschichten von Nicks Possen waren schockierend und unterhaltsam zugleich. Einmal, als er sich selbst unwiderstehlich fand und dem Anblick eines Busens nicht widerstehen konnte, hatte ihn eine Frau bewusstlos geschlagen. Bis zum heutigen Abend war das die legendärste Abfuhr, die er sich eingehandelt hatte. Er war schon öfter geohrfeigt worden, aber irgendeine wunderbare Fügung hatte verhindert, dass er bislang noch nicht von einem verärgerten Ehemann zu Brei geschlagen worden war. Anscheinend empfand man ihn als erbärmliche Witzfigur, die offensichtlich immer, wenn es wie heute Abend irgendeine Dorf- oder Nachbarschaftsparty gab, nach ein paar Drinks lustig wurde und alles Mögliche riskierte. Bei Tageslicht konnte er sich ganz gut unter Kontrolle halten, aber sein schlechter Ruf hatte gute Gründe.

„Und trotzdem wird er weiter eingeladen“, wunderte sich Mel, als sie mit Connie sprach.

„Wir haben hier nur uns, Kindchen. Wir sind hier irgendwie alle fest miteinander verbunden.“

„Man müsste ihm klarmachen, dass er nicht mehr dazugehört, wenn er sein Benehmen nicht ändert.“

„Das Problem dabei ist, dass auch Jo davon betroffen wäre, und sie ist total in Ordnung. Ich habe viel mehr Mitleid mit Jo als mit allen Frauen, die er belästigt", erklärte Connie. „Sie steht immer wie eine Idiotin da, und wir können doch ganz gut auf uns selbst aufpassen." Sie klopfte Mel auf den Arm. „Und was dich angeht, Mädchen – ich möchte stark bezweifeln, dass er dich noch einmal in Schwierigkeiten bringen wird."

Um neun war die Party schlagartig zu Ende. Es war, als hätte jemand eine Glocke geläutet. Die Frauen sammelten ihre Schüsseln ein, die Männer stapelten die Teller und lasen den Müll auf, man sagte sich Auf Wiedersehen, und alle strebten zur Tür hinaus. Mel war unter den Letzten, als Jack sie rief: „Warten Sie doch!" Sie kam zurück und setzte sich auf einen Barhocker. Lächelnd stellte er eine Tasse Kaffee vor sie hin: „Habe ich Sie etwa einmal ein Stadtmädchen genannt?"

„Ich wusste gar nicht, dass ich zu so etwas überhaupt noch in der Lage bin", sagte sie und nahm dankend den Kaffee an.

„Darf ich fragen, wo Sie das gelernt haben?"

„Das ist schon lange her. Es war in meinem letzten Jahr am College. Auf dem Campus hatte es einige Vergewaltigungen gegeben, und ein paar von uns haben dann gemeinsam einen Selbstverteidigungskurs besucht. Ehrlich gesagt, ich war mir nie sicher, ob das in einer realen Situation auch funktionieren würde. So mit Trainer, Matten auf dem Boden, alles eingeübt und jeder Schritt vorhersehbar – das ist eine Sache, finde ich. Aber woher sollte ich wissen, ob ich genauso reagieren könnte, wenn ein wirklicher Vergewaltiger hinter einem geparkten Auto hervorspringt?"

„Jetzt wissen Sie es. Damit hatte er nicht gerechnet."

„Stimmt. Das kam mir auch zugute." Sie nahm einen Schluck Kaffee.

„Ich konnte nicht sehen, was er gemacht hat", fuhr er fort. „Nur an seinem blöden Grinsen und Ihrer entsetzten Miene konnte ich erkennen, dass etwas vorgefallen war."

Sie stellte ihre Tasse auf die Bar. „Po-Grapschen, ein Fall der schwereren Sorte“, erklärte sie und bemerkte, wie sich seine Miene augenblicklich verfinsterte. Er runzelte die Stirn, kniff die Augen zusammen und sah wütend drein. „Hey, kein Problem, Kumpel, es war doch nicht Ihr Po. Ich sah, dass Sie irgendwie in Bewegung waren. Was hatten Sie vor?“, versuchte Mel ihn umzustimmen.

„Ach, viel zu viel“, antwortete er. „Ich will so etwas in meiner Bar nicht haben. Den ganzen Abend über hatte ich ihn schon beobachtet. Und in dem Moment, als er Sie sah, hatte er seine Beute ausfindig gemacht.“

„Er war ein entsetzlicher Quälgeist, aber ich bin mir ziemlich sicher, dass er mich jetzt in Ruhe lassen wird“, sagte sie. „Irgendwie komisch, dass die Party so plötzlich einfach zu Ende war. Hat da jemand auf die Uhr gesehen oder was?“

„Nutztiere genehmigen dir keinen Feiertag“, erklärte er.

„Babys auch nicht“, fiel ihr ein, und sie rutschte vom Stuhl herunter.

„Ich werde Sie hinüberbegleiten“, bot Jack an.

„Das brauchen Sie nicht, Jack, kein Problem.“

Dennoch kam er um den Tresen herum. „Erlauben Sie mir das doch. Es war ein interessanter Abend.“ Er nahm ihren Arm und redete sich ein, dass er nur gentlemanlike sein wollte. In Wirklichkeit aber würde er ihr einen Kuss geben, sollte er dazu eine Chance erhalten. Seit Tagen schon hatte er den Wunsch verspürt, sie zu küssen.

Sie gingen über die Veranda und die Stufen hinunter auf die Straße. Straßenlaternen gab es nicht, aber der volle Mond stand hoch am Himmel und warf ein sanftes Licht auf das Dorf. Oben, in Docs Zimmer, brannte noch Licht. Jack blieb mitten auf der Straße stehen. „Schauen Sie nur, Mel. Sehen Sie sich den Himmel an. Das werden Sie nirgendwo sonst auf der Erde finden können. So viele Sterne. Und der Mond. Dieser klare schwarze Himmel. Er gehört uns.“

Sie sah hinauf zu dem prachtvollsten Himmel, den man sich vorstellen konnte, und nie hätte sie geglaubt, dass es so viele

Sterne geben konnte. Er stellte sich hinter sie, legte seine Hände auf ihre Oberarme und drückte sie sanft.

„Das kann man in der Stadt nicht sehen. In keiner Stadt."

„Es ist wunderschön", sagte sie leise. „Ich gebe zu, es ist ein wunderschönes Land."

„Es ist majestätisch schön. In den nächsten Tagen, bevor Sie packen und um Ihr Leben rennen, möchte ich Ihnen gerne noch ein paar Dinge zeigen. Die Redwoods, die Flüsse, die Küste. Bald kommt die Zeit, wo man die Wale beobachten kann." Sie lehnte sich rückwärts an ihn und konnte nicht leugnen, dass es sich ziemlich gut anfühlte, so von ihm gestützt zu werden. „Das, was heute geschehen ist, bedaure ich sehr." Er beugte sich hinunter und sog den Duft ihres Haares ein. „Es hat mich wirklich beeindruckt, wie gut Sie damit fertig geworden sind, aber ich bedaure, dass er … ich hasse es, dass er Sie so angefasst hat. Ich dachte, ich hätte ihn im Auge."

„Es kam zu schnell für mich, und es kam zu schnell für Sie", beruhigte sie ihn.

Er drehte sie zu sich um und sah ihr in die Augen. So, wie sie ihm das Gesicht entgegenhob, glaubte er, darin eine Einladung zu erkennen, und senkte den Kopf.

Sie aber legte eine Hand auf seine Brust. „Ich muss jetzt gehen", sagte sie ein wenig atemlos.

Er richtete sich wieder auf.

„Wir wissen doch beide, dass ich Sie nicht zu Boden werfen könnte", fügte sie mit einem schwachen Lächeln hinzu.

„Das werden Sie auch nie tun müssen", versicherte er ihr. Doch er hielt sie noch immer an den Armen und zögerte, sie gehen zu lassen.

„Gute Nacht, Jack. Und vielen Dank für alles. Trotz der Sache mit Nick war es ein schöner Abend."

„Das freut mich zu hören", sagte er und ließ sie los.

Sie drehte sich um und ging den Rest des Weges mit gesenktem Kopf allein weiter.

Er blieb auf der Straße stehen, bis sie im Haus verschwunden war, und ging dann zur Bar zurück. Unterwegs sah er, dass Ricks Truck direkt vor Connies Haus geparkt war. Also wirklich – der Junge verlor keine Zeit. Ricky hatte weder eine Mom noch einen Dad, und seiner Großmutter ging es gesundheitlich nicht gut. Jack kümmerte sich nun schon eine ganze Weile um ihn, und er wusste, dass dieser Tag irgendwann einmal kommen musste. Jetzt war es höchste Zeit für *das* Gespräch. Aber nicht mehr heute Nacht. Heute Nacht musste Jack mit sich selbst reden.

Preacher hatte bereits die Stühle umgedreht an die Tische gehängt und putzte den Boden. Schnellen Schrittes lief Jack einfach an ihm vorbei. „Wohin so schnell?", fragte Preacher.

„Duschen", antwortete er zerknirscht.

Connie und Ron mochten Ricky sehr gerne, daher hatten sie auch kein Problem damit, dass er vor dem Haus noch ein paar Minuten mit Liz schwatzte. Sie vertrauten ihm, und das wusste er. Vielleicht aber wäre es besser, sie täten es nicht, denn wenn sie ahnten, was Liz mit einem einzigen Blick bei ihm anrichten konnte – sie würden sie einsperren.

Liz lehnte mit gekreuzten Beinen an der Veranda, zog eine Zigarette aus ihrer Handtasche und steckte sie an.

„Warum tust du das?", fragte Rick sie.

„Hast du ein Problem damit?", fragte sie zurück und blies den Rauch aus.

Er zuckte die Schultern. „Davon bekommst du nur einen ekligen Geschmack im Mund", sagte er. „Und wenn du rauchst, wird keiner Lust haben, dich zu küssen."

Sie lächelte ihn an. „Gibt es denn jemanden, der mich gerne küssen würde?"

Er nahm ihr die Zigarette aus der Hand und warf sie weg. Dann legte er die Arme um ihre Taille, zog sie an sich und legte seine Lippen auf ihren Mund. Stimmt, dachte er. Davon bekommst du einen schlechten Geschmack, aber doch nicht schlecht genug.

Sie schmiegte sich eng an ihn, und natürlich passierte das, was ihm neuerdings ständig passierte. Und als sie den Mund öffnete und sich noch fester an ihn drückte, passierte es sogar noch mehr. Lieber Gott, ich sterbe! Er konnte ihre vollen, harten Brüste an seiner Brust fühlen, und im Moment war es sein einziger Wunsch, eine davon in die Hand zu nehmen. An ihren Lippen aber flüsterte er: „Du solltest nicht rauchen."

„Ja."

„Es wird dein Leben verkürzen."

„Das wollen wir wirklich nicht."

„Du bist so schön", flüsterte er. „Wirklich schön."

„Du auch."

„Männer sind nicht schön. Soll ich dich am Montag zur Schule mitnehmen?"

„Klar. Um wie viel Uhr?"

„Ich hole dich um sieben ab. In welche Klasse gehst du?"

„Erste", hauchte sie.

Und ganz schnell hörte es auf, ihm zu passieren. „Vier… vierzehn?", stammelte er.

„Ja. Und du bist …?"

„Äh … Dritte. Sechzehn." Er nahm ein wenig Abstand von ihr. „Verdammt. Oh Gott!"

„Willst du mich jetzt nicht mehr mitnehmen?", wollte sie wissen und zog dabei ihren Pullover etwas nach unten, was allerdings dazu führte, dass sich ihre Brüste nur umso deutlicher abzeichneten.

Er lächelte sie an. „Ach wo. Was soll's, hm? Ich sehe dich dann Montagmorgen." Er ging ein Stück von ihr weg, drehte sich aber dann abrupt um und entschied sich für einen weiteren Kuss. Ein langer Kuss, heftig und leidenschaftlich. Und dann noch einer, der sogar noch länger dauerte und vielleicht sogar noch ein wenig heftiger war. Sie fühlte sich jedenfalls nicht an wie vierzehn.

6. KAPITEL

Eines Morgens war Doc aus dem Haus gegangen, um einen Patienten zu besuchen. Er war noch nicht lange weg, als Lilly Anderson in die Praxis kam, um mit Mel zu sprechen. Lilly war ungefähr im selben Alter wie Connie und Joy und die meisten anderen Frauen, die Mel bisher kennengelernt hatte – Ende vierzig, Anfang fünfzig. Sie war auf eine nette Art rundlich, hatte ein freundliches Gesicht und dichtes kurzes lockiges braunes Haar, das von Grau durchzogen war. Sie trug kein Make-up, und ihre Haut war perfekt, ein fleckenloses Elfenbein mit rosigen Wangen, in denen sich Grübchen bildeten, wenn sie lächelte. Als Mel sie auf der Party kennengelernt hatte, war ihr aufgefallen, dass sie etwas Nährendes, Sicherheit Spendendes an sich hatte. Sofort hatte Mel sie gemocht und ihr vertraut.

„Ist das Baby noch bei Ihnen?", fragte Lilly.

„Ja", bekräftigte Mel.

„Es wundert mich, dass niemand gekommen ist, der es in Pflege nehmen oder adoptieren will."

„Das wundert mich auch irgendwie", pflichtete Mel ihr bei.

„Ein total gesundes kleines Baby", fuhr Lilly fort. „Was ist denn mit all diesen Leuten, die einen gesunden Säugling adoptieren wollen? Wo sind sie?"

Mel zuckte die Achseln. „Vielleicht liegt es einfach daran, dass das Sozialamt die Angelegenheit nicht auf die Reihe kriegt. Wie ich höre, sind sie sehr beschäftigt und stellen so kleine Orte wie diesen hier hinten an."

„Sie ist mir nicht mehr aus dem Kopf gegangen, und ich denke – nun, vielleicht kann ich ja einspringen", schlug Lilly vor.

„Das ist sehr nett von Ihnen", sagte Mel. „Wohnen Sie in der Nähe? Denn manchmal hätten Doc und ich schon gerne einmal eine Pause. Vor allem, wenn Patienten kommen."

„Wir sind Rancher. Ich wohne auf der anderen Seite des Flusses, aber es ist nicht so weit. Ich habe ja schon sechs Kinder großgezogen. Mein erstes kam, als ich neunzehn war, und jetzt ist meine Jüngste auch schon achtzehn und verheiratet. Aber ich habe Platz im Haus, wo sie doch jetzt alle weg sind und ihre eigenen Wege gehen. Ich könnte das Baby nehmen, bis eine langfristige Lösung für es gefunden ist. In der Scheune habe ich sogar noch all diese alten Babysachen aufbewahrt. Vielleicht kann ich ja so eine Art Pflegemutter sein. Mein Mann, Buck, wäre auch damit einverstanden."

„Das ist sehr großzügig, Lilly, aber ich fürchte, wir könnten Ihnen nichts dafür zahlen."

„Dafür brauche ich keine Bezahlung", erklärte Lilly. „Das ist so etwas wie Nachbarschaftshilfe. Wir helfen, wenn wir es können. Und ich liebe Babys."

„Ich würde gerne mal wissen – haben Sie eine Ahnung, von wem dieses Baby sein könnte?"

Lilly schüttelte den Kopf und wirkte schrecklich gequält. „Sie fragen sich bestimmt, welche Frau ihr Baby aufgeben könnte. Vielleicht ein junges Mädchen, das in Schwierigkeiten steckt und dem niemand hilft? Ich habe drei Töchter großgezogen, und Gott sei Dank hat keine so etwas durchmachen müssen. Sieben Enkel habe ich nun schon."

„Das ist das Schöne daran, wenn man früh anfängt", sagte Mel. „Dann kommen die Enkel, wenn man als Großeltern noch jung genug ist, sich an ihnen zu freuen."

„Ja, das ist ein Segen für mich", bestätigte Lilly. „Das ist mir auch klar. Ich stelle mir vor, dass jemand, der sein Kind aussetzt, verzweifelt sein muss." Mel meinte, einen Moment lang sogar Tränen in Lillys Augen gesehen zu haben.

„Also gut, ich werde Doc Ihren Vorschlag unterbreiten und sehen, was er dazu sagt. Sind Sie sich auch wirklich sicher? Denn ich kann Ihnen nur etwas Trockenmilch und ein paar Windeln mitgeben. Mehr ist nicht drin."

„Ich bin mir sicher. Und sagen Sie Doc bitte, dass ich mehr als glücklich wäre, das zu tun."

Als Doc eine Stunde später zurückkehrte, erzählte Mel ihm

die Geschichte. Überrascht schossen seine Augenbrauen in die Höhe, und er rieb sich mit einer Hand über den Kopf. „Lilly Anderson?“, fragte er nach. Er schien den Vorschlag mit einer gewissen Bestürzung in Erwägung zu ziehen.

„Gibt es dabei etwas, das Ihnen Sorgen bereitet? Denn wir könnten es hier auch noch ein Weilchen so weiterführen …“

„Mir Sorgen bereitet? Nein.“ Er riss sich zusammen. „Es überrascht mich nur, das ist alles.“ Und damit verzog er sich in sein Büro.

Sie folgte ihm. „Also? Sie haben noch nicht geantwortet.“

Er drehte sich wieder zu ihr um. „Ich kann mir keinen besseren Platz für dieses Kind vorstellen als bei Lilly“, sagte er. „Lilly und Buck sind gute Menschen. Und sie wissen, wie man mit einem Baby umgeht. Das steht fest.“

„Sie wollen nicht noch einmal darüber nachdenken?“

„Nein“, entgegnete er. „Ich hatte gehofft, dass sich eine Familie finden würde.“ Dann sah er sie über den Rand seiner Brille hinweg an. „Mir scheint, *Sie* brauchen vielleicht noch etwas Zeit, um darüber nachzudenken.“

„Nein“, sagte sie mit einem leichten Beben in der Stimme. „Wenn es für Sie in Ordnung ist, dann ist es das für mich auch.“

„Denken Sie trotzdem noch einmal darüber nach. Ich werde mal rübergehen und sehen, ob jemand mit mir Kribbage spielen will. Und wenn Sie dann so weit sind, werden wir Chloe zur Ranch der Andersons bringen.“

„Einverstanden“, sagte sie, aber sie sagte es sehr leise.

Jack war sich schmerzhaft darüber bewusst, dass Mel erst seit drei Wochen im Ort war und er kaum noch an etwas anderes denken konnte. Es war verwirrend. Fakt war, dass er sich schon in dem Moment, als er sie in jener Nacht in dem gedämpften Licht der Bar zum ersten Mal sah, am liebsten gleich zu ihr an den Tisch gesetzt hätte, um sie kennenzulernen.

Er sah sie jeden Tag, und durch die gemeinsamen Mahlzeiten und die ausführlichen Gespräche, die sie miteinander führten, wusste er, dass er im Moment ihr engster Freund war. Und doch gab es etwas, das sie vor ihm verbarg. Sie war sehr offen, was den frühen Tod ihrer Eltern anging, die enge Beziehung zu ihrer Schwester und deren Familie, ihre berufliche Laufbahn, das verrückte chaotische Geschehen im Krankenhaus. Aber irgendwie war es, als würde eine große Zeitspanne fehlen. *Er*, dachte Jack. Er, der sie fertiggemacht und verletzt und einsam zurückgelassen hatte. Jack würde ihn schon vertreiben, wenn er nur die geringste Chance dazu hätte.

Er wünschte, er wüsste, was ihn so schnell und so gründlich an ihr fesselte. Es war nicht allein ihre Schönheit. Sicher, es gab im Ort keine hübschen alleinstehenden Frauen, aber einsam ist er nicht gewesen. Und Mel war nicht die einzige sexy Frau, die er in den letzten Jahren zu sehen bekommen hatte. Er war ja kein Einsiedler und hatte Städte an der Küste besucht, wo es auch ein Nachtleben gab. Und dann war da auch noch Clear River.

Mel jedoch hatte eine Ausstrahlung, die ihn einfach überwältigte. Dieser kleine feste Körper, die vollen Brüste, der knackige Hintern, ihre roten Lippen – von ihrem reizenden klugen Köpfchen gar nicht zu reden. All das wirkte auf ihn so, dass er sich zusammenreißen musste, um in ihrer Gegenwart nicht schwer zu atmen. Wenn sie einmal vergaß, was sie quälte, und einen Moment lang lächelte oder lachte, strahlte ihr ganzes Gesicht, und ihre blauen Augen funkelten. Er hatte sogar schon von ihr geträumt und ihre Hände auf seinem ganzen Körper gefühlt, während er sie unter sich wusste und sich selbst in ihr. Sogar das leise Aufstöhnen vor Lust hatte er gehört, und dann – bumm! – wachte er auf und war allein wie immer und in Schweiß gebadet.

Jack war von ihr schon fasziniert gewesen, bevor sie Nick auf den Rücken gelegt hatte, aber auch wenn sie es nicht geschafft hätte, wäre der Funken auf ihn übergesprungen. Sie war ein Energiebündel. Ein hinreißend feminines kleines Ding mit unglaublicher Schlagkraft. Wow. Verdammt.

Das Verwundbare in ihren Augen verriet ihm, dass er überaus vorsichtig sein müsse. Ein falscher Zug, und sie würde in diesen kleinen BMW springen und sich den Staub von Virgin River von den Schuhen schütteln, ungeachtet der medizinischen Bedürfnisse im Ort. Immer wieder erinnerte er sich daran, dass dies auch der Grund dafür war, weshalb er ihr das Haus noch nicht präsentiert hatte. Sich letzte Woche nach Joys Party von ihr zu entfernen, war mit das Schwierigste, was er je getan hatte. Nichts hätte er lieber getan, als sie an sich zu drücken und ihr zu sagen, dass alles gut wird. Ich kann es in Ordnung bringen und gutmachen. Gib mir eine Chance.

In der Bar saßen Doc und Preacher an einem Tisch und spielten Kribbage. Jack legte ein Stück von dem Apfelkuchen, den Preacher gebacken hatte, auf einen Teller, hüllte ihn in Frischhaltefolie und verließ die Bar, um auf die andere Straßenseite zu gehen. Außer Docs Truck und diesem kleinen BMW standen keine weiteren Wagen vor der Praxis. Grünes Licht, dachte er, und sein Puls beschleunigte sich. Er öffnete die Eingangstür und sah sich um. Niemand da. Gerade wollte er an die Bürotür klopfen, als er ein Geräusch aus der Küche hörte.

Das Baby lag in seinem kleinen Plexiglasbett auf Rädern neben dem warmen Ofen, und Mel saß am Tisch, den Kopf in den verschränkten Armen. Sie schluchzte. Er lief zu ihr, stellte den Kuchen auf den Tisch und kniete sich neben ihren Stuhl – alles in Sekundenschnelle. „Mel“, sagte er weich.

Sie hob den Kopf und wischte sich mit der Hand über die geröteten Wangen. „Verdammt“, sagte sie unter Tränen. „Sie haben mich erwischt.“

Er legte eine Hand auf ihren Rücken und fragte leise: „Was ist denn los?“ *Jetzt*, dachte er. Jetzt wird sie mir alles erzählen und mir erlauben, ihr darüber hinwegzuhelfen.

„Ich habe für das Baby ein Heim gefunden. Jemand kam hierher und hat sich angeboten, und Doc befürwortet es.“

„Wer ist es?“, wollte er wissen.

„Lilly Anderson“, antwortete sie und vergoss dabei dicke Tränen. „Oh Jack, ich habe es zugelassen. Ich hänge so sehr an der Kleinen.“ Und dann lehnte sie sich an seine Schulter und weinte.

Jack vergaß alles. „Komm mal her", sagte er und zog sie vom Stuhl hoch, ohne zu merken, dass er sie duzte. Dann tauschte er den Platz mit ihr und zog sie auf den Schoß. Sie legte ihm die Arme um den Hals und barg ihr Gesicht an seiner Schulter. Und während sie weinte, streichelte er sanft ihren Rücken. Seine Lippen berührten ihr weiches Haar. „Das ist in Ordnung. Es ist okay", flüsterte er.

„Ich habe es zugelassen", sagte sie an seinem Hemd. „Wie kann man nur so dumm sein. Ich habe es doch gewusst. Und dann habe ich ihr sogar noch einen Namen gegeben. Was habe ich mir nur dabei gedacht?"

„Du hast ihr Liebe gegeben", beruhigte er sie. „Du warst so gut zu ihr. Es tut mir leid, dass es dich so schmerzt." Aber es tat ihm nicht wirklich leid, denn so konnte er sie in seinen Armen halten, und ihr kleiner Körper fühlte sich genauso an, wie er es sich vorgestellt hatte, fest und warm an seinen geschmiegt. Leicht wie eine Feder saß sie auf seinem Schoß, und ihre Arme lagen wie Bänder um seinen Hals. Der süße, betörende Duft ihres Haares stieg ihm zu Kopf und verwirrte seine Gedanken.

Sie hob den Kopf und sah ihn an. „Ich habe sogar schon daran gedacht, sie einfach zu nehmen und mit ihr wegzulaufen. So verrückt bin ich schon. Jack, du solltest wissen – ich bin völlig durchgedreht."

Er wischte ihr die Tränen von den Wangen. „Wenn du sie willst, Mel, dann kannst du doch versuchen, sie zu adoptieren."

„Die Andersons", seufzte sie. „Doc sagt, es sind gute Leute. Eine gute Familie."

„Das sind sie. Salz der Erde, sozusagen."

„Und das wäre einfach besser für die Kleine als eine alleinstehende Mutter, die den ganzen Tag arbeitet. Sie braucht ein richtiges Bett, nicht diesen Inkubator. Eine richtige Familie, keine Hebamme und einen alten Arzt."

„Es gibt viele verschiedene Arten von Familie."

„Oh, ich weiß genau, was das Beste ist." Und wieder flossen

die Tränen. „Es ist nur so hart.“ Sie legte den Kopf an seine Schulter zurück. Er schloss sie fester in die Arme, und ihre Arme schlangen sich enger um seinen Hals. Mit geschlossenen Augen schmiegte er die Wange an ihr Haar.

Als Mel fühlte, wie diese starken Arme sie umschlossen, ließ sie sich einfach fallen und weinte aus vollem Herzen. Sie war sich seiner Gegenwart völlig bewusst, aber im Augenblick kam es darauf an, dass sie zum ersten Mal seit fast einem Jahr der Trauer nicht allein war, wenn sie weinte. Es war jemand da, der sie hielt, und sie fühlte sich beschützt. Seine Kraft und Wärme spendeten ihr Trost, und sie nahm es gerne an. Das Chambray-Hemd an ihrer Wange fühlte sich weich an, und die Schenkel, auf denen sie saß, waren hart. Er duftete wunderbar nach einer Mischung aus Cologne und freier Natur, und sie fühlte sich sicher bei ihm. Seine Hand streichelte ihren Rücken, und sie merkte, wie er zärtlich ihr Haar küsste.

Sanft wiegte er sie in seinen Armen, während sie damit fortfuhr, sein Hemd einzuweichen. Die Minuten vergingen, und endlich versiegten die Tränen. Ein Weilchen ließ sie noch ein Schniefen und Gemurmel hören, dann hob sie den Kopf und sah ihn schweigend an. Er hatte nur noch einen Gedanken. Ganz langsam, sanft und vorsichtig berührte er mit seinen Lippen ihren Mund. Sie schloss die Augen und ließ es geschehen. Er zog sie noch enger an sich und verstärkte den Druck seiner Lippen. Sie öffnete den Mund, und er hielt die Luft an, als er auch seinen öffnete und spürte, wie ihre kleine Zunge hineinglitt. Seine Welt geriet ins Schwanken, und er verlor sich in einem Kuss, der immer inniger wurde, ihn zutiefst bewegte und erschütterte.

„Jack“, flüsterte sie an seinem Mund. „Du solltest dich nicht mit mir einlassen.“

Er küsste sie noch einmal und hielt sie dabei so fest, als wollte er sie nie wieder loslassen. „Mach dir keine Sorgen um mich“, sagte er, wobei sein Mund weiter an ihren Lippen hing.

„Du verstehst nicht. Ich kann dir nichts geben. Gar nichts.“

„Ich habe dich um nichts gebeten", beruhigte er sie, aber bei sich dachte er: Du irrst. Du gibst und nimmst. Und es fühlt sich verdammt gut an.

Alles, was Mel dann noch denken konnte, war, dass sich ihr Körper endlich einmal nicht mehr so hohl und leer anfühlte, dass es beinahe wehtat. Sie genoss das Gefühl, mit etwas verbunden zu sein. Mit jemandem verbunden zu sein. Verankert. Es war so wunderbar, diesen menschlichen Kontakt wieder einmal zu spüren. In ihrer Seele hatte sie vergessen, wie es war, aber ihr Körper erinnerte sich. „Du bist ein guter Mensch, Jack", flüsterte sie unter seinen Küssen. „Ich will dich nicht verletzen. Aber ich kann niemanden lieben."

„Ich kann selbst auf mich aufpassen", meinte er nur.

Sie küsste ihn noch einmal, intensiv und leidenschaftlich. Aus einer langen Minute wurden schließlich zwei, in denen sie sich feurig unter seinem Mund bewegte.

Und dann meldete sich das Baby.

Sie zog sich von Jack zurück. „Oh mein Gott, wieso habe ich *das* jetzt getan?", stöhnte sie. „Es war ein Fehler."

Er zuckte die Schultern. „Ein Fehler? Nein. Wir sind Freunde. Wir stehen uns nahe. Du brauchtest Trost, und ich bin hier."

„Es kann einfach nichts daraus werden", entgegnete sie und klang dabei leicht verzweifelt.

Als nun auch in ihm ein Gefühl von Verzweiflung aufkam, nahm er die Sache in die Hand. „Mel, hör auf damit. Du hast geweint. Das ist alles."

„Wir haben uns geküsst", hielt sie ihm vor.

Er lächelte sie an. „Du bist manchmal so hart mit dir selbst. Es ist völlig in Ordnung, hin und wieder etwas zu fühlen, das nicht schmerzt."

„Versprich mir, dass es nicht wieder vorkommt!"

„Es wird nicht wieder vorkommen, wenn du es nicht willst. Aber lass mich dir noch etwas sagen: Solltest du es wollen, dann werde ich es zulassen. Und weißt du, warum? Weil ich gerne küsse und mich deswegen nicht fertigmache."

„Das tue ich auch nicht", behauptete sie. „Ich will nur nicht dumm sein."

„Du bestrafst dich doch nur selbst. Ich kann mir nicht vorstellen, warum. Aber …", und dabei hob er sie von seinem Schoß herunter und stellte sie auf die Beine, „du bestimmst, wo es langgeht. Ich persönlich denke ja, dass du mich insgeheim magst. Dass du mir vertraust. Und eben habe ich auch einen Moment lang geglaubt, dass du mich sogar gerne küsst." Er grinste sie an. „Das konnte ich sehen. Da habe ich ein echt gutes Auge."

„Du hast dich doch nur nach ein wenig weiblicher Gesellschaft gesehnt", behauptete sie.

„Oh, es gibt genug Frauen hier. Das hat nichts damit zu tun."

„Trotzdem – du musst es mir versprechen."

„Sicher doch", sagte er. „Wenn es das ist, was du willst."

„Es ist das, was ich brauche."

Er stand auf und blickte auf sie hinab. Genau das war es, was er befürchtet hatte, und dummerweise hatte er seine eigene Vorsicht in den Wind geschlagen. Er musste ihr Vertrauen zurückgewinnen. Und zwar schnell. Mit einem Finger hob er ihr Kinn an und sah in ihre schönen traurigen Augen. „Möchtest du, dass ich dich und Chloe zur Ranch der Andersons fahre? Wenn ich verspreche, dich nicht mehr zu küssen?"

„Würdest du das tun?", fragte sie. „Ich möchte sie gerne selbst dorthin bringen und sehen, wo sie leben wird. Und ich glaube nicht, dass ich dabei gerne allein bin."

Jack wusste, es war unbedingt nötig, dass Mel wieder Kontrolle über sich selbst gewann. Er ging zurück zur Bar, steckte dort aber nur kurz den Kopf herein. „Doc, ich werde Mel und das Baby zu den Andersons fahren. Bist du damit einverstanden?"

„Natürlich", sagte der alte Junge, ohne auch nur von seinem Spiel aufzublicken.

Nachdem Mel die wenigen Babysachen zusammengepackt hatte, lud er alles in seinen Truck. Und da er keinen Kindersitz hatte, nahm Mel das Baby auf den Arm – und wurde wieder etwas weinerlich. Nachdem sie aber den langen Anstieg in die Berge hinter sich gebracht hatten und durch die eingezäunten Weiden fuhren, auf denen Schafe grasten, konnte er sehen, dass sie sich zusammenriss.

Lilly Anderson führte sie in ihr Heim. Es war ein schlichtes Haus, das aber vom Überfluss des Lebens zeugte. Die Böden und Fenster glänzten und ließen erkennen, welche Aufmerksamkeit die Hausfrau ihnen zuteil werden ließ. Auf den Armlehnen der Sofas oder über Sessel drapiert lagen gefaltete Strickdecken, und an den Wänden hingen Gobelin-Stickereien. Der Duft von frisch gebackenem Brot hing in der Luft, und auf dem Küchentresen kühlte ein Kuchen aus. Dutzendweise Fotos gab es – von den Kindern und der Familie. Es war eine Sammlung, die viele Jahre umfasste. Für Chloe stand schon eine Korbwiege bereit. Lilly bereitete Tee, dann setzten sie sich an den Küchentisch und redeten, während Jack mit Buck zum Gehege ging, wo die erwachsenen Söhne mit der Frühjahrsschur begonnen hatten.

„Ich will ehrlich mit Ihnen sein, Lilly. Ich habe mich ganz schön in sie verliebt."

Lilly ergriff über den Tisch hinweg ihre Hand. „Das ist doch völlig verständlich. Sie sollten oft hier herauskommen, sie ein wenig in den Armen halten und schaukeln. Bleiben Sie einfach in ihrer Nähe."

„Hoffentlich passiert Ihnen nicht dasselbe, wenn schließlich irgendwer kommt und sie holt."

Wie Mel traten nun auch Lilly Tränen in die Augen. „Sie müssen ja sehr zart besaitet sein", mutmaßte sie. „Aber machen Sie sich keine Sorgen, Mel. Da ich jetzt Großmutter bin, laufen bei uns viele kleine Kerlchen durchs Haus, ohne dass sie bleiben. Solange die Kleine aber hier ist, versprechen Sie mir bitte, dass Sie sich nicht rarmachen werden."

„Danke, Lilly, für Ihr Verständnis. Meine Frauen und ihre Babys, das ist das, wofür ich lebe."

„Das merkt man. Für uns ist es ein großes Glück, Sie bei uns zu haben."

„Aber ich werde nicht bleiben, wissen Sie …“

„Denken Sie doch noch einmal darüber nach. Es ist kein schlechter Ort hier.“

„Jedenfalls werde ich so lange bleiben, bis ich weiß, dass für Chloe alles geregelt ist. Und ich will auch versuchen, ein paarmal herzukommen, um sie zu knuddeln, bevor ich gehe.“

„Wenn Sie wollen, können Sie jeden Tag kommen, von mir aus auch zweimal am Tag.“

Wenig später stand Mel neben Jack am Zaun und sah zu, wie die Schafe geschoren wurden. „In ein paar Wochen müssen Sie wiederkommen. Dann werden die Lämmer geboren“, sagte Buck. „Wir scheren sie vor der Entbindung. Das ist leichter für die Schafe.“

Auf dem Rückweg fuhr Jack eine Runde durch die Anhöhen, die Virgin River umgaben. Er sagte nichts, ließ Mel nur die Schönheit der grünen Felder sehen, die hohen Berge, das Vieh auf den Weiden. Dann fuhr er mit ihr eine kurze Strecke den Highway 299 entlang, wo sie auch einen Redwood-Wald passierten. Und trotz ihrer verdrießlichen Stimmung verschlug es ihr vor Ehrfurcht den Atem. Der Himmel war wolkenlos blau, und es wehte eine leichte kühle Brise. Unter den höchsten Bäumen jedoch war es dunkel bis auf ein gelegentliches Aufblitzen, wenn die strahlende Sonne blendend durch die Wipfel brach. Er konnte sehen, dass es ihr allmählich wieder besser ging, auch wenn sie kein Wort darüber verlor.

Fast schien es, als wäre das Gebiet hier in zwei Welten geteilt: die feuchte, dunkle Welt des dichten Waldes, wo das Leben öde und arm und die Menschen niedergeschlagen waren, und dann die Welt der Nationalparks, mit Redwoods, den besten Lagerplätzen, Tälern und Hügeln mit fruchtbaren, ertragreichen Feldern, wo Gesundheit und Zufriedenheit vorherrschten.

Über eine von Bäumen überschattete Straße fuhr Jack dorthin, wo der Virgin River die stärkste Biegung machte. Er fuhr mit dem Truck bis ans Ufer und hielt dort an. Im Fluss standen zwei Männer in Anglerstiefeln. Sie trugen braune Anglerwesten mit vielen Taschen, und neben ihnen im Wasser trieben Weidenkörbe, die an langen Trägern an ihren Schultern hingen. Die Bögen, die ihre Angelschnüre beim Auswerfen beschrieben, waren so anmutig und rhythmisch wie der Tanz einer Ballerina.

„Was tun wir hier?“, fragte Mel.

„Ich wollte nur, dass du noch etwas siehst, bevor du dich davonmachst. An diesem Platz angeln die meisten Dorfbewohner und Besucher. Auch ich komme meistens hierher. Während der Regenperiode im Winter kann man von hier beobachten, wie die Lachse über die natürlichen Wasserfälle springen, um zum Laichen in ihre Heimatbäche zurückzukehren. Das muss man wirklich einmal gesehen haben! Da das Baby ja nun bei den Andersons ist, kann ich mal mit dir an die Küste fahren, wenn du magst. Es wird nicht mehr lange dauern, dann werden die Wale in die kühleren Gewässer im Norden wandern, um dort den Sommer zu verbringen. Sie ziehen mit ihren Kälbern dann ganz nahe an der Küste entlang, es ist einfach umwerfend.“

Eine Weile sah sie den Anglern zu, wie sie ihre Leinen auswarfen und wieder einholten. Und dann hatte einer der Männer etwas gefangen. Eine ziemlich große Forelle.

„Bei einer guten Saison ist Fisch im Speiseplan der Bar das Hauptnahrungsmittel“, erzählte er.

„Und du fängst ihn dann auch meistens selbst?“

„Ich, Preacher und Ricky. Besser kann man die Arbeit nicht zum Vergnügen machen.“ Dann wurde seine Stimme ganz leise. „Mel, da unten, den Fluss runter. Dort …“

Sie spähte in die Richtung. Dann machte sie, nach Luft schnappend, einen Schritt zurück. Aus dem Gebüsch auf der anderen Seite des Flusses lugten die Köpfe einer Bärin und ihres Jungen hervor.

„Du wolltest doch mehr von den Bären wissen. Das sind Schwarzbären. Das Junge sieht klein aus. Sie sind gerade dabei, ihre Kinder zu bekommen und aus dem Winterschlaf zu erwachen. Hast du so etwas schon einmal gesehen?“

„Nur im *Discovery Chanel.* Sehen die Angler sie denn nicht?“

„Ich bin sicher, dass sie sie sehen. Aber sie werden die Bärin nicht belästigen, und umgekehrt wird sie es auch nicht tun. Trotzdem tragen sie sicherheitshalber Bärenabwehrmittel bei sich. Und dann haben sie im Truck auch noch ein Gewehr. Aber falls sie tatsächlich zu nahe herankommen sollte, holen sie einfach ihre Leinen ein und setzen sich in ihre Trucks, bis sie wieder abzieht." Er lachte leise. „Sieh dir an, wie sie ihnen den Fisch wegfrisst."

Fasziniert sah sie eine Weile zu. „Warum hast du mich hierher gebracht?", fragte sie nach einer Weile.

„Manchmal, wenn mich irgendetwas bedrückt, komme ich hierher oder fahre in die Redwoods oder auf die Hügel, wo die Schafe grasen, oder vielleicht auch zu den Kuhweiden. Dann bleibe ich bloß eine Weile sitzen. Verbinde mich einfach nur mit der Erde. Mehr muss ich meistens gar nicht tun."

Einen Ellbogen aus dem Fenster gelehnt, die andere Hand locker am Gelenk auf dem Steuerrad balancierend, beobachtete Jack die Angler und die Bären. Die Männer waren so mit ihrem Sport beschäftigt, dass sie sich nicht einmal umgedreht hatten, als sie hörten, wie ein Truck auf die Lichtung fuhr.

Sie schwiegen. Jack hatte keine Ahnung, was in Mels Kopf vorging. Er dachte nur: Lauf nicht einfach weg, bloß weil du geküsst wurdest. Es könnte Schlimmeres geben.

Nach ungefähr zwanzig Minuten ließ er den Motor an. „Da gibt es noch etwas, das ich dir zeigen muss. Du hast es doch nicht eilig, oder?"

„Doc ist ja im Ort", antwortete sie. „Ich glaube nicht."

So fuhr Jack endlich zu der Lichtung, wo das Ferienhaus von Hope McCrea stand. Mel war sich zwar völlig im Klaren darüber, dass er sich wünschte, sie würde ihre Absicht, von hier wegzugehen, noch einmal überdenken. Doch der Gedanke, dass er für sie ein Haus herrichten würde, wäre ihr niemals in den Sinn gekommen. Als sie vorfuhren und anhielten, sah sie ihn überrascht an.

„Mein Gott!", rief sie. „Wie hast du das geschafft?"

„Seife. Holz. Farbe. Nägel."

„Das hättest du nicht tun sollen, Jack. Weil …“

„Ich weiß schon – weil du nicht bleiben wirst. Das habe ich in letzter Zeit mehr als hundert Mal gehört. Du wirst tun, was du tun musst. Aber das hier hatte man dir versprochen, und ich dachte mir, du solltest wenigstens eine Alternative zu Docs Zimmer haben.“

Vor ihr stand das kleine Ferienhaus mit einer neuen, stabilen, rot gestrichenen weitläufigen Veranda, auf der zwei weiße Adirondack-Stühle standen. Vier weiße Töpfe mit roten Geranien zierten die Ecken des Geländers. Es war bildschön. Sie fürchtete sich hineinzugehen. Denn wenn es auch drinnen so schön war, würde sie gezwungen sein, den Vertrag einzuhalten. Und sie wusste, es würde schön sein.

Ohne etwas zu sagen, kletterte Mel aus dem Truck und stieg langsam die Stufen zum Haus empor. Ihr war bewusst, dass Jack ihr nicht folgen würde, sondern im Wagen sitzen blieb, um sie allein hineingehen zu lassen. Sie öffnete die Tür, die nun nicht mehr klemmte. Drinnen glänzten die Holzdielen, und sämtliche Möbel waren poliert, sodass ihre Farben nun perfekt zur Geltung kamen. Die Fenster, die vorher blind vor Schmutz waren, strahlten jetzt vor Sauberkeit, fast so, als hätte jemand das Glas entfernt. Auch das vernagelte Fenster war ersetzt worden. Küche samt Küchengeräten waren ebenfalls fleckenlos rein, und im Wohnzimmer lag ein großer neuer Teppich.

Sie ging ins Schlafzimmer hinüber. Auf dem Bett lag ein neuer Bettüberwurf, und ohne, dass sie ihn hochheben musste, konnte sie sehen, dass eine dicke, feste Matratze darunter lag und die ekelhaft schmutzige verschwunden war. Die Bezüge waren so hell, dass die Wäsche keinesfalls von Hope stammen konnte, sondern neu gekauft worden sein musste. Neben dem Bett lag auf dem Boden ein großer, dicker Vorleger. Im Bad gab es neue Handtücher und weiteres neues Zubehör. Die Duschkabine war komplett ausgetauscht worden und die Kacheln so sehr auf Hochglanz geschrubbt, dass sogar die Fugenfüllung makellos sauber war. Ein Hauch von Bleiche lag in der Luft, nirgends war das geringste Fleckchen zu entdecken. Handtücher, Vorleger, Abfalleimer, Zahnputzglas und Papierspender waren farblich perfekt aufeinander abgestimmt – alles war in Rot und Weiß gehalten.

Unten gab es zwei Schlafzimmer und oben unter dem Dach noch ein kleines offenes Giebelzimmer, in dem gerade Platz genug für ein Bett und vielleicht noch eine kleine Kommode war. Der Raum war geputzt, aber es standen keine Möbel darin. Als sie ins Wohnzimmer ging, sah sie, dass im Kamin bereits Scheite aufgeschichtet waren, neben dem Kamin lag ordentlich gestapelt ein Vorrat an Brennholz. Die Bücher in den Regalen waren jetzt staubfrei, und die alte Truhe, die als Couchtisch diente, war mit Zitronenöl behandelt worden. Ebenso die Schränke. Als sie einen öffnete, stellte sie fest, dass neues Keramikgeschirr das schäbige Sammelsurium aus den fünfziger Jahren ersetzt hatte und anstatt der grauen Plastikbecher nun Gläser dort standen.

Dann ging sie wieder in die Küche und sah sich genauer um. Im blitzblanken Kühlschrank befanden sich eine Flasche Weißwein, ein Sechserpack Bier, Milch, Orangensaft, Butter, Brot, Kopfsalat, Schinken, Eier, Pastete, Käse, Mayonnaise und Senf. Auf dem Küchentisch, auf dem nun ein hübsches neues Tischtuch lag, stand eine bunte Keramikschüssel mit frischen Früchten, und auf dem Tresen lag neben dem Weinständer, der mit vier Flaschen gefüllt war, eine Packung mit vier dicken weißen Kerzen. Sie neigte den Kopf und roch daran. Vanille.

Sie verließ das Haus, zog die Tür hinter sich zu und ging zurück zum Truck. Was Jack alles getan hatte, stimmte sie melancholisch. Damit hatte sie niemals gerechnet. Sie hatte sich mittlerweile damit abgefunden, einen Fehler begangen zu haben, und nachdem sie das einmal akzeptiert hatte, war sie bereit zu gehen. Sobald man sie entbehren konnte.

„Warum hast du das getan?“, fragte sie ihn.

„Es war dir zugesagt worden“, antwortete er. „Doch es bedeutet keinerlei Verpflichtung für dich.“

„Aber was hast du dir davon erhofft?“, hakte sie nach.

„Das Dorf braucht dich. Doc braucht einfach Hilfe, das wirst du ja wohl bemerkt haben. Ich hatte gehofft, du würdest allen eine Chance geben. Vielleicht nur für ein paar Wochen. Einfach um zu sehen, ob es nicht doch das Richtige für dich ist. Und ich finde, dass dir die Leute in Virgin River schon gezeigt haben, dass es für sie das Richtige ist."

„Hast du das alles etwa in der Hoffnung getan, mich somit zwingen zu können, den Jahresvertrag mit Hope einzuhalten?", bohrte sie nach. „Denn vor der Renovierung konnte Hope mich nicht an den Vertrag binden, da sie die Bedingungen nicht erfüllt hatte."

„Sie wird nicht darauf bestehen, dass du den Vertrag einhältst", sagte er nur.

„Natürlich wird sie das."

„Nein. Sie wird nicht auf dem Vertrag bestehen. Das garantiere ich dir. Dafür werde ich sorgen. Das hier habe ich nur für dich getan und nicht, um Hope ein Druckmittel an die Hand zu geben."

Traurig schüttelte sie den Kopf. „Du kannst doch sehen, dass ich nicht hierher gehöre", sagte sie leise.

„Ah, das weiß ich nicht, Mel. Die Menschen gehören dahin, wo sie sich wohlfühlen. Das kann an vielen verschiedenen Orten sein und aus vielen verschiedenen Gründen."

„Nein, Jack, sieh doch. Sieh mich doch an. Ich bin keine Camperin. Ich gehe gerne shoppen. Ich bin nun einmal keine von diesen schlichten Landhebammen. Ich bin so verstädtert, dass es mir schon Angst macht. Hier fühle ich mich völlig fehl am Platz. Es ist, als wäre ich anders als die anderen. Nicht dass sie es mich fühlen ließen, aber ich komme nicht dagegen an. In einem Luxuskaufhaus wäre ich jetzt besser aufgehoben."

„Ach komm!" Er lachte.

Sie legte ihr Gesicht in die Hände und massierte sich die Augen. „Du verstehst einfach nicht. Es ist kompliziert, Jack. Es hängt viel mehr damit zusammen, als du ahnst."

„Sag es mir. Du kannst mir vertrauen."

„Aber das ist es ja gerade. Das ist einer der Gründe, weshalb ich mich darauf eingelassen habe, hierherzukommen. Damit ich nicht mehr darüber reden muss. Sagen wir einfach, dass ich eine verrückte Entscheidung getroffen habe. Eine wahnsinnige Entscheidung. Die *falsche* Entscheidung. Das hier ist nichts für mich."

„Es war also nicht bloß ein Burnout?"

„Alles, was mich an L. A. gebunden hat, habe ich aufgegeben und bin um mein Leben gerannt. Es war eine panische, verrückte, irrationale Entscheidung", erklärte sie. „Ich habe so sehr gelitten."

„So etwas habe ich mir schon fast gedacht. Wahrscheinlich ein Mann. Liebeskummer oder so etwas."

„Etwas in der Art."

„Glaube mir, Mel, dieser Platz hier ist so gut, wie ein Platz nur sein kann, um mit Kummer fertig zu werden."

„Du auch?", fragte sie ihn.

„Ja, kann man so sagen. Aber ich bin nicht in Panik hierhergekommen. Ich war auf der Suche nach einem Ort wie diesem. Ein gutes Fisch- und Jagdgebiet. Abgelegen. Unkompliziert. Saubere Luft und vernünftige Werte. Menschen, die hart arbeiten und sich gegenseitig unterstützen. Das kann helfen."

Sie atmete tief durch. „Ich kann mir nicht vorstellen, dass es für mich hier auf Dauer funktionieren kann."

„Das ist doch in Ordnung. Niemand hat dich darum gebeten, dich langfristig festzulegen. Niemand außer Hope natürlich, aber die nimmt eh keiner wirklich ernst. Aber du solltest nicht mit derselben Panik von hier weglaufen, mit der du gekommen bist. Es ist ein gesunder Ort. Ein liebenswerter Ort. Wer weiß? Vielleicht stellt sich ja heraus, dass er dir darüber hinweghilft … was auch immer es sein mag."

„Es tut mir leid. Manchmal bin ich ein richtiger Miesepeter. Ich sollte so dankbar sein. Für alles. Und stattdessen …"

„Hey, keine Sorge", lenkte er ein und startete den Truck, um sie ins Dorf zurückzubringen. „Ich habe dich doch völlig überrumpelt. Du dachtest, du hättest mit einer miesen Unterkunft eine gute Entschuldigung, um wieder fortzugehen. Und inzwischen hält auch Chloe dich nicht länger hier fest. Ich stellte mir vor, dass du ja dann auch nicht mehr bei Doc wohnen und in einem Schlafzimmer als Hebamme arbeiten müsstest, sondern endlich deinen eigenen Platz hast. Das heißt, wenn du es willst."

„Gibt es dort Bären?", wollte sie wissen.

„Bestimmt ist es besser, wenn du deinen Abfall im Haus aufbewahrst und ihn dann in den Ort fährst und in den Müllcontainer wirfst. Bären lieben Abfall."

„Ach du lieber Himmel!"

„Seit Jahren hat uns hier kein Bär mehr erschreckt." Über die Konsole hinweg drückte er ihre Hand. „Gönn dir doch einfach einmal eine Pause und versuche, mit deinem Herzschmerz fertig zu werden. Und vergiss dabei nicht, hin und wieder deine Temperatur zu messen, und nimm auch einmal eine Pille. Niemand hält dich als Geisel hier fest."

Sie betrachtete ihn, während er fuhr. Sein markantes Profil, das eckige Gesicht, die gerade Nase, seine hohen Wangenknochen, die vielen Bartstoppeln. Er war ein ganz schön haariger Kerl. Sie bemerkte, dass er seinen Hals bis zum oberen Teil der Brust hinab rasierte. Dann ertappte sie sich bei dem Gedanken, was wohl sein Hemd verbergen mochte. Sie erinnerte sich, dass Mark immer wieder über seine Geheimratsecken gejammert hatte, was seinem jungenhaft guten Aussehen jedoch keinen Abbruch tat. Aber dieser Mann hier, Jack, war nicht jungenhaft. Er hatte das gestählte gute Aussehen eines Waldarbeiters. Und obwohl sein Haar militärisch kurz geschnitten war, war es so dicht, dass es schien, als müsse es ausgedünnt werden. Die großen Hände auf dem Lenkrad waren schwielig. Er arbeitete hart. Der Kerl triefte nur so vor Testosteron.

Was tat dieser großartige Mann hier, abgeschlossen von der Welt, in einem kleinen Dorf mit sechshundert Einwohnern, wo es keine Frauen für ihn gab? Sie fragte sich, ob er auch nur ansatzweise ahnen konnte, was mit ihr los war. Dass sie kein Herz mehr besaß. Eben hatte er ihr so viel gegeben, und sie hatte nichts, was sie zurückgeben könnte. Gar nichts. Sie war innerlich völlig hohl. Wenn es anders wäre, könnte ein Mann wie Jack sie durchaus reizen.

Das ist das Schlimmste an der Trauer, dachte sie, als sie Docs Haus erreichten. Sie macht einen leer. Ich sollte mich geschmeichelt fühlen und mich darüber freuen, was er mit der Ferienhaus-Renovierung für mich getan hat. Ich sollte begeistert sein, dass ein Mann wie Jack sich für mich interessiert, denn das tut er offensichtlich. Doch ich fühle mich traurig. Ich habe die Fähigkeit verloren, solche freundlichen Gesten mit Freude anzunehmen. Stattdessen fühle ich mich niedergeschlagen und allein. Ich bin nicht in der Lage, das Interesse eines attraktiven Mannes zu erwidern. Ich kann nicht glücklich sein. Und manchmal frage ich mich, ob ich der Erinnerung an Mark wirklich Tribut zolle, wenn ich weiterhin so sehr um seinen Verlust trauere.

Nach der Schule und manchmal auch am Wochenende arbeitete Ricky in der Bar, wenn Jack ihn brauchte. Er ließ Liz am Laden aussteigen, als sie von der Schule zurückkamen, und parkte hinter der Bar neben den Trucks von Jack und Preacher. Gerade als er reingehen wollte, kam Jack heraus. „Hol dir deine Ausrüstung", sagte er. „Wir gehen zum Fluss. Mal sehen, ob wir was fangen können."

„Da ist doch jetzt noch gar nichts zu holen", erwiderte Ricky. Die beste Fangzeit war im Herbst und Winter. Im Frühjahr wurde es weniger, und erst im Sommer ging es langsam wieder los.

„Wir üben einfach ein bisschen", schlug Jack vor. „Mal sehn, was du kannst."

„Kommt Preacher mit?", fragte Ricky und ging zum Lagerraum in der Küche, um seine Rute, die Spule und seine Watthose zu holen.

„Nein. Er hat zu tun."

Jack dachte an den Tag, als er Ricky zum ersten Mal begegnet war. Damals dreizehn Jahre alt, war der Junge mit dem Fahrrad zu dem Ferienhaus gekommen, aus dem einmal die Bar werden sollte. Schlaksig, sommersprossig, mit einem bezaubernden Grinsen und einer sehr netten Art. Jack ließ ihn bei der Renovierung zusehen und sogar bei manchen Schreinerarbeiten helfen, sofern er auf ihn achtgeben konnte. Als er erfuhr, dass Ricky außer Lydie, seiner Großmutter, niemanden hatte, nahm er ihn sozusagen unter seine Fittiche. Er hatte mitbekommen, wie der Junge groß und kräftig wurde, und hatte ihm das Fischen und Jagen beigebracht. Nun war Ricky fast ein Mann. Zumindest körperlich, aber mental und emotional war man mit sechzehn eben auch nur sechzehn.

Vom Flussufer aus warfen sie ein paarmal ihre Leinen aus, und dann sprach Jack den eigentlichen Grund für das gemeinsame Angeln an, auch wenn es nur wenige Fische gab. „Wir beide sollten uns einmal ein wenig unterhalten“, begann er.

„Worüber?“

Ohne Ricky anzusehen, fuhr Jack fort, schöne weite Bögen zu werfen. „Über all die illegalen Möglichkeiten, wo du mit deinem Schwanz landen kannst.“

Ruckartig flog Rickys Kopf herum, und erschrocken starrte er Jack von der Seite an.

Jack drehte den Kopf zur Seite und sah dem Jungen in die Augen. „Sie ist vierzehn“, sagte er.

Stumm blickte Ricky wieder auf den Fluss.

„Ich weiß, sie sieht nicht aus wie vierzehn, aber sie ist vierzehn.“

„Ich habe nichts gemacht“, verteidigte sich Ricky.

Jack lachte auf. „Oh, jetzt hör aber auf. Dein Truck stand vor Connies Haus am ersten Freitagabend, nachdem sie gekommen war. Du bist sehr schnell auf sie abgefahren. Willst du bei der Geschichte bleiben?“ Er zog seine Schnur ein und drehte sich zu Ricky um. „Hör zu, Söhnchen, du musst einen klaren Kopf behalten. Verstehst du mich, Rick? Denn das ist gefährliches

Terrain, auf dem du dich da bewegst. Sie ist ein ganz schön heißes Früchtchen …"

„Sie ist ein süßes Mädchen", verbesserte Rick.

„Also hat es dich bereits erwischt", stellte Jack fest, wobei er hoffte, dass es noch nicht zu spät war. „Wie sehr erwischt?"

Ricky zuckte die Schultern. „Ich mag sie. Ich weiß, dass sie jung ist. Aber sie kommt mir nicht so jung vor, und ich mag sie."

„Also gut", sagte Jack und atmete tief durch. „In Ordnung. Vielleicht können wir ja dann einmal darüber reden, was du tun kannst, damit deine sechzehnjährigen Spermien nicht in Kontakt mit ihren vierzehnjährigen Eiern geraten. Hmm?"

„Nicht nötig", meinte Ricky und warf seine Schnur aus. Es war ein ziemlich schlechter Wurf.

„Ach, du lieber Himmel! Ihr habt schon etwas miteinander. Auch körperlich, hm?"

Rick gab keine Antwort, und Jack dachte, wer weiß, was die beiden treiben. Nur zu gut konnte er sich an all das erinnern, was experimentierfreudige Kids anstellen konnten, um sich ein wenig Befriedigung zu verschaffen, ohne dabei aufs Ganze zu gehen. Die Kunst des Pettings. Das Problem war nur, dass es nicht dabei blieb, und je näher man sich dann kam, desto größer wurde die Gefahr eines verhängnisvollen Ausrutschers. Manchmal wäre es sicher sinnvoller, sie würden aufs Ganze gehen und die entsprechenden Verhütungsmittel benutzen, anstatt einen Unfall zu riskieren. Aber Mann! Dafür sollte man älter sein. Viel älter. „Ach Herrgott!" Jack holte tief Luft, griff unter seine Watthose und zog aus seiner Jeanstasche eine Handvoll Kondome. „Das fällt mir wirklich schwer, Rick, denn einerseits will ich nicht, dass du die hier bei ihr zum Einsatz bringst, andererseits will ich auch nicht, dass du sie nicht benutzt. Ich komme da nicht weiter. Könntest du mir bitte helfen?"

„Ist schon gut, Jack. Ich werde es nicht mit ihr machen. Immerhin ist sie erst vierzehn."

Jack fuhr mit der Hand durch Ricks Haar. Ein Teil seiner Sommersprossen war inzwischen unter einem Bartflaum verschwunden, und er war auch nicht mehr so schlaksig wie früher. Die Arbeit in der Bar und seine Freizeitbeschäftigungen wie Angeln und Jagen hatten dazu geführt, dass der Junge an Schultern und Armen Muskeln angesetzt hatte. Ein hübscher Junge, dachte Jack. Und wirklich fast erwachsen. Er war sehr verantwortungsbewusst, arbeitete hart, hatte immer gute Schulnoten und erledigte auch alle körperlichen Arbeiten, die im Haus seiner Großmutter anfielen. Unter Jacks Aufsicht hatte er ihr Haus angestrichen. Alles lief darauf hinaus, dass aus ihm einmal ein solider, zuverlässiger Mann werden würde. Jemand, der sich keinesfalls durch eine Teenagerschwangerschaft ein Eigentor schießen sollte.

„Sag mal, wie alt warst du eigentlich beim ersten Mal?", fragte Ricky.

„Ungefähr in deinem Alter. Aber das Mädchen war viel älter."

„Viel älter?"

„Viel älter als Lizzie. Und älter als ich damals. Und viel klüger." Er gab Rick die Kondome, der sie errötend annahm. „Ich weiß doch, dass du in diesem Alter bist. Mir ging es doch einmal genauso. Weißt du, was das Problem dabei ist? Sie sieht vielleicht nicht so jung aus, aber sie hat einfach noch einen langen Weg vor sich. Verstehst du?" Jack sah, wie Ricky zusammenzuckte. Er verstand den Jungen, denn schließlich war es ja nicht so, als wären ihm Lizzies etwas frühreife Reize verborgen geblieben. Daher führte er ja auch dieses Gespräch.

„Ja", stimmte Ricky etwas atemlos zu.

„Jetzt wollen wir mal zusehen, dass du ein paar Dinge begreifst", fuhr Jack fort. „Du weißt ja, diese alte Geschichte, dass man ihn rechtzeitig wieder rauszieht – dir ist doch klar, dass das nicht funktioniert. Richtig? Und zu versuchen, ihn nicht ganz reinzustecken? Vergiss es. Zum einen, weil du, wenn du das schaffst, ein stärkerer Mann wärst als ich; und zum anderen, weil diese Methode als Verhütungsmittel absolut nichts taugt. Das weißt du ja alles, oder?"

„Ja, natürlich weiß ich das."

„Und du weißt auch, Rick, wenn du die Beziehung mit ihr nicht beenden kannst und sie womöglich eher ernster wird als schwächer, dann musst du derjenige sein, der die Sache in die Hand nimmt. Zieh Grenzen und bestehe zumindest auf Verhütung. Wir haben hier eine Hebamme im Ort, die auch Liz helfen kann. Ich persönlich bin ja der Meinung, dass sie zu jung ist für Sex. Aber ich *weiß*, dass sie zu jung ist für eine Schwangerschaft. Sind wir uns da einig, Kumpel?"

„Ich habe dir doch gesagt, dass ich es unter Kontrolle habe. Aber danke, Jack. Ich weiß ja, dass du nur willst, dass ich alles richtig mache."

„Und das schließt auch ein, dass man sich nicht überrumpeln lässt. Wenn ihr euch so nahe kommt, dann sorg dafür, dass auch sie sich schützt. Ein doppeltes Netz – ihres und deines. Du musst deinen Kopf einsetzen, deinen Verstand. Glaub mir, ich habe mehr als einen guten Mann zugrunde gehen sehen, weil er nur mit seinem Schwanz gedacht hat." Ricky hatte den Blick gesenkt, und Jack wusste Bescheid. Liz war unwiderstehlich für ihn. Er kämpfte um sein Leben, während ihm die Hose in Flammen aufging.

„Ja", sagte Rick. „Ich verstehe."

„Sieh zu, dass du immer ein Kondom dabei hast, okay? Du bist dafür verantwortlich, dass ihr nichts passiert, Junge. Und wenn du das erste Kondom benutzt hast, sorg dafür, dass sie zu Mel geht. Sofort."

„Müssen wir noch länger darüber reden?"

Jack packte ihn am Arm und fühlte seinen festen Bizeps in der Hand. Verdammt, Ricky war jetzt schon fast eins achtzig groß und wuchs immer noch. „Du willst ein Mann sein, Junge? Dann musst du auch denken wie ein Mann. Es reicht nicht, sich nur so zu fühlen."

„Ja", sagte Ricky und fügte dann hinzu: „Übrigens, solange ich nicht älter als achtzehn bin, verstößt es nicht gegen das Gesetz."

Wider Willen musste Jack lachen. „Du bist viel cleverer, als dir guttut."

„Ich hoffe es sehr, Jack. Mann, ich hoffe es so sehr."

7. KAPITEL

Mindestens dreimal pro Woche telefonierte Mel mit Joey, manchmal auch täglich. Sobald sie eine Minute Zeit hatte, benutzte sie Docs Telefon, und Joey rief sie dann zurück, damit es nicht auf seine Kosten ging. Und von Docs Computer aus schickte sie ihr Fotos von dem renovierten Ferienhaus. Joey, von Beruf Raumausstatterin, war begeistert von all den Einbauten und raffinierten Details, die Jack zustande gebracht hatte. Mel erzählte Joey, dass sie ein wenig länger bleiben würde. Noch ein paar Wochen. Jedenfalls so lange, bis sie sicher sein konnte, dass es Chloe bei Lilly gut ginge. Sie liebte ihr Häuschen und wollte Polly bei der Geburt ihres Kindes begleiten.

Jack hatte sie davon nichts gesagt, aber da sie täglich sein kleines Restaurant aufsuchte, war ihm klar, dass Mel den Versuch wagte, und er machte keinen Hehl daraus, dass er davon sehr angetan war.

Wenn sie ihre Freizeit nicht in Jacks Bar verbrachte, spielte Mel mit Doc *Gin* und ging immer rechtzeitig zum Laden hinunter, um mit Connie und Joy die Seifenoper anzusehen. Und wenn Joy, auch wenn sie keine Bibliothekarin war, dienstags die kleine Bücherei öffnete, war Mel jedes Mal dort. Der Raum war ungefähr drei mal vier Meter groß und vollgepackt mit Büchern. Überwiegend waren es Taschenbücher, die auf der Innenseite des Einbands den Stempel irgendeines Secondhand-Ladens trugen. Es war die einzige Unterhaltung, die Mel abends bei sich zu Hause hatte.

Als Doc sie eines Tages zu Lydie Sudder schickte, damit sie ihr Diabetikertests, Insulin und Spritzen brachte, erfuhr Mel, dass es Lydie gesundheitlich nicht besonders gut ging. Abgesehen von ihrer Diabetes und Arthritis hatte sie auch noch ein schwaches Herz. Als Mel bei Lydie eintraf, war sie überrascht, zu sehen, dass das kleine Haus, das sie zusammen mit Ricky bewohnte, sehr gepflegt und geschmackvoll eingerichtet war.

Irgendwie schaffte Lydie es trotz ihrer Handicaps, alles in Ordnung zu halten. Sie konnte sich nur langsam bewegen, hatte aber immer ein freundliches Lächeln auf den Lippen und sehr angenehme Umgangsformen. Selbstverständlich wollte sie Mel nicht entlassen, bevor sie nicht Tee getrunken hatte, zu dem sie ihr Plätzchen servierte. Als Ricky von der Schule nach Hause kam und in seinem kleinen weißen Truck vorfuhr, saß Mel noch immer mit Lydie auf der Veranda.

„Hey, Mel", grüßte Ricky und beugte sich zu seiner Großmutter hinunter, um ihr einen Kuss zu geben. „Hi, Gram. Ich gehe arbeiten, es sei denn, du brauchst mich."

„Nein danke, ich bin gut versorgt", sagte sie und tätschelte seine Hand.

„Wenn etwas ist, ruf mich an. Später bringe ich dir von Preacher was zu essen mit."

„Das wäre gut, mein Lieber."

Der Junge ging ins Haus, um seine Schulsachen wegzulegen, kam wieder heraus, übersprang die Stufen der Veranda und setzte sich wieder in seinen Truck, um die wenigen Meter bis zur Bar zu fahren. „Schätze, ein Mann ist von seinem fahrbaren Untersatz einfach nicht zu trennen", bemerkte Mel.

„Sieht ganz danach aus", bestätigte Lydie lachend.

Am nächsten Tag saß Mel um die Mittagszeit zusammen mit Connie bei Jack im Restaurant. „Du hast schon seit Tagen nicht mehr erwähnt, dass du wegwillst", stellte Connie fest. „Hat sich da etwas geändert?" Seit Joys Party duzten sie sich.

„Nicht sehr viel", antwortete Mel. „Aber weil Jack sich mit der Arbeit an dem Haus so viel Mühe gegeben hat, fand ich, dass ich es ihm irgendwie schuldig bin, es wenigstens noch ein paar Wochen lang zu versuchen. Dann kann ich auch Pollys Baby noch auf die Welt helfen."

Connie sah zur Bar hinüber, wo Jack gerade zwei Anglern das Mittagessen servierte. Sie nickte ihm zu und sagte zu Mel: „Ich wette, das wird Jack sehr glücklich machen."

„Er scheint der Auffassung zu sein, dass man mich hier

brauchen kann, auch wenn Doc da anders denkt."

Connie lachte sie aus. „Mädchen, du brauchst wohl eine Brille. So wie Jack dich ansieht, hat das wenig mit Doc oder dem Dorf zu tun."

„Du hast aber wohl kaum feststellen können, dass ich seine Blicke in irgendeiner besonderen Weise erwidere, oder?"

„Das solltest du aber. Meilenweit gibt es hier keine Frau, die für ihn nicht ihren Mann verlassen würde."

„Du etwa auch?", fragte Mel lachend.

„Bei mir ist es etwas anderes", meinte Connie. „Ich habe Ron geheiratet, als ich sieben Jahre alt war." Sie nahm einen Schluck Kaffee. „Aber doch – wenn er mich darum bitten würde, für ihn würde ich Ron verlassen."

Mel lachte sie aus. „Aber es ist schon eigenartig, dass er mit keiner Frau zusammen ist."

„Ich habe gehört, dass er sich mit einer Frau in Clear River trifft. Keine Ahnung, wie ernst das ist. Vielleicht ist es auch gar nichts."

„Kennst du sie?"

Connie schüttelte den Kopf, zog aber eine Braue nach oben, als sie Mels offensichtliches Interesse bemerkte. „Er ist sehr verschwiegen, nicht wahr? Darüber lässt er kein Wort fallen. Aber die Blicke, die er dir zuwirft, die kann er nicht verbergen."

„Damit sollte er seine Zeit lieber nicht verschwenden", sagte Mel, ohne jedoch hinzuzufügen: Ich bin nicht zu haben.

In ihrem neuen Domizil hatte Mel all ihre Lieblingsbücher, die sie teilweise bereits mehrmals gelesen hatte, ins Regal gestellt. Auf dem Tisch neben ihrem Bett stand Marks Bild. Und jede Nacht sagte sie ihm, wie sehr sie ihn vermisste. Aber sie weinte nicht mehr so häufig. Vielleicht lag es ja an der Art, wie Jack sie ansah, oder an seinen Worten, die ihr wohltaten.

Das Haus, das Mel in L. A. verkauft hatte, war an die dreihundertsiebzig Quadratmeter groß, und es war ihr nie zu groß vorgekommen. Die geräumigen Zimmer hatten ihr gefallen.

Doch nun schien die Größe des Ferienhauses genau zu passen. Mit seinen vielleicht einhundertzehn Quadratmetern war es wie ein Kokon. So, als hielte es sie umarmt.

Es war immer einer der schönsten Momente des Tages für sie, wenn sie abends auf ein kaltes Bier, ein paar Chips oder Käse mit Crackern in die Bar ging. Manchmal aß sie auch dort zu Abend, doch da es ihr in ihrem Häuschen nicht an Lebensmitteln mangelte, nahm sie ihr Abendessen auch ganz gerne dort ein.

Jack stellte ein kaltes Bier vor sie hin. „Heute haben wir Makkaroni mit Käsesoße", informierte er sie. „Bestimmt kann ich Preacher dazu überreden, noch ein Stück Schinken hineinzutun."

„Danke, aber heute esse ich zu Hause."

„Du kochst?", fragte er.

„Nicht direkt", sagte sie. „Ich koche Dinge wie Sandwiches. Kaffee. Hin und wieder ein Spiegelei. Und Fertiggerichte."

„Eine moderne Frau", konstatierte er lachend. „Aber es gefällt dir da draußen?"

„Es ist wunderbar. Danke. Und die Ruhe kann ich wirklich brauchen. Wusstest du, dass Doc wie eine Lokomotive schnarcht?"

Wieder musste er lachen. „Überraschen tut es mich nicht."

„Ich habe übrigens ein wenig Klatsch aufgeschnappt über dich. Es heißt zum Beispiel, dass du dich mit einer Frau in Clear River triffst."

Er wirkte nicht allzu überrascht, hob nur die Augenbrauen und seine Kaffeetasse. „Treffen? Für die Leute von hier ist so etwas schon anrüchig."

„Ich war froh, zu hören, dass es da jemanden in deinem Leben gibt."

„Es gibt niemanden", stellte er klar. „Es ist eine alte Geschichte. Und ich habe sie auch nicht in diesem Sinne getroffen. Bei diesen Treffen ging es eher um elementare Dinge."

Sie musste lächeln. „Das klingt ganz so, als hättest du da eine Art Arrangement gehabt."

Er nahm einen Schluck Kaffee und zuckte die Schultern. „Das war …"

„Warte", unterbrach sie ihn. „Du bist mir doch keine Erklärung schuldig."

Er stützte sich mit den Händen auf dem Tresen ab und beugte sich zu ihr hinüber. „Wir hatten eine Vereinbarung. Ich habe sie hin und wieder besucht und den Abend mit ihr verbracht. Es war nichts Gravierendes. Keine Liebesaffäre. Nur gelegentlicher Sex, Mel, zwischen zwei Erwachsenen, die sich darauf geeinigt hatten. Als ich gemerkt habe, dass es nicht das ist, was ich will, haben wir uns als Freunde getrennt. Ich bin mit keiner Frau zusammen."

„Na, das ist doch einfach zu schade", fand sie.

„Es muss ja auch nicht zum Dauerzustand werden", sagte er. „Aber im Moment ist es so. Willst du ein Stück Kuchen mit nach Hause nehmen?"

„Ja. Gerne."

Vier Wochen lang war Mel jetzt bereits in Virgin River, und viele Freunde oder Patienten hatten währenddessen in der Praxis vorbeigeschaut. Manche hatten etwas Geld, um für die ärztliche Behandlung zu zahlen; andere waren versichert. Die meisten aber kamen mit Produkten ihrer Farmen, Ranches, Obstgärten, Weingüter oder Küchen. Letztere, die sich darüber im Klaren waren, dass ein einziger Laib Brot oder ein Kuchen die Kosten einer Untersuchung, Behandlung oder Medikamentenverordnung wohl kaum decken konnte, kamen oft auch noch mit irgendwelchen Mitbringseln vorbei, wenn sie längst wieder gesund waren. Lebensmittel wie ein Scheffel voll Nüsse, eingemachtes oder frisches Obst, Gemüse, Lamm- oder Kalbskeulen gingen dann gleich an Preacher, der immer eine gute Verwendung dafür hatte und Mel und Doc mit einem Teil davon wiederum verköstigte. In mancherlei Hinsicht ging es zu wie in einer Kommune.

Dennoch hatten Mel und Doc immer mehr Nahrungsmittel übrig, als sie brauchen konnten, vor allem da sie ihre Mahlzeiten meist bei Jack einnahmen. Daher packte Mel eines Tages eine Kiste mit Sachen, die drohten, bald schlecht zu werden: Eier, Brot, aufgeschnittener Schinken, ein Stück Käse, Kuchen, Äpfel und Nüsse. Und dann tat sie noch einen Karton Orangensaft, den sie bei Connie gekauft hatte, in die Kiste und stellte sie auf den Beifahrersitz von Docs Truck. „Könnte ich vielleicht Ihren Truck für zwei Stunden ausleihen? Ich möchte ein bisschen in der Gegend herumfahren und vertraue dem BMW nicht so ganz. Ich verspreche, ich werde wirklich vorsichtig damit umgehen."

„Mein Truck? Ich kann Sie mir in meinem Truck gar nicht vorstellen", sagte er zweifelnd.

„Wieso nicht? Ich werde ihn volltanken, wenn es das ist, was Ihnen Sorgen bereitet."

„Ich habe Angst, dass Sie womöglich einen Abhang hinunterstürzen und ich hinterher zusehen kann, wie ich mit diesem Mist, den Sie Ihr Auto nennen, klarkomme."

Sie spitzte den Mund. „An manchen Tagen sind Sie wirklich mehr, als ich ertragen kann."

Er nahm die Schlüssel und warf sie ihr zu. Sie fing sie auf. „Geben Sie bloß Acht, dass meinem Truck nichts passiert, denn mich werden Sie in Ihrem ausländischen Gestell bestimmt nicht fahren sehen."

Sie fuhr mit dem Truck aus dem Ort hinaus, und sobald sie sich unter den Bäumen auf der kurvenreichen Bergstraße befand, wo es erst immer weiter bergauf und dann immer weiter bergab ging, bekam sie allmählich doch Herzklopfen. Sie hatte schlicht und ergreifend Angst. Aber seit zwei Wochen hatte es sie nun schon verfolgt, und sie konnte mit dem Gefühl nicht länger leben. Und das hatte sie auf ihren Plan gebracht.

Sie war überrascht, dass sie sich noch daran erinnern konnte, wo sich Clifford Paulis' Camp befand. Sie fragte sich, ob sie etwa von einer übersinnlichen Kraft geleitet wurde, denn ihr Orientierungssinn war in Bergen oder unter Bäumen mehr als miserabel. Und doch, es dauerte gar nicht lange, und schon war sie an der Stelle, wo sie den alten, kaum sichtbaren Holzabfuhrweg wiedererkannte, der zu dem Camp führte. Kurz darauf fuhr sie in die Lichtung, machte einen großen Bogen, sodass sie in der Richtung zu stehen kam, in der sie gleich wieder wegfahren konnte. Sie stieg aus, stellte sich neben die Fahrertür und rief laut: „Clifford!"

Erst einmal erschien niemand. Aber dann, ein paar Augenblicke später, tauchte ein bärtiger Mann hinter einem der alten Pickups auf, der nun als Wohnwagen diente. Sie erkannte ihn als einen der Männer, den sie bei ihrem letzten Besuch gesehen hatte. Sie krümmte den Zeigefinger in seine Richtung und lockte ihn zu sich heran. Langsam schlurfte er auf sie zu, und als er näher kam, griff sie in den Truck und zog die Kiste heraus. „Ich dachte, dass ihr Kerle das hier vielleicht brauchen könnt", sagte sie. „In der Klinik wäre es vergammelt."

Stumm sah er sie an.

„Nun machen Sie schon", forderte sie ihn auf und hielt ihm die Kiste hin. „Da gibt's keinen Haken. Es ist nichts weiter als Nachbarschaftshilfe."

Scheinbar widerwillig nahm er die Kiste entgegen. Dann sah er hinein. Sie blendete ihn mit ihrem hübschesten Lächeln, und als er zurücklächelte, sahen seine Zähne einfach fürchterlich aus, aber sie ließ sich zu keiner Reaktion hinreißen. Schließlich war es ja nicht das erste Mal, dass sie Leute wie ihn zu sehen bekam. Früher jedoch hätte sie irgendein Amt angerufen, ihn weitergereicht, ihre Statistik bereinigt. Hier draußen war es anders.

Sie stieg wieder in den Truck, legte den Gang ein und fuhr langsam los. Im Rückspiegel sah sie, wie der Mann zu dem Wohnwagenwrack eilte und zwei weitere Kerle, die von hinten aufgetaucht waren, sich zu ihm gesellten. Nun hatte sich auch ihr Herz wieder beruhigt. Gut so.

Zurück im Dorf gab sie Doc, der in seinem beengten Büro am Schreibtisch saß, die Schlüssel wieder. „Sie glauben wohl, dass ich nicht weiß, was Sie getan haben", fing er an. Herausfordernd reckte sie das Kinn. „Ich dachte doch, ich hätte Ihnen gesagt, dass Sie sich von dort fernhalten sollen. Es ist kein harmloser Ort, und niemand weiß, was geschehen kann."

„Sie gehen doch auch dorthin", hielt sie ihm entgegen.

„Und ich habe Ihnen gesagt, Sie sollen es nicht tun."

„Hatten wir da etwa eine Vereinbarung? Dass ich auch Ihre nicht-medizinischen Anweisungen befolgen würde? Ich jedenfalls kann mich nicht daran erinnern, dass ich in meinem Privatleben verpflichtet wäre, alles zu tun, was Sie mir sagen."

„Dann werden Sie in Ihrem Privatleben wohl auch kaum dazu verpflichtet sein, ihr Gehirn zu benutzen, nehme ich an."

„Ich habe Ihren Truck wieder aufgetankt, Sie alter Quälgeist."

„Und mich hat man nicht in dieser blöden ausländischen Blechkiste erwischt, Sie kleines, stures Ding."

Daraufhin musste sie so über ihn lachen, dass ihr die Tränen in die Augen traten und sie den ganzen Weg über, bis sie zu Hause war, nicht aufhören konnte zu lachen.

Es war ein schöner sonniger Nachmittag, als Mel zu Docs Büro ging, kurz anklopfte und gleich darauf den Kopf reinsteckte. „Haben Sie eigentlich eine Ahnung, warum der Sozialdienst so lange braucht, um sich um Chloe zu kümmern?", fragte sie ihn.

„Nicht die geringste", antwortete er.

„Vielleicht sollte ich da einmal anrufen und nachhaken."

„Ich habe doch gesagt, dass ich mich darum kümmern werde", entgegnete er, ohne aufzusehen.

„Wissen Sie, es ist doch nur, weil ich an ihr hänge, obwohl ich es wirklich nicht beabsichtigt hatte. Es ist nun mal passiert. Und ich fände es schrecklich, wenn Lilly Anderson hinterher auch eine solche Trennung durchmachen muss. Das ist kein schönes Gefühl."

„Sie hat eine ganze Schar von Kindern großgezogen. Sie kennt sich aus."

„Das weiß ich ja, aber …" Sie unterbrach sich, weil sie hörte, dass jemand die Eingangstür geöffnet hatte. Sie spähte vom Büro aus in den Flur. Mitten im Eingang stand Polly, die ihren Bauch mit den Händen nach oben presste und deren ansonsten rosiges Gesicht jetzt eher ein wenig blass wirkte. Und sie machte einen nervösen Eindruck. Gleich hinter ihr kam ein junger Mann herein, der beinahe denselben Overall trug wie sie und einen ziemlich abgenutzten Koffer trug. Mel drehte sich zu Doc um und sagte nur: „Showtime."

Polly konnte nicht sagen, in welchem Abstand die Wehen einsetzten. „Es fühlt sich an wie eine einzige", meinte sie. „Und meistens treten sie sehr weit unten auf."

„In Ordnung, dann wollen wir mal nach oben gehen und uns vorbereiten."

„Kann Darryl mitkommen?"

„Natürlich. Das wäre eine große Hilfe. Dann kann ich mich ganz auf Sie konzentrieren." Sie ergriff Pollys Hand. „Kommen Sie."

Oben ließ sie Polly im Schaukelstuhl Platz nehmen, während sie auf eins der Betten einen Matratzenschoner legte und ihn mit einem sauberen Laken bezog. „Das war gutes Timing, Polly. Mein Ferienhaus ist zur selben Zeit fertig geworden, als auch meine kleine Patientin auf Lilly Andersons Ranch einen Platz gefunden hat. Ich bin auch schon komplett umgezogen, und deshalb könnt ihr, also Darryl, das Baby und du, das Zimmer hier ganz für euch haben." Mel fiel gar nicht auf, dass sie Polly duzte, und alles, was Polly dazu sagte, war: „Arrrgggghhh." Dabei krümmte sie sich und hielt sich den Bauch. Ein dumpfes, schwaches Geräusch folgte, und dann hörte man auch schon, wie das Fruchtwasser leise auf den Boden plätscherte.

„Oh, Polly", schrie Darryl. Er wirkte plötzlich sehr ergriffen. Und verlegen.

„Nun", sagte Mel, wobei sie über die Schulter blickte. „Das dürfte die Sache beschleunigen. Halt einfach durch, bis das Bett fertig ist und ich dir beim Umziehen helfen kann."

Eine halbe Stunde später saß Polly auf mehreren Handtüchern in dem Krankenhausbett. Es war nicht gerade bequem, und das grüne Krankenhaushemd spannte ziemlich über ihrem dicken

Bauch. Auch Mel hatte sich umgezogen und trug nun ihre OP-Kleidung und Turnschuhe, die sie für genau solche Ereignisse mitgebracht hatte. In L. A. wäre jetzt der Anästhesist schon unterwegs, um Polly zu untersuchen und die Epiduralanästhesie zu erörtern, aber hier waren sie auf dem Land, und da gab es keine Anästhesie. Gerade hatte Mel Polly untersucht, um festzustellen, wie weit der Muttermund bereits geöffnet war, als Doc hereinkam. Als er sah, wie blass Darryl geworden war, schlug er vor: „Junger Mann, wir zwei gehen jetzt einfach mal rüber auf die andere Straßenseite und trinken uns ein wenig Mut an."

„Darryl, lass mich nicht allein!", bat Polly.

„Er wird ja gleich wieder zurück sein, und ich bin ja bei dir", versprach Mel. „Schätzchen, wir sind erst bei vier Zentimetern, das wird noch ein Weilchen dauern."

Mel hielt Wort und blieb an ihrer Seite. Sie war sich nicht mehr sicher, wie sie sich eine solche Situation vorgestellt hatte, musste sich aber eingestehen, dass sie ein paar Dinge doch überraschten. Erstens hatte Doc Mullins sich zurückgehalten und ihr den Fall überlassen, obwohl Polly seine Patientin war. Zweitens hatte er Darryl übernommen, als es nötig wurde, ihn aus dem Zimmer zu entfernen. Inzwischen war es schon spät, und Doc wäre normalerweise längst schlafen gegangen. Und wenn Mel das Patientenzimmer hin und wieder verließ, um irgendwelche Sachen zu holen, die sie benötigte, oder auch eine Tasse Kaffee, sah sie, dass auf der anderen Straßenseite die Lichter noch brannten und das „Geöffnet"-Schild leuchtete. Anscheinend ließ Jack die ganze Nacht über seine Bar auf.

Während die Stunden vergingen, verstärkten sich Pollys Wehen nur langsam, sie blieb jedoch stabil, und der zeitliche Verlauf war normal. Mel ließ sie aufstehen, umhergehen, sich hinhocken, die Schwerkraft nutzen. Nachdem Darryl wieder zurück war, bat sie ihn, Polly in vorgebeugter Position festzuhalten, während sie ihre Hüften hin und her schob, und morgens um halb vier setzten dann die Presswehen ein. Das Mädel lag bequem auf der Seite, daher beschlossen Mel und Darryl, ihr mit vereinten Kräften dabei zu helfen, das Kind in dieser Position zur Welt zu bringen. Mel sorgte dafür, dass Polly in der Embryonalstellung zu liegen kam, das untere Bein angewinkelt nach hinten geschoben, während Darryl Pollys oberes Bein anhob, um so das Feld für die Geburt freizugeben. Es war ein recht großes erstes Baby, und Polly wäre nicht in der Lage gewesen, so lange in dieser Haltung ohne Hilfe zu pressen. Aber es war wichtig, dass die Mutter so weit wie möglich die Kontrolle behielt und ihrem Körper vertraute. Das machte die Erfahrung so viel schöner. Darryl hielt sich recht gut, auch wenn es ihm schwerfiel, seine junge Frau so leiden zu sehen, und der Anblick des Blutes machte ihm offensichtlich zu schaffen. Da half es auch nichts, dass er schon oft genug ein Schwein geschlachtet hatte.

Nach einer Stunde des Pressens hatte Polly es endlich geschafft. Um vier Uhr dreißig war ihr Kind geboren. Mel zertrennte die Nabelschnur, wickelte den Säugling in ein Handtuch und übergab ihn seinem Vater. „Mr. Fishburn“, verkündete sie, „jetzt gibt es einen weiteren Mr. Fishburn in der Familie. Helfen Sie Polly bitte dabei, ihren Sohn an die Brust zu legen. Das wird ihr wiederum helfen, die Placenta abzulösen und die Blutung zu verringern.“

Das alles erinnerte mehr an eine Szene aus „Vom Winde verweht“ und hatte weniger mit der Geburtshilfe zu tun, die Mel von einem großen, gut ausgestatteten Stadtkrankenhaus her kannte. Während Doc das Neugeborene untersuchte, reinigte Mel die Mutter mit Wasser und Seife, wechselte die Laken und brachte ihr ein frisches Nachthemd.

Frühmorgens um sechs Uhr dreißig hatte Mel, körperlich erschöpft und von Koffein überdreht, ihre Arbeit beendet. Das Baby blieb bei Polly, und Darryl durfte das andere Bett benutzen. Innerhalb weniger Sekunden waren beide in einen Tiefschlaf gefallen. Mel wusch sich das Gesicht und spülte sich kurz mit einem Mundwasser den Mund aus. Dann nahm sie den Clip aus dem Haar, mit dem sie es hochgesteckt hatte, und suchte nach Doc.

„Gehen Sie ins Bett, Doc. Es war eine lange Nacht. Ich werde mich um die Praxis kümmern."

„Das kommt überhaupt nicht infrage", widersprach er. „Bei Tageslicht kann ich nicht schlafen, und Sie haben die ganze Arbeit getan. Ich werde ein Auge auf die Fishburns halten. Fahren Sie nach Hause."

„Dann werden wir eine Abmachung treffen: Ich gehe jetzt und lege mich ein Weilchen hin. Am frühen Nachmittag komme ich dann wieder und löse Sie ab."

„Darüber lässt sich reden", meinte er und, indem er sie über den Rand seiner Brille hinweg anschaute, fügte hinzu: „Nicht schlecht. Für ein Mädchen aus der Stadt."

Die Sonne blinzelte gerade hinter den Bergen hervor und tauchte den Ort in einen rosig-beigen Schimmer. Die Luft im April war noch kalt, daher wickelte Mel sich fest in ihre Wolljacke und setzte sich auf die Stufen von Docs Veranda. Sie fühlte sich beschwingt und vielleicht ein wenig zu aufgedreht, um jetzt gleich schlafen zu können.

Polly hatte sich gut gehalten, zumal sie ja noch so jung war. Für sie und Darryl hatte es kein Lamaze-Training gegeben, und Polly hatte auch keine Schmerzmittel bekommen. Es war ein ganz schönes Ächzen und Plagen und Stöhnen gewesen, und Darryl hatte dabei so hingegeben mitgepresst, dass man von Glück reden konnte, dass er sich nicht in die Hosen gemacht hatte. Das Baby war ein hübscher, großer, dreieinhalb Kilo schwerer Bauernbursche, und es gab nichts Schöneres auf der Welt, als ein Kind aus dem Bauch seiner Mutter zu ziehen. Ein Wundermittel für ein gebrochenes Herz könnte nicht besser wirken. Es war ihr Lebenswerk, das, was sie liebte. Daher konnte sie auch jetzt nicht in diesen dumpfen Zustand von Depression oder Sehnsucht zurückfallen. Und sie liebte ihre Arbeit umso mehr, wenn das Elternpaar glücklich und aufgeregt, ihr Kind robust und gesund war. Wenn sie das Baby, das sie gerade geholt hatte, im Arm hielt und es dann seiner Mutter übergab und zusah, wie es hungrig ihre Brust annahm – war es, als würde sie Gott vor sich sehen.

Dann hörte sie einen lauten Schlag. Und gleich noch einen. Sie hatte keine Ahnung, wann Jack gewöhnlich öffnete, aber es war erst halb sieben. Kurz darauf folgte ein weiterer Schlag, der aus Richtung seiner Bar kam.

Sie stieg die Verandastufen hinunter und überquerte die Straße. Hinter der Bar befand sich ein großer Holzgrill, und dort stand Jack in Stiefeln, Jeans und Flanellhemd vor einem dicken Klotz, auf dem er mit einer schweren Axt Holz hackte. Ein Weilchen sah sie ihm einfach nur zu. Krach, krach, krach.

Als er von seiner Arbeit aufblickte, sah er sie, wie sie an die Wand gelehnt dort stand und ihre Jacke fest über den türkisen OP-Klamotten zusammenhielt. Sie war sich nicht bewusst, dass er sie so herzlich anlachte, weil sie selbst ein strahlendes Lächeln im Gesicht trug. „Und?", fragte er und lehnte die Axt gegen den Holzstumpf.

„Es ist ein Junge. Ein kräftiges Baby."

„Ich gratuliere. Geht es allen gut?"

Sie ging zu ihm. „Mehr als gut. Polly war prima, das Baby ist kräftig und gesund, und Darryl wird sicher auch bald wieder auf die Beine kommen." Sie warf den Kopf zurück und lachte. Es gab einfach keine größere Befriedigung als eine hundertprozentig erfolgreiche Entbindung. „Meine erste Geburt auf dem Land. Für die Mom war es natürlich härter als für mich. In der Stadt hat man immer die Möglichkeit, sich auf die Seite zu rollen, die Wirbelsäule freizulegen und dann in aller Ruhe unter Epiduralanästhesie die Wehen über sich ergehen zu lassen. Hier draußen aber sind die Frauen aus Stahl."

„Das habe ich auch schon gehört", sagte er lachend.

„Weißt du, was Doc gesagt hat? ‚Nicht schlecht für ein Mädchen aus der Stadt.'" Sie griff nach seiner Hand. „Hast du die ganze Nacht die Bar aufgelassen?"

Er zuckte die Schultern. „Ein paarmal bin ich am Kamin eingeschlafen. Aber man weiß ja nie, wann jemand vielleicht etwas braucht. Heißes Wasser. Eis. Ein starkes Getränk. Möchtest du einen Kaffee?"

„Gott, ich glaube, dann müsste ich mich übergeben. Ich hatte heute so viel Kaffee, dass es sogar für die Nerven eines Koffeinjunkies wie mich zu viel ist.“ Ganz gegen ihre sonstigen Gewohnheiten legte sie die Arme um seine Taille und drückte ihn. Dieser Mann war inzwischen ihr engster Freund. „Jack, es war einfach wundervoll. Ich hatte völlig vergessen, wie wundervoll es sein kann. Mensch, es ist fast ein Jahr her, dass ich ein Baby entbunden habe.“ Sie blickte hoch und sah ihm in die Augen. „Wir haben eine verdammt gute Arbeit geleistet, die junge Mom, der Dad und ich. Wirklich.“

Er strich ihr eine kleine Haarsträhne aus der Stirn. „Ich bin stolz auf dich.“

„Es war fantastisch.“

„Siehst du? Ich wusste doch, dass du hier etwas finden würdest, an dem du dich festbeißen kannst.“ Er bückte sich, verschränkte die Arme unter ihrem Po und hob sie hoch, sodass ihr Gesicht auf gleicher Höhe mit seinem war.

„Hey, was hatten wir noch beschlossen?“, fragte sie neckend und mit einem verspielten Lächeln.

„Wir hatten beschlossen, dass ich dich nicht küssen würde.“

„Genau.“

„Und das habe ich nicht getan“, sagte er.

„Vielleicht hätten wir ja auch über das hier reden sollen“, fügte sie hinzu, unternahm aber nichts, um sich dagegen zu wehren. Und tatsächlich, irgendwie schien es auf seltsame Weise genau das Richtige zu sein. Feierlich. So, als würde sie nach einem großen Sieg hochgehoben und herumgewirbelt. Und genauso fühlte sie sich auch, so, als hätte sie gerade ein Tor geschossen. Sie legte die Arme auf seine Schultern und verschränkte die Finger in seinem Nacken.

„Wir hatten weiterhin beschlossen, dass, falls du mich küssen wolltest, ich mich nicht dagegen wehren würde“, erinnerte er sie.

„Das hättest du wohl gern.“

„Glaubst du?“

„Willst du mich darum bitten?"

„Ich tue genau das, was mir gesagt wurde. Ich warte."

Ach, zum Teufel, was soll's, dachte sie. Nach dem, was sie diese Nacht erlebt hatte, konnte sich nichts besser anfühlen, als diesem Kerl hier einen dicken feuchten Kuss zu geben, wo er doch die ganze Nacht lang seine Bar offen gelassen hatte, nur für den Fall, dass sie vielleicht etwas brauchen würden. Also tat sie genau das. Mit den Lippen streichelte sie seine Lippen, öffnete sie, und in verruchter, verführerischer Absicht fuhr sie damit fort und brachte dabei auch ihre Zunge zum Einsatz. Und er tat nichts weiter, als sie auf den Händen zu halten und es zuzulassen.

„Hat es dir nicht gefallen?", fragte sie ihn schließlich.

„Oh", sagte er. „Darf ich darauf reagieren?"

Sie versetzte ihm einen leichten Schlag an den Kopf, und er musste lachen. Dann versuchte sie es noch einmal, und diesmal war es viel interessanter. Ihr Herz begann nun schneller zu schlagen, und auch ihr Atem wurde lauter. Ja, dachte sie. Es ist völlig in Ordnung, hin und wieder etwas zu fühlen, das nicht wehtut. Und diesmal geschah es auch nicht, weil sie von Kummer gebeugt und ausgehungert war, sondern weil sie einen Sieg errungen hatte. Auch konnte sie im Augenblick an gar nichts anderes denken als daran, wie gut sein Mund schmeckte.

Als ihre Münder sich wieder voneinander lösten, sagte sie: „Ich fühle mich wie ein Champion."

„Das bist du doch auch", sagte Jack und freute sich über ihre gute Laune, mehr als sie je ahnen konnte. „Mein Gott, du schmeckst so gut."

„Du schmeckst auch gar nicht so schlecht", erwiderte sie lachend und befahl ihm dann: „Lass mich jetzt runter."

„Nein. Mach es noch einmal."

„Also gut, aber nur noch ein einziger Kuss, dann musst du dich wieder benehmen."

Diesmal genoss sie uneingeschränkt seine Lippen, seine Zunge und auch die starken Arme, die sie hielten. Sie weigerte sich, darüber nachzudenken, ob dies nun ein Fehler war. Sie lebte im Jetzt und war endlich einmal glücklich, und sein Mund fühlte sich auf ihrem so natürlich an, als hätte sie ihn schon seit Jahren geküsst. Auch ließ sie zu, dass der Kuss diesmal ein wenig länger und intensiver dauerte, als sie es eigentlich für klug hielt. Aber selbst darüber musste sie lächeln.

Als es vorüber war, stellte er sie wieder auf die Beine. „Wow", rief sie.

„Wir werden hier im Dorf wohl kaum ausreichend Geburten haben", bedauerte er.

„In sechs Wochen ist es wieder so weit. Und wenn du ganz, ganz lieb bist ..."

Ah, dachte er. Dann habe ich also noch sechs Wochen. Er tippte ihr auf die Nase. „Es ist nichts verkehrt daran, sich ein wenig zu küssen, Mel."

„Und du wirst dir auch keine Hoffnungen machen?"

„Wie du weißt, kannst du mich zwar dazu bringen, dass ich mich benehme. Aber du wirst mich nicht davon abhalten können, mir Hoffnungen zu machen."

Der April verging, und im Mai zeigten sich die ersten Frühlingsblumen. Die Straßenränder waren gesäumt von Fingerhut und wilder Möhre, und unter den hohen Bäumen bedeckten australische Farne den Boden. Alle acht bis zehn Tage bat Mel Doc, ihr seinen Truck zu leihen, ließ sein Meckern über sich ergehen und brachte eine Kiste mit Lebensmitteln, die sonst verderben würden, zu den Paulis'. Doc wollte damit nichts zu tun haben und schimpfte mit ihr. Jedes Mal ignorierte sie ihn empört, und schon allein das gab ihr ein gutes Gefühl. Mit pochendem Herzen fuhr sie dann los, und wenn sie nach Virgin River zurückkehrte, empfand sie Genugtuung.

Das Ferienhäuschen war für Mel inzwischen zu einem Hafen geworden. Sie kaufte einen kleinen Fernseher, hatte in ihrem neuen Zuhause allerdings einen sehr schlechten Empfang. Falls sie sich entschließen sollte zu bleiben, würde sie sich einen

Satellitenempfänger zulegen, aber fürs Erste hatte sie sich nur auf ein paar weitere Wochen festgelegt. Und als sie eines Tages von der Praxis nach Hause kam, stellte sie fest, dass in ihrer Küche und im Schlafzimmer ein Telefon installiert worden war. Jack hatte mit Harv, dem in diesem Bezirk für die Kabelverlegung zuständigen Mann, gesprochen und darauf hingewiesen, wie wichtig ein Telefon für die Ausübung ihres Berufs als Hebamme sei, und so wurde der Anschluss installiert. Dafür erhielt Jack dann auch einen weiteren Kuss – hinter der Bar, wo niemand sie sehen konnte. Nun gut, es waren zwei bis drei Küsse. Ziemlich lang und leidenschaftlich. Intensiv und köstlich.

Das Leben und der Schlaf in diesem Waldhaus erfrischten und beruhigten Mel mehr als alles andere, was sie im letzten Jahr kennengelernt hatte. Frühmorgens wachte sie rechtzeitig auf, um zu beobachten, wie die Sonne sich über den hohen Wipfeln der Nadelbäume langsam erhob, und dem Gesang der Vögel zu lauschen. Dann setzte sie sich gerne mit einer Tasse Kaffee auf die Veranda und genoss die saubere, am frühen Morgen noch kühle Frühlingsluft.

Es war noch nicht sechs Uhr, als sie eines Morgens die Tür öffnete und direkt vor ihrer Nase mindestens ein Dutzend Rehe zu sehen waren. Friedlich labten sie sich an den Gräsern, Büschen und Farnen am Rande ihrer Lichtung, und sie konnte auch einige gefleckte Kitze erkennen. Es war Frühling, die Zeit für Geburten aller Art.

Sie holte ihre Digitalkamera und schoss heimlich ein paar Fotos. Und nachdem sie sie auf ihrem Laptop gespeichert hatte, schickte sie die Bilder per Internet an Joey. Es dauerte ewig, aber hier draußen gab es keine schnellere Verbindung, und als sie es endlich geschafft hatte, rief sie Joey an.

„Geh mal online“, forderte sie ihre Schwester auf. „Ich habe dir etwas ganz Erstaunliches geschickt.“

„Was denn?“

„Sieh es dir einfach schnell an“, sagte Mel. „Du wirst begeistert sein.“

Während Joey die Bilder runterlud, musste Mel nur ein paar Sekunden warten, rasend schnell ging das bei Joey, verglichen mit der Zeit, die Mel für die Versendung gebraucht hatte. Dann hörte sie auch schon, wie es ihrer Schwester den Atem verschlug. „Rehe!“, rief sie.

„Bei mir im Vorgarten“, erklärte Mel. „Hast du die Kleinen gesehen? Sind sie nicht hinreißend?“

„Sind sie jetzt immer noch da?“

„Im Moment kann ich sie aus meinem Küchenfenster sehen, und ich werde das Haus nicht verlassen, bevor sie nicht mit ihrem Frühstück fertig sind. Hast du so etwas Schönes schon einmal gesehen? Joey, ich werde noch etwas länger hier bleiben.“

„Oh, Mel – nein! Ich will, dass du hierherkommst! Wieso willst du jetzt bleiben?“

„Joey, ich werde schon ziemlich bald wieder ein Baby entbinden. Nach der letzten Geburt kann ich einfach nicht widerstehen. Hier ist es so anders als im Krankenhaus, wo alles steril und künstlich ist und immer ein Chirurg und Anästhesist im Kreißsaal anwesend sind. Die werdenden Mütter und ich müssen uns hier allein durchkämpfen. Es ist wie früher, natürlich und wunderbar. Das echte Landleben, wenn Doc beispielsweise mit dem zwanzigjährigen Ehemann zur Bar über die Straße geht, wo er sich einen Schluck Mut antrinken kann und dann zu einem etwas weniger nervösen Assistenten wird.“

„Wie wunderbar“, bemerkte Joey sarkastisch, und Mel musste lachen.

„Es war fantastisch. Und nun gibt es noch eine andere schwangere Frau im Dorf, und ich werde auch für sie hierbleiben. Das Waldhäuschen ist einfach toll, du hast ja die Bilder gesehen.“

„Ja, habe ich. Mel, bist du schon komplett angezogen?“

„Jaaa …?“

„Dann sieh mal auf deine Füße und sage mir, was du trägst.“

Mel seufzte. „Meine *Cole-Haan*-Stiefel. Ich liebe diese Stiefel.“

„Sie kosten vierhundert Dollar!“

„Ja, und sie sind auch ganz schön dreckig", sagte Mel. „Wenn du wüsstest, wo ich überall war …"

„Mel, du gehörst nicht zu diesen Leuten. Lass es nicht dazu kommen, dass sie anfangen, sich auf dich zu verlassen. Komm nach Colorado, wo wir deinem Schuhfetischismus nachkommen können und wo du einen guten Job finden kannst. Bei uns in der Nähe."

„Ich kann hier so gut schlafen", wich Mel aus. „Ich hatte schon Angst, dass ich nie wieder gut schlafen könnte. Wahrscheinlich liegt es an der Luft hier. Es ist einfach unglaublich, sie macht einen richtig müde. Und am Ende des Tages fühlt sich das Bett dann so richtig gut an. Hier geht alles etwas langsamer, und das ist genau, was ich brauche: eine langsamere Gangart."

„Hast du denn so viel zu tun? So viele Patienten?", fragte Joey.

„Nicht so viele. Vereinbarte Termine haben wir nur mittwochs, und an den anderen Tagen kommen sie einfach unangemeldet mit ihren Beschwerden vorbei, oder Doc macht Hausbesuche. Meistens begleite ich ihn. Oft kommen die Leute auch einfach nur, um zu reden. Manchmal bringen sie Kuchen mit oder frisch gebackene Brötchen. Aber die Frauen, vor allem die schwangeren, sind wirklich erleichtert, wenn sie meine Hände gesehen haben und sie mit Docs vergleichen."

„Was machst du denn den ganzen Tag?"

„Nun", sagte sie lachend, „jeden Tag gehe ich in den Laden und sehe mir mit Connie und Joy eine Seifenoper an. Das sind zwei Frauen mittleren Alters, beste Freundinnen, die jetzt schon seit mehr als fünfzehn Jahren den fürs Fernsehen inszenierten Ehebruch auf *Riverside Falls* verfolgen. Ihre Kommentare dazu sind viel interessanter als die Seifenoper selbst."

„Oh Gott", stöhnte Joey.

„Ich fahre zur Ranch der Andersons und knuddele das Baby. Chloe. Sie blüht dort richtig auf und Lilly ebenso. Mehr und mehr wird mir klar, dass es das Richtige für sie war. Und es ist mir einfach so in den Schoß gefallen. Hin und wieder bringe ich einen Teil von dem Essen, das wir selbst nicht verbrauchen können, raus in den Wald, wo eine Gruppe von Pennern lebt, die total dünn und hungrig aussehen, auch wenn Doc sagt, dass sie uns vermutlich noch alle überleben werden. Manchmal gehe ich in die Bar, um zu sehen, ob jemand mit mir Kribbage spielt, und wenn ich ihn rumkriege, spielen Doc und ich *Gin*. Aber dazu hat er selten Lust. Er hat mir das Spiel beigebracht, und jetzt kann er gegen mich nicht mehr gewinnen. Jeder Punkt ein Penny – damit kann ich meine Altersvorsorge aufstocken."

„Na, und wann meinst du, dass du über diesen Urlaub von der Vernunft hinweg sein wirst?"

„Oh, weiß nicht. Lass mich nachdenken. Ich bin jetzt erst seit zwei Monaten hier. Das ist ja keine Ewigkeit."

„Aber mir gefällt es gar nicht, dass du in irgendeinem langweiligen Kaff verrottest, Seifenopern verfolgst und hässliche Haaransätze bekommst."

„Ich könnte ja einmal bei Dot vorbeischauen, die in ihrer Garage frisiert …"

„Na toll. Fühlst du dich nicht einsam dort?"

„Nicht besonders. Abends, wenn nicht irgendwas los ist, gehen Doc und ich in die Bar. Doc bestellt sich dann seinen täglichen Whiskey, und ich nehme ein kaltes Bier. Es sind immer irgendwelche Leute da. Wir essen dort auch, und immer gibt es jemanden, der uns einen Platz an seinem Tisch anbietet. Es wird viel geklatscht, und das ist das krasse an kleinen Orten, wo jeder weiß, was der andere tut. Außer, wie es scheint, über die Frau, die Chloe zur Welt gebracht hat. Ich kann nur von Glück reden, dass keine Frau mit Wochenbettblutungen oder Infektionen aufgetaucht ist. Und der Sozialdienst hat auch immer noch nichts von sich hören lassen."

„Ich vermisse dich so sehr. Seit Jahren ist das jetzt die längste Zeit, die wir je getrennt waren … Wie kannst du nur so glücklich klingen?"

„Tu ich das? Vielleicht, weil alle um mich herum glücklich sind. Sie zeigen mir, dass sie froh darüber sind, dass ich hier bin, selbst wenn meine Anwesenheit für die medizinische Versorgung des Ortes nicht unbedingt nötig ist." Sie holte Luft. „Ich fühle mich immer noch ziemlich fehl am Platz, aber ich glaube, dass ich zufriedener bin als in den ganzen letzten elf Monaten und drei Tagen. Allmählich senkt sich auch mein Adrenalinspiegel."

„Versprich mir nur, dass du nicht in diesem gottverlassenen Kaff bleiben wirst. Allein, mit Seifenopern und Bier!"

Mels Stimme wurde weich. „Der Ort hier ist nicht gottverlassen, Joey. Er ist ..." Sie suchte nach dem richtigen Wort. „Er ist atemberaubend schön. Gut, die Architektur lässt zu wünschen übrig. Die meisten Häuser und anderen Gebäude sind klein und alt und könnten auch etwas Farbe vertragen. Aber die Landschaft ist einmalig. Und ich bin nicht allein. Ich habe ein ganzes Dorf. Und das hatte ich noch nie."

Ricky und Liz waren unterwegs zum Frühlingsball der Highschool. Allerdings hatten sie noch etwas anderes vor. Ricky hatte deswegen ganz schöne Schuldgefühle, denn er wusste genau, dass Connie und Ron ihm vertrauten. Es wäre wohl besser, sie täten es nicht.

Wenn man in einem kleinen Ort lebte, der von einem Dutzend anderer kleiner Orte durch Wälder getrennt war, dann gab es unendlich viele versteckte Plätze, wo man parken und knutschen konnte. Er hatte immer ein Kondom in der Tasche, obwohl er entschlossen war, es nie so weit kommen zu lassen, dass er es brauchen würde. Es war auch gar nicht nötig, dass Jack ihn damit versorgte – daran hatte er schon selbst gedacht. Er fühlte sich für Liz verantwortlich und wollte sie nicht in Schwierigkeiten bringen. Alles, was sie taten, war Fummeln, auch wenn sie sich dabei ganz schön hochschaukelten.

Und sie gingen ziemlich weit. Mit einem Bombenstart hatten sie losgelegt. Jede Menge Zungenküsse, Heavy Petting, ein wildes Aneinanderreiben – zuerst nur über der Kleidung, dann mit Hautkontakt. Bis aufs Ganze aber waren sie noch nicht gegangen. Sie hatten schnell gelernt. Es hatte nicht lange gedauert, und sie hatten herausgefunden, wie man einen Orgasmus ohne Penetration haben konnte. Dafür war Rick extrem dankbar. Und dennoch wollte er mehr. Er wollte es unbedingt und Liz ebenfalls. Er war kurz davor, mit ihr das entscheidende Gespräch zu führen, aber er wusste auch, dass er das besser bei Tageslicht tun sollte, und nicht in der Dunkelheit der Nacht, während sie sich in der Kabine seines kleinen Trucks befummelten.

Er liebte es, ihr schöne Gefühle zu bereiten, und auch sie wollte ihn zufriedenstellen. Niemals hatte er sich vorgestellt, dass es so wunderbar sein könnte – jemanden in den Armen zu halten, sich zu berühren, sich zu lieben, all diese Gefühle zu geben und zu empfangen. Er war nicht im Geringsten darauf vorbereitet, wie man davon völlig mitgerissen werden konnte. Es war, als hätte sich der pure Genuss verselbstständigt.

Er war auf den Beifahrersitz gerückt, hielt sie auf dem Schoß und küsste sie leidenschaftlich, während sie sich aufreizend in seinen Armen wand.

Seine Hand glitt unter ihr kurzes Röckchen und traf dort auf … *nichts*.

„Oh mein Gott“, flüsterte er.

„Überraschung“, sagte sie und rutschte auf seinem Schoß hin und her. Dann legte sie ihre Hand auf seinen Penis und befühlte ihn durch seine Kleidung hindurch. Fast hätte er laut aufgeschrien.

Sie glitt auf seinem Schoß ein wenig nach hinten, und er rückte in seinem Sitz leicht zurück, denn er wusste, sie würde ihn jetzt in ihre kleine Hand nehmen. Dafür lohnte es sich zu leben. Während sie seine Hose öffnete, um ihn zu befreien, massierte er sie mit den Fingern der einen Hand und streichelte ihre Brust mit der anderen. Dabei ertrank er an ihrem Mund und hielt sie fest an sich gedrückt. Immer fester rieb sie sich an seiner Hand, zappelnd bemüht, diesen speziellen Moment zu erreichen. Plötzlich verlagerte sie ihr Gewicht und presste sich an ihn. Er presste sich an sie, und ihre Hände kamen auf seiner Schulter zu liegen. Er packte sie am Po, und ihr Knie rutschte über seinen Schoß. Schon war sie über ihm und ließ sich auf ihn fallen, während er sich nach oben bewegte. Und plötzlich waren sie auf verhängnisvolle, einzigartige Weise ineinander verschmolzen. Sie war ihm von oben entgegengekommen, und er hatte sich von unten in sie hineingeschoben. Jetzt hatte sie ihn vollkommen umschlossen. Das war etwas völlig anderes, so viel besser als eine Hand.

„Lieber Himmel, Liz“, flüsterte er. „Oh mein Gott!“

Wie besinnungslos presste sie sich ihrem Ziel entgegen.

„Liz. Lizzie. Nicht. Lizzie. Lieber Himmel. Mein Gott.“

Halbherzig versuchte er, sie von seinem Schoß zu schieben, um aus ihr herauszukommen. Dabei hoffte er gleichzeitig, dass es ihm nicht gelänge. Dann war sie so weit. Und als ihr Körper sich um ihn herum zusammenzog und anfing, in heißen Spasmen zu zucken, während sie in Ekstase stöhnte, da setzte auch sein Verstand aus. Einen Moment lang musste er das Bewusstsein verloren haben. Jedenfalls war er vollkommen willenlos. Aber es kam noch schlimmer. Er hatte versagt – und schon explodierte er in ihr, wie ein Vulkan. Danach war sein erster Gedanke: Ahhhh. Oh, Mist. Das hast du ja gut hingekriegt, du Genie!

Sie sank in seine Arme, und er hielt sie fest und streichelte ihren Rücken, bis sie sich beruhigt hatte. Bis er sich beruhigt hatte. Bis sie beide wieder zu Atem gekommen waren. „Das könnte ein riesengroßer Fehler gewesen sein“, befürchtete er schließlich.

„Oh“, jammerte sie. „Oh. Was tun wir jetzt?“

„Na, zurückholen kann ich es mit Sicherheit nicht. Wenn ich gewusst hätte, dass es so weit kommen würde … Liz, ich habe ein Kondom dabei, um Himmels willen.“

„Das konnte ich doch nicht wissen.“

„Und ich wusste nicht, dass wir es tun würden.“

„Ich doch auch nicht“, brachte sie schniefend hervor. „Es tut mir so leid.“ Sie legte ihren Kopf an seine Schulter und weinte. „Es tut mir so leid, Rick.“

„Nein, mir tut es leid. Okay, Liebes, beruhige dich doch. Wir können doch jetzt nichts daran ändern. Schsch…" Er hielt sie in seinen Armen fest an sich gedrückt und küsste ihre Wangen und Lippen, bis ihre Tränen versiegten. Dann küsste er sie auch noch einmal auf ihren geöffneten Mund. Und, oh Gott, ihr Mund war so heiß. Während er sie so hielt, dauerte es nicht lange, bis er wieder steif wurde in ihrem Schoß. Und ohne es zu wollen, ganz ohne Absicht, fing er wieder an, die Hüften zu bewegen, auf und ab, und sich in sie hineinzubohren. Und wieder drückte sie sich ihm entgegen. Ach, zum Teufel, dachte er, der Schaden ist nicht mehr rückgängig zu machen. Und dann sagte er: „Ich komme einfach nicht dagegen an …"

8. KAPITEL

Am Vormittag waren keine Patienten gekommen, und so nutzte Mel die Gelegenheit, nach Clear River zu fahren, um dort zu tanken, denn in Virgin River gab es keine Tankstelle. Den Pager hatte sie zwar mitgenommen, damit Doc sie notfalls erreichen könnte, aber in der Regel kam das nicht vor.

Immer wenn sie in einen der kleinen Nachbarorte fuhr, sah sie sich vor allem die Frauen genauer an und fragte sich, wen Jack wohl aufgesucht haben mochte, wenn er gelegentlich das brauchte, was er „eher elementare Dinge“ genannt hatte. Sie brauchte nicht lange, um herauszufinden, dass er vermutlich die Auswahl hatte und dass es in diesen Orten ziemlich viele attraktive Frauen gab.

Sie wollte so etwas wie eine Salzlecke oder sonst eine Art Futterstelle besorgen, die sie am Rand ihres Grundstücks aufstellen könnte, um die Rehe anzulocken, und fuhr zu dem winzigen Einkaufszentrum auf der öden Hauptstraße. Dort gab es auch ein Haushaltswarengeschäft, und als sie dort ankam, sah sie, dass auf einer Stecktafel im Schaufenster Scheren aller Art ausgestellt waren. Von kleinen Scherchen bis hin zu Klippern mit dicken Schneiden von fünfzehn Zentimeter Länge war alles vorhanden. Mit gerunzelter Stirn blieb sie längere Zeit davor stehen.

„Kann ich Ihnen helfen?“, fragte eine junge Frau, die eine grüne Ladenschürze trug.

„Hmm. Wozu braucht man die?“

„Für Rosen“, antwortete sie.

„Rosen? Ich habe hier noch nicht viele Rosen gesehen.“

„Oh, dann haben Sie noch nicht genau genug hingesehen“, meinte die Frau und grinste.

„Hmm. Also, ich suche etwas, womit ich Rehe anlocken kann“, sagte Mel.

„So etwas wie einen Lockruf? Aber die Jagdsaison ist doch erst in ein paar Monaten.“

„Lieber Himmel, ich will sie doch nicht erschießen! Ich beobachte sie gerne, wenn sie morgens früh auf mein Grundstück kommen. Können Sie mir sagen, wo man so etwas finden kann?“

„Hm, wenn Sie sich Rehe auf Ihrem Grundstück wünschen, dann sind Sie hier die Einzige. Pflanzen Sie doch einfach mal Salat an oder ein paar Apfelbäume. Wenn man die Rehe nämlich nicht in seinem Obstgarten oder Gemüsebeet haben will, kann man sie kaum davon fernhalten.“

„Oh. Meinen Sie, es könnte funktionieren, wenn ich dort ein bisschen Salat hinwerfe? Denn ich habe ja keinen Garten.“

Mit einem missbilligenden Lächeln neigte die Frau den Kopf und sah Mel an. „Woher kommen Sie?“

„Aus Los Angeles. Dem Betondschungel.“

„Ich meine, woher kommen Sie jetzt?“

„Von oben, aus Virgin River. Aus dem tiefsten Wald, sozusagen ...“

„Hören Sie, lassen Sie das mit dem Salat, okay? Denn in Ihrer Gegend gibt es auch Bären. Bewahren Sie Ihr Essen im Haus auf und gehen Sie kein Risiko ein. Die Rehe kommen auch, ohne angelockt zu werden.“ Dann sah sie nach unten und fügte hinzu: „Schöne Stiefel. Wo kann ich mir solche kaufen?“

Mel überlegte einen Augenblick. „Kann mich kaum noch erinnern. Bei Target, glaube ich.“

Anstatt gleich wieder zu Doc zurückzukehren, fuhr sie zum Fluss hinaus. Unter den sechs Anglern, die im Wasser standen, konnte sie Jack ausmachen. Sie fuhr ans Ufer, parkte, stieg aus und lehnte sich an die Motorhaube ihres Wagens, um ihm zuzuschauen. Er sah sich über die Schulter hinweg nach ihr um und grüßte mit einem Lächeln, konzentrierte sich aber gleich wieder auf seinen Sport. Erst spulte er ein Stück Leine ab, ließ sie herunterhängen und warf sie dann elegant aus. Dabei wurde sie in einem großen S nach hinten ausgeschwenkt, um gleich darauf in weichem Bogen über den Fluss zu segeln, bis sie sanft wie ein Blatt, das sich vom Baum gelöst hatte, auf der Wasseroberfläche aufsetzte. Das ging einige Male so.

Ihr gefiel es, die schwingenden Leinen zu beobachten. Wie sie schwirrten, wenn sie ausgeworfen wurden. Und dann das Klicken der Spule, wenn man sie wieder einholte. In der Luft über dem Wasser flogen die Leinen herum, und fast schien es, als seien sie in einer Art Choreografie synchronisiert. Die Männer liefen währenddessen in ihren Anglerhosen und -westen durch das flache wirbelnde Wasser, und hin und wieder sprang ein Fisch aus dem Fluss. Wenn einer angebissen hatte, wurde er entweder wieder freigelassen, oder er wanderte in den Fischkorb, der an den Schultergurten baumelte.

Nach einem friedlichen Zwischenspiel kam Jack mit Angel und Spule in der Hand aus dem Wasser. „Was machst du denn hier draußen?"

„Ich sehe nur zu."

„Willst du es einmal probieren?"

„Ich weiß nicht, wie es geht", sagte sie.

„Es ist nicht besonders schwer. Ich will mal sehn, ob ich nicht noch ein paar Stiefel oder Anglerhosen für dich auftreiben kann." Er ging zu seinem Truck, suchte auf der Ladefläche herum und fand schließlich zwei riesige hüfthohe Gummistiefel. „Darin bleibst du trocken, aber du kannst nicht allzu weit damit hinauswaten."

Sie zog sich die Stiefel an, und da seine Beine wesentlich länger waren als ihre, musste sie sie oben an den Hüften zweimal umschlagen. Gar kein so unangenehmes Gefühl. In diesen Stiefeln konnte sie nur schlurfen. „Mit denen würde ich nicht um mein Leben rennen können", meinte sie. „Okay, was muss ich tun?"

„Immer alles schön aus dem Handgelenk heraus", erklärte er. „Konzentriere dich weniger auf irgendein Ziel als darauf, einen schönen sauberen Bogen zu werfen. Und auf die Distanz, dann erreichst du den tieferen Teil des Flusses, wo es die meisten Fische gibt." Er nahm sie bei der Hand und führte sie an den Rand des Wassers, wo er ihr zeigte, wie er die Schnur auswarf. „Sie darf nicht wegreißen, lass sie schön langsam abrollen. Deinen Arm kannst du ein wenig mitbewegen, aber setze nie den ganzen Körper ein."

Er gab ihr die Rute und zeigte ihr, wie man die Spule entsperrte. Sie versuchte es, und die Fliege landete direkt vor ihrer Nase. „Wie war das noch mit der Distanz?“, fragte sie.

„Daran werden wir noch arbeiten müssen“, sagte er, stellte sich hinter sie und führte beim nächsten Wurf ihre Hand. Diesmal kamen sie auf ungefähr acht Meter, wahrscheinlich ein Viertel von dem, was er sonst schaffte. Und ihre Fliege schlug mit einem harten Platschen auf dem Wasser auf. „Hmm. Schon besser“, meinte er. „Roll sie wieder auf, schön langsam.“

Sie zog die Leine wieder ein und warf sie ein weiteres Mal aus, diesmal ohne seine helfende Hand. „Gut“, lobte er. „Achte auf deinen Stand. Hier gibt es Stellen, wo man einsinken, stolpern oder auf einem Stein ausrutschen kann. Du willst ja nicht ins Wasser fallen.“

„Nein, bestimmt nicht“, sagte sie und warf noch einmal. Diesmal hatte sie ihr Handgelenk zu stark eingesetzt, sodass der Haken zischend an ihren Köpfen vorbei nach hinten flog. „Ups“, machte sie. „Tut mir leid.“

„Alles in Ordnung, aber du musst aufpassen. Ich fände es schrecklich, wenn man mir das Ding später aus dem Hinterkopf ziehen müsste. Gib acht“, sagte er, stellte sich wieder hinter sie und legte eine Hand auf ihre Hüfte. „Du darfst nicht mit deinem ganzen Körper werfen, nur mit Arm und Handgelenk. Und immer nur eine leichte Bewegung. Die Distanz stellt sich schon von selbst ein. Irgendwann einmal.“

Sie versuchte es noch einmal, und diesmal war es gut. Ein schöner, eleganter Bogen und ein ganz schönes Stück den Fluss hinaus. Dort, wo ihre Fliege gelandet war, sprang ein Fisch aus dem Wasser. „Oh, das ist ein Großer.“

„Eine braune Forelle, ein Prachtstück. Wenn du die heute fängst, wirst du uns alle ganz schön dumm aussehen lassen.“

Irgendetwas glitt an ihren Füßen entlang, und erschrocken sprang sie hoch. „Ein Neunauge“, erklärte er. „Sie saugen den Lachsen gerne den Rogen und die Körperflüssigkeiten aus.“

„Igitt. Wie reizend.“ Wieder und wieder warf sie die Leine

aus. Es machte ihr Spaß. Manchmal hielt Jack ihr Handgelenk, lenkte ihren Wurf und erinnerte sie an den Bewegungsablauf. Die andere Hand ließ er auf ihrer Hüfte liegen, um sie ruhig zu halten. „Es gefällt mir“, sagte sie. Dann hatte etwas angebissen, und sie zog einen Fisch heran. Er war nicht besonders groß, aber immerhin, es war ein Fisch. Und den hatte sie selbst gefangen.

„Nicht schlecht“, lobte er. „Nimm ihn vorsichtig vom Haken.“

„Ich weiß nicht, wie das geht.“

„Diesmal zeige ich es dir, aber später musst du es selbst machen. Wenn du angelst, musst du auch den Fisch vom Haken nehmen. Sieh her.“ Er führte seine Hand vom Kopf des Fisches über den zappelnden Körper und hielt ihn fest. Dann zog er vorsichtig den Haken aus seinem Maul und warf ihn ins Wasser zurück. „Mit seinem Maul ist alles in Ordnung. Wir werden ihn erst einmal zu einer richtigen Mahlzeit heranwachsen lassen.“

„Aha“, sagte sie.

„Glück gehabt. Und weiter geht's!“ Lachend drehte er sie wieder zum Fluss hin, stand hinter ihr und sorgte mit seiner großen Hand auf ihrer Hüfte dafür, dass ihr Körper aufrecht und ruhig blieb, während er mit der anderen ihr Handgelenk führte. Noch ein Wurf, und wieder wurde die Leine eingeholt.

„Jack, gibt es hier im Sommer eigentlich jede Menge Rosen?“, fragte sie ihn.

„Hm? Ich weiß nicht. Ein paar bestimmt.“

„Heute Morgen war ich in einem Haushaltswarengeschäft, in dessen Schaufenster ein riesiges Sortiment an Rosenscheren ausgestellt war. Alle Größen. Ich glaube, ich habe so etwas noch nie gesehen …“

Während sie die Leine einzog, drehte Jack sie ein wenig zu sich. „Rosenscheren?“, fragte er mit gerunzelter Stirn.

„Ja. Von ganz kleinen bis hin zu großen, schweren mit gebogenen Klingen und Ledergriffen.“

„Wo?“

„In Clear River. Ich war dort tanken, und …“

„Mel, das sind keine Rosenscheren. Also, ich meine, man wird sie schon auch dafür benutzen können, aber wahrscheinlicher ist, dass sie für die Marihuanaernte gedacht sind. Die kleinen für die Knospen und die großen, um die Pflanzen zu schneiden."

„Ach. Was du nicht sagst."

Er drehte sie wieder dem Fluss zu. „Hier gibt es einige Orte, die so ziemlich alles, was man für den Marihuana-Anbau braucht, vorrätig haben. Clear River gehört dazu. Was wolltest du denn in dem Haushaltswarengeschäft?"

„Ich hatte vor, mir irgendetwas zu besorgen, mit dem ich die Rehe anlocken kann. Einen Salzstein oder Futter oder so etwas. Aber ..."

Er drehte sie wieder zu sich um. „Einen Salzstein?"

„Ja, das gibt es doch auch für Kühe, oder? Deshalb dachte ich ..."

Er schüttelte den Kopf. „Mel, hör zu, tue nichts, was wilde Tiere auf dein Gelände locken könnte. Da könnte auch mal eines auftauchen, das weniger freundlich ist als ein Reh. Okay? Zum Beispiel ein Bock, der mehr daran interessiert ist zu brunsten, als sich fotografieren zu lassen. Oder ein Bär. Verstehst du?"

„Zu brunsten?" Fragend sah sie ihn an.

Geduldig lächelnd tippte er ihr auf die Nasenspitze. „Liebe machen."

„Ah. Natürlich. Alles klar", sagte sie, wandte sich wieder zum Fluss um und warf die Leine noch einmal aus.

„Rosenscheren." Er musste lachen. „Ich glaube, langsam hast du den Dreh raus."

„Es macht mir Spaß. Was das Abnehmen der Fische vom Haken angeht, bin ich mir da allerdings noch nicht so sicher."

„Ach komm, sei keine Memme."

„Na ..."

„Erst einmal musst du ja auch einen fangen", sagte er.

„Du wirst schon sehen. Ich lerne schnell."

Mel verlor jedes Zeitgefühl, während sie angelte. Sie sandte die farbenprächtige Fliege über das Wasser aus und zog sie langsam wieder heran. Immer wieder versuchte sie es aufs Neue und war sich dabei durchaus bewusst, dass Jack eine Hand auf ihrer Hüfte liegen ließ und gelegentlich mit der anderen über ihren Arm glitt, um sie anzuleiten. „Nun mach schon“, rief sie der Fliege jedes Mal zu. „Ich bin so weit.“

„Du musst leise sprechen“, belehrte er sie sanft. „Es ist ein friedlicher Sport.“

Unermüdlich warf sie die Leine immer wieder aus. Dabei stellte sie sich garantiert nicht besonders geschickt an, aber sie schaffte es jedenfalls, sie ein ganzes Stück weit auszuwerfen, und es sah auch recht hübsch aus. Zumindest glaubte sie das.

Dann fühlte sie, wie die Hand auf ihrer Hüfte sich wie zufällig um ihre Taille legte und sie ein wenig nach hinten an ihn drückte. „Du lenkst mich ab“, beschwerte sie sich und warf die Leine aus.

„Gut“, sagte er, berührte mit den Lippen ihr Haar und sog den Duft ein.

„Jack, da sind *Leute*!“

„Das interessiert sie nicht im Geringsten“, meinte er und hielt sie weiter fest.

Sie sah sich um und stellte fest, dass er recht hatte. Die anderen Angler blickten nicht einmal flüchtig in ihre Richtung. In schönen, sanften Bögen warfen sie ihre Leinen aus und beachteten sich gegenseitig überhaupt nicht. Also gut, dachte sie. Es ist ein angenehmes Gefühl, diese Hand da, dieser Arm, der mich umfasst. Das werde ich schon verkraften.

Dann spürte sie seine Lippen auf ihrem Hals. „Jack! Ich fische!“

„Also gut“, sagte er heiser. „Ich werde mich bemühen, dich nicht zu sehr zu belästigen.“

Dabei zog er sie noch etwas näher zu sich heran und begann, an ihrem Hals herumzuknabbern. „Was tust du denn *jetzt*?“, rief sie lachend.

„Bitte, Mel … können wir nicht irgendwohin gehen und einfach ein Weilchen knutschen?“

„Nein!“, sagte sie lachend. „Ich *fische*!“

„Und wenn ich dir verspreche, dass ich dich hinterher wieder fischen lasse …?“

„Nein! Benimm dich jetzt!“ Aber sie musste lächeln, denn es stieg ihr ganz schön zu Kopf, dass dieser große starke Bursche schwach wurde und sich verzweifelt nach mehr sehnte, bloß weil er ihren Hals gekostet hatte. Sie konzentrierte sich aufs Werfen, während er sich auf ihren Hals konzentrierte. Den Arm hatte er noch immer fest um ihre Taille geschlungen. Sie genoss es.

Nachdem ein paar Minuten verstrichen waren, ließ er sie mit einem gequälten Stöhnen los, ging zu seinem Truck und legte sich rücklings mit ausgestreckten Armen auf die Kühlerhaube. Sie blickte ihm über die Schulter nach und kicherte. Das hat ihn wohl in die Knie gezwungen, dachte sie. Großer, zäher Marine. Hah!

Sie gönnte sich noch ein paar weitere Würfe, dann wandte sie sich um und schlurfte in den riesigen, schweren Stiefeln zu Jack hinüber. Die Rute lehnte sie an den Truck und schlüpfte aus den Gummistiefeln. Er hob den Kopf und sah sie mit zusammengekniffenen Augen an. „Danke, Jack. Ich muss jetzt gehen. Meine Seifenoper fängt gleich an.“ Dann gab sie ihm ein versöhnliches Küsschen auf die Wange. „Vielleicht können wir das irgendwann ja einmal wiederholen.“

Auf dem Rückweg kam ihr der Gedanke, dass sie vor ein paar Wochen noch absolut davon überzeugt gewesen war, nichts mehr in sich zu spüren, das auf einen Mann reagieren könnte. Auf Jack reagieren könnte. Nun war sie sich gar nicht mehr so sicher. Eine kleine Berührung, ein Küsschen oder auch ein heißer Kuss – es fühlte sich gut an. Manchmal vergaß sie dabei, dass sie eigentlich ja gar nichts zu geben hatte. Und sie begann sich ernsthaft zu fragen, ob sie sich womöglich doch irrte. Irgendwohin gehen zum Knutschen – das war vielleicht gar keine so schlechte Idee. Sie würde weiter darüber nachdenken.

Sie sah kurz bei Doc vorbei, der an seinem Computer saß. „Irgendwelche Neuigkeiten?“, fragte sie.

„Nö“, war die knappe Antwort.

„In Ordnung. Ich gehe runter zum Laden. Soll ich Ihnen etwas mitbringen?“

„Nö“, sagte er noch einmal.

Sie sah auf die Uhr und hoffte, dass sie den Anfang der Seifenoper nicht verpasst hatte. Als sie den Laden betrat, stand Joy vor dem durch den Vorhang abgetrennten Zimmer und empfing sie mit den Worten: „Mel! Gott sei Dank!“

Da sie völlig panisch wirkte, lief Mel sofort in den Nebenraum. Dort saß Connie gekrümmt auf einem der Gartenstühle, mit einer Hand hatte sie ihr Sweatshirt am Hals umklammert und rang nach Luft. Mel kniete sich neben sie. „Was ist los?“

„Ich weiß nicht“, sagte Connie mit schwacher Stimme. „Ich kann kaum atmen.“

„Joy, hol mir Aspirin. Hast du Schmerzen?“, fragte sie an Connie gerichtet.

„Mein Rücken“, ächzte sie.

Mel legte die Hand zwischen ihre Schulterblätter. „Hier?“

„Genau.“

Joy brachte Connie das Aspirin und ein Glas Wasser.

„Spürst du einen Druck in der Brust?“, hakte Mel nach.

„Ja. Oh, ja.“

Mel stand auf, nahm Joy bei der Hand und zog sie aus dem Hinterzimmer. „Lauf schnell zu Doc. Sag ihm, dass es ihr Herz sein könnte. Beeil dich.“

Dann ging Mel wieder zu Connie. Sie fühlte ihren Puls und stellte fest, dass er raste und unregelmäßig war. Ihre Haut war feucht und der Atem schnell und flach. „Versuche dich zu entspannen und langsam zu atmen. Joy ist Doc holen gegangen.“

„Was ist es?“, fragte Connie. „Was ist los mit mir?“

Mel fiel auf, dass Connies linker Arm schlaff herunterhing, wahrscheinlich, weil er schmerzte. Mit der rechten Hand riss sie an ihrem Shirt und versuchte, es vom Körper wegzuziehen, so, als wollte sie sich damit den Druck in ihrer Brust erleichtern. Hätte Mel früher eine Prognose abgeben müssen, wer von diesen beiden Frauen am ehesten zu einem Herzanfall neigte, hätte sie auf Joy getippt, die übergewichtig war und vermutlich einen viel zu hohen Cholesterinspiegel hatte. Auf Connie jedenfalls nicht, denn sie war schlank und rauchte auch nicht.

„Ich bin mir nicht sicher", antwortete Mel. „Wir warten auf Doc. Sprich lieber nicht, bleib einfach ruhig. Ich werde nicht zulassen, dass dir etwas passiert."

Die nächsten Minuten dehnten sich, bis Joy außer Atem mit Docs Arzttasche in der Hand durch die Tür stürmte und sich neben Mel stellte. „Hier", sagte sie. „Er hat gesagt, du sollst es mit Nitroglycerin versuchen und eine Infusion anlegen. Er kommt sofort."

„Also gut." Sie durchsuchte die Tasche, fand die Nitrokapseln und klopfte eine aus dem Fläschchen. „Connie, lass das hier unter der Zunge zergehen."

Connie tat, wie ihr geheißen, während Mel das Blutdruckmessgerät und das Stethoskop aus der Tasche zog. Connie hatte hohen Blutdruck, der Schmerz jedoch ließ in Sekundenschnelle etwas nach. Die Tablette schien zu wirken. „Ist es jetzt besser?"

„Ein bisschen. Mein Arm. Ich kann meinen Arm kaum bewegen."

„Okay. Dann werden wir uns mal darum kümmern." Mel streifte sich sterile Handschuhe über, legte die Staubinde um Connies Oberarm und begann nach einer brauchbaren Vene zu suchen, indem sie mit zwei Fingern die Arminnenseite abklopfte. Dann riss sie die Verpackung der Infusionsnadel auf und führte sie langsam ein. Das Blut lief in das Plastikröhrchen, das Mel anschließend zustöpselte.

Gleich darauf hörte sie ein Geräusch, das sie nicht einordnen konnte. Sie blickte auf und sah vom Hinterzimmer aus, wie Doc eine quietschende alte Krankentrage in den Laden schob. Er ließ sie im Gang stehen, nahm einen Infusionsbeutel von der Tragefläche, den er Mel in die Hand drückte, trug einen kleinen Sauerstoffkanister herein und platzierte den Sauerstoffschlauch um

Connies Hals und in ihren Nasenlöchern. „Was haben wir denn da?“

Während Mel den Infusionsschlauch an die Kanüle und den Infusionsbeutel an den Schlauch steckte, erklärte sie: „Erhöhter Blutdruck, kaltschweißig, Schmerzen in Brust, Rücken und Arm ... Ich habe ihr ein Aspirin gegeben und dann das Nitro.“

„Gut. Hilft dir die Tablette, Connie?“

„Ein bisschen“, antwortete sie schwach.

„Wir werden jetzt Folgendes tun: Wir legen Connie auf die Trage, die wir hinten auf den Truck stellen. Sie setzen sich neben sie, halten den Infusionsbeutel und überwachen ihren Blutdruck. Und wenn Sie meinen, wir müssten aus irgendeinem Grund anhalten, dann klopfen Sie ans Fenster. Meine Arzttasche lasse ich bei Ihnen. Weiterer Sauerstoff und ein tragbarer Defibrillator befinden sich bereits auf der Ladefläche. Und dann sollten Sie sich auch gleich eine Spritze und Atropin bereitlegen, damit Sie es notfalls gleich zur Hand haben.“ Er ging zur Krankentrage, schob sie durch den engen Gang ins Hinterzimmer, senkte sie ein Stück ab und faltete eine dicke Wolldecke auseinander, die er über die Trage legte. „Fertig, Connie.“

Mel stützte Connie unter dem Arm, nahm den Infusionsbeutel und hielt den Schlauch so, dass Connie von ihrem Stuhl auf die niedrig gestellte Krankentrage gelegt werden konnte. Doc richtete das Kopfende etwas auf, damit sie nicht flach liegen musste, hüllte sie in die Decke und schnallte sie fest. Den Sauerstoffbehälter stellte er zwischen Connies Beine auf die Trage. „Lassen Sie Joy den Infusionsbeutel halten, Mel, wir beide bringen sie jetzt hier raus.“

„Sollten wir nicht lieber einen Krankenwagen holen?“

„Das ist nicht die beste Idee“, antwortete er knapp, und gemeinsam brachten sie die Krankentrage wieder in die hochgestellte Position. Während sie Connie dann aus dem Laden rollten, hatte Mel den Infusionsbeutel wieder unter Kontrolle.

„Sobald wir hier raus sind, möchte ich, dass du das Valley Hospital anrufst und darum bittest, dass ein Kardiologe uns in der Notaufnahme erwartet. Und sag Ron, dass er dorthin kommen soll", wies Doc Joy an. Er und Mel nahmen die Trage vom Fahrgestell und schoben sie auf die Ladefläche des Trucks. Dann zog Doc noch seinen schweren Wollmantel aus und legte ihn Connie über die Schultern. Gerade wollte er sich zur Fahrerkabine begeben, als Mel ihn am Ärmel festhielt.

„Doc, was zum Teufel tun wir hier?"

„Wir bringen sie so schnell wie möglich in die Notaufnahme", sagte er. „Steigen Sie ein. Sie werden ganz schön frieren."

„Ich komme schon klar", versicherte sie und kletterte zu Connie auf die Ladefläche.

„Dass Sie mir bloß nicht rausfallen", sagte Doc. „Ich habe keine Zeit, anzuhalten und Sie aufzulesen."

„Fahren Sie einfach vorsichtig." Schon jetzt graute Mel vor den schmalen, kurvigen Straßen und dem steilen Gefälle, wo sie sich an riesigen Holztransportern vorbeiquetschen mussten, ganz zu schweigen von der Dunkelheit und dem Temperaturabfall in den Wäldern mit den hohen Bäumen.

Dafür, dass er bereits siebzig war, wirkte Doc recht agil, als er in die Fahrerkabine sprang. Auf der Straße wendete er in einem weiten Bogen, während Mel hinten auf der Ladefläche den Infusionsbeutel über Connies Kopf hielt, denn an dieser alten Trage gab es keinen Infusionsständer. Als sie das Dorf verließen, kam Jack gerade zurück. Mel aber war voll und ganz auf Connie konzentriert. Mit der einen Hand balancierte sie den Infusionsbeutel, mit der anderen fischte sie aus Docs schwarzer Arzttasche Spritzen und Ampullen und zog die Spritzen trotz der hektischen, holprigen Fahrt schnell auf, bevor sie sie steril verschloss.

Bleib bitte nicht stehen! Das war alles, was Mel die ganze Zeit über dachte. Nur um sicherzugehen, öffnete sie mit einer Hand dann auch den Kasten, in dem sich der tragbare Defibrillator befand, damit sie ihn notfalls nur noch anstellen müsste. Solche Modelle wurden auch von den Fluggesellschaften benutzt. Anstatt der großflächigen Elektroden, den sogenannten *Paddles*, war er mit den sogenannten *Fast-Patches* ausgestattet, die auf die

Brust geklebt wurden. Da sie aber Connie nicht der Kälte aussetzen wollte, bevor es wirklich nötig war, beschloss sie, ihr die Patches noch nicht anzubringen. Stattdessen lehnte sie sich, die eine Hand mit dem Infusionsbeutel immer über Connies Kopf, ganz nah an Connie, um sie mit ihrem Körper zu wärmen.

Für seinen fantasiereichen Fahrstil musste sie Doc große Anerkennung zollen. Er schaffte es, mit ziemlichem Tempo einen Berg hinunterzufahren, dann plötzlich vor scharfen Kurven zu bremsen, auf den geraden Strecken wieder schneller zu fahren und obendrein Schlaglöchern und Straßenunebenheiten auszuweichen. Mel wurde kalt, aber Connie atmete stetig weiter, und ihr Puls war inzwischen gleichmäßig und langsam, und das trotz der abenteuerlichen Fahrt, bei der er eigentlich aus schierer Angst rasen müsste.

„Dieser Doc", flüsterte sie an Mels Ohr, „er kommandiert ja wirklich ganz schön rum."

„Stimmt", sagte Mel. „Sprich jetzt aber lieber nicht."

„Ja, in Ordnung."

Ein paarmal musste Mel den Arm, der den Infusionsbeutel hielt, wechseln, weil er ihr wehtat. Und auch wenn sie versuchte, sich auf der Ladefläche möglichst weit unten zu halten, war der Wind doch so kalt, dass sie bis auf die Knochen fror. In den Bergen war es im Mai, im Schatten der hohen, alles überragenden Bäume, alles andere als warm. Als sie sich vorstellte, wie kalt es erst im Winter sein würde, fror sie noch mehr. Ihre Wangen fühlten sich taub an, und auch ihre Finger waren klamm.

Nach etwas weniger als zwei Stunden Fahrt parkten sie vor dem Eingang eines kleinen Krankenhauses, wo sie bereits von zwei Pflegern und einer Krankenschwester mit einer Krankentrage erwartet wurden.

Doc sprang aus dem Truck. „Nehmt sie mit meiner Trage. Ich hol sie mir später."

„Gut", sagte einer der Pfleger, und gemeinsam mit seinem Kollegen zog er die Trage mit Connie hinten vom Truck herunter. „Hat sie irgendwelche Medikamente bekommen?"

„Nur ein Aspirin und eine Nitrokapsel. Und die Infusion."

„Alles klar", sagte er. „Das Notfall-Team wartet bereits." Und schon liefen sie mit der Trage über den Parkplatz.

„Gehen wir, Mel", sagte Doc, der sich jetzt ein wenig langsamer bewegte.

Allmählich wurde Mel klar, dass es wahrscheinlich ein tragischer Fehler gewesen wäre, auf die Ambulanz zu warten. Das hätte bis zu drei Stunden dauern können. Während sie mit Doc auf der Unfallstation wartete, erfuhr sie, dass das Valley Hospital zwar klein, aber effizient war. Es war auf die Bedürfnisse mehrerer kleiner Ortschaften eingestellt. Es wurden dort Entbindungen vorgenommen, und auch ein Kaiserschnitt war möglich, falls es für Mutter und Kind keine größeren Probleme gab. Hier konnten Röntgenaufnahmen und Ultraschalluntersuchungen gemacht werden, und es gab auch einen Operationssaal für leichtere chirurgische Eingriffe. In ernsteren Fällen jedoch, wenn eine Notoperation am Herzen oder sonst eine größere Operation erforderlich war, mussten die Patienten in ein größeres Krankenhaus gebracht werden.

Es dauerte eine Weile, bis der Arzt schließlich herauskam. „Wir werden eine Angiografie machen müssen, denn ich glaube, wir haben es mit Ablagerungen in den Herzgefäßen zu tun. Im Augenblick ist sie stabil, aber es kann sein, dass so schnell wie möglich ein Bypass gelegt werden muss. Dazu werden wir sie mit dem Hubschrauber nach Redding bringen. Sind ihre Angehörigen informiert?"

„Ihr Mann müsste jeden Augenblick da sein. Wir werden hier auf ihn warten."

Zehn Minuten später wurde Connie an ihnen vorbei den Flur hinuntergeschoben. Und weitere zehn Minuten dauerte es, bis Ron und Joy an der Tür zur Notaufnahme standen. „Wo ist sie? Ist alles in Ordnung?" Ricky und Liz liefen gleich hinter ihnen herein, sie kamen direkt von der Schule.

„Sie machen gerade eine Angiografie bei ihr. Das ist so etwas wie eine Röntgenuntersuchung der Blutgefäße. Und je nachdem, was dieser Test ergibt, werden sie entscheiden, ob sie operiert werden muss oder nicht. Lasst uns in der Cafeteria einen Kaffee trinken, dann kann ich euch das genauer erklären. Danach werden wir das Testergebnis erfahren."

„Gott, Doc, danke", sagte Ron. „Danke dafür, dass du ihr geholfen hast."

„Dafür musst du nicht mir danken, sondern Melinda", entgegnete Doc. „Sie hat Connie das Leben gerettet."

Überrascht sah Mel ihn an.

„Es war ihr schnelles Handeln – das Aspirin und dass sie sofort nach Hilfe gerufen hat. Von der Fahrt hinten auf meinem Pick-up wollen wir gar nicht reden. Jedenfalls haben wir es dadurch geschafft, sie so schnell ins Krankenhaus zu bringen."

Es war bereits neun Uhr, als Mel und Doc ins Dorf zurückkehrten, und dass sie jetzt noch gemeinsam zu Jack gingen, war einfach eine Frage der Notwendigkeit. Sie war ihm mehr als nur ein bisschen dankbar dafür, dass er noch geöffnet hatte, und es war ihr völlig klar, dass er das für sie beide tat. Doc bestellte seinen Whiskey.

„Ich glaube, ich nehme lieber auch mal einen. Vielleicht einen, der etwas weicher ist als seiner", bat Mel.

Jack schenkte ihr einen *Crown Royal* ein. „War wohl ein langer Tag?"

„Phhh", machte Doc. „Die meiste Zeit haben wir damit verbracht, auf eine Entscheidung zu warten. Connie wird morgen operiert. Sie bekommt einen Bypass. Wir haben so lange gewartet, bis sie nach Redding abgeholt wurde."

„Wieso haben wir sie nicht einfach gleich nach Redding gebracht?", wollte Mel wissen. Die beiden Männer lachten. „Was ist los? Ich habe die Karte schon studiert, bevor ich überhaupt hierhergekommen bin. Das sind doch nur etwas mehr als hundert Meilen von hier auf dem Highway."

„Es sind ungefähr hundertvierzig Meilen, Mel", verbesserte

Jack. „Und das auf einer schmalen, zweispurigen Straße durch die Berge. Von Eureka aus dauert es bestenfalls drei Stunden, eher vier. Und von Virgin River aus sind es schon fünf."

„Mein Gott", stöhnte sie.

„Ich glaube, Ricky fährt Liz heute Nacht zu ihrer Mutter, denn Ron und Joy wollen die weite Fahrt nach Redding auf sich nehmen, um bei Connie am Bett zu sitzen. Sie sind ziemlich aufgeregt", erzählte Doc.

„Das kann ich mir vorstellen", sagte Jack. „Ich habe übrigens gesehen, wie ihr losgedüst seid. Wer da hinten lag, konnte ich nicht erkennen. Ich sah nur Mel, wie sie verzweifelt etwas festhielt."

Doc trank einen Schluck. „Ja, war ganz praktisch, dass sie da war."

„Was hätten Sie denn überhaupt ohne ein wenig Hilfe gemacht?", fragte sie ihn.

„Wahrscheinlich hätte ich Joy hinten reingesetzt. Die Frage ist nur, ob wir überhaupt so weit gekommen wären. Wissen Sie eigentlich, wie wirkungsvoll eine kleine Aspirintablette bei einem Herzanfall sein kann?"

„Hmm. Klar." Mel nahm einen Schluck von ihrem Drink und schloss genüsslich die Augen.

„Wird Connie durchkommen?", wollte Jack wissen.

„Ach, mehr als das", versicherte Doc. „Vor einer solchen Operation sind die Leute immer ein bisschen grau um die Kiemen. Dann werden ihnen schöne, frische, saubere Arterien verpasst, in denen der Sauerstoff wieder gut durchfließen kann, und hinterher haben sie dann wieder rote Wangen und fühlen sich wie neu geboren."

Mel trank noch einen Schluck. „Gott, ich dachte schon, mir würde nie wieder warm."

„Soll ich das Feuer anmachen?", fragte Jack.

„Nicht nötig. Lass mich das nur austrinken. Erzähle Doc doch mal, dass ich heute einen Fisch gefangen habe."

„Das stimmt", bestätigte er. „Es war zwar kein großer Fisch, aber sie hat ihn selbst gefangen, auch wenn sie ihn ohne Hilfe nicht vom Haken nehmen konnte."

Als Doc sie über den Brillenrand hinweg ansah, schob sie herausfordernd das Kinn vor. „Vorsicht, Melinda", warnte er sie. „Sie könnten noch eine von uns werden."

„Das wohl kaum. Jedenfalls nicht, solange Sie für Ihren Truck nicht wenigstens einen Camperaufbau anschaffen. Auf dem Rücksitz in meinem BMW wären wir besser dran gewesen."

„*Sie* wären besser dran gewesen", höhnte Doc. „Diese Blechkiste ist ja wohl kaum groß genug für eine Infarkt-Patientin und eine Schwester, die versucht, sie am Leben zu halten."

„Ich werde mich nicht mit Ihnen darüber streiten", hielt sie ihm entgegen. „Denn immerhin haben Sie mich jetzt zum ersten Mal ‚Schwester' genannt. Langsam verstehen wir uns, Sie alter Knurrhahn." Dann sah sie zu Jack hoch. „Wir halten dich vom Schlaf ab."

„Ach wo", sagte er amüsiert. „Lasst euch Zeit. Am besten, ich leiste euch Gesellschaft." Er drehte sich um, wählte eine Flasche und goss sich ein. Dann hob er sein Glas zu einem Toast: „Auf die erstaunlich gute Zusammenarbeit! Ich freue mich, dass alles in Ordnung ist."

Mel war erschöpft, was vor allem auf die anstrengende Fahrt in Docs Truck zurückzuführen war und darauf, dass sie den ganzen Nachmittag angespannt im Krankenhaus gewartet hatten. Und auch wenn es sie nicht großartig überraschte, so war ihr bewusst geworden, dass Connie mehr für sie war als nur eine Patientin. Sie war eine Freundin. Wenn man eine solche Arbeit an einem Ort wie diesem hier verrichtete, würden die Patienten irgendwann fast alle auch Freunde sein. Da musste es schwerfallen, neutral zu bleiben. Aber wenn man bei dieser Arbeit Erfolg hatte, war es auch umso erfreulicher und befriedigender.

In L. A. war das anders.

Doc trank seinen Whiskey aus und stand auf. „Gute Arbeit, Melinda. Aber morgen wollen wir versuchen, uns einmal einen richtig langweiligen Tag zu machen."

„Danke, Doc."

Nachdem der Arzt gegangen war, sagte Jack: „Das klingt ja fast so, als hättet ihr damit begonnen, euch zusammenzuraufen."

„So etwas in der Art, ja", bestätigte sie.

„Wie war die Fahrt ins Valley Hospital?"

„Bist du schon mal Geisterbahn gefahren?" Er musste lachen. Sie schob ihm ihr Glas hin, und er schenkte ihr noch einen Schluck *Crown* ein.

„Möchtest du Eis oder Soda dazu?", bot er an.

„Nein, er ist gut so. Sogar sehr gut."

In kleinen Schlückchen leerte sie ihren Whiskey. Ein wenig zu schnell. Dann sah sie Jack an, neigte den Kopf zur Seite und deutete damit auf das Glas.

„Bist du sicher? Das müsste doch eigentlich reichen. Deine Wangen sind schon ganz rot, und ich sehe dir an, dass du auch nicht mehr frierst."

„Nur noch ein ganz kleines bisschen."

Und sie erhielt noch ein bisschen – zwei Schlückchen.

„Danke dafür, dass du mit mir Angeln warst", sagte sie. „Schade eigentlich, dass du mich nicht noch einmal angemacht hast."

Überrascht lachte er auf. Inzwischen war sie etwas beschwipst. „Das ist schon in Ordnung so, Melinda. Wann immer du so weit bist."

„Aha! Ich wusste es doch!"

„Das war aber auch nicht schwer zu erkennen."

„Du bist so leicht zu durchschauen." Sie kippte den Rest ihres Glases hinunter. „Besser, ich gehe jetzt. Ich bin richtig voll." Sie stand auf und wäre fast gefallen, konnte sich aber gerade noch an der Bar festhalten. Jack lief schnell um den Tresen herum zu ihr und legte einen Arm um ihre Taille. Aus trüben Augen blickte sie zu ihm hoch. „Mist! Ich habe völlig vergessen zu essen."

„Ich mache dir einen Kaffee", schlug er vor.

„Um diesen herrlichen Schwips zu versauen? Mann, den habe ich mir verdient." Schwankend setzte sie einen Fuß vor den anderen. „Außerdem glaube ich nicht, dass ich davon wieder nüchtern werde. Wahrscheinlich macht er mich bloß hellwach betrunken."

Jack hielt sie ein wenig fester und musste gegen seinen Willen lachen. „Also gut, Mel. Du kannst mein Bett haben, und ich schlafe auf der Couch …"

„Aber bei mir sind doch manchmal morgens die Rehe", sagte sie in leicht weinerlichem Tonfall. „Ich will nach Hause. Sie könnten doch wiederkommen."

Nach Hause. Jack gefiel, dass sie dieses Ferienhaus als ihr Zuhause bezeichnete. „In Ordnung, Mel. Dann werde ich dich nach Hause fahren."

„Das wäre eine Hilfe", meinte sie. „Denn ich bin mir ziemlich sicher, dass ich nicht mehr fahren kann, nicht einmal auf einer geraden, ungefährlichen Straße."

Nachdem sie zwei Schritte gegangen waren, knickten ihr wieder die Beine weg. Seufzend bückte er sich und hob sie auf seine Arme. „Du bist ein Leichtgewicht", stellte er fest.

Sie klopfte ihm auf die Brust. „Gut, dass du so stark bist. Es tut gut, dich in der Nähe zu haben. Es ist fast so, als hätte ich meinen eigenen privaten Diener."

Er schmunzelte. Preacher war längst zum Schlafen nach oben gegangen, und so schaltete er das „Geöffnet"-Schild aus und schaffte es sogar, die Schlüssel aus seiner Hosentasche zu ziehen, ohne sie fallen zu lassen. Er verschloss die Eingangstür, trug Mel die Treppe hinunter und ums Haus herum in den Hinterhof, wo sein Truck stand. Er setzte sie hinein, und Mel – wenn auch mit einigen Schwierigkeiten – brachte es noch fertig, den Sicherheitsgurt anzulegen. Nachdem er auf der Fahrerseite eingestiegen war und den Truck angelassen hatte, sagte sie: „Weißt du was, Jack? Du bist wirklich mein allerbester Freund geworden."

„Das ist schön, Mel."

„Dafür bin ich dir sehr dankbar. Puh, Junge! Ich bin das Trinken wirklich nicht gewöhnt. Am besten, ich bleibe bei meinem

Glas Bier. Vielleicht auch mal zwei, aber nur, wenn ich zuvor ein Stück Fleisch und Apfelkuchen gegessen habe."

„Ich denke, damit hast du die Lage gut eingeschätzt."

„Und wenn ich noch einmal dieses gute Zeug bestelle, dann vergiss bitte nicht, mich zu fragen, ob ich schon was Festes im Magen habe."

„Das werde ich tun."

Sie lehnte den Kopf an den Sitz. Fünf Minuten später schaukelte er träge hin und her. Und Jack verbrachte den Rest der Fahrt damit, sich einiges durch den Kopf gehen zu lassen. Zum Beispiel: Was ist, wenn sie, während ich sie ins Haus trage, so weit wieder zu sich kommt, dass sie mich auffordert, zu bleiben? Das wäre doch in Ordnung, oder? Auch dann, wenn sie ein „kleines bisschen" gehandicapt ist? – Oder auch: Was, wenn sie nicht zu sich kommt und ich mich einfach neben sie lege, nur für den Fall, dass sie aufwacht und denkt, jetzt wäre der richtige Zeitpunkt gekommen? Das wäre okay. – Vielleicht sollte ich aber doch lieber einfach auf ihrer Couch warten, für den Fall, dass sie etwas braucht … Sex zum Beispiel. Ich bin so weit. Ich bin schon längst so weit.

In seiner Fantasie spielte er ein Dutzend Szenarien durch. Wenn er sie in ihr Zimmer trug, würde sie aufwachen und sagen: „Bleib heute Nacht bei mir." Er hätte dann wirklich nicht die Kraft, Nein zu sagen. Vielleicht würde sie auch aufwachen, und er würde sie erst küssen, und dann würde sie sagen: „Okay". – Eine andere Variante war der nächste Morgen; er wäre dann schon dort, und sie würde sagen: „Jetzt, Jack." Junge, Junge! Ihm war ganz schön heiß geworden.

Aber sie schlief immer noch, als er an ihrem Haus vorfuhr. Er löste ihren Sicherheitsgurt und hob sie aus dem Truck. Dabei schlug ihr Kopf gegen den Türrahmen. „Au!", schrie sie und befühlte die Stelle mit der Hand.

„Tut mir leid", entschuldigte er sich und dachte: Ein Vorspiel war das jetzt wirklich nicht.

„Schon gut." Sie legte ihren Kopf zurück an seine Schulter.

Nun, dachte er, ich sollte wohl lieber bleiben, um mich zu vergewissern, dass sie keine Gehirnerschütterung hat. Ob da nicht ein wenig Sex helfen könnte? Oder einfach nur da sein, falls sie …

Er trug sie über die Veranda ins Schlafzimmer, wo er das Licht anknipste und sie aufs Bett legte. Ohne die Augen zu öffnen, flüsterte sie: „Danke, Jack."

„Gern geschehen, Melinda. Geht's deinem Kopf gut?"

„Was ist mit dem Kopf?"

„In Ordnung, dann wollen wir mal deine Stiefel ausziehen."

„Stiefel. Ausziehen." Sie hob ein Bein, und er musste lachen. Er zog ihr den Stiefel aus, und das Bein fiel herunter, während das andere hochkam. Und wieder fiel das Bein, nachdem er auch den zweiten Stiefel ausgezogen hatte. Dann rollte sie sich in ein süßes kleines Päckchen zusammen und zog sich die Bettdecke über. Er sah auf sie hinunter und merkte, dass sie nicht mehr ansprechbar war.

Dann fiel sein Blick auf das Foto.

Es war, als hätte ihm jemand einen Schlag versetzt, und es fühlte sich alles andere als gut an. Er nahm das Bild in die Hand und betrachtete das Gesicht des Mannes. Du also bist dieser Kerl, dachte er. Wie ein schlechter Mensch sah er gar nicht mal aus – aber er hatte Mel irgendetwas angetan, das war klar. Irgendetwas, mit dem sie nur schwer fertig wurde. Vielleicht hatte er sie wegen einer anderen Frau verlassen, obwohl Jack sich das kaum vorstellen konnte. Möglicherweise auch wegen eines anderen Mannes. *Oh, bitte, lass es das sein! Das kann ich heilen – gib mir nur fünf Minuten.* Vielleicht sah er aber auch nur so harmlos aus und war in Wirklichkeit ein unmöglicher Mistkerl, sodass sie mit ihm Schluss gemacht hatte, obwohl sie noch immer hoffnungslos in ihn verliebt war. Und dann hatte sie sein Bild direkt dorthin gestellt, wo sein Gesicht das Letzte war, das sie sah, bevor sie nachts einschlief.

Irgendwann würde sie Jack eine Chance geben, dieses Gesicht verschwinden zu lassen. Heute Nacht aber würde es nicht sein.

Wahrscheinlich war es auch gut so. Wenn sie aufwachte und ihn hier vorfände, würde sie vermutlich alles auf den *Crown Royal* schieben. Er wollte, dass es aus Sehnsucht geschah – und er wollte, dass es echt war.

Schnell schrieb er ihr eine Nachricht. „Morgen früh um acht komme ich nach dir sehen. Jack.“ Den Zettel legte er neben die Kaffeekanne und ging dann zu seinem Truck, um noch etwas zu holen, das er tagsüber für sie gekauft hatte. Er brachte die Sporttasche aus Leder mit der zerlegten Fliegenfischrute, der Spule und der Watthose ins Haus und stellte sie neben die Eingangstür. Dann fuhr er nach Hause.

Als er um acht Uhr morgens wieder an ihrem Haus vorfuhr, musste er über das, was er sah, schmunzeln. Alle Gedanken der Enttäuschung, die ihn während der vergangenen Nacht geplagt hatten, waren wie weggeblasen. In ihrer neuen Watthose saß Mel auf der Veranda in dem Adirondack-Stuhl und warf müßig ihre Fliege vor sich hin in das Grundstück. Auf dem breiten Stuhl neben ihr stand eine dampfende Kaffeetasse.

Grinsend stieg Jack aus dem Truck. „Du hast sie also gefunden“, sagte er auf dem Weg zur Veranda.

„Ich *liebe* sie! Hast du die für mich besorgt?“

„Das habe ich.“

„Aber warum?“

„Wenn wir angeln gehen, muss ich neben dir stehen und nicht hinter dir, wo ich dein Haar riechen und dich an mich drücken kann. Du brauchst deine eigenen Sachen. Wie passt dir die Hose?“

Sie stand auf und drehte sich für ihn um die eigene Achse. „Perfekt. Ich habe gerade geübt.“

„Schon Fortschritte gemacht?“

„Das habe ich. Es tut mir leid, Jack, wegen gestern Abend. Den ganzen Tag über war ich angespannt und hungrig und habe gefroren. Es hat mich wirklich umgeworfen.“

„Ja, ist schon in Ordnung.“

„Die sollte ich wohl in meinen Kofferraum legen, hm? Falls in der Praxis mal nicht viel los ist und wir uns einfach davonstehlen und angeln gehen können."

„Eine gute Idee, Mel."

„Dann will ich meine Ausrüstung mal verstauen", sagte sie glücklich.

Und er dachte: Gib mir nur Zeit. Ich werde dafür sorgen, dass du dieses Bild einmottest.

In der Woche nach Connies Herzinfarkt war Ricky nicht in die Bar gekommen, sondern war für die Familie da, für den Fall, dass er gebraucht wurde. Als er dann wieder einmal in die Bar kam, war es schon spät. Nur zwei Männer saßen an einem Tisch, und Preacher stand hinter dem Tresen. Mit gesenktem Blick setzte Ricky sich an die Bar.

„Wie geht's denn allen so?", fragte Preacher.

Er zuckte die Schultern. „Ich glaube, Connie geht es ganz gut. Sie haben Liz wieder nach Eureka zu ihrer Mutter geschickt."

„Eureka ist nicht aus der Welt, Mann. Du kannst sie dort besuchen."

Ricky senkte den Kopf. „Ja, aber … wahrscheinlich sollte ich das lieber nicht tun. Sie war … sie war das erste Mädchen, für das ich solche Gefühle hatte." Er sah auf. „Du weißt schon. *Solche* Gefühle."

Die beiden Männer standen vom Tisch auf und verließen die Bar. „Und du warst dann kurz davor?", fragte Preacher ihn.

„Ich wünschte, so wäre es. Lieber Himmel", stöhnte Rick und schüttelte den Kopf. „Ich dachte, dass ich es unter Kontrolle hätte."

Dann tat Preacher etwas, das er noch nie zuvor getan hatte. Er zapfte zwei kühle Biere und stellte eines vor Rick, eines vor sich hin. „Ganz schön harte Sache, das Ding mit der Kontrolle."

„Was du nichts, sagst. Ist das für mich?"

Preacher hob eine Augenbraue. „Ich dachte, du könntest vielleicht gerade jetzt eins brauchen."

„Danke“, sagte Ricky und hob sein Glas. „Sie sieht nicht aus wie ein Kind, aber sie *ist* ein Kind. Sie ist viel zu jung.“

„Viel zu jung“, pflichtete Preacher ihm bei. „Hast du es jetzt begriffen?“

„Oh, ja“, sagte Ricky. „Jetzt, wo es zu spät ist.“

„Willkommen in der Welt.“ Preacher leerte sein Glas zur Hälfte.

Ricky starrte bloß in seines. „Es ist nur, es brächte mich einfach um, wenn jemand darunter leiden müsste, weißt du. Wenn ich sie verletzt habe. Wenn ich dich und Jack enttäuscht hätte.“

Preacher legte seine Hände auf die Bar und beugte sich zu Rick hinüber. „Hey, Ricky, mach dir mal keine Sorgen darum, dass du uns enttäuschen könntest. Manche Dinge gehören einfach zum Leben, weißt du? Du bist ein Mensch und tust, was du kannst. Nächstes Mal solltest du besser vorausdenken, wenn du verstehst, was ich meine.“

„Jetzt verstehe ich es.“

Jack kam von hinten in die Bar und sah sofort, dass Preacher und Rick Bier tranken und Ricky sehr aufgewühlt wirkte. „Gibt es etwas, worauf ich anstoßen müsste?“ Er schenkte sich ein Glas Bier ein.

„Ich bin mir ziemlich sicher, dass man das mit Nein beantworten kann“, sagte Ricky.

„Unser Ricky hier, wenn ich ihn richtig verstanden habe, ist jetzt in die Welt der Männer eingetreten. Und wünscht sich ein wenig, er hätte es nicht getan.“

„Anstatt mir eine Handvoll Kondome zu geben, hättest du mich lieber zukleben sollen“, sagte Ricky.

„Oh Junge. Wird auch alles klargehen mit dir?“, fragte Jack. „Wird alles klargehen mit ihr?“

„Ich weiß es nicht. Wann werde ich das wissen? Wie kann ich es herausfinden?“

„Ein Monat“, sagte Jack. „Vielleicht auch weniger. Das kommt auf ihren Zyklus an. Du musst sie fragen, Rick. Ob sie schon ihre Periode hatte.“

„Das bringt mich um“, stöhnte Ricky unglücklich.

„Also gut, dann wollen wir jetzt darauf trinken, dass sich deine Glückssträhne fortsetzt.“

„Im Moment kann ich mich nur fragen, warum das so sein soll.“

9. KAPITEL

Auf den Wiesen wuchs das Gras in die Höhe, und so kurz vor der Lammzeit waren die Schafe dick. Die Kühe würden bald ihre Kälber bekommen, und auch Sondra Patterson stand kurz vor der Niederkunft.

Sondra erwartete ihr drittes Kind, und nach dem, was sie und Doc erzählten, waren die ersten beiden schnell und problemlos gekommen. Sie hatte sich entschlossen, das Kind zu Hause zur Welt zu bringen, so wie die beiden anderen auch. Für Mel würde es die erste Hausgeburt werden, und sie sah dem Ereignis mit nervöser Freude entgegen.

Mit hellen, sonnigen Tagen ging der Mai seinem Ende zu und brachte einen ganzen Trupp von Männern in Pick-ups und Campingwagen ins Dorf. Eines Nachmittags hörte Mel vor der Bar ein mächtiges Gehupe, und als sie hinübersah, stellte sie fest, dass Jack von einer Meute Männern überfallen wurde. Sie sah zu, wie er auf die Veranda herauskam und sie einander mit Bärenumarmungen, Rufen und Pfiffen begrüßten.

„Was ist denn da los?“, fragte sie Doc Mullins.

„Hmm. Ich glaube, das ist mal wieder eins dieser *Semper-Fi*-Treffen. Jacks alte Kameraden aus dem Marine-Corps. Sie kommen hier rauf zum Jagen, Fischen, Pokerspielen, Trinken und um die ganze Nacht rumzugrölen.“

„Tatsächlich? Das hat er nie erwähnt.“ Und, fragte sie sich, ist das jetzt das Stichwort, dass ich mich rarmachen soll? Denn ein Bierchen nach der Arbeit bei Jack, der gelegentliche Kuss – es war inzwischen für sie zum schönsten Teil des Tages geworden. Auch wenn sie etwas irritiert war, weil er nie versucht hatte, weiter zu gehen. Hätte er es allerdings getan, würde sie sich über die Konsequenzen Sorgen machen, denn sie durfte sich mit niemandem einlassen, nicht einmal mit Jack. Nicht, solange sie nicht sicher war, dass sie damit umgehen konnte. Dann aber war es auch wieder so, dass sie sich nicht dazu durchringen konnte, dieses bisschen Küssen ganz aufzugeben. Sie war sich sicher,

Mark hätte es verstanden. Im umgekehrten Fall, so sagte sie sich, hätte auch sie nichts dagegen gehabt.

Mit den Marines im Dorf würde es das alles nun nicht mehr geben.

Doc hingegen zeigte keinerlei Neigung, sich fernzuhalten, und begab sich gegen Ende des Tages zur Bar. „Kommen Sie mit?", fragte er Mel.

„Ich weiß nicht ... Ich möchte niemanden bei einem Wiedersehen stören ..."

„Darüber würde ich mir keine Gedanken machen", meinte er. „Das ganze Dorf freut sich darauf, diese Jungs zu treffen."

So ging sie mit ihm hinüber und stellte fest, dass Doc von diesen Besuchern wie ein alter Freund begrüßt wurde. Besitzergreifend legte Jack den Arm um Mels Schultern. „Leute, darf ich euch Mel Monroe vorstellen, die neue Gemeindeschwester und Hebamme hier? Sie arbeitet bei Doc. Mel, das sind Zeke, Mike Valenzuela, Cornhusker – oder besser Corny, Josh Phillips, Joe Benson, Tom Stephens und Paul Haggerty. Wir werden später prüfen, ob du dir auch alle Namen gemerkt hast – Namensschilder werden nicht ausgegeben."

„Doc, Sie sind ein vornehmer und kluger Gentleman", sagte Zeke. Offensichtlich hatte er den Eindruck, dass es Doc war, der Mel angeworben hatte, anstatt sich gegen sie zu wehren. Grinsend reichte er ihr die Hand. „Mrs. Monroe, es ist mir eine Ehre. Wirklich, eine Ehre."

„Nennen Sie mich Mel", sagte sie.

Das Tamtam, mit dem sie über sie herfielen, tat ihr gut. Die nächste Überraschung war für sie, dass sie Preacher wie einen Freund behandelten, auch wenn sie es sich eigentlich hätte denken können. Und auch Ricky wurde von ihnen ganz selbstverständlich wie ein jüngerer Bruder mit einbezogen.

Mel erfuhr, dass Preacher während des ersten Irakkonflikts, dem *Desert Storm*, unter Jack gedient hatte, als er gerade einmal achtzehn Jahre alt gewesen war. Es stellte sich heraus, dass er viel jünger war, als er aussah. In dieser Zeit gehörten auch ein

Polizist aus L. A. namens Mike Valenzuela und ein Bauunternehmer namens Paul Haggerty dieser Einheit an. Als Reservisten wurden die beiden dann während des letzten Irakkonflikts wieder in die Einheit zu Preacher und Jack beordert, die ihrerseits zu der Zeit nach wie vor im aktiven Dienst standen. Auch die anderen, alles Reservisten, hatte man in den Irak eingezogen, wo sie in Bagdad und Falludscha aufeinandergetroffen waren. Zeke war ein Feuerwehrmann aus Fresno. Der Rettungssanitäter Josh Phillips und der Nachrichtenhubschrauber-Pilot Tom Stephans kamen beide aus der Gegend von Reno. Joe Benson war Architekt und stammte aus derselben Kleinstadt in Oregon wie Paul Haggerty. Paul hatte häufig die Häuser gebaut, die Joe entworfen hatte. Und Corny, ebenfalls Feuerwehrmann, hatte den längsten Weg hierher zurückgelegt, nämlich aus dem Staat Washington. Er war aber in Nebraska geboren und aufgewachsen, was ihm auch den Spitznamen eingebracht hatte.

Jack war vier Jahre oder mehr älter als diese Männer. Der Zweitälteste von ihnen war Mike mit sechsunddreißig. Zeke, Josh, Tom und Corny waren verheiratet und hatten Kinder. Es faszinierte Mel, wie sie mit einem wollüstigen Lächeln und glänzenden Augen von ihren Frauen sprachen. Da gab es keine abgedroschenen Soldaten-Witze. Vielmehr klang es so, als könnten sie es kaum erwarten, wieder zu ihnen nach Hause zurückzukehren.

„Wie geht es Patti?“, wurde Josh gefragt.

Er wölbte die Hände vor dem Waschbrettbauch, um eine Schwangerschaft anzudeuten, und grinste stolz. „Sie ist reif wie eine Tomate. Ich kann kaum die Finger von ihr lassen.“

„Wenn sie reif ist wie eine Tomate, wette ich, dass sie dir ganz schön auf die Finger haut“, sagte Zeke lachend. „Ich habe Christa auch wieder so weit.“

„Das gibt's doch nicht! Ich dachte, sie hätte gesagt, es wäre jetzt genug!“

„Das hat sie schon beim vorletzten Kind gesagt, aber ich habe ihr noch eins gemacht. Jetzt brütet sie gerade Nummer vier aus.

Was soll ich sagen – das Mädchen macht mich verrückt, schon seit der Highschool. Ihr solltet sie sehen, Mann. Sie strahlt wie ein Leuchtfeuer. Keine ist so schön schwanger wie sie. Wow."

„Hey, Kumpel, gratuliere, Mann! Aber du scheinst nicht zu wissen, wann du aufhören sollst."

„Das weiß ich auch nicht. Es ist so, als ob ich nicht damit aufhören kann. Aber Christa sagt, sie hätte jetzt genug von mir. Nach diesem hier, sagt sie, heißt es schnipp, schnipp."

„Ich glaube, ich kann es noch mal wagen", meinte Corny. „Meine Mädchen habe ich ja. Jetzt fühle ich, dass ein Junge dran ist."

Wer sollte diesen Enthusiasmus für schwangere Frauen besser zu schätzen wissen als eine Hebamme? Mel liebte diese Reden und diese Männer.

„Ja, das habe ich schon oft gehört", sagte Jack. „Ich habe acht Nichten, und keine hat ihren Jungen gekriegt. Meine Schwäger haben ihre Chancen jetzt verspielt, denke ich mal."

„Vielleicht hast du ja einen Jungen in Arbeit, Jack?"

„Da mache ich mir nichts vor", widersprach er lachend.

Jack zählte zusammen mit Preacher, Mike, Paul und Joe zu den fünf Singles unter den Männern. „Alles überzeugte Junggesellen", wurde Mel gewarnt. Zwar würden sie die Frauen lieben, aber sie wollten sich nicht binden. „Abgesehen von Mike", verkündete Zeke. „Er wird regelmäßig eingefangen." Mel wurde darüber aufgeklärt, dass Mike zweimal geschieden war und in L. A. eine Freundin hatte, die sich bemühte, Ehefrau Nummer drei zu werden.

Ihre Kameradschaft war mitreißend, elektrisierend. Diese Kerle waren betrunken, das war nicht zu übersehen, doch Mel hatte es nicht gerade eilig, davonzukommen. Sie amüsierte sich. Andere Leute aus dem Ort, die öfter einmal in die Bar kamen, wie Doc zum Beispiel, schienen diese Bruderschaft gut zu kennen und schauten vorbei, um an dem Wiedersehen teilzunehmen. Und all diese Männer begrüßten sie genauso herzlich wie Jack und Preacher.

Als Mel an diesem Abend gehen wollte, riss Jack sich von seinen Kameraden los, um sie zu ihrem Auto zu begleiten. „Oh, jetzt wird man über uns klatschen“, sagte Mel.

„Was erwartest du? Es wird schon längst über uns geklatscht. Hör zu, Mel, du solltest nicht wegen der Jungs wegbleiben. Sie sind wirklich in Ordnung. Aber lass mich dir sagen, wie das Programm aussieht: Es wird viel Bier getrunken und Poker gespielt, und tagsüber wird geangelt. Sie werden in ihren Wohnwagen schlafen, ganz schön viel Lärm machen und ihre Umgebung mit Zigarrenqualm verpesten. Preacher wird jeden Tag etwas Gutes köcheln, und ich ahne schon, dass da eine Menge Fisch auf uns zukommt. Preacher macht gefüllte Forelle, die ist so was von lecker, es wird dich umwerfen.“

Sie legte ihm eine Hand auf die Brust. „Mach dir keine Sorgen, Jack. Genieß es einfach.“

„Aber du wirst mich doch jetzt nicht fünf Tage lang ignorieren, oder?“

„Nach der Arbeit werde ich auf ein Bier vorbeikommen, aber weißt du, ich liebe mein Waldhäuschen, meine Ruhe, meinen Frieden. Amüsiere dich. Das ist wichtig.“

„Es sind prima Kerle“, sagte er. „Aber ich habe so ein Gefühl, dass sie mir bei meinem Liebesleben im Weg stehen könnten.“

Sie musste über ihn lachen. „Dein Liebesleben ist tatsächlich aber doch etwas öde.“

„Ich weiß. Ständig versuche ich ja, es ein wenig anzukurbeln. Und dann jetzt sie!“ Mit dem Kopf wies er in Richtung Bar, die von Lärm und Lachen zu pulsieren schien. Er legte seine Hände um ihre Taille und sagte: „Küss mich.“

„Nein“, sagte sie.

„Ach komm. War ich nicht perfekt? Habe ich nicht all deine Regeln befolgt? Wie kannst du nur so selbstsüchtig sein? Niemand sieht uns, sie sind alle damit beschäftigt, sich zu betrinken.“

„Ich glaube, du solltest zu deiner Wiedersehensfeier zurückkehren“, sagte sie, musste aber wieder über ihn lachen.

Kühn fasste er sie unter den Achseln, hob sie über seinen Kopf und ließ sie dann langsam sinken, bis ihr Mund seinem nahe kam. „Du bist schamlos", schimpfte sie mit ihm.

„Nun küss mich doch", bettelte er. „Komm schon. Lass mich nur einmal kosten."

Es war einfach unwiderstehlich. *Er* war unwiderstehlich. Sie legte die Hände um seinen Kopf und berührte seinen Mund mit ihren Lippen, die sie öffnete und langsam über seine Lippen streifen ließ. Als er seinerseits dasselbe tat, dachte sie an nichts anderes mehr als an diesen Kuss, der sie auf herrliche Weise völlig vereinnahmte. Sie ließ das Spiel seiner Zunge zu, er wehrte sich nicht, als sie es erwiderte, und sie erreichte den Punkt, an dem sie sich wünschte, es würde niemals enden. Es fiel ihr so leicht, sich in seiner Zärtlichkeit und seiner Stärke völlig zu verlieren.

Und dann kam das nicht zu vermeidende Ende, denn schließlich standen sie für jedermann sichtbar auf der Straße, auch wenn es beinahe dunkel war. „Danke", sagte er. Als er sie wieder auf die Beine stellte, brach hinter ihnen ein Beifallssturm los. Drüben auf Jacks Veranda standen acht Marines und Rick mit erhobenen Bierkrügen, grölten und pfiffen, klatschten Beifall und feuerten sie an.

„Oh Mann", stöhnte sie.

„Ich werde sie umbringen."

„Ist das so eine Art Tradition bei den Marines?", fragte sie ihn.

„Ich werde sie umbringen", wiederholte er nur, ließ seinen Arm aber auf ihren Schultern liegen.

„Dir ist ja klar, was das bedeutet", sagte sie. „Unsere kleinen Küsse sind jetzt nicht mehr unser kleines Geheimnis."

Er sah ihr in die Augen. Das laute Gegröle war in ein leiseres Lachen und Gebrummel verebbt. „Mel, sie sind nicht klein. Und da es jetzt schon einmal durchgesickert ist …", sprach er, schloss sie in die Arme, hob sie wieder zu sich hoch, bis ihre Füße deutlich vom Boden entfernt waren, und gab ihr noch einen dicken

Kuss, der von den begeisterten Rufen des ehemaligen 192. Corps begleitet wurde. Und selbst bei all dem Aufruhr im Hintergrund konnte sie gar nicht anders, als seinen Kuss zu erwidern. Allmählich machte der wundervolle Geschmack seines Mundes sie süchtig.

Es dauerte noch eine Weile, bis sie sich voneinander lösten. „Ich wusste doch, dass es ein Fehler war, dich so nahe an mich herankommen zu lassen", sagte Mel zerknirscht.

„Hah, und dabei ist doch noch gar nichts passiert. Du bist jedenfalls herzlich eingeladen, mit uns angeln zu gehen, wenn du magst."

„Danke, aber ich habe zu tun. Morgen Abend komme ich auf ein Bier vorbei. Hinterher gehe ich aber allein zu meinem Wagen, denn ich habe nicht vor, die ganze nächste Woche vor ihren Augen herumzuknutschen."

Durch eine kleine Recherche brachte Mel in Erfahrung, dass es in Grace Valley ein Ultraschallgerät gab. Grace Valley lag nur eine halbe Stunde entfernt im nördlichen Mendocino County. Mit einer Ärztin von dort, June Hudson, führte Mel ein langes Telefonat, und sie trafen eine Vereinbarung über die Nutzung des Geräts. Diese Vereinbarung sah so aus, dass June den Service aus reiner Herzensgüte zur Verfügung stellen würde. Sie erklärte es so: „Das Ultraschallgerät war eine Spende, und Frauen aus mindestens einem halben Dutzend Orten in der Umgebung nutzen es."

Mel hatte mit ihr abgesprochen, noch am selben Tag mit Sondra zu einer Untersuchung vorbeizukommen, aber Sondra bestand darauf, erst noch sechs Dutzend Plätzchen für die Klinik in Grace Valley zu backen. „Bist du sicher, dass dein Mann nicht mitkommen kann? Das ist wirklich etwas, das man sehen sollte", fragte Mel sie.

„Das wären dann er und die Kinder", erklärte Sondra. „Und ich freue mich wirklich darauf, mal für ein paar Stunden von hier wegzukommen."

So waren sie zu zweit, als sie nach Grace Valley aufbrachen. Auf Nebenwegen fuhren sie durch die Gebirgsausläufer, an Farmen, Weiden, Weinbergen, Ranchen, Blumenwiesen vorbei und durch Orte hindurch, die auf keiner Karte verzeichnet waren. Sondra, die ihr ganzes Leben in diesem Teil des Landes verbracht hatte, war in der Lage, Mel ununterbrochen zu erklären, wo sie sich gerade befanden, welche Ranch wem gehörte und welche Pflanzen auf den Feldern standen. Meist war es Alfalfa und Silofutter für das Vieh. Es gab auch Plantagen mit Obst- und Nussbäumen und natürlich viel Holzwirtschaft. Es war ein fantastischer Tag, eine schöne Fahrt, und als sie in Grace Valley ankamen, war Mel sofort von dem glänzend sauberen Erscheinungsbild des Orts beeindruckt.

„Es ist sozusagen alles brandneu hier“, sagte Sondra. „Vor nicht allzu langer Zeit hat eine Überschwemmung Grace Valley fast von der Landkarte gespült. Danach haben sie den Ort wieder aufgebaut und alles renoviert. An einigen der großen Bäume kann man noch erkennen, wie hoch das Wasser gestanden hat.“

In Grace Valley gab es ein Café, eine Tankstelle, eine große Kirche, die Klinik und eine ganze Reihe wohl gepflegter kleiner Häuser. Mel parkte vor der Klinik und stieg aus. Drinnen erwartete sie bereits Dr. Hudson, eine gepflegte Frau Ende dreißig, die ungefähr dieselbe Kleidung trug wie Mel, Jeans, Stiefel, ein Chambray-Shirt. An ihrem Hals hing ein Stethoskop. Sie lächelte und schüttelte Mel die Hand. „Es ist mir wirklich ein Vergnügen, Mrs. Monroe“, sagte sie. „Ich freue mich, dass Sie bei Doc Mullins arbeiten. Er braucht allmählich ein wenig Unterstützung.“

„Nennen Sie mich bitte Mel. Sie kennen den Arzt?“

„Sicher doch. Jeder kennt hier jeden.“

„Wie lange sind Sie schon in Grace Valley?“, fragte Mel.

June lachte. „Ich habe mein ganzes Leben hier verbracht, außer während meiner Ausbildung.“ June reichte auch Sondra die Hand. „Sie müssen Mrs. Patterson sein.“

„Ich habe Ihnen Plätzchen mitgebracht“, sagte Sondra. „Es

ist wirklich sehr großzügig von Ihnen, dass Sie das für mich tun. Bei meinen anderen beiden wurde das nicht gemacht."

„Es ist eine sinnvolle Vorsichtsmaßnahme", sagte June und nahm erfreut die Plätzchen entgegen. Sie öffnete die Dose und schnupperte genüsslich an den Keksen. „Oh, die sehen ja sündhaft verführerisch aus." Dann sah sie wieder Mel und Sondra an. „Wenn Sie wüssten, wie viele Menschen aus der Umgebung uns nach der Überschwemmung beim Wiederaufbau geholfen haben, dann wüssten Sie, was Großzügigkeit bedeutet. Kommen Sie, wir wollen einmal sehen, wie das Kind ausschaut. Wenn Sie danach noch Zeit haben, können wir eine Kleinigkeit in dem Café dort essen gehen."

Während der nächsten Stunde fanden sie heraus, dass Sondra einen kleinen Jungen gebären würde, das Baby in der richtigen Position lag und kein Grund vorlag, mit irgendwelchen Komplikationen zu rechnen. Sie lernten Dr. Stone kennen, einen umwerfend gut aussehenden blonden Mann, den June als umgetopfte Stadtpflanze bezeichnete. Im Café trafen sie Junes Vater, den früheren Dorfarzt, und er erkundigte sich nach dem alten Mullins, obwohl der wohl kaum älter sein dürfte als er selbst. „Ist er immer noch so störrisch?", wollte er wissen.

„Ein wenig habe ich ihn schon weich geklopft", sagte Mel.

„Also, erzählen Sie mal ein bisschen von sich", bat June während des Essens. „Wie lange sind Sie schon in Virgin River?"

„Erst seit zwei Monaten. Ich bin von L. A. hier raufgekommen, weil ich eine Veränderung gesucht habe, muss aber gestehen, dass ich auf die Arbeit auf dem Land nicht vorbereitet war. Ich hatte all die Hilfsmittel und die technische Ausstattung eines Krankenhauses als selbstverständlich vorausgesetzt."

„Und wie gefällt es Ihnen bisher?"

„Das Leben und die Arbeit auf dem Land sind eine große Herausforderung für mich, auch wenn es Aspekte gibt, an die ich mich gewöhnen könnte, denke ich. Aber ich bin nicht sicher, wie lange das bei mir anhalten wird. Meine Schwester lebt in Colorado Springs. Sie ist verheiratet und hat drei Kinder und sehnt sich danach, mich in ihrer Nähe zu haben." Sie biss ein Stück von dem köstlichen Hamburger ab. „Ich möchte nicht völlig verpassen, wie ihre Kleinen aufwachsen."

„Oh, sagen Sie doch so etwas nicht", warf Sondra ein.

„Kein Grund zur Sorge", beruhigte Mel sie und tätschelte ihre Hand. „Vor Ihrer Niederkunft werde ich nirgendwohin gehen, was ja, wie es aussieht, schon ziemlich bald sein wird." Sie lachte. „Ich kann nur hoffen, dass es nicht heute auf dem Heimweg ist."

„Ich würde mich freuen, wenn Sie länger bleiben", sagte June. „Es wäre schön, Sie in der Nähe zu haben."

„In der Nähe? Wir sind über eine halbe Stunde lang unterwegs gewesen, und dann immer diese Millimeterarbeit, um an den Holztransportern vorbeizukommen! Dabei wette ich, dass es nicht mal zwanzig Meilen sind!"

„Stimmt", bekräftigte June. „Es sind nur gut fünfzehn Meilen. Ist es nicht toll, dass wir Nachbarn sind?"

Bevor sie mit dem Essen fertig waren, betrat ein Mann mit einem Baby auf dem Arm das Café. Ein wenig erinnerte er Mel an Jack – dieselbe Größe, muskulös, robuste Erscheinung in Jeans und kariertem Hemd, um die vierzig und im Umgang mit einem Baby völlig unbefangen. Er bückte sich, gab Dr. Hudson einen Kuss auf die Wange und überreichte ihr das Kind. „Darf ich vorstellen, Jim, mein Haus- und Ehemann. Und unser Sohn Jamie."

Während der Rückfahrt dachte Mel, dass sie sich heute einmal nicht so fehl am Platz gefühlt hatte. Sie mochte June Hudson und John Stone. Selbst der alte Doc Hudson war ein Gewinn. Nachdem sie Sondra an ihrer Farm rausgelassen hatte und ins Dorf zurückfuhr, kam es ihr vor, als wäre der Ort irgendwie hübscher geworden. Es war nicht mehr so ganz das heruntergekommene kleine Dörfchen, für das sie es anfangs gehalten hatte. Auf seltsame Weise hatte es etwas von Heimat an sich.

Als sie bei Doc vorfuhr, sah sie, wie die Männer gerade nach ihrem Angeltag bei Jack einflogen. Im Haus fand sie Doc in der Küche, wo er irgendetwas am Küchentisch zusammenstellte.

Wie es aussah, hatte er sich eine neue Arzttasche zugelegt. „Doc Hudson lässt Sie grüßen, und June und John ebenfalls. Was tun Sie da?“

Er steckte noch ein paar Sachen in die Tasche, dann schob er sie ihr zu und sagte: „Wird Zeit, dass Sie Ihre eigene bekommen.“

Es machte ihr Spaß, den Marines zuzusehen, wie sie ihre Ausrüstung verstauten und sich frühmorgens auf den Weg zum Fluss machten. Von ihrem Platz auf der Treppe vor Docs Haus, wo sie ihren Kaffee trank, winkte Mel ihnen zu, und obwohl sie die halbe Nacht lang auf den Beinen gewesen waren, getrunken und gepokert hatten, schienen sie voller Energie und Begeisterung zu sein. Sie riefen, winkten und pfiffen ihr zu. Und flirteten. „Oh Baby, du bist morgens so schön“, brüllte Corny über die Straße und erhielt dafür als Belohnung von Jack einen Klaps an den Kopf.

Kaum waren sie fort, tauchte ein großer schwarzer Range Rover an der Ortseinfahrt auf und fuhr langsam die Straße hinunter. Zu Mels Überraschung hielt der Fahrer direkt vor der Praxis. Die Tür ging auf, ohne dass der Motor abgestellt wurde. Ein Mann stieg aus und blieb auf der Straße neben der geöffneten Tür, die ihn halb verdeckte, stehen. Es war ein großer Kerl mit breiten Schultern. Er trug eine schwarze Baseballkappe, unter der lockiges Haar hervorschaute. „Macht dieser Arzt auch Hausbesuche?“, fragte er.

Mel stand auf. „Ist jemand krank?“, wollte sie wissen.

Er schüttelte den Kopf. „Nein, schwanger“, stellte er klar.

Sie merkte, wie ihre Lippen sich unwillkürlich zu einem Lächeln verzogen. „Wenn nötig, machen wir Hausbesuche. Aber es ist viel praktischer, die pränatalen Untersuchungen hier in der Klinik durchzuführen. Am Mittwoch wäre noch ein Termin frei.“

„Sind Sie Doc Mullins?“, fragte er und sah sie mit zusammengekniffenen Augen zweifelnd an.

„Mel Monroe“, entgegnete sie mit einem Kichern. „Gemeindeschwester und Hebamme. Seit ich hier bin, hat Doc nicht mehr viel mit der Geburtshilfe zu tun. Wo möchte Ihre Frau denn ihr Baby bekommen?"

Er zuckte die Schultern. „Das steht noch nicht fest."

„Nun, wo wohnen Sie denn?"

Er senkte den Kopf. „Sie ist auf der anderen Seite von Clear River. Etwa eine Stunde von hier."

„Wir haben hier ein Krankenzimmer. Ist es das erste Kind?"

„Ich glaube schon, ja."

Sie lachte. „Sie glauben?"

„Es ist das erste, um das ich mich kümmere", sagte er. „Sie ist nicht meine Frau."

„Tut mir leid", sagte Mel. „Ich war davon ausgegangen. Bringen Sie die Lady doch zu einer Untersuchung vorbei. Dann kann ich ihr unser Zimmer zeigen und mich mit ihr über die verschiedenen Möglichkeiten unterhalten."

„Was wäre, wenn sie es zu Hause bekommt?", wollte er wissen.

„Nun, das wäre auch eine Möglichkeit", sagte Mel. „Aber wirklich, Mr. ...?" Anders als erwartet nannte der Mann seinen Namen nicht.

Er stand einfach nur da, groß und kräftig, in Jeansjacke und Stiefeln. Und wirkte sehr ernst. „Wirklich", meinte Mel, „die Person, die das Baby bekommen wird, sollte in die Unterhaltung mit einbezogen werden. Soll ich Ihnen einen Termin geben?"

„Ich werde anrufen", sagte er. „Danke." Und damit stieg er in seinen Range Rover und fuhr aus dem Dorf.

Sie wunderte sich, denn ein solches Beratungsgespräch hatte sie noch nie erlebt. Sie hoffte nur, dass der Mann mit der schwangeren Frau besprechen würde, wo sie das Kind zur Welt bringen wollte.

Nach einer Woche reisten die Marines wieder ab, und im Dorf wurde es ruhiger. Nachdem sie sie allerdings etwas kennengelernt hatte, bedauerte es Mel jetzt tatsächlich, sie gehen zu sehen. Mit den Jungs im Ort war Preacher viel lebhafter, er hatte öfter gelacht und viel seltener seinen finsteren Blick aufgesetzt. Und alle waren zu ihr gekommen und hatten sie zum Abschied umarmt, so, als gehörte sie zur Familie.

Mel stellte fest, dass sie sich bereits darauf freute, Jack wieder für sich allein zu haben, aber es sollte anders kommen. Jack war seltsam missmutig und wirkte irgendwie abwesend. Er hob sie nicht mehr hoch und bedrängte sie auch nicht mehr, ihn zu küssen. Und für jemanden, der sich dagegen gewehrt und darüber geklagt hatte, wie unklug das sei, war sie doch ganz schön enttäuscht und fühlte sich wie beraubt. Als sie ihn auf seine ungewohnte Laune ansprach, sagte er nur: „Es tut mir leid, Mel. Ich glaube, die Jungs haben mich erschöpft."

Als sie mittags zum Essen in die Bar ging, erklärte ihr Preacher, dass Jack angeln sei. „Angeln?", fragte sie. „Hat er davon nicht letzte Woche genug gehabt?", worauf Preacher nur die Achseln zuckte.

Preacher wirkte nicht sonderlich erschöpft. Mit Hilfe von Ricky kümmerte er sich um die Bar, polierte die Gläser, servierte das Essen, half, die Tische zu bedienen, und spielte gelegentlich Kribbage. „Was ist los mit Jack?", fragte Mel.

„Marines. Sie können einen ganz schön strapazieren", antwortete er.

Vier Tage später, und eine Woche vor dem errechneten Termin, erhielt Mel den Anruf von der Patterson-Farm, dass es so weit sei. Im Hinblick darauf, dass Sondra davon gesprochen hatte, dass die Geburten bei ihr immer schnell und leicht gewesen waren und sie letzte Nacht schon Wehen gehabt hatte, machte Mel sich sogleich auf den Weg.

Babys sind merkwürdig. Sie tun, was ihnen gefällt. Selbst dann, wenn man auf leichte Geburten zurückblicken konnte, hieß das noch längst nicht, dass es immer so sein würde. Unterstützt von ihrer Mutter, Schwiegermutter und ihrem Mann plagte sich Sondra den ganzen Tag lang. Am frühen Abend war der kleine Junge dann endlich da. Er kam nicht mit einem Schrei heraus, vielmehr musste Mel ihn absaugen, ihm einen Klaps geben und geradezu in die Welt hinausdrängen. Sondra blutete ein wenig zu stark, und der Kleine war vorerst nicht daran interessiert, ihre Brust zu nehmen. Auch Sondra fiel schnell auf, dass es ganz anders war als bei ihren beiden früheren Geburten.

Aber auch wenn der Start in die Welt ein wenig langsamer ist als gewöhnlich, bedeutet dies nicht unbedingt ein Problem. Herzschlag, Atmung, Gesichtsfarbe und Schreien des Babys stellten sich bald nach der Geburt normal ein. Dennoch, Mel blieb ein wenig länger, als sie es sonst getan hätte. Sie wiegte das Kind noch drei Stunden in ihren Armen, obwohl sie eigentlich davon ausging, dass alles in Ordnung war. Doch sie wollte einfach ganz sichergehen.

Es war bereits zehn Uhr abends, als sie fand, die Familie würde nun allein zurechtkommen. „Meinen Pager trage ich immer bei mir“, sagte sie noch, bevor sie ging. „Zögern Sie nicht, mich anzupiepsen, wenn Sie das Gefühl haben, dass irgendetwas nicht stimmt.“

Anstatt direkt in ihr Waldhaus fuhr sie erst noch in den Ort. Sollte bei Jack alles dunkel und geschlossen sein, würde sie einfach nach Hause fahren. Aber in der Bar brannte Licht, auch wenn das „Geöffnet“-Schild nicht mehr leuchtete.

Als sie die Tür aufstieß, erwartete sie ein Anblick, mit dem sie absolut nicht gerechnet hatte. Preacher stand hinter der Bar und hatte eine Tasse Kaffee vor sich stehen, während Jack an einem Tisch saß und den Kopf auf die Arme gelegt hatte. Vor ihm stand eine Flasche Scotch und ein gefülltes Glas.

„Schieb bitte den Riegel vor, Mel“, bat Preacher sie. „Ich denke, wir brauchen nicht noch mehr Gesellschaft.“

Sie tat es, aber ihrem Gesicht war anzusehen, dass sie völlig perplex war. Dann ging sie zu Jack hinüber und legte ihm eine Hand auf den Rücken. „Jack?“, fragte sie. Für einen kurzen Moment hob er den Kopf und öffnete die Augen, schloss sie aber gleich darauf. Sein Kopf fiel wieder auf seinen ausgestreckten Arm, der andere hing baumelnd nach unten.

Mel ging zur Bar und kletterte gegenüber von Preacher auf

einen Hocker. „Was ist los mit ihm?“ Preacher zuckte nur die Schultern und griff nach seinem Kaffeebecher. Aber ehe er ihn an den Mund führen konnte, langte Mel blitzschnell über den Tresen hinweg und packte ihn am Hemd. „Was ist *los* mit ihm?!“, rief sie hitzig.

Preachers schwarze Brauen schossen überrascht nach oben, und er hob seine Hände, als wollte man ihn verhaften. Mel ließ ihn wieder los und setzte sich auf ihren Stuhl zurück. „Er ist betrunken“, erklärte Preacher wortkarg.

„Also, das kann man wohl sagen. Aber irgendetwas stimmt nicht mit ihm. Schon die ganze Woche über ist er anders als sonst.“

Und wieder dieses Schulterzucken! „Manchmal, wenn die Jungs hier sind, werden ein paar Dinge aufgewühlt. Verstehst du? Ich denke, er hat ein paar Erinnerungen, die nicht so gut sind.“

„Erinnerungen an seine Zeit bei der Marine?“, fragte sie, und Preacher nickte. „Nun komm schon, Preacher. Er ist der beste Freund, den ich hier habe.“

„Ich glaube nicht, dass es ihm gefiele, wenn ich es dir erzähle.“

„Was es auch sein mag, er sollte damit nicht allein gelassen werden.“

„Ich werde mich um ihn kümmern“, versprach Preacher. „Er wird wieder zu sich kommen. Das tut er immer.“

„Bitte“, flehte sie ihn an. „Kannst du dir nicht vorstellen, wie viel er mir bedeutet? Ich möchte helfen, wenn ich irgendwie kann.“

„Ich könnte dir ein paar Dinge erzählen, aber es sind wirklich ganz schreckliche Geschichten. Nicht unbedingt geeignet für eine Lady.“

Sie lachte kurz auf. „Du kannst dir nicht vorstellen, was ich alles gesehen und gehört habe. Schließlich habe ich zehn Jahre lang auf einer Unfallstation gearbeitet. Da ging es manchmal schon mehr als schrecklich zu.“

„Nichts kann so schrecklich sein wie das, was er erlebt hat.“

„Warum versuchst du es nicht einfach mal mit mir?“

Preacher holte tief Luft. „Diese Jungs, die jedes Jahr hier raufkommen ... Sie kommen hierher, um sich zu vergewissern, dass mit ihm alles in Ordnung ist. Er war ihr Sergeant. Auch mein Sergeant. Der beste Sergeant bei den Marines. Er war in fünf Kampfgebieten im Einsatz. Zuletzt im Irak. Als er eine Einheit nach Falludscha führte, trat einer der Jungs auf eine Mine. Sie hat ihm die Beine weggerissen. Gleich darauf gerieten wir in ein Heckenschützenfeuer. Unser Junge aber, der auf die Mine getreten war, starb nicht sofort. Es hatte irgendwas mit der Hitze der Explosion zu tun, die ihm wohl die Arterien und Gefäße verätzt hat, sodass er nicht verblutet ist. Schmerzen hatte er auch keine – da war etwas mit seiner Wirbelsäule passiert. Aber er war bei vollem Bewusstsein.“

„Mein Gott.“

„Jack befahl allen, in den Gebäuden Deckung zu suchen, was wir auch taten. Er aber blieb bei seinem Mann sitzen. Er ließ den Jungen nicht allein. Unter dem Heckenschützenfeuer lehnte er an dem Reifen eines umgestürzten Trucks, hielt ihn in den Armen und redete eine halbe Stunde lang mit ihm, bevor er starb. Der Junge sagte Jack immer wieder, dass er gehen sollte, dass er in Deckung gehen sollte und dass alles in Ordnung wäre. Du kannst dir denken, dass Jack das nicht tat. Er würde niemals einen seiner Männer im Stich lassen.“ Er trank einen Schluck Kaffee. „Wir haben drüben eine Menge Dinge gesehen, die einem lebenslänglich Albträume bereiten können. Bei Jack ist es diese Erinnerung. Ich weiß nicht, was ihm mehr zu schaffen macht – der langsame Tod des jungen Marines oder der Besuch, den er später seinen Eltern abgestattet hat, um ihnen zu erzählen, was der Junge ihm alles gesagt hat, bevor er gestorben ist.“

„Und dann betrinkt er sich?“

„Oder er geht angeln. Manchmal geht er auch in den Wald und campt dort eine Weile, um sein Gleichgewicht wiederzugewinnen. Dass er es mit Alkohol versucht, ist eher selten. Erstens, weil das sowieso nicht hilft, und zweitens, weil er sich hinterher schrecklich fühlt. Aber es wird alles gut werden, Mel. Er hat es noch immer überstanden."

„Mein Gott", sagte sie. „Wie es aussieht, hat wohl jeder sein Bündel zu tragen. Gib mir ein Bier."

Er zapfte ihr eins vom Hahn und stellte es vor sie hin. „Deshalb ist es wohl das Beste, ihn einfach eine Weile in Ruhe zu lassen."

„Wird er bald wieder zu sich kommen?"

„Glaube ich nicht. Er ist sternhagelvoll. Gerade wollte ich ihn ins Bett tragen, als du hereinkamst. Ich werde in dem Sessel bei ihm im Schlafzimmer übernachten, für alle Fälle."

„Für welche Fälle?"

„Für den Fall, dass er nicht nur betrunken ist. Dass ihm schlecht wird oder so. Im Irak hat er mich einmal eine ganze Meile weit auf einer Landstraße getragen, nachdem ich verletzt worden war. Das werde ich ihm nie vergessen, und ich werde nicht zulassen, dass ihm jemals etwas zustößt."

Sie nippte an ihrem Bier. „Mich hat er auch schon mal getragen", bemerkte sie. „Auch wenn er glaubt, dass ich das nicht mehr weiß."

Eine Weile saßen sie nur schweigend da. Sie trank ihr Bier zur Hälfte leer. „Ich versuche gerade, mir vorzustellen, wie es aussah, als er dich getragen hat", sagte sie. „Wahrscheinlich wie eine Ameise, die einen Gummibaum auf ihrem Rücken schleppt."

Er überraschte sie mit einem Kichern.

„Wie hat er dich dazu gebracht, hierher in diesen kleinen Ort zu kommen?"

„Dazu musste er mich nicht überreden. Nachdem er aus der Marine ausgeschieden war, habe ich mit ihm Kontakt gehalten, und als ich dann so weit war, bin ich hier heraufgekommen. Er meinte, ich könnte bleiben und in der Bar helfen, wenn ich Lust hätte. Und ich hatte Lust."

Als sie ein Geräusch hinter sich vernahm, drehte sie sich um. Jack war vom Stuhl gefallen und hart auf den Boden aufgeschlagen, wo er ausgestreckt liegen blieb.

„Zeit, ins Bettchen zu gehen“, sagte Preacher und kam um die Bar herum.

„Preacher, wenn du ihn in sein Zimmer bringen kannst, werde ich bei ihm bleiben.“

„Das musst du wirklich nicht, Mel. Es könnte unangenehm werden. Verstehst du?“

„Kein Problem“, entgegnete sie. „Ich habe schon vielen den Eimer gehalten, wenn es dazu kommen sollte.“

„Manchmal schreit er laut.“

„Das tue ich auch manchmal.“

„Willst du wirklich bei ihm bleiben?“

„Ja, das will ich.“

„Dann liegt dir also tatsächlich viel an ihm?“, hakte er nach.

„Das habe ich doch bereits gesagt, nicht wahr?“

„Also gut, wenn du dir sicher bist.“

Preacher bückte sich und zog Jack hoch. Dann fasste er ihn unter den Achseln, brachte ihn auf wackligen Beinen zum Stehen und stemmte ihn sich über die Schulter. Mel folgte ihm in Jacks Schlafzimmer.

Sie war noch nie in Jacks Wohnung gewesen. Es war ein kleines Einzimmerapartment und konnte von zwei Seiten aus betreten werden – entweder durch die Küche hinter der Bar oder durch die Hintertür, die in den Hof führte. Die Wohnung war L-förmig geschnitten. Das Schlafzimmer befand sich im kürzeren Teil dieses L, während der längere Teil den Wohnraum ausmachte. Am Fenster stand ein Tisch mit zwei Stühlen und ein kleiner Kühlschrank. Eine Küche gab es nicht.

Preacher legte Jack aufs Bett und zog ihm die Stiefel aus. „Wir ziehen ihm auch die Jeans aus“, sagte Mel, und auf Preachers zweifelnden Blick hin fügte sie hinzu: „Ich kann dir versichern, das kenne ich alles.“ Sie öffnete Gürtel und Reißverschluss seiner Jeans. Dann griff Mel nach dem rechten Hosenbein, Preacher nach dem linken, und beide zerrten daran, bis Jack in seinen Boxershorts dalag. Dann knöpfte Mel ihm das Hemd auf und streifte es ihm über die Schultern, indem sie ihn von einer Seite auf die andere rollte. Sie trug Jeans und Hemd zum Wandschrank. Dort hing an einem Haken in der Tür ein Halfter, in dem eine Handfeuerwaffe steckte, was ihr den Atem verschlug. Sie hängte die Hose und das Hemd über die Waffe.

Preacher starrte Jack an. „Dafür wird er mich umbringen."

„Oder dir danken", konterte Mel und lächelte ihn flüchtig an. „Sollte sich mein Pager melden, gebe ich dir Bescheid. Dann kannst du übernehmen." Sie zog die Daunendecke über Jack.

„Oder wenn du Hilfe brauchst", bot Preacher an.

Nachdem Preacher gegangen war, entledigte Mel sich ihrer Stiefel und sah sich genauer in Jacks Wohnung um. Er hatte ein geräumiges Bad mit einem großen Badezimmerschrank und einer Kommode. Als sie eine der Schubladen herauszog, sah sie, dass er dort seine Unterwäsche und Socken aufbewahrte. In einer anderen waren Handtücher verstaut, und in Erinnerung an ihren ersten Tag in Virgin River schnupperte sie daran. Es roch nach *Downy*, so wie er gesagt hatte.

Hinter dem Bad lag eine kleine Kammer, in der außer Wandschränken eine Waschmaschine und ein Trockner standen. Bad und Kammer waren durch eine Tür getrennt, während das Schlafzimmer offen und vom Wohnzimmer her einsehbar war.

Jack hatte sich sehr maskulin, sehr funktional eingerichtet. Die Wände waren alle aus grob bearbeitetem Holz. Er besaß eine Ledercouch und einen großen Ledersessel. An der gegenüberliegenden Wand stand ein Fernseher, daneben eine Waffenvitrine, in der sich mehrere Gewehre befanden. Der Schlüssel dazu steckte im Schloss. Dann gab es noch einen schweren Couchtisch aus Holz und zwischen Couch und Sessel einen Beistelltisch, auf dem eine Lampe und zwei gerahmte Fotos standen. Das eine zeigte Jack mit seiner Familie, seine vier Schwestern, seine Schwäger, die acht Nichten und einen Vater mit silbergrauem Haar, der ebenso groß war wie Jack. Daneben stand dann noch ein älteres Portrait von seinen Eltern.

Mel nahm das Familienfoto in die Hand. Alle Familienmitglieder sahen sehr attraktiv aus. Die Männer alle groß und stattlich, die Frauen hübsch und gepflegt, und die Mädchen waren einfach hinreißend – die Jüngste vielleicht drei oder vier Jahre alt, die Älteste ein Teenager. Mel fand, dass Jack von allen am besten aussah. Er stand inmitten der Gruppe und hatte rechts und links den Arm um zwei seiner Schwestern gelegt.

Sie stellte das Foto zurück an seinen Platz, ging zur Couch, schnappte sich die Wolldecke, wickelte sich darin ein und machte es sich in dem großen Sessel bequem. Jack schien tief und fest zu schlafen. Schließlich schlummerte auch Mel ein.

Irgendwann in der Nacht hörte sie Geräusche von Jacks Bett her. Er war unruhig, wälzte sich herum und murmelte im Schlaf. Sie ging zu ihm hinüber, setzte sich auf die Bettkante und befühlte seine Stirn. Er brummelte irgendetwas Unverständliches, rollte sich zu ihr herum, packte sie, zog sie zu sich ins Bett und ließ seinen Kopf schwer auf ihre Schulter sinken. Sie legte einen Arm um ihn. „Ist ja gut", beruhigte sie ihn. Auch er schlang einen Arm um sie und fiel wieder in einen tiefen Schlaf.

Unter seinem Federbett schmiegte sie sich an ihn und schnupperte am Kopfkissen – *Downy*. Was war das nur für ein Kerl? fragte sie sich. Er sieht aus wie Paul Bunyan, besitzt eine Bar und all diese Waffen und putzt und wäscht wie Martha Stewart.

Im Schlaf zog er sie näher zu sich heran. Sein Atem roch nach Scotch. Uh, dachte sie und legte ihr Gesicht an sein Haar, das nach Moschus, Wald und frischer Luft roch. Sie sog den Duft tief ein. Sie liebte diesen ganz besonderen Duft ebenso wie den Geschmack seines Mundes. Und sie hatte sich auch schon mehrmals gefragt, was sich wohl unter seinem Hemd verbarg. Sie schlug die Decke zurück und sah im schwachen Licht der Nachttischlampe, dass er eine ziemlich stark behaarte Brust hatte und zwei Tattoos an den Armen trug. Auf seinem linken Oberarm war das Zeichen des Marine-Corps abgebildet – Adler, Weltkugel und Anker, fast so groß wie Mels Hand. Und auf dem rechten Oberarm las sie über einem geschwungenen Band die lateinischen Worte:

SAEPE EXPERTUS
SEMPER FIDELIS
FRATRES AETERNI

Sie konnte nicht widerstehen und fuhr mit den Fingerkuppen über sein Brusthaar und die glatte Haut seiner Schultern. Dann schmiegte sie sich wieder an ihn, und kurz darauf war sie in Jacks Armen eingeschlafen.

Als der Morgen dämmerte, erwachte Jack mit klopfendem Herzen. Er drehte den Kopf zur Seite, und das Erste, was er sah, waren Mels goldene Locken auf dem Kissen neben ihm. Die Decke bis ans Kinn hochgezogen, schlief sie tief und fest. Er stützte sich auf einen Ellbogen und betrachtete ihr Gesicht. Ihre rosigen Lippen waren im Schlaf leicht geöffnet, und ihre langen dunklen Wimpern ruhten auf ihren Wangen. Er nahm eine ihrer Locken zwischen die Finger, führte sie an sein Gesicht und schnupperte daran. Dann beugte er sich zu ihr hinunter und legte seine Lippen sanft auf ihren Mund.

Sie schlug die Augen auf. „Morgen", flüsterte sie verschlafen.

„Haben wir es getan?", wollte er wissen.

„Nein."

„Gut", sagte er.

Sie lächelte ihn an. „Ich hätte nicht gedacht, dass du das sagen würdest."

„Wenn wir es tun, möchte ich mich daran erinnern können. Ich weiß ja nicht einmal, warum du überhaupt hier bist."

„Ich kam gestern Abend noch auf ein Bier in die Bar, als Preacher kurz davor war, dich vom Boden aufzulesen. Kopfschmerzen?"

„Die sind in dem Moment verschwunden, als ich dich sah. Ich muss wohl einen zu viel intus gehabt haben."

„Hat es denn funktioniert? Hast du mit dem Whiskey all deine Dämonen vertrieben?"

Er zuckte die Schultern. „Du liegst in meinem Bett. Wenn ich gewusst hätte, dass es so einfach sein würde, hätte ich mich schon vor Wochen betrunken."

„Schau mal unter die Bettdecke, Jack", sagte sie.

Er tat es. Da lag er, in Boxershorts und mit einer recht ordentlichen Morgenerektion. Und sie lag neben ihm, völlig bekleidet. „Du solltest lieber nicht hinsehen", sagte er und ließ das Federbett wieder fallen. „Im Unterschied zu dir habe ich in dieser Hinsicht einen reichlich *großen* Nachteil." Sie lachte über ihn. „Wir könnten es doch jetzt tun", schlug er vor, während er mit Daumen und Zeigefinger eine ihrer Locken zwirbelte. „Ich werde dich ganz bestimmt auch sehr gut behandeln."

„Nein, danke", lehnte sie ab.

„Habe ich es denn irgendwie versucht?", wollte er wissen.

„Nein." Sie lachte. „Warum?"

„Ich hatte so viel getrunken, dass ich wirklich nicht mehr bei Sinnen war. Es wäre mir peinlich, wenn ich auf dich mit einer Waffe losgegangen wäre, die nicht funktioniert."

Sie strich mit den Fingern über das Marine-Tattoo. „Irgendwie hatte ich damit gerechnet."

„Das gehört zum Erwachsenwerden. Ich wette, alle jungen Marines wachen irgendwann einmal mit einem Brummschädel und einer schwachen Erinnerung an das Corps auf."

„Was bedeuten diese Worte hier?", fragte sie und fuhr ihm mit den Fingern über das Tattoo auf dem anderen Arm.

„Oft geprüft, ewig treu, Brüder für immer." Er berührte ihre Wange. „Was hat Preacher dir erzählt?", fragte er sie.

„Dass die Jungs hierherkommen und die schlimmsten Erinnerungen aus den Kriegen, an denen ihr teilgenommen habt, aufrühren. Aber ich habe den Verdacht, dass diese Erinnerungen dich hin und wieder sowieso überfallen, ob nun die Marines da sind oder nicht."

„Ich mag diese Kerle", sagte er.

„Und sie sind dir treu ergeben. Nun – vielleicht kann man dann ja auch gelegentlich ein Unbehagen in Kauf nehmen. Solche Freundschaften sind nicht billig zu haben."

10. KAPITEL

Jack war wieder ganz der Alte. Entweder lag es am Scotch oder an dem Umstand, dass er in seinem Bett neben einer hübschen Blondine aufgewacht war. Er tippte auf die Blondine.

Preacher befragte er niemals genauer dazu, was er Mel alles erzählt hatte. Und er drängte auch Mel nicht, konkreter zu sein. Es war ihm einfach nicht so wichtig. Wichtig war nur, dass er, ohne es geplant zu haben, in dieser Nacht mit Mel auf einer neuen Ebene zusammengefunden hatte. Sie wusste jetzt, dass ihn etwas aus seiner Vergangenheit quälte, und anstatt davor zurückzuschrecken, war sie bei ihm geblieben, bereit, diese Seite an ihm anzunehmen. Das war für ihn von Bedeutung. Sie hatte ihn gehalten, als er sich wegen eines bösen Geistes im Bett herumgewälzt hatte. Und nachher hatte sie sich bereitwilliger als sonst auf seine Küsse eingelassen. Er war nun endgültig an dem Punkt, noch einen Schritt weiter mit ihr zu gehen.

In Virgin River wurde viel über sie geredet, was Jack seltsamerweise Genugtuung bereitete. Als ein Mann, der sich nicht an eine Frau binden wollte und eher dazu neigte, seine Affären geheim zu halten, wünschte er sich nun, dass jeder wüsste, er und Mel wären ein Paar. Und er war in großer Sorge darüber, dass Mel ihre Drohung wahr machen könnte und wieder fortging, bevor er sie davon überzeugen konnte, für immer zu bleiben.

Eines Tages nahm Jack Mel mit an die Küste, um die Wale zu beobachten. Auf dem Hin- und Rückweg redeten sie ununterbrochen. Als sie aber auf den Felsen über dem Ozean standen, hielten sie sich schweigend an den Händen, während die Behemot-Wale vorüberzogen. Manchmal sprangen sie aus dem Wasser, um kurz darauf wieder mit einem lauten Platschen unterzutauchen. Sie wurden von Delfinen auf ihrem Weg gen Norden begleitet. An diesem Tag ließ Mel sich lange von ihm küssen. Viele Male. Sobald er aber seine Hand an ihrem Körper ein wenig nach unten wandern ließ, bat sie: „Nein. Noch nicht.“ Und das gab ihm Hoffnung. Noch nicht, das bedeutete doch, dass es irgendwann auf der Tagesordnung stehen würde.

Jack war völlig bezaubert von Mel. Er war vierzig Jahre alt, und dies war das erste Mal, dass eine Frau in sein Leben getreten war, bei der er sich nicht vorstellen konnte, sie jemals wieder aufzugeben.

Mel rief ihre Schwester an. „Joey“, sagte sie leise. Fast war es ein Flüstern. „Ein Mann ist in mein Leben getreten.“

„Was? In dem Kaff hast du einen Mann gefunden?“

„Hmm. Ich glaube, ja.“

„Wieso klingst du dann so … seltsam?“

„Ich muss dich etwas fragen. Ist es denn in Ordnung? Immerhin bin ich noch nicht mal ansatzweise über Mark hinweg. Ich liebe Mark noch immer mehr als alles. Mehr als jeden anderen.“

Joey seufzte. „Mel, es ist völlig in Ordnung, dein Leben weiterzuleben. Vielleicht wirst du niemals wieder jemanden so sehr lieben, wie du Mark geliebt hast. Aber vielleicht kann es trotzdem jemand anderen in deinem Leben geben, der dein Herz berührt. Du musst sie ja nicht vergleichen, Liebes, denn Mark ist gegangen und wir können ihn nicht wieder ins Leben zurückholen.“

„Liebe“, korrigierte Mel, „nicht die Vergangenheitsform. Ich *liebe* Mark noch immer.“

„Es ist in Ordnung, Mel“, sagte Joey. „Du darfst dein Leben fortsetzen. Und ebenso darfst du auch jemanden haben, mit dem du gerne deine Zeit verbringst. Wer ist es?“

„Der Mann, der die Bar gegenüber von Docs Klinik besitzt – der mir das Haus renoviert hat, mir die Angelrute gekauft und dafür gesorgt hat, dass ich einen Telefonanschluss bekomme. Jack. Er ist ein guter Mann, Joey. Und er mag mich sehr.“

„Mel … Hast du? Bist du …?“

Es kam keine Antwort.

„Mel? Schläfst du mit ihm?“

„Nein. Aber ich erlaube ihm, mich zu küssen.“

Traurig lachte Joey auf. „Es ist in Ordnung, Mel. Wie kannst du etwas anderes denken? Würde Mark etwa wollen, dass du einsam dahinwelkst? Mark war einer der anständigsten Männer, die ich je gekannt habe. Großzügig, freundlich, liebevoll, aufrichtig. Er würde bestimmt wollen, dass du dich liebevoll an ihn erinnerst, aber auch, dass du dein Leben weiterlebst und glücklich wirst."

Mel fing an zu weinen. „Das würde er", bestätigte sie unter Tränen. „Was aber, wenn ich mit niemandem außer Mark glücklich sein kann?"

„Schwesterherz, nach allem, was du durchgemacht hast, hast du doch ein bisschen Glück verdient, findest du nicht? Und mindestens ein paar gute Küsse ..."

„Ich weiß nicht. Ich weiß es einfach nicht."

„Probier es einfach. Im schlimmsten Fall lenkt es dich von deiner Einsamkeit ab."

„Ist das nicht falsch? Jemanden zu benutzen, damit du nicht ständig an deinen toten Mann denken musst?"

„Wie wär's, wenn du es einmal anders ausdrückst? Was, wenn du dich einfach über jemanden *freuen* würdest, der verhindert, dass du ständig an deinen toten Mann denken musst? So etwas könnte man fast schon Glück nennen, oder?"

„Wahrscheinlich sollte ich ihn nicht küssen", sagte Mel und schluchzte. „Denn ich kann einfach nicht hierbleiben. Ich gehöre nicht hierher. Ich gehöre nach L. A. zu Mark."

Joey stieß einen langen Seufzer aus. „Es ist doch nur Küssen, Mel. Nimm es doch nicht so schwer."

Nachdem sie aufgelegt hatte, sagte Joey zu Bill, ihrem Mann: „Ich muss zu ihr. Ich fürchte, sie steuert auf eine Krise zu."

Mel hatte begonnen, wieder öfter an die Vergangenheit zu denken. An jenen Morgen, als die Polizei vor der Tür gestanden hatte, um ihr mitzuteilen, dass Mark tot war. Sie hatten beide während der Spätschicht im Krankenhaus gearbeitet und zuvor noch gemeinsam in der Cafeteria gegessen. Aber Mark hatte

Bereitschaftsdienst, und auf der Unfallstation war viel los. Deshalb war er die ganze Nacht über dort geblieben. Der Mord geschah, als er frühmorgens auf dem Weg nach Hause gewesen war.

Sie war in die Leichenhalle gegangen, um ihn ein letztes Mal zu sehen. Eine Zeit lang hatte man sie mit ihm allein gelassen, und sie hatte seinen kalten, leblosen Körper in die Arme genommen. Seine Brust war von drei sauberen Einschusslöchern durchsiebt. Sie hatte so lange geweint, bis man sie von ihm wegzog.

In ihrem Kopf spulte nun ein Film ab. Er begann mit den Bildern, wie Mark auf dem Boden dieses Mini-Supermarkts lag. Dann frühmorgens die Polizei vor der Tür. Die Beerdigung. Es folgten die Nächte, in denen sie nur geweint hatte, und die langen Tage, an denen sie damit beschäftigt gewesen war, seine Sachen wegzupacken, und schließlich die langen Monate, in denen sie es nicht fertigbrachte, sich davon zu trennen. In dem Film, der sich in ihrem Kopf abspielte, sah sie sich selbst aus der Vogelperspektive. Sie lag im Bett, wie ein Fötus zusammengekauert, und hielt sich den Bauch, als hätte man ihr ein Messer hineingerammt. Dabei schluchzte sie so laut und heftig, dass sie dachte, die Nachbarn würden es hören und Hilfe rufen.

Anstatt wie zuvor sein Foto zu betrachten und ihm nur zu sagen, dass sie ihn liebte, begann sie nun, mit seinem leblosen Abbild lange einseitige Unterhaltungen zu führen. Sie erzählte ihm, was sie den Tag über getan hatte, und immer endete es damit, dass sie barsch ausrief: „Ich liebe dich immer noch, verdammt.“ Oder eindringlich: „Ich liebe dich noch immer. Ich kann nicht damit aufhören, dich zu lieben, dich zu vermissen und zu wünschen, du kämest zurück.“

Mel hatte immer gehofft, ihr geliebter Mark könnte aus dem Jenseits mit ihr in Kontakt treten, weil er sie doch auch so sehr liebte. Aber nie hatte es auch nur das geringste Anzeichen dafür gegeben, dass er auf irgendeine Weise zurückgekommen wäre. Als er starb, war er ganz gegangen. Er war so endgültig gegangen, dass sie mit einem Gefühl der inneren Leere zurückblieb.

Drei Tage hintereinander wachte sie weinend auf. Jack hatte sie schon gefragt, ob irgendetwas nicht stimmte, ob es etwas gab, worüber sie reden wollte. „PMS“, gaukelte sie ihm vor. „Prämenstruelles Syndrom. Das geht wieder vorbei.“

„Mel, habe ich dir irgendetwas getan?“, ließ er nicht locker.

„Natürlich nicht. Es sind nur die Hormone, ehrlich.“

Aber sie fing an, zu glauben, dass die kurze Atempause, die sie scheinbar gerade bekommen hatte, nun offiziell beendet war und sie sich wieder auf dem Weg zurück in die Dunkelheit von Kummer und Sehnsucht befand. Zurück in die totale Einsamkeit.

Dann aber geschah etwas, das sie aus dieser Sackgasse herausriss. Sie kam gerade von Joy und der genesenden Connie zurück, mit denen sie sich wie gewöhnlich die Seifenoper angeschaut hatte, als ihr der Mietwagen vor Docs Praxis ins Auge stach. Kaum hatte sie das Haus betreten, stand sie Joey von Angesicht zu Angesicht gegenüber, die sie strahlend anlächelte. Mel schnappte nach Luft, ließ ihre Tasche fallen, und schon lagen sich die beiden Schwestern in den Armen. Sie wirbelten sich gegenseitig herum und lachten und weinten gleichzeitig. Nachdem der erste Freudensturm sich etwas gelegt hatte, ging Mel mit Joey an der Hand zu Doc, um sie ihm vorzustellen. Noch bevor sie den Mund öffnen konnte, brummte Doc: „Irgendwie beängstigend, jetzt zwei von derselben Sorte dazuhaben.“

Mel strich mit der Hand über Joeys glänzendes weiches braunes Haar. „Warum bist du gekommen?“

„Na, ich dachte, du könntest mich vielleicht brauchen.“

„Mir geht es gut“, log Mel.

„Dann also nur für den Fall, dass …“

„Du bist so süß!“, unterbrach Mel sie. „Möchtest du dir den Ort ansehen? Und mein Häuschen? Und …“

„Ich will den Mann sehen“, flüsterte Joey Mel ins Ohr.

„Das machen wir zum Schluss. Doc? Kann ich heute Nachmittag freihaben?“

„Gerne! Ich könnte es eh nicht aushalten, Sie beide plappernd und kichernd den ganzen Tag um mich zu haben.“

Mel stürzte sich auf Doc und drückte ihm ein Küsschen auf die verwitterte Wange. Der Alte verzog das Gesicht und wischte sich schnell die Spuren weg.

In bester Stimmung dachte Mel für eine Weile einmal nicht an Mark. Sie zeigte Joey all ihre Lieblingsplätze, angefangen mit ihrem Häuschen im Wald. Joey fand es bezaubernd, auch wenn ihm in ihren Augen als Innenausstatterin der letzte Schliff noch fehlte. „Du hättest es mal sehen sollen, als ich ankam", sagte Mel und schüttelte den Kopf. „Da war ein Vogelnest im Ofen!"

„Lieber Himmel!"

Dann fuhren sie zum Fluss, in dem mindestens zehn Männer in Anglerhosen und Gummiwesten standen und angelten. Zwei von ihnen drehten sich um und winkten Mel zu. „Das erste Mal hat Jack mich hierhergebracht, und wir konnten eine Bärenmutter mit ihrem Jungen beim Fischen beobachten. Gleich dort, ein Stück flussabwärts. Das war der erste Bär, den ich gesehen habe. Ich glaube, mir wäre es auch lieber, wenn es dabei bliebe. Als ich dann das nächste Mal herkam, habe ich selbst gefischt. Fliegenfischen. Ich habe mich zwar nicht so geschickt angestellt wie diese Männer hier, aber ich habe tatsächlich einen Fisch gefangen. Im Kofferraum liegt jetzt meine eigene Ausrüstung."

„Das kann nicht wahr sein!"

„Aber sicher doch!"

Anschließend fuhren sie zur Ranch der Andersons, um die kleine Chloe zu besuchen und die neugeborenen Lämmer zu sehen. Buck Anderson hob zwei Lämmchen aus dem Pferch und reichte sie den beiden Frauen.

Mel steckte einem der beiden einen Finger ins Maul, und sofort schloss es seine kleinen Augen und nuckelte. Mel und Joey waren begeistert.

„Sechs Kinder habe ich großgezogen. Drei Jungs und drei Mädchen. Und jedes Einzelne von ihnen hat einmal ein Lämmchen ins Schlafzimmer geschmuggelt, weil es in seinem Bett schlafen sollte. Dafür zu sorgen, dass die Tiere nicht ins Haus kamen, war eine Lebensaufgabe", erzählte Buck.

Auch eine Fahrt auf dem Highway 299 durch die Redwoods durfte nicht fehlen, und Mel freute sich über all die Ooohs und Aaahs ihrer Schwester. Sie stiegen aus und liefen durch das *Fern Canyon*, einen der Schauplätze in Spielbergs Film „The Lost World". Sie zeigte Joey auch die Seitenstraßen von Virgin River und außerhalb des Orts saftige Weiden, Getreidefelder, zerklüftete Felsen, imposante Kiefern, grasendes Vieh und die Weingüter im Tal.

„Wenn du ein wenig bleibst und ich mich von Doc loseisen kann, fahre ich noch mit dir nach Grace Valley, damit du ein paar Freunde triffst, die ich vor Kurzem kennengelernt habe. Sie haben dort eine etwas größere Klinik als wir, komplett ausgestattet mit EKG, kleiner chirurgischer Abteilung und Ultraschallgerät."

Als die Zeit zum Abendessen näher rückte, setzte ein heftiger, kühler Sommerregen ein, und sie landeten bei Jack, der bereits für ein angenehmes Kaminfeuer gesorgt hatte. Offensichtlich hatte es sich herumgesprochen, dass Mels Schwester zu Besuch war, denn die Bar war voller als gewöhnlich – absolut untypisch für einen regnerischen Abend. Eine ganze Reihe ihrer liebsten Leute war anwesend. Doc natürlich und Hope McCrea. Ron hatte Connie auf einen Sprung rübergebracht, und wo Connie war, war auch Joy immer in der Nähe, diesmal zusammen mit ihrem Mann Bruce. Darryl Fishburn schaute mit seinen Eltern herein, und Mel stellte Darryl als den Daddy ihres ersten Virgin-River-Babys vor. Anne Givens und ihr Mann saßen an einem Tisch in der Ecke, ein Paar, das außerhalb des Orts eine große Obstplantage besaß und sein erstes Baby im August erwartete. Preacher schenkte Joey eins seiner seltenen Lächeln. Rick, ganz selbstbewusst, schenkte Mel und Joey ein hinreißendes Lächeln und meinte, dass wohl ihre ganze Familie einfach wunderschön sein müsste. Und mit seinem Charme nahm Jack Joey vollkommen für sich ein. Als er in die Küche ging, um ihnen das Essen zu holen, lehnte sie sich an Mel und flüsterte: „Du lieber Himmel, ist er ein Adonis, oder was?"

„Adonis“, bestätigte Mel.

Sie erhielten ein vorzügliches Abendessen – Lachs in Dillsoße. Jack leistete ihnen beim Essen Gesellschaft, und Mel unterhielt ihre Schwester mit Geschichten aus der Landarztpraxis, inklusive der beiden Geburten, die sie alleine betreut hatte.

Es war kurz nach sieben, als Docs Pager piepte und er ans Telefon in Jacks Küche geschickt wurde. Anschließend kam er zu Mel an den Tisch. „Die Pattersons haben angerufen. Das Baby scheint Schwierigkeiten mit der Atmung zu haben und ist wohl ein bisschen blass und blau um die Kiemen.“

„Ich komme mit Ihnen“, sagte Mel und stand sofort auf. „Ich habe das Baby entbunden. Es hatte bereits bei der Geburt Startschwierigkeiten“, erklärte sie Joey. „Falls es später wird, glaubst du, dass du das Waldhaus finden wirst?“

„Klar. Gibst du mir den Schlüssel?“

Mel musste über ihre Schwester lächeln und gab ihr einen Kuss auf die Wange. „Hier in der Gegend braucht man keine Schlüssel, Schätzchen. Es ist offen.“

Mel fuhr mit in Docs Truck, denn sie hatte keine Lust, mit ihrem BMW auf irgendeinem vom Regen aufgeweichten Feldweg stecken zu bleiben.

Als sie ankamen, waren Sondra und ihr Mann in Panik, weil das Baby beim Atmen zu pfeifen schien. Seine Atmung war beschleunigt und flach, aber Fieber hatte der Junge nicht. Nachdem er etwas Sauerstoff erhalten hatte, ging es ihm augenblicklich besser, was jedoch nicht hieß, dass Doc und Mel sich über die Ursache seiner Beschwerden im Klaren waren. Während Mel den Kleinen in ihren Armen wiegte, saß Doc am Küchentisch bei einer Tasse Kaffee und sprach mit den Pattersons. „Er ist zu jung für Asthma oder so etwas“, erklärte er. „Es könnte eine Art allergische Reaktion sein, auf eine Infektion hindeuten, oder auch etwas Ernsteres sein – ein Problem mit dem Herzen oder der Lunge. Ihr müsst ihn morgen ins Valley Hospital in die Notaufnahme bringen, damit er dort gründlich untersucht werden kann. Ich schreibe euch auch noch den Namen eines guten Kinderarztes auf.“

„Wird denn heute Nacht alles mit ihm gut gehen?", fragte Sondra unter Tränen.

„Ich denke schon, aber vorsichtshalber lasse ich euch den Sauerstoff da. Ihr könnt mir die Flasche morgen wieder vorbeibringen. Es wäre auch nicht verkehrt, wenn ihr heute Nacht abwechselnd bei ihm Wache haltet, rein vorsorglich. Falls es Probleme gibt, ruft mich an. Diese kleine Fremde hier", er deutete auf Mel, „ist mit ihrer Blechkiste bei Regen auf unseren Straßen keinen Pfifferling wert. Abgesehen davon hat sie heute Besuch aus Colorado Springs bekommen."

Zwei Stunden später setzte Doc Mel an ihrem Auto ab.

Gegen acht Uhr hatten bis auf Joey alle Gäste die Bar verlassen. Jack hatte Ricky nach Hause geschickt, Preacher räumte die Küche auf, und Jack brachte Joey eine Tasse Kaffee und setzte sich wieder zu ihr. Er fragte sie nach ihren Kindern, nach dem Beruf ihres Mannes und nach ihrem Leben in Colorado Springs. „Mel wusste nicht, dass Sie kommen, richtig?", wechselte er dann das Thema.

„Ja, es war ein totaler Überfall. Obwohl es das nicht hätte sein sollen."

„Sie hätten es nicht besser timen können. Irgendetwas nagt an ihr."

„Oh", sagte Joey. „Ich hatte einfach angenommen, dass Sie Bescheid wüssten, weil meine Schwester doch erzählte, dass Sie beide …" Sie hielt inne und blickte in ihre Kaffeetasse.

„Dass wir was?", hakte er nach.

Joey sah wieder auf und lächelte verlegen. „Sie hat mir erzählt, dass Sie sich küssen."

„Immer dann, wenn sie ein wenig nachgibt."

„In einem Ort wie Virgin River …", fragte sie, „… macht einen das nicht schon zu einem Paar?"

Er setzte sich in seinem Stuhl zurück und hoffte nur, dass keine Gäste mehr kamen. „Ja, so ungefähr. Nur, dass dabei etwas ganz Entscheidendes fehlt."

„Also wissen Sie, ich weiß nicht, ob ich das Recht habe …"

„Mir zu sagen, wer ihr das Herz herausgerissen und auf ihm herumgetrampelt ist", beendete er den Satz für sie.

„Ihr Ehemann", sagte Joey tapfer und schob das Kinn vor.

Jack richtete sich kerzengerade in seinem Sitz auf. Joey hatte nicht gesagt Exehemann. „Was hat er ihr angetan?", fragte er mit einem deutlich wütenden Unterton in der Stimme.

Joey seufzte. Wer A sagt, muss auch B sagen, dachte sie. Wenn Mel es ihm nicht erzählt hatte, hatte sie ihre Gründe. Wenn jetzt sie, Joey, Jack aufklärte, würde Mel stinksauer auf sie sein. „Er wurde bei einem bewaffneten Raubüberfall, in den er zufällig hineingeraten war, ermordet."

„Ermordet", wiederholte Jack mit schwacher Stimme.

„Er war Arzt auf der Unfallstation. Er hatte die ganze Nacht durchgearbeitet und wollte frühmorgens auf dem Heimweg in einem Supermarkt, der rund um die Uhr geöffnet hatte, noch Milch kaufen. Der Räuber geriet in Panik und schoss auf ihn. Drei Mal. Mark war sofort tot."

„Mein Gott", sagte Jack. „Wann war das?"

„Genau heute vor einem Jahr."

„Mein Gott", wiederholte er, schlug sich die Hände vors Gesicht und rieb sich die Augen. „Sie weiß, dass heute sein Todestag ist?"

„Natürlich weiß sie das. Sie ist qualvoll darauf zugesteuert."

„In L. A." Er schüttelte den Kopf. „Wenn ich daran denke, dass ich ihm schon ein paarmal ins Gesicht schlagen wollte, weil er sie so verletzt hat …"

„Ich muss Ihnen gestehen, dass mir nicht ganz wohl zumute ist. Irgendwie fühle ich mich Mel gegenüber unloyal, denn einer der Gründe, weshalb sie nach Virgin River kam, war, dass hier keiner etwas von ihrem Schmerz wusste. Niemand sieht sie hier mitleidig an. Niemand fragt fünfzehnmal am Tag, wie es ihr geht, ob sie noch mehr abgenommen hat, ob sie endlich wieder schlafen kann … Aber irgendwie bin ich davon ausgegangen, dass sie es Ihnen gesagt hat, weil …"

„Sie ist sehr zurückhaltend", unterbrach er Joey. „Jetzt verstehe ich, warum."

„Und ich habe es jetzt rausgelassen. Ich weiß nicht, ob ich mich schuldig oder erleichtert fühlen soll. Wenigstens einer hier draußen, dem sie wichtig ist, sollte meiner Meinung nach wissen, was sie durchgemacht hat. Was sie noch immer durchmacht." Sie holte tief Luft. „Ich hätte nicht gedacht, dass sie es eine Woche lang hier aushalten würde."

„Mel ebenso wenig." Jack schwieg eine Zeit lang. „Können Sie sich vorstellen, wie mutig es ist, einen tollen Job in L. A. aufzugeben und in dieses Dorf hier zu kommen, um mit einem Mann wie Doc Mullins zu arbeiten? Mel hat mir ein wenig davon erzählt, wie es in der Klinik in L. A. zuging – Stadtmedizin nennt sie es. Von einem Schlachtfeld hat sie gesprochen. Hier auf dem Land, so glaubte sie, würde sie einen richtig eintönigen und langweiligen Job verrichten. Von wegen! Erst vor Kurzem musste sie frierend auf der Ladefläche eines alten Pick-ups einer Notfall-Patientin den Infusionsbeutel über den Kopf halten – während einer rasenden Fahrt zur Klinik. Himmel, bei einem Gefecht hätte ich sie gut brauchen können."

„Mel war immer sehr stark, aber Marks Tod hat sie wirklich aus der Bahn geworfen. Deshalb ist sie aus L. A. fortgegangen. Sie hatte sich schon so weit in ihrem Schmerz zurückgezogen, dass sie es kaum noch fertigbrachte, zur Bank zu gehen oder einzukaufen."

„Und sie hasst Waffen", fügte er hinzu. „Aber in einem kleinen Ort auf dem Land sollte man immer eine Waffe im Haus haben."

„Oh, herrje! Jack, ich möchte Ihnen auch sagen, dass ich Mel angefleht hatte, nicht nach Virgin River zu gehen. Ihr Vorhaben hielt ich für verrückt, weil es für Mel eine viel zu drastische Veränderung bedeuten würde", sagte Joey. „Aber ich habe mich getäuscht – irgendetwas tut ihr anscheinend hier gut. Vielleicht das, was sie Landmedizin nennt. Vielleicht liegt es ja auch an Ihnen."

„Sie hat solche Phasen", erinnerte er sich. „Manchmal ist sie sehr traurig. Aber es geht vorüber, und dann ist wieder so viel Helligkeit in ihr. Sie hätten sie sehen sollen, nachdem sie bei Doc ihr erstes Baby entbunden hatte. Sie hatte sich wie ein Champion gefühlt, hat sie mir erzählt. Ich habe noch nie jemanden so strahlen sehen." Bei der Erinnerung lachte er leise, aber es schwang ein leicht verdrießlicher Ton mit.

„Wissen Sie was, ich glaube, für mich ist der Tag gelaufen. Ich werde zu Mel fahren und dort ein wenig abhängen, bis sie nach Hause kommt und ich mich um sie kümmern kann."

„Lassen Sie sich von Preacher fahren", schlug Jack vor. „Vor allem nachts, bei Regen, können die Straßen hier tückisch sein, noch dazu, wenn man sie nicht kennt. Als Mel am ersten Abend zum Waldhaus fuhr, ist sie mit ihrem BMW im Schlamm stecken geblieben und musste rausgezogen werden."

„Und wie kommt Mel nach Hause?", fragte sie.

„Wahrscheinlich wird Doc sie heimbringen. Er hält ihren Wagen für absolut untauglich in so einer ländlichen Gegend. Vielleicht kommt sie aber auch hierher, um den BMW zu holen. Mittlerweile kommt sie auf diesen Straßen ganz gut klar, aber falls sie irgendwelche Bedenken äußert, würde ich sie rausfahren. Es würde mich aber auch nicht überraschen, wenn sie die halbe Nacht bei den Pattersons verbringt. Sie lässt ihre Patienten nicht gerne allein. Aber machen Sie sich keine Sorgen, ich werde so lange wach bleiben." Er ging zum Tresen hinüber, holte einen Zettel und schrieb ihr seine Nummer auf. „Rufen Sie mich an, wenn sie im Waldhaus angekommen ist. Oder auch, falls Sie irgendetwas brauchen."

Es war fast zehn Uhr, als Mel die Bar betrat. Sie sah Jack, der beim Feuer an einem Tisch saß, und machte ein langes Gesicht, als sie sich umsah und Joey nicht entdeckte. „Wo ist meine Schwester?", fragte sie. „Ihr Wagen steht doch noch draußen."

„Ich habe Preacher gebeten, sie mit dem Truck heimzufahren. An ihrem ersten Abend hier sollte sie sich noch nicht mit diesen Straßen im Regen herumschlagen müssen."

„Oh, danke“, sagte sie. „Wir sehen uns dann morgen irgendwann.“

„Mel?“, rief er. „Setz dich einen Moment zu mir.“

„Ich sollte zu Joey fahren. Sie hat einen so weiten Weg hinter sich …“

„Vielleicht sollten wir uns einmal unterhalten. Darüber, was mit dir los ist.“

Seit Tagen hatte sie nun taumelnd an diesem Abgrund gestanden, immer in Gefahr, den Halt zu verlieren. Das Einzige, was sie von diesem brutalen Vorfall, der ihr Leben von einer Sekunde auf die andere verändert hatte, scheinbar ablenken konnte, war ihre Arbeit. Wenn sie sich um ihre Patienten kümmerte, konnte sie alles andere vergessen. Auch der heutige Tag, als sie Joey den Ort gezeigt hatte, die Lämmchen, die einzigartige Schönheit der Umgebung, hatte sie ein wenig auf andere Gedanken gebracht. Aber das Bild kam einfach immer wieder zurück und verfolgte sie. Das Bild, wie er verblutend auf dem Boden lag, konnte sich jederzeit direkt vor ihren Augen manifestieren, und sie musste sie dann fest schließen, während sie darum betete, nicht zusammenzubrechen. Es war ganz und gar unmöglich, dass sie sich jetzt zu Jack setzen und darüber reden konnte. Was sie jetzt brauchte, war, von hier wegzukommen, nach Hause zu fahren und sich einmal richtig auszuweinen. Bei ihrer Schwester, die sie verstand.

„Ich kann nicht“, hauchte sie.

Jack stand auf. „Dann lass dich von mir heimfahren.“

„Nein“, widersprach sie und hob abwehrend eine Hand. „Bitte. Ich muss jetzt los.“

„Wieso lässt du dich nicht einfach von mir in den Arm nehmen. Vielleicht solltest du nicht allein sein.“

Ach so! Wie der Blitz fuhr es Mel durch den Kopf. Joey hat es ihm also *erzählt*! Mit noch immer erhobener Hand schloss sie die Augen, wie um Jack abzuwehren. Das Blut schoss ihr ins Gesicht. „Ich möchte wirklich allein sein. *Bitte*, Jack.“

Er nickte und sah ihr nach, als sie hinausging.

Mel stieg die Verandastufen hinunter und ging auf ihren Wagen zu, aber sie schaffte es nicht. Es brach über sie herein, bevor sie dort ankam. Sie krümmte sich beinahe unter dem Schmerz der Erinnerung, dem Schmerz des Verlustes. Die Leere kehrte zurück, nahm ihr alle guten Gefühle und bedrängte sie mit schrecklichen Fragen, auf die es keine Antwort gab. Warum, warum, warum? Wie kann einem Menschen so etwas passieren? Warum hat es Mark getroffen und nicht mich?! Er hätte es verdient, ein langes Leben zu haben, um das Leben anderer zu retten. Mit seinem großen Wissen und seinem Mitgefühl war er einer der besten Notärzte in L. A.!

Den ganzen Tag über hatte sie es geschafft, nicht zusammenzubrechen, jetzt aber, im Dunkeln, im kalten Regen, fühlte sie sich, als müsse sie auf der Stelle zu Boden sinken und dort im Schlamm so lange liegen bleiben, bis sie sterben, bis sie endlich bei ihm sein würde. Sie stolperte auf einen Baum zu, griff mit beiden Händen nach dem Stamm und taumelte vor und zurück, während laute, herzzerreißende Schreie aus ihr herausbrachen.

Warum konnten wir nicht wenigstens ein Kind haben? Warum durften wir nicht wenigstens dieses Glück erfahren? Hätte ich ein Baby von ihm, wüsste ich, wofür ich lebe.

Drinnen in der Bar lief Jack unruhig hin und her. Er fühlte sich völlig hilflos. Aus eigener Erfahrung wusste er, wie niederschmetternd und schmerzhaft der Verlust eines geliebten Menschen war. Und noch besser wusste er, wie schwierig es war, darüber hinwegzukommen. Es tat ihm weh, dass Mel gegangen war, ohne ihn wenigstens versuchen zu lassen, sie zu trösten.

Frustriert öffnete er die Tür, um nach ihr zu sehen. Da stand der BMW, direkt vor der Veranda. Aber sie saß nicht darin. Er wollte gerade zu ihrem Wagen laufen, als er es hörte. Ihr Schluchzen. Ihr Klagen. Sehen konnte er sie nicht. Er trat auf die Veranda hinaus und ging die Stufen hinunter in den Regen hinaus. Und schließlich entdeckte er sie – wie sie sich an einen Baum klammerte und der Regen sie durchnässte.

Er lief zu ihr hin und umarmte sie von hinten. Ihr Rücken

bebte unter dem Schluchzen, ihre linke Wange hatte sie an die raue Baumrinde gepresst. Ihre qualvollen Schreie brachen ihm das Herz; er konnte sie unmöglich gehen lassen, er konnte sie jetzt unmöglich allein lassen. Als sie den Boden unter den Füßen zu verlieren schien, griff er ihr unter die Arme und hielt sie aufrecht, während der Regen weiter auf sie niederprasselte.

„Oh Gott, oh Gott, oh Gott", schluchzte sie. „Oh Gott, oh Gott, oh Gott!"

„Gut so", flüsterte er. „Lass dich gehen, lass es raus."

„Warum, warum, warum?", schrie sie in die Nacht. Ihr Atem ging stoßweise, ihr ganzer Körper zuckte und bebte. „Oh Gott, *warum*?"

„Lass alles raus", sagte er leise und legte seine Lippen an ihr nasses Haar.

Sie öffnete den Mund, legte den Kopf nach hinten gegen ihn und schrie aus voller Lunge. Jack hoffte, ihre gellenden Schreie würden von niemand anderem gehört. Denn keiner sollte sie dabei stören und ihre Entladung unterbrechen. Er war für sie da. Allmählich ließ das Schreien nach und verwandelte sich in ein heftiges Schluchzen, bis Mel am Ende stammelte: „Oh Gott, ich kann nicht, ich kann nicht, ich kann nicht."

„Es ist schon in Ordnung, Liebes", flüsterte er in ihr Haar. „Ich verstehe dich. Ich werde nicht zulassen, dass dir etwas geschieht."

Flüchtig schoss ihm durch den Kopf, dass er noch nie in seinem Leben ein Gefühl aus sich herausgelassen hatte, das dem hier gleichkam. Die Intensität, mit der Mel ihren Schmerz auslebte, fand Jack fast schon phänomenal. Und er? Wie ging er mit seinem Schmerz um? Indem er immer wieder ins Grübeln verfiel, sich selbst bemitleidete und sich betrank, konnte er ihn jedenfalls nicht bewältigen. Und, verglichen mit Mel, hatte er doch solche herzzerreißenden Qualen nicht aushalten müssen. Seine Augen brannten. Er küsste Mel auf die Wange. „Weiter so", ermutigte er sie sanft. „Lass es raus. Es ist in Ordnung."

Es dauerte lange, bis sie sich etwas beruhigt hatte und nur

noch leise vor sich hin weinte. Jack hatte Geduld. Er wusste, wie erleichternd es für Mel war, ihren Tränen freien Lauf zu lassen. Beide waren sie nass bis auf die Haut, als Mel aufhörte zu weinen, sich vom Baum abstieß und sich zu ihm umdrehte. Mit schmerzverzerrter Miene blickte sie nach oben in sein regennasses Gesicht. „Ich habe ihn so sehr geliebt."

Er streichelte ihre nasse Wange, unfähig, Tränen und Regentropfen zu unterscheiden. „Ich weiß", sagte er.

„Es ist so ungerecht."

„Das ist es."

„Wie soll ich damit leben können?"

„Ich weiß es nicht", sagte er aufrichtig.

Sie ließ den Kopf an seine Brust sinken. „Gott, es hat so wehgetan."

„Ich weiß", wiederholte er. Dann hob er sie hoch und trug sie zurück in die Bar, wo er mit dem Fuß die Tür hinter sich zustieß. Auf dem Weg durch die Küche in seine Wohnung hatte sie die Arme um seinen Hals gelegt. Im Wohnzimmer setzte er sie auf dem großen Sessel ab. Mit hängendem Kopf und tropfenden Haaren, die Hände zwischen ihren Knien, blieb sie dort zitternd sitzen. Er suchte ein sauberes, trockenes T-Shirt und Handtücher, kam zurück und kniete sich vor ihr hin. „Komm, Mel. Lass dich abtrocknen."

Sie hob den Kopf und sah ihn aus unendlich traurigen, teilnahmslosen Augen an. Sie hatte sich völlig verausgabt. Und ihre Lippen waren blau vor Kälte.

Er zog ihr die völlig durchnässte Jacke aus und warf sie auf den Boden. Dann ihre Bluse. Er zog Mel aus, wie man ein Kind auszieht, und sie wehrte sich nicht. Dann wickelte er sie in ein großes Badetuch, griff darunter und streifte ihr den BH ab, ohne sie zu entblößen. Er zog ihr das T-Shirt über den Kopf, hielt ihr die Ärmel bereit, und erst als es sie bis zu den Hüften bedeckte, zog er das Handtuch weg. „Komm", sagte er und zog sie hoch. Wackelig stand sie da, während er ihre Hose öffnete, sie herunterzog und sie dann wieder zurück in den Sessel setzte. Er zog ihr Stiefel und Strümpfe aus, streifte ihr die Jeans ab, bevor er mit dem Handtuch ihre Beine und Füße trocknete.

Obwohl auch er völlig durchnässt war, kümmerte es ihn nicht. Er bemühte sich, sogar ihr lockiges Haar Strähne für Strähne mit dem Handtuch zu trocknen. Er holte die Decke von der Couch und legte sie ihr um die Schultern. Dann ging er an die Kommode, in der er ein paar saubere, warme Socken fand. Kräftig rieb er ihre kalten Füße, und als sie warm waren, zog er ihr die Socken über. Als sie ihn anblickte, war in ihre Augen wieder etwas Bewusstsein zurückgekehrt. „So ist's schon besser", sagte er weich.

Dann ging er in die Kammer und kam mit einer Flasche *Remy Martin* und zwei Gläsern zurück. Er schenkte ihr großzügig von dem Brandy ein, reichte ihr das Glas und kniete sich mit seinem vor sie hin.

Sie trank einen Schluck. „Und was ist mit dir? Du bist doch auch völlig durchnässt." Ihre Stimme klang schwach und angestrengt.

„Stimmt", sagte er. „Bin gleich wieder da."

Er ging in die Kammer, zog sich aus, schlüpfte in eine Jogginghose und kam mit freiem Oberkörper wieder zurück ins Wohnzimmer, wo Mel inzwischen auf der Couch saß. Er setzte sich vornübergebeugt neben sie und befühlte mit dem Handrücken ihre Wangen. Erleichtert stellte er fest, dass sie warm waren.

Sie presste das Gesicht in seine Hand und bedeckte sie mit zarten kleinen Küssen. „Noch nie hat jemand so für mich gesorgt."

„Und ich habe noch nie für jemand anderen so gesorgt", sagte er.

„Du hast anscheinend genau gewusst, was zu tun war."

„Vermutlich."

„Ich hatte einen Zusammenbruch", stellte sie fest.

„Ja, einen höllischen. Aber wenn man schon durch die Hölle gehen muss, sollte man es bis zum bitteren Ende tun. Du kannst stolz auf dich sein." Er lächelte sie an.

Er hielt ihre Hand, die in ihrem Schoß lag, während sie mit der anderen noch immer zittrig den Brandy an die Lippen hob. „Komm, ich bringe dich jetzt ins Bett", bot er an, als ihr Glas leer war.

„Was ist, wenn ich die ganze Nacht weinen muss?"

„Ich bin da", sagte er, zog sie auf die Füße, führte sie zu seinem Bett und schlug die Bettdecke zurück, damit sie hineinschlüpfen konnte. Dann deckte er sie zu, als wäre sie ein kleines Mädchen.

Jack ging leise aus dem Zimmer und kümmerte sich um ihre nassen Sachen. Er wrang sie aus und steckte sie in den Trockner. Als er wieder nach Mel sah, schlief sie tief und fest. Er ging zurück in die Kammer, schloss die Tür hinter sich und rief Joey an.

„Hallo", sagte er. „Ich wollte nicht, dass Sie sich Sorgen machen. Mel ist bei mir."

„Ist alles in Ordnung mit ihr?", fragte Joey.

„Jetzt ja. Sie hatte einen Kollaps. Draußen im Regen. Es war schrecklich. Ich glaube, sie hatte irgendwann einfach keine Tränen mehr übrig. Heute Nacht zumindest, hoffe ich für sie, wird sie nicht mehr weinen müssen."

„Oh Gott", sagte sie. „Deshalb bin ich gekommen. Ich sollte jetzt bei ihr sein …"

„Ich habe sie in ein paar saubere, trockene Sachen gesteckt und ins Bett gebracht, Joey. Sie schläft jetzt, und ich – ich werde Wache halten. Sollte sie aufwachen und nach Hause wollen, werde ich sie fahren, egal wie spät es ist. Aber im Moment sollten wir sie schlafen lassen." Er atmete tief durch. „Sie ist fix und fertig."

„Oh Jack, waren Sie bei ihr, als sie zusammenbrach?"

„Ja. Sie war nicht allein. Ich konnte sie … Ich habe sie gehalten, beschützt."

„Danke", sagte Joey. Ihre Stimme klang schwach und zittrig.

„Im Augenblick können wir nicht mehr für sie tun, als sie schlafen zu lassen. Trinken Sie ein Glas Rotwein, legen Sie sich ein wenig hin, und versuchen Sie, sich über Mel keine Sorgen zu machen. Ich passe gut auf sie auf."

Jack ließ nur das schwache Licht einer Nachttischlampe an und zog sich einen Stuhl ans Bett. Mit den Armen auf die Knie gestützt, in einer Hand den Rest seines *Remys*, sah er zu, wie sie schlief. Ihr Haar lag lockig auf seinem Kissen, und ihre rosigen Lippen waren leicht geöffnet. Sie machte im Schlaf kleine Geräusche – ein leises Summen und Brummen.

Ich habe nur die Highschool besucht, sinnierte er. Ihr Mann war Arzt. Ein herausragender, gebildeter Mann. Ein Held auf der Unfallstation, der nach seinem tragischen Tod sogar noch perfekter erschien. Wie kann ich da mithalten? fragte sich Jack. Er streckte die Hand aus und berührte leicht ihr Haar. Keine Chance! Und doch schlägt mein Herz schneller, seitdem sie hier aufgetaucht ist.

Er hatte sich in sie verliebt. Er, der sich noch nie in seinem Leben verliebt hatte. Nicht ein einziges Mal. Als junger Mann hatte er ein paarmal geglaubt, verliebt zu sein, aber es war etwas völlig anderes gewesen als das, was er jetzt fühlte. Lust, damit kannte er sich aus. Wie es sich anfühlte, eine Frau körperlich zu begehren, das kannte er ganz gut. Aber der Wunsch, für eine Frau zu sorgen, sodass es ihr nie an etwas mangelte, sie niemals Angst oder Einsamkeit erleben müsste – damit hatte er keine Erfahrung. In seiner Vergangenheit hatte es schöne Frauen gegeben; intelligente Frauen, selbstbewusste Frauen, Frauen mit Grips, Mut und Leidenschaft, aber soweit er sich erinnern konnte, niemals eine Frau wie Mel. Niemals eine Frau, die alles besaß, was er sich je gewünscht hatte. Und das passt wieder mal haarscharf, dachte er. Ich Idiot habe mich verknallt in eine Frau, die für mich unerreichbar ist. Mel steckt noch immer in einer Beziehung, auch wenn es eine ist, die nicht mehr gelebt werden kann.

Egal. Er hatte sie gehalten, als sie vom Schmerz über den Verlust ihres Mannes völlig zerrissen gewesen war. Sie hatte eine ganze Menge zu verarbeiten, viel, worüber sie hinwegkommen musste. Selbst wenn er ihr dabei half und hoffte, es würde ihr gelingen, bedeutete es noch längst nicht, dass auch sie sich in ihn verlieben konnte. Und doch, er hatte keine andere Wahl. Er war verrückt nach ihr.

Er trank seinen Brandy aus und stellte das Glas beiseite. Während er sie noch immer betrachtete, gab er hin und wieder der Versuchung nach, behutsam ihr seidiges Haar zu berühren. Wenn sie ab und zu entspannt im Schlaf seufzte, musste er lächeln, erfreut darüber, dass sie ein wenig Frieden gefunden hatte. Er wusste, wie sie sich fühlte – denn für einen Mensch, den man liebte, gab es keinen Ersatz.

Er senkte den Kopf. Ich werde für dich da sein, Mel. Das ist mein größter Wunsch. Als er wieder aufblickte, hatte sie die Augen geöffnet und sah ihn an. Er warf einen Blick auf den Wecker und stellte überrascht fest, dass er bereits zwei Stunden lang an ihrem Bett saß.

„Jack", sagte sie leise. „Du bist ja hier."

Er strich ihr eine Strähne aus dem Gesicht. „Natürlich bin ich das."

„Küss mich, Jack. Wenn du mich küsst, kann ich an nichts anderes mehr denken."

Er beugte sich zu ihr hinunter und gab ihr einen sanften Kuss. Dann drückte er die Lippen etwas fester auf die ihren und spürte, wie ihre Lippen sich öffneten und ihre kleine Zunge in seinen Mund eindrang. Sie schlang ihm die Arme um den Nacken und zog ihn näher zu sich heran. Sein Kuss wurde fordernder, leidenschaftlicher.

„Komm zu mir", flüsterte sie. „Halt mich fest. Küss mich."

Er zog sich ein wenig zurück, aber sie wollte ihn nicht loslassen. „Das sollte ich lieber nicht."

„Warum?"

Er lachte auf. „Ich will mehr als dich nur küssen, Mel. Ich bin keine Maschine, die per Knopfdruck funktioniert. Ich werde nicht mehr aufhören wollen."

Einladend schlug sie die Bettdecke zurück. „Das weiß ich", sagte sie etwas atemlos. „Ich bin jetzt so weit. Ich werde dich nicht mehr verletzen."

Er zögerte. Was, wenn sie im entscheidenden Moment den Namen eines anderen Mannes ausrief? Was, wenn es ihr am nächsten Morgen leidtäte? Er hatte es sich so oft erträumt, aber er wollte, dass es der Beginn von etwas wäre, und nicht das Ende.

Dann musst du eben zusehen, dass es für sie gut wird, sagte er sich. Sie muss einfach nachher mehr wollen. Er glitt neben sie, zog sie in die Arme, verschlang ihren Mund in einem Kuss, der so heiß und kraftvoll war, dass sie seufzend dahinschmolz. Ihre Arme umfingen ihn und hielten ihn fest, während sie sich seinen Lippen und seiner Zunge hingab. Er presste sich an Mel, und sie konnte spüren, wie er unter seiner Jogginghose sofort an ihr hart wurde. Sie bewegte sich, rieb sich an ihm, lud ihn ein. Er legte seine große Hand auf ihren Hintern und hielt sie dort fest.

Jack rollte sich mit ihr zusammen herum, sodass sie auf ihm zu liegen kam. Er packte den Saum ihres T-Shirts und zog es ihr über den Kopf. Als er ihre Brüste auf seiner nackten Brust fühlte, seufzte er: „Ahhhh." In seinen großen Händen fühlten sich ihre Brüste weich und voll an, die Nippel hart. Als er seine Hände über ihren Rücken hinunter zu den Hüften gleiten ließ, stellte er fest, dass sie noch immer ihren Stringtanga trug. Er streifte ihn ein Stück nach unten, dann zappelte sie sich aus ihm heraus. Ihre Haut war so zart, so weich, dass er fürchtete, seine Hände könnten zu rau für sie sein, aber ihr andauerndes leises Stöhnen bewies ihm das Gegenteil.

Er sog sich mit den Lippen an ihrem Mund fest und rollte sie beide noch einmal herum, bis sie seitlich nebeneinander zu liegen kamen. Dann streifte er seine Hose ab. Als ihre Hand sein hartes Glied umschloss, verschlug es ihm den Atem, und er dachte: Junge, langsam, lass dir Zeit. Tu es ganz allein für sie. Und er konzentrierte sich, denn nie zuvor hatte er einer Frau mehr gefallen wollen als in dieser Nacht.

Ihren Körper so hautnah an seinem zu fühlen machte es ihm schwer, sich zu bremsen und den Höhepunkt hinauszuzögern, aber mit voller Willenskraft schaffte er es. Er ließ sich Zeit mit ihr und streichelte lange ihre Brüste, bevor er sich zu ihnen hinabbeugte und erst an einer Knospe, dann an der zweiten saugte. Voller Verlangen bog sie sich ihm entgegen, breitete die Beine auseinander, schlang ein Bein um seine Hüften und presste sich noch enger an ihn. Er ließ seine Hand hinuntergleiten und berührte sie in ihrer weichen Mitte. Sie stöhnte leidenschaftlich auf. Er glitt mit dem Finger in sie hinein und fühlte, wie sehr sie für ihn bereit war. „Mel“, flüsterte er heiser.

„Ja“, antwortete sie. „Ja.“

Während sein Mund ihren gefangen hielt, drang er mit einem langsamen, tiefen, kraftvollen Stoß in sie ein. Sie stieß einen unterdrückten Schrei aus und drängte sich ihm von unten entgegen. Eine Hand unter ihrem Po, mit der anderen ihre Klitoris liebkosend, fing er an, sich langsam in ihr zu bewegen. Ihr Feuer raubte ihm beinahe den Verstand, aber er hielt durch, entschlossen, ihre Bedürfnisse seinen eigenen voranzustellen. Er bewegte sich in einem gleichmäßigen Rhythmus vor und zurück, und es dauerte nicht lange, bis ihr Stöhnen lauter wurde und ihr Keuchen schneller und sie ihren Körper vor Begierde nach Befriedigung noch fester an ihn presste. Überglücklich, ihr dazu verhelfen zu können, stieß er tiefer und tiefer in sie hinein. Bis er die heißen Spasmen ihrer Erlösung fühlte, sie in Ekstase aufschreien hörte. Er hielt sie fest umfangen und presste sich immer weiter in sie hinein. Als sie ihm in die Schulter biss, empfand er dies als süßen, willkommenen Schmerz. Und mit aller Kraft, die ihm zur Verfügung stand, blieb er standhaft und hielt sich selbst zurück, und schließlich wurde sie unter ihm etwas ruhiger, ihre starken Spasmen, die er in ihr spüren konnte, ebbten langsam ab. Ihr Körper entspannte sich, und statt zu keuchen, seufzte sie jetzt, und ihre Küsse berührten seine Lippen weich und süß.

Mel streichelte seinen Rücken, kostete seinen Mund, während ihr Körper nach dem überwältigenden Orgasmus noch immer bebte. Sie fühlte, wie Jacks Muskeln an Schultern und Rücken arbeiteten, da er sich weit genug hochhielt, um sie nicht unter seinem Gewicht zu erdrücken. Als er seine Lippen von ihren löste und ihr in die Augen schaute, bemerkte sie in seinem Blick ein schwelendes Feuer. Sie legte eine Hand an seine Wange. „Oh Jack."

Sie hatte Jack gesagt, nicht Mark! Vor Erleichterung darüber weitete sich seine Brust, ganz so, als würde sein Herz ein wenig größer geworden sein. Er senkte seine Lippen auf ihre und knabberte zärtlich daran. „Alles in Ordnung?", fragte er weich.

„Du warst doch dabei. Du weißt haargenau, wie in Ordnung ich mich fühle. Wie schon ewig nicht mehr."

„So lange wird es nie wieder dauern", flüsterte er. „Niemals wieder."

Dann liebkoste er jeden Millimeter ihres Körpers mit Lippen und Zunge und stöhnte dabei immer wieder genussvoll auf ... Er ließ seine Zunge sanft um ihre Nippel kreisen, bis sie hart wurden wie Kiesel, gerade richtig für seinen Mund. Seine Zunge glitt weiter nach unten, über ihren flachen Bauch hinweg. Behutsam spreizte er ihre Beine, vergrub sein Gesicht in ihrem Schoß und hörte, wie sie über ihm aufstöhnte. Nicht mehr ganz so zart ging er daran, den hervorstehenden, erogenen Knoten in ihrer Mitte zu bearbeiten. Er fühlte, wie sie ihre Hüften kreisen ließ, und als ihr Atem schneller wurde und sie wieder keuchte, kam er langsam nach oben, wobei er ihren Körper über und über mit Küssen bedeckte. „Gott, du bist so süß", flüsterte er an ihren Lippen. „Du schmeckst einfach himmlisch." Noch einmal glitt er in sie hinein und füllte sie aus. Er bewegte sich in langen, tiefen Schüben, die zu kraftvollen Stößen wurden und ihr einen weiteren umwerfenden Höhepunkt bescherten. Wieder schrie sie auf, und er verschloss ihren Mund mit seinem. Völlig davongetragen konnte sie einfach nicht ruhiger werden, und es erregte ihn. Jeder Ton, jeder wilde Schrei bereitete ihm Freude. Als sie erschöpft unter ihm zusammenzuckte, hielt er sie fest umschlungen.

Jack spürte ihre kleinen Hände auf seinem Rücken, ihre Lippen an seinem Hals, und schließlich flachte ihr Atem von selbst ab und kam wieder unter Kontrolle. Zu seiner Überraschung hörte er sie leise lachen.

„Du hast mich belogen“, schalt sie. „Du bist eine Maschine.“

„Ich wollte dich nur glücklich machen“, verteidigte er sich. „Bist du glücklich?“

„Ich bin jetzt schon zweimal glücklich gewesen. Was kann ich tun, damit du dich mir anschließt?“

Er verflocht seine Finger mit ihren und legte ihr die Arme über den Kopf aufs Kissen, wo er sie festhielt. „Baby, du musst nichts weiter tun als einfach nur da sein.“

Wieder verschloss er ihren Mund mit einem leidenschaftlichen Kuss und begann, sich mit pumpenden Hüften erneut in ihr zu bewegen. Sie hob ihren Po an und stellte ihr Becken schräg, womit sie ihn tiefer in sich ließ. Sie schlang ihm die Beine um die Taille, und er folgte dem Rhythmus, den sie vorgab. Er wiegte sich vor und zurück mit ihr, langsam und gleichmäßig, und er schaffte es, sich zu zügeln, bis er hörte, wie ihr Seufzen und Stöhnen wieder lauter wurde und ihr Tempo sich beschleunigte. Schließlich sagten ihm die Laute, die sie ausstieß und die ihm bereits vertraut klangen, dass sie kurz vor einem weiteren Orgasmus stand. Er hatte sie für leidenschaftlich gehalten, aber die Hitze und Kraft ihres Feuers erstaunte ihn und befriedigte ihn zutiefst. Und dieses Mal, als sie ihn umklammerte und die Wollust ihr den Atem raubte, ließ er sich gehen und tat es ihr gleich. Er übertraf sie sogar noch. Während er in ihr explodierte, wurde ihm einen Moment lang ganz schwindlig, und er bekam feuchte Augen. Und dann hörte er es wieder: „Jack.“

„Mel … Baby“, flüsterte er, küsste sie, liebte sie.

Zärtlich streichelte er sie, während sie sich beruhigte. „Jack“, hauchte sie. „Es tut mir leid …“

„Was sollte dir denn leidtun?“, fragte er leise.

„Ich glaube, ich habe dich gebissen.“

Er lachte. „Ja, das hast du. Ist das eine Angewohnheit von dir?“

„Ich muss wohl vorhin ein bisschen außer Kontrolle geraten sein …“

Er lachte wieder. „Es war meine Schuld. Das gehörte alles zu meinem Plan.“

„Ohhh, eine ganze Weile hätte ich leicht den Verstand verlieren können."

„Ja", flüsterte er. „Ich liebe es, wenn das geschieht."

„Es war aber ein großes Risiko für dich, eine Frau, die bereits verrückt war, so völlig um den Verstand zu bringen …"

„Na, na, du warst in guten Händen. Dir konnte nichts geschehen." Er küsste sie sanft. „Möchtest du dich jetzt etwas ausruhen?"

„Vielleicht ein wenig", antwortete sie und legte zärtlich die Hände an sein Gesicht.

Er zog sie an sich und hielt sie fest. Ihre nackten Körper waren wie zwei Löffel ineinander geschmiegt, und er küsste ihren Nacken, während sie auf einem seiner Arme lag. Sein Gesicht ruhte an ihrem weichen, duftenden Haar, und den anderen Arm hatte er über sie gelegt und umschloss mit der Hand ihre Brust. Schon bald konnte er ihre gleichmäßigen Atemzüge hören. Sie war eingeschlafen. Er schloss die Augen, entspannte sich, hielt sie fest in seinen Armen und schlief dann auch selbst ein.

Irgendwann in der Nacht schlug er die Augen auf. Mel hatte sich zu ihm umgedreht und liebkoste ihn gewagt mit den Händen. Er küsste sie und fragte: „Hast du ein wenig geschlafen?"

„Ja. Und als ich aufwachte, hatte ich Lust auf dich. Schon wieder."

Er sah an sich hinunter. „Es geht mir nicht anders."

Am nächsten Morgen wachte Mel früh auf, und zu ihrer Überraschung hatte sie ein Lied im Kopf. Summend hatte sie im Schlaf Johnny Mathis begleitet. „Deep Purple". Ihre Musik war wieder da.

Sie rollte sich auf die Seite und sah, dass das Bett neben ihr leer war, konnte Jack aber hören, wie er im Hof Holz hackte. Sie spülte sich den Mund und verrieb einen Klecks von seiner Zahnpasta auf ihren Zähnen. An einem Haken in seiner Kammer hing ein langärmeliges hellblaues Jeanshemd, das sie sich überstreifte. Sie schnupperte am Kragen und lächelte, als sie Jacks

Geruch wahrnahm. Das Hemd war so groß, dass sie beinahe darin ertrank. Dann lief sie zur Hintertür und sah Jack zu, wie er die Axt am Kopf vorbei nach oben schwang, sie hinabsausen ließ und krachend die Holzscheite spaltete. Wummm.

Die Luft war klar und frisch; der Regen hatte sich verzogen, und die hohen Bäume waren rein gewaschen. Jack hatte die Hemdsärmel bis über die Ellbogen aufgerollt, und Mel konnte sehen, wie mit jedem Axthieb sein Bizeps stärker anschwoll.

Plötzlich hielt er inne und schaute in ihre Richtung. Sie hob eine Hand und lächelte ihm zu. Sofort stellte er die Axt beiseite und kam zu ihr. Als er vor ihr stand, legte sie ihm eine Hand auf die Brust. Mit dem Rücken seines gekrümmten Zeigefingers strich er ihr sanft über die Wangen, die ein wenig gerötet waren. „Ich glaube, ich habe dich mit meinen Stoppeln ganz schön traktiert."

„Ja, aber mach dir darüber keine Gedanken. Ich mag es. Es gehört dazu. Es ist natürlich und gut."

„Du gefällst mir sehr in meinem Hemd, und noch besser gefällst du mir, wie du ohne mein Hemd aussiehst."

„Ich glaube, wir haben noch ein bisschen Zeit", sagte sie.

Schwungvoll hob er sie in seine Arme, trug sie ins Schlafzimmer und legte sie behutsam aufs Bett.

11. KAPITEL

Es war kühl und diesig, als Mel in ihr Waldhaus zurückfuhr. Die Eingangstür stand offen und ließ die frische Juni-Morgenluft herein. Auf der Veranda zog sie sich die schmutzigen Stiefel aus, und drinnen fand sie Joey in eine Wolldecke gewickelt auf der Couch, neben sich auf dem Tisch eine dampfende Tasse mit frischem Kaffee.

Joey schlug die Decke zurück, und Mel kam zu ihr, kuschelte sich an sie und legte den Kopf an ihre Schulter. Behaglich zog Joey die Decke um sie beide zurecht. „Alles in Ordnung, Schwesterherz?"

„Es geht mir gut. Gestern Abend bin ich ausgeflippt." Sie drehte den Kopf und sah zu ihrer älteren Schwester hoch. „Wieso habe ich das nicht kommen sehen? Du schon."

„Der Jahrestag von Todesfällen ist berüchtigt. Selbst wenn du dich nicht mehr an das genaue Datum erinnerst – es schleicht dich von hinten an und haut dich einfach um."

„Das hat es wahrhaftig getan", sagte Mel und legte ihren Kopf zurück an Joeys Schulter. „Ich wusste zwar, welcher Tag es war, aber ich habe einfach nicht damit gerechnet, dass es so dramatisch sein könnte."

Joey fuhr ihr zärtlich übers Haar. „Zumindest warst du nicht allein."

„Selbst wenn du dabei gewesen wärest, du hättest es nicht geglaubt. Ich hatte komplett die Fassung verloren und stand schreiend im Regen. Und ich habe lange geschrien. Jack hat mich einfach nur festgehalten und mich gelassen. Dabei hat er mir immer wieder gesagt, ich soll es rauslassen. Danach hat er mich versorgt, wie man jemanden versorgt, der gerade einen Schlag erlitten hat. Er hat mich ausgezogen, mich in trockene Sachen gehüllt, mir einen Brandy eingeflößt und ins Bett gebracht."

„Ich glaube, Jack ist ein sehr guter Mann ..."

„Dann habe ich ihn gebeten, zu mir ins Bett zu kommen", erzählte Mel weiter. Joey sagte nichts. „Die ganze Nacht über haben wir uns geliebt. In meinem ganzen Leben habe ich noch nicht so viel Sex gehabt. Ich meine – noch nie."

„Aber dir geht es gut", sagte Joey, und das war keine Frage.

„Als ich ihn einlud, unter die Decke zu kommen, dachte ich nur: Es wird mich betäuben. Meinen Schmerz wegwischen. Mir ein Entkommen bieten."

„Das ist völlig in Ordnung, Süße."

Wieder sah Mel Joey an. „Es ist aber nicht so gelaufen. Wäre er ein Durchschnittstyp, hätte ich vielleicht einfach nur die Augen geschlossen und mich an einen glücklichen Ort geträumt. Aber er ist kein Durchschnittstyp. Lieber Himmel, er ist sagenhaft."

Joey musste lachen, auch wenn sie ein wenig sentimental geworden war. Sie waren Schwestern. Seit ihrer Teenagerzeit hatten sie über Sex geredet. Darüber gelacht, sich dunkle Geheimnisse erzählt. Nach Marks Tod hatte Joey befürchtet, dass es solche Gespräche nie wieder geben würde.

„Er hat nur daran gedacht, mir Freude zu machen. Wilde, heftige, verrückte Freude."

Wieder lachte Joey. „Und? Hat es geklappt?"

„Oh, ja! Und wie!" Sie machte eine kleine Pause. „Glaubst du, ich habe ihm nur leidgetan?"

„Na, du warst doch dabei. Glaubst du das etwa?"

Mel lächelte. „Ist mir auch egal. Und wenn, dann hoffe ich nur, dass er bald wieder Mitleid mit mir hat."

Joey strich ihrer Schwester das lockige Haar aus der hübschen Stirn. „Ich freue mich, dass so etwas nun auch wieder zu deinem Leben gehört." Und dann fingen sie und Mel an zu kichern.

„Was ist nur los mit mir, Joey? Wie konnte ich erst sterben wollen und dann Jack begehren? Ihn so sehr begehren, dass ich mich fast wie eine Irre benommen habe? Man sollte doch meinen, dass so etwas völlig verrückt ist? Dass ich in meiner Situation überhaupt nicht in der Lage wäre, an Sex auch nur zu denken?"

Joey holte tief Atem. „Ich denke, wenn deine Gefühle bereits auf eine so verzweifelte Ebene geraten sind, fühlst du einfach alles viel intensiver. Es macht sogar irgendwie Sinn, glaube ich. Ist dir schon einmal aufgefallen, dass einem manchmal der Sex nach einem riesigen Streit am schönsten vorkommt? Ich bin mir ziemlich sicher, Ashley in derselben Nacht empfangen zu haben, als ich Bill gesagt hatte, ich würde nie wieder mit ihm reden, wenn ich ihn schon nicht einfach verlasse."

Wieder kicherten sie beide.

„Ich habe dich nicht einmal danach gefragt, wie lange du bleiben kannst?", wechselte Mel das Thema.

„Solange du mich hier haben willst. Aber eine wirklich liebe Schwester würde jetzt sofort ihre Sachen packen und dir von der Pelle rücken."

„Nein." Mel schüttelte den Kopf. „Ich habe dich so sehr vermisst." Sie lächelte. „Dieses Opfer bringe ich gerne für dich."

Joey zog sie näher an sich. „Ein paar Tage also. Wenn du dir sicher bist."

„Das bin ich."

„Mel?"

„Hm?"

Joey kam auf ein pikantes Thema zurück, das sie immer wieder während ihrer Highschool- und Collegezeit kichernd erörtert hatten. „Glaubst du, es ist etwas dran an dieser Geschichte, dass man aus der Schuhgröße eines Mannes bestimmte Rückschlüsse ziehen kann?"

„Hm-hmm."

„Also. Was glaubst du, welche Schuhgröße hat Jack?"

Wieder kicherten sie.

„Achtundvierzig."

An diesem Morgen nahm Mel Joey mit in die Praxis, wo Joey es sich mit einem Buch in der Küche bequem machte, während Mel und Doc ein paar Patienten behandelten. Anschließend nahmen sie zu dritt bei Doc ein kleines Mittagessen ein, bevor Mel und Joey nach Grace Valley fuhren, um June und John in ihrer Klinik zu besuchen.

Am nächsten Tag standen keine Patienten auf dem Plan, und so steckte Doc seinen Pager ein und fuhr zum Angeln an den Fluss, während Joey und Mel ganz bis zur Küste hinunter fuhren, wo sie in einer bezaubernden kleinen viktorianischen Stadt namens Ferndale zu Mittag aßen.

Sie schlenderten durch die Geschäfte. Joey fand manches, das ihrer Meinung nach perfekt zu Mels Haus passen würde – einen Überwurf für das Sofa, ein paar Zierkissen, eine Wanduhr und hübsche Platzdeckchen. Sie kauften auch einen kleinen Grill, hölzerne Salatschüsseln und eine Vase, die den Tisch verschönern würde. Auf dem Rückweg suchten sie dann noch einen Supermarkt auf und kauften Lebensmittel und frische Blumen.

Danach hatten sie richtig Lust auf ein Bierchen bei Jack, und Arm in Arm betraten sie kichernd die Bar, denn Mel hatte ihrer Schwester deutlich ins Ohr geraunt: „Wenn ich dich dabei erwische, dass du ihm auf den Hosenschlitz siehst, scheuer ich dir eine." Was mehr oder weniger die Garantie dafür war, dass Joey der Versuchung nicht würde widerstehen können. Dann luden sie Jack zum Essen ein, was er nicht nur bereitwillig annahm, er brachte auch ein Sixpack mit.

Sie erzählten Geschichten aus ihrer Kindheit und den Jahren als Teenager, und Jack lachte mit ihnen, bis es fast schon Mitternacht war.

Als Jack sich verabschieden wollte, zog Joey sich diskret zurück, damit Mel ihm alleine Gute Nacht sagen konnte. Draußen auf der Veranda, wo sie nur das gefilterte Licht aus dem Innern des Hauses erreichte, trat Jack eine Stufe auf der Treppe nach unten, um mit Mel auf gleicher Augenhöhe zu sein. Entschlossen legte sie ihm die Arme um die Schultern, während er ihre Taille mit seinen großen Händen umfasste. Dann beugte sie sich vor und knabberte neckend an seiner Unterlippe.

„Du hast ihr alles erzählt", sagte er.

„Nein", bestritt sie und schüttelte den Kopf.

„Aber sie sieht mir die ganze Zeit auf den Hosenschlitz."

Sie kicherte. „Jedenfalls nicht alles“, lenkte sie ein. „Die schönsten Sachen habe ich für mich behalten.“

„Ist es dir gut gegangen?“, erkundigte er sich besorgt. „Keine weiteren Tränen?“

„Alles bestens.“ Sie lächelte.

„Ich vermisse dich schon jetzt, Mel.“

„Es waren doch nur zwei Tage ...“

„Ich habe dich schon nach zwei Stunden vermisst.“

„Du wirst mir wohl eine Menge Ärger machen, was? Anspruchsvoll, imposant, unersättlich ...“

Seine Antwort war ein heißer Kuss, mit dem er ihren Mund verschloss. Gerne gab sie ihm nach und zog ihn eng an sich. Ah, dachte sie. So ein wunderbarer, starker, aufregender Mann. Am liebsten hätte sie nie mit dem Küssen aufgehört, aber schlussendlich löste Jack sich von ihr.

„Ich muss gehen“, sagte er mit heiserer Stimme. „Entweder das, oder ich schleppe dich in den Wald.“

„Weißt du was, Jack? Mir gefällt es hier immer besser.“

Er gab ihr einen Kuss. „Deine Schwester ist prima.“ Er gab ihr noch einen. „Sieh zu, dass du sie loswirst.“ Damit gab er ihr einen Klaps auf den Hintern, drehte sich um und ging zu seinem Truck.

An der Fahrertür wandte er sich noch einmal um und schaute Mel an. Er stand lange dort. Dann hob er langsam die Hand zum Abschied. Und Mel winkte zurück.

Am nächsten Morgen fegte Jack gerade die Veranda, als er sah, wie Mel und Joey aus Docs Haus kamen und sich neben Joeys Wagen umarmten. Dann ging Mel ins Haus zurück, und zu seiner Überraschung kam Joey zur Bar herüber.

„Ich fahre wieder nach Hause“, teilte sie ihm mit. Seit dem gestrigen Abend duzten sie sich. „Ich dachte, ich könnte dich noch um einen Kaffee bitten, bevor ich losfahre. Mel hat heute Morgen ein paar Patienten, sonst wäre sie mitgekommen. Wir haben uns bereits verabschiedet.“

„Ich spendiere dir auch gerne ein Frühstück", bot er an.

„Danke, ich habe schon etwas gegessen. Aber deinen Kaffee wollte ich mir nicht entgehen lassen. Und ich wollte dich noch kurz sprechen und mich von dir verabschieden."

„Kaffee kommt sofort", sagte er, lehnte den Besen an die Wand und hielt ihr die Tür auf. Sie schwang sich auf einen Barhocker, und er ging hinter den Tresen an die Kaffeemaschine. „Es war schön, dich kennenzulernen, Joey. Und dass wir ein wenig Zeit miteinander verbringen konnten."

„Danke, gleichfalls. Vor allem aber möchte ich dir dafür danken, was du für Mel getan hast. Dass du dich um sie gekümmert und auf sie aufgepasst hast ..."

Auch er schenkte sich einen Becher ein. „Ich glaube, du weißt – dass du mir dafür nicht danken musst. Es stand nicht in meiner Absicht, damit irgendjemandem einen Gefallen zu tun."

„Das ist mir klar. Und doch ... Nur dass du es weißt. Es ist für mich leichter, sie hier zurückzulassen und zu wissen, dass sie nicht ganz allein ist."

Am liebsten hätte er ihr erzählt, dass er sich noch nie in seinem Leben so gefühlt hatte. Völlig entflammt, irrsinnig verliebt, bereit, eine Menge Risiken einzugehen, wenn Mel ihm nur eine einzige Chance gab. Er verkniff es sich aber und sagte nur: „Sie wird nicht allein sein. Ich werde die Dinge im Auge behalten."

Joey trank ihren Kaffee in kleinen Schlucken und schien mit irgendetwas zu kämpfen. „Jack, es gibt da etwas, das du immer im Kopf behalten solltest. Nur weil die Krise jetzt überwunden scheint, bedeutet das noch nicht ... Also, es könnte schon noch einiges auf sie zukommen, mit dem sie zu kämpfen haben wird."

„Erzähl mir von ihm", bat Jack.

Joey zuckte zusammen: „Wieso?"

„Weil es möglicherweise noch lange dauert, bis ich Mel nach ihm fragen kann. Und weil ich es gerne jetzt wüsste."

Sie holte tief Luft. „Nun, du hast jedes Recht, dich nach Mark zu erkundigen. Wir alle haben ihn geliebt. Es war, als hätten wir einen Bruder verloren. Und wir haben seinen Tod nur deswegen verkraftet, weil wir nicht so zerbrechlich sind wie Mel."

„Er muss ja ein toller Kerl gewesen sein."

„Viel mehr als das." Sie nahm noch einen Schluck Kaffee. „Mark war achtunddreißig, als er starb, das heißt, er war zweiunddreißig, als er Mel kennenlernte. Sie sind sich im Krankenhaus begegnet. Er war der Chefarzt auf der Unfallstation und sie die Oberschwester der Spätschicht. Sie haben sich gleich ineinander verliebt, sind ein Jahr später zusammengezogen, haben nach einem weiteren Jahr geheiratet und waren dann vier Jahre lang verheiratet. Ich glaube, was Mark am meisten auszeichnete, war sein Mitgefühl für andere und sein Sinn für Humor. Er konnte jeden zum Lachen bringen. Und er war genau die Sorte Arzt, die man auf einer Notfallstation braucht, wenn Patienten und Angehörige mit viel Einfühlungsvermögen behandelt werden müssen. Unsere ganze Familie hat ihn sofort ins Herz geschlossen, und seine gesamte Belegschaft hat ihn verehrt."

Jack war sich nicht bewusst, dass er auf der Unterlippe kaute.

„Ich könnte dir nicht sagen, worin er nicht perfekt war", fuhr sie fort.

„Ach bitte, streng dich an, Joey. Du würdest jemandem einen riesigen Gefallen tun, wenn du ein oder zwei Dinge erzählen könntest, die ihn etwas weniger perfekt erscheinen lassen."

Sie lachte über ihn. „Also, dann lass mal sehen. Natürlich hat er Mel sehr geliebt und er war ein guter Ehemann, aber er hat immer gesagt, dass die Unfallstation seine erste Frau sei. Das ist bei Ärzten ja häufig der Fall. Und ich glaube auch nicht, dass es viel mehr war als eine leichte Irritation. Mel war schließlich Krankenschwester und wusste Bescheid. Dennoch haben sie wegen seiner langen Arbeitszeiten gestritten und darüber, dass er sogar dann ins Krankenhaus ging, wenn er gar keinen Dienst hatte. Es war auch vorgekommen, dass sie sich zum Essen oder zu einem Kinobesuch verabredet hatten und er dann nicht auftauchte. Oder, dass er früher wegging und sie dann ein Taxi nach Hause nahm."

„Aber so ist das nun mal", sagte Jack. Die Marines ließen ihre Familien zurück, um im Ausland für ihr Land zu arbeiten. Während ein Teil von ihm sich wünschte, dass Mel ihren Mann dafür gehasst hätte, weil er sie so oft wegen seiner Arbeit allein ließ, brachte der andere Teil in ihm Respekt auf für eine Frau, die den Lauf der Welt kannte und sich dabei tapfer hielt.

„Ja, ich denke auch nicht, dass es ihre Ehe gefährdet hat, jedenfalls nicht wirklich. Manchmal war Mark so mit seiner Arbeit beschäftigt, dass ganze Gespräche völlig an ihm vorbeiziehen konnten. Mel sagte, sie hätte manchmal das Gefühl, mit einer Wand zu reden. Aber natürlich entschuldigte er sich dann und versuchte, es wiedergutzumachen. Ich bin mir sicher, sie wären ihr Leben lang verheiratet geblieben, wenn er nicht gestorben wäre."

„Also komm schon, Joey. Hat er nicht zu viel getrunken, sie geschlagen, sie betrogen?", fragte er so hoffnungsvoll, dass Joey lachen musste.

Sie griff in ihre Handtasche, zog eine Brieftasche heraus und durchsuchte die Fotos darin, bis sie eins gefunden hatte, auf dem Mel und Mark zu sehen waren. „Das hier wurde ungefähr ein Jahr vor seinem Tod aufgenommen", erklärte sie und reichte Jack das Foto über den Tresen.

Mark hatte den Arm um seine Frau gelegt und beide lächelten – sorglos. Ihre Augen glänzten, seine ebenfalls. Ein Arzt und eine Krankenschwester. Ein strahlendes, erfolgreiches Paar, dem die Welt zu Füßen lag. Marks Gesicht war Jack bekannt, da er ja das Bild neben Mels Bett gesehen hatte. Aber jetzt, wo er mehr über ihn wusste, betrachtete er Mark mit anderen Augen. Mark sah nicht schlecht aus – und dies war der einzige Kontext, in dem Jack sich erlauben würde, einen anderen Mann in dieser Weise einzuschätzen. Kurzes, gepflegtes braunes Haar, ovales Gesicht, gute Zähne. Auf dem Foto musste er siebenunddreißig sein, aber er wirkte viel jünger. Er sah den vielen jungen Marines nicht unähnlich, die Jack in den Kampf geführt hatte.

„Ein Arzt“, sinnierte Jack, während er das Bild weiter anstarrte.

„Nun lass dich um Gottes willen nicht davon einschüchtern“, sagte Joey. „Mel hätte leicht auch selbst Ärztin sein können. Sie hat einen Bachelor-Abschluss in Krankenpflege und eine Zusatzausbildung als Oberschwester und Hebamme. Ihr Hirn ist größer als mein Hintern.“

„Ja“, sagte er. Dass Joeys Hintern nicht groß war, war schließlich nicht der Punkt, um den es ging.

„Wie jedes Paar hatten sie ihre Streitereien“, fuhr Joey fort. „Der Urlaub förderte immer das Schlimmste in ihnen zutage – sie konnten sich nie einigen. Wenn er Golf spielen wollte, dann wollte sie an den Strand. Gewöhnlich landeten sie dann irgendwo, wo er golfen und sie sich an den Strand legen konnte. Das mag sich ja wie ein vernünftiger Kompromiss anhören, bis auf eins: Sie haben wenig Zeit miteinander verbracht. Das hat Mel immer total genervt. Und wenn sie total genervt ist, ist sie unerträglich“, fügte sie hinzu. „Und dann konnte er auch mit Geld nicht umgehen. Es war ihm einfach egal. Sein Interesse hatte so lange ausschließlich der Medizin gegolten, dass er vergaß, die Rechnungen zu zahlen. Mel hatte sich dann gleich von Anfang an darum gekümmert, um zu verhindern, dass man ihnen den Strom abstellte. Und dann war er superpingelig, was Ordnung anging. In seiner Garage hätte ich jederzeit vom Boden gegessen.“

Was für Probleme die urbane Oberschicht hat! ging es Jack durch den Kopf.

„Ein Naturbursche war er wohl nicht“, meinte er. „Kein Camping?“

„So etwas wie im Wald seine Notdurft verrichten?“, sagte sie lachend. „Nichts für Mark.“

„Seltsam, dass Mel hierhergekommen ist“, überlegte er. „In dieses wilde Land. Wir hier sind nicht besonders kultiviert und ganz bestimmt nicht modisch.“

„Hm, ja“, sagte Joey und sah in ihre Kaffeetasse. „Sie liebt die

Berge, die Natur. Aber Jack, du solltest doch eins wissen … es war nur ein Experiment. Nach Marks Tod war sie ein wenig durchgedreht und hatte beschlossen, dass sie eine völlige Veränderung brauchte. Aber das ist nicht sie. Früher hatte sie bestimmt ein Dutzend Mode- und Lifestyle-Zeitschriften abonniert. Sie liebt es zu reisen, und zwar erster Klasse. Und sie kennt die Namen von mindestens zwanzig Fünfsterneköchen.“ Sie holte Luft und sah in seine freundlichen Augen. „Sie mag zwar jetzt eine Angelrute im Kofferraum liegen haben, aber sie wird hier nicht bleiben.“

„Fliegenrute und Rolle“, verbesserte er.

„Was?“

„Fliegenrute und Rolle, keine Angelrute. Ihr macht es wirklich Spaß.“

„Gib acht auf dein Herz, Jack. Du bist wirklich ein netter Kerl.“

„Ich werde schon zurechtkommen“, gab er lächelnd zurück. „Und Mel ebenfalls. Nur darauf kommt es doch an, nicht wahr?“

„Du überraschst mich. Sag mir nur, dass du verstehst, was ich dir sagen will. Sie mag zwar aus diesem früheren Leben weggelaufen sein, aber es ist trotzdem noch irgendwie in ihr.“

„Klar. Sie war so freundlich, mich zu warnen.“

„Hmm“, sagte Joey, bevor sie das Thema wechselte. „Und was machst du im Urlaub?“

„Ich habe jeden Tag Urlaub“, antwortete er lächelnd.

„Mel sagte, du warst im Marine-Corps – was hast du damals gemacht, wenn du Urlaub hattest?“

Also, wollte er sagen, wenn ich mich nicht gerade von irgendeiner Verletzung erholen musste, habe ich mich mit den Jungs betrunken und mir eine Frau gesucht. Etwas völlig anderes als ein Flug erster Klasse auf eine Insel, um sich am Sandstrand zu bräunen oder in einer Bucht zu schnorcheln. So etwas hatte er längst hinter sich gelassen. Na klar, Menschen tun das, schoss es ihm hoffnungsvoll durch den Kopf. Sie lassen ein anderes Leben zurück und machen sich auf zu neuen Ufern. „Wenn ich einen längeren Urlaub hatte, besuchte ich meistens meine Familie. Ich habe vier verheiratete Schwestern in Sacramento, die alle immer nur auf eine Gelegenheit warten, mich herumzukommandieren."

„Wie schön für dich!", flachste sie und grinste. „Also, hast du noch mehr Fragen? Was Mel angeht? Oder Mark?"

Lieber nicht. Noch mehr Informationen über den heiligen Mark würden ihn fertigmachen. „Nein. Danke."

„Gut, dann werde ich mich mal auf den Weg machen. Ich habe noch eine lange Fahrt vor mir und muss rechtzeitig am Flughafen sein."

Sie sprang vom Stuhl, und er kam mit ausgebreiteten Armen um die Bar herum. Sie umarmte ihn fest. „Noch einmal, danke", sagte sie.

„Ich danke dir", erwiderte er. „Und Joey, ich bedaure den Verlust, den auch du erlitten hast."

„Jack, du musst nicht mit ihm konkurrieren, weißt du."

Er legte einen Arm um sie und ging mit ihr hinaus auf die Veranda. „Das kann ich auch nicht", sagte er nur.

„Das musst du auch nicht", wiederholte sie.

Er umarmte sie ein letztes Mal und sah zu, wie sie die Straße zu Docs Haus überquerte, wo ihr Leihwagen stand. Sie kletterte hinein und fuhr winkend davon.

Jack konnte nicht anders und verschwendete viel zu viel Zeit damit, sich vorzustellen, wie Mels Leben mit Mark gewesen sein mochte. Vor seinem inneren Auge sah er eine Luxuswohnung und teure Autos. Diamanten als Geburtstagsgeschenk und die Mitgliedschaft in teuren Country Clubs. Reisen nach Europa oder in die Karibik, um den extremen Stress der Stadtmedizin zu kompensieren und zu entspannen. Abendgesellschaften mit Tanz und Wohltätigkeitsveranstaltungen. Ein Lebensstil also, der für Jack, selbst wenn er ihn führen könnte, nicht infrage kam.

Das vornehme Leben war ihm nicht fremd. Auch seine Schwestern lebten in dieser Welt. Sie und ihre Ehemänner waren gebildete, erfolgreiche Leute. Und sie hatten alles darangesetzt, um die besten Schulen für ihre Töchter zu finden, damit es ihnen später ähnlich ging. Donna, mit fünfundvierzig die Älteste, war Dozentin am College und mit einem Professor verheiratet. Danach kam Jeannie mit dreiundvierzig Jahren. Sie war Wirtschaftsprüferin, verheiratet mit einem Bauunternehmer. Mary, siebenunddreißig, war Pilotin bei einer privaten Luftfahrtgesellschaft und mit einem Immobilienmakler verheiratet. Sie waren es, die auf den richtigen Country-Club Wert legten. Seine jüngste Schwester Brie – zwar die rechthaberischste von allen, aber die, die er am meisten liebte – war Bezirksstaatsanwältin, verheiratet mit einem Kriminalbeamten. Er, Jack, war der Einzige in der Familie, der sich zum Militärdienst verpflichtet hatte. Damals war er noch ein Junge gewesen, der gerade die Highschool absolviert hatte und fand, dass seine Begabung im Bereich körperlicher Herausforderung und militärischer Strategie lag.

Er fragte sich, ob Joey wohl recht damit hatte, dass Mel unmöglich auf Dauer hier glücklich sein könnte, in diesem schäbigen kleinen Ort, voller Rancher und Arbeitertypen und ohne einen Fünfsternekoch im Umkreis von dreihundert Meilen. Vielleicht war sie ja einfach zu erhaben für dieses hinterwäldlerische Leben. Aber dann tauchte vor seinem inneren Auge ein Bild von der Mel auf, in die er sich verliebt hatte. Sie war natürlich und unverdorben, frech und hart im Nehmen, nicht verklemmt und leidenschaftlich. Und dickköpfig. Vielleicht machte er sich ja viel zu früh ein falsches Bild von ihr – er hatte ihr ja noch kaum eine Chance gegeben. Immerhin war es möglich, dass sie hier etwas fand, das sie liebte.

Tagsüber sah er sie überhaupt nicht. Er blieb die ganze Zeit in der Bar für den Fall, dass sie auf ein Sandwich oder eine Tasse Kaffee hereinschauen würde, was sie aber nicht tat. Es war schon fast sechs, als sie sich endlich sehen ließ. Bei ihrem Eintreten hatte er sofort dieses Gefühl, das ihm neuerdings so vertraut geworden war – Verlangen. Ein Blick auf ihre engen Jeans reichte, und schon litt er Qualen. Nur mit großer Willenskraft konnte er verhindern, dass sein Körper reagierte.

Es waren Gäste anwesend – die Gruppe, die fast immer zum Abendessen kam, und ungefähr sechs Angler von außerhalb. Auf dem Weg zum Tresen begrüßte Mel alle, die sie kannte. Dann schwang sie sich auf einen Barhocker und lächelte Jack an. „Ich hätte nichts gegen ein kaltes Bier."

„Schon unterwegs." Er zapfte eins für sie. Diese Frau, dachte er, die wirklich noch aussah wie ein Mädchen und ein Bier bestellte, keinen Champagnercocktail –, das passte doch nun wirklich nicht in das Bild, das er sich eben noch von ihr gemacht hatte. Nein, die Country-Club-Szene, Diamanten und Wohltätigkeitstanzveranstaltungen passten nicht zu Mel. Erleichtert lächelte er sie an.

„Was ist?", fragte sie.

„Ich freue mich nur, dich zu sehen, Mel. Möchtest du was essen?"

„Nein, danke. Heute Morgen hatten wir unerwartet viel zu tun, deshalb habe ich gegen drei für Doc und mich etwas zu essen gemacht. Ich habe keinen Hunger. Ich will nur das Bier hier genießen."

Die Tür ging auf und Doc Mullins kam herein. Vor zwei Monaten hätte er sich noch ans andere Ende des Tresens gesetzt. Jetzt nicht mehr. Er war zwar noch immer so griesgrämig wie irgend möglich, aber er setzte sich auf den Hocker links neben Mel, und Jack schenkte ihm einen Bourbon ein. „Abendessen?", fragte er den Arzt.

„Später", antwortete Doc.

Wieder öffnete sich die Tür, und Hope trat ein. Endlich hatte sie ihre Gummistiefel gegen Tennisschuhe ausgewechselt, die aber genauso schmutzig waren. Sie nahm rechts neben Mel Platz. „Oh, wie gut, dass Sie nicht schon wieder beim Essen sind", meinte sie und zog eine Packung Zigaretten aus ihrer Tasche. „Jack!", rief sie und meinte damit die Bestellung ihres Jack Daniels.

„Jack pur", erklärte Jack beim Einschenken.

Hope blies den Rauch aus. „Nun, wie hat Ihrer Schwester der Aufenthalt bei uns gefallen?"

„Danke, sie hatte eine schöne Zeit. Auch wenn sie den Zustand meines Haaransatzes bedenklich fand."

„Bringen Sie doch diesen alten Kauz hier dazu, Ihnen einen freien Tag zu geben. Dann fahren Sie rüber nach Garberville oder Fortuna und lassen es richten."

„Sie haben sowieso fast nur freie Tage", grummelte Doc.

„Das ist wirklich eine interessante Feststellung, wenn sie von jemandem kommt, der überhaupt keine Hilfe hier haben wollte", neckte ihn Mel und wandte sich dann an Hope. „Sie wissen ja, wie ältere Schwestern sind. Joey wollte sich nur vergewissern, dass ich hier nicht in Verhältnisse geraten bin, die zum Desaster werden könnten, und jetzt, nachdem sie sich davon überzeugt hat, dass ich überleben werde, kann sie reinen Gewissens wieder zu ihrer Familie zurückkehren. Und Sie, Hope? Was haben Sie die ganze Zeit über gemacht? Ich habe Sie kaum mehr gesehen."

„Ich bin bloß noch im Garten, von morgens bis abends. Ich pflanze und gieße, doch dann brechen die Rehe ein und fressen alles auf. Ich werde wohl Jacks Marines zusammentrommeln müssen, damit sie rund um mein Grundstück eine Grenze pinkeln."

Mel setzte sich zurück. „Das hilft?"

„Zum Teufel, ja! Besser als alles andere."

„Also, man lernt doch nie aus." Mel leerte ihr Bierglas, rutschte vom Hocker und erklärte knapp: „Ich fahre heim."

Kaum war sie zur Tür hinaus, merkte sie, dass Jack ihr gefolgt war. Er nahm ihren Arm und begleitete sie zum Auto. Bevor sie einstieg, drehte sie sich zu ihm um. „Glaubst du, du findest den Weg zu diesem kleinen Waldhaus?"

Er beugte sich vor, um sie zu küssen, und stöhnte. Schon wieder war es um ihn geschehen. „Ich bin sofort da."

„Lass dir Zeit. Gib mir etwas Vorsprung, damit ich mir Hopes

Zigarettenqualm aus den Haaren waschen kann. Geh und serviere noch das Abendessen zu Ende."

Er ließ seine Lippen über ihren Hals gleiten. „Ich werde hineingehen und ‚Feuer!' rufen."

Lachend riss sie sich von ihm los. „Also, bis später", sagte sie, setzte sich ins Auto und fuhr davon.

Auf dem Heimweg dachte Mel, dass Jack es nicht erwarten konnte und nicht lange brauchen würde. Von allen Männern, die sie kannte, war er derjenige, der am stärksten sexuell gesteuert war. Zu Hause angekommen, stellte sie ihre Arzttasche neben die Eingangstür und ging ins Schlafzimmer, setzte sich aufs Bett und nahm Marks Bild in die Hand. Sie blickte in seine freundlichen Augen. „Du weißt, dass ich dich liebe, und ich weiß, dass du es verstehst", sagte sie ihm in Gedanken. Dann legte sie das gerahmte Foto in die Schublade und ging duschen.

Jack ging in die Bar zurück und vergewisserte sich, dass alle gut bedient waren. Er brachte Doc sein Essen, wünschte Hope Gute Nacht, als sie ging, und begab sich dann zu Preacher. „Es ist nicht mehr viel los hier", informierte er ihn. „Ich fahre zu Mel raus." Er wusste, dass Preacher sich eher die Zunge abhacken ließe, als dazu seinen Kommentar abzugeben. Und schließlich wussten es inzwischen alle. Wenn Jack und Mel in einem Raum waren, knisterte es und die Leute streiften sie mit wissenden Blicken. „Du kannst mich bei ihr erreichen, falls du mich brauchst. Aber besser, du brauchst mich nicht."

„Ich komme schon klar", meinte Preacher. „Ricky und ich kriegen das schon hin."

Wahrscheinlich fuhr er ein wenig zu schnell über die kurvige baumüberschattete Straße, aber er konnte es kaum erwarten, zu Mel zu kommen. Er parkte, stieg auf die Veranda und setzte sich auf einen der Adirondack-Stühle, um sich die Stiefel auszuziehen. Dabei hörte er, wie im Haus die Dusche lief, und er rief ihren Namen, damit sie sich nicht erschreckte: „Mel?"

„Ich bin sofort fertig", rief sie zurück.

Schon riss er sich das Hemd vom Leib und öffnete die Schließe seines Gürtels. Seine Kleidungsstücke hinterließen eine Spur vom Wohnzimmer bis hin zum Badezimmer. Hinter dem beschlagenen Glas der Duschkabine konnte er ihren kleinen nackten Körper erkennen. Langsam öffnete er die Tür und blieb dort stehen, um sie in ihrer ganzen Schönheit zu betrachten. Gott, sie war so perfekt. Einladend winkte sie ihn zu sich herein, und er trat zu ihr.

„Du hast dir nicht viel Zeit gelassen", flüsterte sie an seinen Lippen.

„Ich habe es nicht versucht", räumte er ein.

„Ich wollte mich doch für dich frisch machen."

Während er sie leidenschaftlich küsste, waren seine Hände überall, strichen über ihren glatten, weichen Rücken und den Po, streichelten ihre Brüste, vergruben sich in ihrem feuchten Haar, glitten wieder zum Hals, über Schultern und Arme hinab, verschränkten sich mit ihren Fingern. Er vibrierte am ganzen Körper vor Verlangen, während sie ihn verwöhnte. Sie streichelte seine Brust, seinen Rücken, seinen knackigen Hintern, bis sie schließlich über seinen flachen Bauch hinweg an seine Erektion gelangte. „Ohhh … Mel …", stöhnte er, nur um gleich darauf wieder ihre Lippen in Beschlag zu nehmen.

Er tastete sich weiter nach unten vor und drang behutsam mit einem Finger in sie ein. Es erfüllte ihn mit Stolz, als er feststellte, dass sie ganz glitschig und ebenso ungeduldig war wie er. Diese Frau musste nicht lange aufgewärmt werden, und dieses gegenseitige Begehren war für ihn zum schönsten Teil seines Lebens geworden. Er hob sie hoch. Sie legte die Arme um seinen Hals und die Beine um seine Taille. Er presste sie an sich und drang langsam und bestimmt in sie ein. Sie in den Armen haltend, drehte er sich und stützte sich mit den Schultern an der Duschwand ab. Dann bewegte er Mel langsam auf und ab. Ihre Seufzer verwandelten sich in schnelles Keuchen, während sie ihn mit den Schenkeln immer fester umschloss.

Mel klammerte sich an seinem Hals fest, während ihre Zungen

heiß wurden bei dem Versuch, sich gegenseitig zu verschlingen. Sie spürte, wie seine Arme und Schultern arbeiteten, um sie zu halten, und es erregte sie sehr. Mehr und mehr fühlte sie das Verlangen in sich aufsteigen, bis es eine Stufe erreicht hatte, die fast unerträglich schön war und schon bald in Glückseligkeit umschlug.

Jack liebte nichts mehr, als sie an diesen verrückten Punkt zu bringen und zu spüren, wie sie sich um ihn herum zusammenzog. Als sie aufschrie, zog er sie noch enger an sich, drang tiefer und tiefer in sie ein, bis ihn der Sturm seines eigenen Höhepunkts bis in die Seele erschütterte.

Während sie ruhiger wurden, hielten sie sich gegenseitig fest, und allmählich wurde auch ihr Atem wieder normal. Zärtlich knabberte sie an seiner Unterlippe. „Nie hätte ich gedacht, dass so etwas möglich ist. Mit dir zusammen zu sein … Das ist wirklich ein Abenteuer."

„Ich weiß nicht, was du mit mir anstellst. Ich verliere noch den Verstand wegen dir."

„Gut. Mir gefällt, was du ohne Verstand tust." Sie lachte und berührte ihn hinten an den Schultern. „Du hast dort kleine Prellungen …"

„Ich liebe diese kleinen Prellungen."

„Komm, jetzt trocknen wir uns ab und treffen uns dann im Bett."

„Darum musst du mich nicht zweimal bitten. Aber bewege dich jetzt bitte nicht. Dieser Moment ist etwas heikel." Er hielt sie noch einen Augenblick fest, hob sie dann vorsichtig aus sich heraus, und stellte sie wieder auf die Beine. Gemeinsam duschten sie und trockneten sich gegenseitig ab. Mel brauchte noch etwas länger, um sich ihre goldene Mähne zu trocknen. Jack ging ins Schlafzimmer und setzte sich aufs Bett. Es war nicht mehr da. Das Bild war fort. Aber ihm war klar, dass bloß das Bild verschwunden war, nicht die Erinnerungen. Dennoch freute er sich. Er schlüpfte unter die Bettdecke und wartete ungeduldig.

Als sie ins Schlafzimmer kam, wollte sie das Licht löschen, aber er hielt sie zurück. „Lass es brennen, Mel.“ Ohne weiter zu fragen, kroch sie zu ihm ins Bett. Auf der Seite liegend richtete er sich auf und stützte sich mit dem Ellbogen ab. „Es gibt da ein paar Dinge, über die wir reden sollten. Neulich Nacht war das nicht möglich.“

„Oh-oh“, sagte sie, plötzlich nervös. „Kommt jetzt der Teil, wo du mir von zwanglosem Sex erzählst und erwachsenen Menschen, die sich einig sind?“

„Nein“, entgegnete er. „Ganz und gar nicht. Es geht nur um ein paar Kleinigkeiten. Wie du weißt, hat es in meinem Leben … Frauen gegeben. Mel, ich bin vierzig, und ich habe nie ein Mönchsdasein geführt. Aber ich habe immer ein Kondom benutzt. Wirklich, immer. Außerdem übertreiben Marines geradezu aberwitzig in puncto AIDS-Tests, Geschlechtskrankheiten eingeschlossen. Wenn du aber möchtest, dass ich mich testen lasse …“

„Ich bin da schon lieber vorsichtig …“

„Alles klar. Und dann haben wir auch noch nicht über Verhütung gesprochen, und ich möchte da nicht verantwortungslos sein. Das kommt natürlich jetzt etwas spät – es tut mir leid.“

„Dir wird nichts passieren“, beruhigte sie ihn. „Das kann ich dir versichern. Nur … wenn du so daran gewöhnt bist, immer ein Kondom zu benutzen, warum dann nicht auch neulich Nacht?“

Er räusperte sich. „Ich hatte keines zur Hand, und das Einzige, woran ich dachte, war, dafür zu sorgen, dass alles gut würde. Für dich hatte die Nacht doch so schlecht begonnen … und meine Güte, ich wollte nicht, dass du es bedauerst. Wahrscheinlich bin ich auch ein wenig kopflos geworden. Aber ich kann mich in Zukunft darauf einstellen. Du musst es mir nur sagen.“

„Und heute Abend?“, hakte sie nach.

„Ich entschuldige mich – in meiner Jeans, dort drüben auf dem Boden im Wohnzimmer, befinden sich … Tut mir leid, aber ich war so scharf auf dich. Ich habe den Kopf verloren, Mel. Das muss aber nicht immer …“

Sie legte ihm lächelnd einen Finger auf die Lippen und flüsterte: „Mir gefällt es so, wie es ist. Wenn du ein bisschen verrückt bist." Sie sah ihm in die Augen. „Normalerweise hätte ich an das Kondom gedacht, aber ich schätze, der Zustand, in dem ich war ... nun. Mach einfach den AIDS-Test. Ich bin sicher, dass wir sonst nichts zu befürchten haben. Gab es da ganz schrecklich viele Frauen?"

Er verzog das Gesicht und blickte finster. „Mehr, als mir lieb ist."

„Irgendwelche besonderen Frauen?", fragte sie.

„Du wirst es für eine Lüge halten, aber – nein."

„Was ist mit dieser Frau in Clear River?"

„Mel, wir haben nur miteinander geschlafen, und ich bin nie über Nacht bei ihr geblieben. Und sie kam nicht zu mir nach Virgin River. Ich hätte nie gedacht, dass mir das einmal peinlich sein würde."

„Es muss dir nicht peinlich sein. Du bist erwachsen."

„Es war ganz anders als das, was zwischen uns ist. Oder hast du das Gefühl, das hier sei nur eine lockere Affäre?", fragte er sie.

„Eigentlich fühlt es sich dafür etwas zu intensiv an."

„Gut", sagte er. „Für mich ist jetzt alles anders. Ich hoffe, du verstehst das."

„Mit mir schläfst du also nicht nur?"

„Ich schlafe *mit* dir, aber auch *bei* dir", betonte er und fuhr mit der Hand über ihre glatte Schulter und weiter den Arm hinunter. Dann hauchte er ihr einen kleinen, süßen Kuss auf den Mund. „Es ist nicht nur Sex. Es ist viel mehr. Es ist etwas ganz Besonderes."

Sie musste über ihn lachen. „*Gehst* du jetzt mit mir?", zog sie ihn auf.

„Ja", sagte er. „Für mich ist es das erste Mal."

„Also bist du in mancherlei Hinsicht eine Jungfrau aus Virgin River."

„In dem Fall bin ich das wohl."

„Das ist sehr süß von dir."

„Das ist Wahnsinn. Ich sehne mich die ganze Zeit nach dir. Wie ein Kind."

„Du verhältst dich aber nicht wie ein Kind", sagte sie.

„Melinda – ich hatte während der letzten Woche mehr Erektionen als in den letzten zehn Jahren. Jedes Mal, wenn du an mir vorbeigehst, muss ich mich auf etwas anderes konzentrieren. Das ist mir nicht mehr passiert, seit ich sechzehn war, als ich wegen allem Möglichen – vom ersten Bierrausch bis zu einer Hausarbeit in Geografie – in Panik geriet. Man könnte darüber lachen, wenn es nicht so lächerlich wäre."

„Deine Hormone haben verrückt gespielt", diagnostizierte sie lachend. „Du bist ein erstaunlicher Liebhaber."

„Das liegt nicht allein an mir. Du bist auch ganz erstaunlich. Verdammt, Baby. Wir passen wirklich richtig gut zusammen."

„Jack – wissen eigentlich alle im Ort Bescheid?"

„Sie werden sich wohl einiges denken. Ich habe nichts gesagt."

„Irgendwie scheint das auch gar nicht nötig zu sein, glaube ich."

„Wir könnten versuchen, es für uns zu behalten, wenn es dir damit besser geht. Ich könnte es schon schaffen, dich nicht so anzusehen, als wollte ich dich zum Nachtisch verspeisen, wenn es das ist, was du willst."

„Es ist nur … also, du weißt doch. Ich habe diese Probleme."

„Ich weiß. Ich habe dich ja bei einigen deiner schweren Probleme unterstützt. Und ich verstehe auch, dass es etwas mehr braucht, als nur ein wenig Sex, um das alles loszuwerden." Er grinste. „Guter Sex."

„*Sehr* guter Sex."

„Oh, ja …", pflichtete er ihr bei.

„Nur, dass du es weißt: Ich bin noch ziemlich durch den Wind, und ich möchte dich nicht enttäuschen, Jack. Ich möchte dich nicht verletzen."

Er ließ eine Hand über ihren Körper gleiten, wobei er mit den Fingern ihre weiche, warme Haut durchkämmte. „Mel, es verletzt mich nicht." Er lächelte. „Es fühlt sich richtig gut an. Mach dir keine Sorgen um mich." Er küsste sie zart. „Du möchtest also die Sache zwischen uns … geheim halten? Sozusagen als reine Privatsache?"

„Meinst du, es würde funktionieren?"

„In meinen Augen macht es eher keinen Sinn, sich zu verstellen", meinte er. „Aber das musst du entscheiden."

„Ach, was soll's", sagte sie. „Es ist nicht gegen das Gesetz, oder?"

Er beugte sich zu ihr hinunter und küsste sie etwas leidenschaftlicher. „Vielleicht sollte es das aber." Dann küsste er sie noch einmal.

In der frühen Morgendämmerung wurde Jack vom leisen Geräusch eines etwas misstönenden Gesumms aufgeweckt. Mel lag in seine Armbeuge gekuschelt da, und ihr Atem kitzelte ihn an der Brust. Sie brummte und summte, und ihre Lippen bewegten sich leicht, so, als würde sie singen. Hätte sie dabei traurig oder verstört ausgesehen, würde er sich Sorgen gemacht haben. Aber sie lächelte. Sie schmiegte sich enger an ihn und legte ein Bein über ihn. Und leise strömte diese schläfrige kleine Musik aus ihr heraus.

Er konnte an einer Hand abzählen, wie oft er eine ganze Nacht mit einer Frau im Bett gelegen hatte, und schon jetzt konnte er sich nicht mehr vorstellen, allein aufzuwachen. Er zog sie näher an sich und wusste, dass er in seinem ganzen Leben noch nie so glücklich gewesen war.

12. KAPITEL

Jeden zweiten Tag rief Ricky bei Liz an, obwohl er es am liebsten siebenmal am Tag getan hätte. Immer wenn er ihre Nummer wählte, wurde sein Puls schneller und fing an zu rasen, wenn er ihre Stimme hörte.

„Lizzie, wie geht's dir?", fragte er dann.

„Ich vermisse dich", war die regelmäßige Antwort. „Du hast gesagt, du würdest kommen."

„Das werde ich auch. Ich versuche es. Aber mit der Schule und der Arbeit … Wie sieht's denn aus … mit dieser Sache?"

„Ich wünschte, ich könnte in Virgin River sein, statt hier." Dann lachte sie. „Komisch. Ich habe meine Mutter dafür gehasst, dass sie mich zu Tante Connie geschickt hat, und jetzt hasse ich sie dafür, dass sie mich hierbehält."

„Hasse deine Mutter nicht, Liz. Lass es."

Dann redeten sie gewöhnlich über irgendwelche belanglosen Dinge, über Bekannte, die Schule, über Virgin River und Eureka. Nie gab sie ihm von sich aus irgendeine Information zu der befürchteten Schwangerschaft.

Rick starb tausend Tode. Er hatte entsetzliche Angst davor, dass etwas schiefgegangen sein könnte und Liz nur wegen dieser einzigen Nacht hinterher mit einem Baby dastehen würde. Aber fast noch schlimmer war, dass er nicht wusste, was mit ihm geschah, in seinem Kopf, in seinem Körper. Er träumte von ihr, wünschte, er könnte sie umarmen, wollte ihr Haar riechen und ihre Lippen küssen. Er wollte ihre Brust in seiner Hand fühlen, aber er wollte auch, dass sie auf dem Schulweg in seinem kleinen Truck neben ihm saß, mit ihr herumalbern, lachen und Händchen halten.

Der Anruf jetzt war nicht anders als sonst. Aber dann fragte sie: „Warum kommst du nicht nach Eureka?"

Er holte tief Luft. „Ich will dir die Wahrheit sagen, Liz. Ich habe Angst davor. Du und ich, wir können uns ganz schön hochschaukeln."

„Aber du hast doch diese Gummis …“

„Ich habe dir doch schon gesagt, dass das nicht reicht. Du solltest auch etwas tun. Die Pille nehmen oder so.“

„Wie soll das denn gehen? Ich habe noch nicht einmal den Führerschein. Meinst du etwa, ich könnte meiner Mom sagen: ‚Hey, ich brauche irgendein Verhütungsmittel. Ricky und ich wollen miteinander schlafen.‘?“

„Wenn du hier wärest, könntest du mit Mel sprechen. Vielleicht kannst du ja deine Mom dazu überreden, Connie in Virgin River zu besuchen.“ Aber noch während er dies vorschlug, schreckte er auch schon davor zurück. Und wurde so rot, dass ihm ganz schwindlig wurde. Hatte er da wirklich gerade einer Vierzehnjährigen nahegelegt, sie solle verhüten, damit sie Sex haben könnten? In der Fahrerkabine eines Trucks?

„Ich weiß nicht“, sagte sie leise. „Ich glaube, das würde ich nicht wollen. Ich kann mir nicht vorstellen, dass ich mit jemandem darüber reden könnte, der – na ja – irgendwie schon erwachsen ist. Könntest du das etwa?“

Er hatte es bereits getan. Sowohl Preacher als auch Jack wussten Bescheid. Aber er sagte nur: „Ich könnte es, wenn es mir wichtig wäre.“

„Ich weiß nicht“, meinte sie. „Ich werde darüber nachdenken.“

Wenn du nicht aufhören kannst, von einem Mädchen zu träumen; wenn du ständig daran denken musst, wie sich ihr Haar an deiner Wange anfühlt; wenn dir ihre weiche Haut nicht mehr aus dem Kopf geht – bedeutet das, dass du sie liebst? Und wenn es dir jedes Mal ein bisschen besser geht, nachdem du mit ihr gesprochen und ihr Lachen gehört hast – hat das irgendeine Bedeutung, oder heißt das bloß, dass du ein geiler sechzehnjähriger Junge bist?

Er wusste, dass er das war. Allein bei dem Gedanken, noch einmal in sie einzudringen, wurde ihm schwindlig. Aber es war auch noch mehr als das. Er konnte mit Liz reden; konnte ihr zuhören; *wollte* ihr zuhören. Es konnte ihn geradezu in Trance versetzen, wenn sie mit ihm über so etwas Langweiliges wie Algebra sprach. Wenn er nur ein wenig Mut hätte, würde er Jack fragen: Was ist Liebe? Was ist Sex? Und wann ist es ein und dasselbe?

„Hat sich inzwischen etwas Neues ergeben, Lizzie, weißt du jetzt, ob du schwanger bist oder nicht?“, hakte er schließlich nach.

„Du meinst ...?“

„Ja, das meine ich.“ Schweigen. Sie würde ihn zwingen, noch weiterzubohren. Jedes Mal zog sich ihm schon bei der Formulierung der Worte der Magen zusammen, Worte, die Jungen wie ihm fremd waren. „Hast du deine Periode bekommen?“, rang er sich ab und war dankbar dafür, dass sie nicht sehen konnte, wie er rot wurde.

„Ist das alles, was dich interessiert?“

„Nein, Lizzie, Baby. Aber wenn ich dich in Schwierigkeiten gebracht habe, möchte ich sterben, okay? Ich will nur, dass dieser ganze Schrecken ein Ende nimmt. Für uns beide.“

„Ich habe sie noch nicht bekommen, aber das ist schon in Ordnung. Ich habe es dir doch gesagt – bei mir ist es nicht regelmäßig. Und mir geht es gut. Ich habe nicht das Gefühl, dass irgendetwas anders ist als sonst.“

„Na immerhin, das ist ja schon etwas“, sagte er.

„Ricky, ich vermisse dich. Vermisst du mich auch?“

„Ohhh, Liz“, hauchte er völlig geschafft. „Ich vermisse dich so sehr, dass es mir entsetzliche Angst macht.“

In der darauffolgenden Woche erledigte Mel erst einige Telefonate und fragte Jack dann, ob er sich einmal für einen ganzen Tag von der Bar freimachen könnte, um mit ihr zusammen einiges zu erledigen. Sie wollte nach Eureka fahren, erklärte sie ihm. Und sie wollte nicht allein dorthin fahren. Natürlich sagte er ihr zu. Er tat alles, worum sie ihn bat. Als er ihr anbot, sie in seinem Wagen zu fahren, lehnte sie ab. Sie wollte lieber ihren eigenen nehmen, das Dach herunterlassen und das sonnige Juniwetter genießen.

„Ich hoffe, es war nicht zu anmaßend von mir, Jack, aber ich habe einen Termin für mich im Schönheitssalon vereinbart und für dich einen in der Klinik – du weißt schon, wegen diesem Test."

„Eigentlich hatte ich vor, an die Küste zu fahren, zu dem Luftflottenstützpunkt, aber so ist es mir auch recht. Ich habe mein Angebot ernst gemeint, denn ich will, dass du dich sicher fühlst."

„Nicht, dass ich mir wirklich Sorgen machen würde. Es ist nur eine Vorsichtsmaßnahme. Und sollte sich irgendetwas herausstellen, werde ich mich auch testen lassen. Umgekehrt würde ich dich auch keinem Risiko aussetzen wollen, verstehst du. Aber in den letzten sieben Jahren habe ich nur ..." Sie unterbrach sich.

„Hast du nur mit deinem Mann geschlafen", beendete er den Satz für sie. „Du kannst es ruhig aussprechen. Es war dein Leben. Es *ist* dein Leben. Wir sollten offen darüber reden können."

„Also gut", sagte sie und wechselte das Thema. „Danach habe ich einen Termin für eine Probefahrt mit einem Gebrauchtwagen vereinbart, den ich mir eventuell kaufen möchte, und dazu möchte ich deine Meinung hören. Ein Fahrzeug, das nicht im Matsch stecken bleibt."

„Tatsächlich?", sagte er überrascht. „Was für ein Fahrzeug?"

Sie saß bequem hinter dem Lenkrad des BMWs und warf einen verstohlenen Blick auf die Beifahrerseite. Seine Knie standen so hoch hinaus, dass sie ein Lachen unterdrücken musste. „Ein Hummer", antwortete sie.

Er war sprachlos. Schließlich sagte er: „Ich nehme an, du weißt, was die kosten?"

„Das weiß ich."

„Dann bezahlt dich Hope aber besser, als ich dachte."

„Hope zahlt mir so gut wie gar nichts. Aber das Leben hier kostet mich auch so gut wie nichts. Vor allem, wenn das Bier nach der Arbeit jeden Tag auf Kosten des Hauses geht. Nein, das ist meine eigene Investition."

Er pfiff durch die Zähne.

„Ich habe etwas Geld", fuhr sie fort. „Da war ... da war ..."

Über die Konsole hinweg legte er eine Hand auf ihren Schenkel. „Ist schon gut, Mel. Ich wollte dich nicht aushorchen."

„Du hast mich doch nicht ausgehorcht!", rief sie. „Du fragst ja nicht einmal – was ich erstaunlich finde. Also, es ist so: Wir hatten investiert. In Altersversorgung. Lebensversicherung. Das Haus konnte ich mit einem fast schon aberwitzigen Gewinn verkaufen. Und dann läuft noch die Klage auf Schadenersatz und Schmerzensgeld. Ich bin nicht arm, Jack. Ich habe mehr Geld, als ich brauche." Sie sah kurz zu ihm hinüber. „Ich wäre dir dankbar, wenn das unter uns bliebe."

„Nicht einmal, dass du verwitwet bist, weiß irgendjemand", versicherte er ihr.

Sie atmete tief durch. „Also – ich habe mich lange mit June Hudson unterhalten, der Ärztin in Grace Valley, und sie gefragt, was sie mir raten würde, um einen Geländewagen in einen behelfsmäßigen Ambulanzwagen umzuwandeln. Und nun habe ich eine lange Einkaufsliste. Wenn alles gut geht, werde ich schon bald nicht nur ein Fahrzeug haben, das Doc und mich über Stock und Stein bringt, sondern notfalls auch unsere Patienten ins Krankenhaus, ohne dass ich hinten auf einem Pick-up sitzen und die Infusionsflasche in den Wind halten muss."

„Das wäre natürlich eine große Hilfe für einen kleinen Ort wie Virgin River", sagte er bedächtig.

Er selbst hat auch viel für den kleinen Ort getan, dachte Mel. Er hat dieses Ferienhaus weitgehend allein in ein kleines Restaurant mit Bar umgebaut und bietet jeden Tag Mahlzeiten und Getränke zu niedrigen Preisen an. Um großen Profit schien es Jack wirklich nicht zu gehen. Auch auf Rickys Hilfe könnte er vermutlich verzichten, aber es war klar, dass er eine Art Ersatzvater für den Jungen war. Und Preacher – nun, zweifellos versorgt er auch ihn sehr gut, dachte Mel. Anscheinend brauchte Jack nicht viel, um über die Runden zu kommen. Er bezog eine Pension vom Militär, und mit Sicherheit hatte er auch ein bescheidenes, aber ausreichendes Einkommen als Restaurantbesitzer. So viel jedenfalls, dass er sein Leben in vollen Zügen genoss.

Jacks größte Leistung für Virgin River war in Mels Augen, dass er jedem half, der irgendetwas brauchte. Vor allem denen, die sich selbst um die Belange des Ortes kümmerten, wie Doc und sie. Seit Kurzem erhielten sogar der Hilfssheriff und die Highway Patrol Gratismahlzeiten. Er erledigte Reparaturen und war manchmal sogar Babysitter. Und es war noch nie vorgekommen, dass er losgefahren wäre, um Vorräte einzukaufen, ohne zuvor kleine alte Ladys wie Frannie oder Maud anzurufen und zu fragen, ob sie etwas brauchten. Auch ihr, Mel, hatte er das schon häufig angeboten. Offensichtlich empfand er es als seine Aufgabe, den Bedürfnissen anderer entgegenzukommen. „Zufällig hat dieser kleine Ort auch das eine oder andere für mich getan", sagte sie. „Allmählich bekomme ich das Gefühl, dass ich nach alledem wieder leben könnte. Und dazu hast du eine Menge beigetragen, Jack."

Jack konnte sich die Frage nicht verkneifen. „Du wirst also bleiben?"

„Jedenfalls vorläufig", bestätigte sie. „Ende des Sommers wird ein weiteres Baby auf die Welt kommen. Ich lebe für diese Babys."

Eines Tages, dachte er, werde ich es ihr sagen. Ich werde ihr sagen, dass ich sie mehr liebe, als ich je geglaubt habe, eine Frau lieben zu können, und dass mein richtiges Leben erst mit dem Tag begann, als sie ins Dorf kam. Aber jetzt noch nicht. Ich will sie nicht in die Ecke drängen und ihr das Gefühl geben, sie müsste entweder sagen, dass sie mich auch liebt, oder weglaufen.

„Also, Mel, rein zufällig habe ich schon massenhaft Hummer gefahren."

Sie warf ihm einen überraschten Blick zu. „Ja natürlich!", rief sie. „Das hatte ich ja völlig vergessen!"

„Und falls nötig, bin ich auch ein halbwegs passabler Mechaniker."

„Das ist gut. Du wirst eine größere Hilfe sein, als ich angenommen habe."

Doch die wichtigsten Punkte, die auf der Tagesordnung standen, waren ihr Haar und Jacks Kontrolluntersuchung. Mel war sehr davon angetan, dass ihr Schnitt und die Strähnchen für nur fünfundsiebzig Dollar mehr als eine angemessene Leistung waren. Entweder hatte sie sich noch immer nicht an die Spottpreise auf dem Land gewöhnt, oder man hatte sie in L. A. total ausgenommen.

Anschließend fuhren sie zu dem Gebrauchtwagenhändler, der einen Secondhand-Hummer zu einem allerdings sehr stolzen Preis anbot. Es war ein Rückkauf, der Wagen hatte nur zwanzigtausend Meilen auf dem Buckel und schien in einem guten Zustand zu sein. Jack inspizierte ihn genau, ließ den Wagen auf die Hebebühne fahren, um Achsen, Karosserie, Stoßdämpfer, Bremsen und Auspuff zu prüfen. Sie machten eine Probefahrt, und er lief gut, aber der Preis war unerschwinglich.

Doch Mel hatte ja ihr süßes kleines BMW-Cabriolet, das sie in Zahlung geben konnte. Es dauerte zwei Stunden, bis Mel und der Autohändler sich auf einen Preis geeinigt hatten, und Jack durfte einen weiteren Aspekt von Mels Charakter kennenlernen: Sie war eine sture Meisterin im Verhandeln.

Anschließend besuchten sie ein Sanitätsgeschäft, in dem sie einige Notfallgeräte kauften – vom Defibrillator bis hin zum Sauerstofftank. Weiteres medizinisches Zubehör musste noch bestellt werden, würde aber innerhalb der nächsten zwei Wochen nach Virgin River geliefert werden. Dann fuhren sie im Hummer den Highway entlang und über den Bergpass zurück nach Virgin River. „Und wie willst du den Leuten erklären, womit du dir das alles leisten kannst?“, fragte Jack.

„Ich werde sagen, dass ich in L. A. mit vielen reichen, gelangweilten Ärzten zusammengearbeitet und sie alle wegen Spenden für den Ort angehauen habe.“

„Ah“, sagte er. „Und falls du gehst?“ Er brachte es einfach nicht fertig, das Wörtchen „Wenn“ auszusprechen.

„Vielleicht sollte ich wirklich mal ein paar dieser reichen, gelangweilten Ärzte, die ich ja tatsächlich kenne, anrufen und sie auf eine Spende ansprechen", antwortete sie. „Aber wir wollen den Teufel nicht an die Wand malen."

Er lachte. „Nein, das lassen wir lieber."

Sie parkten den Hummer vor Jacks Bar, wo sie ihn den Leuten, die regelmäßig zum Abendessen kamen, ein wenig stolz vorführten. Sie würden ganz sicher keine Zeit verlieren und die Neuigkeit im Rest des Dorfes in Windeseile verbreiten. Als wäre er über diese unnötige Anschaffung verärgert, grummelte Doc, dass sein alter Truck völlig gereicht hätte. Aber Mel überging seinen Kommentar und sagte ihm, er müsse gleich morgen beweisen, ob er mit dem neuen Fahrzeug zurechtkäme. Und schnell wurde deutlich, dass sein Anfall von Groll nur gekünstelt war, denn er wurde ein- oder zweimal dabei erwischt, wie er lächelte, während er es inspizierte. Ricky konnte sie zu einer kleinen Spritzfahrt überreden, und Preacher beobachtete sie von der Veranda aus. Er hatte die Arme vor seiner massiven Brust verschränkt und grinste wie ein Schulmädchen.

Als Mel am nächsten Morgen June Hudson anrief, um ihr von dem neuen Gefährt zu berichten, lud June sie für den kommenden Sonntag zu einem zwanglosen Abendessen mit Hamburgern und Hotdogs zu sich nach Hause ein. „Wenn ich etwas Kartoffelsalat und Bier mitbringe, darf ich dann auch noch einen Freund mitbringen?", fragte Mel. Sie redete sich ein, nur deshalb gefragt zu haben, weil zu diesem Dinner, abgesehen von Junes Dad, vermutlich nur Paare kommen würden und sie sich als Single nicht wohlfühlen würde. In Wirklichkeit aber wollte sie Jack so oft wie möglich an ihrer Seite haben.

„So, so", meinte Jack später grinsend. „Holst du mich etwa aus dem Wandschrank hervor?"

„Nur für einen Tag", antwortete sie. „Weil du so brav warst."

June besaß eines dieser hinreißenden Landhäuser, von denen Mel geträumt hatte, als sie ihre Flucht aus der Stadt plante – eine riesige Veranda, helle Farben, gemütlich eingerichtet und direkt auf einer Anhöhe gelegen, von der aus man das Tal überblicken konnte. Ihre Dekoration bestand zum Teil aus bestickten Kissen und Decken, denn June war eine Meisterstickerin. Als Landärztin schien sie ihr Leben offenbar perfekt geregelt zu haben – mit ihrem Mann Jim, der ihr den Rücken freihielt und sich um das Baby kümmerte; einem eigensinnigen Vater, der sich in alles einmischte, und reizenden Freunden, die sie unterstützten: John und Susan Stone.

Susan war Krankenschwester, daher tauschten Mel und sie gleich Erfahrungen aus, und schnell waren alle zum Du übergegangen. Auch Susan und John waren von der Stadt aufs Land gezogen, und sie sprach freimütig darüber, wie sie eine Weile gebraucht hatte, bis sie die ruhigere Gangart in Grace Valley würdigen und sich an das Fehlen von den Annehmlichkeiten, die man in einer Großstadt hatte, gewöhnen konnte. „Früher hatte ich nur wenige Minuten bis zum Kosmetiksalon zu laufen", erzählte sie. „Jetzt ist es schon ein riesiges Unterfangen, auch nur ein paar Lebensmittel einzukaufen." Susan war hochschwanger. Ständig massierte sie sich den Rücken und schob dabei ihren Bauch vor.

Die Frauen saßen auf der Veranda. June stillte ihr Baby im Schaukelstuhl, während Susan sich nach einem Kissen umsah, mit dem sie sich den Rücken abstützen konnte. Draußen im Hof standen die Männer um den Hummer herum, alle hielten ein Bier in der Hand und blickten gelegentlich ins Wageninnere oder unter die Motorhaube.

„Ein ziemlich attraktiver Mann, den du da mitgebracht hast", bemerkte June.

Mel sah zu ihnen hinüber. Jim und Jack waren in Größe und Gewicht ungefähr gleich. Beide trugen sie Jeans, Holzfäller- oder Jeanshemd und Stiefel. John, der mit einer respektablen Größe von eins zweiundachtzig nur wenig kleiner war als die beiden, war mit Khakihose und Polohemd nicht ganz so lässig gekleidet, aber auch er sah verdammt gut aus. „Seht sie euch an", sagte Mel. „Sie könnten Werbung machen für das *Virility Magazine*. Mutter Natur hat es wirklich gut mit ihnen gemeint."

„Mutter Natur ist ganz schön pervers", jammerte Susan und krümmte sich. „Hätte sie auch nur einen Funken Mitleid, würden unsere Schwangerschaften nur sechs Wochen dauern. Wetten, dass das Vater Natur war? Der Fiesling."

„Unbequem, hm?", fragte Mel.

„Ich habe ziemlich heftige Rückenschmerzen. Der Tag ist viel zu schön dafür, um dermaßen schwanger zu sein!"

„Es ist nett bei dir, June, danke für die Einladung", sagte Mel. „Wenn es das schon für die arme Susan nicht ist, ich fühle mich sehr entspannt und stressfrei. Führen alle im Tal hier so ein einfaches, unkompliziertes Leben?"

Zu Mels Überraschung brach June in Lachen aus, in das auch Susan mit einfiel. Sydney, Susans siebenjährige Tochter, kam mit fliegenden blonden Locken durch die Tür geschossen und rannte mit Sadie, Junes Collie, die Stufen hinunter, die im Hof hinter ihr herjagte. Sie lief zu ihrem Dad, umklammerte einen Moment lang sein Bein, bevor sie wieder mit dem Hund im Schlepptau im Hof herumrannte.

„Was gibt's da zu lachen?", fragte Mel.

„Man kann eigentlich nicht behaupten, dass die Dinge hier sonderlich unkompliziert sind. Vor zwei Jahren noch war ich mir ziemlich sicher, dass ich niemals heiraten, geschweige denn ein Baby haben würde."

Das veranlasste Mel, ganz schnell auf ihrem Stuhl nach vorne zu rutschen. „Mir kommt es vor, als ob du mit Jim schon seit Ewigkeiten zusammen bist."

„Es ist gerade erst etwas mehr als ein Jahr her, dass er spät nachts zu mir in die Praxis kam, weil er Hilfe für einen angeschossenen Kollegen suchte. Und jetzt ist Jim Gesetzeshüter im Ruhestand. Aber als ich ihn kennenlernte, war er ständig unterwegs und immer mit irgendeinem Fall beschäftigt. Meistens kam er erst spät nachts in mein Schlafzimmer geschlichen. Eine ganze Weile habe ich ihn mir als mein kleines Geheimnis bewahrt, bis dann mein Bauch anfing, dicker zu werden."

„Nicht möglich."

„Oh, doch. Kein Mensch im Ort wusste, dass es überhaupt einen Mann in meinem Leben gab, und dann bin ich plötzlich schwanger. Und nicht nur ein bisschen, denn als ich es begriffen hatte, war ich schon ganz schön weit. Verheiratet sind wir erst seit ein paar Monaten. Wir haben es nicht geschafft, bevor das Baby kam."

„In so einem kleinen Ort?" Mel war völlig verblüfft.

„Die Leute haben sich sehr diskret verhalten. Ich meine, wir hatten auch eine Überschwemmung, eine Zeit lang waren wir ohne Priester, und dann gab es noch eine riesige Drogenrazzia da draußen in den Wäldern. Eins kam zum anderen. Vermutlich lag es auch daran, dass sie alle Jim so schnell sympathisch fanden. Aber meinen Vater hätte fast der Schlag getroffen."

„Vielleicht ja auch deshalb, weil Jim zu dir ins Haus gezogen ist und dich nicht mehr aus den Augen lassen wollte, bis du dich bereit erklärt hattest, ihn zu heiraten", ergänzte Susan.

„Ich habe lange Zeit allein gelebt", fuhr June fort. „Deswegen hat mich die ganze Sache etwas nervös gemacht. Immerhin waren wir ja noch nicht lange zusammen – und weiß Gott, auch nicht sehr oft miteinander im Bett. Keine Ahnung, wie ich so schnell schwanger werden konnte."

„Nein. Natürlich weißt du, warum." Susan klopfte sich auf den stattlichen Bauch, dessen Inhalt schon bald nach frischen Windeln schreien würde. „Wir haben uns lange Zeit darum bemüht, Sydney zu bekommen. Tatsächlich war dann auch ein wenig Hilfe nötig. Ich wurde einfach nicht schwanger."

Zu gegebener Zeit würde Mel sicher gerne mitreden und auch ihre Geheimnisse preisgeben. Vorläufig jedoch wollte sie einfach nur zuhören.

„Und dann hatten John und ich einen enormen Streit", erzählte Susan weiter. „Wir haben kaum noch miteinander geredet. Ich ließ ihn auf der Couch schlafen – so sauer war ich auf ihn. Als ich ihm dann verziehen und ihn wieder ins Bett gelassen hatte, hat er sich ganz schön ins Zeug gelegt." Sie kicherte, und ihre Augen blitzten.

„Wenigstens wart ihr verheiratet", warf June ein.

„Erzähl uns von deinem Mann", forderte Susan Mel auf.

„Oh, Jack ist nicht mein Mann", sagte Mel automatisch. „Aber er ist der erste Freund, den ich in Virgin River gefunden habe. Auf der anderen Straßenseite, gegenüber von Docs Praxis, besitzt er ein kleines Restaurant mit Bar, das aber mindestens ebenso sehr ein allgemeiner Treffpunkt ist wie ein Restaurant. Sie haben nicht einmal eine Speisekarte dort. Sein Partner, ein Typ, der einem Angst einjagen kann, wenn man ihn sieht, in Wirklichkeit aber ein Engel ist und Preacher genannt wird, bereitet jeden Tag etwas zum Frühstück, Mittag- und Abendessen. Und wenn ihn der Ehrgeiz packt, gibt es auch schon mal zwei Essen zur Auswahl. Oder auch, wenn vom Vortag etwas übrig geblieben ist. Man kann dort sehr guten Fisch essen. Sie halten die Preise niedrig. Und sie helfen im Ort, wo immer man sie braucht. Jack hat mir das Haus renoviert, in dem ich für die Zeit, in der ich hier bin, wohnen kann."

Einen Moment lang schwiegen die Frauen. Dann sagte Susan: „Liebes, ich habe so ein Gefühl, du könntest für ihn nicht bloß eine Freundin sein. Hast du nicht bemerkt, wie er dich ansieht?"

Mel sah zu Jack hinüber, und als hätte er es gefühlt, drehte er den Kopf und sah ihr in die Augen. Sein Blick war feurig und sanft zugleich. „Ja, aber er hat versprochen, damit aufzuhören."

„Mädchen, ich würde niemals einen Mann davon abhalten, mich so anzusehen! Es kann doch unmöglich sein, dass du nicht weißt, wie sehr er …"

„Susan", wurde sie von June unterbrochen. „Wir wollen nicht neugierig sein, Mel."

„June will nicht neugierig sein, ich schon. Willst du etwa sagen, dass er nicht …?"

Mel fühlte, wie ihre Wangen sich röteten. „Also, es ist nicht das, was ihr denkt", setzte sie an.

June und Susan prusteten los. Sie lachten so laut, dass die Männer ihre Unterhaltung unterbrachen und zur Veranda hochsahen. Ohne es zu wollen, stimmte Mel in das Gelächter ein.

Ach, wie sehr hatte sie das vermisst: Freundinnen. Geheimnisse austauschen, private Sachen besprechen. Über die eigenen Stärken und Schwächen lachen.

„Was ich gedacht habe, ist Folgendes“, erklärte Susan. „Er sieht aus, als könnte er es nicht erwarten, mit dir allein zu sein und dir unaussprechliche Dinge anzutun.“

Mel entfuhr ein deutliches Seufzen, und ihre Wangen wurden noch heißer. Das kann er nicht, hätte sie fast gesagt. Und ohhhh …

June nahm das Baby von der Brust und legte es sich an die Schulter, damit es sein Bäuerchen machen konnte. Wie auf Kommando drehte die Männergruppe sich um und steuerte die Veranda an, allen voran Jim. „Hört sich ja ganz so an, als hättet ihr fürchterlichen Stress“, sagte er und übernahm das Baby für das Bäuerchen.

John küsste Susan auf die Stirn, während er mit einer Hand zärtlich über ihren Bauch fuhr. „Wie geht es dir, Schatz?“, fragte er besorgt.

„Fantastisch. Und gleich nach dem Essen holst du es mir bitte raus.“

Er reichte ihr sein Bier. „Hier, nimm einen Schluck und entspann dich.“

Jack stand hinter Mel und legte eine Hand auf ihre Schulter. Unwillkürlich griff sie danach und streichelte sie.

„Ich werde jetzt den Grill anwerfen“, sagte der alte Doc Hudson und ging ins Haus.

Dann saßen sie alle im Hof um einen Picknicktisch geschart und redeten über ihr Dorf und ihre Fälle. Von John bekam Mel ein paar gute Tipps für Hausgeburten. Man tauschte Dorfklatsch aus, es wurde viel gelacht, und schon viel zu früh wurde es dunkel.

Als Jack und Mel aufbrachen, ergriff Mel die Gelegenheit, mit June über das Baby zu sprechen – Chloe. Sie äußerte ihre Besorgnis darüber, dass sie noch immer nichts vom Sozialamt gehört hatten.

June runzelte die Stirn. „Es ist schon richtig, sie müssen einen großen Bezirk betreuen, aber gewöhnlich arbeiten sie ziemlich gut. Eine meiner besten Freundinnen ist Sozialarbeiterin, allerdings in Mendocino. Ich kann es ihr ja mal erzählen – und hören, was sie dazu sagt."

„Vielleicht solltest du das tatsächlich. Vor allem, wenn auch dir das Ganze seltsam vorkommt", bat Mel.

„Das werde ich tun und dich dann anrufen. In der Zwischenzeit kannst du auch die Lage peilen, wenn du das Baby mal als deine Patientin ansiehst. Schau, ob du etwas herausfinden kannst. Doc Mullins ist pfiffiger, als er zu sein scheint", meinte June. „Er ist ein schlauer alter Fuchs. Sieh nach, ob er was im Ärmel versteckt hat."

Mel umarmte June, während Jack beim Wagen wartete. „Danke für alles. Es war ein perfekter Tag."

Auf der Rückfahrt nach Virgin River befand Mel sich in einer so ausgeglichenen Stimmung wie schon lange nicht mehr. Ihre Verbindung zu diesem Platz hier hatte sich mit den neuen Freundschaften vertieft, und das lag nicht zuletzt daran, dass sie Jack akzeptiert hatten.

„Du bist ja ganz still geworden", stellte Jack fest.

„Mir hat es so gut gefallen", sagte sie verträumt.

„Mir auch. Nette Leute, deine Freunde."

„Sie mögen dich auch. Wusstest du, dass Jim früher mal ein Cop war?"

„Ja, das habe ich mitbekommen."

„Und John und Susan sind vor zwei Jahren aus der Stadt hierher gezogen. Und Elmer – der früher hier der Arzt war –, er ist wirklich zum Piepen. Ich bin so froh, dass wir zusammen dort waren."

Sie fuhren schweigend weiter, bis sie sich Virgin River näherten. „Zu dir oder zu mir?", fragte Jack.

„Würde es dir sehr viel ausmachen, wenn wir einmal eine Nacht aussetzen?"

„Du bekommst von mir, was immer du brauchst, Mel. Solange es kein Problem gibt."

„Es gibt absolut kein Problem. Wirklich, ich habe mich noch

nie so im Einklang mit mir und der Welt gefühlt wie jetzt. Ich dachte bloß, ich würde heute gerne nach Hause gehen, mich duschen und dann einmal wieder eine Nacht richtig gut durchschlafen."

„Wie du willst." Über den Fahrersitz hinweg ergriff er ihre Hand. „Es liegt immer ganz an dir." Er führte ihre Hand an seine Lippen und drückte ihr zärtlich einen Kuss in die Handfläche.

Vor der Bar hielt er an, und sie tauschten die Plätze, damit sie nach Hause fahren konnte. Nach einem Gutenachtkuss verließ sie ihn und fuhr zu ihrem Waldhaus.

Als sie in die Lichtung vor dem Haus einfuhr, fiel ihr sogleich der große dunkle Range Rover auf, der dort parkte. Der Fahrer, der lässig an die Beifahrertür gelehnt dastand, schien auf sie zu warten. Es war der große Fremde mit der Baseballkappe und dem lockigen Haar. Während sie parkte, sah sie, wie er sich in voller Größe aufrichtete und die Daumen vorn in seine Hosentaschen hakte. Sie hatte ihn und sein Fahrzeug sofort erkannt. Es war der große Kerl, der vor ein paar Wochen vor der Praxis angehalten und ihr berichtet hatte, dass „jemand" schwanger sei. Dann aber bemerkte sie etwas, das von seiner Schulter baumelte – eine große Waffe, das Halfter war mit Riemen am Oberschenkel befestigt. Seine Hände allerdings ruhten nicht darauf.

In einer Gegend wie dieser wusste sie nicht, was sie von jemandem halten sollte, der eine Waffe trug. In der Stadt wäre sie beim Anblick eines bewaffneten Kerls sofort in Deckung gegangen. Hier draußen auf dem Land aber musste das nicht unbedingt viel bedeuten. Sie könnte natürlich auf Nummer sicher gehen und versuchen, auf der Stelle wieder von hier wegzukommen, aber sie konnte noch nicht so gut mit dem Hummer umgehen. Abgesehen davon war dieser Mann ja auch schon einmal bei vollem Tageslicht auf sie zugekommen, um sich wegen einer Entbindung zu erkundigen. Sie parkte so, dass er im Licht ihrer Scheinwerfer stand. Er kam ihr einen Schritt entgegen, bevor sie die Tür öffnete und ausstieg. „Was haben Sie hier zu suchen?"

„Das Baby kommt."

Egal wie die Umstände auch waren, bei diesem Satz geschah immer dasselbe – sie hörte auf, an sich zu denken, und hatte nur noch ihre bevorstehende Arbeit, die Mutter und das Kind im Kopf. „Das ging aber ziemlich schnell“, sagte sie.

„Nein, ich war ziemlich langsam“, entgegnete er. „Sie hatte es lange Zeit für sich behalten, und mir war nicht klar, wie weit sie schon war ... Also, ich muss Sie mitnehmen, damit Sie ihr helfen.“

„Aber wieso sind Sie hierhergekommen? Warum sind Sie nicht in den Ort zur Praxis gefahren? Fast wäre ich heute Nacht gar nicht nach Hause gekommen ...“

„Da habe ich ja Glück gehabt. Ich konnte nicht in den Ort fahren. Ich konnte das Risiko nicht eingehen, dass irgendjemand mit Ihnen kommen wollte oder Ihnen einreden würde, mich nicht zu begleiten. Bitte lassen Sie uns gehen.“

„Wohin?“

„Ich werde Sie fahren“, sagte er nur.

„Nein. Ich fahre hinter Ihnen her. Ich will nur schnell reingehen, kurz telefonieren und ...“

Er trat einen Schritt auf sie zu. „So geht das nicht. Es wird für uns alle besser sein, wenn Sie nicht genau wissen, wo Sie sich befinden. Und wirklich, Sie müssen einfach allein mitkommen.“

„Oh, Augenblick mal“, sagte sie und lachte kurz auf. „Sie erwarten von mir, dass ich mich zu Ihnen ins Auto setze? Ohne Sie zu kennen oder zu wissen, wohin wir fahren?“

„Könnte man so sagen, ja“, antwortete er. „Sie glaubt, sie würde es allein schaffen, das Baby zu kriegen. Aber mir wäre es lieber, Sie kämen mit mir, falls ... Was ist, wenn es ein Problem gibt? Hm?“

„Ich kann Doc Mullins anrufen, vielleicht fährt er ja mit Ihnen. Es ist jedenfalls nicht meine Art, zu Fremden ins Auto zu steigen, um mich zu einer mysteriösen Geburt bringen zu lassen ...“

„Ja, ich wünschte auch, es wäre nicht mysteriös und dass all das nicht nötig wäre. Aber es ist nun mal passiert. Ich will das alles überhaupt nicht – aber ich will auch nicht, dass irgendetwas Dummes passiert, das wir hätten verhindern können. Ich will keine unnötigen Schwierigkeiten. Sie sollten wohl besser dabei sein. Für den Fall, dass …“

„Ist es Ihr Kind?“, unterbrach sie ihn.

Er zuckte die Schultern. „Ja, könnte sein. Wahrscheinlich.“

„Ich weiß ja nicht einmal, *ob überhaupt* ein Baby unterwegs ist. Die Mutter habe ich nie gesehen“, sagte Mel. „Was, wenn es gar kein Baby gibt?“

Vorsichtig trat er noch einen Schritt auf sie zu. „Und was, wenn es doch eins gibt?“, fragte er zurück.

Sie sah sich um. Eines zumindest stand fest: Falls er die Absicht hätte, ihr etwas anzutun, müsste er sie nirgendwohin bringen. Dazu bräuchte er nicht einmal diese Waffe. Hier draußen waren sie völlig von der Außenwelt abgeschnitten. Er müsste nur ein paar Schritte auf sie zugehen, ihr einen Kinnhaken verpassen und sie zusammenschlagen – das war's dann.

Er breitete die Arme aus. „Ich will doch nur diesen Platz dort geheim halten. Das ist mein Geschäft, in Ordnung? Könnten wir jetzt bitte gehen und das Baby auf die Welt bringen? Ich mache keine Witze, es macht mich völlig fertig. Sie sagte, dass sie den ganzen Tag Schmerzen hatte. Und dann hat sie geblutet.“

„Stark geblutet?“

„Was heißt stark? Es waren keine Blutlachen, aber immerhin so viel, dass ich mich in den Truck gesetzt habe, um Sie zu holen. Pronto.“

„Sie tragen eine Waffe. Ich *hasse* Waffen“, betonte sie.

Er rieb sich den Nacken. „Das ist auch zu Ihrem Schutz“, sagte er. „Ich bin nur Geschäftsmann, aber da draußen in den Wäldern gibt es eine Menge verrücktes Volk. Ich werde nicht zulassen, dass Ihnen etwas passiert. Das würde mein Leben viel zu kompliziert machen. Ich will nicht, dass der Sheriff in irgendeiner Weise auf mich aufmerksam wird. Aber wir müssen jetzt wirklich los. Das Baby kommt. Und zwar bald.“

„Oh, Mist“, fluchte sie. „Tun Sie mir das nicht an.“

„Was tue ich Ihnen denn an? Ich bitte Sie um einen Gefallen. Das ist alles. Ich will nur, dass das Baby auf die Welt kommt, ohne dass ihm oder der Mutter etwas geschieht."

„Warum bringen Sie sie nicht einfach ins Krankenhaus?"

„Sie arbeitet für mich, alles klar? Und sie wird von der Polizei gesucht. Im Krankenhaus werden sie ihre Personalien überprüfen, und dann wird man sie ins Gefängnis stecken. Vom Gefängnis aus kann man sich nicht um sein Kind kümmern. Deshalb geht es nicht anders als so."

„Hören Sie, fahren Sie los und bringen Sie sie zu Doc in die Praxis. Wir werden uns dort um sie kümmern, und niemand wird ihr irgendwelche Fragen stellen ..."

„Ich sag Ihnen doch, wir haben keine *Zeit*!", schrie er. Er machte einen völlig verzweifelten Eindruck und trat flehend, mit ausgebreiteten Armen und geöffneten Händen, einen weiteren Schritt auf sie zu. „Es ist bald so weit, und wir sind noch fast eine Stunde von ihr entfernt! Es kann gut sein, dass wir es nicht mehr rechtzeitig schaffen!"

Sie atmete tief durch. „Wir sollten den Hummer nehmen ..."

„Geht nicht", widersprach er. „Ich kann meinen Wagen nicht hier stehen lassen. Es könnte sein, dass jemand hier nach Ihnen sucht und dann nur meinen Wagen findet. Tut mir leid."

Widerwillig gab Mel nach. „Ich hole meine Tasche."

Sie schnappte sich die Tasche aus dem Hummer und setzte sich in seinen Range Rover. Er hielt etwas Schwarzes in der Hand. „Sie müssen sich die Augen verbinden", sagte er.

„Jetzt kommen Sie aber mal auf den Boden", erwiderte sie. „Das werde ich nicht tun. Beeilen Sie sich. Wenn sie schon den ganzen Tag über Wehen hatte, sollten Sie jetzt schleunigst losfahren."

Er ließ nicht locker. „Binden Sie sie um. Machen Sie schon."

„Damit ich nicht sehe, wohin wir fahren? Ich komme aus L. A., Mann! Ich bin erst seit drei Monaten hier, und auf diesen Bergstraßen schaffe ich es kaum bei Tageslicht in den Ort. Jetzt ist es stockdunkel. Nun fahren Sie schon – ich werde niemals in der Lage sein, irgendwem zu sagen, wohin wir gefahren sind.“ Und dann etwas leiser: „Abgesehen davon würde ich das gar nicht wollen – außer wenn ich Sie oder die Frau finden müsste, um ein Leben zu retten.“

„Ist das jetzt ein Trick?“, fragte er.

„Oh bitte. Hören Sie auf, mir Angst einzujagen. Ich könnte in Panik geraten und mich aus dem Wagen werfen. Und was hätten Sie dann davon?“

Er legte den Gang ein, fuhr den Range Rover aus der Zufahrt heraus und hielt sich dann ostwärts. „Ich hoffe nur, Sie belügen mich nicht und wollen mich reinlegen. Sobald wir das hier hinter uns gebracht haben, werden Sie mich nie wiedersehen müssen. Es sei denn …“

„Sie reinlegen?“ Sie musste lachen. „Bin ich etwa zu *Ihnen* nach Hause gekommen? Möchten Sie dieses Baby nicht lieber doch allein entbinden?“

„So etwas habe ich noch nie getan“, sagte er fast feierlich. „Wenn ich gewusst hätte, dass ein Baby unterwegs ist, hätte ich sie irgendwohin gebracht. Fort aus diesem Bezirk. Aber ich erfuhr es viel zu spät. Tun Sie einfach Ihre Arbeit, ich werde Sie dafür bezahlen, und dann haben wir es geschafft. In Ordnung?“

„Geschafft?“, fragte sie. „Diese Babys, mit denen niemand rechnet? Manchmal werden sie neunzig Jahre alt! Nach Wehen und Entbindung gibt es noch einiges zu tun! Kinder müssen aufgezogen werden!“

„Ja“, stimmte er müde zu. Auf die Straße konzentriert, lenkte er den Jeep durch die scharfen Kurven und ließ den Motor aufheulen, sobald die Straße gerade wurde. Die geraden Strecken waren aber nur kurz, und immer folgte eine weitere scharfe Kurve. Die meiste Zeit stand der Geschwindigkeitsmesser bei zwanzig Meilen die Stunde. Er benutzte nicht nur die Scheinwerfer, sondern auch die Lampen auf dem Dach. Er schwieg eine ganze Weile, bevor er sagte: „Ich werde für alles, was Sie brauchen, aufkommen. Wenn das Baby da ist und sie bereit dazu ist, kann sie zu ihrer Schwester nach Nevada.“

„Wozu diese ganze Geheimnistuerei?“, fragte Mel. Sie sah ihn von der Seite an und bemerkte, dass er breit grinste. Im Profil gesehen wies seine Nase einen leichten Höcker auf, und unter dem Schirm seiner Baseballkappe konnte sie Lachfältchen um seine Augen erkennen. Sie stellte fest, dass er – wenn auch etwas derb – nicht unattraktiv aussah.

„Mein Gott, Sie stellen vielleicht Fragen! Machen Sie einfach mit, Mädchen.“

„Woher wussten Sie, wo ich wohne?“

Er lachte. „Sie glauben doch nicht im Ernst, sich da draußen in Ihrem Waldhaus verstecken zu können, Miss? Jeder weiß, wo die neue Hebamme wohnt.“

„Oh, prima“, sagte sie und wiederholte flüsternd: „Das ist ja wirklich prima.“

„Ist schon in Ordnung. Niemand will, dass Ihnen etwas zustößt oder so. Dadurch würden eine Menge Leute nur eine Menge Ärger bekommen.“ Er warf ihr einen kurzen Blick zu. „Wenn jemand wie Sie vermisst wird, wird in drei Landkreisen jeder Quadratmeter durchsucht. Und das ist schlecht fürs Geschäft.“

„Also dann“, sagte sie leise, „sollte ich mich wohl geehrt fühlen.“ Sie sah zu ihm hinüber. „Wie kommt es nur, dass mir das aber nicht so recht gelingen will?“

Er zuckte die Schultern. „Schätze, für Sie ist das alles noch ziemlich neu.“

„Ja, aber hallo!“

Eine Weile fuhren sie schweigend weiter, schlängelten sich über die Bergstraßen, hinauf und hinüber, hinunter und um den nächsten Berg herum. „Wie sind Sie eigentlich in diesen Schlamassel geraten?“, fragte sie ihn.

Er zuckte die Schultern. „Wie's halt so geht. Wir wollen lieber nicht darüber reden.“

„Hoffentlich übersteht sie alles gut“, meinte Mel.

„Das ist genau das, woran ich denke. Mein Gott, hoffentlich geht alles gut.“

Und wieder einmal dachte Mel an all die Hilfsmittel, die in Großstadt-Kliniken zur Verfügung standen – und auch viele Helfer. Nicht zuletzt die Gesetzeshüter – wirklich praktisch. Immer waren Cops im Krankenhaus auf Posten. Jetzt aber war sie ganz auf sich gestellt. Welche Alternativen hatte sie denn, wenn eine Frau irgendwo in der Wildnis ein Kind bekam und sie die einzige Hebamme weit und breit war?

Mel wurde Angst und Bange. Was, wenn sie zu spät kamen und irgendetwas nicht in Ordnung war? Was, wenn irgendetwas schieflief?

Sie wusste nicht, wie lange sie gefahren waren – auf jeden Fall länger als fünfundvierzig Minuten, als der Mann plötzlich links in einen einspurigen Waldweg einbog, der scheinbar eine Sackgasse war. Als es nicht mehr weiterging, stieg er aus und schob ein Tor auf, das komplett von Büschen überwuchert war. Sie fuhren einen holprigen, von dichten Bäumen überschatteten Weg voller Schlaglöcher entlang, bis Mel im Schweinwerferlicht ein kleines Gebäude und einen noch kleineren Wohnwagen erkennen konnte. Im Innern des Wohnwagens brannte Licht.

„Hier ist es. Sie ist dort drin“, sagte er und zeigte auf den Wohnwagen.

In dem Moment begriff sie und wunderte sich: Warum fiel es ihr erst jetzt wie Schuppen von den Augen? Sie, die in der Lage war, sich kritisch über die Härten der Großstadtmedizin zu äußern, hatte sich von der schönen Landschaft und dem, was sie für das idyllische Landleben gehalten hatte, völlig blenden lassen. Haus und Wohnwagen waren unter den Bäumen versteckt, von hohen Kiefern getarnt, und zwischen Haus und Wohnwagen stand ein Generator. Deshalb also musste alles so geheim bleiben, deshalb brauchte er eine Waffe zum Schutz. Er baute Drogen an. Und deshalb hatte er auch jemanden angeheuert, der wegen irgendwelcher Straftaten von der Polizei gesucht wurde; denn jemand, der Angst davor hatte, ins Gefängnis zu kommen, konnte leicht dazu überredet werden, sich im Wald zu verstecken und einen Anbau wie diesen hier zu überwachen.

„Ist sie allein dort drin?“, fragte Mel.

„Ja“, antwortete er.

„Dann brauche ich Ihre Hilfe. Sie müssen mir ein paar Dinge besorgen.“

„Ich möchte mich in keiner Weise …“

„Wenn wir die Lage in den Griff bekommen wollen, tun Sie besser einfach das, was ich sage“, unterbrach sie ihn, und ihre Stimme klang autoritärer, als sie es wollte. Sie lief zum Wohnwagen, stieg ein paar Stufen hinauf, öffnete die Tür und trat ein. Mit fünf Schritten hatte sie eine Kombüse durchquert und gelangte zu einer Art Schlafkoje, wo sich eine junge Frau unter einem mit Blut und Schweiß beschmutzten Betttuch krümmte.

Mel riss sich die Jacke von den Schultern, ließ sie auf den Boden fallen und öffnete ihre Tasche. In Sekundenschnelle war eine Veränderung in ihr vorgegangen. Eben noch ängstlich und unsicher, war sie nun engagiert und hochkonzentriert. Souverän. „Immer ganz ruhig“, sagte sie sanft. „Wir wollen mal sehen.“ Und über die Schulter zurück sagte sie bestimmt: „Ich brauche einen großen leeren Topf oder eine Schüssel, ein paar Handtücher und Decken – so weich wie möglich. Für das Baby. Dann einen Topf mit warmem Wasser für die Reinigung. Ah …“, sagte sie und hob das Laken. „In Ordnung, Schätzchen, du musst mir helfen. Hechel mal so wie ich.“ Und während sie sich die sterilen Handschuhe überstreifte, demonstrierte sie ihre Anweisung. „Nichts forcieren. Leichter!“, rief sie.

Der Kopf des Kindes wurde schon sichtbar; fünf Minuten später, und Mel hätte nichts mehr tun können. Sie hörte, wie der Mann sich hinter ihr zu schaffen machte, und plötzlich tauchte neben ihrer Tasche ein Topf auf. Dann folgten zwei Handtücher, und ein Deckenlicht wurde angeschaltet. Schnell notierte Mel sich in Gedanken, den Dingen in ihrer Hebammentasche eine Taschenlampe hinzuzufügen.

Die Frau ächzte erschöpft, und der Kopf des Babys kam heraus. „Hecheln“, wies Mel sie an. „Jetzt *nicht* pressen – wir haben ein Problem mit der Nabelschnur. Ganz ruhig, ganz ruhig …“

Vorsichtig zog sie an der seilartigen, leicht violetten Schnur, die um seinen Hals lag, und befreite das Kind. Noch keine fünf Minuten befand sie sich jetzt in dem Wohnwagen, aber es waren die kritischsten Minuten im Leben dieses Kindes. Mit einem behandschuhten Finger befreite sie das Baby aus dem Geburtskanal und zog es vorsichtig zu sich heraus. Das Schreien füllte bereits den Raum, bevor das Kind noch vollständig geboren war. Es war das gesunde, kräftige Schreien eines Neugeborenen. Erleichtert atmete Mel auf. Es war ein kräftiges Kind, das nicht einmal abgesaugt werden musste.

„Sie haben einen Sohn", sagte sie weich. „Er ist wunderschön." Über die angewinkelten Knie ihrer Patientin hinweg sah sie jetzt eine junge Frau, allerhöchstens fünfundzwanzig Jahre alt, langes, dunkles, schweißnasses Haar, mit müden Augen, die aber zu glühen schienen. Und auf ihren Lippen lag ein schwaches Lächeln. Mel klemmte die Nabelschnur ab und schnitt sie durch. Sie legte das Baby in ein Handtuch und schob sich durch den engen Raum neben dem Bett bis zum Kopf der Frau. „Legen Sie Ihr Baby jetzt an die Brust an", sagte sie leise. „Währenddessen kümmere ich mich um die Placenta." Die Frau streckte die Arme nach ihrem Kind aus. Mel bemerkte, dass neben ihr auf dem Bett ein großer Korb stand, bereit, das Baby zu empfangen. „Es ist nicht Ihr erstes Kind", stellte sie fest.

Die Frau schüttelte den Kopf, und eine dicke Träne rann ihr über die Wange, als sie ihren Sohn entgegennahm. „Das dritte", flüsterte sie. „Die beiden anderen sind nicht bei mir."

Mel strich ihr das feuchte Haar aus der Stirn „Haben Sie hier draußen allein gelebt?"

„Nur den letzten Monat oder so. Ich war mit noch jemandem hier, der aber fortgegangen ist."

„Der Sie hier draußen im Wald hochschwanger in einem Wohnwagen zurückgelassen hat?", fragte Mel weich und strich mit einem Finger über den perfekt geformten Kopf des Kindes. „Sie müssen ja große Ängste ausgestanden haben. Na los", forderte sie die Frau lächelnd auf und zupfte an ihrem T-Shirt.

„Geben Sie dem Kind die Brust. Dann wird sich vieles schon wieder besser anfühlen."

Die Frau half ihrem Kleinen, den Nippel zu finden, und das Baby fing an zu saugen.

Mel ging wieder an ihren Platz am Bettende zurück, streifte sich neue Sterilhandschuhe über und begann, den Uterus zu massieren. Sie hörte, wie sich hinter ihr die Tür des Wohnwagens schloss, und blickte über die Schulter zurück. Auf dem kleinen Tresen in der Kombüse entdeckte sie eine Waschschüssel mit Wasser.

Ihre Patientin war in der Lage, ihr zu sagen, wo sich Windeln für Neugeborene und auch sterile Tücher befanden. Mel entdeckte dort auch saubere Laken und Vorlagen, wusch das Baby und die Mutter und setzte sich dann, mit dem Kleinen auf dem Arm, eine ganze Weile auf den Rand des Bettes. Ein paarmal streckte ihre Patientin den Arm aus und griff nach Mels Hand, die sie dankbar drückte. Aber sie sprachen nicht. Eine Stunde nach der Geburt sah Mel in den Kühlschrank, suchte ein Glas und schenkte der Frau Saft ein. Dann trug sie ihr in einem Plastikbehälter Wasser ans Bett. Sie überprüfte die Blutung ihrer Patientin, die normal war, und holte ihr Stethoskop aus der Tasche, um zuerst das Herz des Kindes abzuhorchen, dann das der Mutter. Die Farbe des Kindes war in Ordnung, die Atmung normal, die Mutter erschöpft, und das Baby schlief zufrieden. Es war alles getan.

„Sagen Sie mir noch eins", fragte Mel. „Wird das Baby irgendwelche Drogenprobleme haben?" Mit geschlossenen Augen schüttelte die Frau den Kopf. „Also gut – in Virgin River gibt es eine kleine Praxis, wo ich mit dem Dorfarzt arbeite. Er wird Sie weder zu Ihrer Person noch zu dem Baby befragen, das heißt, Sie werden nichts zu befürchten haben. Er betont immer wieder, dass er Mediziner und nicht Gesetzeshüter ist. Aber Sie und Ihr Baby müssten gründlich untersucht werden, um sicherzugehen, dass alles in Ordnung ist."

Mel hob ihre Jacke vom Boden auf. „Kann ich sonst noch etwas für Sie tun?", fragte sie ihre Patientin. Die Frau schüttelte den Kopf. „Heute Nacht müssen Sie viel trinken, damit Sie genügend Milch haben.“ Dann ging sie durch den schmalen Raum zum Kopfende des Bettes und gab ihr einen kleinen Kuss auf die Stirn. „Herzlichen Glückwunsch“, flüsterte sie und wischte ein paar Tränen von den Wangen ihrer Patientin. „Ich hoffe, dass für Sie und Ihr Baby alles gut wird. Passen Sie auf sich auf und seien Sie vorsichtig.“

„Vielen Dank“, sagte die Frau leise. „Wenn Sie nicht gekommen wären ...“

„Schschsch“, brachte Mel sie zum Schweigen. „Ich bin gekommen. Und Ihnen geht es gut.“

Nicht zum ersten Mal stellte Mel fest, dass es keinen Unterschied machte, ob ihre Patientin eine glücklich verheiratete Sonntagsschullehrerin war, die jahrelang auf ihr erstes Baby gewartet hatte, oder eine Verbrecherin, die von der Polizei verfolgt wurde. Geburten waren große Gleichmacher. In diesem ausgelieferten Zustand waren alle Frauen einfach nur Mütter, denen sie mit Leidenschaft diente. Dem Baby sicher auf die Welt zu helfen und die Mutter die Geburt gesund und mit Würde überstehen zu lassen, das war das Einzige, worauf es ankam. Sogar dann, wenn es für sie selbst ein gewisses Risiko bedeutete, war sie verpflichtet, alles zu tun, was in ihrer Macht stand. Was mit Mutter und Kind geschah, nachdem Mel sie verlassen hatte, konnte sie nicht kontrollieren, aber wenn man sie zu einer Geburt rief, konnte sie unmöglich ablehnen.

Als sie aus dem Wohnwagen trat, wartete bereits ihr Chauffeur am Range Rover. Er hielt ihr die Beifahrertür auf. „Ist alles in Ordnung mit ihnen?“, fragte er ängstlich.

„Mutter und Kind scheinen trotz der schwierigen Umstände alles sehr gut überstanden zu haben. Sie leben wohl nicht mit ihnen hier?“

Er schüttelte den Kopf. „Deshalb hatte ich auch nicht mitbekommen, dass sie schwanger war. Ich komme nur gelegentlich hier vorbei, und meistens hatte ich mit ihrem Mann zu tun. Er hat sie verlassen, als ...“

„Als er bemerkte, dass auch Sie ein wenig mit ihr zu tun hatten?“, beendete Mel den Satz für ihn und stieg kopfschüttelnd in den Wagen. Kaum saß er neben ihr, sagte sie: „Ich verlange zwei Dinge von Ihnen, und so wie ich es sehe, schulden Sie mir das auch. Ich möchte, dass Sie heute Nacht dorthin zurückfahren und bei ihnen bleiben, damit sie die beiden ins Krankenhaus fahren können, falls irgendetwas über Nacht schieflaufen sollte. Falls etwa starke Blutungen auftreten oder das Baby irgendwelche Probleme hat. Keine Panik, es scheint alles in Ordnung zu sein. Aber wenn Sie keine unnötigen Risiken eingehen wollen, dann müssen Sie das tun. Und dann sollten Sie sie in ein paar Tagen – in etwa zwei bis vier – in die Praxis nach Virgin River zur Nachuntersuchung bringen. Dr. Mullins wird keine Fragen stellen, und alles, was mich momentan interessiert, ist, dass die beiden gesund bleiben.“ Sie sah zu ihm hinüber. „Werden Sie das tun?“

„Wird erledigt“, versprach er.

Sie lehnte den Kopf nach hinten an den Sitz und schloss erschöpft die Augen. Das heftige, schnelle Schlagen ihres Herzens rührte nun nicht mehr von Angst her, sondern lag, wie nach jedem Noteinsatz, an dem rapiden Ausstoß von Adrenalin. Dadurch fühlte sie sich ein wenig schwach, etwas schwindlig und es war ihr leicht übel. Unter anderen Umständen hätte sie sich vielleicht sogar lebendiger gefühlt als vor der Geburt. Das Geschehen hier aber war voller Komplikationen.

Als er vor ihrem Waldhaus parkte, hielt er ihr ein Bündel Geldscheine hin. „Ich will Ihr Geld nicht“, lehnte sie ab. „Es ist Drogengeld.“

„Ganz wie Sie wollen“, meinte er und steckte es in die Brusttasche seines Hemdes.

Eine Sekunde lang starrte sie ihn an. „Wenn Sie zugelassen hätten, dass sie alleine entbunden hätte, oder wenn ich nicht mit Ihnen gekommen wäre, dann wäre das Baby … Sie haben das doch mitbekommen, oder? Dass die Nabelschnur um seinen Hals lag?“

„Ja, ich verstehe. Danke."

„Fast hätte ich es nicht getan. Wirklich, es gab keinen Grund, Ihnen zu vertrauen."

„Ja. Sie sind ein tapferes Mädchen. Versuchen Sie, mein Gesicht zu vergessen. Zu Ihrem eigenen Nutzen."

„Hören Sie, ich arbeite in der Medizin, ich bin kein Cop", sagte sie mit einem leicht verärgerten Lachen. Sie war daran gewöhnt, das *Los Angeles Police Department* immer im Rücken zu haben, heute Nacht aber war sie ganz auf sich gestellt. Es gab keine Unterstützung. Und wenn sie nicht gewesen wäre, hätte alles an dem siebzigjährigen Doc gehangen. Wie würde es in fünf Jahren sein? „Beherrschen Sie sich in Zukunft oder verhüten Sie. Ich habe wirklich keine Lust, noch einmal mit Ihnen ins Geschäft zu kommen."

Er grinste sie an. „Ganz schön abgebrüht, was? Aber keine Sorge. Ich habe nicht vor, noch einmal in solche Schwierigkeiten zu geraten."

Kommentarlos kletterte sie aus dem Range Rover und ging auf die Veranda zu, während er wendete und aus der Lichtung fuhr. Sie sank auf einen Stuhl, blieb im Dunkeln sitzen und lauschte den Stimmen der Nacht – Grillen, hin und wieder eine Eule und der Wind in den hohen Kiefern.

Sie wünschte, sie könnte jetzt einfach hineingehen, sich ausziehen und zu Bett gehen, aber sie war zu aufgeregt, an Schlaf war nicht zu denken. Sie wartete noch einen Augenblick, bis der Motor seines großen Jeeps nicht mehr zu hören war, dann stieg sie die Stufen wieder hinunter, setzte sich in den Hummer und fuhr ins Dorf, wo sie hinter der Bar, gleich neben Jacks Truck, parkte. Das Motorgeräusch und das Zuschlagen der Autotür mussten ihn geweckt haben, denn das Licht ging an und die Tür flog auf. Nur in Jeans, die er sich schnell übergestreift hatte, blieb er im Türrahmen stehen, im Rücken gedämpftes Licht. Sie lief direkt in seine Arme.

„Was machst du denn hier?", fragte er leise, zog sie herein und schloss die Tür.

„Ich war zu einem Einsatz draußen. Ein Baby. Und hinterher wollte ich nicht allein sein. Das war knapp, Jack."

Um sie enger halten zu können, schob er die Hände unter ihre Jacke. „Ist alles gut ausgegangen?"

„Ja, aber es war wirklich knapp. Wäre ich fünf Minuten später gekommen ... Die Nabelschnur hatte sich um seinen Hals gelegt." Sie schüttelte den Kopf. „Aber ich war ja dort. Und er ist ein hübsches Baby."

„Wo denn?", fragte er und strich ihr das Haar über dem Ohr glatt.

„Hinter Clear River", antwortete sie, als ihr wieder einfiel, dass der Mann diesen Ort erwähnt hatte, als er mit ihr vor Docs Praxis gesprochen hatte. Sie selbst hatte tatsächlich keine Ahnung, wohin sie gefahren waren. Nach allem, was sie von dem Mann wusste, hätte er ebenso gut auch im Kreis gefahren sein können.

„Du zitterst ja", stellte Jack fest und drückte die Lippen auf ihre Stirn.

„Ja, ein bisschen. Kein Wunder nach diesem Erlebnis." Sie legte den Kopf in den Nacken und sah zu ihm hoch. „Ist es in Ordnung, dass ich gekommen bin?"

„Natürlich ist es das. Mel, was war los?"

„Die Mutter wollte allein entbinden, aber der Vater war nervös geworden und kam zu mir." Sie schauderte. „Ich dachte ja, dass ich in L. A. einiges an wüsten Erfahrungen gesammelt hätte", erklärte sie mit einem kläglichen Lächeln. „Aber wenn du mir vor einem Jahr gesagt hättest, dass ich mitten in der Nacht einen ärmlichen Wohnwagen im Wald aufsuchen würde, hätte ich geantwortet: nie und nimmer."

Mit gekrümmtem Zeigefinger strich er ihr über die Wange. „Wer war es?"

Sie schüttelte den Kopf. Wenn sie ihm sagte, dass sie nicht die geringste Ahnung hatte, würde er ausflippen. „Sie sind nicht aus dieser Gegend, Jack. Vor Kurzem kam er in Docs Praxis, weil er einen Geburtshelfer suchte. Ich darf dir nicht von dem Mann und der Frau erzählen, es sei denn, sie erklären sich damit einverstanden. Sie sind nicht verheiratet oder so. Sie lebt allein in einem schäbigen kleinen Wohnwagen. Es muss eine ziemlich schreckliche Situation für sie sein." Hier in den Bergen tue ich Dinge, von denen ich nie und nimmer angenommen hätte, dass ich zu so etwas fähig wäre. Furchterregende, unmögliche, gefährliche Dinge. Aufregende Dinge, die kein normaler Mensch tun würde. Doch hätte es niemand getan, gäbe es jetzt ein totes Baby. Und möglicherweise auch eine Mutter in sehr kritischem Zustand. Sie legte den Kopf an Jacks Brust und atmete tief durch, um sich zu beruhigen.

„Er hat dich angerufen?", fragte Jack.

Verdammt. Sie konnte ihn einfach nicht belügen. „Er hat am Ferienhaus auf mich gewartet. Wenn ich die Nacht hier bei dir geblieben wäre, hätte ich ihn verpasst und das Baby wäre nicht durchgekommen."

„Hattest du ihm gesagt, wo er dich außerhalb der Arbeitszeit finden könnte?"

Sie schüttelte den Kopf. „Er muss sich bei irgendwem erkundigt haben", antwortete sie dann. „In Virgin River wissen alle, wo ich wohne, und wahrscheinlich auch viele Leute in Clear River."

„Gott", stöhnte er und schloss sie fester in die Arme. „Ist dir je in den Sinn gekommen, dass du in Gefahr schweben könntest?"

„Ein bis zwei Minuten lang." Sie sah lächelnd zu ihm hoch. „Ich erwarte ja nicht, dass du das verstehst – aber da war ein Baby unterwegs. Und ich bin froh, dass ich es getan habe. Abgesehen davon war ja nicht ich in Schwierigkeiten, sondern die Mutter."

Erleichtert atmete er auf. „Mein Gott. Ich werde viel besser auf dich aufpassen müssen." Er küsste sie auf die Stirn. „Den Grund für das, was heute Nacht passiert ist, willst du mir nicht erzählen. Was auch immer es war – lass es nie, niemals wieder zu, dass so etwas noch einmal vorkommt."

Jack saß auf der Veranda der Bar und stellte Fliegen her, als ein schwarzer Range Rover langsam ins Dorf fuhr und direkt vor Docs Praxis parkte. Er rückte auf seinem Verandastuhl vor und beobachtete, wie der Fahrer ausstieg, zur Beifahrertür herumging und sie öffnete. Mit einem kleinen Bündel im Arm kletterte eine Frau aus dem Wagen, ging die Verandatreppe hinauf und betrat die Praxis. Jacks Herz fing an zu klopfen.

Kaum war die Frau drinnen, ging der Mann wieder zu seinem Range Rover zurück und lehnte sich mit dem Rücken an die Kühlerhaube. Jack konnte ihn nur von hinten sehen, bemerkte aber, dass er ein kleines Taschenmesser aus der Hosentasche zog und sich lässig die Nägel zu reinigen begann. Jack wusste, dass er den Mann schon mal von seiner Veranda aus gesehen hatte. Es war einer von diesen Typen, die schon beim Einfahren in einen Ort alles wahrnehmen, das sich lohnte, wahrgenommen zu werden; jeden Fluchtweg, jede Gefahr würde er im Nu ausfindig machen. Heute, wo er mit einer Frau und einem neugeborenen Baby gekommen war, dürfte sich wohl keinerlei Schmuggelware in seinem Fahrzeug befinden, und falls er Waffen mit sich führte, waren diese garantiert registriert. Darauf würde Jack wetten. Und … sein Fahrzeug-Kennzeichen war so mit Matsch vollgespritzt, dass es nicht zu entziffern war. Ein lahmer Trick. Aber Jack hatte die Nummer im Kopf; er hatte sie sich eingeprägt, als dieser Kerl das erste Mal in den Ort gekommen war.

Also war er damals nicht nur auf zwei Drinks nach Virgin River gekommen. Er hatte sich erkundigen wollen, ob hier mit medizinischer Hilfe zu rechnen war. Mel hatte ihm doch erzählt, dass die Entbindung, die sie so mitgenommen hatte, irgendwo hinter Clear River stattgefunden hatte. Jack wusste, dass es in Clear River weder einen Arzt noch eine Klinik gab. Grace Valley und Garberville lagen zwar näher an Clear River als Virgin River, aber diese Orte waren größer und weniger übersichtlich als dieses Dorf hier.

Es dauerte etwas mehr als eine halbe Stunde, bis die Frau mit ihrem Bündel, gefolgt von Mel, wieder herauskam. Die Frau drehte sich um und schüttelte Mel die Hand; Mel drückte ihren Oberarm. Der Mann half ihr ins Auto, und langsam verließen sie das Dorf.

Jack stand auf, und Mel begegnete seinem Blick über die Straße hinweg. Beide standen sie auf ihrer jeweiligen Veranda, und sogar aus der Entfernung konnte sie sehen, wie sein Gesicht sich zunehmend verfinsterte, während er die Straße überquerte. Sie steckte die Hände in die Taschen ihrer Jeans. Als er bei ihr angekommen war, setzte er einen Fuß auf die Verandatreppe, stützte sich mit den Unterarmen am Oberschenkel ab und blickte zu ihr hoch. Seine düstere Miene wirkte nicht ärgerlich, mit Sicherheit aber unglücklich. „Doc weiß, was du getan hast?", fragte er.

Sie nickte. „Er weiß, dass ich ein Baby entbunden habe, wenn es das ist, was du meinst. Es ist mein Beruf, Jack."

„Du musst mir versprechen, dass du das nie wieder tust. Nicht für jemanden wie ihn."

„Du kennst ihn?"

„Nein. Aber er war mal in der Bar, und ich kenne diese Sorte Typen. Das Problem ist nicht, dass er eine Frau zum Arzt bringt, weißt du. Wenn du dich aber auf sein Terrain begibst, wenn du mit ihm mitgehst, mitten in der Nacht. Allein. Nur weil er sagt …"

„Ich wurde nicht bedroht", erwiderte sie. „Er hat mich gefragt. Und er war vorher schon einmal an der Praxis, auf der Suche nach einem Arzt. Also war er mir auch nicht total fremd."

„Hör mir zu", sagte Jack bestimmt. „Leute wie er werden dich nicht in deiner Praxis oder in meiner Bar bedrohen. Sie fallen ungern auf, denn sie wollen nicht, dass man ihre Ernte beschlagnahmt. Dort draußen aber", er deutete mit dem Kinn in Richtung der östlichen Berge, „kann etwas passieren. Er könnte auf den Gedanken kommen, dass du eine Bedrohung für sein Geschäft sein könntest, und …"

„Nein", sagte sie und schüttelte den Kopf. „Er würde nicht zulassen, dass mir etwas geschieht. *Das* wäre eine Bedrohung für sein Geschäft …"

„Hat er dir das erzählt? An deiner Stelle würde ich mich lieber nicht auf sein Wort verlassen." Er schüttelte den Kopf. „Das kannst du nicht machen, Melinda. Du kannst einfach nicht allein das Camp eines Growers betreten."

„Ich bezweifle, dass es noch einmal zu einer solchen Situation kommen wird", antwortete sie.

„Versprich mir, dass du es nicht wieder tun wirst", bat er.

Sie schüttelte den Kopf. „Ich muss meinen Job machen, Jack. Wenn ich nicht mitgegangen wäre …"

„Mel, verstehst du, was ich dir sagen will? Ich will dich nicht verlieren, nur weil du bereit bist, dich auf dumme Wagnisse einzulassen. Versprich es mir."

Sie schürzte die Lippen und hob trotzig das Kinn. „Unterstelle nie … niemals, dass ich dumm bin."

„Das würde ich nicht tun. Aber du musst doch verstehen …"

„Es hing alles von mir ab. Da stand ein Baby wirklich ganz kurz vor der Geburt. Ich musste dorthin, denn andernfalls hätte es verheerende Folgen haben können. Ich hatte gar keine Zeit, darüber nachzudenken."

„Warst du schon immer so störrisch?"

„Es ging mir um das Baby. Und da ist es mir egal, wer die Frau ist oder womit sie sich ihren Lebensunterhalt verdient."

„Hättest du auch in L. A. so etwas getan?", fragte er mit hochgezogener Augenbraue.

Einen kurzen Moment dachte sie daran, wie sich ihr Leben verändert hatte, seit sie L. A. verlassen hatte. Nachdem sie nun von einem Drogenboss, der eine Waffe trug, abgeholt worden war und im tiefsten Wald ein Baby entbunden hatte, sollte sie da jetzt nicht lieber ihre Sachen packen? Um ihr Leben rennen? Es ablehnen, jemals wieder in eine solche Lage gebracht zu werden? Anstatt sich diese Fragen zu beantworten, machte sie in Gedanken eine Bestandsaufnahme vom Inhalt des Kühlschranks in der Praxis und überlegte, ob es nicht an der Zeit wäre, ein paar Lebensmittel zu Paulis' Camp zu bringen. Es war schon zwei Wochen her, seit sie zuletzt dort gewesen war.

Und obwohl sie wirklich keinerlei Interesse an einer Wiederholung der Szene mit dem illegalen Marihuanaanbauer hatte, hatte etwas an diesem Erlebnis ihre Aufmerksamkeit geweckt. Als sie von L. A. wegging, hatten sie im Krankenhaus keinerlei Probleme gehabt, ihren Posten anderweitig zu besetzen. Es hatten sich zehn Leute für diese Stelle beworben. Zehn Leute, die konnten, was sie konnte, und das ebenso gut. In Virgin River und Umgebung gab es nur Doc und sie. Da war einfach niemand anders. Bisher hatten sie kaum einen freien Tag gehabt. Und hätte sie auch nur eine Sekunde lang daran gedacht, Doc zu holen, hätte das Baby nicht überlebt.

Ich bin hierhergekommen in der Annahme, dass das Leben auf dem Land schlichter, leichter und ruhiger sein würde, dachte sie bei sich. Dass es hier weniger Herausforderungen geben würde und gewiss nichts, vor dem man sich zu fürchten hätte. Ich hoffte, ich würde mich hier sicherer fühlen können, und nicht, dass ich stärker oder mutiger werden müsste.

Sie lächelte Jack an. „In L. A. hätten wir in einem solchen Fall sofort den Rettungsdienst losgeschickt. Hast du hier je einen Rettungswagen gesehen? Ich befinde mich in einem kleinen Dorf, das du als unkompliziert bezeichnest. Du bist ein großer Lügner, wirklich, das bist du …"

„Ich habe dir gesagt, dass wir hier auch unsere Dramen haben. Mel, du solltest auf mich hören …"

„Manchmal ist es hier wirklich ganz schön kompliziert. Ich werde einfach meinen Job machen, so gut ich kann."

Er trat auf die Veranda und legte ihr einen Finger unters Kinn, hob es an und sah ihr in die Augen. „Melinda, du wirst langsam ganz schön schwierig."

„Ach ja?", fragte sie lächelnd. „Du aber auch."

13. KAPITEL

Mel erzählte Doc nicht, wohin sie fahren würde, nur dass es da zwei Leute gab, bei denen sie einmal vorbeischauen wollte. Bevor sie ging, bat er sie noch, bei Frannie Butler, einer älteren alleinstehenden Frau mit hohem Blutdruck, zu halten und nach ihr zu sehen. „Vergewissern Sie sich, dass sie genügend Medikamente hat und sie auch tatsächlich einnimmt", sagte er und schob sich selbst ein Mittel gegen Sodbrennen in den Mund.

„Haben Sie oft Sodbrennen?", fragte sie ihn.

„In meinem Alter hat das jeder", antwortete er barsch, um sie abzuwimmeln.

Um es hinter sich zu bringen, kümmerte sie sich zuerst um Frannies Blutdruck, was allerdings nicht so schnell erledigt war. In einem Dorf wie diesem musste man bei Hausbesuchen immer auch die Zeit für ein Geplauder bei Tee und Plätzchen mit einplanen. Es ging nicht ausschließlich um die medizinische Versorgung, sondern auch um ein wenig geselliges Beieinandersein. Anschließend fuhr sie hinaus zur Anderson-Ranch. Als sie vorfuhr, kam Buck gerade mit einer Schaufel in der Hand aus dem Schuppen und blickte überrascht auf, als er den Hummer sah. „Wow", rief er aus. „Seit wann haben Sie denn dieses Ding?"

„Erst seit letzter Woche", antwortete sie. „Damit komme ich besser über die schlechten Straßen als mit meiner kleinen ausländischen Blechkiste, wie Doc immer sagt."

„Was dagegen, wenn ich ihn mir einmal ansehe?", fragte er und spähte durch das Fenster.

„Tun Sie sich keinen Zwang an. Ich würde gern mal nach Chloe sehen. Ist Lilly im Haus?"

„Ja. In der Küche. Gehen Sie nur rein, die Tür ist offen." Und völlig hingerissen von dem Gefährt steckte er den Kopf auch schon durch die Fahrertür.

Mel ging ums Haus herum nach hinten. Durchs Küchenfenster konnte sie Lilly sehen, wie sie am Küchentisch saß. Die Tür stand offen, nur das Fliegengitter war geschlossen. Sie klopfte zweimal kurz, sagte „Hey Lilly“, machte die Fliegengittertür auf und blieb wie angewurzelt stehen.

Zu spät zog Lilly die Babydecke über ihren entblößten Busen. Sie hatte Chloe gestillt.

Mel war unfähig, sich von der Stelle zu rühren. „Lilly?“, fragte sie verwirrt.

Der Frau traten die Tränen in die Augen. „Mel“, sagte sie mit einer Stimme, die bloß noch ein Flüstern war. Sofort fing das Baby an zu wimmern. Lilly versuchte es zu beruhigen, aber Chloe war noch nicht fertig gestillt. Lillys Wangen färbten sich rot, und mit zitternden Händen fummelte sie an ihrem Hemd herum, wobei sie das Baby weiter festhielt.

„Wie ist das möglich?“, fragte Mel völlig entgeistert, denn Lillys jüngstes Kind war doch schon erwachsen, sie konnte unmöglich noch Milch in der Brust haben. Doch dann wurde ihr schlagartig klar, was los war. „Oh mein Gott!“ Chloe war Lillys Baby! Langsam ging Mel hinüber zum Küchentisch und zog sich einen Stuhl hervor. Sie musste sich dringend setzen, so sehr zitterten ihr die Knie. „Wissen alle in der Familie Bescheid?“

Mit zusammengekniffenen Augen schüttelte Lilly den Kopf. „Nur Buck und ich“, stieß sie schließlich hervor. „Ich war einfach völlig neben der Reihe.“

Total perplex schüttelte auch Mel den Kopf. „Lilly. Wie um alles in der Welt konnte das geschehen?“

„Ich dachte doch, sie würden sie holen kommen – jemand von den Behörden. Und dass es dann jemand gäbe, der sie sofort nehmen würde. Irgendein nettes junges Paar, das selbst keine Kinder haben kann. Dann hätte sie junge Eltern gehabt und ich …“ Mitleiderregend ließ sie den Kopf hängen. „Ich hatte einfach geglaubt, dass ich es nicht noch einmal schaffen könnte“, schluchzte sie herzzerreißend.

Mel stand auf, ging zu ihr, nahm ihr das quäkende Baby ab und versuchte, es zu beruhigen. Lilly legte den Kopf auf die Tischplatte und weinte fürchterlich.

„Ich schäme mich so“, jammerte sie. Und wieder zu Mel aufblickend, erklärte sie: „Ich habe sechs Kinder großgezogen. Dreißig Jahre lang war ich damit beschäftigt, Kinder aufzuziehen, und wir haben doch sechs Enkel. Ich konnte mir das einfach nicht noch einmal vorstellen. So spät im Leben.“

„Gab es denn niemanden, mit dem Sie darüber hätten reden können?“, fragte Mel.

Sie schüttelte den Kopf. „Mel“, erklärte sie heulend, „auf dem Land geht das nicht, hätte ich mich irgendjemandem anvertraut, hätte es im Nu das ganze Dorf erfahren … Nein“, wiederholte sie und schüttelte heftig den Kopf. „Mir wurde schlecht, als ich gemerkt hatte, dass ich mit achtundvierzig noch einmal schwanger war. Es hat mich ganz krank gemacht, und ich wurde fast schon verrückt.“

„Haben Sie nie daran gedacht, die Schwangerschaft abzubrechen?“

„Schon, aber ich konnte es nicht. Etwas in mir sperrte sich total dagegen. Ich habe da keine Vorurteile, aber ich bin zu so etwas nicht fähig.“

„Und wenn Sie eine Adoption arrangiert hätten?“, hakte Mel nach.

„Keiner in meiner Familie und auch keiner hier im Dorf würde das je verstehen. Sie hätten mich angesehen, als ob ich mein Baby umgebracht hätte. Sogar meine Freundinnen – gute Frauen in meinem Alter, die zwar verstehen würden, wie ich mich dabei fühle, die es aber niemals akzeptiert hätten, wenn ich ihnen erzählt hätte, dass ich kein weiteres Kind mehr aufziehen wollte, mein eigenes Kind. Ich wusste nicht, was ich sonst tun sollte.“

„Was haben Sie jetzt vor?“, wollte Mel wissen.

„Ich weiß es nicht“, jammerte sie. „Ich weiß es einfach nicht.“

„Und was wäre, wenn die Leute vom Sozialamt kämen? Lilly, könnten Sie Chloe jetzt noch weggeben?“

Sie schüttelte den Kopf. „Ich weiß es nicht. Ich glaube nicht. Oh Gott, ich wünschte, ich hätte die Möglichkeit, alles noch einmal anders zu machen.“

„Lilly – wie haben Sie es geschafft, Ihre Schwangerschaft zu verheimlichen? Wie haben Sie die Geburt allein überstanden?“

„Niemand achtet besonders auf so etwas. Ich habe seit Langem Übergewicht. Buck hat mir geholfen. Der arme Buck, nicht einmal er wusste es, bis ich fast so weit war. Auch vor ihm hatte ich es verborgen. Könnten wir sie jetzt nicht adoptieren?“

Mel setzte sich wieder hin, wobei sie das Baby weiter in den Armen wiegte. Sie sah auf Chloe hinunter, die ihre kleine Faust in den Mund gesteckt hatte, sich wand und quäkte. „Sie müssen sie nicht adoptieren. Sie sind ja Chloes leibliche Mutter. Aber ich mache mir schreckliche Sorgen um Sie, weil Sie Ihr Kind ausgesetzt haben. Das muss Sie doch beinahe umgebracht haben.“

„Ich habe die ganze Zeit aufgepasst. So lange, bis Sie und Jack auf die Veranda kamen. Ich hätte nicht zugelassen, dass ihr etwas geschieht. Es ist mir schrecklich schwergefallen, aber ich hatte das Gefühl, es tun zu müssen. Ich wusste einfach nicht, was ich hätte sonst tun sollen.“

„Oh Lilly“, sagte Mel und seufzte. „Ich bin mir nicht sicher, ob Sie schon wieder in Ordnung sind. Das alles ist einfach zu verrückt.“ Sie gab Lilly ihr Baby zurück. „Hier – stillen Sie Ihr Kind. Sie hat Hunger.“

„Ich weiß nicht, ob ich das jetzt kann“, befürchtete Lilly, nahm aber das Kind entgegen. „Es ist möglich, dass ich zu aufgeregt bin.“

„Legen Sie sie einfach an. Sie wird schon selbst dafür sorgen“, riet Mel ihr. Und als das Baby wieder an der Brust lag, legte Mel einen Arm um Lilly und hielt die beiden einfach ein paar Minuten lang umfangen.

„Was werden Sie jetzt unternehmen?“, wollte Lilly wissen, und ihre Stimme zitterte vor Angst.

„Mein Gott, Lilly, ich weiß es nicht. Ist Ihnen denn nicht klar, dass Ärzte und Hebammen Diskretion bewahren? Wäre ich hier gewesen, als Sie bemerkt haben, dass Sie schwanger sind, hätten Sie mir Ihr Geheimnis anvertrauen können. Sie hätten sich auch an Doc oder Dr. Stone in Grace Valley wenden können. Die Leute in der Klinik hätten Ihre Angelegenheit vertraulich behandelt und Ihnen geholfen. Aber …" Sie holte Luft. „Wir sind auch an Gesetze gebunden."

„Ich wusste einfach nicht, an wen ich mich wenden sollte."

Traurig schüttelte Mel den Kopf. „Sie müssen ja völlig verstört gewesen sein."

„In meinem ganzen Leben habe ich noch nie so etwas Schlimmes erlebt, Mel. Und Sie können mir glauben, Buck und ich haben schon harte Zeiten durchgemacht, um die Familie und die Ranch hier zusammenzuhalten."

„Wie konnten Sie denn vor Ihren Kindern verbergen, dass Sie stillen? Ich nehme doch an, dass sie ziemlich oft hier sind – und arbeiten Ihre Jungs nicht mit Buck auf der Ranch?"

„Wenn jemand da ist, gebe ich ihr die Flasche, und wenn wir allein sind, stille ich sie."

„Obwohl Sie vorhatten, Sie wegzugeben, haben Sie sie gestillt? Das hätten Sie doch nicht tun müssen?"

Lilly hob die Schultern. „Für mich war es das Mindeste, was ich ihr noch geben konnte, nach allem, was ich ihr angetan hatte. Es tut mir leid. Es tut mir so wahnsinnig leid. Sie können sich einfach nicht vorstellen, wie das ist – sein ganzes Leben damit zuzubringen, Kinder aufzuziehen, und dann festzustellen, dass noch mal eins unterwegs ist, obwohl man schon Großmutter ist. Buck und ich hatten, seit wir verheiratet sind, Geldprobleme! Sie können es unmöglich verstehen."

„Oh Lilly, ich weiß, dass Sie in Panik geraten sind und verzweifelt waren. Ich kann es mir gut vorstellen. Aber ich will Ihnen nichts vormachen, das Ganze ist kompliziert."

„Aber werden Sie uns helfen? Werden Sie Chloe helfen?"

„Ich will tun, was ich kann. Nur, die Gesetze …" Sie seufzte. „Ich werde alles tun, was in meiner Macht steht", versprach sie schonend. „Wir werden schon eine Lösung finden. Geben Sie mir nur etwas Zeit zum Nachdenken."

Wenig später, als Mel sicher war, dass Lilly sich wieder beruhigt hatte und mit ihr so weit alles in Ordnung war, verließ sie sie. Etwa vierzig Minuten war sie mit ihr zusammen gewesen, aber Buck strich noch immer mit neidischen Blicken um den Hummer herum. „Ist echt 'ne teuflische Kiste", meinte er grinsend.

„Buck, gehen Sie ins Haus und kümmern Sie sich um Ihre Frau. Ich bin leider gerade hereingeplatzt, als sie Ihre Tochter gestillt hat."

„Oh je", sagte er.

Erst auf dem Weg zurück ins Dorf kam Mel in den Sinn, dass Doc Mullins es geahnt haben musste. Es war sogar gut möglich, dass er es sozusagen heraufbeschworen hatte, denn er hatte schließlich immer behauptet, die Mutter würde sich schon noch zu erkennen geben. Und das hatte Lilly nun ja auch getan. Als Mel ihm vor Wochen von Lillys Angebot, das Kind zu versorgen, erzählt hatte, hatte er große Augen gemacht. Mit Lilly hatte er nicht gerechnet. Jedenfalls hatte er kein einziges Mal beim Sozialdienst angerufen. Und bis heute hatte er sie, Mel, nicht in dieses Komplott eingeweiht.

Bis sie wieder an Docs Haus vorfuhr, war es bereits nach vier, und Mel war ganz schön geladen. Doc war mit einem Patienten beschäftigt, der hustete und röchelte, als wäre er seinem Ende nahe. Sie musste warten. Und mit jeder Minute, die sie länger warten musste, wurde sie wütender. Als der Mann mit einem Hintern voller Penicillin und einer Tasche voll Pillen endlich gegangen war, stellte sie Doc zur Rede. „In Ihr Büro", sagte sie nur und marschierte voran.

„Weshalb so zornig?", fragte er.

„Ich war bei den Andersons und habe Lilly dabei überrascht, wie sie das Baby stillte."

„Ah", sagte er nur und humpelte um sie herum zu seinem Stuhl hinter dem Schreibtisch. Offensichtlich machte ihm seine Arthritis wieder einmal zu schaffen.

Sie stützte die Hände auf den Tisch und fuhr ihn an: „Sie haben den Sozialdienst nie angerufen."

„Wozu auch? Ihre Mutter kam sie ja holen.“

„Und wie gedenken Sie, die Sache mit der Geburtsurkunde zu regeln?“

„Nun, wenn wir das alles noch ein bisschen weiter geklärt haben, werde ich sie unterschreiben und datieren.“

„Doc, den Mist können Sie doch nicht durchziehen. Das Kind wurde ausgesetzt! Und selbst wenn die Mutter sie hinterher wieder nach Hause geholt hat, könnte es immer noch als Verbrechen angesehen werden.“

„Jetzt beruhigen Sie sich doch. Lilly war ein wenig überreizt, das ist alles. Und nun geht es ihr wieder gut. Ich habe das schon im Auge behalten.“

„Zumindest hätten Sie mir Bescheid sagen können!“

„Und Sie dann einfach loslegen lassen, wutschnaubend wie jetzt? Etwa zulassen, dass Sie sich das Baby schnappen und Lilly anzeigen? Die Frau war einfach am Ende. Und wie sich gezeigt hat, brauchte sie nur ein wenig Zeit, um sich wieder zu beruhigen und zur Besinnung zu kommen.“

„Sie hätte sich an einen Arzt wenden müssen.“

„Ach, Lilly hat alle ihre Kinder zu Hause bekommen. Sie hätte sich schon gemeldet, wenn ihr etwas gefehlt hätte. Fakt ist, wenn Lilly früher aufgetaucht wäre, hätte ich darauf bestanden, sie zu untersuchen, einfach um sicherzugehen. Aber zu dem Zeitpunkt, als sie dann schließlich kam, war klar, dass sie bei bester Gesundheit war.“

Mel kochte vor Wut. „So kann ich einfach nicht arbeiten“, rief sie. „Ich bin hier, um eine gute, zuverlässige medizinische Versorgung zu gewährleisten, und nicht, um mich im Kreis zu drehen und zu erraten, was Sie sich so ausdenken!“

„Wer hat Sie denn darum gebeten?“, konterte er.

Einen Moment lang verschlug es ihr die Sprache. Dann sagte sie nur: „So ein Mist!“, machte auf dem Absatz kehrt und lief aus dem Büro.

„Wir sind hier noch nicht fertig!“, brüllte er ihr hinterher. „Wo wollen Sie hin?“

„Ich brauche ein Bier!“, brüllte sie zurück.

Als sie in Jacks Bar kam, konnte sie unmöglich verbergen, dass sie total verärgert war, doch durfte sie ja nicht darüber reden. Ohne jemanden zu grüßen, ging sie geradewegs zum Tresen.

Jack sah ihr auf den ersten Blick an, dass etwas ganz und gar nicht stimmte. „Junge, Junge.“

„Bier“, war alles, was sie herausbrachte.

Er bediente sie. „Willst du nicht darüber sprechen?“

„Tut mir leid. Geht nicht.“ Sie nahm einen Schluck von dem eiskalten Gebräu. „Ist geschäftlich.“

„Das muss aber ein unangenehmes Geschäft sein. Du bist ja völlig aus dem Häuschen.“

„Und frag nicht, wie.“

„Kann ich irgendetwas tun?“

„Hör einfach auf zu fragen, denn ich bin an meine Schweigepflicht gebunden.“

„Scheint jedenfalls etwas ganz besonders Schlimmes zu sein.“

Ja, dachte sie, etwas ganz besonders Schlimmes.

Jack schob ihr über den Tresen einen Umschlag zu. Sie sah auf den Absender, der Brief kam von der Klinik in Eureka, wo er den AIDS-Test gemacht hatte. „Vielleicht kann dich das ja ein wenig aufheitern. Mit mir ist alles in Ordnung.“

Mit einem schwachen Lächeln sagte sie: „Das ist gut, Jack. Ich dachte mir schon, dass es so sein würde.“

„Willst du es dir nicht ansehen?“, fragte er.

„Nein“, antwortete sie und schüttelte den Kopf. „Ich vertraue dir.“

Er beugte sich vor und hauchte ihr einen Kuss auf die Stirn. „Danke, das ist nett. Dann schmoll mal schön weiter bei deinem Bier. Sag mir Bescheid, wenn du etwas brauchst.“

Langsam beruhigte sie sich. Etwa eine halbe Stunde später tauchte Doc in der Bar auf und setzte sich auf den Hocker neben sie. Sie blitzte ihn nur grimmig an und konzentrierte sich wieder auf ihr Glas.

Doc gab Jack mit dem Finger ein Zeichen, und er schenkte

ihm einen Whiskey ein. Klugerweise ließ Jack die beiden dann lieber allein.

Doc trank einen Schluck, dann noch einen und räusperte sich dann. „Sie haben recht. Ich kann Sie aus so einer Sache nicht ausschließen, wenn Sie dabei helfen wollen, die Leute hier zu versorgen."

Sie wandte sich ihm zu und sah ihn mit hochgezogenen Augenbrauen an: „Haben Sie sich etwa gerade bei mir entschuldigt?"

„Nicht ganz. Nein. Aber in diesem einen Fall haben sie recht. Ich bin es einfach gewohnt, für mich allein zu handeln. Das ist alles. Es hat nichts mit Geringschätzung zu tun."

„Was werden wir also tun?", fragte sie ihn.

„Sie werden gar nichts tun. Das geht alles auf meine Kappe, denn falls es dabei um eine Verletzung der Berufspflicht gehen sollte, möchte ich nicht, dass es auf Sie zurückfällt. Sie hatten immer die Absicht, das Richtige zu tun. Das war auch meine Absicht – nur, ich hatte eine etwas andere Vorstellung davon, was das Richtige war."

„Ich glaube, Lilly sollte untersucht werden. Das kann ich übernehmen, oder wir machen einen Termin bei John Stone."

„Dann werde ich John anrufen", sagte Doc und trank noch einen Schluck Whiskey. „Ich möchte, dass Sie sich fürs Erste raushalten."

„Und diesmal werden Sie auch wirklich anrufen?"

In seinen Augen blitzte es, als er sie jetzt ansah. „Ich werde ihn anrufen."

Mel konzentrierte sich einfach auf ihr Bier, das inzwischen warm und schal geworden war.

„Sie leisten gute Arbeit, Missy", sagte er. „Für manches werde ich langsam zu alt, vor allem für die Babys." Er sah auf seine Hände mit den gekrümmten Fingern und geschwollenen Gelenken. „Ich kann noch eine ganze Menge tun, aber für die Frauen sind diese alten Hände nicht mehr gut. Es ist besser, Sie kümmern sich um die Gesundheit der Frauen."

Sie schüttelte den Kopf. „Also erst eine teilweise Entschuldigung. Dann ein teilweises Kompliment."

„Ich entschuldige mich", sagte er, ohne sie anzusehen. „Ich glaube, dass Sie hier gebraucht werden."

Erleichtert atmete sie auf. Sie wusste, wie schwer ihm das fiel. Dann atmete sie noch einmal tief durch, legte ihm einen Arm um die Schultern und lehnte ihren Kopf an seinen.

„Lassen Sie sich nur nicht von mir weich klopfen", meinte sie.

„Nie und nimmer", gab er zurück.

Jack hatte keine Ahnung, was zwischen Mel und Doc vor sich ging, aber sie hatte ihm gesagt, dass sie zurück in die Praxis gehen und dort gemeinsam eine Kleinigkeit essen würden. Er nahm an, dass es etwas gab, das sie klären mussten. Und sie hatte versprochen, noch einmal bei ihm hereinzuschauen, bevor sie nach Hause fuhr.

Gegen sechs kamen eine ganze Reihe von Leuten, denen er das Abendessen servieren musste. Gegen sieben wurde es dann schon ruhiger, und zuletzt waren nur noch wenige übrig, als die Tür aufging. Charmaine. Sie war noch nie nach Virgin River gekommen, denn er hatte ihr zu verstehen gegeben, was er sich wünschte, damit diese beiden Seiten seines Lebens voneinander getrennt blieben. Heute Abend trug sie nicht ihre Kellnerinnenkleidung, und es war ziemlich offensichtlich, was sie beabsichtigte. Sie trug eine hübsche Hose mit Bügelfalte, eine frische weiße Bluse, deren Kragen auf dem Revers eines dunklen Blazers lag. Volles, offenes Haar, das Make-up etwas dick aufgetragen, ansonsten aber perfekt, hochhackige Schuhe. Es gefiel ihm, daran erinnert zu werden, dass sie eine gut aussehende Frau war, umso mehr, da sie nicht in dieser engen Kleidung steckte, in der ihre großen Brüste die Aufmerksamkeit auf sich zogen. Sie wirkte elegant. Eine reife Frau.

Sie setzte sich an den Tresen und lächelte ihn an. „Ich dachte, ich schau einmal vorbei, um zu erfahren, wie es dir geht."

„Gut, Char, und dir?"

„Prima."

„Wie wär's mit einem Drink?"

„Ja, gerne. Vielleicht einen Johnny Walker, mit Eis. Und mach einen guten Johnny draus."

„Schon unterwegs." Er servierte ihr einen Black Label, denn den Blue Label hatte er nicht vorrätig. Zu teuer für seine üblichen Gäste, und tatsächlich setzte er den Blue kaum um. „Also, was treibt dich in mein Revier?"

„Ich wollte einfach mal bei dir vorbeischauen und herausfinden, ob du noch immer zu deiner Entscheidung stehst."

Enttäuscht senkte er den Blick. Er hatte gehofft, es ihr kein zweites Mal antun zu müssen, vor allem nicht hier. Dies war nicht der Ort, darüber zu diskutieren, wie ihre Beziehung einmal gewesen war. Er sah ihr wieder in die Augen und nickte einfach nur.

„Es hat sich also nichts geändert?"

Er schüttelte den Kopf und hoffte, es dabei belassen zu können.

„Also gut", meinte sie und nahm noch einen Schluck von ihrem Drink. „Es tut mir leid, das zu hören. Ich hatte gehofft, wir könnten vielleicht … Vergiss es! Ich kann dir ansehen, dass …"

„Char, bitte. Dies ist weder der richtige Zeitpunkt noch der richtige Ort."

„Reg dich nicht auf, Jack. Ich werde dich nicht drängen. Aber du kannst es einer Frau auch nicht übel nehmen, wenn sie einmal nachfragt. Schließlich war das, was wir miteinander hatten, doch etwas ziemlich Besonderes. Jedenfalls für mich."

„Auch für mich war es etwas Besonderes. Und es tut mir leid, aber ich konnte nicht anders."

„Du behauptest also immer noch, dass es da keine andere gibt?"

„Damals gab es niemanden. Ich habe dich nicht belogen. Ich habe dich nie belogen. Aber heute …"

In dem Moment, als er das sagte, schwang die Tür auf und Mel kam herein. Vorher hatte sie ärgerlich ausgesehen, jetzt wirkte sie müde und erschöpft. Und sie tat etwas, das sie noch nie zuvor getan hatte. Anstatt sich wie sonst auf einen der Barhocker zu schwingen und ein Bier zu bestellen, ging sie um den Tresen herum.

„Entschuldige mich einen Augenblick", sagte Jack zu Charmaine und ging zu Mel ans Ende der Theke.

Mel legte ihm die Arme um die Hüften, drückte sich an ihn und lehnte den Kopf an seine Brust. Er erwiderte ihre Geste und schloss sie in seine Arme. Dabei war er sich schmerzlich bewusst, dass ihm Charmaines Blicke ein Loch in den Rücken bohrten.

„Der Tag heute war aufreibend", sagte Mel leise. „Ich hatte mit Doc eine Grundsatzdiskussion über unsere weitere Zusammenarbeit, falls es denn dazu kommen sollte. Es war schwieriger, als ich gedacht hatte, und hat mich gefühlsmäßig ganz schön mitgenommen."

„Ist denn jetzt alles in Ordnung?", fragte er.

„Mir geht's gut. Könnte ich vielleicht einen von diesen netten kleinen *Crowns* haben? Diesmal habe ich gegessen, und ich verspreche auch, dass es bei dem einen bleibt. Mit Eis bitte. Und ich lade dich ein, mich heute Abend nach Hause zu bringen. Wenn du magst."

„Du scherzt wohl, oder? Ich würde vor Sorgen umkommen, wenn ich dich allein nach Hause gehen ließe. Wer weiß, was du wieder anstellst oder mit wem du wieder irgendwohin mitfährst." Er gab ihr einen kleinen Kuss auf die Stirn und drehte sie um, damit sie wieder vor den Tresen treten konnte. Er vermied es, mit Charmaine Augenkontakt aufzunehmen, bereitete vielmehr den Drink zu und stellte ihn Mel hin, die jetzt ganz am Ende des Tresens auf einem Barhocker saß. „Du musst mir mal eine Minute geben."

„Klar", sagte sie. „Lass dir Zeit. Ich will nur entspannen."

„Dann entspann dich mal schön." Er ging zurück zu Char.

Charmaines Augen drückten Verletztheit aus, aber zumindest hatte sie nun auch Klarheit. „Ich glaube, ich verstehe", sagte sie und trank noch einen Schluck von ihrem Drink.

Er griff nach ihrer Hand und hielt sie fest. „Charmaine, ich habe dich nicht belogen. Das ist zwar vermutlich jetzt nicht wirklich von Bedeutung, aber mir wäre es lieb, wenn du mir glaubst, dass ich dir die Wahrheit gesagt habe. Damals gab es keine andere."

„Aber du wolltest dich dafür bereithalten."

Er nickte bekümmert und schielte zu Mel hinüber, die sie mit verblüffter, unglücklicher Miene beobachtete.

„Also gut. Ich verstehe jetzt", sagte Charmaine und entzog ihm ihre Hand. „Ich werde aufbrechen und dich deinen Angelegenheiten überlassen."

Zur Beleidigung ihres früheren Liebhabers, der ihr den Drink ausgeben wollte, knallte sie ihm eine Zwanzigdollarnote hin, rutschte vom Barhocker herunter und ging auf die Tür zu. Jack schnappte sich den Schein und ging ans Ende des Tresens. „Mel, ich bin sofort zurück. Bleib hier!"

„Nimm dir alle Zeit, die du brauchst", sagte sie, aber es klang alles andere als glücklich.

Trotzdem folgte er Charmaine nach draußen. Er rief ihr hinterher, und sie blieb stehen, als sie ihr Auto erreicht hatte. Dort holte er sie ein. „Es tut mir leid, dass es so gekommen ist. Ich wünschte, du hättest einfach angerufen."

„Da bin ich mir sicher." Sie hatte feuchte Augen, so als würde sie jeden Moment in Tränen ausbrechen. „Jetzt sehe ich klar", meinte sie.

„Da bin ich mir nicht sicher. Das ist … Es läuft erst seit Kurzem", verteidigte er sich.

„Aber du hattest sie im Kopf?"

Er holte Luft. „Ja."

„Du liebst sie", stellte sie fest.

Er nickte. „Oh, ja. Sehr."

Sie lachte verbittert. „Nun, wer hätte das gedacht, Mr. Bindungslos."

„Ich wollte dir nichts vormachen, Char. Deshalb hatte ich Schluss gemacht. Denn ich wusste, dass ich mit zwei Frauen zu tun haben würde, wenn Mel mir auch nur ansatzweise eine Chance gäbe. Und das wollte ich euch beiden nicht antun. Ich hätte nie absichtlich …"

„Ach, lass gut sein, Junge. Sie ist jung, sie ist hübsch – und du bist ein hoffnungsloser Fall. Jetzt weiß ich Bescheid. Ich wollte nur sicher sein."

Er ergriff ihre Hände und drückte ihr dabei die zwanzig Dollar in eine Hand. „Du kannst ja wohl nicht im Ernst glauben, dass ich dich in meiner Bar einen Drink bezahlen lasse."

„Exgeliebte trinken also auf Kosten des Hauses?", fragte sie sarkastisch.

„Nein", verbesserte er. „Gute Freundinnen trinken auf Kosten des Hauses." Er beugte sich zu ihr und küsste sie auf die Stirn. „Es tut mir leid, wenn ich dich verletzt habe. Es war nicht meine Absicht." Er atmete tief durch. „Ich konnte es nicht ahnen."

Sie seufzte. „Ich verstehe, Jack. Es ist nur so, dass ich dich vermisse, das ist alles. Und ich hoffe, dass für dich alles gut läuft, aber wenn nicht, dann …"

„Char, wenn es nichts wird, dann bin ich keinen Pfifferling wert."

Sie musste kichern. „Also gut. Dann mach ich mich mal davon. Viel Glück, Jack."

Sie stieg ins Auto, manövrierte es aus der Parklücke und fuhr davon. Jack sah ihr nach, bis sie außer Sichtweite war, und ging dann wieder hinein.

Er stellte sich wieder hinter den Tresen, dorthin, wo Mel saß. „Tut mir leid, dass das passiert ist."

„Was war denn los?"

„Eine alte Freundin."

„Clear River?"

„Ja. Sie wollte nur einmal nachsehen."

„Sie wollte es noch einmal bei dir versuchen?"

Er nickte. „Ich habe klargestellt …"

„Was hast du klargestellt? Hm, Jack?"

„Dass ich nicht mehr zu haben bin. Und ich habe versucht, ihr das freundlich zu vermitteln."

Ihre Miene wurde etwas weicher. Ein Lächeln huschte über ihr Gesicht, und sie legte eine Hand an seine Wange. „Nun, dann kann ich ja wohl kaum rumzicken. Deine Freundlichkeit ist eine deiner besten Eigenschaften. Aber sag mal, Cowboy. Wird sie jetzt öfter hier auftauchen?"

„Nein."

„Das ist gut. Ich mag nämlich keine Konkurrenz."

„Da gibt es auch keine, Melinda. Und es gab auch nie eine."

„Gut so. Wie du siehst, ich bin eine sehr eigennützige Frau."

„Mit ihr hatte ich schon Schluss gemacht, bevor ich auch nur deine Hand gehalten habe."

Amüsiert hob sie eine Augenbraue. „Das war aber sehr optimistisch von dir. Du hättest am Ende allein dastehen können."

„Dieses Risiko wollte ich gerne eingehen. Der andere Weg – das war die Art von Risiko, die ich nicht wollte. Dabei wäre ich ernstlich Gefahr gelaufen, alles zu verderben, was ich wollte. Und ich wollte dich." Er lächelte sie an. „Ich finde es toll, wie du damit umgehst."

„Hey, ich weiß ja, weshalb sie hier war. Und ich würde dich nicht aufgeben, selbst wenn man mir die Pistole auf die Brust setzte. Willst du mich nach Hause bringen? Und über Nacht bleiben?"

„Klar", sagte er. „Das will ich immer."

„Dann besorge dir mal die Genehmigung von deinem Kahlkopf. Ich möchte nämlich, dass du dich mir heute Nacht beweist. Noch einmal." Sie grinste verschmitzt.

Der Juli kam, und es war sonnig und warm. Nur gelegentlich gab es ein wenig Regen. Jack saß draußen auf der Veranda, als Rick zur Arbeit erschien. Den Sommer über, wenn er nicht in die Schule musste, kam er meist früher am Tag, manchmal schon zwischen Frühstück und Mittagessen. Sein Gesichtsausdruck war so anders als sonst, dass Jack stutzte. „Moment mal, Partner. Wie geht's denn so?"

„Gut, Jack", war die knappe Antwort.

„Hol dir einen Stuhl. Ich wollte ja nicht nachfragen, aber ich musste ständig an euch denken. An dich und Liz."

„Ja", meinte Ricky und lehnte sich ans Verandageländer, statt sich zu setzen. „Man sieht es mir wohl an, hm?"

„Man kann dir ansehen, dass irgendwas los ist. Alles in Ordnung?"

„Ja, ich denke schon." Ricky schnappte nach Luft. „Ständig war ich hinter ihr her, damit sie mir Bescheid gibt, ob alles okay ist, weißt du? Und als sie es mir dann endlich sagte ... dass also alles in Ordnung ist und sie nicht schwanger ist oder so, habe ich ihr vorgeschlagen, dass wir die Sache zwischen uns vielleicht lieber mal etwas abkühlen lassen. Das hat sie umgeworfen."

„Huuuh, das ist hart", meinte Jack.

„Ich fühle mich wie das größte Schwein."

„Du wirst wohl deine Gründe haben."

„Ich habe versucht, es ihr zu erklären. Dass es nichts damit zu tun hat, dass ich sie nicht mag. Sie sogar sehr mag. Ich kann sie wirklich sehr gut leiden. Und das sage ich nicht einfach nur so. Und es geht auch nicht nur darum, was wir getan haben. Verstehst du?"

„Ich verstehe, ja", sagte Jack.

„Kann ich dir was sagen?"

„Das liegt ganz bei dir, Junge."

„Ich mag das Mädchen wirklich sehr. Vielleicht liebe ich sie sogar, wenn sich das nicht zu blöd anhört. Aber es hat sich herausgestellt, dass mir das alles ein bisschen zu heiß ist. Ich hab es nicht im Griff, und deshalb will ich nicht ihr Leben und meins vermasseln. Das eine Mal – Jack, da hatte ich es *nicht* vorhergesehen. Ich denke, es ist für sie und mich das Beste, wenn wir ein paar Meilen zwischen uns legen. Bin ich deswegen jetzt ein Feigling?"

Jack spürte, wie sich langsam ein Lächeln auf seinen Lippen ausbreitete. „Ach wo! Das beweist nur, dass du jemand bist, der Grips im Kopf hat."

„Ich fühle mich aber wie ein verdammter Schweinehund. Bloß, Jack, dieses Mädchen – sie haut mich einfach um. Herr im Himmel. Wenn ich in ihre Nähe komme, verliere ich völlig den Verstand."

Jack setzte sich in seinem Stuhl vor und beugte sich zu Ricky. „Es wird Zeiten geben, wo es dir völlig ins Konzept passt, wenn es so heiß ist, dass du es nicht mehr im Griff behalten kannst, Rick. Aber dann wirst du nicht mehr siebzehn sein. Sei klug. Und es sieht ja ganz danach aus, dass du es bist. Es tut mir nur leid, dass es dir und dem Mädchen so schwerfällt."

„Ich kann nur hoffen, dass du recht hast. Denn ich fühle mich hundsgemein. Und dann vermisse ich es auch noch wie wahnsinnig. Nicht nur das … ich vermisse *sie*."

„Ricky, Kumpel, du bist zu jung, um Daddy zu werden. Es tut mir leid, wenn es wehtut, aber manchmal muss man etwas tun, das einem schwerfällt. Und sie ist, verflixt noch mal, einfach zu jung, um in eine solche Lage gebracht zu werden. Einer von euch muss der Erwachsene sein. Du tust genau das Richtige. Und wenn Liz das richtige Mädchen für dich ist, dann wird eure Beziehung auch halten."

„Ich weiß nicht", sagte er und schüttelte traurig den Kopf.

„Lass sie noch ein bisschen älter werden, mein Freund. Vielleicht kannst du es ja später noch einmal bei ihr versuchen."

„Oder vielleicht auch nicht, Jack. Ich glaube, ich habe sie wirklich schwer verletzt. Gut möglich, dass ich keine zweite Chance mehr bekomme."

„Tu dir selbst einen Gefallen. Hör auf, dich mit Selbstvorwürfen zu zerfleischen. Damit machst du dir nur das Leben schwer."

Während des Sommers blühte Mel richtig auf. Sie hatte eine Patientin, die sich im letzten Drittel ihrer Schwangerschaft befand. Es war ihr erstes Baby, und erste Babys machten immer ganz besonders viel Freude. Anders als Polly und Darryl und anders als dieses traurige, anonyme Paar im Wald, hatte dieses Elternpaar sich ziemlich lange um ein Baby bemüht, und dementsprechend waren sie aufgeregt und voller Erwartung. Anne und Jeremy Givens waren beide Ende zwanzig und schon seit acht Jahren verheiratet. Jeremys Dad besaß eine große Obstplantage, und Jeremy und Anne lebten mit der gesamten Familie zusammen auf dem Land. Sie erwarteten ihr Baby noch vor der Apfelernte.

Jack und Mel hatten inzwischen als Paar ihre Freundschaft mit June und Jim, John und Susan verfestigt. Sie fuhren öfter nach Grace Valley, und zweimal waren ihre Freunde auch nach Virgin River gekommen, einmal zum Essen in Mels kleinem Ferienhaus, ein anderes Mal in Jacks Bar. Bei ihrem letzten Besuch hatte Susan angekündigt, dass sie ihren Ort nicht mehr verlassen würde, es sei denn, sie könnte die kurvige, holprige Dreißigminutenfahrt nutzen, um die Wehen einzuleiten. Sie sah aus, als würde sie jeden Moment platzen. Jack lud Jim, Elmer Hudson und einen seiner Freunde, Richter Forrest, ein, mit ihm und Preacher im Virgin River zu angeln, und sie machten einen guten Fang. Mel freute sich fast so sehr darüber, dass die Männer sich angefreundet hatten, wie darüber, dass neue Freundinnen in ihr Leben getreten waren.

Nach so viel Zeit, die sie mit ihren Freundinnen nun schon gemeinsam verbracht hatte, war Mel ein wenig aufgetaut, aber auch nur ein wenig. Immerhin hatte sie ihnen gesagt, dass sie mit Jack eine Beziehung hatte und dass er das Beste war, was ihr in Virgin River begegnet war.

„Es sieht so aus, als wärt ihr füreinander geschaffen", meinte Susan. „Ähnlich wie bei June und Jim – kaum miteinander bekannt, und doch wie alte Seelenverwandte."

Und Joey erzählte Mel: „Ich schlafe nie mehr allein. Es fühlt sich natürlicher an, ihn um mich zu haben. Und Joey – es ist so schön, nicht mehr allein zu sein." Was sie ihrer Schwester nicht zu erzählen wagte, war, dass Jack sie kaum noch aus den Augen ließ, nachdem sie zu dieser Marihuana-Plantage rausgefahren war, um ein Baby zu entbinden. Insgeheim lächelte sie darüber, denn immer gab es an allem doch auch etwas Gutes.

„Schläfst du denn auch genug?", wollte Joey wissen.

Mel lachte. „Ich schlafe sehr gut, jede Nacht. Aber Joey", sagte sie, und ihre Stimme zitterte, „so etwas habe ich noch nie erlebt. Jedes Mal, wenn ich ihn auch nur ansehe, möchte ich mich am liebsten gleich ausziehen."

„Du hast es verdient, Mel."

„Er hat mich um etwas gebeten, das mich etwas nervös macht. Er will zum Geburtstag seiner jüngsten Schwester nach Sacramento fahren. Da wird die ganze Familie zusammenkommen. Und er möchte, dass ich mitkomme."

„Warum macht dich das nervös? Du hast doch auch mich mit ihm konfrontiert, und das ist sehr gut gegangen. Er war ganz verrückt nach mir", scherzte sie lachend.

„Ich mache mir keine Sorgen darum, dass sie mich nicht mögen werden. Ich mache mir nur Sorgen, dass sie mehr daraus machen könnten, als es ist."

„Ah", sagte Joey. „Noch immer etwas zurückhaltend?"

„Nicht mit Absicht", antwortete Mel. „Aber irgendwie werde ich das Gefühl nicht ganz los, dass ich noch mit jemand anderem verheiratet bin."

„Oh, Mel – lass es gut sein! Dieser andere – der, mit dem du dich noch immer verheiratet fühlst … er wird dir dabei nicht im Wege stehen. Wirklich, falls Mark zusieht, wird er vermutlich froh sein, dass du jemanden gefunden hast, der dir etwas bedeutet und dich nachts warm hält."

„Falls er zusieht, werde ich rot."

Jack konnte sie schließlich überreden. Während der ganzen Fahrt nach Sacramento war sie nervös wie ein junges Kätzchen. „Ich will einfach nicht, dass deine Familie glaubt, wir hätten eine ernsthafte Beziehung."

„Haben wir das nicht?", fragte er sie. „Ist es für dich nicht ernsthaft?"

„Du weißt, dass es in meinem Leben sonst niemanden gibt", antwortete sie. „Ich bin absolut monogam. Ich brauche einfach Zeit … Weißt du …"

„Mann“, rief er lachend. „Das passt wie die Faust aufs Auge.“

„Was?“

„Die ganzen Jahre über war immer ich es, der sichergestellt hat, dass die Frauen, mit denen ich mich getroffen habe, wussten, dass man mich nicht binden konnte … Es gibt da ein paar Frauen, Mel, die der Meinung sein könnten, dass ich jetzt genau das bekomme, was ich verdiene.“

„Du weißt doch, wovon ich spreche. Es sind ja nur meine Probleme …“

„Ich werde warten, bis du damit klarkommst. Und das meine ich ernst.“

„Du bist sehr geduldig mit mir, Jack. Und dafür bin ich dir sehr dankbar. Ich will nur nicht, dass sie sich ein falsches Bild machen. Und bei deinem Dad werden wir in getrennten Zimmern schlafen.“

„Nein“, widersprach er entschieden. „Ich bin über vierzig Jahre alt. Ich werde jede Nacht mit dir zusammen schlafen. Meinem Dad habe ich schon gesagt, dass ein Schlafzimmer für uns beide völlig ausreicht.“

Sie stieß einen tiefen Seufzer aus. „Also gut. Aber wir werden es bei deinem Dad nicht tun.“ Er lachte sie aus.

In Sacramento war es im Juli viel heißer als in Virgin River. Heißer sogar als in L. A., denn Sacramento lag landeinwärts in einem Tal, das nicht von Meeresbrisen abgekühlt wurde.

Sam Sheridan lebte noch immer in dem Haus, in dem er seine fünf Kinder großgezogen hatte. Das geräumige Haus im Stil einer Ranch lag, umgeben von einem weitläufigen üppigen Garten und ausgestattet mit einem Swimmingpool und einer großen Küche, am Stadtrand. Als Sam Mel begrüßte, blickte sie in die Augen einer älteren Version von Jack – ein Mann von gleicher Größe und Statur mit dichtem stahlgrauen Haar, einem herzlichen Lächeln und einem kräftigen Händedruck. Glücklich über ihr Wiedersehen umarmten Jack und Sam sich wie Brüder.

Im Hof hinter dem Haus stand ein Grill, und so verbrachten sie zu dritt bei Steaks und Rotwein einen angenehmen Abend.

Die Männer bestanden darauf, das Geschirr abzuwaschen, und so nahm Mel ihr Weinglas und sah sich ein wenig im Haus um. Sie fand Sams Arbeitszimmer, das als Büro, aber auch als Ausstellungsraum durchgehen konnte. Dort standen ein Schreibtisch, ein Fernseher, ein Computer, Bücherregale, und jede Wand war vollgehängt mit Fotos und Auszeichnungen. Alle seine Töchter in ihren Hochzeitskleidern, alle Enkeltöchter im Alter von fünf bis achtzehn, und dann das, woran sie überhaupt nicht gedacht hatte, nämlich die Bilder von Jack. Fotos, die sie in Jacks Wohnung nie gesehen hatte und die einen Marine zeigten, der reihenweise Ordensbänder trug. Jack mit seinen verschiedenen *Squads* und *Platoons*; Jack und seine Eltern; Jack und Generäle. Jack und die Jungs, die zu ihren *Semper-Fi*-Treffen nach Virgin River kamen. Und Schaukästen voller Orden. Über militärische Auszeichnungen wusste sie nicht viel, aber zweifellos lagen dort drei *Purple Hearts* sowie *Silver* und *Bronze Stars*.

Sie streckte die Hand aus und strich leicht mit den Fingern über die Vitrine, in der die Orden lagen. Sam trat von hinten an sie heran und legte seine Hände auf ihre Schultern. „Er ist ein Held gewesen", sagte er leise. „Viele Male."

Über die Schulter sah sie Sam an. „Darüber spricht er nie."

„Oh, ich weiß", sagte er und lachte. „Er ist bescheiden."

„Dad", rief Jack, der mit einem Küchenhandtuch ein Weinglas abtrocknete, als er ins Zimmer kam. „Ich habe dir doch gesagt, du sollst diesen ganzen Mist hier wegräumen."

„Hah", rief Sam, indem er seinen Sohn einfach ignorierte und ihm den Rücken zukehrte. „Dieser hier, das war im *Desert Storm*", erklärte er Mel. „Und der hier ist aus Bosnien. Man hatte ein paar Starfighter-Piloten abgeschossen, und Jack ist mit seiner Einheit in eine Hot Zone gegangen und hat sie da rausgeholt. In Afghanistan wurde er angeschossen, schaffte es aber noch, sein *Squad* in Sicherheit zu bringen. Und dieser hier … da hat er während des letzten Irakkonflikts sechs Männern das Leben gerettet."

„Dad …"

„Bist du schon mit dem Abwasch fertig, mein Sohn?“, fragte Sam, ohne sich umzudrehen, und Jack verzog sich.

Mel sah zu Sam hoch. „Glauben Sie, dass es ihn belastet? Die Erinnerungen?“

„Oh, ich bin mir sicher, dass es bei einigen so ist. Aber es hat ihn nie so stark belastet, dass es ihn davon abgehalten hätte, immer wieder in den Krieg zu ziehen. Vermutlich hätten sie ihn in jedem Fall geschickt, aber er hat sich für jede kleinste Übung und für jeden Kampf freiwillig gemeldet. Viele Generäle und ein Präsident haben diesem Jungen Orden verliehen. Er war der Beste, den die Marines hatten, und ich bin verdammt stolz auf ihn. Bei sich zu Hause würde er die Orden nicht aufbewahren wollen. Wahrscheinlich würde er sie irgendwo auslagern oder so. Ich muss sie hier in Sicherheit verwahren.“

„Ist er denn nicht stolz darauf?“, fragte sie.

Sam sah auf Mel hinunter. „Weniger auf die Orden als auf seine Männer. Er fühlte sich seinen Männern verpflichtet, nicht den militärischen Auszeichnungen. Hat Ihnen das mein Sohn nicht erzählt?“

„Ich wusste, dass er bei den Marines war. Ein paar seiner Freunde habe ich kennengelernt. Diese Kerle dort“, sagte sie und zeigte auf ein Foto.

„Für Männer ist er ein Anführer, Melinda“, sagte Sam. Er warf einen Blick über die Schulter, und nachdem er sich vergewissert hatte, dass Jack ihn nicht hören konnte, fuhr er fort: „Er zeigt sich manchmal ein wenig verlegen, weil er nur die Highschool abgeschlossen hat, während seine Schwestern – und auch deren Ehemänner – alle einen Hochschulabschluss besitzen, manche sogar Postgraduiertentitel. Ich aber glaube, dass Jack mehr geschafft hat, mehr Gutes getan und mehr Leben gerettet hat als viele Frauen oder Männer mit einer höheren Bildung. Und wenn Sie ihn kennen, dann wissen Sie auch, dass er sehr intelligent ist. Hätte er eine Hochschule besucht, hätte er sich auch dort ausgezeichnet, aber sein Weg war das hier.“

„Er ist doch so sanftmütig“, hörte sie sich selbst sagen.

„Das ist er. Jede meiner Enkelinnen fasst er an, als seien sie Nitroglyzerin und könnten jeden Moment in die Luft fliegen, wenn er nur eine falsche Bewegung macht. Aber im Kampf ist er nicht sanftmütig. Dieser Mann ist nicht nur irgendein Marine. Er ist ein hoch ausgezeichneter Held. Seine Schwestern und ich sind sehr stolz auf ihn."

„Es muss schwer für Sie gewesen sein, wenn er im Einsatz war."

„Ja." Wehmütig betrachtete er die Fotos und Orden. „Sie können sich nicht vorstellen, wie sehr seine Mutter und ich ihn vermisst haben. Welche Sorgen wir uns um ihn gemacht haben. Aber er hat auf seine innere Stimme gehört und einfach getan, was er tun musste. Und er hat es gut gemacht." Sam lächelte. „Wir sollten lieber wieder in die Küche zurückgehen. Er wird sauer, wenn ich so prahle."

Als Mel am nächsten Morgen aufwachte, lag Jack nicht neben ihr. Sie hörte, wie er sich mit seinem Dad in einem anderen Raum unterhielt und wie sie miteinander lachten. Sie duschte und zog sich an, bevor sie sich zu ihnen gesellte. Sie fand sie im Esszimmer, an einem Tisch voller Papiere.

„Vorstandssitzung?", fragte sie.

„So etwas in der Art", meinte Sam. „Also, Junge, findest du das alles gut so?"

„Bestens. Wie immer." Jack streckte seine Hand aus und schüttelte die seines Vaters. „Danke, Dad. Ich weiß das zu schätzen."

Sam sammelte die Papiere ein, legte sie in eine Fächermappe und verließ den Raum.

„Bevor mein Dad sich zur Ruhe setzte, war er Börsenmakler. Während meiner Zeit bei den Marines habe ich ihm von Zeit zu Zeit Geld geschickt. Seit zwanzig Jahren legt er es nun schon für mich an."

„Ich hätte nicht gedacht, dass ein Marine viel verdient", sagte sie.

„Nicht wirklich." Er hob kurz die Schultern. „Aber wenn du allein lebst und ständig den Dienst verlängerst und weiter an Kriegen teilnimmst, dann gibt es Sonderzulagen, Anreizlohn, Kampfzulagen, Beförderungen. Bei meinen Kameraden – jedenfalls den meisten – gingen diese Leistungen für den Bau eines Hauses, Zahnklammern für die Kinder und diese Dinge drauf. Ich habe nie viel zum Leben gebraucht und immer gespart. Sparen war immer ein wichtiges Thema für meinen Vater, während ich aufwuchs."

„Kluger Mann", sagte sie und meinte damit nicht Sam.

Jack grinste. „Du hast wohl gedacht, ich mache mit der kleinen Bar in Virgin River einen großen Reibach?"

„Ich habe angenommen, dass du das nicht nötig hast. Mit einer Pension vom Militär und niedrigen Lebenshaltungskosten …"

„Ach wo. Davon unabhängig habe ich ausgesorgt", unterbrach er sie. „Falls die Bar einmal abbrennen würde, müsste ich bloß Preacher sein Leben lang unterstützen. Und ich würde auch gerne noch dafür sorgen, dass Ricky eine gute Ausbildung erhält. Das wäre es dann aber auch schon." Er nahm ihre Hand. „Ansonsten habe ich alles, was ich brauche."

An diesem Nachmittag fiel der Rest der Familie im Heim der Sheridans ein – vier Schwestern mit ihren Ehemännern und acht Nichten. Sowie die einzelnen Familien eintrafen, stürzten alle auf Jack los. Seine Schwestern liefen zu ihm, knuddelten und küssten ihn, und seine Schwäger umarmten ihn liebevoll. Jede einzelne seiner Nichten hob er hoch und schloss sie in die Arme, als wären sie seine Töchter, wirbelte sie herum und lachte in ihre hübschen Gesichter.

Mel war sich nicht sicher, was sie erwartet hatte. Nachdem sie jedoch die Familienfotos gesehen hatte, die in Sams Zimmer und im ganzen Haus verteilt waren, wusste sie, dass es eine gut aussehende Familie sein würde, mit guten Genen. Seine Schwestern waren sehr unterschiedlich, aber alle elegant, reizvoll und klug. Donna, die Älteste, mit vielleicht eins achtundsiebzig sehr groß, hatte kurzes, mit blonden Strähnen durchsetztes Haar. Dann kam Jeannie, fast ebenso groß, ziemlich dünn und modisch gekleidet. Mary war dann mit vielleicht eins vierundsiebzig die Nächstgrößte in der Reihe. Sie wirkte so adrett und zerbrechlich, dass man sich kaum vorstellen konnte, wie sie als Pilotin ein großes Handelsflugzeug handhaben könnte. Donna und Jeannie hatten beide drei Töchter, Mary zwei. Und dann war da noch Brie, die Jüngste, die ihren dreißigsten Geburtstag feierte. Sie war die einzige der Schwestern, die noch keine Kinder hatte. Ungefähr so groß wie Mel, mit langen hellbraunen Haaren, die ihr über den Rücken fast bis zur Taille fielen, war sie ein zierliches Ding, das seinen Lebensunterhalt damit verdiente, hartgesottene Kriminelle einzusperren. Ihre Männer waren, wie Jack und Sam, große Kerle, die Nichten allesamt kleine Schönheiten.

Jacks Schwestern hatten ein paar ihrer ältesten Freunde mitgebracht – Ralph Lauren, Lilly Pulitzer, Michael Kors und Coach. Jeder von ihnen besaß ein ausgeprägtes Gefühl für Stil. Was aber noch mehr auffiel als ihr guter modischer Geschmack war ihre Herzenswärme und ihr Humor. Alle freuten sich, Mel kennenzulernen, und weigerten sich, ihre ausgestreckte Hand zu schütteln, sondern umarmten sie sofort. Die ganze Familie war sehr körperbetont und liebevoll im Umgang miteinander. Immer wenn Mel einen Blick auf Jack erhaschte, hatte er den Arm um eine seiner Schwestern oder Nichten gelegt und war oftmals damit beschäftigt, ihr Haar oder ihre Wangen mit Küssen zu bedecken. Ebenso oft aber suchte er auch nach Mel und legte ihr dann besitzergreifend einen Arm um die Schultern oder die Taille. Und zu ihrer Überraschung tat Sam dasselbe, so, als würden sie sich schon seit Jahren nahestehen.

Alles, was Brie sich zum Geburtstag gewünscht hatte, war ein Familientreffen, zu dem auch ihr Bruder nach Hause käme. „Er lebt doch gar nicht so weit weg“, meinte Mel. „Sehen Sie sich denn nicht öfter einmal?“

„Nicht einmal ansatzweise oft genug", antwortete Brie. „Im Prinzip ist Jack vor dreiundzwanzig Jahren gegangen. Als er siebzehn war."

Es war ein Tag voller Lärm, Lachen und gutem Essen. Sam kümmerte sich um das Fleisch, während die Schwestern köstliche Beilagen mitgebracht hatten. Nach dem Essen verzogen sich die Kinder, um auf dem großen Bildschirm DVDs anzusehen, im Garten in den Pool zu springen oder auf Opas Computer Videospiele zu spielen. Nur die Erwachsenen saßen noch an den Tischen im Innenhof und erzählten Geschichten über Jack, die ihn beinahe rot werden ließen.

„Weißt du noch, Dad, als du Jacks Bett verschenken und ihn mit einem neuen, größeren überraschen wolltest, weil er so gewachsen war? Und so schwer?" Sofort brachen alle in Lachen aus. Mel war die Einzige, die diese Geschichte nicht kannte. „Ein Freund der Familie wollte das Bett für eins seiner kleineren Kinder haben. Er war ein angesehenes Mitglied der *Parent Teacher Association* ..."

„Ach, du tust gerade so, als wäre er ein Prediger gewesen oder so was", protestierte Jack.

„Und als er dann die Matratze hochhob, lag Jacks Privatbibliothek für alle Augen sichtbar da", fuhr Donna fort, und alle grölten vor Lachen.

„Ich hatte ja hauptsächlich Mädchen zu erziehen", erklärte Sam, „und dabei völlig vergessen, auf welche Gedanken Jungs kommen, wenn sie ihre Hausaufgaben machen sollen."

„Zumindest waren es gute, anständige Softpornohefte und nicht irgendwelche Frauen in BHs aus dem *Sears Catalog*", verteidigte sich Jack. „Schöne, rechtschaffene, nackte Frauen!"

„Hört, hört", riefen die Schwäger im Chor.

„Übrigens", bemerkte Mel, „mir ist aufgefallen, dass es außer dem Hauptbadezimmer nur ein weiteres Bad hier im Haus gibt ..."

Sofort brach wieder Lärm los – Rufen, Lachen, Pfeifen, Gejohle. „Wir hatten immer die größten Kämpfe um das Bad", erklärte eine der Frauen.

„Ich habe mich nie daran beteiligt“, behauptete Jack.

„Du warst doch der *Schlimmste!*“, hielt man ihm vor.

„Und wenn er das Bad erst einmal erobert hatte, blieb er immer stundenlang drin! Bevor nicht das ganze heiße Wasser verbraucht war, gab er es nicht wieder auf!“

„Mom musste ihm die Stoppuhr stellen, wenn er duschte, damit auch wir anderen uns noch waschen konnten. Natürlich hat er die einfach ignoriert. Und Mom sagte dann immer nur: ‚Ja, ja, aber ich weiß doch, dass Jack sich große Mühe gibt.‘ Denn Jack war ihr kleiner Liebling.“

„Ich habe dann angefangen, nachts zu duschen. Das war die einzige Möglichkeit“, sagte Donna.

„Da wir schon von den Nächten sprechen – wisst ihr, was er nachts mit uns angestellt hat? Mary und ich schliefen in einem Zimmer, und das war bis unter die Decke mit unseren Sachen vollgestellt. Jack kam dann immer mit irgendeinem seiner Freunde hereingeschlichen, wenn wir schliefen, und wickelte uns Schnüre um die Finger und Zehen, die sie dann wiederum an irgendwelche Dinge im Zimmer banden. Wenn wir uns später im Schlaf umdrehten, krachte alles um uns herum zusammen!“

„Das ist doch noch gar nichts“, meinte Jenny. „Wenn ich von der Schule nach Hause kam, baumelten immer meine Plüschtiere mit Schlingen um den Hals an meinem Bettbaldachin!“

„Sie tun gerade so, als hätten sie mir nie etwas getan“, warf Jack ein.

„Wisst ihr noch, als wir einmal alle im Wohnzimmer saßen, wir alle fünf, und Mom dann reinkam mit einem Haufen Kondome in der Hand und meinte: ‚Ratet mal, was ich in der Waschmaschine gefunden habe? Jack, ich könnte mir vorstellen, dass sie dir gehören.‘“

Alle lachten wie wild, und Jack wurde ganz aufgeregt. „Ja, aber es waren nicht meine, oder? Denn meine lagen noch immer genau dort, wo ich sie hingelegt hatte! Ich habe Donna in Verdacht!“

„Ich war Feministin“, verkündete Donna.

„Mom hätte das nie geglaubt, denn Donna war ja ihr ganzer Stolz und ihre Freude!“

„Donna hat rumgevögelt!“

„Solche Geschichten mag ich gar nicht“, sagte Sam, stand aber nur auf, um sich noch ein Bier zu holen, womit er wiederum alle zum Lachen brachte.

„Ist schon in Ordnung, Dad“, beschwichtigte Donna ihn. „Jetzt muss ich ja nicht mehr verhüten.“

Als es Zeit wurde aufzuräumen und auch die Sonne schon untergegangen war, verzogen sich die Männer, und die drei Schwestern bestanden darauf, dass das Geburtstagskind und der Gast sich entspannten, während sie die Arbeit erledigten. So blieb Mel mit Brie alleine, und sie saßen bei Kerzenlicht im Hof am Tisch.

„Mein Bruder hat noch nie zuvor eine Frau mit nach Hause gebracht“, begann Brie.

„Wenn man ihn so mit seiner Familie sieht – mit all den Frauen –, kann man sich das nur schwer vorstellen. Im Umgang mit Frauen fühlt er sich vollkommen wohl. Schon vor Jahren hätte er heiraten sollen. Dann hätte er jetzt selbst eine große Familie“, sagte Mel.

„Es ist einfach nicht dazu gekommen. Dafür gebe ich den Marines die Schuld.“

„Als ich ihn kennengelernt habe, fragte ich ihn, ob er schon einmal verheiratet war, und er sagte: ‚Ich war mit dem Marine-Corps verheiratet, und das war ein richtiges Biest.‘“ Brie lachte. „Haben Sie ihn schon mal in Virgin River besucht?“, fragte Mel.

„Nicht gerade oft“, antwortete sie. „Aber wir alle waren schon irgendwann einmal dort oben. Die Jungs gehen gerne mit Jack und Preacher angeln. Dad hat sogar vor, irgendwann mal zwei Wochen am Stück dort raufzufahren. Er liebt Jacks kleine Bar.“

„Jack scheint dort seine Nische, seinen Platz, an dem er glücklich sein kann, gefunden zu haben“, meinte Mel. „Ich bin erst etwas mehr als vier Monate dort, und für mich war es nicht ganz leicht, mich einzugewöhnen. Ich bin die Verhältnisse in einer

Großstadt gewohnt, wo man alles haben kann, was man braucht, und das schnell. Auf dem Land aber ist das Leben ganz anders. Ich musste zwei Stunden fahren, nur um einen anständigen Haarschnitt und Strähnchen zu bekommen."

„Was hat Sie denn nach Virgin River geführt?"

„Hmm. Die dunkle Seite der Großstadtmedizin. Ich hatte die Nase voll von Chaos und Verbrechen. Wie ich Jack schon erzählt habe, ich bin von der Notaufnahme nicht nur deswegen weggegangen, weil ich mich zur Geburtshilfe hingezogen fühlte, sondern auch, weil ich nicht mehr wollte, dass die Hälfte meiner Patienten von der Polizei gebracht werden. Bei der ersten Frau, die ich entbunden habe, lagen mehrere Haftbefehle wegen Straftaten vor, und sie wurde verhaftet, als sie in die Wehen kam. Man hat sie mit Handschellen ans Bett gefesselt, als ich sie vor der Geburt untersuchte." Sie machte eine kleine Pause. „Ich hatte nach einem Ort gesucht, in dem das Leben überschaubarer und leichter sein würde." Sie lachte. „Überschaubarer habe ich es jetzt, aber leichter? Dörfer wie Virgin River haben ihre eigenen Herausforderungen."

„Welche denn?"

„Wenn man zum Beispiel eine Notfall-Patientin auf die Ladefläche eines Trucks heben muss und dann mit ihr einen Berg hinunterrast, während man sich verzweifelt festhält und versucht, sie ins Krankenhaus zu bringen, bevor ihr Herz zum Stillstand kommt. Mein Gott, wie habe ich mich an diesem Tag nach der großen, chaotischen Unfallstation gesehnt! Und dann kann es auch vorkommen, dass ein großer bewaffneter Grower mitten in der Nacht deine Dienste in Anspruch nehmen will … Hm, wenn Sie Jack diese Version der Geschichte erzählen, wird es eine Szene geben."

Brie lachte. „Das weiß er nicht?"

„Nicht alle Details. Er hat sich schon sehr darüber aufgeregt, dass ich allein mit einem Mann, der im Prinzip ein Fremder war, an einen unbekannten Ort gefahren bin."

„Mannomann!"

„Ja nun, es war schon gut, dass ich mitgekommen bin. Bei der Geburt gab es Komplikationen. Aber ich glaube nicht, dass Jack das sonderlich aufheitern wird.“ Sie zuckte die Schultern. „Jack ist ein Beschützer. Allen gegenüber.“

„Haben Sie denn Ihre Nische jetzt gefunden?“, fragte Brie.

„Irgendwie sehne ich mich nach einem Einkaufsbummel bei *Nordstrom's*“, antwortete Mel. „Gegen eine Wachsbehandlung von Gesicht und Beinen hätte ich gleichfalls nichts einzuwenden. Auf der anderen Seite habe ich nicht gewusst, dass ich mit so wenig auskommen und so einfach leben kann. Das hat etwas ... Es befreit einen in gewisser Weise. Und das ist zweifellos sehr schön. Manchmal ist es dort so still, dass einem die Ohren klingen. Aber als ich ankam, dachte ich zuerst, ich hätte einen Riesenfehler gemacht, denn es war wesentlich wilder und isolierter, als ich es mir vorgestellt hatte. Die Straßen in den Bergen waren für mich ein Graus, und in der Praxis mussten Doc und ich mit der einfachsten Ausstattung klarkommen. Das Ferienhaus, das man mir für ein Jahr mietfrei versprochen hatte, war scheußlich. Am ersten Morgen ist tatsächlich die Veranda zusammengebrochen, und ich bin dabei in eine tiefe, eiskalte Matschpfütze gerutscht. Das Haus war dermaßen schmutzig, dass ich am liebsten auf der Stelle wieder abgereist wäre – sozusagen um mein Leben rennend. Doch ein medizinischer Notfall hat mich aufgehalten, und ich sah mich gezwungen, für ein paar Tage zu bleiben. Daraus sind dann ein paar Wochen geworden.“

„Woraus dann wiederum ein paar Monate wurden ...“, ergänzte Brie.

„Ohne dass man ihn darum gebeten hätte, hat Jack das Haus renoviert, während ich bei Doc wohnte“, erzählte Mel weiter. „Und gerade, als ich von dort wieder weggehen wollte, hat er es mir gezeigt, und ich habe gesagt, dass ich es noch ein paar Tage länger versuchen würde. Dann hatte ich meine erste Geburt und erkannte, dass ich dem Ort doch eine Chance geben sollte. Eine erfolgreiche Entbindung, das hat etwas, in einem Dorf wie Virgin River, wo es keinerlei Absicherung gibt, keine Anästhesie … Bloß die Mom und mich … Es ist einfach unbeschreiblich."

„Und dann ist da noch Jack", bemerkte Brie.

„Jack", wiederholte Mel. „Ich weiß nicht, ob ich schon einmal einen Mann getroffen habe, der so freundlich, stark und großzügig ist wie er. Ihr Bruder ist wundervoll, Brie. Er ist erstaunlich. Alle in Virgin River lieben ihn."

„Mein Bruder liebt *Sie*", sagte Brie.

Eigentlich sollte Mel nicht bestürzt sein, denn auch wenn Jack es nicht ausgesprochen hatte, wusste sie es ja bereits. Sie fühlte es. Anfangs hatte sie gedacht, dass er einfach nur ein bemerkenswerter Liebhaber war. Aber schon bald war ihr klar geworden, dass er sie in dieser Weise nicht berühren könnte, wenn neben der körperlichen nicht auch eine emotionale Beteiligung vorhanden wäre. Er gab ihr alles, was er geben konnte, und das nicht nur im Schlafzimmer. Es lag ihr auf der Zunge, Brie zu erklären: Ich bin erst seit Kurzem Witwe! Ich brauche Zeit, das zu verdauen! Ich fühle mich noch nicht frei. Frei, die Liebe eines anderen Mannes anzunehmen! Ihre Wangen röteten sich, aber sie sagte nichts.

„Mir ist schon klar, dass ich da parteiisch bin, aber wenn ein Mann wie Jack eine Frau liebt, ist das eine große Ehre."

„Da stimme ich zu", sagte Mel leise.

Später, als es Nacht geworden war und er sie im Haus seines Vaters im Bett in den Armen hielt, sagte sie: „Du hast eine ganz wunderbare Familie."

„Sie lieben dich auch."

„Es war ein echtes Vergnügen, euch alle zusammen zu erleben. Sie sind wirklich gnadenlos, jetzt hast du kein einziges Geheimnis mehr!" Sie lachte.

„Ich hatte dich ja gewarnt. Hier ist es überhaupt nicht langweilig."

„Es hat Spaß gemacht, einmal die ganze Geschichte zu erfahren, und dann all diese urkomischen Anekdoten."

„Oh, ich habe dir und Joey ein paar Tage lang zugehört. Daran hat es euch doch auch nicht gemangelt.“ Er küsste ihren Hals. „Ich bin nur froh, dass du dich amüsiert hast. Und ich wusste, dass es so sein würde.“ Dann küsste er ihren Hals noch einmal und schmiegte sich enger an sie.

„Deine Schwestern haben eine starke Verbindung untereinander“, fuhr sie fort. „Alle sind sie sehr elegant und schick. Ich war auch immer so gekleidet, bevor ich an einen Ort gezogen bin, wo man schon in guten Jeans overdressed ist. Du hättest mal meinen Schrank in L. A. sehen sollen. Er war riesig und quoll trotzdem über.“

Er schob ihr T-Shirt nach oben und zog es ihr über den Kopf. „Mir gefällt, was du gerade anhast. Genauer gesagt, ich finde dich schon in diesem Tanga overdressed.“

„Jack, hatten wir nicht vereinbart, dass wir es im Haus deines Vaters nicht tun würden …?“

„Nein, du hast gesagt, dass *du* es nicht wolltest.“ Er streifte ihr den Tanga ab. „*Ich* hingegen denke, ich sollte es noch einmal mit diesem G-Punkt versuchen …“

„Oh Gott“, sagte sie und wurde schwach. „Wir sollten es lassen. Du weißt doch, wie es mit uns ist …“

Er beugte sich über sie und grinste sie verschmitzt an. „Soll ich dir eine Socke für den Mund holen?“

Susan Stone bekam ihren Jungen im August. Mit dreitausendsechshundert Gramm war er ein kräftiges Kind. Sie war ins Valley Hospital gegangen, hatte eine überwältigende Geburt gehabt und war schon vierundzwanzig Stunden später wieder zu Hause. Mel hatte eigentlich vor, sie mit dem Baby eine Zeit lang allein zu lassen, aber sowohl John als auch June riefen an und drängten sie, schon am nächsten Sonntagnachmittag zu kommen, wo das Baby nicht einmal eine Woche alt sein würde.

Jack wollte nicht zurückstehen und übernahm das Bier und die Zigarren.

Für eine Frau, die gerade eine Geburt überstanden hatte, war

Susan recht fit, aber sie blieb auf der Couch sitzen, neben sich das Kinderkörbchen, und ließ ihre Freunde antanzen. Wie auf dem Lande üblich, brachten die Frauen Essen mit, sodass die frischgebackenen Eltern sich nicht mit Kochen belasten mussten. Überrascht beobachtete Mel, wie so kurz, nachdem ein Baby angekommen war, eine festliche Stimmung aufkam und sich die angenehme Atmosphäre eines offenen Hauses verbreitete. Noch ein weiteres Paar war dort anwesend, eine hochschwangere Julianna Dickson und ihr Mann Mike. John legte Julianna einen Arm um die Schultern und wandte sich an Mel. „Sie ist schon legendär, denn sie konnte scheinbar nie auf den Arzt warten. Einmal haben June und ich es geschafft, bei einer ihrer Geburten dabei zu sein. Das war beim letzten Baby, und es war pures Glück. Sie entbindet innerhalb von fünfzehn Minuten. Das hier ist Nummer sechs. Morgen werden wir sie aufnehmen und die Geburt einleiten."

„Nicht, dass das Baby hört, was du sagst", warnte Julianna. „Du weißt doch, was dann immer passiert."

„Vielleicht sollten wir lieber gleich rübergehen."

„Oder du bindest dich an mir fest und legst eine Hand auf meinen Bauch."

Bei Kaffee und Kuchen scharten sich die Frauen im Wohnzimmer um Susan. John hob das Kind aus seinem Körbchen und zeigte es herum. Da Jim schon Baby Jamie auf dem Arm trug, hielt John den Jungen Jack hin. Bereitwillig nahm Jack ihn auf die Arme und gurrte das kleine Bündel an.

Mel beobachtete ihn, und ihr wurde warm ums Herz.

„Für einen Junggesellen kannst du das ziemlich gut", lobte John ihn.

„Nichten", sagte er nur.

„Immerhin acht", fügte Mel hinzu.

Jack rüttelte es ein wenig, und das Baby brach in lautes Heulen aus. „Schätze, du bist wohl doch nicht so gut", meinte John.

„Jack hat alles richtig gemacht. Er hat Hunger", sagte Susan und streckte die Arme nach dem Baby aus.

„Also gut, jetzt wird gestillt", sagte John. „Womit wollen wir uns inzwischen beschäftigen?"

Jack zog die Zigarren aus seiner Brusttasche, und sofort ertönte dankbares Gebrumm. Auch Jim reichte Jamie an June weiter und ließ die Frauen und Babys im Haus, während er mit den anderen Männern nach draußen ging, um sich eine Zigarre zu genehmigen.

„Sie werden stinken", meinte Julianna.

„Bis zum Himmel", bestätigte June.

„Zumindest sind wir sie mal eine Weile los." Susan legte das Neugeborene an die Brust, und Mel sah sehnsüchtig dabei zu. „Mel, wie war es in Sacramento? Bei Jacks Familie?", fragte Susan, während sie ihr Baby stillte.

„Oh, sie sind fantastisch", antwortete sie und riss sich aus ihrer Träumerei. „Vier Schwestern, die sämtliche Geheimnisse ausplaudern, auch solche, die er vielleicht doch lieber für sich behalten hätte. Und acht Nichten, alle wunderschön und alle verliebt in ihren Onkel Jack. Es war köstlich. Aber erzähl mal du, Susan, wie war die Geburt? Hattest du wieder Rückenwehen, wie befürchtet?"

„Epiduralanästhesie", sagte sie und grinste. „Alles überhaupt kein Problem."

„Mir blieb noch nie die Zeit für so etwas", bemerkte Julianna ein wenig wehmütig und strich mit der Hand über ihren runden Bauch.

„Julianna und du, eure Geburtstermine liegen ja sehr nahe beieinander", stellte Mel fest.

Alle lachten. „Vielleicht hatte ich ja vergessen, das zu erwähnen – der große Streit, den ich mit John hatte, bevor ich diesen Kleinen hier empfangen habe? Es war an einem Abend, an dem wir mit Julianna und Mike Karten gespielt hatten."

„Wir waren beide so wütend auf unsere Männer und hatten sie beide verbannt. Und wie es aussieht, haben wir sie dann beide ungefähr zur gleichen Zeit wieder ins Bett gelassen." Noch mehr Gelächter. Julianna rieb ihren dicken Bauch. „Eigentlich hatte ich ja vor, damit aufzuhören …"

„Was um alles in der Welt war denn los?", wollte Mel wissen.

„Um es kurz zu machen – sie hatten ein paar Bier getrunken und legten dann los über Frauen, die arbeiteten. Ich wollte damals gerne mit June und John in der Klinik arbeiten, aber John wollte, dass ich zu Hause bleibe, mich um meine Angelegenheiten und den Hausputz kümmere. Und natürlich darum, dass er, wenn er nach Hause kommt, eine dieser deftigen Landmahlzeiten vorgesetzt bekommt. Nun, ich stamme aus einem Teil der Welt, wo ein Salat mit ein paar Hühnerbruststreifen als köstliches Hauptgericht gilt."

„Mike wiederum fand es ganz wunderbar, dass ich *nicht arbeite*. Und das bei fünf Kindern und einer Farm!", empörte sich Julianna.

„Meine Güte", sagte Mel.

„Dementsprechend mussten sie leiden", warf June ein. „Kein Gespräch mehr, kein Sex. Genau die richtige Züchtigung für Idioten."

„Und wie ist es ausgegangen?", fragte Mel.

„Nun, wenn ich nicht gerade im neunten Monat schwanger bin oder nach der Geburt stille, dann schmeiße ich die Klinik."

„Und das auch noch sehr gut."

„Ein kleiner Nebeneffekt aber war … Nun, wie du wohl sehen kannst, wir wurden beide damals schwanger. Vielleicht solltest du das Wasser hier lieber nicht trinken", riet Susan.

„Das ist kein Scherz", sagte June und stützte Jamie auf ihrer Schulter ab.

Fast hätte Mel gesagt, dass sie das Wasser schon getrunken hatte.

Nachdem sie mit dem Stillen fertig war, gab Susan das Baby an Mel weiter. Sie lächelte dankbar und übernahm den kleinen Kerl. Sein rosiges, rundes Gesicht sah zufrieden aus im Schlaf, und er gab kleine schmatzende Geräusche von sich.

Die Frauen sprachen über ihre Geburtswehen, ihre Männer, und indem sie ihr Fragen zu ihren Erfahrungen als Hebamme stellten, bezogen sie Mel wunderbar in das Gespräch mit ein.

June ging in die Küche, um die Kanne zu holen und ihnen allen Kaffee nachzuschenken, während Mel selig das Neugeborene knuddelte. Tatsächlich fühlte sie, wie ihre Brüste schmerzten, als sie ihn hielt. Hormone sind wirklich erstaunlich, ging es ihr durch den Kopf.

Auf dem Weg zurück nach Virgin River sagte Jack: „Eine nette kleine Party, die deine Freunde da veranstaltet haben."

„Nicht wahr?", antwortete sie und griff nach seiner Hand.

„All diese Babys", fuhr er fort. „Wohin man auch sieht."

„Ja, wirklich überall."

Er parkte vor ihrem Ferienhaus. „Ich werde mir den Zigarrenqualm abduschen."

„Danke", sagte sie. „Mir wird tatsächlich ein bisschen übel davon."

„Es tut mir leid, Schatz. Das wusste ich nicht."

„Kein Problem. Aber ich stelle dir gerne meine Dusche zur Verfügung. Und treffe dich dann im Bett. Ich fühle mich plötzlich erschöpft."

Am nächsten Morgen stellte Mel gerade ihren Wagen vor der Praxis ab, als ein alter Pick-up neben ihr in die Parklücke fuhr. Sofort erkannte sie den Mann wieder – Calvin. Nach dem einen Mal, als sie seine Wunden im Gesicht behandelt hatte, hatte sie ihn nicht mehr wiedergesehen. Er sprang aus dem Truck, während sie aus dem Hummer stieg. Die Hände hatte er in den Hosentaschen vergraben, und er schien am ganzen Körper zu vibrieren. Im Gegensatz zu dem Grower, der sie zur Entbindung seines Babys in den tiefen Wald geholt hatte, stand dieser Kerl hier unter Drogen. Er war total high. Zu Calvin wäre sie niemals mitten in der Nacht in einen Truck gestiegen – Baby hin oder her. Und es wurde ihr auch klar, dass sie, wenn sie sich nicht einen Plan zurechtlegte, leicht verletzt werden könnte, falls sie Calvin ein solches Ansinnen ausschlug. Er sah ziemlich Furcht einflößend aus und wirkte alles andere als stabil.

Bevor sie ihn überhaupt ansprechen konnte, sagte er schon: „Ich brauche etwas gegen Rückenschmerzen."

„Was brauchen Sie denn?", fragte sie ruhig, denn aus ihren Erfahrungen in der Großstadt wusste sie noch sehr gut, wie man mit solchen Typen umgehen musste.

„Schmerzmittel. Ich brauche etwas gegen Schmerzen. Fentanyl vielleicht. Oxycontin. Oder Morphium. Irgendwas."

„Haben Sie sich den Rücken verletzt?", fragte sie weiter und versuchte, seinem Blick auszuweichen, während sie auf Docs Veranda zuging. Er zuckte, und es riss ihn hin und her, und jetzt, wo er stand, anstatt auf einem niedrigen Stuhl zu sitzen, konnte sie sehen, wie groß er war. Er musste fast ein Meter achtzig groß sein und hatte breite Schultern. Offensichtlich hatte er irgendein starkes Aufputschmittel in die Finger bekommen ... Vielleicht war es ja tatsächlich Methamphetamin, wie Doc damals vermutet hatte. Und nun brauchte er ein Narkotikum, das ihn wieder von seinem Trip runterholte. Der Pot aus seinem Garten schien ihm da nicht weiterzuhelfen.

„Bin da draußen von einem Felsvorsprung gefallen. Fast hätte ich mir das Kreuz gebrochen. Wird schon wieder, aber ich brauche ein bisschen Medizin."

„Gut. Sie werden mit Doc sprechen müssen", sagte sie.

Nervös hampelte er auf den Füßen herum. Dann zog er eine Hand aus der Tasche und packte sie am Ärmel. Sie riss sich von ihm los.

Jack, der nach ihr vom Ferienhaus losgefahren war, kam gerade im Dorf an, als Calvin diese Bewegung machte, und für den Bruchteil einer Sekunde tat er ihr fast leid. Jack gab Gas, kam mit quietschenden Bremsen wenige Zentimeter vor Docs Veranda zum Stehen und war schon in der nächsten Sekunde aus dem Truck heraus. „Lass sie in Ruhe!", schrie er ihn an.

Der Kerl wich zurück, aber nur wenig. Er sah Mel an. „Ich brauche nur etwas gegen die Schmerzen in meinem Rücken", wiederholte er.

Jack griff in seinen Truck und legte die Hand auf sein Gewehr.

Sein Augenausdruck war beängstigend. „Mit mir ist alles in Ordnung", versicherte Mel ihm. Dann wandte sie sich an den zuckenden jungen Mann. „Ich verschreibe die Medikamente nicht, auf die Sie aus sind. Das überlassen wir dem Arzt. Und der wird Sie zweifellos röntgen wollen."

Der Typ starrte sie an und grinste dann blöde. „Sie haben doch gar kein Röntgengerät."

„Im Valley Hospital gibt es eins", erwiderte sie.

Jack zog das Gewehr aus der Halterung, stieß mit dem Fuß die Wagentür zu und stieg auf die Veranda. Er legte einen Arm um Mel und zog sie an sich. „Willst du den Arzt sprechen?", fragte er Calvin mit dem Gewehr in der Hand.

„Hey, Mann." Er lachte nervös. „Was soll das, Mann?" Dann wich er mit erhobenen Händen zurück. „Immer mit der Ruhe. Ich fahre nach Grace Valley", erklärte er und sprang mit einem Satz von der Veranda. Das müssen ja schlimme Rückenschmerzen sein, dachte Mel. Er kletterte in den alten Pick-up, warf den Motor an, legte den Gang ein und fuhr davon. Aber er fuhr nicht in Richtung Grace Valley – er fuhr in den Wald.

„Kennst du ihn?", fragte Jack.

„Er war in dem Camp, das ich mit Doc zusammen vor ein paar Monaten besucht habe. Als du für uns auf das Baby aufgepasst hast. Du erinnerst dich doch ..."

„Paulis?"

„Ja ... Huuh. Musstest du das tun?", fragte Mel und sah auf sein Gewehr. „Er hat wirklich nichts Bedrohliches getan."

Wütend blickte Jack dem Truck hinterher. „Ja", sagte er. „Das musste ich. Er irrt sich. Er vertut sich ganz einfach."

14. KAPITEL

Jeden August, bevor die Schule wieder anfing, luden die Andersons zu einem riesigen Spätsommerpicknick auf ihre Ranch ein. Alle ihre Bekannten aus Virgin River und auch einige Leute aus den umliegenden Dörfern ließen sich sehen. Buck besaß ein großes Zelt aus Segeltuch, das er auf der Weide vor dem Viehpferch aufgebaut hatte. Grills, Tische und Stühle wurden aufgestellt. Die Bristols hatten ihre Zwergponys mitgebracht, auf denen die Kinder reiten durften. Jack spendierte bei jedem dieser Picknicks zwei Fässer Bier, während Preacher einen seiner besten Kartoffelsalate in einer Wanne angerührt hatte, die so groß war, dass ein ganzes Drittweltland davon hätte satt werden können. Es gab tonnenweise Limonade und Eistee und Kühlboxen voller Selters. Und am Nachmittag wurden dann die handbetriebenen Eismaschinen aus den Trucks und Jeeps geholt, und die Kurbelei begann.

Der Scheunenboden war sauber gefegt, und man hatte eine kleine Country-Music-Band engagiert. Überall tollten Kinder herum, die von einem Ende der Ranch bis zum anderen rannten, vom Viehpferch bis zum Heuschober.

Mel hatte sich sehr auf das Picknick gefreut, weil sie dann Chloe ein Weilchen in den Armen halten konnte und es eine gute Gelegenheit war, den Rest der Familie Anderson endlich einmal kennenzulernen. Zwei oder drei der Söhne, die zusammen mit Buck auf der Ranch arbeiteten, kannte sie zwar flüchtig, und eine der Töchter war auch einmal zur Schwangerschaftskontrolle bei Doc erschienen, aber ansonsten waren es Fremde für sie.

Nicht mehr lange jedoch. Jeder Einzelne von ihnen, die Söhne und Töchter, ihre Ehegatten und Kinder, begrüßten sie überschwänglich als die Person, die ihnen Chloe gebracht hatte. Das Baby wurde von Anderson zu Anderson weitergereicht, geknuddelt, hochgehoben, geküsst und gekitzelt. Selbst die Kleinen, die Enkel von Lilly und Buck, liefen zu Chloe, um sie zu drücken, als wäre sie ihr neuestes kleines Hundebaby. Buck war in der Scheune mit den Barbecues ziemlich beschäftigt, aber hin und wieder tauchte er bei den mit Essen beladenen Tischen auf, und Mel konnte ihn einmal sehen, wie er Chloe bequem auf der Hüfte hielt.

Die Andersons waren wundervolle, bodenständige und authentische Menschen, die jede Menge Liebe in ihren Herzen hatten. Genau wie Lilly waren sie gutmütig, fürsorglich und feinfühlig. Am späten Nachmittag, als die Sonne gerade anfing unterzugehen, entdeckte Jack Mel, wie sie mit dem Baby auf der Verandaschaukel saß und ihm das Fläschchen gab. Er setzte sich neben sie und spielte mit Chloes dunklen Locken. „Sie scheint sich hier richtig wohlzufühlen“, meinte er.

„Das sollte sie auch“, sagte Mel. „Denn sie ist hier zu Hause.“ Und zu wissen, dass dies in jeder Hinsicht der Wahrheit entsprach, gab ihr ein Gefühl tiefer Zufriedenheit.

„Ich würde dich gerne ein bisschen in der Scheune herumwirbeln“, sagte er, beugte sich über das Kind und gab ihm einen zarten Kuss.

„Noch so eine Überraschung. Du tanzt?“

„Das ist vielleicht etwas zu übertrieben ausgedrückt. Aber ich mache halt ein bisschen rum und gebe mir Mühe, dir dabei nicht auf die Füße zu treten.“

Lilly kam aus dem Haus und wischte sich die Hände an der Schürze ab. „Komm, Mel, ich will sie dir abnehmen und ins Bett bringen.“

Mel stand mit dem Baby im Arm auf und ging ins Haus, gefolgt von Lilly. Drinnen legte sie Lilly das Kind in die Arme, beugte sich vor und gab ihr einen Kuss auf die Wange. „Sie haben eine wunderbare Familie“, sagte sie, „und finden sicherlich den richtigen Zeitpunkt, um es ihnen zu sagen.“

Mel vereinbarte einen Termin mit der Klinik in Grace Valley. Sie war überrascht zu hören, dass beide Ärzte anwesend waren, und so fragte sie nach dem Gynäkologen. Pränatale Beratung gab sie als Grund an. „Wir werden Ihre Patientin in Dr. Stones Terminkalender eintragen“, sagte die Sprechstundenhilfe, und Mel korrigierte sie nicht, denn schließlich war sie schon zweimal mit schwangeren Frauen zur Ultraschalluntersuchung dort gewesen, sodass man sie als die Hebamme kannte, die flussaufwärts arbeitete. Nachdem sie ein paar Patienten behandelt hatte, machte sich Mel am Nachmittag nach Grace Valley auf.

Es war noch nicht lange her, seit sie sich alle im Haus der Stones getroffen hatten, und sie konnte die Wahrheit jetzt nicht länger leugnen. Sie war schwanger. Daran gab es keinen Zweifel. Bei Doc standen reichlich Schwangerschaftstests zur Verfügung, und sie hatte einen benutzt. Dann einen zweiten. Und noch einen. Halb hoffte und halb befürchtete sie, dass es nicht wahr sein würde.

Als sie in der Klinik eintraf, stand June am Empfangstresen. „Hey, da bist du ja.“ Sie beugte sich zur Seite, als ob sie um Mel herumsehen wollte. „Ich dachte, du wolltest uns eine Schwangere zur pränatalen Beratung bringen?“

„Stimmt“, sagte Mel. „Mich.“

Vor Überraschung bekam June einen Moment lang ganz runde Augen.

„Es muss wohl am Wasser liegen“, meinte Mel und zuckte die Schultern.

„Komm mit nach hinten. Du bist bei John eingetragen, und wie du weißt, hat unsere Schwester Mutterschaftsurlaub. Willst du, dass ich mich auch um dich kümmere, oder lieber nicht?“

Mel fühlte, wie sie vor Nervosität zitterte. „Komm bitte mit. Ich glaube, ich werde ein paar Dinge erklären müssen.“

„Oh, oh“, meinte June und legte ihr einen Arm um die Schultern. „Das klingt ja ganz so, als könnte es ein wenig kompliziert werden.“

„Nicht nur ein wenig“, entgegnete Mel.

John trat von hinten hinzu. „Hey, Melinda. Du hast jemanden zur pränatalen Beratung mitgebracht?“ Ehe sie noch antworten konnte, deutete June mit dem Kopf auf Mel. „Oh“, meinte John.

„Also, immer schön eins nach dem anderen. June, lass sie sich dort fertig machen. Wir wollen uns erst einmal um die Fakten kümmern."

„Okay", sagte Mel und fühlte sich auf einmal ganz kleinlaut. „Aber ich weiß es bereits."

„Jetzt versuch nicht, mir meine Arbeit so leicht zu machen", sagte er lachend. „Dann wird es doch reizlos."

Mel ging ins Untersuchungszimmer, wo sie einen Umhang und ein Laken vorfand. Sie zog sich aus, setzte sich auf den Tisch und wartete. Was sollte sie jetzt dabei empfinden? Verzweifelt hatte sie sich ein Baby gewünscht, und jetzt würde sie eins bekommen. Warum war das alles so verwirrend? Als ob etwas schiefgelaufen wäre, wo doch in Wirklichkeit endlich alles gut war.

Aber es war nicht, was sie geplant hatte. Und sie wusste, es war auch nicht das, was Jack geplant hatte. Er hatte schließlich angeboten, sich um die Verhütung zu kümmern. Oh, Junge, er würde vielleicht überrascht sein!

Gefolgt von June kam John herein. „Wie fühlst du dich, Mel?"

„Du meinst, abgesehen davon, dass ich schrecklich durcheinander bin? Manchmal ist mir morgens ein bisschen übel."

„Das ist das Schlimmste, oder? Aber du musst dich nicht übergeben?"

„Nein."

June legte die Instrumente und den PAP-Abstrich bereit, während John ihr den Blutdruck maß. „Willst du vorher oder nachher reden?", fragte er.

„Nachher."

„Gut. June, kannst du den Ultraschall hochfahren? Danke. Mel, leg dich zurück und rutsch ein bisschen nach vorne, okay?" Er half ihr, die Beine in die Halterungen zu legen, und achtete darauf, dass sie nicht zu weit im Stuhl nach unten rutschte. Dann setzte er sich auf seinen Stuhl, zog sich sterile Handschuhe an und untersuchte sie zuerst mit dem Spekulum. „Weißt du, wie weit du bist?"

„Drei Monate", sagte sie mit einer Stimme, die leiser war als gewöhnlich. „Ungefähr."

„Herzlichen Glückwunsch", gratulierte er. Neben ihr piepte das Ultraschallgerät, nachdem es sich aufgewärmt hatte. Nachdem er den PAP-Abstrich genommen hatte, zog er das Spekulum heraus und tastete sanft ihren Uterus ab, um ihn auf seine Größe hin zu untersuchen. „Du kannst es fast so gut wie ich, Mel. Du hast ziemlich genau diagnostiziert. Gut. Alles in Ordnung." Er führte die Stabsonde für das Ultraschallgerät in sie ein. Da die Schwangerschaft sich noch in einem frühen Stadium befand, machte eine Untersuchung von innen mehr Sinn, als wenn er sie über ihren noch relativ flachen Bauch durchgeführt hätte. „Sieh mal her, Mel", sagte er. „Wunderschön."

Sie blickte auf den Monitor, und augenblicklich stiegen ihr Tränen in die Augen und rannen in ihr Haar an den Schläfen. Da war es, eine kleine Masse, die Glieder nur für erfahrene Augen sichtbar. Und es bewegte sich in ihr. Gemeinsam beobachteten sie das neue Leben ein Weilchen, und vor lauter Aufregung bekam Mel einen Schluckauf. Zitternd legte sie sich die Hand auf den Mund.

„Ziemlich genau zwölf Wochen", meinte John, „und damit aus der Gefahrenzone einer Fehlgeburt. Wir drucken dir das Bild aus, obwohl man in ein paar Wochen viel mehr erkennen wird."

Er entfernte die Sonde und half ihr dabei, sich aufzusetzen. June hatte alles vom Schreibtisch aus beobachtet, trat jetzt zu ihr und reichte ihr ein Papiertaschentuch. „Mir ging's genauso, Mel. Glaube mir."

„Was ist los, Mel? Wie können wir dir helfen?", wollte John wissen.

Sie tupfte sich die Augen ab. „Es tut mir leid, euch damit zu belasten, aber es ist einfach alles so kompliziert."

John streckte die Hand aus und drückte ihr Knie. „Wahrscheinlich ist es gar nicht so kompliziert, wie du denkst."

„Oh, warte mal", sagte sie mit einem unterdrückten, verlegenen Lachen. „Wie wär's, wenn ich damit anfinge, euch zu erzählen, dass ich hoffnungslos unfruchtbar bin?"

Er musste lachen. „Dann woll'n wir doch mal sehen: Du hast einen Uterus, einen Eierstock, Eileiter … Und es ist nicht das erste Mal, dass ich von schwangeren Frauen höre, dass sie nicht schwanger werden können."

„Ich habe eine dreijährige Behandlung wegen Unfruchtbarkeit hinter mir, inklusive einer Operation. Ohne Erfolg. Wir haben uns sogar einen sehr teuren In-vitro-Versuch geleistet, der allerdings total danebengegangen ist."

„Also das verleiht doch der ganzen Sache einen hochinteressanten Aspekt. Vielleicht solltest du uns da noch mehr Informationen geben. Du *musst* natürlich nicht mit uns sprechen, Mel. Das liegt ganz bei dir."

„Nein, das will ich ja. Ich brauche Rat. Ich bin völlig durcheinander. Seht ihr, bevor ich von L. A. hierhergezogen bin, war ich verheiratet. Mein Mann war Arzt. Wir haben viel zusammengearbeitet. Und wir haben verzweifelt versucht, ein Baby zu bekommen. Er wurde umgebracht, als er in einen Raubüberfall hineingeplatzt ist. Das war vor einem Jahr und drei Monaten. Fast auf den Tag genau. Ich bin hier raufgekommen, weil ich auf der Suche nach einem einfacheren, sicherem Leben war. Ich wollte noch einmal von vorne anfangen."

John zuckte die Schultern. „Sieht fast so aus, als hättest du gefunden, wonach du gesucht hast."

Sie lachte. „So einfach ist mein Leben in Virgin River gar nicht. Aber ja, in mancherlei Hinsicht habe ich gefunden, was ich gesucht habe. Natürlich war das hier nicht geplant. Ich hätte nie gedacht, dass ich schwanger werden könnte."

„Ist Jack das Problem?", fragte June.

„Ja, aber er weiß nichts davon. Er ist so wunderbar! Und er wusste von Anfang an, dass ich noch nicht ganz über den Tod meines Mannes hinweg war. Ich bin verrückt nach Jack – das könnt ihr euch gar nicht vorstellen –, aber ich bin immer noch nicht an dem Punkt, wo ich mich frei genug fühle, um einen Schritt weiter zu gehen …" Sie holte Luft. „Zu einem anderen Mann." Sie ließen ihr einen Moment Zeit, und June versorgte sie mit einem weiteren Papiertaschentuch. „Es sollte doch das Baby sein, das ich mit meinem Mann haben würde. Das, um das wir uns so bemüht haben.“ Mel putzte sich die Nase.

June trat vor und nahm ihre Hand. „Es ist ziemlich offensichtlich, dass Jack dich liebt. Und dass er ein guter Mann ist.“

„Und gut mit Kindern umgehen kann“, warf John ein.

„Ob du es nun geplant hast oder nicht“, fuhr June mit einem Schulterzucken fort, „es sieht ganz danach aus, dass du bereits einen Schritt weiter gegangen bist. Zumindest in mancherlei Hinsicht.“

„Der Mann, dem ich mich mit Leib und Seele hingegeben habe, ist gestorben“, sagte Mel unter Schniefen. Dann senkte sie den Kopf, und ein paar Tränen fielen auf ihre Hände, die sie im Schoß gefaltet hatte. „Ich glaube nicht, dass ich so etwas noch einmal überleben würde.“

June nahm sie als Erste in die Arme, und John beeilte sich, es ihr gleichzutun. Sie trösteten sie ein Weilchen, dann drückte John ihr die Schultern „Mel, mir gefällt, dass Jack wirklich gute Chancen hat. Fünf Kriege haben ihn nicht umgebracht.“

„Fünf *Kriege*?“, fragte June.

John hob die Schultern. „Wusstest du das nicht?“

„Ich wusste, dass er bei den Marines war!“

„Normalerweise reden Männer schon darüber“, sagte John.

„Aber meiner“, beschwerte Mel sich, „macht da eine Ausnahme!“ Wieder schniefte sie. „Ich bin so verwirrt“, sagte sie. „Ich weiß wirklich nicht, was ich tun soll!“

„Nein, das ist nicht wahr. Es ist doch beschlossene Sache, Mel“, beruhigte sie John. „Du bist jetzt einfach mal ein bisschen lieb zu dir selbst und gehst da durch. Du hast dir doch so sehr ein Kind gewünscht, und jetzt wirst du eins haben. Jack – er weiß es noch nicht?“

„Nein. Er weiß, dass ich verwitwet bin. Und er ist der Einzige in Virgin River, der das weiß. Aber er weiß nicht, wie sehr ich mich um ein Baby bemüht habe. Er hat mir so geholfen, als mich die Trauer völlig übermannt hat. Und er hat niemandem ein Wort gesagt, weil ich ihn darum gebeten hatte. Es ist leichter, wisst ihr, wenn die Leute einen nicht ständig so mitleidig ansehen, als hätte man ununterbrochen Schmerzen. Aber", fuhr sie fort, „er hatte auch angeboten, für die Empfängnisverhütung zu sorgen. Natürlich habe ich ihm gesagt, dass ich das schon geregelt hätte, denn ich war ja absolut sicher, dass ich nicht schwanger werden könnte. Gott, so etwas würde ich einem Mann niemals antun!"

„Jack ist ein guter Mann. Er wird es verstehen."

„Er wird denken, dass ich ihn reingelegt habe, oder etwa nicht? Ich meine, er ist doch immerhin vierzig!"

„Ja, so etwas soll's geben." June verdrehte die Augen. „Ich weiß noch, dass ich mich mit ganz ähnlichen Problemen herumgeschlagen habe, als ich herausfand, dass ich schwanger war. Jim war auch schon über vierzig, als ich ihm eröffnete, dass er Vater werden würde. Ich hatte Angst, er könnte sich aus dem Staub machen."

„Ich habe mich operieren lassen, um die Endometriose entfernen zu lassen. Meine Eileiter wurden durchblasen, ich habe Hormone eingenommen, zwei Jahre lang jeden Tag meine Temperatur gemessen …" Mel bekam wieder Schluckauf. „Wir haben alles versucht. Mark hat sich ebenso sehr ein Kind gewünscht wie ich. Ich sage euch – ich bin total unfruchtbar!"

„Nun …", setzten die beiden gleichzeitig an.

„Es ist wirklich lustig", meinte John. „Die Natur lässt zu, dass Fehler behoben werden. Ich kann gar nicht glauben, wie viele Schwangerschaften ich schon erlebt habe, die an Wunder grenzen …"

„Was ist, wenn Jack wütend wird? Wer könnte es ihm verdenken? Ich meine, er hatte noch nie eine ernsthafte Beziehung, und dann komme ich, platze in sein Dorf und erzähle ihm, dass das Problem mit der Empfängnisverhütung geregelt ist. Was ist, wenn er einfach sagt, ‚Nein danke'?"

„Irgendetwas sagt mir, dass er das nicht tun wird", meinte John. „Aber es gibt nur einen Weg, es herauszufinden. Und im dritten Monat – da würde ich dir schon empfehlen, nicht mehr lange zu warten."

„Ich habe Angst", gestand Mel leise.

„Vor Jack?", fragte June bestürzt.

„Lieber Himmel, vor allem! Ich bin mir nicht einmal sicher, dass ich überhaupt hier sein sollte! Von Anfang an habe ich gedacht, dass es ein Fehler war, mich auf eine so große Veränderung einzulassen. Ich bin ein Stadtmensch."

„Das merkt man dir nicht an", widersprach June. „Du scheinst prima hierher zu passen."

„An manchen Tagen denke ich, die Gegend hier ist genau das, was ich brauche. An anderen Tagen frage ich mich, was ich hier eigentlich tue. Und das ist nicht alles. Wisst ihr, wie beängstigend für mich die Vorstellung ist, mich wieder fest an jemanden zu binden und somit auch den Schmerz zu riskieren, der folgt, wenn etwas ganz fürchterlich schiefläuft? Ich habe Angst davor, weitere Schritte zu machen, auch wenn ich euch recht geben muss: Ich bin bereits schon sehr weit gegangen. Ich weine immer noch um meinen verstorbenen Mann. Wie kann ich einem anderen Mann zumuten, damit klarzukommen?" Sie schnappte nach Luft. „Zumindest hätten wir in der Lage sein sollen, ein Baby zu planen, bevor ..."

June ergriff ihre Hand. „Die Wenigsten von uns schaffen es, das Leben so konsequent zu organisieren." Sie legte einen Finger unter Mels Kinn und sah ihr in die Augen. „Ich denke, du solltest versuchen, zwei Dinge nicht zu vergessen: Du trägst jetzt ein Kind in dir, ein Baby, nach dem du dich so sehr gesehnt hast. Und drüben in Virgin River hast du einen guten Mann. Lass dich darauf ein, Mel. Du wirst schon wissen, was du tun musst."

Mel wusste, dass John und June recht hatten. Es war wichtig, sich den Tatsachen zu stellen und Jack so bald wie möglich Bescheid zu sagen. Ihm Zeit zu geben, darauf zu reagieren, ihr zu antworten. Als sie nach Virgin River zurückkam, hatte sie vor, direkt zur Bar zu gehen. Aber dann stand vor Docs Haus ein

Wagen, den sie kannte. Anne und Jeremy Givens. Ihre Zeit war gekommen.

Als sie eintrat, warteten die Givens mit Doc in der Küche bei einer Tasse Tee. „Es ist also so weit?“, fragte Mel.

„Ich denke, ja“, sagte Anne. „Den ganzen Tag über hatte ich schon Wehen, und jetzt kommen die Kontraktionen im Abstand von weniger als fünf Minuten. Und Schmierblutungen habe ich auch. Sie hatten doch gesagt, dass ich dann kommen sollte, nicht wahr?“

„Das hatten wir so vereinbart. Wollen Sie mit hochgehen? Wir bereiten alles vor, und ich sehe Sie mir einmal an.“

„Ich habe Angst“, sagte Anne. „Das hätte ich nie geglaubt.“

„Meine Liebe, da ist nichts, wovor Sie Angst haben müssten. Sie werden das alles spielend überstehen. Jeremy, würden Sie bitte so lange warten, bis ich es Anne bequem gemacht habe? Dann können Sie nach oben kommen.“

„Aber ich möchte doch bei allem dabei sein!“, protestierte er.

Mel lachte amüsiert. „Sie wird sich doch nur ausziehen, Jeremy. Ich wette, da waren Sie schon millionenmal dabei.“ Sie nahm Annes Koffer und fasste sie am Arm. „Kommen Sie, Liebes. Wir werden jetzt mal ein Baby bekommen.“

Bei der Untersuchung stellte sich heraus, dass Annes Muttermund erst vier Zentimeter geweitet war. Früher, im Krankenhaus in L. A., hätten sie das als den „Eintrittspreis“ bezeichnet, denn weniger als vier Zentimeter, und man wurde wieder nach Hause geschickt, um dort noch ein wenig länger abzuwarten. Mel beobachtete ein paar Kontraktionen. Sie kamen stark und dauerten lange. Vielleicht war es doch etwas zu optimistisch, Anne zu sagen, dass sie alles spielend überstehen würde.

Sowie er hinzugebeten wurde, eilte Jeremy an die Seite seiner Frau, und anders als Darryl war er bestens auf die Härten des Geburtsvorgangs vorbereitet. Dieses Paar hatte tatsächlich an einem Geburtstraining teilgenommen. Mel bat Jeremy, mit seiner Frau oben im Flur auf und ab zu gehen, und überließ Anne dann seinen fähigen Händen, um zum Telefon zu gehen und Jack anzurufen.

„Hi“, sagte sie. „Ich habe eine Geburt und kann deshalb nicht in die Bar kommen.“

„Meinst du, dass es lange dauern wird?“, wollte er wissen.

„Das kann man nicht sagen. Sie ist noch nicht sehr weit.“

„Kann ich dir etwas bringen? Eine Kleinigkeit zu essen?“

„Nein, Jack, nicht für mich. Doc kann ja über die Straße gehen, wenn er will. Aber hör zu, mein Instinkt sagt mir, es wäre vielleicht besser, wenn er heute Nacht keinen Whiskey trinkt.“

„Mach dir um Doc keine Gedanken. Seine Instinkte funktionieren auch ziemlich gut. Mel, hörst du? Ich werde meine Tür nicht abschließen.“

„Danke“, sagte sie. „Sollten wir vor morgen früh fertig werden, komme ich in dein Zimmer geschlichen. In Ordnung?“

Sein Lachen war leise und sexy. „Das ist jederzeit in Ordnung, Melinda. Vielleicht kann ich ja auch vor lauter Hoffnung darauf gar nicht einschlafen.“

„Ich hoffe es auch, aber vor allem für Anne …“ Annes Blutdruck war stabil, der Geburtsprozess schwierig. Drei Stunden später war der Muttermund immer noch erst vier Zentimeter geweitet, trotz allen Gehens, Hockens und heftiger Wehen. Gegen Mitternacht hatte sie dann an die fünf Zentimeter erreicht. Doc schlug vor, ihr eine Pitocin-Infusion zu geben und die Fruchtblase zu öffnen. Genau das, was Mel auch gerade überlegt hatte. Die Wehen kamen jetzt alle zwei Minuten. Bei der nächsten Untersuchung stellte Mel dann erleichtert fest, dass sie inzwischen auf acht Zentimeter gekommen war. Aber dann, nur dreißig Minuten später, war sie wieder zurück auf fünf. Mel hatte so etwas schon einmal erlebt. Der Gebärmutterhals war geschwollen und sah aus, als würde er im nächsten Moment wieder schrumpfen. Ein Anzeichen dafür, dass eine vaginale Geburt eventuell nicht möglich sein würde. Sie untersuchte Anne während einer Wehe, bei der sich der Gebärmutterhals weitete, und versuchte buchstäblich, ihn offen zu halten, was für die Patientin extrem schmerzhaft war und dennoch nicht funktionierte. Anne war schweißnass und von Minute zu Minute mehr erschöpft.

Gegen halb vier Uhr morgens rief Mel dann bei John Stone an. „Es tut mir echt leid, dir das anzutun, aber ich habe eine Geburt, die schiefgehen könnte. Meine Patientin hat schon seit Stunden Wehen, und der Muttermund ist erst fünf Zentimeter geweitet. Einmal war er schon auf acht, ist dann aber wieder auf fünf zusammengeschnurrt. Sie kommt einfach nicht voran. Wir könnten das ja aussitzen, aber die Mutter wird immer schwächer, und es gibt keine Anzeichen dafür, dass es eine normale Geburt wird ... Es könnte sein, dass das Baby zu groß ist. Vermutlich wird sie um einen Kaiserschnitt nicht herumkommen."

„Hast du ihr schon Pitocin gegeben?"

„Ja, die Infusion läuft noch, und ich habe die Fruchtblase aufgestochen."

„Okay, dann stell die Infusion jetzt ab und leg sie auf die linke Seite. Wie lange hat sie schon die Wehen bei fünf Zentimetern?"

„Zehn Stunden bei mir, und zu Hause waren es ungefähr acht."

„Hast du versucht, ihren Gebärmutterhals zu dehnen?"

„Ohne Erfolg", sagte sie. „Der Ultraschall in deiner Klinik hat uns ein gutes Becken gezeigt und ein durchschnittlich großes Baby."

„Das kann sich ändern", sagte er. „Gibt es irgendwelche Komplikationen für das Kind?"

„Noch nicht. Sein Herzschlag ist kräftig und regelmäßig, aber der Blutdruck der Mutter ist etwas hoch."

„Auch wenn ihr vielleicht noch ein wenig länger durchhalten könnt, bin ich dafür, nicht länger zu warten, da die Mutter schon stark geschwächt ist. Ich treffe euch in Grace Valley. Schafft ihr die Fahrt dorthin noch, oder braucht ihr einen Hubschrauber?"

„Der Hummer hat sehr gute Stoßdämpfer", meinte sie. „In jedem Fall brauchen wir mindestens eine Stunde bis zum Krankenhaus. Ich werde Jack jetzt wecken und ihn um Hilfe bitten."

Mel untersuchte Anne noch einmal. Endlich war sie jetzt bei sechs Zentimetern, wurde aber immer schwächer. Ihr Herzschlag beschleunigte sich zunehmend, und der des Babys war leicht abgefallen. Jeremy war blass und nervös, obwohl Mel ihm oft genug versichert hatte, dass es nichts Ungewöhnliches war. Allmählich sah es danach aus, dass Anne vielleicht nicht mehr die Kraft für die Presswehen haben könnte, selbst wenn das Baby kurz vor der Geburt stand.

Es war vier Uhr, als Mel Jack anrief. Er klang nicht so, als ob er geschlafen hätte. „Jack, meine Patientin braucht einen Kaiserschnitt. Ich muss sie ins Valley Hospital transportieren. John wartet dort auf uns. Ich könnte Hilfe gebrauchen, Jeremy ist fix und fertig."

„Ich bin sofort da", versprach er.

„Ich versuche, sie nach unten zu bringen, und wenn du dann …"

„Nein, Mel", unterbrach Jack sie. „Lass sie da, wo sie ist. Ich trage sie hinunter. Ich will nicht, dass ihr beide stürzt."

„Gut, du hast recht. Danke."

Dann ging sie zurück zu ihrer Patientin. Obwohl Doc ihr zur Seite stand, war dies Mels Fall, und eine Entscheidung wie diese hatte sie allein zu treffen. „Anne", sagte sie und strich ihr behutsam das Haar aus der feuchten Stirn. „Wir werden Sie jetzt ins Valley Hospital bringen und dort einen Kaiserschnitt machen …"

„Neeein!", schrie sie. „Ich will das Baby normal bekommen."

„An einem Kaiserschnitt ist doch nichts Unnormales", beruhigte Mel sie. „Es ist ein sinnvoller Eingriff, der Sie und das Baby vor Problemen bewahrt. Glücklicherweise haben wir noch die Zeit dafür. Wir müssen allerdings mit einer guten Stunde Fahrt zum Krankenhaus rechnen und sollten uns schnell auf den Weg machen, um kein Risiko einzugehen. Es wird alles gut, Anne."

„Oh Gott", jammerte sie.

Dann wurde sie wieder von einer starken Wehe erfasst, und die Angst wich dem Schmerz. Ihr Mann versuchte mit ihr zu atmen, aber nach so vielen Stunden Quälerei war es sinnlos. Zwischen den Wehen blieb ihr sehr wenig Zeit, und mit dem

Nachklang des Schmerzes kam es ihr vor, als ob sie Dauerwehen hätte, eine nach der anderen.

Mel hatte schon vorher schwere Geburten erlebt, aber im Krankenhaus war es eine andere Sache. Dort konnte man die Patientin einfach über den Flur in den Operationssaal schieben, wo sie von Chirurgen und Anästhesisten übernommen wurde. In einem Krankenhaus würde sie der Mutter jede Möglichkeit lassen, es weiter zu versuchen, wenn sie das wollte. Hier jedoch war das Krankenhaus so weit entfernt, und die Ausstattung dort reichte auch nur für Routinebehandlungen und -operationen. Sie konnte gar nicht anders, als die Enttäuschung mitzufühlen, die Anne, die sich so sehr auf eine natürliche Geburt im Beisein ihres Mannes gefreut hatte, empfand.

„Anne, so etwas passiert einfach. Manchmal ist ein Kaiserschnitt einfach die beste Lösung“, tröstete Mel sie. „Dieses Baby werden Sie nicht hier bekommen, aber wir wollen doch, dass Sie so viele gesunde Geburten haben, wie Sie es sich wünschen.“

„Sie haben natürlich recht“, antwortete Anne atemlos.

Mel hörte, wie unten die Tür aufging, dann Jacks Schritte auf der Treppe und schließlich seine Stimme vor der Tür. „Mel?“

Sie öffnete.

„Ich trage sie jetzt hinunter, und ich fahre euch auch mit dem Hummer zum Krankenhaus.“

„Danke. Komm rein. Lass ihr gerade noch Zeit für diese nächste Wehe.“

Jack betrat das Zimmer und nickte Jeremy zu. „Wie geht es Ihnen, Mann?“, fragte er. „Ich werde Ihre Frau für Sie runtertragen. Sie sehen ziemlich erschöpft aus. Sie und Mel können hinten bei ihr sitzen, und ich fahre.“ Sobald Anne sich ein wenig zu entspannen schien, beugte sich Jack über das Bett und hob sie behutsam in seine Arme. „Halten Sie durch, Kleine“, sagte er. „Wir werden unten sein, bevor die nächste kommt, okay?“

Mel schnappte sich ihre Tasche. „Jeremy, bitte nehmen Sie Annes Koffer.“ Sie folgte Jack nach unten, nahm ihren Mantel, öffnete den Fond des Hummers und zog die Trage heraus, während Jack Anne auf den Armen hielt. „Anne, ich möchte, dass Sie sich auf die linke Seite legen, bitte." Sobald sie gut lag, kletterten Mel und Jeremy in den Wagen und knieten sich rechts und links neben sie, während Jack sich hinters Steuer setzte und in Richtung Valley Hospital losfuhr.

Mel hielt das Stethoskop bereit und ließ die Blutdruckmanschette um Annes Oberarm. Alle paar Minuten überprüfte sie ihren Blutdruck und den Herzschlag des Kindes. Sie hatten schon beinahe die Hälfte der Strecke hinter sich, als sie sich nach vorne beugte und dankbar eine Hand auf Jacks Schulter legte. Automatisch legte er seine Hand über ihre. „Du warst noch wach", sagte sie leise.

„Für den Fall, dass du irgendetwas brauchen würdest", antwortete er.

Sanft drückte sie seine Schulter, aber am liebsten hätte sie die Arme um ihn geschlungen. Sie war ihm so dankbar für die Art, wie er sie bei ihrer Arbeit unterstützte.

Als sie beim Krankenhaus ankamen, fuhren sie sofort zur Notaufnahme, und als sie drinnen waren, reichte Mel Jack ihren Mantel. „Du solltest den Hummer lieber wegfahren. Jeremy und ich bringen Anne nach oben zur Geburtsstation. John erwartet uns dort schon. Ich bitte dich nicht gerne, aber ..."

„Natürlich warte ich hier unten. Mach dir um mich keine Sorgen."

„Darf ich mit dabei sein?", fragte Jeremy, als sie im Fahrstuhl waren.

„Das liegt bei Dr. Stone", antwortete sie. „Wenn ich zu entscheiden hätte, würde ich kein Problem sehen."

Mel schob die Trage durch die Schwingtür und war erleichtert, als sie John am Waschbecken stehen sah, wo er gerade die chirurgische Handwäsche abschloss. Mit erhobenen Händen drehte er sich zu ihr um und nickte ihr lächelnd zu. „Im Kreißsaal Nummer zwei ist alles vorbereitet, Mel. Die Anästhesistin ist bereits da."

Am Waschbecken neben ihm stand eine Schwester in OP-Kleidung, die Maske um den Hals gebunden, und trat mit dem Fuß auf das Pedal des Wasserhahns. Mit einem sarkastischen Zug um den Mund sah sie Mel an. „Wieder mal so eine verpfuschte Hausgeburt?"

Mel fiel die Kinnlade herunter, und sie stand mit aufgerissenen Augen da, als hätte man sie geohrfeigt. John wirbelte zu der Schwester herum und funkelte sie wütend an. Dann wandte er sich wieder an Mel. „Machst du dich bitte fertig für die Operation, Mel?"

„*Ich* assistiere Ihnen doch, Dr. Stone", sagte die Schwester hinter seinem Rücken.

„Danke, Juliette, aber ich bevorzuge jemanden, der professioneller arbeitet. Sie und ich werden uns später unterhalten." Und an Mel gewandt: „Du hast weniger als fünfzehn Minuten Zeit."

„Alles klar. Jeremy möchte dabei sein", antwortete sie.

„Selbstverständlich. Juliette, bringen Sie dem Vater OP-Kleidung. Mel, du wirst im Umkleideraum etwas finden. Beeil dich."

Mel schob die Trage zum Kreißsaal Nummer zwei, wo die diensthabende Schwester die Trage übernahm. Im Umkleideraum legte sie Operationskleidung an und traf kurz darauf Jeremy am Waschbecken. „Sie müssen Ihre Hände steril waschen, dann hat der Arzt bestimmt nichts dagegen, wenn Sie Ihren Sohn nach der Geburt halten wollen. Machen Sie es einfach so", sagte sie und zeigte ihm die Reinigungstechnik. „Ich kann es nicht versprechen, also bitte nicht schmollen. Und Sie müssen sich zu Anne ans Kopfende stellen."

„Haben Sie das schon einmal gemacht?", fragte er sie. „Bei einem Kaiserschnitt assistiert?"

„Schon oft."

„Mel ... Es war doch nicht verpfuscht, oder?"

„Natürlich nicht. Was Anne passiert ist, ist absolut nichts Ungewöhnliches. Sie waren dabei, Jeremy. Haben Sie etwas bemerkt, das Sie beunruhigt hat? Ich bin mir sicher, Sie hätten etwas dazu gesagt oder zumindest doch die eine oder andere Frage gestellt." Sie lächelte ihn an. „Sie werden einen dickköpfigen kleinen Jungen erziehen müssen. Zum Glück haben wir einen sehr guten Chirurgen hier."

Als sie den Operationssaal betraten, hatte Anne bereits ihre Spinalanästhesie erhalten und fühlte sich schon viel wohler. John war bereit anzufangen, und Mel nahm ihren Platz neben ihm ein. Ihre Instrumente lagen auf dem OP-Beistelltisch bereit.

„Skalpell", sagte er.

Sie legte es ihm in die Hand. „Danke für das, was du vorhin getan hast", sagte sie.

„Sie ist eine gute Schwester, aber ich hätte sie nie für neidisch gehalten. Ich entschuldige mich für sie. Wir können jetzt eröffnen." Er lachte leise. „Du arbeitest wirklich gut, Mel. Ich würde dir die Entbindung meiner Frau jederzeit überlassen."

Die Rückfahrt nach Virgin River verlief nicht gerade schweigsam. Jeremy war die reinste Quasselstrippe. Mehrmals schilderte er Jack die Operation in allen Details. Während seine Frau sich erholte und sein Sohn auf der Säuglingsstation lag, brauchte er eine Mitfahrgelegenheit nach Hause, damit er seinen eigenen Wagen holen und wieder zurückfahren konnte. Er schwatzte wie ein Wasserfall, während Jack sich auf die Fahrt konzentrierte und Mel müde den Kopf an den Beifahrersitz gelegt hatte.

„Erschöpft, Liebes?", fragte Jack.

„Nach einem Nickerchen wird's mir wieder gut gehen", antwortete sie.

„Mel hat Dr. Stone assistiert", tönte Jeremy von hinten. „Er hatte sie darum gebeten. Es war unglaublich. Was sie alles kann!"

Jack warf ihr einen Blick zu und lächelte. „Wissen Sie, was ich für unglaublich halte, Jeremy?", sagte er, langte zu Mel hinüber und tätschelte ihren Oberschenkel. „Dass sie mich nie überrascht."

Es war schon neun Uhr morgens, als sie wieder in Virgin River eintrafen. Mel sah bei Doc vorbei und berichtete: „Mutter und Kind haben alles sehr gut überstanden. John Stone ist ein wunderbarer Chirurg, und er arbeitet schnell."

„Gute Arbeit“, lobte er. „Für eine Stadtpflanze.“ Und dann schenkte er ihr eines seiner seltenen Lächeln.

Sie stellte fest, dass für den Vormittag nur drei Termine eingetragen waren, und Doc war mehr als fähig, das allein zu bewältigen. Sie hatte Jack gebeten, in fünf oder sechs Stunden bei ihr anzurufen, denn sie wollte nicht den ganzen Tag lang schlafen, weil sie es sonst in der Nacht nicht mehr könnte. Erst jetzt bemerkte sie, wie sehr die Operation sie angestrengt und erschöpft hatte.

Jack half Preacher, das Mittagessen zu servieren, dann fuhr er an den Fluss, um ein paar Stunden zu angeln. Es ging ihm vieles durch den Kopf, denn ihm war nicht entgangen, dass Mel in letzter Zeit in gedrückter Stimmung war. Ein verdächtiges Anzeichen dafür waren die Tränen, die ihr häufig in die Augen stiegen. Und dann trank sie auch das übliche Bier nach der Arbeit nicht mehr. Eine Weile spielte sie noch mit dem Glas herum, nur um es schließlich beiseitezuschieben und nach einem Wasser mit Eis zu fragen.

Gegen drei Uhr nachmittags fuhr er zum Ferienhaus hinaus, während Preacher das Abendessen vorbereitete. Auf der Veranda zog er seine Schuhe aus und ging auf Zehenspitzen ins Haus. Er zog sich bis auf seine Boxershorts aus, schlüpfte neben Mel ins Bett und küsste zärtlich ihren Hals. Sie bewegte sich ein wenig, drehte den Kopf und lächelte ihn an.

„Also das ist wirklich eine schöne Art, aufzuwachen“, murmelte sie, schloss die Augen wieder und kuschelte sich enger an ihn.

Eine lange Zeit hielt er sie so, dann ließ er seine Hände wandern. Sanft und süß. Es dauerte nicht einmal Sekunden, bis auch ihre Hände in Bewegung kamen und sie sich an ihn drückte. Als sie begann, sich leidenschaftlich an ihn zu pressen, befreite er sie aus dem T-Shirt, das sie zum Schlafen trug, und sich selbst aus den Boxershorts. Zärtlich verwöhnte er sie, immer darauf bedacht, dass sie bequem lag, auch dann, als sie dieses begierige

Stadium erreichte, diese fieberhafte Sehnsucht, die ihn selbst ganz wild machte. Mittlerweile kannte er ihren Körper so gut wie sie selbst, und er wusste genau, wie er ihr die größte Freude bereitete.

Langsam kam sie wieder auf die Erde zurück. „Ich dachte, du würdest anrufen", sagte sie.

„Ist es nicht besser so?"

„Du weißt immer genau, was zu tun ist."

„Nicht immer", entgegnete er und hielt sie fest. „Im Moment zum Beispiel bin ich mir gar nicht sicher, was ich tun soll."

„Wieso?", fragte sie, die Augen noch immer geschlossen und das Gesicht an seiner Brust vergraben.

„Wann willst du es mir sagen?"

Sie hob den Kopf. „Was meinst du?"

„Das Baby."

„Aber Jack, du weißt doch, das Baby und die Mutter sind …"

„Das Baby in dir", sagte er und legte seine große Hand auf ihren Bauch.

Verblüfft sah sie ihn an und schob ihn ein wenig von sich weg. „Hat dir jemand etwas erzählt?", wollte sie wissen.

„Da musste mir niemand etwas erzählen. Aber sag du mir bitte, dass ich nicht der Letzte bin, der es erfährt."

„Ich war erst gestern bei John – wie um alles in der Welt kannst du das wissen?"

„Mel", sagte er und strich ihr mit dem Fingerrücken über die Wange. „Dein Körper verändert sich. Du hattest keine Menstruation. Eine Zeit lang hatte ich noch geglaubt, dass du vielleicht eine Totaloperation hattest oder so etwas, denn ich habe seit dem ersten Mal, dass wir miteinander geschlafen haben, nie etwas von einer Periode bemerkt. Dann aber steht da diese blaue Schachtel unter deinem Waschbecken im Bad. Du trinkst dein Bier nicht mehr, und hin und wieder wird dir übel. Ganz zu schweigen davon, dass du jetzt öfter müde bist als sonst."

„Lieber Gott", sagte sie. „Man sollte nicht glauben, dass einem Mann so etwas auffällt. Nicht solche Dinge."

„Und?"

Sie seufzte. „Gestern bin ich zu John gegangen, um mir bestätigen zu lassen, was ich bereits vermutet hatte. Ich bin schwanger. Im dritten Monat."

„Aber du bist doch Hebamme. Wieso wusstest du das nicht schon früher?"

„Weil ich angenommen hatte, dass ich unfruchtbar bin. Mark und ich haben alles versucht, um ein Kind zu bekommen, sogar eine In-vitro-Befruchtung. Alles vergeblich. Dass ich schwanger werden könnte, war das Letzte, womit ich gerechnet habe."

„Ah", sagte er. Endlich konnte er sich erklären, weshalb sie es ihm noch nicht gesagt hatte. „Jetzt ist alles klar."

„Es tut mir leid, Jack. Du musst mich für eine Idiotin halten."

Er küsste sie. „Natürlich nicht, Mel. Ich liebe dich."

Eine Sekunde lang war sie wie erstarrt. „Oh Gott", sagte sie schließlich und brach in Tränen aus. „Oh Gott, Jack!" Sie vergrub das Gesicht wieder an seiner Brust und weinte.

„Hey, das ist doch kein Grund zu weinen, Baby. Es ist doch eine schöne Überraschung, oder? Für mich jedenfalls schon", sagte er. „Ich dachte immer, dass mir so etwas nie passieren könnte. Und im ersten Moment hätte es mich fast umgeworfen. Aber ich liebe dich." Sie weinte leise. „Es ist in Ordnung, Liebes. Alles wird gut." Er streichelte ihr übers Haar. „Wie es aussieht, möchtest du ein Baby haben."

Sie hob den Kopf. „Ich habe mir so sehr ein Baby gewünscht, dass es mir schon wehtat. Aber willst du es auch?", fragte sie. „Schließlich bist du schon vierzig."

„Ich will alles mit dir zusammen. Alles. Abgesehen davon mag ich Babys. Und schwangere Frauen finde ich sehr sexy."

„Wann wusstest du, was los ist?"

„Das ist mindestens schon einen Monat her." Er legte ihr eine Hand auf die Brust. „Tut das weh? Hast du die Veränderungen nicht bemerkt? Deine Nippel sind dunkler geworden."

„Ich wollte den Tatsachen nicht ins Auge sehen", sagte sie und wischte sich die Tränen ab. „Verzweifelt habe ich mich nach einem Baby gesehnt – aber ich hatte irgendwann akzeptiert, dass ich keines bekommen kann. Sonst hätte ich es niemals so gemacht."

„Und was genau hättest du anders gemacht?"

„Wenn ich es auch nur im Entferntesten für möglich gehalten hätte, dass ich schwanger werden könnte, hätte ich mich zumindest vergewissert, dass auch du eine Familie haben willst. Eine Entscheidung wie diese hätten wir dann gemeinsam treffen können. In vollem Bewusstsein. Damit keiner es bereut, wenn es geschieht. Ich hasse es, dir das jetzt einfach so überzustülpen. Ohne jede Vorwarnung."

„Das wäre nicht möglich gewesen, nicht unter diesen Umständen. Es wäre dir nie in den Sinn gekommen, es mit einem Baby zu versuchen, solange du davon überzeugt warst, dass es unmöglich ist. Deshalb – ist es ja vielleicht gerade gut, dass es jetzt einfach so passiert ist."

„Und wenn es anders gewesen wäre? Was hättest du denn gesagt, wenn ich dich gebeten hätte, mit mir zu versuchen, ein Baby zu bekommen, weil es das ist, was ich mir auf der Welt am meisten wünsche?"

Er zog sie ein bisschen näher an sich. „Ich wäre glücklich gewesen, dir auszuhelfen." Dann sah er ihr lächelnd in die Augen.

„Ich weiß gar nicht, was ich sagen soll. Du akzeptierst das alles einfach so. Du bist wirklich ganz erstaunlich. Ich hatte gedacht, du würdest richtig sauer sein."

„Nein. Das Einzige, was ich dabei schade finde, ist, dass ich so lange gebraucht habe, dich zu finden."

„Selbst mit der Last, die ich trage?", fragte sie.

„Das sehe ich nicht als Last an." Er beugte sich hinunter und küsste ihren Bauch. „Für mich ist das der Große Preis."

„Du willst es also?", fragte sie.

„Ich habe dir gesagt, dass ich es will. Es macht mich glücklich."

„Mein Gott", seufzte sie. „Ich hatte solche Angst."

„Wovor?"

„Davor, dass du sagen könntest: ‚So ein Mist – ich bin vierzig! Was soll ich mit einem Baby?'"

Er lachte sie aus. „Das habe ich nicht gesagt, oder? Nein, ich bin so weit. Eine Familie, das klingt gut."

„Jack", sagte sie. „Ich habe immer noch Angst."

„Wovor?"

„Davor, an uns zu glauben. Mein letzter Versuch in diese Richtung hat so schrecklich geendet. Ich dachte, ich würde niemals über Marks Tod hinwegkommen, und bin mir nicht sicher, dass ich es schon geschafft habe."

„Nun, dann wirst du einfach vertrauen und über deinen Schatten springen müssen", meinte er.

„Ich glaube, ich kann es. Wenn du da bist, um mich aufzufangen."

„Ich bin da", versicherte er. „Ich habe dich doch noch nie hängen lassen, oder?"

Sie legte ihre Hand an sein Gesicht. „Nein, Jack, das hast du ganz gewiss nicht."

Jack hatte zugesehen, wie seine Schwäger sich in ihrem Testosteron-Stolz aufblähten, nachdem sie ihre Frauen geschwängert hatten und ihre Babys dann kamen. Er hatte nie vorgegeben, das wirklich zu verstehen. Dazu war er viel zu beschäftigt gewesen mit seiner Karriere, seinen Truppen. Eine Frau zu schwängern war ihm damals als der schlimmste Karriereknick erschienen, den er sich vorstellen konnte. Den männlichen Stolz seiner Schwäger konnte er nicht begreifen, und seine Schwestern wurden in seinen Augen bloß dick und erbärmlich.

Nun begriff er es. Er fühlte sich, als würde seine Brust zerspringen. In ihm brannte ein Feuer, und er konnte sich kaum zurückhalten, es überall herauszuposaunen. Er konnte es nicht erwarten, mit Mel Pläne zu schmieden, sie zu heiraten und der ganzen Welt zu verkünden, dass sie Partner fürs Leben waren und ein Baby an Bord holen würden.

Mit der Bitte, er solle sich um die Gäste kümmern, die zum

Abendessen kamen, scheuchte Mel ihn aus dem Haus. Sie versprach, nach dem Duschen in die Bar zu kommen, um eine Cola Light zu trinken und allen Anwesenden zu berichten, dass es Anne, Jeremy und ihrem kleinen Jungen gut ging. Später wollten sie dann zusammen nach Hause gehen.

Er war schon fast im Dorf angekommen, als er den Wagen wendete, um noch einmal zurückzufahren. Preacher könnte zwar leicht gereizt sein, weil er nicht nur die Küche, sondern auch die Bar zu versorgen hatte, aber er musste Mel einfach noch einmal eine Minute lang in den Arm nehmen. Leise schlich er die Verandastufen hinauf, zog seine Stiefel aus und öffnete vorsichtig die Tür. Er hatte erwartet, sie unter der Dusche anzutreffen, doch stattdessen hörte er sie weinen.

„Es tut mir leid", sagte sie gerade unter Tränen. „Es tut mir ja so leid." Dann schluchzte sie kurz auf. „Das hatte ich niemals geplant. Oh Mark, bitte verstehe …"

Er warf einen Blick ins Schlafzimmer und sah Mel auf dem Bettrand sitzen, wie sie mit dem Bild ihres verstorbenen Ehemanns sprach. Es durchfuhr ihn messerscharf und hätte ihm fast das Herz aus der Brust gerissen.

„Bitte verstehe mich – es war das Letzte, was ich erwartet hatte", presste sie weinend hervor. „Es ist einfach passiert und hat mich überrascht. Total überrascht. Ich verspreche, dass ich dich nie vergessen werde!"

Er räusperte sich, und sie fuhr hoch. Mit tränenüberströmtem Gesicht sah sie ihn an. „Jack!", keuchte sie.

Abwehrend hob er eine Hand. „Ich bin schon wieder weg", sagte er. „Dann kannst du das mit Mark regeln. Wir sehen uns später."

Er drehte sich um und wollte gehen. Sie lief ihm hinterher und zerrte an seinem Hemd. „Jack, bitte …"

„Ist schon in Ordnung, Mel", beruhigte er sie. In seinen Augen lag tiefe Traurigkeit. „Es ist ja nicht so, als hätte ich nicht gewusst, worauf ich mich einlasse."

„Nein! Du verstehst nicht!"

„Aber sicher tue ich das“, entgegnete er und berührte zärtlich ihre Wange. „Lass dir Zeit. Ich werde nirgendwohin fliehen. Außer zurück in die Bar. Ich glaube, ich brauche jetzt einen Drink.“

Jack trat aus dem Haus, zog sich auf der Veranda die Schuhe wieder an und stieg in seinen Truck. So ist das also, dachte er. Wahrscheinlich war es der schönste Tag in meinem Leben, und jetzt ist alles versaut. Sie ist noch immer bei ihm. Sie kann dich lieben, als gehörte sie ganz dir, aber das tut sie nicht. Noch nicht.

Doch hatte er nicht immer gewusst, dass es riskant war, jemanden zu lieben? Dass sie es vielleicht nicht schaffen würde, Mark loszulassen? Vielleicht nie?

Ach zum Teufel, sagte er sich. Mag sein, dass sie mir nie wirklich gehören wird. Nur gut, dass Mark nicht aus dem Grab steigen und sie mir wegnehmen kann. Aber das Baby ist *meins*. Und ich will es. Ich will sie. Alles, was sie noch geben kann …

15. KAPITEL

Mel duschte, zog sich frische Sachen an und bereitete sich darauf vor, in die Bar zu gehen. Sie fühlte sich elend. Ihr Herz verkrampfte sich, wenn sie an den Ausdruck in Jacks Augen dachte. Diese Situation hätte er niemals mitbekommen dürfen. Für ihn musste es erschütternd gewesen sein. Sie konnte nur hoffen, dass er ihr verzieh.

Sie packte etwas Kleidung zum Wechseln ein und ihr Make-up für die Arbeit am folgenden Tag. Falls Jack nicht mit ihr zurück ins Waldhaus kommen wollte, würde sie ihm ihre Gesellschaft aufdrängen. Sie mussten einfach darüber hinwegkommen. Es war ihr Fehler. Und jetzt ging es auch nicht mehr nur um sie beide. Er wollte dieses Baby. Er wollte sie *und* das Baby. Sie würde einen Weg finden, es wiedergutzumachen.

Als sie in der Bar ankam, befanden sich nur ungefähr ein Dutzend Gäste dort. Es waren die Bristols und Carpenters, die an einem Tisch für vier Personen saßen, dann Hope und Doc an der Bar, zwei Männer, die bei einem Krug Bier Kribbage spielten, und eine junge Familie. Jack stand hinter dem Tresen, und als sie eintrat, hob er zum Gruß nur kurz das Kinn. Es war eine sehr zurückhaltende Geste. Sie würde büßen müssen.

Sie blieb bei den Bristols und Carpenters stehen, plauderte kurz mit ihnen und berichtete von dem Baby der Givens'. Dann ging sie zum Tresen und setzte sich auf den Barhocker neben Doc. „Hatten Sie heute Gelegenheit, sich etwas auszuruhen?“, fragte sie ihn.

„Ich kann tagsüber nicht schlafen“, brummte er. Dann nahm er ein Mittel gegen Sodbrennen, und Jack stellte ihm einen Whiskey hin.

„War wohl eine lange Nacht?“, fragte Hope sie.

„Eine lange Nacht für die Givens'“, antwortete Mel. „Aber jetzt geht es ihnen gut.“

„Gute Arbeit, Mel. Ich wusste doch, dass es klug war, Sie hierher zu holen.“ Sie drückte ihre Zigarette aus und ging zur

Tür, wobei sie auf dem Weg nach draußen noch ein paar Schwätzchen hielt.

Ohne dass sie ihn darum gebeten hätte, stellte Jack ihr eine Cola hin. Tonlos formten ihre Lippen die Worte: Tut mir leid. Auf seinen Lippen erschien nur ein vages Lächeln, an seinen Augen konnte sie ablesen, wie verletzt er war. Aber er beugte sich zu ihr hinüber und küsste sie sanft auf die Stirn. Oh je, dachte sie. Es ist schlimm.

Und es wurde noch schlimmer. Während Mel in ihrem Essen herumstocherte, kam es nur zu einer überaus oberflächlichen Unterhaltung zwischen ihr und Jack. Aber hartnäckig wartete sie darauf, dass die Bar sich leerte. Es war acht Uhr, als Preacher den Boden wischte und Jack die sauberen Gläser einräumte. „Wollen wir nicht darüber reden?", fragte sie ihn leise.

„Warum vergessen wir es nicht einfach und blicken in die Zukunft", meinte er.

„Jack", flüsterte sie, damit Preacher sie nicht hören konnte. „Ich liebe dich."

„Du musst das nicht sagen."

„Aber es ist so. Bitte glaube mir."

Er hob ihr Kinn an und gab ihr einen flüchtigen Kuss auf die Lippen. „Okay", sagte er. „Ich glaube dir."

„Oh Gott", sagte sie, und Tränen stiegen ihr in die Augen.

„Bitte nicht, Mel", bat er sie. „Fang nicht wieder an zu weinen. Ich fürchte, dass ich nicht verstehen könnte, weshalb – und das macht alles nur noch schlimmer."

Sie schluckte die Tränen hinunter und zwang sich, ihre Nerven zu beruhigen, die mit ihr durchgingen. Einen Moment lang dachte sie: Mein Gott, was werde ich tun, wenn er mit mir deswegen Schluss macht? „Ich werde auf dein Zimmer gehen", sagte sie zu ihm, „und bleibe dort so lange, bis du zu mir kommst und ich dich irgendwie davon überzeugen kann, dass wir zusammengehören. Ganz besonders jetzt."

Er nickte kurz, so kurz, dass es beinahe nicht zu erkennen war. Sie stieg von ihrem Hocker und ging durch den hinteren

Teil der Bar in seine Wohnung. Kaum war sie allein, konnte sie die Tränen nicht länger zurückhalten. Ungehindert strömten sie ihr über die Wangen. Er wird glauben, dachte sie, dass ich den Rest meines Lebens damit zubringen werde, meinem toten Mann alles zu erklären und mich dafür zu entschuldigen, was ich für Jack empfinde. Nun, genau das habe ich getan. Was sollte er also sonst denken? Er würde mir nicht glauben, wenn ich ihm sagte, dass es nicht wahr ist, dass es so nicht sein wird. Es war doch nur dieses eine Mal – der Schock, die Erschöpfung, die starke emotionale Erregung, die über mich hereinbrach.

Mel setzte sich in den großen Sessel im Wohnzimmer und ließ die Nacht, in der sie an genau diesem Platz gesessen hatte, Revue passieren. Sie war völlig vom Regen durchnässt gewesen und er hatte sie behutsam entkleidet, sie abgetrocknet und ins Bett gebracht. Seit diesem Moment wusste sie zweifellos, dass sie einen Partner hier hatte, auch wenn sie es noch eine ganze Zeit lang sich selbst nicht hatte eingestehen können. Seit der Ultraschalluntersuchung war sie sich ziemlich sicher, dass sie das Kind in jener Nacht empfangen hatte. Jack hatte sie dazu gebracht, sich ihm voll und ganz zu öffnen, und ihr eine Leidenschaft gezeigt, von der sie nicht einmal gewusst hatte, dass es sie gab. Dann hatte er ihr sein Baby geschenkt. Es war wie ein Wunder – diese Liebe, diese Leidenschaft und das Baby. Sie hatte einfach nicht gewusst, wie schwierig es sein würde, diesen Übergang in ein neues Leben zu vollziehen. Ein zweites Leben. Ein völlig anderes Leben.

Eine Stunde lang blieb sie im Sessel sitzen. Und wartete.

Jack räumte alle Gläser und das ganze Geschirr ein, wischte den Tresen ab und gönnte sich einen Drink. Er hatte einen ganz speziellen alten Single-Malt-Whiskey, ein gereifter *Glenlivet*, den er für besondere Gelegenheiten aufhob. Oder für Notfälle.

Preacher stellte seinen Besen beiseite und kam an den Tresen. „Alles in Ordnung, Mann?“, fragte er.

Jack griff nach einem Glas und schenkte seinem Freund einen Schuss ein. Er hob sein Glas zu einer Art Toast und verkündete feierlich: „Mel ist schwanger." Dann leerte er sein Glas in einem Zug.

„Oje, Mann", meinte Preacher. „Was wirst du tun?"

„Ich werde Vater sein", sagte Jack. „Ich werde sie heiraten."

Preacher nahm sein Glas, hob es zögernd hoch und trank dann einen Schluck. „Bist du dir da sicher?"

„Ja, das bin ich."

„Ist es wirklich das, was du willst, Mann?"

„Absolut."

Preacher grinste. „Der Sergeant. Ein Familienvater. Wer hätte das gedacht?"

Noch einmal hielt Jack die Flasche kurz über beide Gläser. „So ist es", sagte er.

„Man könnte aber den Eindruck haben, dass es zwischen dir und Mel im Moment nicht gerade gut läuft", stellte Preacher vorsichtig fest.

„Ach was", log Jack. „Ich habe es gerade erst erfahren", log er weiter. „Es wird alles prima laufen. Alles wird bestens." Dann lächelte er. „Du weißt doch, dass ich nie etwas tue, wozu ich keine Lust habe, Onkel Preacher." Er kippte den zweiten Schuss hinunter und stellte sein Glas auf den Tresen. „Gute Nacht."

Jack hatte ein schlechtes Gewissen, weil er Mel so lange alleine ließ, aber sie beide brauchten Zeit, sich zu sammeln. Falls es noch weitere Tränen geben sollte, wünschte er sich, dass sie dieses eine Mal allein damit fertig werden würde. Es gab Grenzen für das, was ein Mann tun konnte, daher ließ er sich Zeit, zu ihr zu kommen. Sie würde ein wenig verzweifelt sein – schwanger, und war von ihm dabei überrascht worden, wie sie sich dafür bei Marks Bild entschuldigte. Und jetzt machte sie sich Sorgen, dass er nicht in der Lage sein könnte, damit umzugehen. An diesen Tatsachen konnte keiner von ihnen etwas ändern. Jack hatte von Anfang an gewusst, dass Mark noch immer da war, in ihrem Leben, in ihrem Herzen. Nie würde er sie ganz besitzen. Aber dann würde er eben das Beste aus dem machen, was er hatte. Er verlangte nicht von ihr, sich bei ihm zu entschuldigen. Er würde sie einfach nur wahnsinnig lieben. Auch wenn die Situation nicht gerade ideal war, er kam klar damit. Mit der Zeit würde sie ja vielleicht zu sich kommen. Die Erinnerung an Mark könnte so weit verblassen, dass sie, auch wenn er, Jack, nicht der einzige Mann in ihrem Leben war, ihn als den wichtigsten Mann ansehen würde. Wenn sie erst einmal ihr Kind in den Armen hielt, würde sie vielleicht erkennen, dass das Leben für die Lebenden bestimmt ist.

Er öffnete die Tür, warf ihr durchs Zimmer hinweg einen Blick zu, bevor er sich bückte, um die Schuhe auszuziehen. Dann zerrte er sein Hemd aus der Hose, zog es aus und hängte es an den Haken in seinem Wandschrank. Er nahm seinen Gürtel ab und ließ ihn zu Boden fallen. Dann ging er auf sie zu und hielt ihr eine Hand entgegen.

Sie legte ihre Hand hinein, ließ sich von ihm hochziehen und lehnte den Kopf an seine Brust. „Es tut mir leid. Ich liebe dich. Ich möchte mit dir zusammen sein."

Er schloss sie in die Arme „Das ist mir gut genug." Er küsste sie zärtlich.

„Du hast etwas getrunken", stellte sie fest. „Scotch."

„Es schien das Passende zu sein", antwortete er. Langsam begann er, sie auszuziehen. Ihre Kleidung ließ er Stück für Stück zu Boden fallen. Auch wenn ihm manchmal die Worte fehlten, so war es ihm doch immer noch gelungen, zu ihrem Körper zu sprechen. Da gab es dann keine Verwirrung mehr – wenn er sie berührte, gehörte sie ihm allein. Und sie hielt nichts zurück, wenn sie ihm darauf antwortete. In ihrem Herzen mochte ja eine kleine Störung vorliegen, ein Teil ihres Herzens steckte noch in der Vergangenheit fest. Ihr Körper aber wurde unter seinen Lippen und Händen lebendig.

Er trug sie zu seinem Bett, legte sie sorgsam auf die Laken und fing an, sie zu lieben. Er berührte sie, küsste und streichelte sie auf jede Art, von der er wusste, dass es sie erfüllte, dass es ihr gefiel, ihr Genuss bereitete und sie entspannte. Sie hob sich ihm entgegen. Und mit einem Aufschrei umfing sie ihn, erregt und bereit. Gebend und nehmend.

Oh Gott, er hatte nicht gewusst, wie sehr er sich danach sehnen konnte. Wie sehr er lieben konnte.

Okay, dachte er. Und das ist Realität. Das werde ich immer haben. Er konnte ihren Körper zum Singen bringen, wie auch sie ihn in die unglaublichste Verrücktheit taumeln ließ, die ein Mann empfinden konnte. Jede Nacht würde sie in seinen Armen liegen, und jeden Morgen würde er neben ihr aufwachen. Und es würde sehr oft so sein wie jetzt, wo sie in dieser unvergleichlichen Leidenschaft zusammenkamen. Was auch immer sonst geschehen mochte, diese beiderseitige Freude gehörte nur ihnen allein. Nur ihnen beiden. In diesen Momenten waren keine Geister mehr anwesend.

Eine ausreichende Entschädigung. Ein süßer Trost.

„Jack", sagte sie und kuschelte sich an ihn. „Ich hasse mich dafür, dass ich dich verletzt habe."

Er vergrub sein Gesicht in ihrem Haar und sog den süßen Duft ein. „Lass uns nicht mehr davon sprechen. Das liegt hinter uns, und wir haben eine Menge vor uns."

„Hältst du es für eine gute Idee, wenn ich für kurze Zeit zu Joey gehe? Dir etwas Raum lasse? Und versuche, wieder einen klaren Kopf zu bekommen?"

Er beugte sich über sie und sah ihr in die Augen. „Tu es nicht, Mel. Lauf nicht weg, nur weil wir einen schwierigen Weg zu gehen haben. Wir werden uns schon durchkämpfen."

„Bist du sicher?"

„Mel", flüsterte er heiser, „in dir ist mein Baby. Ich möchte an allem teilhaben. Nun lass doch …"

Wieder kämpfte sie gegen die aufsteigenden Tränen an. „Ich weiß, es muss schrecklich sein, mit so einer hoffnungslosen Heulsuse wie mir klarzukommen."

Er lächelte sie an. „Ich habe gehört, dass so etwas bei schwangeren Frauen häufig vorkommt."

„Ich glaube, ich bin einfach so. Punkt."

„Heirate mich", sagte er.

Sie berührte sein schönes Gesicht. „Das musst du nicht."

„Melinda, vor sechs Monaten waren wir beide Menschen ohne jede Bindung. Zwei Menschen, die sich damit abgefunden hatten, niemals Bindungen einzugehen und niemals eine Familie zu gründen. Jetzt haben wir alles. Wir haben uns und das Baby. Ein Baby, das wir beide uns wünschen. Lass uns das nicht vermasseln."

„Bist du dir sicher?"

„Ich war mir noch nie bei irgendetwas so sicher. Ich will es. Wenn du hier nicht leben kannst, dann werde ich mit dir dorthin gehen, wohin du willst."

„Aber Jack, dir gefällt es doch hier!"

„Merkst du denn nicht, dass du mir besser gefällst? Ich brauche dich in meinem Leben. Dich und unser Baby. Gott, Mel – mir ist es gleich, wo wir leben – Hauptsache, du bist bei mir."

„Jack", flüsterte sie. „Was ist, wenn du deine Meinung änderst? Was ist, wenn irgendetwas Schlimmes passiert? Du musst verstehen ... ich hatte doch auch niemals damit gerechnet, dass so etwas Schreckliches mit ..."

Er legte ihr einen Finger auf den Mund und brachte sie zum Schweigen. Er wollte seinen Namen nicht hören. Nicht jetzt. „Schh...", raunte er. „Ich will, dass du mir vertraust. Du weißt, dass du bei mir sicher bist."

Mel erwachte leise singend. An diesem Morgen war es das Lied „Mamma Mia" von ABBA. Ausgerechnet! Sie musste lächeln und schwang sich aus dem Bett. Als sie aus der Dusche kam und sich eins von Jacks Hemden überzog, fand sie eine dampfende Tasse Kaffee auf dem Badezimmerschränkchen vor. Darunter lag ein Zettel: *Halb koffeinfrei. Daddy.* Jack war bereits unten in der Bar und kümmerte sich um das Frühstück. Er kümmerte sich um sie. Raubte ihr das Koffein.

Sie zog sich an. In letzter Zeit war sie so unkonzentriert, dass sie gar nicht wusste, wie der Sprechstundenplan für den heutigen Tag aussah. Jedenfalls konnte sie sich nicht daran erinnern, für den Vormittag irgendwelche Termine vereinbart zu haben. Und doch beeilte sie sich nicht, in die Praxis zu kommen. Es war noch früh, und sie hatte einen wichtigen Anruf zu erledigen.

„Ich wünschte, ich könnte dein Gesicht sehen, wenn ich dir das jetzt erzähle, Joey“, begann sie. „Ich hoffe, du sitzt. Ich bin nämlich schwanger.“

Sie konnte hören, wie Joey Luft holte. Dann Schweigen.

„Schwanger“, wiederholte Mel. „Ich bekomme ein Baby!“

„Bist du *sicher*?“

„Im dritten Monat.“

„Oh, mein Gott, Mel!“

„Ich weiß. Mich hat es auch völlig umgeworfen.“

„Im dritten Monat? Also dann …“

„Mach dir nicht die Mühe, nachzurechnen. Meine Periode hatte ich nicht mehr, seit er mich zum ersten Mal berührt hat. Seine Zeugungsfähigkeit scheint für uns beide zu reichen. Anfangs hielt ich es für völlig unmöglich. Eine absurde Vorstellung. Ich dachte, es läge am Stress, als ich meine Periode nicht bekam. An meinem völlig veränderten, seltsamen Leben. Aber ich bin wirklich schwanger. Ich habe eine Ultraschalluntersuchung hinter mir.“

„Mel! Wie ist das denn möglich?“

„Frag mich nicht. Es sind schon eigenartige Dinge geschehen. Aber hier kommt so etwas scheinbar öfter vor. Ich bin umgeben von Frauen, die nicht schwanger werden konnten, und dann auf einmal – voilà! Es gibt da so ein Gerücht, dass es an diesem Wasser hier liegt … Ich glaube, ich sollte mal meinen Frauenarzt in L. A. anrufen und ihm von der Gegend hier erzählen.“

„Was hast du jetzt vor?“

„Ich werde Jack heiraten.“

„Mel – liebst du ihn?“, fragte Joey vorsichtig, mit gedämpfter Stimme.

Mel atmete tief durch und versuchte, ihre Stimme zu beruhigen, denn ihr war klar, dass sie zittrig und vielleicht zu überschwänglich klingen würde. „Das tue ich“, sagte sie dann. „Joey, ich liebe ihn so sehr, dass es mir schon beinahe wehtut. Ich hätte nie geglaubt, dass man so sehr lieben kann. Und auch das habe ich mir eine Zeit lang nicht eingestehen wollen."

„Mel", sagte Joey und fing dann an zu weinen. „Oh, meine süße Kleine."

„Ich habe mich gegenüber Mark schuldig gefühlt, so, als würde ich etwas Falsches tun. Ich war so besessen davon, dass ich meine einzig wahre Liebe verloren hatte und in meinem ganzen Leben nie wieder etwas empfinden könnte, das dem auch nur annähernd nahe kommt. Die Möglichkeit, dass ein anderer Mann als Mark in mir sogar noch stärkere Gefühle auslösen könnte, habe ich überhaupt nicht in Betracht gezogen. Eine Zeit lang habe ich es tatsächlich als Betrug an Mark empfunden. Jack hat mich sogar dabei überrascht, wie ich vor Marks Foto geheult und mich bei ihm entschuldigt habe. Ich hatte ihm gesagt, dass ich nie im Leben mit so etwas gerechnet hätte, und ich versprach ihm, ihn nie zu vergessen. Mein Gott, es war eine schreckliche Situation."

„Kleines, du hast doch nichts Falsches getan. Du hast so viel durchgemacht."

„Nun, wenn ich in Ruhe darüber nachdenke, gebe ich dir recht. Jack wusste ja von meinen Problemen, er hielt einfach durch und fuhr fort, mich zu lieben. Und so, wie er mich liebt, stellt er meine Bedürfnisse den seinen immer voran. Und er hat mir versprochen, dass ich bei ihm sicher bin, dass ich ihm vertrauen kann." Und diesmal stiegen ihr vor lauter Glück Tränen in die Augen. „Gott, er ist so wundervoll. Joey", flüsterte sie, „er will das Baby genauso sehr wie ich."

„Das ist einfach unglaublich. Wann genau werdet ihr heiraten? Wir werden dabei sein."

„Wir hatten noch nicht einmal Gelegenheit, über einen Termin zu reden. Ich habe es ihm gestern erst gesagt, und in der Nacht hat er mich dann gefragt, ob ich seine Frau werden möchte. Ich sage dir Bescheid, sobald ich es weiß."

„Aber bedeutet das jetzt auch, dass du in Virgin River bleiben wirst?"

Mel lachte. „Du hattest recht, weißt du. Hierherzukommen war völlig verrückt. Es war unvernünftig. Sich vorzustellen, dass ich an einen Ort gehe, wo es kein Einkaufszentrum gibt, von einem Schönheitssalon ganz zu schweigen, und mit nur einem Mini-Restaurant, das nicht einmal über eine Speisekarte verfügt ...? Ich bitte dich! Keine fortschrittliche Medizintechnik, keine Ambulanz, keine Polizei im Ort – wie konnte ich nur auf den Gedanken kommen, hier würde es leichter sein und weniger Stress geben? Auf dem Weg hierher bin ich fast vom Berg gerutscht!"

„Ah ... Mel ..."

„Wir haben kein Kabelfernsehen hier und die meiste Zeit keine Handyverbindung. Und es gibt nicht einen einzigen Menschen, der meine *Cole-Haan*-Stiefel zu schätzen weiß, die nebenbei bemerkt von der ganzen Rumlatscherei durch Felder und Wälder allmählich scheußlich aussehen. Hast du gewusst, dass man hier bei kritischen Krankheiten oder Unfällen den Hubschrauber anfordert? Man muss verrückt sein, um das entspannend zu finden. Oder aufbauend." Sie lachte. „Als ich L. A. verließ, war ich in einem Zustand, in dem ich dachte, ich müsste diesem ganzen Kampf unbedingt entfliehen. Auf den Gedanken, dass eine Herausforderung mir auch guttun könnte, bin ich gar nicht gekommen – eine völlig neue Herausforderung."

„Mel ..."

„Als ich Jack sagte, dass ich schwanger bin – obwohl ich ihm ja versichert hatte, dass nichts passieren kann –, hätte er ebenso gut sagen können: ‚Ohne mich, mein Schatz'. Aber weißt du, was er gesagt hat? Er hat gesagt: ‚Ich brauche dich und das Baby in meinem Leben, und wenn du nicht hier leben kannst, gehe ich überall mit dir hin.'" Sie schniefte ein bisschen, und eine Träne lief ihr über die Wange. „Wenn ich morgens aufwache, sehe ich als Erstes nach, ob Rehe auf dem Grundstück sind. Dann überlege ich, was Preacher sich heute wohl wieder zum Abendessen einfallen lassen wird. Jack ist dann gewöhnlich schon wieder ins Dorf zurückgefahren. Er liebt es, frühmorgens Holz zu hacken.

Das halbe Dorf wacht davon auf. Mehrmals am Tag treffen wir uns, und jedes Mal sieht er mich an, als wären wir ein Jahr lang getrennt gewesen. Wenn ich eine Patientin habe, die in den Wehen liegt, bleibt er die ganze Nacht lang wach, nur für den Fall, dass ich etwas brauchen könnte. Und wenn ich nachts keine Patientinnen habe und er mich festhält, bevor ich einschlafe, dann ist der schlechte Fernsehempfang das Letzte, woran ich denke. Du fragst mich also, ob ich hierbleiben werde … Nun, ich bin hierhergekommen, weil ich glaubte, alles, was von Bedeutung ist, verloren zu haben, und am Ende habe ich all das gefunden, was ich mir je gewünscht hatte. Ja, Joey, ich werde bleiben. Jack ist hier. Und abgesehen davon gehöre ich jetzt auch hierher. Ich gehöre zu ihnen, und sie gehören zu mir."

Gleich nach dem Frühstück ging Mel zur Praxis hinüber. Es wäre bestimmt in Ordnung, es Doc gleich zu erzählen. Als sie aber das Haus betrat, wurde sie von Stille empfangen. Gut, dachte sie. Noch keine Patienten da. Sie ging zu Docs Büro, klopfte kurz an die Tür und stieß sie auf. Zurückgelehnt saß er vor seinem Schreibtisch auf dem Stuhl und hatte die Augen geschlossen. *Hmm. Tagsüber schläft er ja nie, oder was?* Sie beugte sich über ihn. Es gefiel ihr, Doc einmal so zahm zu sehen.

Schon wollte Mel wieder gehen und einen besseren Zeitpunkt abwarten, als irgendetwas sie veranlasste, sich Doc noch einmal genauer anzusehen. Das Gesicht verzerrt, hielt er die Augen fest zusammengekniffen, und seine Hautfarbe war grau. Sie befühlte seinen Puls. Er raste. Dann legte sie ihm die Hand an die Stirn und stellte fest, dass sie feucht war. Er öffnete die Augen einen Spaltbreit. „Was ist los?", fragte sie ihn.

„Nichts", meinte er. „Sodbrennen."

Sodbrennen lässt doch deinen Puls nicht so rasen und treibt dir den Schweiß auf die Stirn, dachte sie. Sie beeilte sich, das Stethoskop und das Blutdruckmessgerät aus dem Untersuchungszimmer zu holen, und kam dann zurück zu ihm. „Werden Sie mir jetzt sagen, was los ist, oder soll ich raten?"

„Ich habe es Ihnen doch gesagt … Es ist nichts. In ein paar Minuten wird es mir wieder besser gehen."

Sie maß seinen Blutdruck, auch wenn sie darum zu kämpfen hatte, dass er es überhaupt zuließ. „Haben Sie schon gefrühstückt?", wollte sie wissen.

„Das ist schon etwas her."

„Was war es? Eier und Schinken? Wurst?"

„So was Tolles war es nicht. Preacher ist ein bisschen davon abgekommen …"

Er hatte erhöhten Blutdruck. „Schmerzen in der Brust?", fragte sie.

„Nein."

Sie tastete seinen Unterleib ab, obwohl das übermäßige Fettgewebe an seinem Schmerbauch es unmöglich machte, die inneren Organe zu fühlen, solange er aufrecht saß. Und er schlug ihr auch noch auf die Hand und versuchte, sie wegzuschieben. Aber während sie ihn abtastete, stöhnte er vor Schmerzen. „Wie oft hatten Sie das schon?", fragte sie ihn.

„Wie oft was?"

„Solche Attacken."

„Ein oder zwei."

„Lügen Sie die kleine Schwester nicht an", schalt sie. „Wie lange geht das schon so?" Sie schob seine Augenlider nach oben und sah, dass seine Augen sich gelb verfärbt hatten. Er war auf dem besten Weg zu einer Hepatitis. „Wollen Sie etwa so lange warten, bis Ihre Leber anschwillt?"

„Es wird vorbeigehen."

Sie befürchtete, dass er eine heftige Gallenkolik hatte, und war sich nicht sicher, ob das alles war. Ohne auch nur eine Sekunde lang darüber nachzudenken, griff sie zum Telefon und rief in der Bar an. „Jack", sagte sie, „komm bitte rüber. Ich muss Doc ins Krankenhaus bringen." Und legte auf.

„Nein", protestierte Doc.

„Doch", sagte sie. „Wenn Sie sich jetzt mit mir anlegen, werde ich Jack und Preacher dazu bringen, Sie im Feuerwehrgriff in den Hummer zu verladen. Da wird sich Ihr Bauch ja gut anfühlen." Sie sah ihm ins Gesicht. „Wie geht es Ihrem Rücken?"

„Schrecklich. Diesmal ist es wirklich schlimm."

„Sie werden ganz gelb, Doc", sagte sie. „Wir können nicht warten. Ich vermute, es handelt sich um eine Gallenkolik. Ich werde Ihnen jetzt eine Infusion anlegen und möchte kein Gemecker hören."

Noch bevor sie die Nadel anlegen konnte, tauchten Jack und Preacher auf. „Wir werden ihn in den Wagen bringen, und ich fahre euch", sagte Jack. „Was ist los mit ihm?"

„Ich denke, es ist eine Gallenkolik, aber er spricht ja nicht. Jedenfalls ist es etwas Ernstes. Sein Blutdruck ist viel zu hoch, und er hat schreckliche Schmerzen."

„Alles bloß Zeitverschwendung", meldete sich Doc zu Wort. „Es wird vorübergehen."

„Seien Sie doch bitte still", flehte Mel ihn an. „Ich möchte diese starken Jungs hier nicht auffordern müssen, Sie festzuhalten."

Nachdem die Infusion angelegt war, sprintete sie noch schnell zum Medikamentenschrank, während Jack und Preacher Doc von beiden Seiten stützten und langsam mit ihm zur Tür hinausgingen, wobei Jack die Infusion über seinem Kopf hochhielt. Als sie den Hummer erreichten, schloss Mel sich ihnen an.

„Ich werde mich nicht hinlegen", protestierte Doc.

„Das sollten Sie aber, finde ich …"

„Ich kann nicht", entgegnete er. „Es ist schlimm genug, sitzen zu müssen."

„Also gut. Dann nehmen wir die Krankentrage raus und bauen die Rückbank ein. Ich werde den Haken für den Infusionsbeutel nach vorne ziehen und mich neben Sie setzen. Haben Sie schon etwas gegen die Schmerzen eingenommen?"

„Vorhin habe ich mir überlegt, ob ich Morphium nehmen soll", antwortete Doc.

Jack arretierte die Rückbank und stellte die Trage auf Docs Veranda. Schwerfällig kletterte Doc auf den Rücksitz. „Die

Schmerzmittel, die wir sonst noch haben, sind nicht stark genug", murrte er.

„Werden Sie es ohne Medikament bis zum Krankenhaus schaffen? Sodass der Arzt dort entscheiden kann, was am besten gegen die Schmerzen hilft?"

„Arrrggghhh", stöhnte er.

„Wenn Sie darauf bestehen, werde ich Ihnen etwas geben. Allerdings wäre es sinnvoller, in der Notaufnahme entscheiden zu lassen, was das Beste ist." Sie holte Luft. „Ich habe etwas Morphium dabei."

Die Augen nur einen Spaltbreit geöffnet, starrte er sie an. „Geben Sie mir eine Spritze", forderte er sie auf. „Es tut einfach höllisch weh."

Seufzend zog sie den Inhalt der Morphium-Ampulle, die sie in ihrer Tasche hatte, mit einer Spritze auf und mischte es der Infusion bei. Es dauerte nur wenige Augenblicke, bis Doc „Ahhh…" sagte.

„Haben Sie schon einen Arzt wegen Ihrer Beschwerden konsultiert?", fragte sie ihn.

„Ich bin Arzt, junge Frau. Ich kann mich selbst versorgen."

„Oh Junge", stöhnte sie nur.

„In Garberville gibt es auch eine Klinik", sagte Jack, als er den Motor startete. „Das ist näher als das Valley Hospital."

„Wir brauchen aber einen Chirurgen", teilte Mel ihm mit.

„Eine Operation wird nicht nötig sein", protestierte der Alte.

„Wollen Sie darauf wetten?", war alles, was sie dazu sagte.

Mit dem Narkotikum wurde Doc etwas ruhiger, was gut war, denn auch bei Jacks schnellem, geschicktem Fahrstil dauerte die Fahrt länger als eine Stunde. Das lag weniger an der Entfernung als an den Straßen. Es war ein einziges Schlängeln, Winden und Langsamfahren, bis sie endlich die Landstraße erreicht hatten, die zum Highway führte. Mel sah aus dem Fenster und erinnerte sich an den ersten Abend, als sie hierhergekommen war und die scharfen Kurven, die jähen Abhänge und die steilen Anstiege sie erschreckt hatten. Jetzt, wo Jack den Hummer lenkte, fühlte sie sich wohl. Es dauerte nicht mehr lange, und sie hatten die Berge hinter sich gelassen und fuhren schnell durch das Tal. Da Mel sich auf Doc konzentrieren musste, konnte sie die Landschaft nicht in vollem Maße genießen. Es fiel ihr allerdings auf, dass jedes Mal, wenn sie in dieser Gegend irgendwohin fuhr, die Schönheit der Landschaft sie so in Erstaunen versetzte, als sähe sie so etwas zum ersten Mal.

Einen Moment lang überlegte sie, dass alles von ihr abhängen würde, falls Doc etwas Schlimmes zustoßen sollte. Wie aber könnte sie ein Baby haben und gleichzeitig für das Dorf sorgen?

Sie dachte an Joeys Frage: Wirst du dort bleiben? Sie musste lächeln. In diesem herrlichen Land ihr Leben zu verbringen wäre wohl kaum eine Strafe.

Es war erst Mels zweiter Besuch auf der Notfallstation. Das erste Mal war sie mit Connie dort gewesen. In der Nacht, als das Baby kam, hatte sie Jeremy und Anne auf die Geburtsstation gebracht, daher kannte sie das Personal der Notaufnahme noch nicht. Doc aber kannten alle. Mehr als vierzig Jahre lang war er regelmäßig dort erschienen. Und auch Mel wurde von allen herzlich begrüßt, als wäre sie eine alte Freundin.

Doc gehörte nicht zu den Leuten, die es zuließen, dass man viel Aufhebens um ihn machte. Er stellte klar, dass er es eigentlich für unnötig hielt, überhaupt dort zu sein. Mel und Jack mussten vor dem Untersuchungszimmer warten, während der zuständige Arzt ihn durchcheckte. Dann ging ein weiterer Arzt in das Untersuchungszimmer, und man konnte Doc brüllen hören: „Adh, um Himmels willen! Kann ich nicht einen Chirurgen haben, der besser ist als du? Ich will nicht auf dem verdammten Tisch hier sterben!"

Mel erblasste. Dann aber bemerkte sie, wie jemand vom Personal kicherte. Kurz darauf kam der Chirurg zu ihnen heraus. Mit einem Lächeln reichte er ihr die Hand: „Dr. Simon … Miss …?"

Sie erhob sich und reichte ihm die Hand. „Monroe", sagte sie.

„Mel Monroe. Ich arbeite mit Doc zusammen. Wird er alles gut überstehen?"

„Oh, ich denke schon. Wir Ärzte sind wirklich prima Patienten, nicht wahr? Ich kümmere mich um ihn. Seine Gallenblase muss entfernt werden. Aber wir können ihn nicht operieren, solange er noch diese Kolik hat. Das kann einen Tag dauern oder auch eine Woche. Gut gemacht, Miss Monroe. Ich gehe mal davon aus, dass er Ihnen nicht im Geringsten geholfen hat."

„Zumindest hat er sich bemüht, es nicht zu tun. Kann ich ihn sehen?"

„Selbstverständlich."

Doc saß aufrecht im Bett, während eine Schwester mit der Infusion beschäftigt war. Der Notarzt füllte die Krankenkarte aus, und als er sie sah, nickte er ihr zur Begrüßung zu. Doc hatte wieder diesen missmutigen Ausdruck im Gesicht, der sie jedoch nicht mehr störte, sondern – ganz im Gegenteil – sogar Zuneigung in ihr auslöste.

Mel sah sich um. Hier war alles viel kleiner und auch weniger überfüllt als das, was sie aus L. A. kannte. Und dennoch wurde sie von Erinnerungen überschwemmt: Die Tage und Nächte, die sie in einer solchen Umgebung verbracht hatte. Der Adrenalinstoß, wenn es einen Notfall gab. Die aufregende Atmosphäre, die sie nervös gemacht, aber auch positiv stimuliert hatte. Im Schwesternzimmer stand ein junger Arzt über eine Krankenschwester gebeugt und las über ihre Schulter hinweg in einer Akte. Dabei brachte er sie mit einer geflüsterten Bemerkung zum Lachen. Vor einiger Zeit hätten sie das sein können, sie, Mel und Mark. Als ihr bewusst wurde, dass sie das alles vollkommen hinter sich gelassen hatte, schloss sie die Augen. Die schmerzliche Sehnsucht, die sie gewöhnlich plötzlich überfiel, plagte sie jetzt nicht mehr. Jetzt wartete der einzige Mann, nach dem sie sich sehnte, gleich draußen vor diesem Raum und war bereit, alles mit ihr gemeinsam durchzustehen. Ohne dass es ihr bewusst war, glitt ihre Hand auf ihren Bauch und blieb dort liegen. Alles ist in Ordnung, stellte sie fest. Was ich erlitten habe, war sehr schlimm. Was ich jetzt habe, ist sehr gut.

„Junge Frau“, polterte Doc los. „Wird Ihnen schlecht?“

„Wie bitte?“, fragte sie und riss sich aus ihren Gedanken. „Nein, natürlich nicht.“

„Einen Moment lang sah es aus, als würden Sie anfangen zu weinen. Oder sich übergeben.“

Sie lächelte ihn an. „Tut mir leid. Ich war bloß einen Moment lang auf einem anderen Planeten. Fühlen Sie sich besser?“

„Ich werde überleben. Sie sollten lieber gehen. In der Praxis könnten Patienten warten.“

„Zu Ihrer Operation werde ich wiederkommen“, versprach sie.

„Nein! Wahrscheinlich werde ich sowieso bei der Operation sterben, wenn dieser junge Hund mich aufschneidet. Sie werden in Virgin River gebraucht. Einer muss sich um alles kümmern. Schätze, Sie sind jetzt an der Reihe. Möge Gott uns allen beistehen.“

„Ich werde Sie anrufen und nachfragen, wie es Ihnen geht. Und ich komme wieder, wenn Sie operiert werden. Und Doc? Versuchen Sie doch einmal, sich anständig zu benehmen. Versuchen Sie, zu vermeiden, dass man Sie hier rauswirft.“

„Ach“, stieß er verächtlich hervor.

Sie legte ihre kleine kühle Hand auf seine runzlige Stirn. „Gute Besserung. Ich werde mich um Ihre Praxis kümmern.“

Und mit ungewohnt sanfter Stimme hörte sie ihn sagen: „Danke.“

Auf dem Rückweg nach Virgin River sagte Mel zu Jack: „Er wird noch eine Weile brauchen, um sich zu erholen, bevor er sich wieder um seine Patienten kümmern kann. Ich werde wohl lieber eine Weile bei ihm wohnen, wenn er nach Hause kommt.“

Docs Alter, sein Gewicht und der hohe Blutdruck wirkten sich sowohl hinsichtlich der Operation als auch für die Genesung nachteilig aus. Es dauerte eine Woche, bis er operiert werden konnte, und während normalerweise der stationäre Aufenthalt nach einer Gallenblasenentfernung höchstens ein paar Tage erforderte, behielten sie Doc eine ganze Woche lang dort.

Während dieser zwei Wochen fuhr Mel immer wieder zum Valley Hospital, um nach ihm zu sehen, und kümmerte sich um die Versorgung der wenigen Patienten in Virgin River. June und John hatten ihre Hilfe angeboten, falls nötig, aber sie schaffte es gut alleine. Die Tage verbrachte sie in der Praxis, und die Nächte über blieb sie bei Jack auf der anderen Straßenseite. Das einzige größere Problem, das sie hatten, war die Planung und Ausführung ihrer Hochzeit.

Jack erzählte seinem Vater und seinen Schwestern, dass Mel und er heiraten würden – eine Nachricht, die mit großer Zustimmung und Begeisterung entgegengenommen wurde. Die Nachricht, dass ein Baby unterwegs war, sparte er sich jedoch noch auf. Er wollte ihre Gesichter sehen, wenn sie es erfuhren. Da es in Virgin River keine Gasthäuser oder Motels gab, entschieden sich Jack und Mel für eine kleine Hochzeit im engsten Familienkreis, die so bald wie möglich im Haus der Sheridans in Sacramento stattfinden sollte. Jack bat seine Schwestern um die Organisation einer schlichten, ruhigen und schnellen Zeremonie, die drei Wochen, nachdem Doc ins Krankenhaus gekommen war, stattfinden sollte. Mel und er würden nur runterfahren, um den Bund fürs Leben zu schließen, und anschließend gleich wieder nach Hause fahren. „Und was ist mit Flitterwochen?", fragte Sam.

„Darüber mach dir mal keine Sorgen", sagte Jack und dachte dabei, dass er den Rest seines Lebens in Flitterwochen verbringen würde.

Für Rick war die Nachricht von der Schwangerschaft und der schon so bald stattfindenden Hochzeit ein kleiner Schock. „Ist das denn für dich in Ordnung?", wollte er von Jack wissen.

„Oh ja. Und wie! Ich bin bereit für eine Familie, Rick." Er legte dem Jungen eine Hand in den Nacken und zog ihn an seine Schulter. „Das heißt, zusätzlich zu dir und Preach natürlich. Ist das für dich in Ordnung?"

„Hey, Mann. Du bist jedenfalls nicht zu jung dafür, das ist sicher." Dann grinste er. „Ich hatte wirklich gedacht, sie wäre eine Nummer zu groß für dich."

„Ist sie auch, Kumpel. Aber was soll's …"

Am Abend, bevor Mel Doc vom Valley Hospital abholen und nach Hause fahren sollte, fragte Jack: „Musst du auch nachts bei Doc bleiben?"

„Wahrscheinlich nur für ein paar Tage. Nur so lange, bis sichergestellt ist, dass er alleine zurechtkommt. In der Klinik kann er schon herumlaufen, aber er fühlt sich elend. Momentan zieht er nicht nur Grimassen, weil er streitlustig ist. Er braucht Schmerzmittel, und ich will nicht, dass er sich die selbst verabreicht. Er könnte dabei durcheinander geraten und zu viel davon nehmen."

Jack hatte es sich in dem großen Sessel in seinem Wohnzimmer bequem gemacht. „Komm mal her." Mel ging zu ihm hin, und er zog sie auf seinen Schoß. „Ich habe was für dich." Er zog eine kleine Schatulle aus der Hosentasche, was ihr die Sprache verschlug. „Ich weiß nicht, ob das für einen Ort wie Virgin River besonders passend ist. Es könnte ein wenig angeberisch wirken. Aber ich konnte nicht anders. Ich würde dir gerne die ganze Welt zu Füßen legen – aber das hier muss reichen."

Sie öffnete die Schatulle und fand einen Diamantring darin. Er war von solcher Schönheit, dass ihr die Tränen in die Augen stiegen. Es war ein breiter Goldreif, in den drei große Diamanten gefasst waren. Stilvoll und unaufdringlich, sehr edel und einzigartig. „Jack, was hast du dir dabei gedacht? Er ist wundervoll! Die Diamanten sind ja riesig!"

„Ich verstehe es, wenn du ihn bei deiner Arbeit nicht so oft tragen kannst. Und falls dir das Design nicht gefällt …"

„Machst du Witze? Der Ring ist einfach traumhaft!"

„Für mich habe ich dann auch noch einen entsprechenden Ring gekauft, ohne Diamanten. Ist das in Ordnung für dich?"

„Einfach perfekt. Wo um alles in der Welt hast du so etwas finden können?"

„Im Juweliergeschäft von Virgin River jedenfalls nicht. Dafür musste ich an die Küste fahren. Bist du sicher, dass er dir gefällt?"

Sie schlang ihm die Arme um den Hals. „Du hast mir schon

ein Baby geschenkt“, sagte sie. „Das hier hatte ich nicht auch noch erwartet!“

„Dass ich dir ein Baby geschenkt habe, wusste ich nicht“, sagte er und grinste sie verschmitzt an. „Das hier habe ich mit Absicht getan.“

Sie lachte. „Die Leute werden uns ziemlich hochnäsig finden.“

„Mel, ich habe ihn schon vor geraumer Zeit gekauft. Schon damals, als ich zum ersten Mal daran dachte, dass du schwanger sein könntest. Wahrscheinlich schon, bevor du selbst auf den Gedanken gekommen bist. Und auch wenn sich herausgestellt hätte, dass ich mich irren sollte, dies hier hatte ich mir in jedem Fall vorgenommen. Ich meine, der Gedanke, dich zu heiraten, mein Leben mit dir zu verbringen … Es ist nicht so, dass ich es als Pflicht empfinde. Es ist das, was ich mir wünsche.“

„Nanu, wie konnte es denn dazu kommen?“, neckte sie ihn.

„Das ist mir völlig egal.“

Am nächsten Tag begleitete Jack sie, um Doc abzuholen und nach Hause zu bringen. Mel steckte den Alten ins Bett, und er erwies sich als ein überaus nervender Patient. Allerdings sah es so aus, als würde er sich vollständig erholen und in kürzester Zeit auch wieder sein altes Programm aufnehmen können. Voraussichtlich dürfte er zwar noch nicht in der Lage sein, sich um seine Patienten zu kümmern, wenn Mel und Jack für zwei Tage nach Sacramento verschwanden, aber bis dahin müsste er zumindest wieder so weit hergestellt sein, dass er sich selbst versorgen konnte.

Während Mel sich um die Praxis und Docs Pflege kümmerte, wurde Doc das Essen von Jack, Preacher oder Ricky gebracht. Und so konnte Mel sich hin und wieder für eine Stunde auf einen kleinen Tapetenwechsel in die Bar stehlen. Nachts schlief sie in Docs Krankenhausbett auf dem Flur neben seinem Zimmer. Allein.

Eines Nachts schreckte sie auf, weil sie von unten ein Klopfgeräusch hörte. Schläfrig setzte sie sich auf und lauschte. Es konnte schon mal vorkommen, dass jemand außerhalb der

Sprechstunden an die Tür des Arztes klopfte. Sie rollte sich auf die Seite und sah auf den Wecker. Es war ein Uhr, was darauf schließen ließ, dass es sich wahrscheinlich um einen Notfall handelte. Während sie sich den Bademantel überzog, überlegte sie, was zu tun wäre, wenn sie einen Patientenbesuch machen müsste. Jack könnte dann hierherkommen, um bei Doc zu bleiben – oder aber auch mit ihr fahren und Doc einmal allein bis zum Morgen durchschlafen lassen.

Sie erinnerte sich an einen Lastwagenunfall, der vor einigen Jahren fast tödlich ausgegangen war, und dachte: Was ist, wenn meine Hilfe nicht ausreicht? Wen könnte ich anrufen?

Als sie die Haustür öffnete, war keiner da. Dann aber hörte sie das Klopfen erneut – es kam von hinten an der Küchentür. Sie blickte durch die Glasscheibe und erkannte den Mann. Es war Calvin. Wenn er gekommen war, um sie zum Lager abzuholen, würde sie nicht mitgehen und ihn wegschicken müssen. Sollte er aber gekommen sein, um sie um Drogen zu bitten, würde sie eventuell Jack anrufen müssen.

Mit einer Entschuldigung auf den Lippen öffnete sie die Tür, und schon wurde sie mit seinem Unterarm an ihrem Hals zur Seite gedrängt. Er stieß sie mit so viel Wucht zurück, dass sie einen Stuhl umstieß und gegen die Arbeitsplatte krachte. Die Kaffeetassen, die in der Spülmaschine trockneten, zerbrachen scheppernd. Aus seinem Mund kam eine Art Knurren, sein Blick war glasig, und in der Hand hielt er ein großes Jagdmesser. Sie schrie auf, verstummte aber sofort, als er sie an den Haaren packte und ihr das Messer an die Kehle hielt.

„Drogen“, sagte er nur. „Gib mir einfach, was du hast, dann werde ich mich so schnell wie möglich verziehen.“

„Sie sind da drin … Ich muss den Schlüssel holen“, sagte sie und deutete auf den Medikamentenschrank.

„Vergiss es“, sagte er, und während er sie weiter festhielt, versuchte er, die Holztür aufzutreten. Der Schrank bebte und schwankte. Sie konnte hören, wie der Inhalt durcheinanderpurzelte.

„Lassen Sie das!“, rief sie. „So zerbrechen Sie die Ampullen doch nur! Wollen Sie die Drogen nun haben oder nicht?“

Er hörte auf. „Wo ist der Schlüssel?“, fragte er.

„Im Büro.“

Er zog sie mit sich nach hinten und schloss die Küchentür. „Los jetzt. Wir gehen ihn holen.“ Einen Arm um ihre Taille gelegt und das Messer an ihre Kehle gesetzt, führte er sie aus der Küche. Es blieb ihr nichts weiter übrig, als mit ihm ins Büro zu gehen.

Wie eine Geisel hielt er sie vor sich, während sie sich langsam über den Flur zum Büro schoben. Als sie die Schublade öffnete, um den Schlüssel herauszunehmen, fing er plötzlich an zu lachen. Er ergriff ihre Hand und versuchte, ihr den Ring abzuziehen. „Der ist für mich.“

„Oh Gott!“, schrie sie und versuchte, sich von ihm loszureißen. Aber er zog sie an den Haaren zurück und hielt ihr bedrohlich das Messer direkt vor die Nase. Sie erstarrte und ließ zu, dass er ihr den Ring abzog.

Er steckte ihn in die Jackentasche und schnauzte sie an: „Beeil dich. Ich habe nicht die ganze Nacht Zeit.“

„Bitte tun Sie mir nichts“, flehte sie ihn an. „Sie können ja haben, was Sie wollen.“

Er lachte. „Und was ist, wenn ich dich will?“

Sie glaubte, sich jeden Moment übergeben zu müssen, zwang sich aber, stark und tapfer zu sein, damit diese Qual möglichst schnell ein Ende nahm.

Aber er würde sie umbringen. Sie wusste, wer er war, was er getan hatte, und plötzlich sah sie klar – er würde sie töten. Sobald er hatte, was er wollte, würde er ihr die Kehle durchschneiden.

Auf dem Schreibtisch lagen die Schlüssel für den Hummer, der durch das Markenzeichen und die Fernbedienung leicht identifizierbar war. Er schnappte sie sich und steckte sie zu dem Ring in seine Tasche, dann schubste er sie aus dem Büro zurück in die Küche. Dabei murrte er: „Das Arschloch zahlt mir nicht genug dafür, dass ich mit Maxine und einem Haufen alter Penner draußen im Wald hocken muss. Aber das hier wird es wieder ausgleichen." Und dann lachte er.

Als das Telefon schellte, sprang Jack aus dem Bett. „Mel steckt in Schwierigkeiten", hörte er Docs raue Stimme. „Jemand hat versucht, von hinten ins Haus zu gelangen. Sie ist unten. Irgendwas ist zerbrochen."

Jack legte auf und schnappte sich seine Jeans vom Stuhl. Für Hemd und Schuhe hatte er keine Zeit. Er zog seine 9-mm-Pistole aus dem Halfter, das an einem Haken in seinem Schrank hing, prüfte, ob sie geladen war, und rannte aus der Tür. Er raste über die Straße wie jemand, der um sein Leben rennt. Dabei überlegte er nicht – er handelte instinktiv. Sein Kiefer knirschte, seine Schläfen pulsierten, und er fühlte das Blut in den Ohren rauschen.

Außer Docs Truck und Mels Hummer stand vor der Praxis noch ein alter Truck. Jack wusste sofort, wer dort drin war.

Als er durch das Fenster in der Eingangstür blickte, sah er, wie Calvin Mel gerade von der Küche, in der der Medikamentenschrank stand, ins Büro schubste. Er lief ums Haus herum nach hinten und blickte durch die Glasscheibe in der Küchentür. Sie waren noch außer Sichtweite. Dann traten sie hinten im Flur wieder in sein Blickfeld, und Jack duckte sich – aber nicht ohne zuvor gesehen zu haben, dass Calvin ihr ein großes gezacktes Messer an den Hals hielt. Er wartete. Er würde diesem Schwein weder Zeit noch Gelegenheit geben zu entkommen oder gar vorher noch Mel irgendwelchen Schaden zuzufügen. Es kam ihm wie eine Ewigkeit vor, während er darauf wartete, dass sie in die Küche zurückkamen. Er konnte hören, wie sie sich bewegten, und auch die aggressive Stimme des Kerls, der Mel festhielt.

Sie waren schon fast am Medikamentenschrank, als Jack gegen die Tür trat. Sie flog krachend auf, und mit einem Riesensatz war Jack in der Küche. Mit gespreizten Beinen stand er da und hielt mit ausgestreckten Armen die Pistole auf den Kerl gerichtet, der seine Frau festhielt. „Nimm das Messer weg. Aber schnell!“, befahl er.

„Lassen Sie mich gehen, und sie kommt sicherheitshalber mit mir“, entgegnete Calvin.

Mit dem Messer an ihrer Kehle blickte Mel zu Jack hinüber und sah plötzlich einen Mann, den sie nie zuvor gesehen hatte. Allein sein Gesichtsausdruck hätte den Mann, der sie bedrohte, in Angst und Schrecken versetzen müssen. Mit nackter Brust und nackten Füßen stand er da, den Reißverschluss seiner Jeans zwar hochgezogen, den Knopf aber nicht geschlossen. Seine breiten Schultern und muskulösen Arme wirkten Furcht einflößend, und mit den Tattoos auf seinen Bizeps’ sah er aus wie ein Wilder. Mit zusammengekniffenen Augen blickte er über den Lauf seiner Waffe, und an seinem entschlossen vorgereckten Kinn konnte sie ablesen, dass er handeln würde. Daran bestand kein Zweifel. Er sah nicht Mel an, sondern Calvin. Als jemand, der normalerweise schon beim Anblick von Waffen in Panik geriet, war sie jetzt furchtlos. Sie glaubte an Jack. In diesem Moment wusste sie, dass er für sie sein Leben riskieren, sie aber niemals einem Risiko aussetzen würde. Niemals. Wenn er jetzt handelte, würde sie dabei nicht in Gefahr geraten. Ihr ängstliches Gesicht nahm einen vertrauensvollen Ausdruck an.

Jacks Ziel war kaum mehr als zwei Armlängen von ihm entfernt. Es war die linke Gesichtshälfte dieses Kerls. Gleich daneben befand sich Mels Kopf, ihr schönes Gesicht. Und an ihrem Hals die Klinge. Er durfte gar nicht daran denken – auf diese Weise würde er sie jedenfalls nicht verlieren.

„Ich geb dir eine Sekunde.“

Aus dem Augenwinkel sah Jack, wie Mel ihm einen Blick zuwarf, einen Blick, der ihm im Bruchteil einer Sekunde sagte, dass sie ihn liebte und an ihn glaubte. Dann schloss sie die Augen und neigte den Kopf ein klein wenig nach rechts.

„Verschwinde, Mann …“

Jack schoss. Der Mann wurde nach hinten geschleudert, und das Messer flog ihm aus der Hand.

Mel lief zu Jack, der den Arm mit der Waffe herunterhängen ließ. Den anderen Arm legte er um Mel. Jack zog sie an sich, während sie langsam an seiner nackten Brust ausatmete und sich an ihn klammerte. Den Angreifer ließ er dabei nicht aus den Augen. In seinem Kopf war ein schönes, sauberes Loch, und während er bewegungslos dort lag, bildete sich unter ihm eine Blutlache.

Eine ganze Weile blieben sie so stehen. Mel versuchte, wieder ruhiger zu atmen, und Jack blickte starr auf den Angreifer. Er war immer noch sprungbereit. Mel löste sich etwas von ihm, sodass sie zu ihm hochsehen konnte, und erschrak beinahe aufs Neue vor seiner wilden, zornigen Miene. „Er wollte mich töten", flüsterte sie.

Seine Augen ruhten noch immer auf dem Mann. „Ich werde niemals zulassen, dass dir etwas geschieht."

Plötzlich waren Schritte von hinten zu hören, die sich schnell näherten, aber Jack drehte sich nicht um.

Preacher stand in der Tür. Die Hände in die Hüften gestemmt, beugte er sich keuchend vor, um in die Küche zu schauen. Er entdeckte den Mann auf dem Boden, Mel in Jacks schützender Umarmung und die Waffe an Jacks Seite. Sofort verfinsterte sich Preachers Miene, er hob die Augenbrauen und kniff die Lippen zusammen. Er ging in die Küche hinein, kickte das Messer über den Boden und beugte sich zu dem Mann hinunter, um den Puls an der Halsschlagader zu prüfen. Dann sah er über die Schulter zu Jack und schüttelte den Kopf. „Alles in Ordnung, Jack. Es ist vorbei."

Jack legte die Waffe auf den Tisch und ging zum Telefon an der Wand, wobei er Mel weiter beschützend im Arm hielt. Er nahm den Hörer ab und wählte. „Hier ist Jack Sheridan in Virgin River. Ich bin bei Doc Mullins. Ich habe gerade einen Mann getötet."

16. KAPITEL

Der Stellvertreter des Sheriffs, Henry Depardeau, brauchte mehr Zeit, um nach Virgin River zu kommen, als festzustellen, dass Jack in Notwehr gehandelt hatte, um Mels Leben zu retten. Trotzdem hatte Jack in dieser Nacht noch einen zweiten Anruf getätigt und mit Jim Post, Junes Ehemann, gesprochen. Jims juristisches Hintergrundwissen konnte möglicherweise von Nutzen sein. Und was Jack erst in dieser Nacht erfuhr: Jim war ein ehemaliger DEA-Agent, der für die amerikanische Drogenbekämpfungsbehörde in dieser Gegend hier tätig gewesen war, bevor er sich zur Ruhe setzte.

„Wir sollten besser mal einen Blick in Calvins Camp werfen“, meinte Jim am Telefon. „Wenn es nur ein kleines Vagabundenlager ist, sehe ich kein Problem. Allerdings vermute ich, dass es mehr ist als das. Und wenn es stimmt – nun, dann müssen wir den Sheriff informieren.“

Den Rest der Nacht blieb Jack bei Mel in Docs Haus. Sie hatte eine völlig neue Seite an ihm kennengelernt: Dieser sanftmütige, zärtliche Hüne war von Wut gepackt worden, von einer stillen beeindruckenden Wut. Er hielt sie die ganze Nacht über in dem kleinen Krankenhausbett in den Armen. Mel war unruhig und konnte kaum schlafen, und jedes Mal, wenn sie die Augen öffnete und ihn ansah, stellte sie fest, dass auch er nicht schlief, sondern über ihr wachte. Sie sah sein Gesicht mit den zusammengepressten Lippen und den vor Wut zu Schlitzen verkleinerten Augen, aber wenn sie ihm eine Hand an die Wange legte, entspannten sich seine Züge, und er sah sie mit sanften Augen an. „Es ist alles in Ordnung, Liebes“, sagte er. „Versuche etwas zu schlafen. Hab keine Angst.“

„Wenn ich bei dir bin, habe ich keine Angst“, flüsterte sie, und es war die Wahrheit.

Früh am nächsten Morgen kamen June und Jim ins Dorf. June ging in die Praxis, während Jim die Bar aufsuchte. „Ich wollte nur sichergehen, dass bei deiner Schwangerschaft durch diesen

Stress keine Probleme auftreten“, erklärte sie. „Irgendwelche Krämpfe? Blutungen?“

„Es scheint alles in Ordnung zu sein. Nur, dass ich mich ständig schütteln muss, wenn ich mir vorstelle, was alles hätte passieren können.“

„Dann bleibe ich ein paar Stunden hier und helfe dir, wenn Patienten kommen. Musst du dich nicht ausruhen?“

„Jack ist letzte Nacht hiergeblieben. Ich glaube nicht, dass er geschlafen hat, aber ich konnte ein wenig ruhen. Wo ist euer Baby?“, fragte Mel.

„Jamie ist bei Susan, John und mein Dad kümmern sich um die Praxis.“ Sie lächelte. „Wir Landleute müssen flexibel sein.“

„Was macht Jim?“, fragte Mel.

„Er ist mit Jack und Preacher unterwegs. Sie werden nicht lange wegbleiben. Sie wollen sich den Platz ansehen, wo der Mann herkam, Mel. Und sicherstellen, dass da draußen nicht noch jemand ist, der ins Dorf kommt und das Leben anderer gefährdet.“

„Oh Gott“, stöhnte Mel.

„Mach dir keine Sorgen, sie können bestimmt damit umgehen“, sagte June. „Irgendjemand muss es ja tun.“

„Darum geht es nicht, June. Ich war ein Dutzend Mal da draußen in diesem Camp. Außer beim ersten Mal, als ich Doc begleitet habe, um ihm bei der Behandlung einiger Verletzter zu helfen, habe ich Calvin Thompson nie dort gesehen. Und ich bin immer wieder dorthin gegangen, obwohl Doc mir gesagt hatte, ich solle es nicht tun. Und ich war auch jedes Mal ein wenig nervös und ängstlich, aber niemals hätte ich gedacht, dass einer dieser Männer mir irgendwann ein Messer an den Hals setzen könnte und …“ Sie war unfähig, weiterzusprechen.

„Lieber Himmel, was wolltest du denn dort?“, fragte June.

Mel zuckte die Achseln. „Sie sahen so hungrig aus“, antwortete sie leise.

Auf Junes Gesicht breitete sich ein Lächeln aus. „Und du hast geglaubt, nicht zu uns zu gehören. Was für ein Unsinn.“

Jack, Preacher und Jim quetschten sich in Jacks Truck und fuhren zum Wald. Das Camp war keine zwanzig Meilen entfernt, sie mussten jedoch viele Forst- und Schleichwege benutzen, sodass es fast eine Stunde dauerte, bis sie dort ankamen. Die Leute lebten so zurückgezogen im Wald, dass man nie darauf gekommen wäre, sie könnten eine ernsthafte Gefahr darstellen.

Calvin Thompson, der junge Mann mit dem Messer, hatte noch nicht lange bei ihnen gelebt. Er war kein Landstreicher, sondern ein gewalttätiger Verbrecher, der von der Polizei gesucht wurde. Henry Depardeau hatte schnell herausgefunden, dass Calvin ein langes Vorstrafenregister wegen Drogenhandels hatte und sich vor der Polizei im Wald versteckte. Wahrscheinlich hatte Maxine ihn in das Waldrefugium ihres Vaters gebracht.

Als sie das Camp erreichten, sagte Jim: „Ja, so etwas habe ich mir schon gedacht." Er zeigte auf den getarnten Sattelauflieger, neben dem der Generator stand. Die drei Männer kletterten aus dem Truck und schwangen Gewehre von einem Kaliber, mit dem sie mit einem einzigen Schuss einen schwarzen Bären erlegen könnten. Gewehre, die einen Mann in tausend Stücke reißen würden. Keiner war zu sehen. „Paulis!", brüllte Jack.

Aus einer der Baracken trat ein älterer ausgemergelter, heruntergekommener, bärtiger Mann. Und hinter ihm eine dürre junge Frau mit strähnigem Haar. Nach und nach tauchten weitere Männer hinter den verrotteten Wohnwagen auf. Keiner trug eine Waffe bei sich, aber sie bemerkten schnell, welche Schusswaffen Jack, Jim und Preacher mit sich führten.

Jack ging auf Paulis zu. „Baut ihr Gras an?", fragte er.

Der Mann schüttelte den Kopf.

„Hat Thompson die Anlage hierhergebracht?"

Die junge Frau stieß einen Laut aus und hielt sich die Hand vor den Mund. Paulis nickte.

„Gestern Nacht hat er versucht, eine Frau zu töten. Wegen Drogen und Wertsachen. Er ist tot. Wer hat den Auflieger geliefert?"

Paulis schüttelte den Kopf. „Hier werden keine Namen genannt."

„Wie sah er aus?", fragte Jim.

Paulis zuckte nur die Schultern.

„Nun komm schon, Mann. Du willst doch wohl kaum für ihn in den Knast gehen? Was für einen Wagen fuhr er?"

Wieder zuckte Paulis nur die Schultern, aber Maxine trat um ihren Vater herum nach vorne. Tränen liefen ihr über die blassen Wangen. „Einen großen schwarzen Range Rover. Mit Zusatzbeleuchtung auf dem Dach. Sie kennen ja den Typ. Er hat Calvin dafür bezahlt, dass er die Plantage bewacht."

„Ich weiß, wer das ist", sagte Jack leise zu Jim. „Keine Ahnung, wo er sich aufhält, aber ich habe den starken Verdacht, dass dies hier nicht seine einzige Plantage ist. Und zufällig ist mir auch das Kennzeichen seines großen Range Rovers bekannt."

„Nun, das könnte weiterhelfen."

Jack wandte sich an Clifford Paulis. „Ihr habt höchstens vierundzwanzig Stunden Zeit, das Camp aufzulösen und zu verschwinden. Der stellvertretende Sheriff wird schon bald hier sein und den Platz absperren. Falls ihr dann noch hier seid, werdet ihr verhaftet. Wegen illegalen Drogenbesitzes. Also verschwindet schleunigst, und zwar möglichst weit weg. Ich will euch nicht in der Nähe haben. Ist das klar?"

Paulis nickte.

„Die Frau, die Calvin fast getötet hätte, ist meine Frau", fügte Jack dann etwas ruhiger hinzu. „Ich werde nach euch Ausschau halten, und wenn ich euch auftreibe, seid ihr nicht weit genug weggezogen, kapiert?"

Paulis nickte noch einmal.

Die Gegensätze zwischen den Männern – die vom Camp auf der einen und Jack, Jim und Preacher auf der anderen Seite – ließen keine Zweifel daran, wer die Gewinner sein würden, falls es zu einem Kampf käme. Nur um ein Exempel zu statuieren, hob Jack seine 30-06-Kaliber Bolt Action Rifle, zielte auf den Generator neben dem Sattelauflieger und feuerte einen Schuss auf ihn ab. Der Knall war so laut, dass die Bäume erzitterten. Die Männer wichen zurück, hielten sich schützend die Hände vors Gesicht oder gingen in Deckung.

„Ich komme morgen wieder", erklärte Jack. „Und zwar früh."

Als sie wieder im Truck saßen, wandte Jack sich an Jim. „Was hältst du von ihnen?"

„Landstreicher. Sie leben nur im Wald. Die hatten bestimmt nicht die Mittel, diesen Auflieger dorthin zu schleppen. Das hat der Typ organisiert, für den Calvin gearbeitet hat. Höchstwahrscheinlich werden sie verschwinden. Und zwar noch tiefer in den Wald hinein, wo sie wieder ein Camp aufbauen können und in Ruhe gelassen werden. Wir fragen Henry, was er davon hält. Aber du hast schon recht: Sie können nicht länger hierbleiben, denn auch wenn sie selbst nicht gefährlich sind, so sind sie doch bereit, sich von gefährlichen Leuten ausnutzen zu lassen."

„Ich habe keine Waffen gesehen. Aber eigentlich müssten sie doch welche haben, was meinst du?"

„Bestimmt – aber wahrscheinlich nur irgendwelche alten Knarren. Nachdem sie gesehen haben, mit welchen schweren Geschützen wir auffahren, hüten sie sich natürlich, auf uns zu schießen. Nein, um diese Kerle müssen wir uns keine Gedanken machen, sondern um Typen wie Calvins Boss oder dessen Boss. Die DEA hat vor ein paar Jahren einmal, als ich noch Agent war, in den Trinity Alps ein ganzes Dorf ausgehoben – und die Jungs dort, die hatten vielleicht Waffen!" Jim puffte Jack in den Arm. „Ich bin dafür, uns aus ihren Geschäften rauszuhalten. Wenn die Forstverwaltung sie zufällig aufstöbert, werden sie es dem Sheriff melden oder vielleicht auch der DEA."

Die Stimmung in Virgin River war angespannt. Jack, der Liebling des Dorfes, hatte sich eine Frau auserwählt – eine Frau, die hierhergekommen war, um den Leuten zu helfen –, und diese Frau war hier dem Tod begegnet.

Den ganzen Tag lang kamen Leute in die Praxis, brachten Essen mit und boten Gespräche an. Es kamen keine Patienten, nur Freunde. Auch Doc hatte sein Bett verlassen und sich angekleidet, um sich unten zu den Leuten dazuzugesellen. Abgesehen von einem kleinen Nickerchen am Nachmittag hielt er sich den ganzen Tag über auf den Beinen.

Jim und June blieben nur für ein paar Stunden, aber Jack war mit kurzen Unterbrechungen die ganze Zeit dort. Das war gut, denn die Leute, die in Docs Haus kamen, um zu hören, wie es Mel ging, waren begierig, auch mit ihm zu sprechen. „Es heißt, du hast ihn erschossen, während er ihr das Messer an die Kehle hielt." Jack nickte bloß und nahm Mels Hand. „Wie konntest du das wagen? Wie konntest du sicher sein, dass du nicht danebenschießt und womöglich Mel triffst?"

„Es blieb mir nichts anderes übrig", erklärte er. „Ich hätte aber niemals abgedrückt, wenn ich geglaubt hätte, ich könnte danebenzielen."

Außer Jacks Heldentat erregte auch der funkelnde Ring, der Mels Hand zierte, großes Interesse. Die Verlobung wurde begeistert und mit Rührung aufgenommen, niemand war darüber überrascht. Es gab viele Fragen zur Hochzeit und ernsthaften Protest, als man erfuhr, dass in wenigen Tagen nur im engsten Familienkreis eine kleine Feier in Sacramento stattfinden würde.

Jack, Doc und Mel verspeisten am Abend das Essen, das die Gratulanten mitgebracht hatten, und als sie damit fertig waren und auch das Geschirr gespült war, sagte Doc: „Ich gehe schlafen, Melinda. Sie sollten sich wieder in das Bett Ihres Mannes begeben. In diesen schmalen Krankenhausbetten kann man schlecht zu zweit schlafen." Und langsam schleppte er sich die Treppe hinauf.

„Ja, da hat er recht", bestätigte Jack und nahm Mel mit zu sich.

Nachdem sie die Nacht zuvor so wenig geschlafen hatte, fielen ihr vor Erschöpfung sofort die Augen zu, als sie in Jacks Bett lag und sich an seinen warmen Körper kuscheln konnte.

Am nächsten Morgen wurde sie noch vor Sonnenaufgang von dem Lärm vieler Fahrzeuge geweckt. Als sie auf die Uhr sah, stellte sie fest, dass es erst fünf Uhr morgens war. Jack lag nicht neben ihr. Sie sprang aus dem Bett, zog sich schnell etwas über, lief nach unten und ging durch die Bar zur Veranda, um nachzusehen, was der Grund für diesen Aufruhr war. Auf der Straße standen Trucks, Wohnmobile, Crossovers, Jeeps und Limousinen. Männer liefen herum, überprüften ihre Gewehre und zogen sich sogar kugelsichere Westen an. Ein paar trugen Jeans und Arbeitshemden, andere standen in Tarnanzügen herum. Einige Männer kannte sie. Da war Mike Valenzuela aus L. A., Zeke aus Fresno, Paul Haggerty und Joe Benson aus Grants Pass in Oregon. Ein paar Nachbarn, Rancher und Farmer aus Virgin River, waren ebenfalls darunter. Sie entdeckte auch Ricky, der inzwischen fast schon richtig erwachsen aussah.

Eine Weile sah sie ihnen zu, bis Jack sie bemerkte, wie sie dort stand, das Haar vom Schlaf zerzaust und mit nackten Füßen. Er übergab sein Gewehr an Paul und ging zu ihr. „Du siehst aus wie ein kleines Mädchen", sagte er. „Ein kleines schwangeres Mädchen, aber ich weiß es besser." Er grinste etwas verlegen. „Ich hatte gehofft, dass du noch etwas länger schlafen könntest."

„Bei dem Lärm? Was ist hier los?"

„Nur Jagd auf Aasfresser", antwortete er. „Nichts, worum du dir Sorgen machen müsstest."

„Komm schon, Jack, sag mir, was los ist."

„Wir müssen nachsehen, ob der Wald gesäubert werden muss", erklärte er.

„Mit Waffen? Schutzwesten? Lieber Himmel, Jack!"

Er zog sie an sich. „Ich glaube nicht, dass wir irgendwelche Schwierigkeiten bekommen werden, Mel. Aber wir sollten auf alles Mögliche gefasst sein. Wir wollen bloß die Umgebung absuchen und verhindern, dass es hier im näheren Umkreis Marihuana-Plantagen oder Drogendealer gibt. Es soll hier keine Camps mehr geben, in denen sich Typen wie Thompson verstecken können."

„Woher willst du wissen, ob sich in diesen Camps gefährliche Leute aufhalten? Ich habe gehört, dass hier in der Gegend viele solcher Camps verstreut sind. Mit harmlosen Landbesetzern, Landstreichern, Leuten aus den Bergen."

Er zuckte die Schultern. „Wir wollen einfach wissen, welche Leute da draußen leben. Und herausfinden, was sie in ihren Camps haben, welche Waffen sie besitzen. Wir wollen einfach wissen, was da los ist. Pot lässt sich leicht ausfindig machen, denn er hat eine ganz bestimmte grüne Farbe, und meistens findet man auch Tarnmaterial davor und einen Generator."

Sie legte eine Hand auf seine kugelsichere Weste. „Und die hier brauchst du, weil ..."

„Weil ich bald Vater sein werde und kein Risiko eingehen will. Einer dieser Idioten könnte ja danebenschießen."

„Ihr nehmt Ricky mit?"

„Ich werde gut auf ihn aufpassen. Wir alle werden ein Auge auf ihn haben, aber glaube mir – er ist der Sache gewachsen. Schließlich habe *ich* ihm das Schießen beigebracht. Und er wollte nicht ausgeschlossen werden, weil es um dich geht."

„Ist das denn unbedingt nötig?"

„Ja", sagte er und sah sie mit diesem Gesichtsausdruck an, den sie inzwischen gut zu deuten wusste: Es war ihm todernst.

Jim stellte sich neben Jack und grinste. „Morgen", grüßte er.

„Weiß June davon?", fragte Mel.

„Ja, Madam."

„Und was sagt sie dazu?"

„So was wie ‚passt gut auf euch auf'. Wirklich schwierig war es, den alten Doc Hudson davon abzuhalten, mitzukommen."

„Sollte man die Angelegenheit denn nicht lieber der Polizei überlassen? Und den Sheriff informieren?"

Jim setzte einen Fuß auf die Verandatreppe und zuckte die Achseln. „Wir haben Henry bereits von dem Paulis-Camp berichtet und ihm den Wagen des Mannes beschrieben, der dort die Anlage vermutlich aufgebaut hat. Wir können nur hoffen, dass seine Handlanger das Camp inzwischen verlassen und die

Pflanzen dort gelassen haben. Wir haben diese alten Landbesetzer gesehen, Mel, und es besteht überhaupt kein Zweifel daran, dass nicht sie einen Sattelauflieger angeschleppt, halb vergraben, getarnt und eine Plantage angelegt haben. Das hat jemand anders getan. Und es könnte mehr von diesen Drahtziehern geben. Wir konzentrieren uns jetzt nur auf den näheren Umkreis. Was in den anderen Bundesländern los ist, geht uns nichts an. Das überlassen wir den Profis."

„Es erinnert nur stark an Selbstjustiz."

„Nicht doch, wir machen nichts Illegales, Mel. Wir wollen nur eine kleine Klarstellung treffen, nämlich die: Leute, ihr wollt doch unseren Frauen, unseren Dörfern, keinerlei Grund geben, zu glauben, dass sie sich wehren müssen! Verstehst du?"

Sie schwieg.

„Sollten wir hier in der Nähe noch ein Camp ausmachen, das eine Gefahr für Virgin River darstellen könnte, werden wir den Leuten die Chance geben, sich aus dem Staub zu machen, bevor wir ihren Standort den Behörden mitteilen. Es wird alles gut gehen. Gegen Abend sind wir wieder zurück."

Mel sah Jack in die Augen. „Den ganzen Tag über werde ich mich zu Tode fürchten."

„Muss ich hier bei dir bleiben, damit du dich nicht ängstigst?", fragte er. „Oder kannst du noch ein weiteres Mal an mich glauben?"

Sie biss sich auf die Lippe, nickte jedoch. Er legte die Arme um ihre Taille, hob sie hoch und küsste sie leidenschaftlich. „Du schmeckst heute Morgen so gut", sagte er und lächelte sie an. „Wird das immer so sein?", neckte er.

„Vorsicht!", warnte sie. „Denk daran, dass ich dich liebe."

„Mehr brauche ich nicht", sagte er und stellte sie wieder auf die Beine.

Preacher trat auf die Veranda. Er nickte ihr zu und hatte dabei seine buschigen Brauen in einer so finsteren Miene zusammengezogen, dass sie zusammenzuckte.

„Schickt einfach ihn vor“, schlug Mel vor. „Dann werden alle vor Angst davonlaufen.“

Zu ihrer Überraschung lächelte Preacher einen Augenblick lang so breit, dass sie ihn kaum wiedererkannte.

Als sie endlich alle in einer großen Parade davongezogen waren, rief Mel bei June an. „Weißt du, was dein Mann gerade macht?“, fragte sie.

„Ja“, sagte June und klang ärgerlich. „Er passt nicht auf das Baby auf.“

„Machst du dir denn keine Sorgen?“

„Nur, dass sich einer von ihnen den Zeh abschießen könnte. Wieso fragst du? Machst du dir etwa Sorgen?“

„Nun ... Ja! Du hättest sie sehen sollen. In diesen kugelsicheren Westen und mit diesen riesigen Schießeisen!“

„Also, da draußen gibt es Bären, weißt du. Da kannst du kein Pusterohr gebrauchen“, erklärte June. „Du musst dir um Jack keine Sorgen machen, Liebes. Ich denke, dass er bereits bewiesen hat, dass er, wenn es darauf ankommt, ein guter Schütze ist.“

„Was ist mit Jim?“

„Jim?“ June lachte. „Mel, so etwas hat Jim früher beruflich gemacht. Er gibt ja nicht gerne zu, dass er es auch nur ein kleines bisschen vermisst. Aber ich schwöre dir, ich habe gehört, wie er gekichert hat.“

Den ganzen Tag über verfolgten Mel Bilder von Schießereien im Wald. Unglücklicherweise hatte sie auch keine Arbeit, und so gab es nichts, das sie davon abgehalten hätte, ständig hin und her zu laufen. Da die Bar geschlossen war und sich viele Männer auf dieser sogenannten Aasfresserjagd befanden, war es im Dorf ungewöhnlich ruhig.

Den größten Teil des Tages saß Mel auf den Verandastufen vor Docs Haus. Gegen Mittag fuhr der schwarze Range Rover langsam in den Ort ein. Vor der Praxis blieb er stehen, und das getönte Seitenfenster glitt nach unten. „Ich habe gehört, was Ihnen zugestoßen ist“, sagte der Fahrer.

„Tatsächlich? Ich wusste gar nicht, dass wir gemeinsame Bekannte haben."

„Ich wollte Ihnen zwei Dinge sagen, weil Sie mir einmal einen Gefallen getan haben. Erstens: Ich kannte Thompson, und ich weiß, dass er völlig durchgeknallt war. Ich weiß auch eine Menge über das, was da draußen im Wald vor sich geht, und dass es dort keine weiteren Kerle gibt wie ihn. Leute wie Vickie – das ist die Frau, die das Baby bekommen hat –, nun, sie hat in mancherlei Schwierigkeiten gesteckt, aber sie ist für niemanden eine Gefahr. Sie hält sich einfach nur versteckt, hat ein paar harte Trennungen hinter sich und hat nicht viele Möglichkeiten, Geld zu verdienen. Übrigens, sie ist fort. Zusammen mit dem Baby habe ich sie in den Bus nach Arizona gesetzt. Sie ist jetzt bei ihrer Schwester."

„Ich dachte, ihre Schwester lebt in Nevada", bemerkte Mel.

„Ach, habe ich das gesagt?", fragte er scheinheilig nach. „Nun … gut möglich, dass ich mich irre."

„Ich hoffe nur, dass Sie wissen, wohin Sie den Scheck schicken müssen. Immerhin ist es doch Ihr Kind."

„Ich habe Ihnen doch gesagt, dass ich Mutter und Kind mit allem versorgen werde, was sie brauchen, oder nicht?"

Einen Moment lang schwieg sie und überlegte. Das Geld, das er lockermachen würde, stammte hundertprozentig aus dem Verkauf von Marihuana. Es gab Leute, die fanden Marihuana nicht schlimmer als ein paar Bier, und sie, Mel, stand kurz davor, einem Mann Leben und Liebe zu versprechen, der eine Bar besaß und nichts dabei fand, ein paar Bier zu servieren. Es gab andere, die den medizinischen Wert der Pflanze erkannten. Und eine dritte Fraktion sah darin eine gefährliche Droge, die, falls sie in falsche Hände geriet – wie zum Beispiel in die Hände von Kindern –, zu weit gefährlicheren Abhängigkeiten führen könnte, als regelmäßig ein paar Bier zu trinken. Mel wusste nur so viel: Ohne ärztliche Verschreibung an Marihuana zu kommen war illegal und insofern häufig mit Verbrechen verbunden.

„Sie sprachen von zwei Dingen, die Sie mir sagen wollten."

„Ja, zweitens: Ich werde von hier weggehen. Es hat einen Todesfall gegeben. Und auch wenn Thompson nicht wirklich ein großer Verlust für unser Geschäft ist“, meinte er, „so stand er doch mit einigen wichtigen Leuten hier in Verbindung. Es wird also Ermittlungen, Haftbefehle und Festnahmen geben. Ich mache mich vom Acker.“ Er lächelte sie an. „Jetzt haben Sie, was Sie wollen. Sie werden nie wieder mit mir zu tun haben.“

Sie saß noch immer auf den Verandastufen und beugte sich nach vorne. „Haben Sie je Gewalt angewendet?“

„Nicht wirklich“, antwortete er achselzuckend. „Jedenfalls bin ich nicht so weit gegangen wie Thompson. Ja, klar ... es gab schon mal kleinere Auseinandersetzungen. Aber ich bin nur ein Geschäftsmann.“

„Hätten Sie sich denn nicht ein etwas legaleres Geschäft aussuchen können?“

„Tja, wahrscheinlich schon“, antwortete er und grinste. „Mir ist bloß noch nichts Lukrativeres über den Weg gelaufen.“

Das Fenster glitt wieder nach oben, und er fuhr die Straße hinunter. Mel verfolgte ihn mit Blicken, bis er außer Sichtweite war. Sie prägte sich das Kennzeichen ein, obwohl sie sich sagte, dass es wenig nützen würde, wenn er in seinem Beruf auch nur einen Pfifferling taugte.

Bei Sonnenuntergang saß sie immer noch wartend auf Docs Veranda, und als es anfing dunkel zu werden, hörte sie, wie die Männer zurückkehrten. Während sie langsam ins Dorf fuhren und vor Jacks Bar parkten, versuchte sie die Stimmung der Gruppe auszumachen. Alle wirkten ernst und müde, als sie aus den Trucks und Jeeps stiegen und sich mit hochgekrempelten Hemdsärmeln reckten und streckten. Die kugelsicheren Westen und Gewehre hatten sie abgelegt. Kaum waren alle ausgestiegen, klopften sie sich gegenseitig auf die Schultern und versammelten sich gut gelaunt vor Jacks Veranda. Mel atmete erleichtert auf, als sie sah, wie Ricky – wie unter seinesgleichen – mit den Männern lachte und offensichtlich völlig wohlbehalten von der Aktion zurück war. Der letzte Truck, der vorfuhr, war der von Preacher, in dem auch Jack saß. Irgendetwas Großes hing von der Ladefläche herab. Kaum hatte Preacher eingeparkt, wurde er von den Männern umringt, und es schien Bewegung in die Gruppe zu kommen. Laute Stimmen und Gelächter waren zu hören.

Obwohl Mel etwas Angst davor hatte, zu erfahren, was los war, stand sie auf und überquerte die Straße. Jack kam ihr entgegen, und sie trafen sich in der Mitte.

„Nun? Habt ihr etwas gefunden?“

„Keine Bösewichte“, antwortete er. „Das Paulis-Camp war aufgelöst, und was sie an Mist hinterlassen hatten, haben wir zerstört. Henry ist mit zwei Deputys gekommen und hat ihre Plantage beschlagnahmt. Ich will einfach keine Leute in der Gegend haben, die in irgendwelche Drogengeschäfte verwickelt sind. Ehrlich gesagt, der Sheriff und seine Leute haben einfach nicht die Zeit und die Kraft, solche Leute fernzuhalten; deshalb tun wir es.“

„Aber es handelt sich doch nur um ein wenig Pot ...“

„Tja“, meinte er achselzuckend, „wenn es legalisiert ist und von Pharmafirmen angebaut wird, dann werden wir uns keine Sorgen um unsere Frauen und Kinder mehr machen müssen.“

„Was hängt denn da aus dem Truck? Was ist das für ein schrecklicher Gestank?“, wechselte Mel das Thema.

„Ein Bär. Magst du ihn dir mal angucken?“, fragte er lächelnd.

„Ein Bär? Weshalb um alles in der Welt ...?“

„Er war wirklich stocksauer“, verteidigte sich Jack. „Komm, sieh ihn dir an – er ist riesig.“

„Wer hat ihn erschossen?“, fragte sie.

„Möchtest du wissen, wer sich die Lorbeeren einheimsen will oder wer ihn tatsächlich erschossen hat? Ich glaube, jeder rechnet es sich als seinen ganz persönlichen Verdienst an.“ Er legte den Arm um ihre Taille und führte sie ganz hinüber, auf die andere Straßenseite.

Nun konnte sie Stimmen heraushören. „Ich schwöre, ich habe Preacher schreien hören“, meinte jemand.

„Ich habe nicht geschrien, Blödmann. Das war ein Schlachtruf."

„Klang aber wie ein kleines Mädchen."

„Da sind mehr Löcher in dem Bär als in meinem Kopf."

„Das Abwehrmittel hat ihm nicht besonders gefallen, oder?"

„Vorher habe ich noch nie einen gesehen, der das überstanden hat. Gewöhnlich reiben sie sich nur ihre kleinen Mauseäuglein und rennen in den Wald zurück."

„Ich sag's dir, Preacher hat geschrien. Dachte schon, er würde losheulen wie ein Baby."

„Hattest du etwa vor, hier zu essen, Blödmann?"

Allgemeines Gelächter. Eine Art Karnevalsstimmung kam auf. Die Männer, die am Morgen mit sorgenvoller Miene aufgebrochen waren, waren wie siegreiche Soldaten aus dem Krieg zurückgekehrt und jetzt freudig erregt. Allerdings hatte sich herausgestellt, dass ihr Krieg sich gegen einen Bären gerichtet hatte.

Mel warf einen Blick auf die Ladefläche und sprang entsetzt zurück. Nicht nur, dass der Bär die Ladefläche voll und ganz ausfüllte, er hing auch noch hinten heraus. Seine Tatzen waren erschreckend groß. Und obwohl er tot war, hatte man ihn am Boden noch festgebunden. Seine Augen waren offen und blickten starr, die Zunge hing ihm aus dem Maul. Und er stank bis hoch in den Himmel hinauf.

„Und wer ruft die Jagdbehörde an?"

„Och, müssen wir die anrufen? Du weißt doch, dass sie den verdammten Bären irgendwann abholen werden. *Meinen* Bären!"

„Das ist nicht *dein* Bär, hör mal. *Ich* habe ihn erlegt", protestierte Preacher mit lauter Stimme.

„Du hast wie ein Mädchen geschrien, und wir anderen haben ihn erschossen."

„Wer hat ihn denn nun wirklich erschossen?", fragte Mel Jack.

„Ich glaube, dass Preacher auf den Bären geschossen hat, als er auf ihn zukam. Und dann haben es alle anderen auch getan. Und ja, ich glaube wirklich, dass Preacher geschrien hat. Das hätte ich an seiner Stelle auch getan, denn dieser Bär ist ihm verdammt nahe gekommen." Bei diesen Worten grinste er wie ein kleiner Junge, dem gerade ein Touchdown gelungen war.

Preacher kam auf Jack und Mel zugestiefelt, bückte sich zu Mel hinunter und berichtigte flüsternd: „Ich habe *nicht* geschrien." Dann machte er auf dem Absatz kehrt und stiefelte wieder davon.

„Liebling", sagte Jack leise. „Wir haben übrigens heute noch etwas gefunden." Erwartungsvoll sah sie zu ihm hoch. „Den schwarzen Range Rover. Er war von der Straße abgekommen und ein paar Hundert Meter den Berg runtergestürzt ..."

„Ist er tot?", fragte sie ängstlich und gleichzeitig verwundert, dass es sie überhaupt interessierte.

„Es war keiner im Wagen."

Überrascht lachte sie kurz auf. „Lieber Himmel", sagte sie dann. „Er kam heute gegen Mittag hier vorbei, ließ kurz das Wagenfenster hinunter und hat mir erzählt, dass es seiner Meinung nach dort draußen im Wald keinen im Marihuanageschäft gibt, der wie Thompson ist. Er wollte mich das wissen lassen, da ich ihm einmal einen Gefallen getan hatte. Und außerdem hat er mir gesagt, er wolle von hier verschwinden. Jack, ich gehe davon aus, dass er den Truck hinuntergestürzt hat, um seine Spuren zu verwischen."

„Wahrscheinlich", sagte er. „Was bedeutet, dass er sich ein neues Fahrzeug und ein neues Aussehen verschaffen und möglicherweise wieder zurückkommen wird. Steig bitte niemals wieder zu ihm in den Wagen, Mel. Versprich mir das."

Verrückterweise dachte sie, dass jener Fremde ein Mensch war, der sie vernünftig behandelt hatte und so etwas wie ein Gewissen zu besitzen schien. Wenn er zu ihr käme und sie noch einmal um Hilfe für jemanden bäte, würde es ihr schwerfallen, ihn abzuweisen. „Was glaubst du denn, wie viele Frauen er noch schwängern wird?", fragte sie und lachte.

„Männer haben manchmal ein schlechtes Urteilsvermögen."
„Ist das wirklich so? Hoffentlich bist du anders."
„Ja, das bin ich", sagte er mit einem Lächeln.
„Also, lass mich mal zusammenfassen, was ihr heute vollbracht habt: einen verbeulten Jeep und einen erlegten Bären. Ziemlich enttäuschend für dich, oder?", hielt sie ihm vor.
„Du nennst den Bären enttäuschend? Baby, das ist ein verdammt großer Bär!"
Bestimmt an die fünfundzwanzig schlecht riechende Männer strömten nun in die Bar. Mel schnupperte an Jacks Hemd. „Meine Güte, du stinkst fast so schlimm wie der Bär."
„Mach dich darauf gefasst, Mel: Es wird noch schlimmer kommen, bevor es wieder besser wird", antwortete er. „Wir werden jetzt alle Bier trinken, essen und Zigarren rauchen. Ich muss jetzt rein und anfangen, das Bier zu zapfen, während Preacher und Ricky den Grill anheizen."
„Ich kann helfen", bot sie an und nahm seine Hand. „Die Aktion heute war aber doch eine Zeitverschwendung, oder nicht?"
„Das sehe ich nicht so. Unser Wald ist jetzt schön sauber, wir haben dem Sheriff einen ganzen Sattelauflieger voller Pflanzen übergeben, und wir haben einen bösen alten Bären erlegt."
„Ihr hattet euren Spaß", warf sie ein.
„Das war nicht unsere Absicht", erwiderte er mit einem vielsagenden Lächeln.
„Ist jetzt die Gefahr gebannt, Jack?", fragte sie ihn.
„Ich hoffe es, Liebes. Lieber Himmel, ich hoffe es wirklich."

Zum ersten Mal stand Mel hinter der Bar. Sie half, Bier und andere Getränke zu servieren, und mischte einen wunderbaren Salat, während Preacher die Steaks auf dem Grill wendete. Schüsseln, Teller und Besteck wurden auf einem Buffet aufgebaut, wo sich jeder selbst bedienen konnte. Die Männer scherzten miteinander, und im Verlauf des Abends wurde die Stimmung immer ausgelassener. Und Ricky, der kellnerte, wurde immer wieder von den Männern wie einer der Ihren umarmt und gelobt. Doc kam auf einen Whiskey vorbei und leistete den Männern ein Weilchen Gesellschaft, bevor er wieder nach Hause ging. Die meisten der Ortsansässigen begaben sich nach Hause, bevor das Abendessen serviert wurde, um ihren Frauen stolz zu erzählen, dass sie einen Bären erlegt hatten.

Es war gegen neun, als die Spielkarten und Zigarren hervorgeholt wurden. Jack nahm Mel bei der Hand. „Lass uns von hier verschwinden. Du bist bestimmt völlig erschöpft."

„Hmm", sagte sie und schmiegte sich an ihn. „Es ist aber okay, wenn du mit deinen Jungs noch etwas rumhängen willst."

„Sie bleiben wahrscheinlich noch ein bis zwei Tage hier. Wo sie schon einmal so weit gefahren sind, wollen sie auch angeln gehen und mir die Bar verpesten. Die Angelsaison hat gerade begonnen." Er legte den Arm um Mel und führte sie durch den hinteren Teil der Bar. „Wir sollten dem Baby ein Nickerchen gönnen."

„Wir sollten dem Vater des Babys eine Dusche gönnen", sagte sie und zog die Nase kraus.

Während Jack duschte, zog sich Mel eins seiner Hemden über, und zwar ihr liebstes weiches Chambray-Shirt. Mit einer von Jacks Zeitschriften auf dem Schoß machte sie es sich auf dem Sofa bequem und blätterte darin herum. Sie würde etwas Besseres finden müssen als „Field and Stream", beschloss sie. Aus der Bar hörte sie raues Lachen, und sie konnte beinahe den Gestank von Zigarrenqualm riechen, aber sie lächelte bloß darüber. Es waren gute Menschen – Menschen, die sofort zur Stelle waren, wenn sie dachten, es könnte vielleicht eine Gefahr drohen. Jacks Freunde, die Leute im Ort – sie alle wussten, was es bedeutete, Nachbarn zu sein.

In L. A. hatte sie nur die Nachbarn rechts und links von ihrem Haus gekannt. Da Mark immer so lange arbeitete, hatten sie weniger soziale Kontakte, als sie es sich gewünscht hätte. Und das Leben in einer Großstadt ist nicht unbedingt freundlich. Die Menschen dort konzentrierten sich überwiegend auf ihre Arbeit, aufs Geldverdienen oder darauf, sich neue Dinge zu kaufen. Auch Mel war es so ergangen. Von dem Hummer einmal abgesehen, den sie für die Arbeit brauchte und der ebenso sehr dem ganzen Ort diente wie ihr selbst, hatte sie in den letzten sechs Monaten kaum etwas angeschafft. Sie tätschelte ihren Bauch. Bald würde sie neue Kleider kaufen müssen. Ihre Jeans konnte sie schon nicht mehr schließen. Und als sie über neue Klamotten nachdachte, bemerkte sie, dass es ihr völlig gleichgültig war, um welches Label es sich dabei handelte. Sie musste lächeln. Seit Kurzem kannte sie sich selbst nicht mehr wieder. Sie war einfach nicht mehr die Frau, die vor knapp einem halben Jahr fast abgestürzt wäre.

Mit einem Handtuch um die Hüften kam Jack aus dem Bad und frottierte mit einem anderen seine kurzen Haare. Dann warf er es beiseite, ging zu seinem Bett, hob die Decke hoch und machte ihr ein Zeichen mit dem Kopf. Sie legte das Magazin weg, ging zu ihm und schlüpfte ins Bett. „Bist du dir wirklich sicher, dass du nicht noch Poker spielen und dich ein wenig einräuchern willst? So wie deine Leute unten drauf sind, werden sie uns die ganze Nacht über wach halten."

Er ließ auch das andere Handtuch fallen und legte sich neben sie. „Du scherzt wohl, oder?" Er zog sie an sich, und sie kuschelte sich an seine Brust.

„Habe ich dir schon gesagt, wie gerne ich neben dir schlafe?", fragte sie ihn. „Du schläfst immer gut und schnarchst nicht. Aber ich finde, dass du vielleicht ein bisschen zu früh aufwachst."

„Ich liebe den frühen Morgen."

„Ich passe schon nicht mehr in meine Jeans", teilte sie ihm mit. Dann richtete sie sich auf und stützte die Ellbogen auf seine Brust: „Du rufst deine Männer an, und schon sind sie da."

„Ich habe nur einen von ihnen angerufen, Mike in L. A., und der hat die anderen informiert. Sie sind einfach so. Und wenn einer von ihnen bei mir anrufen würde, wäre es genauso. Wir sind einfach füreinander da." Er lächelte sie an. „Mit einem solchen Suchtrupp hätte ich allerdings nie gerechnet. Das sagt etwas darüber aus, wie die Menschen für dich empfinden."

„Aber ihr habt doch niemanden dort draußen gefunden, vor dem man Angst haben müsste."

„Ich bin zufrieden mit dem, was wir gefunden haben. Ich wollte einfach kein Risiko eingehen, und für die anderen war es genauso. Dasselbe würde in jeder anderen Krisensituation auch geschehen, wenn zum Beispiel ein Bär jemanden verletzt oder bei einem Waldbrand oder auch, wenn jemand im Wald vermisst wird. Die Leute tun sich zusammen, ziehen los und regeln das Problem, wenn irgendwie möglich. Was sollte man auch sonst tun?"

Relaxt spielte sie mit seinem feuchten Brusthaar. „Deine Miene ... wenn du mit jemandem oder mit irgendeiner Sache konfrontiert bist ... Weißt du eigentlich, wie sehr sich dein Gesicht dann verfinstert? Vielleicht solltest du diese Miene lieber im Schrank lassen – es ist beunruhigend."

„Ich will dir mal was erzählen", sagte er. „Ich habe deine Schwester über deinen Mann ausgefragt. Über Mark."

„Wirklich?"

„Ja. Und ich weiß, dass er ein großartiger Mann war. Ein brillanter Mann. Und freundlich. In der Welt hat er viel Gutes vollbracht, und er war gut zu dir. Ich habe großen Respekt vor ihm."

„Das hat Joey mir nie erzählt."

„Ich habe mir Gedanken gemacht, wie ich dir das am besten sagen könnte. Kann sein, dass ich es jetzt vermassele, aber du musst mir zuhören. Vor zwei Wochen habe ich dich allein weinen lassen, weil ich sauer war. Ich hatte dich dabei überrascht, wie du mit seinem Bild gesprochen hast, und fühlte mich bedroht. Bedroht von einem Toten, was mich nun wahrlich zum Feigling stempelt." Er strich ihr übers Haar. „Das wird nie wieder vorkommen, Mel. Ich verstehe, weshalb du ihn liebst, warum du ihn immer ..."

„Jack ..."

„Nein. Bitte hör mir zu. Ich weiß, dass du nicht vorhattest, dein Leben in diesem Ausmaß zu verändern. Du konntest es überhaupt nicht kontrollieren. Ebenso wenig, wie du deine Gefühle kontrollieren konntest. Du musst nicht so tun, als würdest du nicht mehr an ihn denken oder ihn nicht vermissen. Und wenn du diese Momente hast, in denen du traurig bist und dir wünschst, er könnte wieder in deinem Leben sein, dann kannst du mit mir ehrlich sein. Du musst nicht vorgeben, dass es ein prämenstruelles Syndrom ist." Er grinste. „Wir wissen doch beide, dass du keine prämenstrualen Syndrome mehr hast."

„Jack, wovon redest du?"

„Ich will nur eins. Wenn ich es sportlich nehme, dass Mark immer ein wichtiger Teil in deinem Leben sein wird, kannst du dann versuchen, es nicht zu bedauern, dass wir zusammen sind und das Baby haben? Denn ich muss dir sagen, dass ich noch nie für irgendetwas so bereit war. Ich werde mein Bestes geben, nicht eifersüchtig zu sein. Mir ist klar, dass ich nicht deine erste, sondern deine zweite Liebe bin. Ich kann mich damit zufriedengeben, und ich bedauere es, dass dein Mann gestorben ist. Mir tut der Verlust leid, den du erlitten hast, Mel."

„Warum sagst du das? Es ist so ein Unsinn."

„Ich berufe mich auf das, was ich gehört habe", erklärte er. „Ich habe gehört, wie du ihm gesagt hast, dass du es bedauerst, schwanger zu sein, dass es einfach so passiert ist, und wie du ihm versprochen hast, ihn nie zu vergessen."

Mel sah ihn mit großen Augen an. „Ich dachte, du wärst von dem verletzt, was du mich sagen hörtest. Aber du bist verletzt von dem, was du *nicht* gehört hast!"

„Hmm?"

„Jack, ich bedaure doch nicht, dass ich schwanger bin. Ich freue mich wahnsinnig auf unser Baby! Ich war nur völlig aus dem Lot, weil ich merkte, dass ich viel mehr in dich verliebt war, als ich es für möglich gehalten hatte. Vielleicht viel mehr als je zuvor in meinem Leben. Und dann hatte ich für einen kurzen Moment das verrückte Gefühl, Mark irgendwie zu betrügen. Als wäre ich untreu geworden oder so. Es stimmt, ich hatte es nicht geplant, aber es ist geschehen. Ich weiß, dass ich mich dagegen gewehrt habe, aber du bist einfach auf mich zugegangen. Und ja, ich habe Mark versprochen, dass ich ihn nie vergessen werde. Und das werde ich auch nicht, denn du hast recht, er war ein guter Mann. Und genau wie du respektiere ich ihn."

„Hmm?", sagte er nur.

„Sieh mal", sagte sie und spielte weiter mit seinem dichten, feuchten Haar. „Ich war aufgeregt und etwas durcheinander. Ich liebte Mark sehr. Und ich hatte nicht geglaubt, dass ich so etwas noch einmal empfinden könnte, schon gar nicht für jemand anders. Stell dir vor, wie es mich umgeworfen hat, als ich merkte, dass ich etwas empfand, das sogar noch stärker war als mein Gefühl für Mark. Etwas noch Mächtigeres. Jack, ich hatte Mark gesagt, dass ich weitergegangen bin. Ich habe mich von ihm verabschiedet. Das war schwierig. Ich werde jetzt nicht mehr Witwe sein, Liebling, ich werde deine Ehefrau sein. Das, was wir miteinander haben – es ist einfach erstaunlich."

„Im Ernst?"

„Ich war bloß emotional so aufgewühlt", erklärte sie achselzuckend. „Ich war müde und schwanger. Jack, ich liebe dich so sehr. Merkst du das denn nicht?"

„Nun ... ja", sagte er und setzte sich im Bett auf. „Aber ich dachte, es wäre nur körperlich. Ich meine – liebe Güte, Mel. Wir passen wirklich gut zusammen. So wie wir zusammenkommen ... ich werde fast schwach, wenn ich nur daran denke."

„Gegen die körperliche Seite habe ich auch nicht das Geringste einzuwenden", bestätigte sie mit einem schelmischen Lächeln. „Aber es gibt mehr an dir, das ich liebe. Zum einen deinen Charakter. Und dann deinen Mut. Oh, da sind ungefähr eine Million Dinge, die ich nennen könnte, aber ich mag jetzt nicht mehr reden." Sie küsste ihn. „Jetzt musst du mir etwas Wundervolles sagen und mir dann gleich dieses T-Shirt vom Leib reißen."

Er drehte sie auf den Rücken und sah ihr in die Augen. „Mel, du bist das Beste, das mir je begegnet ist. Ich werde dich so glücklich machen, du wirst es gar nicht aushalten. Jeden Morgen wirst du singen, wenn du aufwachst."

„Das tue ich schon jetzt, Jack."

– ENDE –

Robyn Carr
Erfüllte Träume in
Thunder Point
Roman
mtl
New York Times
Bestseller Autorin